MONICA McCARTY
Stolz und Leidenschaft

Buch

Die hitzköpfige Caitrina Lamont weiß, dass sie als Tochter des Clan-Chiefs heiraten muss, um ihrer Familie wichtige Verbündete zu sichern. Doch sie hat keinerlei Verlangen nach einem Ehemann – schon gar nicht nach einem aus dem Clan der Campbells, mit dem ihre Familie eine jahrelange Fehde verbindet. Doch Jamie Campbell ist nicht wie die anderen Bewerber um ihre Hand, die bisher nach Ascog Castle gekommen sind. Der Gesetzeshüter des mächtigsten schottischen Clans spielt ein doppeltes Spiel: Jamies Werbung um Caitrina ist lediglich ein Vorwand, um sich Zugang zum Clan der Lamonts zu verschaffen, der im Verdacht steht, Gesetzlosen Unterschlupf zu gewähren. Allerdings hat Jamie nicht damit gerechnet, dass die schöne Caitrina brennendes Verlangen in ihm weckt. Auch Caitrina ist von seiner atemberaubenden Männlichkeit fasziniert, und der mächtige Krieger lässt leidenschaftliche Gefühle in ihr erwachen. Doch dann wird Ascog Castle von Jamies Bruder brutal überfallen, und Caitrinas heile Welt liegt in Scherben. Ihre einzige Chance, ihren Clan jetzt zu schützen, ist die Heirat mit Jamie. Die beiden verbindet ein glühendes Band der Leidenschaft, doch ist es stark genug, um Verrat und Misstrauen aus ihren Herzen zu verbannen …?

Autorin

Monica McCarty studierte Jura an der Stanford Law School. Während dieser Zeit entstand ihre Leidenschaft für die Highlands und deren Clans. Sie arbeitete dennoch mehrere Jahre als Anwältin, bevor sie dieser Leidenschaft nachgab und zu schreiben anfing. Heute lebt sie mit ihrem Mann und ihren Kindern in Minnesota.

Weitere Informationen unter: www.monicamccarty.com

Monica McCarty's Highland-Saga bei Blanvalet:

1. Mein ungezähmter Highlander (37035),
2. Der geheimnisvolle Highlander (37061),
3. Highlander meiner Sehnsucht (37062)

Monica McCarty

Stolz und Leidenschaft

Roman

Ins Deutsche übertragen
von Anita Nirschl

blanvalet

Die amerikanische Originalausgabe erschien
unter dem Titel »Highland Warrior«
bei Ballantine, New York.

FSC
Mix
Produktgruppe aus vorbildlich
bewirtschafteten Wäldern und
anderen kontrollierten Herkünften

Zert.-Nr. SGS-COC-1940
www.fsc.org
© 1996 Forest Stewardship Council

Verlagsgruppe Random House FSC-DEU-0100
Das für dieses Buch verwendete FSC-zertifizierte Papier
Holmen Book Cream liefert Holmen Paper, Hallstavik, Schweden.

1. Auflage
Deutsche Erstveröffentlichung März 2010
bei Blanvalet, einem Unternehmen der
Verlagsgruppe Random House GmbH, München.
Copyright © 2009 by Monica McCarty
Copyright © der deutschsprachigen Ausgabe 2010 by
Verlagsgruppe Random House GmbH
Umschlaggestaltung: HildenDesign, München
Illustration: © Pino Daeni via Agentur Schlück GmbH
Redaktion: Sabine Wiermann
HK · Herstellung: RF
Satz: DTP Service Apel, Hannover
Druck und Einband: GGP Media GmbH, Pößneck
Printed in Germany
ISBN: 978-3-442-37403-8

www.blanvalet.de

Für Dave, meinen eigenen großen, strammen Kerl.
Hmm ... Ich frage mich,
wie du wohl in einem Kilt aussehen würdest?

1

»Ein Gesetz ist keine Gerechtigkeit.«
Schottisches Sprichwort

Ascog Castle, Isle of Bute, Schottland, Juni 1608

Caitrina Lamont beobachtete im Spiegel, wie ihr die junge Dienerin das letzte Stück der Spitzenhalskrause im Nacken feststeckte. Die zarte, mit winzigen Juwelen bestickte Spitze umrahmte ihr Gesicht wie ein funkelnder Heiligenschein. Sie verkniff sich ein schelmisches Lächeln, denn diesbezüglich gab sie sich keinen Illusionen hin. Wie ihre Brüder so oft und gern behaupteten, war sie viel zu kühn und eigensinnig, um jemals für einen Engel gehalten zu werden. »Ein Mann wünscht sich ein fügsames und sittsames Mädchen als Ehefrau«, neckten sie Caitrina für gewöhnlich, wohl wissend, dass sie sie dadurch nur zum Gegenteil ermutigten.

Als sie schließlich fertig war, trat sie ein paar Schritte zurück, um ihr neues Gewand in dem kleinen Spiegel besser betrachten zu können. Ihre Augen funkelten vor Aufregung. Das Kleid war wirklich prachtvoll. Begeistert suchte sie im Spiegel den Blick ihrer geliebten Amme.

»Oh Mor, ist das nicht das herrlichste Kleid, das du je gesehen hast?«

Mor hatte die ganze Prozedur mit der stummen Bestürzung einer Mutter beobachtet, deren Sohn zum ersten Mal in die Schlacht zieht, und dieser Vergleich war nicht zu weit hergeholt. An diesem Abend gab es ein großes Festmahl, um die Eröffnung der Highlandspiele zu feiern, die in diesem

Jahr auf Ascog abgehalten wurden. Und Caitrina war sich sehr wohl bewusst, dass ihr Vater die Hoffnung hegte, ihre Verlobung mit einem der vielen Highlander zu arrangieren, die zuhauf in der Burg einfallen würden, um ihre Kraft und Geschicklichkeit zu messen. Doch schnell verdrängte sie diesen unangenehmen Gedanken wieder, bevor er ihr die Freude über das Geschenk trüben konnte.

»Herrlich?« Die ältere Frau schnaubte missbilligend und warf einen bedeutsamen Blick auf den tiefen Ausschnitt des Mieders, wo Caitrinas Brüste beinahe das enge Gefängnis aus Stäben und Satin sprengten. Energisch schob Mor die junge Dienerin aus dem Zimmer und fuhr dann mit ihrer Tirade fort.

»Schamlos trifft es eher. Und ich weiß wirklich nicht, was mit den zwanzig anderen ›herrlichen‹ Kleidern nicht stimmt, die du im Wandschrank hängen hast.«

Caitrina rümpfte die Nase. »Oh Mor, du weißt doch, ich habe keines wie das hier.« Sie warf einen Blick auf die üppigen Hügel, die sich hoch über den Rand des Kleides wölbten. Der Ausschnitt war *wirklich* ziemlich tief. Beinahe konnte sie den rosigen Rand ihrer … Schnell kämpfte sie ein Erröten nieder, denn das hätte Mor nur noch mehr Grund gegeben, mit ihr zu streiten. »Dieses Kleid ist völlig schicklich«, sagte sie stattdessen bestimmt. »All die modischen Damen bei Hofe in Whitehall tragen Kleider genau wie dieses.«

Mor murmelte etwas, das sich verdächtig nach ›verdammte englische Narren‹ anhörte, was Caitrina geflissentlich überhörte. Jahrhundertelange Feindschaft ließ sich nicht einfach vergessen, nur weil Schottlands König auch König von England geworden war. Sie hob die blassgoldene Seide an, die das vom Fenster hereinfallende Licht in irisierenden Wellen einfing, und seufzte verträumt. »In diesem Kleid fühle ich mich wie eine Prinzessin.«

Die alte Frau schnaubte verächtlich. »Nun, es hat ja auch ein königliches Vermögen gekostet, so ein Gewand den ganzen Weg von London bis auf die Isle of Bute kommen zu lassen.« Verständnislos schüttelte Mor den Kopf. »Völlig unsinnig, wo es doch auch in Edinburgh hervorragende Schneider gibt.«

»Aber sie sind beklagenswert altmodisch, was die neuesten Schnitte betrifft«, protestierte Caitrina. Dennoch machte ihr etwas, das Mor gesagt hatte, zu schaffen, und sie biss sich auf die Unterlippe, denn sie hatte nicht bedacht, was die Großzügigkeit ihres Vaters gekostet hatte. »Denkst du wirklich, es war zu kostspielig?«

Nicht in der Lage, ihre Belustigung zu verbergen, zog Mor süffisant eine Augenbraue hoch. »Erpressung ist nun mal nicht gerade billig.«

Um Caitrinas Mundwinkel zuckte es, als sie sich erneut ein Lächeln verkniff. »Es war keine Erpressung. Das Kleid war schließlich Vaters Idee. Zweifellos fühlte er sich schuldig, weil er mich dazu zwingt, die Aufmerksamkeiten der eitlen Pfaue zu ertragen, die er in endloser Reihe in unserem Saal aufmarschieren lässt. Ich glaube, er hat nur deshalb eingewilligt, die Spiele auf Ascog stattfinden zu lassen, weil er hofft, dass ich unter der Auswahl von so vielen ›schmucken Burschen‹ einen finde, der mir zusagt – gerade so, als würde ich mir einen Bullen auf dem Markt auswählen.«

Tatsächlich beunruhigte das Drängen ihres Vaters, Caitrina solle sich einen Ehemann suchen, sie mehr, als sie zugeben wollte. Es sah ihm gar nicht ähnlich, so stur zu sein. Das war Mors Spezialgebiet.

Die jedoch mied wohlweislich das Thema Heirat und widmete sich wieder dem Kleid. »Der Mann hätte dir den Mond vom Himmel geholt, nur um deine Tränen zu trocknen. Da ist ein einzelnes Kleid vermutlich nicht das schlimmste Geschenk.« Ermahnend drohte sie ihr mit dem Zeigefinger. »Aber eines Tages wird jemand daherkommen, den du nicht so einfach um deinen hübschen kleinen Finger wickeln kannst.«

Caitrina lächelte verschmitzt. »Aber da gibt es doch schon jemanden.« Sie beugte sich vor und drückte der Amme einen Kuss auf die runzlige Wange. »Dich.«

»Ha«, gluckste Mor. »Du unverbesserlicher Frechdachs.«

Caitrina schlang die Arme um die alte Frau, schmiegte die Wange an die kratzige Wolle ihres *arisaidh* und genoss den warmen, vertrauten Duft nach Torf und Heidekraut – nach Heim und Herd. »Gefällt dir das Kleid denn wirklich nicht, Mor? Ich werde es nicht tragen, wenn es dir nicht gefällt.«

Mor legte ihr die Hände auf die Schultern, schob sie ein wenig von sich und sah ihr in die Augen. »Hör nicht auf mich, Mädchen. Ich bin nur eine dumme alte Frau, die sich Sorgen macht, was die Wölfe meinem kleinen Lämmchen antun könnten.« Ihr Blick wurde weich. »Du bist so behütet aufgewachsen und hast keine Vorstellung von der Schlechtigkeit der Menschen.« Sanft strich sie Caitrina über die Wange. »Das Kleid erinnert mich einfach nur daran, dass du eine erwachsene Frau bist.« Überrascht bemerkte Caitrina, dass Tränen Mors besorgte Augen trübten. »Du siehst deiner Mutter so ähnlich. Sie war das schönste Mädchen in den Highlands, als sie mit deinem Vater durchbrannte.«

Caitrinas Brust zog sich schmerzlich zusammen. Obwohl ihre Mutter nun bereits über zehn Jahre tot war, empfand sie den Verlust immer noch stark. Sie war elf gewesen, als ihre Mutter an einer verzehrenden Krankheit gestorben war, und die Erinnerung an die lachende, schöne Frau, die sie in den Armen gehalten hatte, wurde von Jahr zu Jahr verschwommener. Aber eine Leere in ihrem Herzen und das Bewusstsein, dass ein wichtiger Teil von ihr fehlte, würden für immer bleiben.

»Erzähl es mir noch einmal, Mor.« Sie wurde es niemals

müde, die Geschichte zu hören, wie ihr Vater nur einen Blick auf die Tochter seines Feindes geworfen und sich auf der Stelle in sie verliebt hatte. Davon, wie ihre Eltern sich monatelang heimlich getroffen hatten, bis ihr Vater ihre Mutter schließlich überreden konnte, mit ihm fortzulaufen.

Doch bevor Mor antworten konnte, platzte Caitrinas jüngerer Bruder aufgeregt ins Zimmer. »Caiti! Caiti Rose, komm schnell!«

Ihr Herz sank wie ein Stein, als sie sofort das Schlimmste vermutete. Wer war verletzt, und wie schlimm? Sie packte Brian an den Schultern und mit einer Ruhe, die sie nicht empfand – aber bei drei Brüdern, um die sie sich kümmern musste, war sie unglücklicherweise daran gewöhnt –, fragte sie: »Was ist passiert?«

Mit argwöhnischer Vorsicht musterte er sie. »Versprichst du mir, dass du nicht wütend sein wirst?«

»Wie kann ich das versprechen, wenn ich nicht weiß, was los ist?«

Mit seinen zwölf Jahren musste Brian erst noch lernen, wie man geschickt verhandelte, deshalb versuchte er es nun damit, sich herauszureden. »Es war nicht meine Schuld«, meinte er ausweichend. »Ich habe Una gesagt …«

Als er den Namen des kleinen Mädchens erwähnte, konnte Caitrina sich schon denken, was geschehen war. »Oh, Brian! Wie oft habe ich dir schon gesagt, du sollst diese schrecklichen Hunde von den Kätzchen fernhalten.«

Beschämt starrte er auf seine Zehenspitzen hinunter. »Ich habe Una ja gesagt, dass ich die Jungs rauslasse, aber sie hat vergessen, die Tür zu den Ställen zu schließen, und dann, nun ja, es ging alles so schnell. Boru wollte nur spielen, aber die dumme Katze ist auf den Baum geklettert.«

Caitrina stöhnte. »Auf welchen Baum?«

Brian verzog das Gesicht. »Die alte Eiche. Caiti, bitte, du musst mir helfen, das Kätzchen wieder herunterzuholen, bevor Una es herausfindet. Sie heult sonst wieder.« Verlegen scharrte er mit den Füßen auf dem Holzfußboden. »Und ich hasse es, wenn sie heult.«

Caitrina fing Mors Blick auf. Una war ihre Enkelin, und Mor hatte eine Schwäche für das kleine Mädchen.

»Ich sehe zu, ob ich sie solange beschäftigen kann«, meinte Mor und bohrte Brian den Finger in die schmale Brust, »während du dieses Kätzchen aus dem Baum holst.«

»Komm, Caiti, beeil dich«, rief er, packte sie an der Hand und zog sie aus dem Zimmer.

Erst als sie aus der Burg traten und über den *barmkin* auf das Tor zuliefen, erinnerten die neugierigen Blicke ihrer Clansleute sie daran, dass sie immer noch das neue Kleid trug – und keine Schuhe. Trotz des strahlend blauen Himmels war die Erde noch feucht vom morgendlichen Regen, und Schlamm schmatzte zwischen ihren Zehen. Da sie nichts anderes tun konnte, hob sie eben so gut es ging die Röcke, um den Saum nicht zu beschmutzen.

»Du hättest mir ruhig einen Augenblick Zeit geben können, um mich umzuziehen«, murrte sie.

Brian warf ihr einen flüchtigen Blick zu. »Wieso? Du siehst doch gut aus.«

Resignierend verdrehte sie die Augen. *Brüder*. Sie könnte einen Leinensack tragen, und sie würden es nicht einmal bemerken.

Nachdem sie das Tor passiert hatten, eilten sie den Pfad entlang und nahmen die rechte Abzweigung, die zu den Wäldern führte – die linke führte zum Loch Ascog. Am Vorabend der Spiele wimmelte es bei den Außengebäuden an den Ufern des Loch vor Geschäftigkeit, doch als sie und Brian auf die Bäume zuliefen, war es überraschend ruhig, abgesehen von Borus aufgeregtem Bellen, das immer lauter wurde, je näher sie der großen, alten Eiche kamen. Die Lamonts stammten von den großen Königen Irlands ab, und Brian hatte den

Hund nach seinem Namensvetter benannt – Brian Boru, dem berühmten Hochkönig vor vielen Jahrhunderten.

»Du hast den Hund hier gelassen?«

Ihr Bruder wurde rot. »Ich habe ihm gesagt, er soll nach Hause gehen, aber er wollte nicht hören. Und da die Katze ja schon auf dem Baum festsaß, dachte ich mir, dass es keinen Unterschied macht.«

»Er hat dem armen Ding vermutlich eine Todesangst eingejagt.« Sie drehte sich zu dem Hund um und sagte scharf: »Boru!« Er hörte auf zu bellen und sah sie mit fragend schief geneigtem Kopf an. Sie zeigte in Richtung der Burg, die durch die Bäume nicht mehr zu sehen war. »Nach Hause.«

Mit einem leisen Winseln rieb Boru den Kopf an ihren Röcken und schenkte ihr einen entschuldigenden Blick aus seelenvollen braunen Augen. Streng schüttelte sie den Kopf, fest entschlossen, sich nicht erweichen zu lassen. Der Hund hatte zweifellos ein Talent für dramatische Gesten. »Nach Hause, Boru!« Der große Deerhound winselte erneut, diesmal sogar noch bemitleidenswerter, dann ließ er den Kopf hängen und trottete zurück in Richtung Burg.

»Ich habe keine Ahnung, wie du das machst«, staunte Brian. »Du bist die Einzige, auf die er hört.«

Mit geschürzten Lippen verkniff Caitrina sich die schnelle Erwiderung, die ihr auf der Zunge lag: Weil sie die Einzige war, die ihm Befehle gab. Ohne sie wären die Hunde so wild wie Wölfe. Allerdings vermutete sie, dass man in etwa dasselbe auch von ihren Brüdern behaupten konnte.

Als sie durch das Gewirr aus Ästen nach oben blickte, keuchte sie erschrocken auf, denn das winzige Bündel aus orange-weißem Fell war nur mit Mühe zu erkennen. »Wie ist er denn nur so weit nach oben gekommen?«

»Als ich versuchte, ihm nachzuklettern, ist er einfach immer weiter hinauf, deshalb bin ich losgelaufen, um dich zu holen. Vor mir hat er Angst.«

Erschrocken drehte sie sich zu ihrem Bruder um. »Du kannst doch nicht etwa erwarten, dass ich da hinaufklettere?«

»Warum, glaubst du, habe ich dich denn sonst hierhergebracht?« Er wirkte ehrlich verwirrt. »Zu mir kommt der Kater nicht. Aber dich mag er, und du bist schon hundertmal auf diesen Baum geklettert.«

»Das ist Jahre her«, meinte sie ärgerlich. »Falls du es noch nicht bemerkt hast, aus dem Alter, in dem man auf Bäume klettert, bin ich schon längst raus.«

»Warum? *Soo* alt bist du nun auch wieder nicht.«

An seiner Fertigkeit, Komplimente zu machen, würde Caitrina wohl noch mit ihm arbeiten müssen, wenn er jemals einem Mädchen den Hof machen wollte. Obwohl das bei seinem Gesicht vermutlich keinen Unterschied machen würde. Was ihren Brüdern an Galanterie und Manieren fehlte, machten sie mit ihrem Aussehen wieder wett. Schlingel waren sie allesamt, die ganze Bande, aber Caitrina liebte sie unermesslich. Wie konnte ihr Vater nur glauben, sie könne sie jemals verlassen wollen? Ihre Brüder *brauchten* sie ... und sie brauchte sie ebenso. Koste es, was es wolle, sie beabsichtigte hierzubleiben.

Mit Brian vernünftig zu reden würde zu nichts führen. »Ich klettere da nicht hinauf. Entweder du lässt dir von mir hinaufhelfen oder du musst dir jemand anderen suchen.«

Sein niedergeschlagener Gesichtsausdruck machte dem von Boru zuvor alle Ehre. »Aber warum?«

»Wegen diesem Kleid, zum Beispiel.«

»Bitte, Caiti, da ist doch sonst niemand, der mir helfen könnte. Vater, Malcolm und Niall sind mit den Männern zum Jagen, und die anderen sind mit den Vorbereitungen für das Fest beschäftigt.«

Das ist merkwürdig. »Ich dachte, sie wären mit dem Jagen schon fertig.«

Brian runzelte die Stirn. »Das dachte ich auch, aber heute Morgen sind sie alle ganz eilig aufgebrochen. Vater sah besorgt aus, und als ich ihn fragte, wohin sie gehen, sagte er, zum Jagen. Du siehst also, da ist sonst niemand. Bitte, Caiti ...«

Wie aufs Stichwort fing das Kätzchen an, kläglich zu miauen, und das verängstigte Flehen ging ihr zu Herzen. *Gott behüte sie vor Mensch und Tier!* Wütend wandte sie sich wieder zu ihrem Bruder um. »Oh, also gut! Aber du musst mir aus diesem Ding heraushelfen.« Auch wenn sich das Schicksal anscheinend gegen sie verschworen hatte, hatte sie keinesfalls die Absicht, ihr neues Kleid zu ruinieren.

Freudig schlang er die langen, schlaksigen Arme um sie. »Du bist die beste Schwester auf der ganzen Welt! Ich wusste, dass ich mich auf dich verlassen kann!«

Sie seufzte. Es war einfach unmöglich, lange wütend auf ihn zu sein. Brian war kein kleiner Junge mehr, aber auch noch kein Mann, sondern in dem komischen Alter dazwischen. Er war bereits größer als sie, und in ein paar Jahren würde er sich die Muskeln und kräftige Statur eines Kriegers aneignen, so wie Malcolm und Niall, ihre zwei älteren Brüder. Brian war noch ein Baby gewesen, als ihre Mutter starb, und Caitrina hatte sich immer um ihn gekümmert. Obwohl man ihn nicht wie die meisten Jungen zu Verwandten geschickt hatte, damit sie ihn aufzogen, würde er bald Knappe eines benachbarten Chiefs werden. Der Gedanke versetzte ihr einen Stich, und sie wünschte sich, sie könnte die Zeit anhalten.

Nachdem Caitrina ihn kurz an sich gedrückt hatte, drängte sie ihn, ihr aus dem Kleid zu helfen – was kein einfaches Unterfangen war. Schicht um Schicht wurde sie aus Überkleid, Vorderteil, Unterkleid, Reifrock und Ärmeln geschält, bis sie nur noch Hemd und Schnürleibchen trug. Da sie die Arme hoch über den Kopf würde heben müssen, war es nötig, dass sie das Korsett ebenfalls auszog, doch Brian hatte große Mühe damit, die Schnürung zu lösen. Sie hörte ihn ärgerlich vor sich hin murmeln, bis er schließlich aufgab und anfing, zu zerren und zu ziehen.

»Autsch!«, rief sie aus. »Sei vorsichtig!«

»Ich versuch's ja, aber das ist nicht einfach. Warum trägst du all das Zeug überhaupt?«

Gute Frage. Eine, die eine ausweichende Antwort verdiente. »Weil Ladys das nun einmal tragen.«

Nachdem er sie schließlich aus dem Leinen und Fischbein befreit hatte, landete das Korsett neben dem Kleid auf einem umgestürzten Baumstamm. Obwohl das Leinenhemd, das sie trug, sie ausreichend bedeckte, wollte sie das hier so schnell wie möglich hinter sich bringen, bevor sie noch zufällig jemand entdeckte. Das war zwar unwahrscheinlich, da dieser Teil des Waldes ein gutes Stück von der Straße entfernt lag, dennoch wäre es beschämend, in ihrer Unterwäsche gesehen zu werden.

Abschätzend betrachtete sie den Baum und plante ihren Aufstieg. Es war *wirklich* schon einige Jahre her. Das hier war der höchste Baum in der Gegend, und das Kätzchen hatte es geschafft, beinahe bis zum Wipfel hochzuklettern.

»Du musst mir hinaufhelfen.«

Brian ließ sich auf ein Knie nieder, und sie benutzte sein Bein als Stufe, um den untersten Ast zu erreichen. Die Rinde zerkratzte ihr die Fußsohlen, während sie von Ast zu Ast kletterte und sich langsam wie auf einer Leiter mit ungleichen Sprossen nach oben arbeitete.

»Autsch!«, rief sie aus, als ihr Fuß an einem scharfen Stück Rinde hängenblieb. Wenn sie fertig war, würde sie sich die Haut an Händen und Füßen in Fetzen gerissen haben.

Das Kätzchen beobachtete sie aus großen, ängstlichen Augen und miaute kläglich. Als Caitrina sich seinem gefährlichen Sitzplatz näherte, konnte sie sehen, wie es zitterte, deshalb gab sie leise, besänftigende Laute von sich, um es zu beruhigen. Die Äste wurden zunehmend dünner, je höher sie stieg, und sie musste innehalten und jeden einzelnen prüfen, bevor sie sich weiterwagte. Endlich erreichte sie das Kätzchen, das ungefähr fünf Fuß weit auf einen dünnen Ast hinausgeklettert war, der Caitrinas Gewicht nicht tragen würde. Stattdessen hielt sie sich daran fest, um das Gleichgewicht nicht zu verlieren, und bewegte sich langsam seitlich auf dem tiefer liegenden Ast entlang, wobei sie sich mit den Zehen in die Rinde krallte.

»Sei vorsichtig!«, warnte Brian.

Sie widerstand dem Drang, ihm einen wütenden Blick zuzuwerfen, da sie nicht nach unten sehen wollte. Als ob sie dafür eine Erinnerung bräuchte. Bei jedem Schritt pochte ihr das Herz bis zum Hals. Es ging nur quälend langsam voran. Sie musste immer wieder innehalten und ihr Gleichgewicht wiederfinden, denn der untere Ast schwankte stark unter ihrem Gewicht. Noch einen Schritt ...

Ihre Finger krallten sich in weiches Fell.

»Du hast ihn!«, hörte sie Brian von unten schreien.

Eine Welle der Erleichterung durchströmte sie, und als sie das kleine Bündel an die Brust drückte, konnte sie den rasenden Herzschlag spüren, der dem ihren in nichts nachstand. Seine kleinen Krallen piksten sie durch den dünnen Stoff ihres Hemdes, als er sich um des nackten Überlebens willen an ihr festklammerte.

Und nun zum schwierigen Teil. Diesmal hatte sie nur eine Hand frei, um das Gleichgewicht zu behalten, während sie sich an dem Ast entlang langsam wieder zurückarbeitete. Als sie den Stamm erreicht hatte, stieß sie einen Seufzer der Erleichterung aus. Sie warf einen Blick nach unten und sah, dass Brian bis auf ein paar Äste unter ihr hochgeklettert war.

»Hier, ich nehme ihn dir ab«, bot er an.

Da sie wusste, dass sie mit nur einer freien Hand nicht hinunterklettern konnte, reichte sie das Kätzchen vorsichtig in die ausgestreckten Hände ihres Bruders hinunter. Er steckte das kleine Fellknäuel in sein ledernes Wams, hangelte sich ein paar Äste hinunter und ließ sich dann mühelos zu Boden fallen.

Sie nahm sich einen Augenblick Zeit, um wieder zu Atem zu kommen und ihren Herzschlag zu beruhigen, dann machte sie sich ebenfalls an den Abstieg.

»Danke, Caiti!«, rief er. »Du bist die Beste!«

Beim schwindenden Klang seiner Stimme drehte sie sich um, doch es war bereits zu spät.

»Warte, Brian, ich brauche deine ...« Ihre Stimme brach ab.

Hilfe. Sie konnte gerade noch sehen, wie er um die Ecke und außer Hörweite verschwand und zur Burg zurücklief.

»Brüder«, murmelte sie. »Schöner Dank! Wenn ich den erwische ...«

Sie sah nach unten und erkannte, dass sie immer noch zu weit vom Boden entfernt war. Nur noch ein paar Äste und sie würde sich genauso wie Brian fallen lassen können. Vorsichtig umklammerte sie den Ast mit beiden Händen und stieg erst mit einem Fuß tiefer, dann mit dem anderen ...

Ein lautes Knacken verkündete Unheil. Einen Augenblick lang hob sich ihr der Magen, als ihr Körper unvermittelt nach unten sackte. Gerade noch bekam sie den Ast über ihrem Kopf zu fassen, als der Ast unter ihren Füßen am Stamm brach und sich in einem gefährlichen Winkel nach unten neigte. Das Gewicht ihres Bruders musste ihn geschwächt haben. Wenn sie jetzt losließ, dann würde der Ast wahrscheinlich vollständig nachgeben und sie würde zur Erde stürzen. Sie hing zwar nicht gerade nur noch an den Fingerspitzen, aber beinahe.

Außerdem saß sie fest. Abschätzend sah sie an ihren Zehenspitzen vorbei nach unten. Sie befand sich immer noch mindestens fünfzehn Fuß über dem Boden – immer noch zu hoch, um sich fallen zu lassen.

Sie würde warten müssen, bis Brian sich an sie erinnerte. Mit einem Stöhnen wurde ihr klar, dass sie möglicherweise die ganze Nacht hier sein würde.
Wenn ich den erwische ...
»Ich glaube, das sagtet Ihr bereits.«
Beim Klang der tiefen Stimme – einer tiefen, *männlichen* Stimme – holte Caitrina erschrocken Luft, und als sie nach unten sah, traf sie der stählerne Blick eines Fremden, der ein paar Fuß entfernt stand und sie mit einem amüsierten Funkeln in den Augen beobachtete. Wie lange er schon dort stand, konnte sie nicht sagen, aber anscheinend schon lange genug, um von dem mächtigen Streitross an seiner Seite abgestiegen zu sein.

Sie wusste nicht, ob sie erleichtert oder beschämt sein sollte – vermutlich ein wenig von beidem. Schließlich konnte sie einen Retter gebrauchen, allerdings würde sie es vorziehen, wenn er nicht so – stirnrunzelnd suchte sie nach dem passenden Wort – *männlich* wäre. Und zwar auf unverhohlene Weise.

Von ihrem gegenwärtigen Standpunkt so hoch über dem Erdboden aus war es schwierig zu schätzen, aber sie vermutete, dass er mindestens eine Handbreit über sechs Fuß maß. Ein regelrechter Riese, sogar für einen Highlander.

Wenn er ein Highlander war.

Er hatte schottisch gesprochen und nicht in der Sprache der Highlands, aber sie glaubte, einen leichten Akzent in seiner Stimme vernommen zu haben. Anhand seiner Kleidung war schwer zu beurteilen, woher er kam. Er trug nicht das *breacan feile* der Highlands, aber das war für einen Mann von Rang und Reichtum nichts Ungewöhnliches. Und diesbezüglich hegte sie keinen Zweifel. Sogar aus der Entfernung konnte sie erkennen, dass das schwarze Lederwams und die Hosen, die er trug, von außergewöhnlicher Qualität waren.

Aber die feine Kleidung konnte die wilde Schönheit seiner

breiten Brust und der kräftigen, muskulösen Arme und Beine nicht verbergen. Seine beeindruckende Statur gepaart mit dem mächtigen *claidheamhmór*-Schwert, das er auf den Rücken gegürtet trug, ließen keinen Zweifel daran, dass er ein Krieger war. Und ein beeindruckender noch dazu, so nahm sie an.

Aber es war mehr als nur seine Körpergröße, die sie beunruhigte. Sie hätte es auch vorgezogen, wenn ihr Retter nicht ganz so dominant wäre. Alles an ihm war dominant: seine befehlsgewohnte Haltung, der Ausdruck absoluter Autorität auf seinem Gesicht und die kühne Art, wie er sie ansah. Sein Auftreten brachte sie so sehr aus der Fassung, dass es einen Augenblick dauerte, bis sie erkannte, wie gutaussehend er war. Und das auf arrogante Art und Weise – so als wären seine kunstvoll gemeißelten Züge nur ein Nachtrag zu der Macht seiner überwältigenden Männlichkeit.

Doch er war nicht der Einzige, der einer intensiven Musterung unterzogen wurde.

Ein Prickeln überzog ihren Körper. Gütiger Gott, wie er sie ansah ... *überall*. Sein Blick wanderte vom Kopf bis zu den Zehenspitzen über ihren Körper und verweilte lange genug auf ihren Brüsten, um ihr die Röte in die Wangen zu treiben. Mit einem Mal war sie sich ihres beinahe unbekleideten Zustandes nur allzu deutlich bewusst. Das Hemd, das sie noch vor Kurzem ausreichend zu bedecken schien, fühlte sich nun unter seinem durchdringenden Blick so gegenstandslos an wie hauchzarte Seide. Ihr war, als könne er durch das Leinen hindurch geradewegs ihre nackte Haut sehen.

Bisher war sie stets von ihrem Vater und ihren Brüdern beschützt worden. Kein Mann hatte es je gewagt, sie so anzusehen – als wäre sie eine saftige Pflaume, die gepflückt werden wollte.

Und das gefiel Caitrina kein bisschen. Sie war zwar im Augenblick vielleicht nicht wie eine Lady angezogen, aber jeder

Mann bei klarem Verstand konnte sehen, dass sie eine Lady war – selbst, wenn er das kostbare Kleid nicht bemerkte, das unübersehbar direkt vor seiner Nase lag.

Wer war dieser kühne Krieger, der wie ein König auftrat?

Sie konnte schwören, dass sie ihn noch nie zuvor gesehen hatte. Der Kleidung und den Waffen nach zu schließen war er kein Gesetzloser. Vermutlich war er ein Chief aus einer entfernten Gegend, der an den Spielen teilnehmen wollte – was bedeutete, dass man ihm Gastfreundschaft schuldete, wie es in den Highlands heiliger Brauch war. Aber wenn er ein Chief war, wo waren dann seine Wachmänner?

Nun, Chief oder nicht, er sollte sie jedenfalls nicht so anstarren. »Euer Name, Mylord?«, verlangte sie. »Ihr befindet Euch auf dem Land der Lamont.«

»Ah, dann habe ich mein Ziel erreicht.«

»Dann seid Ihr wegen der Spiele hier?«

Er bedachte sie mit einem langen Blick, der ihr das Gefühl gab, als wisse er etwas, das sie nicht wusste. »Unter anderem.«

Er hatte ihr immer noch nicht seinen Namen genannt, aber im Augenblick kümmerte es sie nicht, wer er war. Selbst der Teufel wäre ihr recht gewesen – oder, Gott behüte, einer seiner Campbell-Handlanger – wenn er ihr nur hinunterhalf. Von dem Versuch, fast ihr ganzes Gewicht zu halten, um nicht zu viel Druck auf den zerbrechlichen Ast auszuüben, fingen ihre Arme langsam an zu schmerzen. Ihr Retter ließ sich jedenfalls ziemlich viel Zeit. »Nun, wollt Ihr da nur herumstehen und mich den ganzen Tag anstarren?«, fragte sie ungeduldig.

Er verzog den Mundwinkel zu einem schiefen Lächeln. »Vielleicht tue ich das sogar. Es kommt schließlich nicht oft vor, dass ein Mann über eine halbnackte Waldnymphe stolpert, die auf einen Baum klettert.«

Caitrina schoss das Blut in die Wangen. »Ich bin nicht

halbnackt, und wenn Ihr einen Blick nach oben werfen würdet« – *weg von meiner Brust* –, »dann würdet Ihr erkennen, dass ich nicht klettere, sondern festsitze und Hilfe benötige.«

Ihre hitzige Entgegnung schien ihn nur noch mehr zu amüsieren. Obwohl er nicht wirklich lächelte, funkelte es in seinen stahlblauen Augen so hell wie die Sonnenstrahlen, die durch die Bäume blitzten.

Der elende Wüstling lachte sie aus!

Caitrinas Augen wurden schmal. Sie war es nicht gewohnt, ausgelacht zu werden – und ganz besonders nicht von einem Mann. Vermutlich hatte die ganze Situation etwas Komisches an sich, aber er sollte doch zumindest so viel Höflichkeit besitzen, es nicht zu zeigen. Es gab ihr das Gefühl, als wäre sie auf gewisse Weise im Nachteil, was in Anbetracht der Umstände völlig albern war. Sie *war* im Nachteil. Aber nicht lange. Sobald er sie erst einmal von dem Baum heruntergeholt hatte, würde sie ihm ordentlich die Meinung sagen.

Gereizt und mit ihrer hochmütigsten Stimme – der Stimme, die sie ihren Brüdern gegenüber benutzte, wenn sie wollte, dass sie etwas taten – sagte sie: »Beeilt Euch einfach, und helft mir herunter … sofort!«

Im selben Augenblick wurde ihr klar, dass es möglicherweise nicht die beste Taktik war, ihm Befehle zu erteilen, denn das Lächeln, das vorübergehend seinen harten Gesichtsausdruck erhellt hatte, verschwand, und seine Lippen wurden zu einer schmalen Linie. Er sah sie lange und durchdringend an, dann verschränkte er die Arme vor der breiten Brust. Der Atem stockte ihr beim Anblick der beeindruckend gewölbten Muskeln. Du liebe Güte, war er stark!

»Nein«, meinte er gedehnt. »Ich denke nicht, dass ich das tun werde.«

2

Caitrina schnappte nach Luft, eher schockiert als wütend – zuerst jedenfalls. »Nein? Ihr könnt nicht Nein sagen!«

Offensichtlich anderer Meinung zog er eine Braue hoch.

»Aber warum nicht?«, platzte sie heraus, da seine Weigerung völlig unverständlich für sie war.

Er ließ den Blick über ihren Körper wandern. »Mir gefällt die Aussicht von hier.«

»Wie könnt Ihr es wagen!« Sie warf ihm einen vernichtenden Blick zu, was in ihrer gegenwärtigen Lage leichter gesagt als getan war. »Ihr seid ein niederträchtiger Kerl.«

Das Lächeln, das um seine Lippen spielte, jagte ihr einen Schauer durch den Körper. »Wenn ich an Eurer Stelle wäre, dann würde ich vermutlich beten, dass Ihr Euch diesbezüglich irrt.«

Sie ignorierte die Warnung. »Aber ich werde fallen«, protestierte sie.

Abschätzend betrachtete er den Abstand ihrer Füße zum Erdboden. »Das würde ich Euch nicht raten.«

»Das kann nicht Euer Ernst sein!« Caitrina wusste nicht mehr weiter. Noch niemals war sie in einer solchen Situation gewesen. Um ehrlich zu sein war sie es nicht gewöhnt, ein Nein zu hören – ganz besonders nicht von Männern. Meinte er es ernst, oder spielte er nur mit ihr? Sein Gesichtsausdruck war jedenfalls auf höchst ärgerliche Weise unergründlich.

Sie war das alles völlig falsch angegangen. Aber er hatte sie mit seiner Belustigung über ihre Zwangslage und seiner kühnen Musterung ihres Körpers wütend gemacht. Mit einem tiefen Atemzug setzte sie ein breites, neckisches Lächeln auf und klimperte obendrein noch mit den Wimpern.

»Einen Augenblick lang habe ich tatsächlich geglaubt, Ihr meint es ernst, aber ich weiß, ein edler Ritter wie Ihr würde eine Dame in Not niemals abweisen.«

Edler Ritter, ha! So schnell würde ihn niemand mit einem Ritter in schimmernder Rüstung verwechseln.

Er zog eine Augenbraue hoch. Es war offensichtlich, dass er genau wusste, was sie vorhatte. Wieder bedachte er sie mit einem langen, durchdringenden Blick, der ihr durch und durch ging. »Vielleicht können wir ja zu einer Art Übereinkunft kommen.«

Etwas in seiner Stimme sorgte dafür, dass sich ihr die Härchen im Nacken sträubten. »Was für eine Art Übereinkunft?«

»Ich glaube, in solchen Situationen ist es üblich, eine Gegenleistung anzubieten.« Ihre Blicke trafen sich, und sie konnte die unausgesprochene Herausforderung in seinen Augen lesen. »Einen Kuss vielleicht?«

Ihre Augen weiteten sich. Was für ein arroganter ... Entrüstung durchströmte sie, doch irgendwie gelang es ihr, ihr Temperament zu zügeln. »Ich glaube, in solchen Situationen ist es üblich, dass ein Ehrenmann einer Frau hilft, ohne Bedingungen daran zu knüpfen.«

Er drehte sich zu seinem Pferd um, nahm die Zügel und begann, es fortzuführen. »Wie Ihr wollt.«

Mit offenem Mund starrte sie ihn an. »Wo geht Ihr hin? Ihr könnt mich doch nicht einfach hier zurücklassen!«

Langsam wandte er sich zu ihr um und hob aufreizend eine Braue. Er brauchte nichts zu sagen, denn die Geste sagte bereits alles: Er konnte es sehr wohl.

Der Ast unter ihren Füßen knackte und sank noch ein paar Zoll tiefer. Ihr schien, als habe der Krieger eine Bewegung auf sie zu gemacht, aber sie war sich nicht sicher. Ihre Arme schmerzten bereits von der Anstrengung, ihr Gewicht zu halten, und sie wusste nicht, wie lange sie sich noch festhalten konnte. Ihr Gesicht glühte vor Wut und Entrüstung. Aber sie würde später mit ihm streiten. »Also gut. Holt mich einfach hier runter.«

Er machte eine übertriebene Verbeugung. »Wie Ihr wünscht, Mylady.«

Für so einen großen, muskulösen Mann kletterte er überraschend schnell und behände den Baum hoch und hielt wenige Äste unterhalb des geschwächten Astes, auf dem sie stand, an. Innerhalb weniger Sekunden hatte er die Hände um ihre Taille gelegt. Bei dem ungewohnten Gefühl hielt sie den Atem an. Seine Hände waren groß und stark, und sie konnte deutlich seine Daumen unter ihren Brüsten spüren.

Ihre Blicke trafen sich, und es durchzuckte sie wie ein Schock. Aus nächster Nähe sah er sogar noch besser aus, als sie gedacht hatte: durchdringende graublaue Augen, dunkelbraunes Haar, das im Sonnenlicht noch das Rot erahnen ließ, das es vermutlich in seiner Jugend gehabt hatte, ein breiter Mund und ein hartes, kantiges Kinn. Es war ein raues, männliches Gesicht, aber auch ein unglaublich attraktives. In Anbetracht seines abscheulichen Benehmens sollte es eigentlich keine Wirkung auf sie haben, aber sie errötete dennoch. Obwohl sein Gesichtsausdruck nichts verriet, wusste sie irgendwie, dass auch er nicht so unbeteiligt war, wie er wirkte.

Sein Griff war fest und sicher, als er sie von dem gebrochenen Ast pflückte und sie zu sich herab an seinen harten Körper zog.

Erleichtert sank sie gegen ihn. Ihre Arme fühlten sich wie Wackelpudding an, und für einen Augenblick erlaubte sie sich, Zuflucht in seiner warmen, soliden Stärke zu suchen. Solide war vielleicht eine Untertreibung. Seine Brust und seine Arme waren hart wie Granit. Aber anstatt eingeschüchtert zu sein, erfüllte der mächtige Beweis seiner Stärke sie mit einer seltsamen, schweren Hitze.

Noch nie war sie einem Mann so nahe gekommen, dass

es schien, als wäre jeder Zoll ihres Körpers mit seinem verschmolzen. Es fühlte sich ... aufregend an – und zwar auf verstörende Weise. Eines ihrer Beine war zwischen seinen kräftigen Schenkeln gefangen, und ihre Brüste pressten sich gegen seine Brust. Sie konnte das gleichmäßige Schlagen seines Herzens spüren, was noch verstörender war, da das ihre so heftig schlug. Er war so warm und roch unglaublich – sauber und nach Seife, mit dem schwachen Hauch eines exotischen Gewürzes.

Sie musste das Kinn heben, um ihn anzusehen, und ihr wurde klar, dass er wirklich so groß war, wie sie gedacht hatte. Sie reichte ihm kaum bis zur Schulter. »Ihr könnt mich jetzt loslassen«, brachte sie zittrig hervor. »Von hier aus kann ich selbst hinunterklettern.«

Zuerst glaubte sie schon, er würde sich weigern, aber nach einem Augenblick ließ er sie los.

Zum Glück hatte sie wieder Gefühl in den Armen und konnte ihm den Rest des Weges nach unten folgen. Vom niedrigsten Ast sprang er zu Boden und streckte die Hand nach ihr aus. Zögernd starrte sie sie an. Es wirkte irgendwie bedeutsam. Vorsichtig legte sie ihre Hand in seine und sprang. Er fing sie an der Taille auf und setzte sie ab, als wiege sie nicht mehr als das Kätzchen, das sie gerade gerettet hatte.

Als ihre Füße den Boden berührten, hätte sie am liebsten vor Erleichterung aufgeseufzt. Stattdessen konnte sie kaum atmen, gefangen im Netz seines magnetischen Blickes – und den seltsamen Gefühlen, die von der Erkenntnis herrührten, dass nur ein dünnes Stück Leinen ihn und ihre Nacktheit voneinander trennte.

Was, wenn er kein Ehrenmann war? Das war vermutlich etwas, woran sie früher hätte denken sollen, aber sie hatte sich auch noch nie zuvor in so einer verletzlichen Zwangslage befunden. Und sie hatte noch nie zuvor jemanden wie ihn getroffen.

Ihr Herz flatterte wie ein gefangener Vogel in einem Käfig. Er hatte immer noch die Arme um sie geschlungen, und sie sollte sich ihm eigentlich entziehen – schließlich war er ein Fremder, ein Mann, der ihr noch nicht einmal seinen Namen genannt hatte –, aber ihr Körper schien einen eigenen Willen zu haben. Sie stand wie angewurzelt, gefangen von einer Verbindung, die anders war, als alles, was sie je erlebt hatte.

Doch die Stärke dieser Empfindung machte ihr Angst, genug, um sich schließlich von ihm loszureißen.

»Danke«, sagte sie schnell, mit wackliger Stimme. Nervös strich sie sich eine gelöste Haarsträhne hinters Ohr. Er beobachtete die Bewegung mit einer Eindringlichkeit, die sie aus der Fassung brachte. Ehrlich gesagt brachte alles an ihm sie aus der Fassung. »Ich komme von hier aus alleine zurecht.« Doch jeder muskulöse Zoll seines über sechs Fuß großen Körpers blieb genau da, wo er war – zu nahe. Wenn sie sich nicht so seltsam verletzlich und aufgewühlt fühlen würde, hätte sie vielleicht die beeindruckende Statur seines Körpers bewundert, an den er sie soeben noch gepresst hatte. »Ihr könnt jetzt gehen!«

Wieder hatte sie den falschen Ton angeschlagen, erkannte sie.

»Ihr entlasst mich, Mylady? Vergesst Ihr da nicht etwas?«

Ihre Wangen glühten. »Ihr könnt doch nicht wirklich Eure lächerliche Bedingung von mir einfordern. Ich habe nur unter Zwang zugestimmt.«

»Es ist eine Ehrenschuld.« Er verstummte kurz. »Ist das Wort eines Lamont nichts wert?«

Sie keuchte auf. »Ihr kennt meinen Namen!«

Wieder lachte er mit diesem wissenden Blick. »Ein Zufallstreffer. Man sagt, der Lamont habe eine sehr schöne Tochter.« Stirnrunzelnd musterte er eindringlich ihr Gesicht. »Aber vielleicht irre ich mich auch. Man sagte mir nichts von einer schiefen Nase.«

»Was!« Sofort fuhr sie sich mit der Hand an die Nase. »Ich habe keine ...« Sie brach ab, und heiße Röte färbte ihre Wangen, als sie sein Grinsen sah. Der arrogante Flegel zog sie schon wieder auf. Nun, vermutlich nicht gerade arrogant. Eher selbstbewusst, was seine Autorität und Stärke betraf. Bei der Erinnerung an seinen harten Körper an ihrem errötete sie heftig.

Und nun wollte er, dass sie ihn küsste.

Nervös kaute Caitrina auf der Unterlippe und überlegte, was sie tun sollte. Sie schuldete ihm nichts, aber sie hatte seiner ›Abmachung‹ zugestimmt. Sein Angriff war gut gezielt, denn er hatte sie an der einzigen Stelle getroffen, an der jeder Highlander verwundbar war – ihrem Stolz.

Ihr innerer Kampf schien ihn zu amüsieren. »Nun, Mylady?«

Ein Lächeln breitete sich langsam auf ihrem Gesicht aus. Sie hatte die Antwort. »Also gut. Ihr sollt Euren Kuss haben.«

Sie glaubte, ein Aufblitzen von Überraschung über sein Gesicht huschen zu sehen. Als sie ihm die Hand entgegenstreckte, sah er einen Augenblick lang verwirrt aus, bevor Verstehen in diese kühlen, stählernen Augen trat.

Sie glaubte schon, sie hätte gewonnen, als er die ihm dargebotene Hand ergriff, doch dann sah sie das entschlossene Funkeln in seinem Blick. Eine Entschlossenheit, die ihr einen Schauer der Beunruhigung über den Rücken jagte.

Ihre Finger schienen beinahe in seiner großen Kriegerhand zu verschwinden. Sie war warm, hart und schwielig – und stark. Er konnte sie mühelos zerquetschen, doch stattdessen strich er ihr mit dem Daumen zart über die Handfläche, und die Härchen an ihrem Arm stellten sich auf. Er drehte ihre Hand um, wobei er die gezackten Kratzer auf der Handfläche enthüllte, und ein Stirnrunzeln legte sich über seine attraktiven Züge. »Ihr seid verletzt. Warum habt Ihr mir nicht gesagt, dass Ihr verletzt seid?«

Sie wollte ihm die Hand entziehen, doch er hielt sie fest. »Es ist nichts«, meinte sie verlegen.

Ohne den Blick von ihr zu lösen, hob er langsam ihre Hand an die Lippen.

Sie konnte sich nicht abwenden. Sie konnte nicht mehr atmen. Alles, was sie tun konnte, war warten und hoffen, mit einem Herzschlag so rasend wie die Flügel eines Kolibris.

Sie spürte seinen warmen Atem auf der Haut, unmittelbar bevor er die Lippen auf ihre verwundete Handfläche drückte. Heftig sog sie den Atem ein. Sein Kuss durchzuckte sie wie ein Blitz und brandmarkte ihre Haut.

Langsam glitten seine Lippen über ihre Handfläche zu der empfindlichen Haut an ihrem Handgelenk. Das Herz klopfte ihr schneller, als ihr klar wurde, was er vorhatte. Das war kein einfacher Handkuss. Das war eine Verführung.

Und sie zeigte Wirkung. Etwas Seltsames geschah mit ihrem Körper. Die Beine fühlten sich plötzlich schwach an, als sich ein Gefühl der Schwere über sie legte. Sein Mund wanderte von ihrem Handgelenk hoch zu ihrer Armbeuge. Die weichen Lippen und der warme Mund auf ihrer nackten Haut sandten ihr winzige Schauer über den Arm. Das sanfte Kratzen seines Kinns ließ all ihre Sinne verrückt spielen.

Mit angehaltenem Atem öffnete sie leicht die Lippen. Er hob den Blick zu ihrem Gesicht, und etwas veränderte sich. Mit einer einzigen Bewegung legte er ihr die Hand um die Taille und zog sie an sich.

Seine attraktiven Züge waren hart und angespannt, aber die Hitze in seinen Augen war nicht zu übersehen. Sein Blick fiel auf ihre Lippen, und der Pulsschlag an seinem Kiefer beschleunigte sich.

Sie wusste, was er gleich tun würde.

Sie könnte ihn aufhalten.

Aber sie wollte nicht. Noch nie zuvor hatte sie sich gewünscht, dass ein Mann sie küsste … Bis jetzt.

Er umfasste ihr Kinn und strich ihr mit schwieligen Fingerspitzen über die Haut. Es schien beinahe unmöglich zu sein, dass ein Mann mit solcher Körperkraft sie so zärtlich berühren konnte. Langsam näherte er sich ihrem Mund, und voller Erwartung, die in ihr knisterte wie ein Flächenbrand auf trockenem Laub, hielt sie den Atem an. Ihre Brustwarzen richteten sich auf und pressten sich drängend an seine Brust. Ihr ganzer Körper fühlte sich so empfindsam an, als könnte sie bei der kleinsten Berührung zu flüssiger Hitze zerschmelzen.

Sein warmer Atem streifte ihre Haut, der leichte Hauch nach Gewürzen reinste Versuchung. Schließlich, als sie schon glaubte, sie könne es keinen Augenblick länger aushalten, berührten sich ihre Lippen.

Sie verspürte ein scharfes Ziehen in der Brust, dann ein jähes Gefühl der Überraschung und einen Augenblick köstlichen Erwachens, wie die Blütenblätter einer Blume, die unter der warmen Sonne aufblüht. Seine Lippen waren warm und samtig weich. Sie konnte ihn schmecken, den Hauch von Gewürz, den sie schon vorhin bemerkt hatte – Zimt –, aber intensiver und geheimnisvoller durch seine Hitze.

Er legte ihr die Hand in den Nacken und grub die Finger in ihr Haar, um ihre Lippen noch fester an sich zu pressen.

Sein Kuss war kühn und besitzergreifend – wie der Mann selbst – und überhaupt nicht wie der keusche Kuss, den sie erwartet hatte.

Sie sank gegen ihn, genoss das Gefühl seiner Lippen auf ihrem Mund und wollte ihn noch tiefer kosten. Erregung pulsierte durch ihren Körper. Fordernd drängte er ihre Lippen auseinander. Unter ihren Fingerspitzen wölbten sich seine harten Muskeln vor Anstrengung, und sie konnte spüren, dass er gegen irgendetwas ankämpfte.

Mit einem leisen Stöhnen gab er sie frei, und zurück blieb ein Taumel der Sinne. Ein Gefühl der Enttäuschung. Aber vor allem die Sehnsucht nach mehr.

Diese Erkenntnis zerstob den Nebel, der sie umgab, seit er ihre Hand ergriffen hatte. Tiefe Röte schoss ihr in die Wangen aus Scham über die Freiheiten, die sie ihm erlaubt hatte. Einem Fremden. Ihr Vater und ihre Brüder würden ihn töten, wenn sie wüssten, was er getan hatte.

»Ihr habt Euch Euren Lohn genommen«, meinte sie mit zitternder Stimme und wandte sich ab, damit er nicht sah, welche Wirkung er auf sie ausübte. »Nun lasst mich in Frieden, wenn ich bitten darf.«

Er packte sie am Arm und zwang sie, ihn anzusehen. »Ich habe nichts *genommen*, meine Süße.« Sie konnte den Zorn in seinem Blick sehen. »Soll ich es Euch noch einmal in Erinnerung rufen?«

Mit weit aufgerissenen Augen schüttelte sie den Kopf. Er ließ ihren Arm los und drehte sich zu seinem Pferd um. Sie fragte sich, ob er sie einfach so ohne ein weiteres Wort verlassen würde. Der Gedanke war seltsam enttäuschend.

Stattdessen beobachtete sie überrascht, wie er ein Plaid aus der ledernen Satteltasche zog und damit zu ihr zurückkam. »Hier«, sagte er und reichte es ihr. »Das könnt Ihr umlegen.«

Diese rücksichtsvolle Geste überraschte sie nicht weniger, als wenn ihm plötzlich Flügel und ein Heiligenschein gewachsen wären anstelle der Hörner und des Dreizacks, den sie ihm zugedacht hatte. Ihr war selbst erst in diesem Augenblick klar geworden, wie hoffnungslos es sein würde zu versuchen, ihr Kleid alleine anzuziehen. In das Plaid gehüllt konnte sie sich die Peinlichkeit und die unangenehmen Erklärungen ersparen, nur mit dem Unterhemd bekleidet in die Burg zurückzukehren. »Danke«, flüsterte sie. Er nahm ihren Dank mit einem Kopfnicken an und wandte sich dann zum Gehen, doch sie hielt ihn zurück. »Wer seid Ihr?«

Ein schiefes Lächeln spielte um seine Mundwinkel. »Nur ein einfacher Ritter, Mylady.« Ohne ein weiteres Wort schwang er sich aufs Pferd und ritt auf die Burg zu.

Und während sie ihm nachsah, fragte sie sich unwillkürlich, ob seine Rüstung am Ende nicht doch im Sonnenlicht schimmerte.

Verdammt. Das war ganz und gar nicht so verlaufen, wie er es geplant hatte.

Jamie Campbell war nicht leicht zu überraschen, doch das Lamont-Mädchen hatte genau das geschafft. Sie war wie warmes, köstliches Zuckerwerk in seinen Armen gewesen und ihm weich und süß entgegengeschmolzen. Mit einem tiefen Atemzug versuchte er das Feuer zu löschen, das ihm immer noch das Blut zum Kochen brachte, doch die heftige Welle der Lust, die dieser Kuss in ihm ausgelöst hatte, erwies sich als ungewöhnlich hartnäckig. Schon lange hatte er keinen derartigen Hunger mehr verspürt – einen Hunger, den zu stillen es weit mehr als nur eines Kusses bedurfte.

Jedenfalls war dieser Vorfall eine reichlich unglückliche Art und Weise, die Bekanntschaft des Mädchens zu machen, um das er hier angeblich werben wollte.

Er hatte in den Wäldern eigentlich nach etwas völlig anderem gesucht, als er zufällig auf das erfolgreiche Ende dieser Rettungsaktion für ein kleines Kätzchen gestoßen war. Der Junge war gerade außer Sicht verschwunden, als er sie – oder besser gesagt ihre wohlgerundete Kehrseite – erblickt hatte, gerade als sie dabei war, abzustürzen und sich den hübschen kleinen Hals zu brechen.

Er bemerkte zwar das kostbare Kleid, das über einen Baumstamm geworfen war, aber erst als er ihr Gesicht sah, erkannte er, wer sie war: Caitrina Lamont. Sie musste es sein. Die Ähnlichkeit mit ihrer Mutter war verblüffend. Er hatte Marion Campbell nur ein einziges Mal gesehen, als er noch ein Junge gewesen war, und sie war keine Frau gewesen, die man leicht vergaß. Marions Vater, der Laird of Cawdor, hatte seiner schönen Tochter niemals verziehen, dass sie vor all den Jahren mit seinem Erzfeind, dem Lamont-Chief, durchgebrannt war. Die Fehde zwischen den Clans lebte weiter. Eine nur zu verbreitete Sitte zwischen benachbarten Clans, wo das Land knapp war und sein Besitz Anlass zu Streitigkeiten bot.

Caitrina Lamonts Schönheit wurde weithin in Lobliedern besungen, und zur Abwechslung waren die Gerüchte nicht übertrieben. Normalerweise bevorzugte er eine ruhigere, reserviertere Schönheit, doch etwas an dem Mädchen zog ihn an mit ihrer bemerkenswerten Kombination aus schwarzem Haar, heller Haut, blauen Augen und roten Lippen.

Und diesem Körper ... Teufel, sie hatte einen Körper, der einen Mann vor Verlangen um den Verstand bringen konnte – lange, wohlgeformte Glieder, einen kurvigen Hintern und üppige, runde Brüste. Sein Körper regte sich bei der allzu deutlichen Erinnerung daran, wie es sich angefühlt hatte, als sich diese köstlichen Kurven an ihn pressten ... Es war himmlisch gewesen – und die Hölle, weil er sie nicht berühren konnte. Das unbedarfte Mädchen sollte froh sein, dass er es war, der sie entdeckt hatte.

Obwohl er bezweifelte, dass sie das genauso sah.

Er hatte wirklich nur vorgehabt, ihr von dem Baum herunterzuhelfen, aber etwas an ihrem Tonfall hatte ihn provoziert – als ob es ihr niemals in den Sinn käme, dass ihr jemand etwas abschlagen könnte. Und er hatte den unerwarteten Drang verspürt, sie zu necken. Der Ausdruck auf ihrem Gesicht, als er sich weigerte, war unbezahlbar gewesen: absolut fassungslos und verwirrt. Ganz offensichtlich war Caitrina Lamont ein Mädchen, das es gewohnt war, seinen Willen zu bekommen.

Eigentlich hatte er dem stolzen, kleinen Luder durch seine

Forderung eines Kusses nur eine Lektion erteilen wollen und nicht vorgehabt, sie an die Abmachung zu binden – bis sie versucht hatte, ihn auszutricksen, indem sie ihm stattdessen ihre Hand zum Kuss anbot. Dennoch wollte er sie nur dazu bringen, sich nach einem Kuss zu *sehnen* – und nicht, sie tatsächlich zu küssen. Aber der süße Geschmack ihrer Haut und das noch süßere Erschauern unschuldiger Leidenschaft, als seine Lippen ihr Handgelenk und den Arm berührten, war zu verlockend gewesen, um widerstehen zu können.

Jamie verließ den Schutz der Bäume und zügelte sein Ross, als die Burg in Sicht kam. Ascog Castle, die Festung der Lamonts of Ascog, bestand aus einem einfachen, rechteckigen Wohnturm mit vier Stockwerken und einer Dachkammer umgeben von einer massiven Befestigungsmauer und befand sich auf einer kleinen Erhöhung am nördlichen Rand des Loch. Mit dem Loch im Süden, den Wäldern im Westen und den Hügeln im Norden gab es hier genügend Orte, an denen man sich verstecken konnte, und es war seine Aufgabe herauszufinden, ob jemand diese Orte als Versteck benutzte.

Alasdair MacGregor und seine Männer waren auf der Flucht, und Jamie besaß die Vollmacht von ›Feuer und Schwert‹, die es ihm erlaubte, sie zu finden und für die schändlichen Taten zur Rechenschaft zu ziehen, die sie an jenem Tag begangen hatten, der als das Massaker von Glenfruin – dem Tal des Leides – in die Geschichte eingegangen war.

Es war nicht das erste Mal, dass die MacGregors für vogelfrei erklärt worden waren. In den letzten achtzig Jahren war der Clan immer wieder mit dem Gesetz in Konflikt geraten, aber für König James bedeutete Glenfruin – wo über einhundertvierzig Colquhouns getötet und jedes Haus und jede Scheune in Luss niedergebrannt worden waren – den Tropfen, der das Fass zum Überlaufen brachte. Der Geheime Rat hatte den Clan geächtet – ihnen sogar bei Todesstrafe verboten, sich MacGregor zu nennen – und Befehl erteilt, sie zu jagen und auszulöschen. Mit der Ausführung dieses Befehls war Jamies Cousin, der Earl of Argyll, beauftragt worden, und in den letzten Monaten war Jamie der Spur von Gerüchten, gestohlenem Vieh und niedergebrannten Bauernhöfen durch ganz Argyll und dessen Grenzland gefolgt. Obwohl alles darauf hindeutete, dass MacGregor auf dem Weg in seine ehemaligen Ländereien nahe den Lomond Hills war, hielt Jamie das für zu offensichtlich. Alasdair MacGregor war gerissener.

Trotz ihrer Ächtung hatten die MacGregors immer noch genug Freunde in den Highlands, die ihnen möglicherweise Unterschlupf gewähren würden – Freunde wie die Lamonts. Eine alte Legende von der Gastfreundschaft der Highlander – ihrem am höchsten geschätzten Brauch – und ein leiser Verdacht hatten Jamie also nach Ascog geführt.

Als er das Tor erreichte, hielt einer der Wachmänner des Lamont ihn auf. »Euren Namen, Sir.«

Jamie begegnete seinem freundlichen Blick. »James Campbell, Captain von Castleswene.«

Alle Anzeichen freundlichen Willkommens verflogen und machten einem kaum verhohlenen Hass und einer gesunden Portion Angst Platz. Es war eine Reaktion, an die Jamie sich im Lauf der letzten Jahre bereits gewöhnt hatte. Und es war auch der Grund, warum er gezögert hatte, dem Mädchen gegenüber seinen Namen zu erwähnen. Wieder einmal schien es, als sei ihm sein Ruf – zweifelsohne übertrieben – vorausgeeilt.

Der Wachmann umklammerte sein Schwert fester. »Ich werde dem Chief Bescheid geben, dass er einen ... *Gast* hat.« Er sprach das Wort aus, als habe er den Mund voller Pferdeäpfel.

Jamie saß ab und warf dem überraschten Wachmann die Zügel zu. »Ich werde es ihm selbst sagen«, meinte er und deutete auf den Mann, der soeben aus der Waffenkammer kam.

Der Wachmann versuchte, ihm den Weg zu verstellen. »Aber Ihr könnt nicht ...«

»Doch«, fiel Jamie ihm mit gefährlich leiser Stimme, die keinen Widerspruch duldete, ins Wort. »Ich kann.« Er trat an dem jüngeren Mann vorbei. »Lamont!«, schallte seine Stimme gebieterisch über den *barmkin*.

Der Chief drehte sich zu ihm um. Erkennen blitzte in seinen Augen auf, und schnell sagte er etwas zu den beiden jüngeren Männern an seiner Seite. Der Lamont war ein erfahrener Krieger, der es verstand, seine Reaktionen zu verbergen, aber dem jüngeren der beiden Männer gelang dies nicht so gut. Jamie beobachtete sie genau, deshalb entging ihm das Aufflackern von Beunruhigung nicht, das aber schnell wieder überspielt wurde. War es nur die Reaktion darauf, dass ein Campbell ihre Burg betreten hatte, oder hatten sie etwas zu verbergen? Das würde er schon noch früh genug herausfinden.

Der Lamont kam mit langen Schritten auf ihn zu. Für einen Mann, der bereits jenseits der fünfzig sein musste, wirkte er rüstig und bewegte sich mit der Kraft und Gewandtheit eines Respekt einflößenden Kriegers.

»Campbell«, sagte er. »Hätte ich gewusst, dass Ihr kommt, wäre ich hier gewesen, um Euch persönlich zu begrüßen.«

Jamie lächelte. Sie wussten beide, dass Jamies Versäumnis Absicht gewesen war. Es wäre ihm wohl kaum dienlich gewesen, den Lamont vor seiner Ankunft zu warnen. Wenn Lamont den MacGregor und seine Männer versteckte, so wie Jamie es vermutete, dann wollte er ihm nicht die Gelegenheit dazu geben, sie heimlich wegbringen zu lassen. Unter den wachsamen Augen von Jamie und seinen Männern waren sie gezwungen, genau dort zu bleiben, wo sie waren.

Der Lamont sah an ihm vorbei und runzelte die Stirn. »Ihr seid alleine gekommen?«

In einer Zeit, in der der Einfluss eines Mannes an der Zahl von *luchd-taighe,* Wachmännern, gemessen wurde, die ihn umgaben, war es unüblich – um nicht zu sagen, gefährlich – ohne Gefolge zu reisen. Doch Jamie brauchte keine Armee von Männern, um ihn zu beschützen. Er zog es vor, allein – oder, wie in diesem Fall, mit nur wenigen handverlesenen Männern – zu arbeiten. »Meine Männer kommen später an.« Nachdem sie damit fertig waren, die Gegend im Umkreis um die Burg auszukundschaften. Jamie deutete auf die beiden Männer, die schützend neben ihrem Chief standen. »Eure Söhne, nehme ich an?«

Der Lamont nickte. »Mein *tanaiste*, Malcolm, und mein zweiter Sohn Niall.« Der ältere sah mit blonden Haaren und grünen Augen seinem Vater ähnlich, aber der zweite – Niall – bestätigte Jamie noch mehr darin, dass das Mädchen auf dem Baum Caitrina Lamont gewesen war. Der Haar- und Augenfarbe nach hätten sie Zwillinge sein können, allerdings war Niall ein paar Jahre älter. »Kommt«, forderte der Lamont ihn auf. »Leistet uns im Saal Gesellschaft, und trinkt mit uns. Die Festlichkeiten beginnen erst in einigen Stunden.«

Jamie willigte ein und folgte den Männern die hölzerne Treppe hinauf in den Turm. Wie bei den meisten Wohntürmen befand sich der Eingang im ersten Stock des Turms, über dem Gewölbe im Erdgeschoss.

Bei einem Angriff konnten die hölzernen Stufen leicht entfernt oder, falls nötig, in Brand gesteckt werden.

Im Innern des Turms war es deutlich kühler und dunkler. Die dicken Steinmauern waren nicht nur ein wirksamer Schutz gegen Feinde, sondern auch gegen die Sonne. Durch den schmalen Eingang gelangten sie in den großen Saal. Die Burg war gepflegt und bequem eingerichtet: Bunte Webteppiche schmückten die Fußböden, Gemälde und Wandteppiche bedeckten die Wände, und einige silberne Kandelaber waren im Raum verteilt. Der Lamont war kein reicher Mann, aber ein armer Mann war er ebenso wenig. Dennoch sah alles ein wenig abgenutzt aus – die jahrelange Fehde mit den Campbells forderte ihren Tribut.

Sie setzten sich an die Hohe Tafel, und der Lamont wies eine Dienstmagd an, ihnen Erfrischungen zu bringen, welche umgehend in gravierten Silberkelchen gereicht wurden, die das Wappen und das Motto der Lamont trugen: *Ne Parcas Nec Spernas* – weder verschonen noch verschmähen. Nachdem die Dienerin gegangen war, wandte der Lamont sich Jamie zu und fragte ohne Umschweife: »Warum seid Ihr hier? Was will der Earl of Argyll von mir?«

Jamie nahm einen langen Schluck Ale und beobachtete den anderen Mann über den Rand seines Kelchs hinweg. Direktheit war eine Eigenschaft, die er bewunderte. Er stellte den Kelch auf der Tafel ab und ließ sich bewusst Zeit mit seiner Antwort. Doch alle drei Männer saßen vollkommen ruhig da und ließen sich nichts anmerken.

»Ihr veranstaltet doch die Spiele, nicht wahr?«

»Ihr könnt doch nicht vorhaben, bei den Wettkämpfen mitzumachen?«, platzte Niall unfähig, sein Erstaunen zu verbergen, heraus.

Jamie bedachte ihn mit einem harten Blick, da er den Grund für diese Reaktion ahnte. Die Campbells waren ein alter und stolzer Clan der Highlands, doch durch ihre Verbindung mit dem König setzten zu viele sie mit Lowlandern gleich. »Ich *bin* ein Highlander«, entgegnete er mit einem warnenden Unterton in der Stimme.

Niall sah aus, als wolle er in diesem Punkt widersprechen, doch klugerweise hielt er sich zurück.

Der Chief beeilte sich, die wachsende Spannung zu lockern. »Ich hätte nicht gedacht, dass Argyll die Spiele für wichtig genug hält, als dass sein vertrauenswürdigster Henk …« – er räusperte sich – »Hauptmann ihnen seine Aufmerksamkeit schenkt.«

Jamie zog eine Augenbraue hoch, denn ihm war sehr wohl bewusst, was der Lamont beinahe gesagt hätte. Henker war noch eine der freundlicheren Bezeichnungen, die man ihm gab. »Mein Cousin hat großes Interesse an allem, was in Argyll und Bute geschieht«, antwortete er betont. Mit dem Finger fuhr er über die reichen Verzierungen seines Kelches. »Aber da ist auch noch die Angelegenheit bezüglich Eurer Tochter.«

Alle drei Männer spannten sich an und sahen aus, als wollten sie zu den Schwertern greifen. Der alte Chief erholte sich als Erster, und sein Blick wurde hart und ausdruckslos. »Warum ist meine Tochter von Interesse für Euch?«

»Ich bin gekommen, um mit eigenen Augen zu sehen, ob es zutrifft, was man von ihr behauptet.«

Der alte Mann musterte ihn sorgfältig, und Jamie konnte sehen, wie er innerlich damit rang, was das bedeutete. Wenn es ihm auch nicht gefallen mochte, so war der Lamont doch klug genug, um zu erkennen, dass eine Verbindung mit den Campbells – und ganz besonders mit dem Cousin und engen Vertrauten des mächtigsten Campbell von allen – nicht einfach kurzerhand abzuweisen war.

»Und Ihr interessiert Euch für sie?«, fragte der Chief überraschend ruhig, obwohl die Art, wie seine Knöchel, mit denen er den Kelch umklammerte, weiß hervortraten, Jamie sagte, dass er alles andere als ruhig war.

»Vielleicht.« Unverbindlich zuckte er mit den Schultern, erfreut darüber, dass seine List funktioniert hatte. Die Lamonts waren zwar argwöhnisch, was den Grund seines Besuches anging, aber nun waren sie zusätzlich auch noch besorgt und würden einen Teil ihres Augenmerks auf das Mädchen richten.

3

Gegen Mittag war zumindest Caitrinas vormaliger Bekleidungszustand wiederhergestellt, wenn auch nicht ihre gute Laune. Sie hatte das Zwischenspiel im Wald, so gut es ging, aus ihren Gedanken verdrängt, aber die Erinnerung an diesen Kuss schien sich dauerhaft in ihr Bewusstsein eingebrannt zu haben und hinterließ in ihr ein Gefühl der Unruhe.

Hastig eilte sie die Treppe zum Saal hinunter, und als sie die Geräusche der Festlichkeiten vernahm, wusste sie, dass sie sich verspätete. Ein Umstand, der ihren Vater sicher verärgern würde. Zweifellos würde er ihr Zuspätkommen als einen weiteren Versuch interpretieren, sich vor ihrer ›Pflicht‹ zu drücken. Es war einfach nicht fair. Sie wurde einer Horde hungriger Geier vorgeführt, und ihre zwei Brüder, ihre zwei *älteren* Brüder, durften tun und lassen, was sie wollten. Malcolm war beinahe fünf Jahre älter als sie und immer noch nicht verheiratet. Während ihre Brüder mit jedem unpassenden Mädchen auf Bute schäkerten, war sie das ganze vergangene Jahr gezwungen gewesen, sich den unablässigen Strom von Verehrern vom Leib zu halten, die vor den Burgtoren aufmarschiert waren.

Sie wusste, dass ihr Vater glaubte, es sei das Beste für sie, das Thema ihrer Heirat voranzutreiben. Er machte sich Sorgen, dass sie es eines Tages leid sein würde, sich um ihn und ihre Brüder zu kümmern, und dass sie sie zu behütet aufwachsen ließen. Sie hatte Bute noch nie verlassen, außer um ihren Onkel, den Lamont of Toward, zu besuchen. Doch ihr Vater irrte sich. Sie hatte kein Verlangen danach, an den Königshof zu gehen – oder sonst wohin, was das betraf. Alles, was sie wollte, befand sich genau hier.

Sie liebte ihre Familie und hatte nicht die Absicht, Ascog so bald zu verlassen. Und ganz sicher nicht für einen der überheblichen Tölpel, die sie über die Tafel hinweg Abend für Abend lüstern anstarrten, als wäre sie ein Preis, den es zu gewinnen galt, oder für einen der stammelnden Jünglinge, die ihr unsterbliche Liebe schworen, kaum fünf Minuten, nachdem sie sie zum ersten Mal gesehen hatten. Nein, Caitrina war sehr zufrieden, wo sie war. Sie lächelte. Selbst wenn sie jeden Mann in den Highlands abweisen musste, um sicherzugehen, dass es auch so blieb.

Diesmal allerdings hatte sie sich nicht verspätet, weil sie versuchte, ihren Verehrern aus dem Weg zu gehen. Es hatte länger gedauert, als sie gedacht hatte, zu baden und sich zum zweiten Mal an diesem Tag in ihr Kleid helfen zu lassen. Tatsächlich freute sie sich sogar auf das Festmahl. Auch wenn ihr der Hintergedanke ihres Vaters – nämlich einen Ehemann für sie zu finden – nicht gefiel, so war es doch eine Ehre, um nicht zu sagen, aufregend, dass er angeboten hatte, die Spiele auf Ascog abzuhalten. Und sie musste sich auch eingestehen, dass sie eine gewisse Neugier verspürte herauszufinden, wer ihr kühner Krieger war.

Auf dem Treppenabsatz vor dem großen Saal blieb sie stehen, um wieder zu Atem zu kommen, und warf einen verstohlenen Blick hinein. Der große, weitläufige Raum war bis zum Bersten mit den farbenfroh gekleideten Clansleuten gefüllt, die lautstark und mit reichlich vom besten Ale des Lamont die Eröffnung der Spiele feierten. Obwohl die Sonne hell durch die vier Fenster schien, hatte die sanfte Wärme des späten Frühlingstages nicht die Kraft, die Kälte eines ungewöhnlich langen Winters zu vertreiben, die sich hartnäckig in den Mauern hielt, und das rauchige Aroma nach Torf von dem riesigen Kamin hinter der Hohen Tafel stieg ihr in die Nase.

Sofort suchte Caitrinas Blick ihren Vater, um abzuschätzen, in welcher Stimmung er sich befand. Er sah prächtig aus, wie er in seinem feinen Seidenwams an der Hohen Tafel saß. Von hier aus konnte sie seinen Teller nicht sehen, aber sie hoffte, dass er den Rat der Heilerin befolgte und die reichhaltigen französischen Speisen mied, mit denen ihn ihre Mutter vor langer Zeit bekannt gemacht hatte. Er klagte in letzter Zeit über Schmerzen in der Brust, und Caitrina machte sich Sorgen.

Gerade wollte sie den Saal betreten, als sie die Anwesenheit einer vertrauten Person hinter sich spürte.

»Ich glaube, du hast deine Krone vergessen.«

Sie drehte sich um und sah in die lachenden blauen Augen ihres Bruders Niall. In gespielter Begriffsstutzigkeit hob sie das Kinn, da sie die Neckereien ihres Bruders gewohnt war. »Ich habe keine Ahnung, was du meinst.«

Kurz musterte er ihr Kleid von oben bis unten, dann stieß er einen leisen anerkennenden Pfiff aus. »Sieh sich das einer an! Man könnte glauben, du wärst auf dem Weg nach Whitehall, um mit den verdammten Engländern bei Hofe zu verweilen.« Er schüttelte den Kopf. »Aber sieh dich vor; Queen Anne hat nicht gerne Konkurrenz.«

»Ach, halt den Mund, Niall«, erwiderte sie und gab ihm einen schwesterlichen Schubs.

Lachend schlang er die starken Arme um sie, hob sie hoch und wirbelte sie herum. »Ach, Caitrina, du bist einfach ein hübscher Anblick, Mädchen.«

Sie kicherte. »Lass mich runter, du überheblicher Tölpel!«

»Überheblicher Tölpel?«, meinte er und wirbelte sie erneut herum.

Als ihre Füße endlich wieder den Boden berührten, war sie vor Lachen ganz außer Atem, und alles drehte sich um sie. Er musste sie einen Augenblick lang festhalten, bis sie sich wieder gefangen hatte. Sie konnte nicht anders und fragte: »Niall?«

»Ja, meine Hübsche?«

»Stimmt eigentlich etwas mit meiner Nase nicht?«

Mit gerunzelter Stirn betrachtete er ihr Gesicht. »Warum fragst du?«

Sie unterdrückte die Röte, die ihr in die Wangen stieg. »Ich glaube, sie sieht ein wenig schief aus.«

Er grinste. »Soll das denn nicht so sein?«

Als sie das Lachen in seinem Blick sah, versetzte sie ihm erneut einen Klaps. »Schuft! Ich weiß gar nicht, warum ich mir überhaupt die Mühe mache, dich etwas Ernstes zu fragen.«

Er kniff sie leicht in die Nase und wackelte damit. »Mit deinem Näschen ist alles in Ordnung. Und nun ...«, meinte er, während er den Blick wieder in den Saal richtete, »wessen unglückliches Herz wird denn heute Abend auf einem Silbertablett serviert werden?« Er deutete auf einen gutaussehenden jungen Mann, der in der Nähe der Tür saß. »Der junge MacDonald da drüben, oder vielleicht ein Graham?« Er deutete mit dem Finger durch den Saal. »Oder vielleicht soll es ein Murray sein?«

Sie schob ihn von sich, ohne sich ein Lächeln verkneifen zu können. »Du weißt, dass ich an keinem von ihnen Interesse habe.«

Niall zog eine Braue hoch, und seine Augen funkelten. »Nun, so wie du angezogen bist, werden sie Interesse an dir haben.«

Caitrina scherte sich keinen Deut darum, aber unbewusst ließ sie den Blick durch den Saal schweifen, um nach ihrem unbekannten Retter zu suchen. Sie sah wieder zur Hohen Tafel, wo ihr Vater mit Malcolm zu seiner Linken saß. Rechts von ihm war ihr leerer Platz, und daneben ... Der Atem stockte ihr. Er war es, dort auf einem Ehrenplatz an der Hohen Tafel. Also hatte sie recht gehabt in ihrer Annahme, dass er ein Mann von Rang und Reichtum war.

»Niall«, mühsam kämpfte sie die plötzliche Atemlosigkeit in ihrer Stimme nieder, »wer ist dieser Mann neben Vater?«

Nialls Gesicht verfinsterte sich, und jede Spur von Belustigung verflog. »James Campbell«, zischte er.

Ein erstickter Laut blieb ihr in der Kehle stecken, und das Blut wich aus ihrem Gesicht. *Ein Campbell.* Unwillkürlich fuhr sie sich mit den Fingern entsetzt an die Lippen. *Gütiger Gott, sie hatte einen Campbell geküsst!*

Caitrina wusste nicht, was schlimmer war – die Erkenntnis, dass sie die Ausgeburt des Teufels geküsst hatte ...

Oder dass es ihr gefallen hatte.

Jamies Anwesenheit war unter den Feiernden nicht unbemerkt geblieben. Doch trotz des allgemein kühlen Empfangs amüsierte er sich. Die Dudelsackpfeifer des Lamont erfüllten den Saal mit Musik, das Essen war reichlich und schmackhaft zubereitet, und das Ale floss in Strömen. Nur eine einzige Sache fehlte: Es war noch immer keine Spur von der Tochter des Lamont zu sehen.

Ein reumütiges Lächeln umspielte seinen Mund. Es würde ihn nicht wundern, wenn der gerissene Chief sie heimlich hatte fortbringen lassen, um sie vor seinen Klauen zu schützen. Teufel, Jamie konnte ihm keinen Vorwurf machen. Caitrina Lamont war ein Juwel, das jeder Mann besitzen wollte.

Obwohl die Lady der Burg durch Abwesenheit glänzte, musste er Lamont für seine Qualitäten als Gastgeber bewundern. Der Chief hatte seinen unerwarteten Gast neben die einzige Person im ganzen Saal gesetzt, die aller Wahrscheinlichkeit nach nichts dagegen hatte, neben ihm zu sitzen: Margaret MacLeod. Margaret – Meg – war eine der engsten Freundinnen von Jamies Schwester Elizabeth.

Vor gar nicht allzu langer Zeit hatte Jamie Meg zu seiner Frau machen wollen. Doch sie hatte sich entschieden, stattdessen Alex MacLeod zu heiraten – den Bruder von Chief Rory MacLeod. Obwohl Jamie damals wütend gewesen war, wusste er nun nach beinahe drei Jahren Abstand, dass sie recht gehabt hatte. Er hatte Meg geliebt, so gut es ihm möglich gewesen war, und er empfand genug für sie, um zu wissen, dass sie mehr verdiente.

»Ich bin so froh darüber, dass du hier bist, Jamie«, wiederholte Meg mit einem breiten Lächeln auf dem Gesicht. »Wir bekommen dich so selten zu Gesicht.«

Jamie wies mit einem Kopfnicken auf ihren Ehemann, der weiter unten an der Tafel saß und in ein Gespräch mit dem Maclean of Coll vertieft war, dem Ehemann von Alex' Halbschwester Flora – die zufällig auch Jamies Cousine war. Flora war hochschwanger und konnte deshalb nicht reisen, also war ihr Ehemann, mit dem sie seit knapp einem Jahr verheiratet war, alleine gekommen.

»Ich glaube nicht, dass dein Mann genauso denkt«, meinte er.

Alex und Rory MacLeod hatten Jamie freundlich, aber zurückhaltend begrüßt. Nicht, dass ihn das sonderlich überraschte. In den drei Jahren, seit Jamie neben Alex in der Schlacht von Stornoway Castle gekämpft hatte, hatten sich Jamies Interessen und die seiner ehemaligen Freunde aus Kindertagen beinahe bis zum Zerwürfnis auseinanderentwickelt. Obwohl sie dem Earl of Argyll durch ein Lehensbündnis verpflichtet waren – einem Vertrag, der Clans wie in einem Familienverhältnis miteinander verband, indem er ihnen Schutz im Gegenzug gegen Lehensabgaben bot –, hingen Alex und Rory immer noch der Vergangenheit an und verabscheuten die wachsende Autorität des Königs in den Highlands. Sie hatten Mitgefühl mit den MacGregors und missbilligten Jamies Anteil an deren Unterdrückung. Andererseits waren die MacLeods ebenso wie die Lamonts nie Opfer der plündernden und brandschatzenden MacGregors geworden.

Jamie vermisste die ungezwungene Kameradschaft, die ihn in seiner Jugend mit den MacLeods verbunden hatte, aber ihm war ebenfalls klar, dass solche Freundschaften der Vergangenheit angehörten. Auch wenn sie sich gegenseitig noch respektierten, je größer Jamies Verantwortung und Einfluss wurden, umso komplizierter wurden seine Freundschaften. Er arbeitete alleine; so war es einfacher.

Meg zog die Nase kraus. »Kümmere dich nicht um Alex. Er hat nicht vergessen, was du für ihn getan hast«, sagte sie voller Wärme und drückte sanft seinen Arm. »Und ich auch nicht.«

Jamie nahm die unausgesprochene Dankbarkeit mit einem Nicken an. Nach dem Sieg der MacLeods bei Stornoway gegen die Männer des Königs hatte Jamie seinen Einfluss bei Argyll geltend gemacht, um zu verhindern, dass Alex geächtet und des Hochverrats angeklagt wurde.

»Bist du glücklich, Meg?«

Sofort flog ihr Blick die Tafel entlang zu ihrem Ehemann, und der weiche Ausdruck auf ihrem Gesicht sagte alles. Er hatte Meg schon immer für hübsch gehalten, aber wenn sie ihren Mann ansah, dann hob sie sich über schlichte körperliche Schönheit hinaus. Alex MacLeod war ein Glückspilz.

»Ja«, antwortete sie. »Ich war noch nie so glücklich.«

»Das freut mich für dich«, sagte er und meinte es auch so.

»Und was ist mit dir, Jamie? Bist du glücklich?«

Die Frage traf ihn unvorbereitet. Glück war etwas, worüber er nicht nachdachte. Als drittjüngster Sohn trieben ihn andere Überlegungen an. Und Glück – eine für Frauen typische Empfindung – war keine davon. Gerechtigkeit, das Gesetz, Autorität, Land, die Fähigkeit, für seine Männer zu sorgen – das waren die Dinge, die für ihn zählten. »Ich bin zufrieden.«

Meg musterte ihn eindringlich. »Du hast dir jedenfalls einen ziemlichen Namen gemacht.«

Er lachte. Das sah Meg ähnlich, sie sprach immer alles unverblümt aus, um es gelinde auszudrücken. »Ich nehme an, dass du das nicht gutheißt.«

Sie zuckte die Schultern. »Ich glaube nicht einmal die Hälfte von dem, was man sich erzählt.«

Er lächelte trocken. »Dann hast du keine Angst, dass ich nachts durch dein Fenster klettere und deine Kinder stehle?«, bezog er sich spöttisch auf die Warnungen, die Mütter ihren Kindern gaben, wenn sie unartig waren: ›Sonst kommt der Campbell-Henker und holt dich!‹

Grinsend schüttelte Meg den Kopf. »Nein, aber der Earl verlässt sich zu sehr auf dich. Elizabeth schreibt, dass sie dich kaum noch sieht.«

»Lizzie übertreibt.« Er sah Meg lange an. Obwohl viele in diesem Saal es vorzogen, den Kopf in den Sand zu stecken und zu ignorieren, was um sie herum vorging, verstand Meg die Veränderungen, die den Highlands bevorstanden. Das Zeitalter der uneingeschränkten Macht der Chiefs war vorbei – und offen gesagt waren sie ihrer Aufgabe auch seit der Auflösung der ›Lordship of the Isles‹ nicht gerecht geworden. Wie König James war Jamie fest entschlossen, die in den Highlands herrschende Gesetzlosigkeit und Unruhe zu bekämpfen. Einst hatte er geglaubt, dass sie ihn verstand. Aber vielleicht hatte Megs Ehe sie mehr verändert, als ihm klar gewesen war. Die wachsende Macht und Autorität Argylls, und dadurch auch Jamies, hatte weitverbreitet Feindseligkeit und Misstrauen erzeugt – was sich auch auf viele seiner Freundschaften ausgewirkt hatte. Er hoffte, dass sich das nicht auch auf Meg erstreckte.

»Sie macht sich nur Sorgen um dich«, meinte Meg, die zu spüren schien, welche Richtung seine Gedanken eingeschlagen hatten. »So wie ich.«

»Das ist unbegründet«, entgegnete er schroff. Dann, freundlicher: »Ich werde Lizzie schon bald in Dunoon treffen. Dann wird sie sehen, dass es nichts gibt, worüber sie sich Sorgen machen muss.«

Ein weiteres Tablett mit Speisen wurde aufgetragen, und er war dankbar für die darauf folgende Pause der Unterhaltung.

Er wusste sofort, wann das Lamont-Mädchen den Saal betrat. Eine aufgeregte Stille legte sich mit einem Mal über die Menge, und jedes männliche Augenpaar im Saal heftete sich auf sie, als sie langsam auf die Tafel ihres Vaters zuschritt, so majestätisch wie eine Königin – *eine Prinzessin*, verbesserte er sich. Sie sah viel zu frisch und unschuldig aus, um eine Königin zu sein.

Sie raubte ihm den Atem. Das glänzende schwarze Haar war hoch auf ihrem Kopf festgesteckt, und lange, gelockte Strähnen fielen an ihrem schlanken Nacken herab. Ihre Züge waren von klassischer Schönheit, aber sie wurden noch hervorgehoben durch den lebhaften Kontrast ihrer schneeweißen Haut, der strahlend blauen Augen und rubinroten Lippen. *Teufel*, dachte er und schüttelte sich leicht. Er klang ja wie ein verdammter Barde!

Als sie näher kam, erstarrte Jamie. *Was zur Hölle trug sie da?* Die Welle des Zorns, die ihn erfasste, war ebenso heftig wie unvernünftig. Er hatte keinen Anspruch auf das Mädchen, aber jeder seiner Instinkte schrie auf vor Besitzgier, die ihn wie ein scharfes Schwert durchzuckte. Er krampfte die Hand um den Kelch, während er gegen den primitiven Drang ankämpfte, sie über die Schulter zu werfen und nach oben zu tragen, damit sie sich etwas Anständigeres anziehen konnte. Obwohl die weiten Röcke des Gewands ihre kurvenreiche Figur nicht so deutlich enthüllten, wie ihre beinahe durchsichtige Bekleidung es an diesem Morgen getan hatte, konnte man von ihrem Mieder nicht gerade dasselbe behaupten. Das bisschen Stoff, aus dem es bestand, war bis zum Bersten gespannt und bedeckte kaum den rosigen Hof ihrer Brustwarzen. Die üppige, jugendliche Fülle ihrer Brüste war für jeden deutlich zu sehen.

Er krampfte die Hand so fest um den Kelch, bis er glaubte, das Silber würde sich verbiegen. Was hatte sie vor? Wollte sie einen Tumult anzetteln?

Er wartete darauf, dass die Wogen des Zorns sich wieder glätteten, aber die dreisten und bewundernden Blicke der Männer im Saal waren dabei keine Hilfe.

Sie stand im Mittelpunkt der Aufmerksamkeit, und doch schien sie es überhaupt nicht zu bemerken. Wenn Jamie erwartet hatte, dass der Lamont sie wieder auf ihr Zimmer schicken würde, dann wurde er enttäuscht. Stolz leuchtete aus dem Gesicht des alten Mannes, und er schien zum Glück nicht zu bemerken, was für einen verführerischen Leckerbissen sie darstellte.

Sie begrüßte ihren Vater mit einem Kuss auf die Wange und flüsterte ihm etwas ins Ohr – dem zerknirschten Gesichtsausdruck nach zu schließen, vermutete Jamie, dass es eine Entschuldigung für ihr Zuspätkommen war. Ihr Vater gab ein paar strenge Worte zurück, aber bei den ersten Anzeichen von Traurigkeit ließ er sich erweichen, so als könne er es nicht ertragen, sie unglücklich zu sehen.

»Sie ist sehr schön, nicht wahr?«

Bei Megs Tonfall, in dem eine gesunde Portion Belustigung mitschwang, runzelte Jamie die Stirn. »Ja. Aber jung.«

»Nicht *zu* jung.«

Er wollte die Dinge gerade richtigstellen – nämlich, dass er kein Interesse an dem Mädchen hatte – als ihm sein Plan wieder einfiel. »Vielleicht.«

Das Geständnis überraschte Meg, und sie zog in einer stummen Frage die Augenbraue hoch.

Er zog es vor, nicht zu antworten, und richtete seine Aufmerksamkeit wieder auf Caitrina, die gerade einige andere Männer an der Tafel begrüßte. Obwohl es keine erhöhte Estrade gab, hatten die Lamonts eine Hohe Tafel für die Gäste von höherem Rang reserviert – die Chiefs oder Chieftains der Clans.

Auch wenn alle Fehden für die Dauer der Spiele ruhten, konnte man viel über die gegenwärtigen Feindseligkeiten aus der Sitzordnung erfahren. Auf der einen Seite des Lamont saßen MacDonald und Mackenzie und auf der anderen MacLeod, Mackinnon und Maclean of Coll. Jamie erkannte auch ein paar Murrays, McNeils, MacAllisters und Grahams im Saal. Durch Abwesenheit glänzten allerdings die geächteten MacGregors.

Jamie wusste, auch wenn seine Vermutung zutraf, würde der dreiste Alasdair MacGregor nicht so töricht sein und das Risiko eingehen, an den Spielen teilzunehmen – nicht nach seinem knappen Entkommen vor zwei Jahren.

Caitrina hatte ihn noch nicht zur Kenntnis genommen und mied eindeutig seinen Blick, doch als sie damit fertig war, die anderen Gäste zu begrüßen, und zurückkam, um ihren Platz neben ihm einzunehmen, konnte sie ihm nicht länger aus dem Weg gehen. Bis ihr Vater sie einander vorstellte, hatte er es geschafft, seinen Ärger unter Kontrolle zu bringen.

»James Campbell, meine Tochter Caitrina.«

An ihrer Reaktion – oder besser gesagt dem Mangel daran – erkannte er, dass seine Identität keine Überraschung für sie war. Hatte sie sich nach ihm erkundigt? Der Gedanke erfreute ihn mehr, als er sollte. Mit einer Verbeugung nahm er ihre Hand, und ihre Finger fühlten sich so zart und weich in seinen großen, schwieligen Händen an. »Mistress Lamont.«

Ihr Lächeln hätte einen Loch im Hochsommer zufrieren lassen können. »Mylaird.«

Verärgert warf ihr Vater ihr einen tadelnden Blick zu, offensichtlich um sie an ihre Pflicht zu erinnern, eine gute Gastgeberin zu sein.

»Ich entschuldige mich für die Verspätung«, presste sie hervor, als hätte sie rostige Nägel im Mund.

Bewundernd ließ er den Blick über sie schweifen. »Eine Schönheit wie die Eure ist jedes Warten wert.« Doch sie ignorierte sein Kompliment, setzte sich und bot ihm nichts anderes als einen hervorragenden Blick auf ihren Hinterkopf, als sie sich umwandte und mit ihrem Vater sprach.

Ihre Reaktion faszinierte ihn. Die meisten schönen Frauen, die er beobachtet hatte, schienen Komplimente zu erwarten und als ihr gutes Recht zu betrachten, aber Caitrina gab ihm das Gefühl, gerade einen ungeschriebenen Test nicht bestanden zu haben.

Sie ging keine direkte Unterhaltung mit ihm ein, sondern antwortete ihrem Vater, ihrem Bruder Malcolm oder Meg, wenn es nötig war. Die meiste Zeit verbrachte sie allerdings damit, den unablässigen Strom von Bewunderern abzuwehren, die während des ganzen Mahls unter dem einen oder anderen Vorwand vor ihr erschienen.

Wenn Jamie gehofft hatte, etwas für seinen Auftrag Interessantes zu hören, dann wurde er enttäuscht. Sobald das Gespräch an der Tafel sich Politik, Fehden oder Gesetzlosen zuwandte, rümpfte sie die Nase und ein äußerst gelangweilter Ausdruck trat auf ihr Gesicht. Einmal entstand neben ihr eine interessante – wenn auch hitzige – Debatte zwischen ihrem Vater, ihrem Bruder Malcolm und einem Chieftain der Mackenzie über die Flut von Überfällen in Argyll und was dagegen getan wurde. Jamie hörte mit wachsendem Interesse zu, während die Gemüter sich erhitzten.

»Vater«, sagte Caitrina und legte ihm die Hand auf den Arm. »Du weißt, dass sich mir bei all diesem Gerede um Fehden immer der Kopf dreht.«

Zuerst schien ihre Unterbrechung den Lamont zu verblüffen. Doch da die hitzige Diskussion erstarb und er zweifellos erkannte, dass sie ihn vermutlich unbeabsichtigt davor bewahrt hatte, etwas zu sagen, von dem er nicht wollte, dass Jamie es hörte, schenkte der Lamont ihr ein nachgiebiges Lächeln und tätschelte ihr die Hand. »Ach, Caiti! Du hast ja recht. Heute ist ein Tag zum Feiern, nicht um vom Krieg zu sprechen.«

Mit einem charmanten Lächeln wandte sie sich an den jungen Laird der Mackenzie, den ihre Aufmerksamkeit völlig zu verzaubern schien. »Manchmal glaube ich, der Krieg ist nichts als eine Ausrede für Männer, ihr Können mit dem Schwert zu zeigen und all die beeindruckenden Muskeln spielen zu lassen. Was meint Ihr dazu, Mylaird?«

Der Mackenzie spreizte sich wie ein Pfau bei dem Kompliment und murmelte etwas Unverständliches, während Jamie den unerklärlichen Drang verspürte, etwas kaputtzuschlagen.

Ihre Aufmerksamkeit verlagerte sich kaum merklich zu ihm. »Obwohl es dann auch noch diejenigen gibt, die nur allzu schnell dazu bereit sind, ihre Nachbarn unter irgendeinem Vorwand zu bekriegen, und die niemals zufrieden sein werden, bis sie nicht jeden Zoll Land an sich gerissen haben, den sie bekommen können.«

Eine plötzliche Stille senkte sich über die Tafel, und sie gab sich begriffsstutzig. »Oh, du meine Güte!«, rief sie aus und hielt sich die Hand vor den Mund. »Ganz allgemein betrachtet, natürlich.«

Jamie hob den Kelch und prostete ihr spöttisch zu. »Natürlich.«

Die Gespräche setzten in nervöser Hast wieder ein, und sie ging wieder dazu über, ihn zu ignorieren. Er dagegen beobachtete mit wachsender Bewunderung, wie sie mit ihren Verehrern umging. Die Art, wie sie es vermied, jemandem einen Tanz zu versprechen, oder wie sie einer Unterhaltung auswich, war sowohl geschickt als auch höchst subtil. An ihrem Verhalten war nichts, das man als Koketterie oder gezierte

Zurückhaltung auslegen konnte, doch das machte sie nur noch faszinierender. Von den Männern der Burg verwöhnt und verhätschelt war sie ungestüm, leicht verzogen, völlig ungekünstelt – und absolut bezaubernd.

Ihr war nicht bewusst, dass gerade ihr Desinteresse sie nur noch unwiderstehlicher machte. Sie war wie eine Treibhaus-Orchidee in einem Garten wilder Brombeersträucher.

Auch wenn sie es nach Kräften vermied, sich mit ihm zu unterhalten, merkte er ihr an, dass sie sich seiner Gegenwart ebenso sehr bewusst war, wie er sich der ihren: die Art, wie sie schnell den Arm zurückzog, wenn er sie zufällig berührte; die Art, wie ihre Hand zitterte und sie einen Tropfen Wein verschüttete, als sich sein Oberschenkel gegen ihren presste; die Art, wie ihr die Röte in die Wangen stieg, wenn sie wusste, dass er sie beobachtete.

Es schien beinahe so, als könne er gar nicht anders, als sie zu beobachten.

Doch jedes Mal, wenn sie sich vorbeugte, musste er gegen den Drang ankämpfen, auf irgendetwas einzuschlagen – für gewöhnlich das Gesicht eines anderen Mannes.

Wenn sie sein wäre, würde er das Kleid in Stücke reißen. Aber vorher würde er ihr mit seinen Küssen alle Sinne rauben, als Strafe dafür, dass sie ihn beinahe in den Wahnsinn trieb.

Doch etwas gab ihm Rätsel auf. Er bemerkte, wie sie – so wie sie es während des Mahls schon öfter getan hatte – dick mit dunkler Bratensoße getränkte Fleischstücke vom Teller ihres Vaters nahm und sie durch Rüben oder Pastinaken ersetzte, wenn er nicht hinsah. Als ihr Vater sich wieder seinem Teller zuwandte, runzelte er die Stirn und warf Caitrina einen fragenden Blick zu, doch sie lächelte nur unschuldig und fragte ihn, wie ihm das Fest gefiel.

Nachdem der Lamont die Unterhaltung zu seiner Linken wieder aufgenommen hatte, konnte Jamie seine Neugier nicht mehr länger im Zaum halten. »Hat Euer Vater eine besondere Vorliebe für Wurzelgemüse?«

Sie biss sich auf die Lippe, und eine bezaubernde Röte färbte ihr die Wangen. »Unglücklicherweise nicht«, antwortete sie mit einem verlegenen Lächeln. »Ich hatte gehofft, niemand würde es bemerken.«

»Ich nehme an, es gibt einen Grund dafür, dass Ihr auch die ganze Soße habt verschwinden lassen?«

Sie errötete noch stärker und nickte. Anscheinend war sie nicht geneigt, weitere Erklärungen abzugeben, doch Jamie ahnte, was sie damit bezwecken wollte. Offensichtlich sollte ihr Vater keine schweren Speisen essen, und Caitrina hatte es sich zur Aufgabe gemacht, dafür zu sorgen, dass er es auch nicht tat. Der Lamont wusste genau, was sie da machte, aber er ließ sie ihren Willen durchsetzen. Etwas, das wahrscheinlich nur zu oft vorkam, erkannte er.

Nach einem kurzen Augenblick sah sie ihn erneut an. »Warum habt Ihr mir nicht gesagt, wer Ihr seid?«

»Hätte das denn einen Unterschied gemacht?«

Zorn funkelte in ihren tiefblauen Augen. »Natürlich!«

Sein Blick blieb an ihrem Mund hängen, wohl wissend, dass sie sich auf den Kuss bezog. Sie hatte die Lippen fest zusammengepresst, so als könnte sie dadurch die Erinnerung abwehren, die er geweckt hatte. Doch sie war da und schwebte zwischen ihnen – schwer und heiß und verheißungsvoll.

Gott, beinahe konnte er sie auf seinen Lippen schmecken! Bei dem Gedanken sammelte sich Hitze in seinen Lenden, und er wurde hart. Verärgert über diesen untypischen Verlust seiner Beherrschung wandte er den Blick ab. »Das denke ich nicht«, entgegnete er. »Ihr brauchtet Hilfe, und da sonst niemand in der Nähe war, um Euch zu Hilfe zu kommen, hätte es nichts geändert, wenn Ihr meinen Namen gekannt hättet.«

»Ihr habt eine ungewöhnliche Vorstellung von Hilfe«, meinte sie trocken.

Er lachte leise auf, und das Geräusch hatte die Aufmerksamkeit – und besorgtes Stirnrunzeln – ihres Vaters und ihres Bruders zur Folge. Teufel, er war selbst überrascht darüber.

»Bald beginnen die Tänze«, sagte der Lamont. »Allerdings nicht die höfischen Tänze, die Ihr von Inveraray oder Dunoon gewöhnt seid.«

Jamie fiel nicht auf den Köder herein. Er kannte die Highland-Tänze so gut wie jeder andere in diesem Saal. Doch er erkannte auch, dass mehr hinter dieser subtilen Stichelei steckte, als er Caitrinas Stirnrunzeln bemerkte. »Aber das sind die Festungen von Argyll.«

Offensichtlich wusste sie zwar, dass er ein Campbell war – aber nicht, welcher. Er hielt ihren Blick fest. »Der Earl ist mein Cousin.«

»James Campbell ...«, murmelte sie. Er konnte genau erkennen, wann sie zwei und zwei zusammengezählt hatte. Sie riss die Augen auf und platzte heraus: »Ihr seid Argylls Henker!«

»Caitrina!«, wies ihr Vater sie streng zurecht, doch Jamie hob abwehrend die Hand. »Nicht nötig. Der Beiname ist gebräuchlich genug.« Er bedachte das wie vom Donner gerührte Mädchen mit einem harten Blick. »Ich bin Captain der Wachmänner des Earls of Argyll. Wenn Ihr mit ›Henker‹ meint, dass ich das Gesetz vollstrecke und dafür sorge, dass der Gerechtigkeit gedient ist, dann ja.« Er wandte Gewalt nur an, wenn es nötig war. Seine übliche Vollstreckungsmethode war die Überredung, und wenn das nicht funktionierte ... nun, Highlander waren ein sturer Haufen, und manchmal war die traditionelle Weise, einen Disput zu lösen, die einzige Möglichkeit.

Caitrina wurde bleich. »Ich verstehe.«

Doch natürlich tat sie das nicht. Ihre Reaktion störte ihn

mehr, als er sich eingestehen wollte. Er war Hass und Angst gewohnt – sein Ruf hatte auch etwas Gutes an sich –, aber noch nie zuvor hatte er das Bedürfnis gehabt, sich zu rechtfertigen. Ihr zu verstehen zu geben, dass Neid und Unwissenheit hinter den übertriebenen Gerüchten steckten.

Warum ihm die Meinung dieses Mädchens wichtig war, wusste er nicht. Nur, dass es so war.

4

Passend zur Eröffnung der Spiele brach der nächste Tag hell und klar an, doch Caitrina war immer noch im Nebel der Enthüllungen des vorigen Abends gefangen.

Jamie Campbell. Der Highland-Vollstrecker. Die Geißel der Highlands. Der Campbell-Henker. Egal unter welchem Namen, er war der am meisten gefürchtete Mann in den Highlands – möglicherweise sogar noch gefürchteter als sein Cousin. Argyll machte sich mit Krieg nicht die Hände schmutzig, aber die Hände seines Henkers hatten bereits reichlich Blut vergossen.

Und sie hatte ihn geküsst.

Ihr Vater und ihre Brüder sprachen selten mit ihr über Fehden oder Highlandpolitik – Themen, die sie normalerweise nicht interessierten –, doch nun wünschte sie sich ausnahmsweise, sie würden nicht jedes Mal verstummen, sobald sie den Raum betrat. Gelegentlich schnappte sie etwas von den Dienstboten auf, und dabei hatte sie von Argylls furchterregendem Cousin gehört. Man sagte, dass Jamie Campbell noch nie in einer Schlacht besiegt worden war. Dass er alle, die sich ihm widersetzten, gnadenlos verfolgte. Dass jeder Mann, der sich ihm in den Weg stellte, ein toter Mann war. Dass er in den Highlands über mehr Macht verfügte als der König selbst, denn er war das Ohr von ›König Campbell‹ – dem Earl of Argyll.

Und doch war er völlig anders als das Monster, das sie erwartet hatte. Er wirkte so ... zivilisiert. Nicht wie ein unbarmherziges, blutrünstiges Ungeheuer, sondern wie ein Mann, der aussah, als wäre er bei Hofe ebenso gebieterisch wie auf dem Schlachtfeld. Seine ruhige Autorität schien nicht zu dem gnadenlosen Ruf zu passen. Obwohl sie nicht daran zweifelte, dass er ein beeindruckender Krieger war – schon allein sein Körperbau war dafür Beweis genug –, war an ihm viel mehr als nur Muskeln.

Doch wie ihr schon von Anfang an aufgefallen war, hatte er etwas Hartes – beinahe Unbarmherziges – an sich. Noch nie war sie einem Mann begegnet, der so beherrscht war, der sich niemals anmerken ließ, was er dachte.

Mehr als nur einmal an diesem Abend hatte sie seinen unerschütterlichen Blick auf sich gespürt – kühl, ruhig und völlig unergründlich. Sie dagegen war das reinste Nervenbündel. Ihn zu ignorieren erwies sich als unmöglich, denn sie war sich jeder seiner Bewegungen nur zu deutlich bewusst. Sie hätten genauso gut aneinandergekettet sein können, so intensiv konnte sie ihn fühlen.

Er brachte sie völlig durcheinander. Gern hätte sie es als bloße Angst abgetan, aber die Wahrheit war noch viel beunruhigender: Sie fühlte sich von dem abscheulichen Kerl angezogen. Er sah so gut aus, dass es ihr den Atem raubte. Von all den Männern in den Highlands, von denen sie sich angezogen fühlen konnte, musste es ausgerechnet ein Campbell sein. Das Ganze entbehrte nicht einer gewissen Ironie, doch sie war zu verwirrt, um sie zu erkennen. Sie hatte keine Ahnung, was sie dagegen tun sollte, außer zu versuchen, ihm so gut sie konnte aus dem Weg zu gehen.

Caitrina war den ganzen Vormittag damit beschäftigt, ihren Pflichten als Gastgeberin nachzukommen, aber nach dem Mittagsmahl ergriff sie dankbar die Gelegenheit, sich für eine Weile in die Stallungen zu flüchten, bis die Spiele am Nachmittag fortgesetzt werden würden. Dort war es kühl, und die intensiven, erdigen Gerüche wirkten seltsam beruhigend. Sie zog eine Bank aus einer der Boxen, um sich darauf zu setzen, und hob das Kätzchen hoch, das am Vortag so viele Probleme ausgelöst hatte.

Zufrieden seufzte Caitrina auf, streichelte das weiche Fell, während die Katze sich schnurrend an ihre Hand schmiegte, und genoss den friedlichen Augenblick. Normalerweise würde sie sich an den Loch setzen, aber da sich wegen der Spiele überall so viele Menschen tummelten, waren die Stallungen der einzige Ort, wo sie ein wenig allein sein konnte.

Zumindest hatte sie das geglaubt.

»Hier seid Ihr!«

Sie unterdrückte ein Stöhnen und drehte sich zu Torquil MacNeil um, einem ihrer hartnäckigeren Verehrer. Wenn sie geneigt wäre, sich einen Mann nur nach seinem anziehenden Äußeren auszusuchen, dann wäre der junge Laird die perfekte Wahl. Er war groß und schlank, mit dunkelblondem Haar und strahlend grünen Augen. Obwohl er nicht viel älter als sie war, hatte er sich bereits einen Namen als geschickter Krieger gemacht. Sie könnte es weitaus schlechter treffen, *wenn* sie auf der Suche nach einem Ehemann wäre.

Caitrina rief sich ihre Pflichten als Gastgeberin in Erinnerung und rang sich ein Lächeln ab. »Wünscht Ihr etwas, Mylaird?«

Er ließ den Blick über sie schweifen. An der Geste war nichts offen Bedrohliches, doch trotzdem begann sie, sich unwohl zu fühlen. Es war keine Bewunderung, die sie in seinen Augen entdeckte, sondern Besitzgier.

»Ich wollte mit Euch sprechen. Gestern Abend auf dem Fest war es so überfüllt und laut, dass ich nicht die Gelegenheit dazu hatte.«

Caitrina setzte das Kätzchen ab, stand auf und schüttelte die Röcke aus. Die Richtung, die diese Unterhaltung nahm, behagte ihr nicht. Normalerweise bemühte sie sich nach Kräften, dass sich solche Gelegenheiten zu einer Unterhaltung unter vier Augen nicht ergaben – es war einfacher so. Die Hälfte der Männer, die sie zurückwies, bemerkte es nicht einmal. Doch sie spürte, dass MacNeil sich nicht so leicht abwimmeln lassen würde. Er hatte einen Zug jugendlicher Arroganz an sich, der von Sturheit zeugte.

»Ich beabsichtige, mit Eurem Vater zu sprechen«, sagte er, als biete er einem Hund einen fleischigen Knochen an.

Caitrina täuschte Begriffsstutzigkeit vor – einer ihrer bevorzugten Tricks. »Natürlich. Ich bringe Euch zu ihm.«

Er ergriff sie am Arm und drehte sie zu sich herum. »Wollt Ihr denn nicht wissen, worüber?«

Sorgfältig löste sie seine Finger einen nach dem anderen von ihrem Arm, dann lächelte sie. »Oh, ich habe nicht das geringste Interesse an den Gesprächen der Männer.«

»Dieses Gespräch wird Euch interessieren«, behauptete er und musterte sie erneut von Kopf bis Fuß. »Ihr seid schön, aber nicht zu schmal um die Hüften – das ist gut. Wir werden prächtige, starke Söhne haben.« Er warf sich in die Brust und erklärte mit der Überzeugung eines Königs: »Ich habe beschlossen, Euch zur Frau zu nehmen.«

Caitrina biss die Zähne zusammen und verkniff sich eine sarkastische Erwiderung. Es gab doch nichts Romantischeres, als mit einer schönen Zuchtstute verglichen zu werden! »Ihr seid zu liebenswürdig«, flötete sie. »Es ist wirklich eine Ehre, für eine solch illustre Position in Erwägung gezogen zu werden. Aber Ihr sprecht voreilig. Wir kennen uns doch kaum.«

Er machte einen Schritt auf sie zu. »Wir haben noch Zeit genug, uns kennenzulernen, wenn wir erst einmal verheiratet sind.«

Caitrina schluckte. Wie sie schon vermutet hatte, würde das hier nicht leicht werden. Sie musste sich etwas einfallen lassen ... und zwar schnell. »Ich weiß ja kaum, was für ein Mann Ihr seid«, meinte sie, dann zögerte sie, als ihr eine Idee kam. »Und Ihr seid auch noch *so* jung.«

Er wurde wütend. »Ich bin Manns genug für Euch, meine Süße.« Er zog sie enger an sich. »Soll ich es Euch beweisen?«

Da war er. Ihr Ausweg. »Was für eine glänzende Idee! Beweist mir, dass Ihr mich beschützen könnt, wie es ein Ehemann sollte, indem Ihr den Wettbewerb im Bogenschießen am Ende der Woche gewinnt, und dann besprechen wir diese Heirat näher.«

Er hatte keine Chance. Rory MacLeod war der beste Bogenschütze in den Highlands. Der Chief der MacLeod hatte bereits zehn Jahre in Folge gewonnen – und war nur ein einziges Mal herausgefordert worden, vor zwei Jahren, von Alasdair MacGregor bei einer der seltenen Gelegenheiten, wenn der Geächtete bei den Spielen erschien.

MacNeil sah einen Augenblick lang verwirrt aus, doch sie konnte genau erkennen, wann ihm klar wurde, was er getan hatte. Dass seine Arroganz gegen ihn verwendet worden war. Sein Gesichtsausdruck wechselte von selbstgefälliger Überzeugung zu Wut. Sie hatte ihn überlistet, und er wusste es.

Mit vor Zorn sprühenden Augen machte er eine steife Verbeugung. »Dann also bis zum Ende des Wettbewerbs«, er bedachte sie mit einem berechnenden Blick, der beinahe schon bedrohlich war, »wenn ich kommen werde, um meinen Preis einzufordern.«

Sie sah ihm nach, wie er davonstürmte, und ein Schauer des Unbehagens durchlief sie. Ein Unbehagen, das wenige Augenblicke später nur noch schlimmer wurde.

»Guten Morgen, Prinzessin!«

Erschrocken zuckte Caitrina zusammen, denn sie erkannte diesen tiefen, rauchigen Tonfall sofort. Der Mann konnte einen zugefrorenen Loch mit der Hitze dieser sinnlichen Stimme schmelzen. So viel dazu, ihm aus dem Weg zu gehen. Sie blickte über die Schulter und sah Jamie Campbell, der im Türrahmen stand und die Zügel seines Pferdes hielt.

Prinzessin, ach wirklich! »Es ist bereits Mittag, und nennt mich nicht Prinzessin!« Er grinste, und Caitrina schalt sich selbst dafür, dass sie sich von ihm ärgern ließ. Argwöhnisch kniff sie die Augen zusammen. »Habt Ihr nichts Besseres zu tun, als mir nachzuspionieren? Ein paar hilflose Frauen und Kinder erschrecken vielleicht?«

Er führte sein Streitross in eine Box, gab einem der Stallburschen Anweisungen und schritt dann auf sie zu. Sie fühlte sich aufgewühlt wie ein steuerloses *birlinn* im Sturm, als er näher kam. Er mochte zwar ein Teufel sein, aber er hatte das Gesicht eines Erzengels. Gutaussehend genug, dass sie sich wünschte, er wäre kein Campbell. Eindringliche blaugraue Augen, eine gebogene Nase, scharf gezeichnete Wangenknochen und einen breiten Mund über einem kräftigen, kantigen Kinn. Sie schien den Blick nicht von ihm abwenden zu können, angezogen von seiner dunklen Männlichkeit auf eine Art und Weise, die sie sich nicht erklären konnte. Eine Anziehungskraft, die in ihr widerhallte, die sie in jedem Zoll, jeder Faser ihres Körpers spürte. Seine Körpergröße, sein Gesichtsausdruck, sein furchteinflößender Ruf sollten eigentlich Gefahr verheißen. Doch es war nicht Angst, was in ihr alle Alarmglocken zum Läuten brachte – es war die Heftigkeit, mit der sie auf ihn reagierte. Unbewusst wich sie einen Schritt zurück.

»Spionieren war gar nicht nötig«, entgegnete er, wobei er auf die offenen Fensterläden deutete, wo das Heu für die Pferde hereingeworfen wurde. Er bedachte sie mit einem langen, nachdenklichen Blick. »Eure Fähigkeit, einen Verehrer loszuwerden, verdient Anerkennung, aber in der Ausführung fehlt es Euch an Finesse. Geht sorgsam mit dem Stolz eines jungen Mannes um, meine Süße. Dem Gesichtsausdruck dieses Jungen nach zu schließen habt Ihr seinen Stolz schwer verletzt, und das wird er nicht so schnell vergessen.«

»Ich kann mich nicht daran erinnern, Euch um Rat gefragt zu haben«, erwiderte sie mit wütend hochgerecktem Kinn. Es ging ihn schließlich verflucht noch mal nichts an. Doch der unerträgliche Bastard lachte nur. »Ihr bekommt ihn trotzdem. Es ist höchste Zeit, dass Euch einmal jemand die Wahrheit sagt.«

Die Härchen in ihrem Nacken sträubten sich vor Empörung. »Ich habe keine Ahnung, wovon Ihr sprecht!«

»Nicht alle Männer lassen sich von Euch an ihrem ...« Er unterbrach sich. »Nicht alle Männer beugen sich Euren Wünschen.«

»Männer wie Ihr, zum Beispiel?« Sie gab sich nicht die Mühe, ihren Sarkasmus zu verbergen.

Er trat ein wenig näher. Nahe genug, dass sie den Sonnenschein und den Schweiß von seinem Ritt riechen konnte. Der primitive Duft war eigenartig erregend und überflutete ihre Sinne mit sündigen Sehnsüchten. Er stand viel zu nahe. Sie konnte den dunklen Bartschatten sehen, der die harten Linien seines Kinns überzog, und als sie sich daran erinnerte, wie es sich angefühlt hatte, als er über die zarte Haut ihrer Wange gerieben hatte, verspürte sie ein Flattern tief im Bauch.

»*Aye*, wie ich«, sagte er heiser, beinahe als wüsste er, woran sie gerade dachte.

»Ich werde es mir merken.« Sie wandte sich ab, damit er nicht sah, wie sehr er sie aus der Fassung brachte. Als er nicht ging, wie sie gehofft hatte, fragte sie: »Warum seid Ihr ausgeritten? Ich dachte, Ihr nehmt an den Spielen teil.«

»Ich hatte mich noch nicht entschieden, aber nun, da ich gehört habe, welchen Preis es zu gewinnen gibt, denke ich, werde ich an dem Bogenschieß-Wettbewerb teilnehmen.«

Es dauerte einen Augenblick, bis ihr klar wurde, was er meinte. Ihr Blick schoss zu seinem Gesicht, weil sie dachte, dass er scherzte, aber seine Miene war unerschütterlich. »Das kann nicht Euer Ernst sein!« Er konnte doch nicht etwa vorhaben, um sie zu werben!

Ihre Blicke trafen sich, und die Heftigkeit erschütterte sie in ihrem tiefsten Innern. »Und was, wenn doch?«

Sie ignorierte das plötzliche Rasen ihres Herzschlags. Trotz der enormen Anziehungskraft, die er auf sie ausübte, war die Vorstellung, einen Campbell zu heiraten, noch dazu *diesen* Campbell, so abwegig, dass sie nicht wusste, wie sie darauf antworten sollte. Das Leid ihrer Mutter, die von ihrem Clan ausgestoßen worden war, ging ihr nie ganz aus dem Sinn. Sie würde es mit allen Mitteln vermeiden, dasselbe Schicksal zu erleiden. »Ihr verschwendet Eure Zeit.« Sie versuchte, an ihm vorbeizurauschen, doch er trat ihr in den Weg, und sie prallte mit der Schulter gegen seine stählerne Brust. Bei dem jähen Gefühl, seinen Körper zu spüren, sog sie heftig den Atem ein. Die seltsamen Empfindungen, die er am Tag zuvor in ihr ausgelöst hatte, brachen wieder über sie herein: die Wärme, das Flattern in ihrem Bauch, ihr rasender Herzschlag, der sinnliche Schauer, der ihre Haut überzog.

»Tue ich das?«, raunte er mit leiser Stimme, und sein warmer Atem streifte kitzelnd ihr Ohr und ließ sie erbeben. »Gestern schient Ihr anders darüber zu denken.«

Caitrina schoss das Blut in die Wangen. *Wie konnte er es wagen, diesen Kuss zu erwähnen!* Diesen Kuss, den sie nicht vergessen konnte, wenn er so dicht vor ihr stand und sie in der Hitze, die von seinem Körper ausstrahlte, gefangen zu sein schien. »Ihr hattet kein Recht, mich zu küssen!« Sie wagte es nicht, den Blick zu heben. Er stand immer noch zu nah bei ihr. Sie konnte diese seltsame Anziehungskraft spüren … so als würde ihr jemand den Teppich unter den Füßen wegziehen. Als ob sie ihn noch einmal küssen wollte. Sie könnte den Kopf drehen und seinen Mund auf der Wange spüren, an ihrem Kiefer, auf ihren Lippen …

Das Herz pochte ihr wild in der Brust, und ihr war, als ob sie in etwas hineingezogen wurde, das zu mächtig war, um es beherrschen zu können.

Doch sie konnte nicht vergessen, wer er war.

Also zwang sie sich, ihm in die Augen zu sehen, und sagte in aller Aufrichtigkeit: »Eher würde ich eine Kröte heiraten als einen Campbell.«

Jamie hatte nicht übel Lust, sie dazu zu zwingen, ihre Worte zurückzunehmen. Er könnte sich vorbeugen, ihr mit seinen Lippen den Mund verschließen und sie so lange küssen, bis er ihr das Gegenteil bewiesen hatte. Und Gott, er war in Versuchung!

Er hatte nicht vorgehabt, sich tatsächlich eine Ehefrau zu suchen, als er hierhergekommen war, aber dieses dreiste Mädchen mit seiner seltsamen Mischung aus Hochmut und Unschuld könnte es sehr wohl wert sein. Es war selten, dass er einer Frau begegnete, die er nicht mit Samthandschuhen anfassen musste, aus Angst, sie zu verschrecken oder einzuschüchtern. Er musste lächeln. *Nay*, Caitrina Lamont ließ sich definitiv *nicht* von ihm einschüchtern.

Er war gerade von einem Treffen mit seinen Männern zurückgekommen, die die Höhlen in den Hügeln abgesucht, aber nichts gefunden hatten, als er die Unterhaltung zwischen Caitrina und Torquil MacNeil aufgeschnappt hatte. Sie war raffiniert, das musste er ihr lassen. Und wie sie am vergangenen Abend schon viele Male bewiesen hatte, verstand sie es geschickt, ihre Verehrer loszuwerden – aber ihre Kühnheit hatte etwas gefährlich Naives an sich. Und eines Tages würde sie das in gewaltige Schwierigkeiten bringen.

Jeder verfügbare Mann im Umkreis von hundert Meilen schien unter ihrem Bann zu stehen. Sogar jetzt, da ihr das Haar ungebändigt um die Schultern fiel, Stroh an ihren lächerlich kostbaren Röcken klebte, weil sie in einer Scheune gesessen hatte, und sie hinreißend zerzaust aussah, war ihre Anziehungskraft nicht zu leugnen. Trotz all ihrer unschuldigen Schönheit war sie von einer unübersehbaren Aura sexueller Verheißung umgeben, die weit irdischere Freuden erahnen ließ. Sie war eine Rose, die darauf wartete, gepflückt zu werden.

Er wollte sie mit einer Heftigkeit, die jeder Vernunft widersprach. Er wollte sie auf eine ursprüngliche Weise, wie er es noch nie zuvor bei einer Frau empfunden hatte. Und wenn Jamie etwas wollte, dann bekam er es auch.

Und doch schien sie keine Ahnung zu haben, welch eine Versuchung sie darstellte oder wie kurz er davor war, sie zu packen, ins Heu zu werfen und sie zu küssen, bis sie den Verstand verlor. Hitze strömte durch seine Adern bei dem Gedanken, dass sie sich unter ihm wand, dass er ihre weiche Haut streichelte, dass sein Mund ...

Verärgert kämpfte er die Lust nieder, die ihn benebelte. Er war ein Mann mit erstaunlicher Selbstbeherrschung, wenn es darum ging, sein Verlangen im Zaum zu halten, doch noch nie zuvor hatte er ein Mädchen getroffen, das in ihm solch primitive Regungen auslöste. Oder, was das betraf, die ihn mit ihren unbedachten abfälligen Bemerkungen über seinen Clan so leicht provozieren konnte.

Er trat einen Schritt zurück und verschränkte die Arme vor der Brust. »Also ist es mein Name, der Euch stört?«

»Ist das nicht genug? Unsere Clans sind Feinde, und das schon seit Jahrzehnten.«

»Was gäbe es dann für eine bessere Art, eine Fehde zu beenden? Außerdem war Eure Mutter eine Campbell.«

Sie errötete vor Zorn. »Und sie wurde von ihrem Vater, dem Laird of Cawdor, einem Campbell, verstoßen. Ich habe keine familiären Gefühle für die Campbells, und Euer Cousin ist der Schlimmste der ganzen üblen Bande.«

»Für jemanden, der sich so offensichtlich nicht für Politik interessiert, vertretet Ihr jedenfalls eine starke Meinung.«

»Jeder weiß doch, dass Argyll ein Despot ist, der den Clansleuten erst die Ländereien stiehlt und sie dann, wenn sie gebrochen sind und nicht mehr wissen, wohin sie sich wenden sollen, wie Hunde hetzt.«

»Ich nehme an, Ihr sprecht von den MacGregors?«, fragte Jamie ruhig, obwohl er alles andere als das war. Was wusste sie denn von den MacGregors? Von dem Massaker an den Colquhouns bei der Schlacht von Glenfruin? Von den zahllosen Campbells, die ihrem Plündern und Brandschatzen zum Opfer gefallen waren? Er umfasste ihr Kinn und rieb mit dem Daumen über die wild pochende Ader an ihrem Hals. »Die MacGregors sind Räuber und Gesetzlose, die Euch ohne mit der Wimper zu zucken die hübsche kleine Kehle durchschneiden würden. Daran solltet Ihr denken, wenn Ihr meinen Cousin verurteilt.«

Ihre Augen weiteten sich beunruhigt. »Ihr wollt mir nur Angst einjagen. Ihr vergesst wohl, dass die MacGregors Verbündete der Lamonts sind.«

Das hatte er keineswegs vergessen. Im Gegenteil, deshalb war er hier. »Ich schlage vor, Ihr wählt Eure Freunde etwas weiser aus.«

Trotzig schürzte sie die Lippen. »Wenn sie Gesetzlose sind, dann nur, weil sie gar keine andere Wahl haben, da die Campbells ihnen das Land weggenommen haben. Und Ihr lasst sie schlimmer klingen, als sie sind. Genau das will Argyll die Leute glauben machen, um sein Handeln zu rechtfertigen.«

Jamie musste sich Mühe geben, seinen Ärger zu zügeln, da ihm klar war, dass sie nur aus Unwissenheit sprach und keine Ahnung von den vielschichtigen Problemen hatte, denen sich die Highlands gegenübersahen, oder dem jahrhundertelangen Streit zwischen den MacGregors und den Campbells um Land – Land, auf das die MacGregors keinen rechtlichen Anspruch hatten. Doch er verspürte den seltsamen Drang, es ihr zu erklären. »Mein Cousin will der Gesetzlosigkeit, unter der die Highlands leiden, ein Ende setzen und die Unschuldigen schützen. Und glaubt mir, die MacGregors sind nicht unschuldig. Betrachtet ihre Notlage nicht in einem romantisch verklärten Licht. Sie sind nicht wie in der Legende von Robin Hood und seinen Gefährten. Und sie sind auch nicht schuldlos an dem, was ihnen widerfahren ist.«

Heftig atmend und mit blitzenden Augen riss sie sich los. »Also verdienen sie es, gejagt und abgeschlachtet zu werden?«

Sein Blick wurde hart. »Sie verdienen es, für ihre beträchtlichen Verbrechen zur Rechenschaft gezogen zu werden.«

Ihre Stimme troff vor Spott. »Und was ist mit Euren Verbrechen? Wurden den Campbells denn nicht ähnliche Ungerechtigkeiten vorgeworfen? Hat Euer Cousin nicht die Häuser der Leute verbrannt und sie von ihrem Land vertrieben?«

»Im Gegensatz zu den MacGregors brechen wir nicht das Gesetz.«

»Wie überaus praktisch, Ihr *seid* ja das Gesetz!«

Der Zug um seinen Mund verhärtete sich. »Ich bin der Mann, der dafür sorgen will, dass Ihr durch das Land reiten könnt, ohne Angst vor einem Überfall haben zu müssen.«

»Mit Angst, Gewalt und Einschüchterung.«

Er trat einen Schritt näher und widerstand dem Drang, sie in die Arme zu reißen und ihre lächerlichen Anschuldigungen verstummen zu lassen. Seine Geduld war bis an die Grenzen überstrapaziert, von diesem unverschämten Mädchen mit ihren blitzenden Augen und roten Lippen, die darum bettelten, geküsst zu werden, einem Mädchen, das Dinge zu ihm sagte, die noch niemand zuvor gewagt hatte – niemand! »Mit allen Mitteln, die das Gesetz bietet«, sagte er fest.

»Schließt das auch mit ein, Köpfe abzuschneiden, um das Kopfgeld zu kassieren?«

Er wusste, dass sie sich damit auf den jüngsten Erlass

des Geheimen Rates bezog, der jedem, der den Kopf eines MacGregor lieferte, nicht nur eine Belohnung, sondern auch noch den gesamten Besitz des Toten versprach. »Ich habe auf beiden Seiten grausige Taten gesehen, die Euch jahrelange Albträume bescheren würden. Ihr seid eine Frau. Männer sind in Bezug auf solche Dinge nicht so zimperlich – so ist es in den Highlands eben Brauch.«

»Und das macht es automatisch rechtens?«

»Die Regierung hält es für wirkungsvoll.«

»Meint Ihr nicht vielmehr, Euer Cousin hält es für wirkungsvoll, da er ja die Regierung ist? Oder sich gerne zur Regierung machen würde?«

»Mein Cousin möchte die Highlands vereinen – *mit* der Unterstützung der meisten Chiefs anhand von Lehensbündnissen. Ohne Staatsgewalt wäre die Alternative eine Rückkehr zu den aufrührerischen Fehden zwischen den Clans. Ist es das, was Ihr wollt?« Wenn es nicht die Campbells übernahmen, dann vielleicht die Mackenzies oder die Gordons, aber zweifellos würde es irgendjemand tun.

Sie reckte das bezaubernde Kinn vor und begegnete kühn seinem Blick. »Es ist nicht das Wohl der Highlands, was König Campbell antreibt, sondern Gier.«

Wütend darüber, von einem verwöhnten, behüteten Mädchen, das nur wenig von der rauen Wirklichkeit wusste, abgekanzelt zu werden, biss Jamie die Zähne zusammen. »Ihr gebt Gerüchte und Übertreibungen von Euch, als wären es Tatsachen. Aber was wisst Ihr denn wirklich, Caitrina? Ihr seid ein verwöhntes Gör, das in einem Elfenbeinturm lebt, beschützt von Eurem Vater und Euren Brüdern. Irgendwie bezweifle ich, dass Euer Vater Euch ins Vertrauen zieht.« Ihr Erröten bewies, dass er mit seiner Beobachtung recht hatte. »Aber außerhalb der Tore Eurer Burg liegt die wirkliche Welt, eine Welt, die nicht nur schwarz und weiß ist, so wie Ihr es gerne hättet, sondern viel komplizierter. Bevor Ihr

Euch so vorschnell ein Urteil bildet, vergewissert Euch lieber, dass Ihr die Tatsachen kennt.«

Stur straffte sie die schmalen Schultern und wandte sich von ihm ab. »Ich weiß alles, was ich wissen muss.«

Ihre ungerechtfertigte Zurückweisung sollte ihn eigentlich nicht stören, doch das tat sie. Es kam häufig genug vor, dass er so wie von ihr verurteilt wurde, aber irgendwie fühlte es sich bei diesem Mädchen anders an. Er packte sie am Arm, wirbelte sie zu sich herum und riss sie an seine Brust. Eine Welle aus Hitze und Wut durchzuckte ihn. Sie zappelte in seinem Griff, doch er hielt sie fest. Ganz gleich wie, sie würde ihm zuhören. »Und was ist mit Euch, Caitrina? Was wollt Ihr? Mehr Männer, die Eurer Schönheit schmeicheln? Mehr Juwelen und kostbare Gewänder?«

Empört schnappte sie nach Luft. »Ich habe keine Ahnung, wovon Ihr sprecht!«

»Ich weiß, dass Euer Vater Euch keinen Wunsch abschlagen kann, dass Ihr wie eine Königin gekleidet herumstolziert – sogar hier in den Ställen –, aber dass die Fehde von Eurem Clan ihren Tribut fordert.« Sein Blick glitt von ihrem feinen Seidenkleid zu den rostigen Werkzeugen, die aufgereiht an den verblichenen, gekalkten Wänden hingen, und er sah, wie die Erkenntnis sie unvermittelt traf. »Ich weiß, dass Ihr jeden Mann zurückweist, damit Ihr die Sicherheit und Bequemlichkeit Eures kleinen Königreichs nicht verlassen müsst. Ich weiß, dass Euer Vater schon seit vielen Jahren verwitwet ist und dennoch nicht wieder geheiratet hat. Warum, glaubt Ihr, ist das so, Caitrina? Ist es vielleicht deshalb, weil er befürchtet, dass er Euch damit verärgert und die Stellung gefährdet, die Ihr Euch in seinem Haushalt angeeignet habt?«

Sie zuckte zusammen, als habe er sie geschlagen. Es war offensichtlich, dass noch nie jemand so mit ihr gesprochen hatte. »Das ist nicht wahr!«, zischte sie mit glühend roten

Wangen, und ihre bezaubernden Brüste hoben und senkten sich heftig. Doch er sah den Funken Verunsicherung in ihren Augen.

Er hatte genug gesagt, deshalb ließ er sie los, trat einen Schritt zurück und fuhr sich mit der Hand durchs Haar, um sich Gelegenheit zu geben, sich wieder zu beruhigen. Er hatte nicht so hart mit ihr sprechen wollen, aber die barsche Zurückweisung seines Antrags – eines Antrags, dem er nicht einmal ernsthaft nachgehen wollte – hatte seinen Zorn angestachelt. Ihre Vorurteile den Campbells gegenüber waren in den Highlands nur allzu verbreitet, aber dieses Mädchen mit ihrer kühnen Zunge und ihren naiven Anschuldigungen hatte seinen Schutzpanzer durchbrochen wie niemand sonst.

Mit langen Schritten ging er auf die Tür zu, dann drehte er sich noch einmal zu ihr um. Sie stand wie versteinert da, mit blassem Gesicht und an den Seiten geballten Fäusten. Stolz und stark, aber überraschend zerbrechlich. Seine Worte hatten ihre Spuren hinterlassen. Er verspürte einen schuldbewussten Stich, das Bedürfnis, sie zu trösten, aber schnell verdrängte er das Gefühl wieder. Er hatte die Wahrheit gesagt, und es war höchste Zeit, dass Caitrina Lamont sie hörte. Ihr Vater tat ihr keinen Gefallen damit, sie über die Probleme und Unruhen in den Highlands im Unwissenden zu lassen. Wenn Jamies Verdacht in Bezug auf Alasdair MacGregor sich bestätigte, dann würde die wirkliche Welt bald genug über sie hereinbrechen.

5

Immer noch gereizt nach seiner Auseinandersetzung mit Caitrina beschloss Jamie, in die Burg zurückzukehren, anstatt sich den anderen bei den Wettrennen am Loch anzuschließen. Er war schon früh an diesem Morgen ausgeritten, und abgesehen von ein paar Haferkeksen und einem Stück Trockenfleisch zum Frühstück hatte er den ganzen Tag noch nichts gegessen. Als er den Burghof überquerte, sah er überrascht den Chief der Lamont aus der Burg die Treppe herunter- und auf ihn zukommen.

Jamie begrüßte ihn mit einem Nicken. »Lamont. Ich dachte, Ihr wärt unten bei den Wettrennen.«

»Ich hatte andere Angelegenheiten, um die ich mich kümmern musste.« Abschätzend musterte der ältere Mann sein staubiges und vom Wind zerzaustes Aussehen. »Ihr seid heute Morgen schon zeitig aufgebrochen.«

»Meine Männer und ich beschlossen, ein wenig zu jagen.«

»Und wart Ihr erfolgreich?«

Auch wenn die Frage dem Anschein nach unverfänglich war, spürte Jamie den kaum merklichen Unterton. Der Lamont betrachtete seine Anwesenheit mit Argwohn, und Jamie hatte durch sein Interesse an dem Mädchen das Misstrauen des Lamont etwas zerstreut – jedoch nicht vollständig.

»Dieses Mal nicht.« Doch das würde er noch. Er wusste, dass die MacGregors hier waren; das konnte er fühlen. Obwohl er um der Lamonts willen hoffte, dass er sich irrte.

Sein Cousin hatte sofort Truppen aussenden wollen, aber es war Jamie gelungen, Argyll zu überreden, noch zu warten, bis sie mehr Beweise hatten als nur eine alte Geschichte über die Gastfreundlichkeit der Highlander – obwohl die Geschichte an sich schon eine überzeugende Erklärung dafür lieferte, warum die Lamonts so viel riskieren sollten, um den geächteten MacGregors Unterschlupf zu gewähren. Nichts war den Highlandern heiliger als der jahrhundertealte Brauch der Gastfreundschaft. Wenn daran appelliert wurde, musste ein Clan selbst seinem schlimmsten Feind Schutz gewähren. Die wohlbekannte Geschichte über die Lamonts und die MacGregors war ein Beweis dafür, wie mächtig dieser Brauch war.

Vor vielen Jahren war ein Chief der Lamont mit dem Sohn eines MacGregor-Chief zur Jagd gegangen. Als zwischen den beiden ein Streit ausbrach, zog der Lamont einen Dolch und tötete den Sohn des MacGregor. Auf der Flucht vor seinen Verfolgern war er gezwungen, auf Glenstrae Schutz zu suchen – der Festung eben jenes Mannes, dessen Sohn er getötet hatte. Ohne zu wissen, dass der Lamont gerade seinen Sohn ermordet hatte, willigte der Chief der MacGregor ein, ihn vor seinen Verfolgern zu beschützen.

Als die MacGregor-Clansmänner auftauchten und dem alten Chief von dem Mord an seinem Sohn berichteten, weigerte dieser sich – trotz des Grams und Zorns über den Tod seines Sohnes – aufgrund des Brauchs der Gastfreundschaft, den Lamont an sie auszuliefern. Da er befürchtete, seine wütenden Männer könnten dem Mann etwas zuleide tun, eskortierte der MacGregor den Mörder seines Sohnes persönlich nach Cowal zurück.

Trotz dieses kummervollen Verlustes verband die beiden Clans seit jenem Tag ein untrennbares Band, und Jamie vermutete, dass für die Lamonts die Zeit gekommen sein könnte, den MacGregors ihre Gastfreundschaft zu vergelten.

Doch eine Ahnung allein war nicht genug. Er brauchte Beweise.

Jamie hatte den Lamont aufmerksam beobachtet, und bis

jetzt war ihm nichts Ungewöhnliches aufgefallen. Nicht, dass er etwas anderes erwartet hatte. Wenn der Lamont etwas von Jamies wahren Absichten ahnte, dann wusste er, dass er beobachtet wurde. Jamies Männer hatten den gesamten Umkreis unter sicherer Beobachtung: Niemand konnte Ascog betreten oder verlassen, ohne dass sie es wussten.

Es war offensichtlich, dass den anderen Mann ebenfalls etwas beschäftigte. Der Blick, mit dem er Jamie fixierte, war hart und berechnend. »Und was ist mit dem Zweck Eures Besuches, Campbell?«

Jamie gab nicht vor, ihn nicht verstanden zu haben. Er respektierte die Herausforderung des anderen Mannes. »Eure Tochter ist sehr schön.«

Die Augen des alten Chief wurden schmal. »Also sind Eure Absichten ernsthaft?«

»Das sind sie.« Eigentlich sollte das eine Lüge sein, aber überrascht musste Jamie an dem Nachdruck in seiner Stimme und dem tiefen Gefühl im Bauch erkennen, dass er es wirklich so meinte. Es war eine instinktive Reaktion, eine spontane Entscheidung für einen Mann, der ansonsten immer alles sorgfältig plante. Irgendwann zwischen dem ersten Kuss und diesem Augenblick war die Täuschung Wirklichkeit geworden. Er wollte sie.

Sein Tonfall musste den Lamont ebenfalls beeindruckt haben, denn er sah aus, als glaubte er ihm. »Warum sollte Argylls Cousin eine Verbindung mit einem Lamont wollen? Wie Ihr bereits sagtet, ist meine Tochter sehr schön, aber ihre Mitgift ist bescheiden. Ich würde meinen, dass Eurem Cousin eine einträglichere Verbindung lieber wäre.«

Sein Cousin würde ebenso überrascht sein wie Jamie selbst. »Mein Cousin möchte der Fehde ein Ende setzen. Und das ist etwas, das Ihr ebenfalls wollt, vermute ich.«

»*Aye*«, gab der Lamont widerwillig zu. Die Feindschaft zwischen den beiden Clans ging tief. Jamie bewunderte die

Beherrschung des anderen Mannes, der kaum eine Reaktion zeigte, obwohl er sicher innerlich kochte bei dem Gedanken, seine geliebte Tochter mit einem Campbell zu verheiraten. Aber gleichgültig, wie sehr er das Mädchen liebte, das Wohl des Clans hatte Vorrang. Und eine Verbindung mit Jamie würde den Lamonts helfen – das wussten sie beide. »Und es gibt keinen anderen Grund?«, fragte er misstrauisch.

»Ich begehre sie.«

Der Lamont starrte ihn so lange an, dass Jamie sich fragte, wie viel er durch die Heftigkeit seines Tons verraten hatte.

»Das Mädchen versteht es, selbst das härteste Herz zu erweichen«, bemerkte er. »Aber ich will nicht, dass ihr ein Leid zugefügt wird.«

Jamies Miene verhärtete sich. »Ich würde niemals eine Frau verletzen – gleichgültig, was meine Feinde behaupten. Wir stehen zwar seit all den Jahren auf verschiedenen Seiten, aber habe ich Euch je Anlass gegeben, etwas anderes zu glauben?« Abwartend machte er eine Pause und vernahm die stumme Zustimmung des Lamont. »Eurer Tochter wird es an nichts fehlen. Ich werde sie mit meinem Leben beschützen.«

Der Chief nickte bedächtig und strich sich übers Kinn. »Ich werde darüber nachdenken.«

Jamie betrachtete den anderen Mann mit einem bedeutsamen Blick. »Natürlich wird mein Cousin gewisse Sicherheiten wünschen.«

Der Lamont versteifte sich. »Was für eine Art von Sicherheiten?«

»Eure Loyalität, zum Beispiel.« Er ließ den anderen Mann nicht aus den Augen und beobachtete aufmerksam seine Reaktion. »Es gibt Gerüchte.«

»Was für Gerüchte?«

»Die Art von Gerüchten, für die ein Mann getötet werden könnte.« Wer den geächteten MacGregors Unterschlupf gewährte, wurde mit dem Tode bestraft, und genau das erwartete den Lamont, wenn er die Flüchtigen versteckte – Gastfreundschaft der Highlands hin oder her. Jamie hatte Verständnis für die Zwangslage des Lamont, zwischen seiner Ehre und dem Gesetz wählen zu müssen, aber er wollte sichergehen, dass der alte Mann genau wusste, was er dadurch riskierte.

Die Miene des alten Chief verriet nichts, aber er nickte. »Ich hoffe, Ihr glaubt nicht immer, was Ihr hört.«

»Nicht immer.«

Jamie ging auf die Treppe zu und wusste, dass er sich möglicherweise gerade verraten hatte. Aber irgendetwas hatte ihn dazu veranlasst, den Lamont zu warnen.

Teufel, wurde er etwa weich? Überrascht erkannte er, dass er den Lamont mochte ... und seine Tochter.

»Campbell.«

Er blieb stehen und drehte sich um.

»Ich werde sie nicht zwingen, zu heiraten. Wenn Ihr das Mädchen wollt, dann müsst Ihr sie überzeugen.«

Aye, dachte Jamie, das war der Haken an der Sache.

Noch lange, nachdem er gegangen war, stand Caitrina mit geballten Fäusten im Stall, unfähig zu atmen. Es kostete sie alles an Kraft, um nicht in Tränen auszubrechen. Niemand hatte je so mit ihr gesprochen.

Seine Anschuldigungen klangen ihr immer noch in den Ohren. Jamie Campbell brachte es fertig, dass sie sich dumm und leichtfertig vorkam. An ihrem Kleid war nichts auszusetzen. Sie blickte auf die rosafarbene Seide hinunter. Es war eines ihrer Lieblingskleider, und sie hatte so gut wie möglich aussehen wollen. Für ihn? Was war sie doch für eine Närrin! Langsam sah sie sich um, und die rostigen Werkzeuge und der abblätternde Kalk an den Wänden schienen sie zu verspotten. Ihr wurde übel.

Nein. Er irrte sich. Er kannte sie überhaupt nicht, und doch beschuldigte er sie ...

Bestürzt hielt sie inne, als ihr klar wurde, dass sie ihn ebenso beschuldigt hatte. Ohne ihn zu kennen, hatte sie ihr Urteil gefällt.

Aber das hier war etwas anderes. Jamie Campbell wusste nichts über ihre Familie.

Dennoch machte sich Caitrina, nachdem sie die Stallungen verlassen hatte, verzweifelt auf die Suche nach ihrem Vater – keine einfache Aufgabe in der Menschenmenge, die sich in Ascog wegen der Spiele versammelt hatte. Sie ging durchs Tor und den Weg zum Loch hinunter. Wohl an die hundert Leute tummelten sich auf dem schmalen, schlammigen Küstenstreifen und dem etwas breiteren Fleckchen Heideland.

Sie legte die Hand an die Stirn und beschattete die Augen vor dem hellen Sonnenlicht. Die Schwimmwettbewerbe fingen gerade an, und die Teilnehmer standen zum Start aufgereiht, darunter auch ihre Brüder Malcolm und Niall, aber ihr Vater war nirgends zu entdecken.

Eigentlich sollte er hier sein. Gerade wollte Brian in einem Rudel kleiner Jungen an ihr vorbeistürmen, doch sie erwischte ihn am Arm. »Brian, hast du Vater gesehen?«

Er schüttelte den Kopf. »Nicht seit heute Morgen, warum?«

»Ich muss mit ihm reden.«

»Hast du schon in der Burg nachgesehen?«

Sie schüttelte den Kopf. »Nein. Er sollte eigentlich hier bei den Wettkämpfen sein.«

»Ich bin sicher, das hat nichts zu bedeuten«, meinte Brian ungeduldig. »Kann ich jetzt gehen?«

Sie konnte gerade noch sehen, wie seine Freunde in den Wäldern verschwanden, also ließ sie seinen Arm los. »Geh nur, ich suche drinnen nach ihm.«

Es sah ihrem Vater gar nicht ähnlich, so zu verschwinden. Was ging hier nur vor?

Caitrina eilte den Weg zurück, durchquerte das Tor und blieb wie angewurzelt stehen, als sie ihren Vater auf der anderen Seite des *barmkin* mit Jamie Campbell sprechen sah. An den angespannten Mienen der beiden Männer erkannte sie, dass es keine freundliche Unterhaltung war.

Als Jamie im Wohnturm verschwand, schien ihr Vater ein wenig in sich zusammenzusacken, und Sorge stand ihm deutlich ins Gesicht geschrieben.

Hastig rannte sie auf ihn zu, warf sich in seine starken Arme und fühlte sich dabei wieder wie ein Kind. Wie oft hatte sie das schon getan, wenn sie sich eine Schramme oder eine Beule geholt hatte oder ihre Brüder sie besonders gemein geneckt hatten? Ihr Vater war immer für sie da gewesen, um ihre Tränen zu trocknen und den Schmerz zu lindern.

Ungebeten kamen ihr Jamies Anschuldigungen wieder in den Sinn. Er irrte sich. Sie hatte ihren Vater nie daran gehindert, erneut zu heiraten. Er hatte ihre Mutter so innig geliebt ... Doch ihr Vater war immer noch ein gutaussehender Mann, und sie wusste, dass es viele Frauen gab, die gerne den Platz ihrer Mutter einnehmen würden. *Meinen Platz.*

Die Brust zog sich ihr zusammen, und sie schmiegte die Wange an die warme, kratzige Wolle seines Plaids, gefährlich kurz davor, in Tränen auszubrechen.

Sie hasste Jamie Campbell dafür, dass er ihr dieses Gefühl gab. Dass er ihr das Gefühl gab, die selbstsüchtigste Tochter auf der ganzen Welt zu sein. »Es tut mir leid, Vater.«

»Was ist denn, Mädchen? Was hat dich so aufgeregt?«

»Ich sah dich mit diesem schrecklichen Mann sprechen.«

Ihr Vater schob sie ein wenig von sich, damit er sie besser ansehen konnte, und sein Gesicht war so grimmig, wie sie es noch nie zuvor gesehen hatte. »Hat Campbell irgendetwas getan, das dich beleidigt hat?«

Sie schüttelte den Kopf. »Nein, nichts dergleichen«, entgegnete sie und verdrängte den Kuss aus ihren Gedanken. »Alles an ihm beleidigt mich. Er ist ein Campbell und obendrein noch Argylls blutrünstiger Cousin.«

Seufzend schüttelte ihr Vater den Kopf. »Du hörst zu viel auf Geschwätz, Caiti Rose.«

Als sie den Tadel in seiner Stimme hörte, reckte sie das Kinn. »Das ist die einzige Möglichkeit, hier etwas herauszufinden, da du und Malcolm und Niall mir ja nie etwas erzählt.«

»Es gibt keinen Grund, dir Sorgen zu machen.« Er tätschelte ihr den Kopf, wie er es immer tat, aber diesmal störte es sie.

Jamie Campbell hatte ihr das Gefühl gegeben, dass sie töricht war, dass sie nicht wusste, wovon sie sprach. »Ich weiß alles, was ich über Jamie Campbell wissen muss. Er ist Argylls Henker, nicht besser als ein gedungener Mörder.« Doch schon als sie die Beschuldigung aussprach, wusste sie, dass es falsch klang.

»Still, Kind«, schalt ihr Vater scharf. »Sei vorsichtig, was du sagst. Jamie Campbell ist nicht einfach nur ein gedungener Scherge oder Argylls starker Arm. Er ist viel gefährlicher: ein Mann mit großer Körperkraft gepaart mit ausgefeiltem politischem Scharfsinn. Er ist ein mächtiger und einflussreicher Mann. Und ein gefährlicher Mann, wenn man ihn verärgert.« Mit einem langen Blick sah er sie an. »Er hat mit mir über dich gesprochen.«

Bei der Arroganz des Mannes schoss Caitrina das Blut in die Wangen. »Dazu hatte er keinen Grund. Das habe ich ihm vor nicht einmal einer halben Stunde selbst gesagt.«

»Nun, was immer du ihm auch gesagt hast, hat es ihm nicht ausgeredet.«

»Aber ich hoffe, du hast das getan.«

Als er nicht antwortete, riss sie die Augen auf. »Du kannst

doch nicht ernsthaft erwarten, dass ich ihn in Erwägung ziehe«, stieß sie entgeistert hervor.

»Doch, Mädchen, das tue ich«, schnitt er ihren Protest ab. »Ich sagte nicht, dass du ihn heiraten, sondern dass du ihn zumindest in Betracht ziehen sollst.«

»Aber er ist ein Campbell!«

»*Aye*, und Campbells sind keine Freunde von uns. Aber ich kann auch nicht außer Acht lassen, welche Vorzüge eine Verbindung mit einem so mächtigen Mann hätte. Es würde der Fehde ein Ende setzen.«

Der besorgte Unterton in seiner Stimme entging ihr nicht. Wieder kamen ihr Jamies Worte in den Sinn, und die Brust wurde ihr noch ein wenig enger. Die Fehde forderte ihren Tribut. Wie hatte sie nur übersehen können, was um sie herum vorging? Ihr Vater wollte nicht, dass sie es bemerkte, aber das war keine Entschuldigung. »Ist es denn wirklich so schlimm, Vater?«

Er zog sie an sich und strich ihr beruhigend übers Haar. »Ach, Mädchen, da gibt es nichts, worüber du dir Sorgen machen müsstest. Ich würde dich niemals zwingen, einen Campbell zu heiraten, aber ich möchte, dass du ihn wenigstens in Betracht ziehst. Bilde dir dein eigenes Urteil über den Mann.«

»Aber ...«

Er erstickte ihren Protest. »Das ist alles, worum ich dich bitte. Jamie Campbell ist ein erbitterter Krieger und ein harter Mann, aber er ist nicht grausam. Trotz allem, was du vielleicht gehört hast, ist er kein Ungeheuer. Auch wenn es uns vielleicht nicht gefällt, handelt er nach dem Gesetz. Ich kann keine Sympathie für den Mann aufbringen, aber er hat sich in unseren Angelegenheiten stets fair verhalten.« Sein Blick wurde weich. »Er ist nicht der Mann, den ich für dich ausgewählt hätte, aber es würde unserem Clan sehr zugute kommen. Als seine Ehefrau könnte dir nichts jemals etwas anhaben. Und da gibt es Dinge ...« Er unterbrach sich und seufzte, das tiefe Geräusch eines Mannes, der die schwere Last der Verantwortung zu tragen hatte. »Es kommt vielleicht eine Zeit, in der wir seine Freundschaft brauchen werden.«

Pflicht. Sie hörte die unausgesprochene Ermahnung, und es fühlte sich an wie Verrat. Warum tat ihr Vater das? Er hasste die Campbells doch ebenso wie sie. Warum hatte sie das Gefühl, dass er ihr etwas verschwieg ... etwas Wichtiges?

»Es ist an der Zeit, dass du heiratest, Caitrina. Und wenn keinen Campbell, dann jemand anderes.«

Er meinte es ernst. Caitrina verspürte einen heftigen Anflug von Panik, verloren in der Unsicherheit einer Zukunft, in die sie gerade hineingeworfen worden war. In der ihr alles genommen werden würde, das sie kannte und liebte. Sie erinnerte sich an die schreckliche Leere, als ihre Mutter gestorben war, aber da hatte sie ihren Vater und ihre Brüder gehabt, um das Gefühl des Verlustes zu lindern. Ohne sie ...

»Ich weiß, dass du das glaubst, Vater, aber ich bin noch nicht bereit dazu. Ich kann den Gedanken einfach nicht ertragen, dich und meine Brüder zu verlassen.« Das Leben auf Ascog mit ihrer Familie war alles, was sie kannte. Es wäre so, als risse man ihr das Herz entzwei, wenn man sie zwingen würde, sie zu verlassen.

Er nahm sie wieder in die Arme, und einen Augenblick lang glaubte sie, er würde nachgeben. Aber wie es schien war ihre Zeit abgelaufen.

»Und es wird mich sehr schmerzen, dich gehen zu lassen, mein Liebes. Aber gehen musst du.«

Mit tränenüberströmtem Gesicht nickte Caitrina. Der Schmerz in ihrem Herzen war unerträglich.

Sie wünschte, sie wäre Jamie Campbell nie begegnet. Das war alles seine Schuld.

6

Wie sehr Caitrina auch schmeichelte und bettelte, ihr Vater ließ sich nicht umstimmen. Das Wissen, dass sie bald heiraten musste, hing wie ein Damoklesschwert über ihrem Haupt. Es trübte ihre Freude an den nächsten paar Tagen und zwang sie, jeden potenziellen Verehrer mit, wenn schon nicht gerade wohlwollenden, dann doch zumindest auch nicht gerade ablehnenden Augen zu betrachten. Es zwang sie auch dazu, sich einzugestehen, dass Jamie Campbells selbstbewusste Autorität sich von den öden, schmeichelnden Aufmerksamkeiten der anderen Männer abhob. *Er* hob sich ab. Nicht nur aufgrund seines attraktiven Gesichts und des beeindruckenden Körperbaus, sondern wegen der Aura von Macht und Autorität, die ihn umgab. Doch ob beabsichtigt oder nicht, sie bemerkte ebenfalls, dass diese Ausstrahlung ihn zu den anderen auf Distanz hielt. Er war einer von ihnen, stand jedoch abseits.

Warum es sie störte, dass er alleine war, wusste sie nicht. Nur, dass es so war.

Sosehr sie ihn auch ignorieren wollte, ihn hassen wollte, zog irgendetwas an dem Mann sie an. Während der ganzen Woche ertappte sie sich dabei, dass sie ihn und seinen Umgang mit den anderen Highlandern beobachtete. Die meiste Zeit blieb er für sich oder bei seiner Handvoll Wachmännern, die mit ihm gekommen waren, obwohl sie gelegentlich sah, dass er sich mit den verschiedenen Chiefs unterhielt. Sie vermutete, dass das nicht weiter verwunderlich war. Als rechte Hand seines Cousins hatte er mit den meisten Männern der Führungsschicht der Highlands zu tun. Aber die Wachmänner und Clansleute von niedererem Rang neigten dazu, ihm aus dem Weg zu gehen und ihn mit einer Mischung aus Angst und Hass zu betrachten – insbesondere die Murrays und die Lamonts, die beide Verbündete der geächteten MacGregors waren.

Trotz Jamies Mahnung wusste sie, dass nicht alle MacGregors Räuber und Diebe waren. Viele von ihnen, einschließlich Alasdair MacGregor und seinen nahen Verwandten, hatten bereits hier in diesem Saal gespeist, bevor sie für vogelfrei erklärt worden waren. Ihr Vater missbilligte ihr wildes Verhalten, aber er hatte Mitgefühl mit ihrer Notlage. Für die viele im Saal offensichtlich Jamie und seinem Cousin die Schuld gaben.

Ziemlich oft sah sie Jamie mit Rory und Alex MacLeod zusammenstehen. Die drei Männer boten ein beeindruckendes Bild: groß, breitschultrig, muskulös und ungewöhnlich gutaussehend. Jamie hatte die Größe von Rory MacLeod, aber eine etwas schlankere Statur – eher wie Alex MacLeod, der zwar ein paar Zoll kleiner als die anderen beiden Männer war, aber immer noch gut über sechs Fuß maß. Sie spürte, dass die drei Männer eine gemeinsame Geschichte verband, die sich von den anderen unterschied, und im Laufe der Woche bemerkte sie, dass sich das Verhältnis zwischen ihnen deutlich erwärmte. Sie ertappte Jamie sogar ein- oder zweimal dabei, dass er lachte. Vielleicht kam es daher, dass er sich sonst immer so reserviert zeigte, doch die Wirkung war überwältigend und ließ sie einen Blick auf eine völlig andere Seite an ihm erhaschen – eine zugänglichere Seite.

Es faszinierte sie.

Er faszinierte sie, zum Teufel mit ihm!

Aber der Mensch, mit dem Jamie sich am besten verstand, war Margaret MacLeod, Alex' Frau. Die beiden zusammen zu sehen, die ungezwungenen Neckereien zwischen ihnen zu beobachten, versetzte Caitrina einen heftigen Stich. Dieses Gefühl war anders als alles, was sie bisher erlebt hatte – beinahe absurd in seiner Intensität. Sogar das Wissen, dass Margaret MacLeod so eindeutig in ihren Ehemann verliebt war, konnte es nicht abschwächen. Warum diese ungezwungene Freundschaft ihr etwas ausmachte, wusste sie nicht ... Nur, dass es so war.

Und das war lächerlich, da nichts sie jemals dazu bringen könnte, Jamie Campbell in Betracht zu ziehen – ungeachtet der halbherzigen Bitte ihres Vaters.

Der Hass auf den Clan Campbell war ihr von Geburt an eingetrichtert worden und ließ sich nicht einfach fortwischen. Er war ein Teil von ihr: Die Lamonts hassten die Campbells. Zu viel Blut war zwischen den beiden Clans vergossen worden. Doch sie hatte auch persönliche Gründe. Sie hatte gesehen, was die Campbells ihrer Mutter angetan hatten, wie es sie verletzt hatte, von ihrem Vater verstoßen und von jedem Mitglied ihrer Familie getrennt zu werden. Caitrina würde niemals dieses furchtbare Schicksal wiederholen wollen. Ihr Vater konnte nicht ernsthaft erwarten, dass sie in Jamie Campbell irgendetwas anderes als einen Feind sah. Wenn sie einen Campbell heiratete, dann könnte man sie genauso gut verbannen, das Ergebnis wäre dasselbe. Jahrelanger Hass würde sie von ihrem Clan trennen.

Doch es lag nicht einfach nur daran, wer er war – obwohl das allein schon Grund genug war –, es lag daran, was er ihr für ein Gefühl gab. Er beobachtete sie mit diesen stählernen blauen Augen, die sich geradewegs in ihr Innerstes zu bohren schienen. Es war ein Blick voller Besitzgier und Verlangen, der sie ängstigte, wie noch kein Mann es je getan hatte – als hätte er, nur weil er sie geküsst hatte, eine Art Anspruch auf sie. Sie fühlte sich gefangen, von Gefühlen, die sie nicht verstand, und Sehnsüchten, vor denen sie am liebsten geflohen wäre.

Die seltsame Verbindung zwischen ihnen ließ sich nicht leugnen: ein gesteigertes Bewusstsein, das ihr warme und prickelnde Schauer über die eigenartig empfindsame Haut jagte. Jedes Mal, wenn bei den Mahlzeiten sein Arm oder Bein sie zufällig streifte, durchzuckte es sie wie ein Blitz. Es schien ihm Vergnügen zu bereiten, sie zu quälen. Als wüsste er, was seine Berührung in ihr anrichtete und wie sehr er sie aus der Fassung brachte. Aber nichts, was sie sagte oder tat, schien zu ihm durchzudringen. Ihr Versuch, ihn mit kühler Geringschätzung zu behandeln, traf nur auf trockene Belustigung.

Er hatte den Zwischenfall in der Scheune nicht mehr erwähnt, aber er schwebte zwischen ihnen – ebenso wie die Erinnerung an seinen Mund auf ihren Lippen. Sie wünschte sich sehnsüchtig, sie könnte diese Erinnerung vergessen, aber je mehr Mühe sie sich gab, sie zu verdrängen, umso unmöglicher war es ihr, an etwas anderes zu denken. Sie versuchte sich vorzustellen, wie andere Männer sie küssten, aber sein Gesicht war das Einzige, das vor ihrem Auge auftauchte.

Was sie letztlich daran hinderte, völlig den Verstand zu verlieren, war das Wissen, dass ihr Unbehagen bald ein Ende haben würde. Am nächsten Tag würden die Spiele vorbei sein. Jamie Campbell würde mit dem Rest der Gäste abreisen, und ihr Leben würde wieder in die gewohnten Bahnen zurückkehren.

Aber für wie lange? Ihr Vater hatte beschlossen, dass sie heiraten musste.

Entschlossen kämpfte sie den Anflug von Panik nieder, denn daran wollte sie jetzt nicht denken. Sobald alle fort waren, würde sie schon einen Weg finden, ihn zu überreden.

Caitrina saß auf einem Felsen im Schatten einer alten Birke am Waldrand. Drüben auf dem Heidefeld fing gerade der letzte Wettkampf an – das Bogenschießen.

Sie versteifte sich, als sie seine Anwesenheit spürte, noch bevor die spottenden Worte über seine Lippen kamen.

»Habe ich Euch gefehlt, Prinzessin?«

Sie hasste es, wenn er sie so nannte, aber nach dem ersten Mal weigerte sie sich, ihn wissen zu lassen, wie sehr es sie störte.

»Wie ein Kropf«, antwortete sie zuckersüß.

Er lachte leise. »Stures Mädchen. Aber so gerne ich auch hier sitzen und mit Euch streiten würde, Ihr müsst mich leider entschuldigen, meine Süße.« Er bedachte sie mit einem amüsierten Blick und wies mit einem Kopfnicken auf den Wettkampfplatz. »Ich habe einen Wettkampf zu gewinnen.«

Sie bemerkte den Bogen, den er über der muskulösen Schulter trug, und ein Schauer der Beunruhigung durchlief sie. »Aber Ihr habt an keinem der anderen Spiele teilgenommen. Bei solch einer ungewöhnlichen Vorliebe für das Jagen hätte ich eigentlich gedacht, Ihr wärt wieder einmal ausgeritten.«

»Habt Ihr etwa ein Auge auf mich, Caitrina? Ich fühle mich geschmeichelt. Aber ich konnte dem Preis nicht widerstehen, den es bei diesem Wettkampf zu gewinnen gibt.«

Ihre Wangen glühten. Sie hasste es, dass sie nie wusste, ob er scherzte oder es ernst meinte. »Ihr wisst sehr wohl, dass das nicht für Eure Ohren bestimmt war. Selbst wenn Ihr Rory MacLeod übertreffen könntet – was Ihr nicht könnt –, würde das keinen Unterschied machen. Mein Angebot schloss Euch nicht mit ein. Außerdem habe ich Euch bereits gesagt, dass ich nicht interessiert bin.«

Er bedachte sie mit einem langen, dunklen Blick, der Schmetterlinge in ihrem Bauch tanzen ließ.

»Ich weiß, was Ihr mir gesagt habt, aber Eure Augen sprechen eine andere Sprache.«

Aufgebracht wandte sie sich heftig von ihm ab. »Ihr seid blind und eingebildet.«

»Vorsicht, Mädchen. Ihr verrenkt Euch sonst noch den Hals, wenn Ihr Euer Haar so herumschleudert.« Er wand eine lange Locke wie ein Seidenband um den Finger und ließ sie dann wieder losschnellen. »Auch wenn es bezaubernd ist.« Lachend über den empörten Ausdruck auf ihrem Gesicht verbeugte er sich. »Ich komme bald zurück, um meinen Preis entgegenzunehmen.«

Er trieb sie zur Weißglut, dennoch folgte sie ihm mit den Blicken, als er zu den anderen Männern hinüberging, wie gebannt vom Spiel der Muskeln bei seinen langen, kraftvollen Schritten. Erschrocken wandte sie heftig den Kopf ab.

Er irrt sich. Er bedeutet mir nichts. Es lag nur daran, dass er etwas gewagt hatte, was noch kein Mann zuvor gewagt hatte. Sie war unerfahren in intimen Beziehungen zu Männern (was das betraf, hatte er recht). Es war ihr erster Kuss gewesen. Aber Caitrina beabsichtigte, das zu ändern. Und zwar bald. Vielleicht hatte sie Torquil MacNeil zu voreilig abgewiesen. Er war jung und prahlerisch, aber allem Anschein nach geeignet. Und zweifellos anziehender als manche der anderen Männer, die ihr vorgestellt wurden.

Sie ließ den Blick über die aufgereihten Wettbewerbsteilnehmer streifen. Etwa zwanzig Männer waren angetreten. In ungefähr fünfzig Schritt Entfernung waren mit Stroh und Gras gefüllte Säcke aufgestellt worden, und auf jeden Sack waren mit weißer Farbe konzentrische Kreise gemalt worden. Nach jedem Durchgang wurden die Ziele weitere zehn Schritte nach hinten versetzt.

Caitrina erinnerte sich wieder an ihre Pflichten als Gastgeberin, verließ den einsamen Platz auf dem Felsen und gesellte sich zu einer Gruppe von Frauen, die sich den Wettbewerb ansehen wollten. Mit jeder Runde, die verstrich, hämmerte ihr das Herz wilder in der Brust. Jamie Campbell behauptete sich gut. Und überraschenderweise MacNeil ebenso.

»Er ist ein ausgezeichneter Bogenschütze.«

Mit einem Schlag wurde Caitrina, die völlig von dem Wettbewerb in den Bann geschlagen war, bewusst, dass Margaret MacLeod mit ihr gesprochen hatte, und sie errötete leicht. »Wie bitte?«

Lächelnd wiederholte Margaret ihre Bemerkung.

»Wer?«, fragte Caitrina gleichgültig und setzte eine unschuldige Miene auf.

»Jamie. Ich habe gesehen, dass Ihr ihn beobachtet habt.«

Diese freimütige Bemerkung trieb Caitrina eine schuldbewusste Röte in die Wangen, was die andere Frau, die sie aufmerksam beobachtete, zweifellos bemerkte. »Vielleicht«, räumte Caitrina ein. »Aber nicht gut genug, um den Chief der MacLeod zu schlagen.«

Meg lächelte verschmitzt. »Oh, das würde ich nicht sagen. Jamie hat meinen Schwager schon unzählige Male geschlagen.«

Caitrinas Herzschlag begann zu rasen, und sie versuchte, ihre Stimme ruhig klingen zu lassen, brachte jedoch nur ein Quietschen heraus. »Wirklich?«

Meg nickte. »Dieser erbitterte Konkurrenzkampf herrscht schon seit Jahren. Rory und Alex wuchsen als Pflegekinder des alten Earl auf, und Jamie verbrachte den größten Teil seiner Jugend auf Inveraray.«

Caitrinas Blick flog zu Jamie. Er spannte den Bogen, dann ließ er den Pfeil von der Sehne schnellen. Er traf direkt ins Ziel. »Mir war nicht bewusst …« Mit der stummen Bitte, ihr mehr zu erzählen, sah sie Meg erneut an.

»Nach dem Tod von Jamies Vater lebten er und seine Schwester Elizabeth beim Earl.«

Sie konnte ihre Neugier nicht länger verbergen. »Hat er keine anderen Verwandten?«

»Zwei ältere Brüder. Sein älterer Bruder Colin, der selbst noch ein Junge war, als ihr Vater starb, wurde Herr über Auchinbreck. Ihre Mutter war im Jahr zuvor gestorben, und Argyll schätzte ihren Vater über alle Maßen. Wie Jamie war auch sein Vater ein getreuer Hauptmann. Er fiel in der Schlacht von Glenlivet, durch einen Pfeil, der Argyll gegolten hatte, und das hat der Earl nie vergessen. Jamie ist für ihn wie ein Bruder. Argyll schätzt seine Meinung mehr als die jedes anderen.«

Das Band zwischen Jamie und seinem Cousin war viel stärker, als ihr bewusst gewesen war. »Nach allem, was ich gehört habe, überrascht es mich, dass der Earl überhaupt von jemandem einen Rat annimmt.«

Meg lächelte verschmitzt. »Oh, so schlimm ist er gar nicht.«

Skeptisch zog Caitrina die Braue hoch, und Meg musste bei ihrem Gesichtsausdruck kichern. »Er ist besser als die Alternativen, Mackenzie oder Huntly.«

Dasselbe hatte Jamie auch gesagt. Als sie Meg so zuhörte, wurde Caitrina klar, wie wenig sie doch über die Probleme wusste, von denen die Highlands heimgesucht wurden. Beschämt über ihre Unwissenheit wechselte sie das Thema. »Ihr sagtet, er hat zwei Brüder. Was ist mit dem anderen?«

Megs Gesicht verfinsterte sich. »Jamie spricht nicht viel über ihn. Allerdings habt Ihr vielleicht schon von ihm gehört.« Sie musterte Caitrina mit hartem Blick, so als ob sie mit sich rang, ob sie noch mehr sagen sollte. Vorsichtig sah sie sich um, um sicherzugehen, dass ihnen niemand zuhörte, doch alle anderen hatten ihre Aufmerksamkeit auf den Wettkampf gerichtet. Nur noch vier Männer waren übrig: Rory MacLeod, Jamie Campbell, Torquil MacNeil und Robbie Graham. Da Caitrinas Nerven zu blank lagen, um zuzusehen, war sie froh über die Ablenkung. Mit gedämpfter Stimme fuhr Meg fort. »Sein ältester Bruder Duncan wurde als Bastard geboren. Er war der Liebling seines Vaters und wurde trotz seiner illegitimen Geburt zum Captain ernannt, aber dann fiel er vor Jahren nach der Schlacht von Glenlivet in Ungnade. Seinem Verrat wurde die Schuld an Argylls Niederlage zugeschrieben, und er war gezwungen, aus Schottland zu fliehen. Man nennt ihn Duncan Dubh.« *Duncan, der Schwarze.* Caitrinas Augen weiteten sich. Der schwarze

Highlander? Meg lächelte trocken. »*Aye*, er hat sich auf dem Festland einen ziemlichen Namen gemacht. Aber der Skandal traf Jamie besonders hart. Nach allem, was ich gehört habe, standen sie sich sehr nahe.« Megs Miene erhellte sich vor Belustigung. »Aber niemand würde je auf die Idee kommen, Jamie und seinen Bruder zu verwechseln.«

»Wie meint Ihr das?«

»Egal, ob man nun der gleichen Ansicht mit ihm ist oder nicht, niemand kann behaupten, dass er sich nicht an das Gesetz hält.«

Auch wenn sie das scherzhaft sagte, fragte Caitrina sich, ob in Megs Worten nicht mehr Wahrheit steckte, als ihr klar war. War es das, was ihn antrieb? »Und seine Schwester? Ist sie verheiratet?«

Lächelnd schüttelte Meg den Kopf. »Noch nicht. Es wird ein beeindruckender Mann nötig sein, um sowohl ihre Brüder als auch ihren Cousin zufriedenzustellen. Jamie erwähnte, dass Elizabeth ihn und den Earl schon bald auf Dunoon besuchen kommt.«

Argyll, das wusste sie, war Verwalter der königlichen Burg Dunoon. Der Earl besaß zahlreiche Burgen, darunter Castle Campbell, seine Festung in den Lowlands, und Inveraray Castle, seine Festung in den Highlands.

Beschämt darüber, wie viel sie durch ihre Fragen von sich preisgegeben hatte, verstummte Caitrina und richtete ihre Aufmerksamkeit wieder auf das Feld – gerade rechtzeitig, um zu sehen, wie MacNeils Pfeil weit das Ziel verfehlte. Er war am weitesten entfernt, aber dennoch konnte sie die Wut und die bittere Enttäuschung auf seinem Gesicht erkennen. Er hatte sich gut geschlagen, gefährlich gut für ihren Geschmack, doch es war offensichtlich, dass er fest vorgehabt hatte zu gewinnen. Caitrina verspürte einen schuldbewussten Stich, als ihr klar wurde, dass sie möglicherweise unfair gewesen war. Sie hatte MacNeils Antrag leichtfertig abgetan, doch ihm hatte es eindeutig viel bedeutet. Später würde sie ihn suchen und sich bei ihm entschuldigen.

Robbie Graham schoss als Nächster, und sein Pfeil traf den unteren rechten Rand der Zielscheibe. Ein ausgezeichneter Schuss auf diese Entfernung, die inzwischen wohl mindestens hundert Schritte betrug. Nun trat Rory MacLeod vor. Es war eindeutig, dass er die Menge auf seiner Seite hatte. Die Leute beugten sich angespannt vor, als er den Bogen spannte, und hielten einhellig den Atem an. Der Pfeil schnellte ab und …

Zack. Jubel brandete auf. Der Pfeil war im inneren Ring nahe der Mitte der Zielscheibe gelandet. Um ihn zu schlagen, wäre ein perfekter Schuss nötig.

Caitrina spürte, wie sich eine rastlose Spannung um sie herum aufbaute, als Jamie den Bogen hob und das Ziel anvisierte. Der Atem stockte ihr. Es war beinahe so, als wüsste sie, was geschehen würde. Seine Zuversicht ließ kein Versagen zu. Der Pfeil schnellte von der Sehne, und sie sah nicht einmal hin. Ihr Blick war unverwandt auf Jamie gerichtet. Das Aufkeuchen der Menge wäre schon genug gewesen, doch im Augenblick des Sieges drehte er sich um und sah ihr direkt in die Augen. Sie stand wie erstarrt, und das Herz schlug ihr hoch in der Kehle. Der tiefe, durchdringende Blick schien alles zu sehen, ihren inneren Aufruhr, Dinge, von denen sie nicht wollte, dass er sie sah.

Erst nachdem seine Männer und die MacLeods ihn umringten, um ihm zu gratulieren, warf sie einen Blick auf die Zielscheibe. Er hatte perfekt ins Schwarze getroffen.

Während er mit seinen Männern beschäftigt war, ergriff Caitrina die Gelegenheit, sich davonzustehlen. Sie wusste, dass er sie suchen würde, und vielleicht war es feige von ihr, aber ihre Nerven lagen so blank, dass sie nicht glaubte, eine weitere Konfrontation mit Jamie Campbell ertragen zu können.

Warum konnte er sie nicht einfach in Ruhe lassen?
Der nächste Tag konnte gar nicht früh genug kommen!
Da sie noch nicht bereit war, wieder zur Burg zurückzukehren, und den Menschenmengen aus dem Weg gehen wollte, bog sie vom Pfad ab und wanderte durch die Bäume auf den Loch zu. Am östlichen Ufer befand sich eine kleine Bucht, die ein beliebter Angelplatz ihrer Brüder war. Dort würde sie sich eine Weile ausruhen, bis sie das Gefühlsdurcheinander entwirren konnte, das in ihrem Innern tobte.

Sie war so aufgewühlt von dem, was gerade geschehen war, dass es einen Augenblick dauerte, bis sie bemerkte, dass ihr jemand folgte. Sie hörte ein Geräusch, das Knacken eines Zweiges unter einem Fuß, und wirbelte herum – doch sie konnte niemanden entdecken. Ihr Puls raste, und die feinen Härchen in ihrem Nacken sträubten sich.

»Wer ist da?«, fragte sie mit zitternder Stimme, während sie zwischen die Bäume spähte.

Doch sie bekam keine Antwort. Ein eiskalter Schauer lief ihr über den Rücken. Etwas war nicht in Ordnung. Sie war noch nicht weit gegangen, aber würde sie bei all dem Lärm jemand hören? Jamies Warnung vor den Gesetzlosen kam ihr wieder in den Sinn.

Gerade als sie schon um Hilfe rufen wollte, trat keine fünf Fuß entfernt ein Mann hinter einem Baum hervor ins helle Sonnenlicht.

Erleichtert stieß sie den angehaltenen Atem aus, denn sofort erkannte sie Torquil MacNeil.

»Mylaird, Ihr habt mich erschreckt.«

Die Sonne stand ihm im Rücken, deshalb konnte sie sein Gesicht nicht deutlich erkennen, aber Wut schien von ihm auszustrahlen. »Ich nehme an, Ihr fandet den Wettbewerb unterhaltsam«, sagte er mit einer Spur Hohn in der Stimme.

»Nein, ich …« Nervös knetete sie die Finger, da sie nicht wusste, was sie sagen sollte. Er trat einen Schritt näher, nah genug, dass sie den Zorn erkennen konnte, der seine gutaussehenden Züge entstellte. Sie hatte seinen Stolz verletzt, nun musste sie versuchen, ihn zu besänftigen. »Ich möchte mich entschuldigen ...«

»Ihr habt mich hereingelegt!«

Obwohl er ein wenig wie ein bockiges Kind klang, streckte Caitrina die Hand aus und legte sie ihm auf den Arm. »Es war falsch von mir, und ich bedaure es zutiefst.«

Zweifelnd sah er sie an. »Ist das wahr?«

Sie nickte und lächelte ermutigend zu ihm empor. »Ihr habt Euch heute äußerst gut geschlagen.«

Einen Augenblick lang plusterte er sich angesichts ihrer offensichtlichen Bewunderung auf, doch dann runzelte er die Stirn. »Aber ich habe nicht gewonnen.« Seine Miene verfinsterte sich. »Dieser Campbell-Bastard hat gewonnen.«

Jamie Campbell, Jamie Campbell ... Sie konnte diesen Namen nicht mehr hören. Nachdenklich musterte sie MacNeils Gesicht. Er sah unbestreitbar gut aus, und doch löste er in ihr nicht dasselbe flattrige Gefühl in ihrem Bauch aus oder ließ all ihre Sinne überreizt verrückt spielen – eine Tatsache, die sie nur noch mehr ärgerte. Ein draufgängerischer Zug, von dem sie nicht einmal wusste, dass sie ihn besaß, ergriff von ihr Besitz. Da war überhaupt nichts Besonderes an Jamie Campbell, und sie würde es beweisen.

Entschlossen legte sie Torquil MacNeil die Hände auf die Schultern, stellte sich auf die Zehenspitzen und presste die Lippen zu einem leichten Kuss auf seinen Mund. Und fühlte ... absolut gar nichts. Nicht die kleinste Regung oder das winzigste Sehnen oder sonst etwas dergleichen. Seine Lippen waren weich und schmeckten angenehm, aber er tauchte ihre Sinne nicht in Hitze oder ließ ihren Körper schwer und empfindsam werden.

Wütend drängte sie sich ein wenig enger an ihn, um diesen gewissen Funken zu spüren. Aufstöhnend schlang er ihr den Arm um die Taille und zog sie an sich. Sie spürte die Kraft seines Körpers, die Muskeln und die Stärke, aber ihr war nicht, als würde sie mit ihm verschmelzen. An ihn gepresst zu werden fühlte sich vielmehr unangenehm an. Es war überhaupt nicht so, wie sie sich in Jamies Armen gefühlt hatte.

Zum Teufel mit ihm!

Dieses kleine Experiment war entsetzlich schiefgegangen.

MacNeil zog sie enger an sich, und sein Kuss wurde fordernder, als er versuchte, ihre Lippen zu teilen. Beunruhigung durchzuckte sie. Irgendwie hatte sie die Kontrolle über den Kuss verloren.

Sie entzog sich seinem Mund und schnappte nach Luft. »Bitte, lasst mich los!«

Sein Blick war dunkel vor Lust. »Ich denke nicht daran, meine Süße. Ich bin kein Mann, mit dem ein Mädchen seine albernen Spielchen treiben kann.«

Zu spät erkannte sie, dass sie sich verschätzt hatte, und Jamies Warnung fiel ihr wieder ein. Vielleicht war das von Anfang an MacNeils Absicht gewesen. Und sie war ihm törichterweise auch noch entgegengekommen.

Verzweifelt versuchte sie, sich ihm zu entwinden, doch er war zu stark. Er mochte zwar noch jung sein, aber er besaß die Körperkraft eines erfahrenen Kriegers, eine Tatsache, die ihr erst jetzt deutlich wurde. Er nahm erneut ihre Lippen in Besitz, und sein Kuss wurde grob und strafend. Ekel stieg ihr in der Kehle hoch, und eine Welle der Angst, wie sie sie noch nie zuvor verspürt hatte, brach über sie herein.

Gütiger Gott, was habe ich nur getan?

Sie bot all ihre Kräfte auf, um gegen ihn anzukämpfen, aber es war nicht genug.

Doch gerade als Panik sie ergriff, war sie plötzlich frei und starrte in die stählernen blauen Augen von Jamie Campbell. Nur, dass seine Augen nicht stählern waren, sondern eiskalt vor rasender Wut. Ihr Herz setzte einen langen Schlag aus, als sie erkannte, was sie sah. Gefahr. Rasenden Zorn. Eine Wildheit, die ihr das Blut in den Adern gefrieren ließ. *Das war der Mann, der die Highlands in Angst und Schrecken versetzte!*

Jamie war außer Kontrolle. Besessen von einer blinden Raserei, wie er sie noch nie zuvor verspürt hatte. Caitrina in den Armen eines anderen Mannes zu sehen entfesselte etwas Primitives in ihm; zu sehen, wie sie sich wehrte, entfesselte Mordlust.

Nur durch Zufall hatte Jamie bemerkt, dass MacNeil sich vom Wettkampfplatz fortschlich, und der hungrige, raubtierhafte Ausdruck in seinen Augen ließ Jamies Instinkte sofort Alarm schlagen. Er war dem jungen Krieger in einiger Entfernung gefolgt, und es hatte ihn nicht überrascht zu sehen, dass er Caitrina zur Rede stellte. Jamie hatte gerade vorgehabt, einzugreifen, als er sah, wie sie MacNeil die Arme um den Hals legte und ihn küsste.

Wie versteinert hielt er inne und alles um ihn herum wurde schwarz, während er darum kämpfte, diesen niederschmetternden Schlag zu verarbeiten. Es fühlte sich an, als hätte man ihn mit einer schweren Keule vor die Brust geschlagen.

Mein. Der instinktive Besitzanspruch hallte in ihm wider und durchdrang jede Faser seines Seins.

Was zum Teufel glaubte sie eigentlich, was sie da machte? Caitrina gehörte ihm, aber sie küsste einen anderen Mann. Doch dann veränderte sich etwas. Er sah, dass sie versuchte, ihn wegzustoßen, sah den entschlossenen Ausdruck auf dem Gesicht des anderen Mannes, und mit einem ohrenbetäubenden Rauschen in den Ohren sah Jamie rot. Innerhalb von Sekunden war er bei ihnen, riss Caitrina aus MacNeils Armen, hieb ihm die Faust mit der Wucht eines Schmiedehammers ins Gesicht und hörte befriedigt, wie seine Knochen knirschten. Der nächste Hieb landete in MacNeils Magen, so dass er gekrümmt zusammenklappte.

»Was tut Ihr da?«, keuchte MacNeil und schnappte nach Luft.

»Verdammter Bastard! Das Mädchen ist nicht willens!«

MacNeil fuhr sich mit dem Handrücken über den Mund und versuchte, das hervorquellende Blut von Jamies erstem Schlag zu stillen. »Willens genug. Schließlich hat sie mich geküsst, oder habt Ihr das nicht gesehen?« Er warf Caitrina einen lüsternen Blick zu. »Ich habe ihr nur gegeben, worum sie gebettelt …«

Jamies Faust schnitt ihm die beleidigenden Worte ab. Doch der andere Mann war vorbereitet. Während er sich vornübergekrümmt hatte, war es ihm gelungen, einen Dolch zu ziehen, mit dem er nun auf Jamies Eingeweide zielte. Jamie wirbelte zur Seite und wich dem Stoß aus, dabei packte er den anderen Mann am Handgelenk und verdrehte es, bis er Knochen knacken hörte und MacNeil der Dolch aus den Fingern glitt. Nachdem er ihn mit dem Fuß außer Reichweite gestoßen hatte, versetzte er MacNeil erneut einen Schlag, so dass er zu Boden stürzte.

Langsam versuchte er, sich wieder aufzurichten. Jamie machte eine Bewegung auf ihn zu, in der festen Absicht, ihm den Garaus zu machen, doch Caitrina trat ihm in den Weg.

»Nicht.« Sie legte ihm die Hand auf den Arm und zwang ihn so, sie anzusehen. Blutlust rauschte ihm immer noch durch die Adern, und es dauerte einen Augenblick, bis sich der Nebel vor seinen Augen lichtete. »Ihr bringt ihn noch um.«

»Nichts anderes hat er verdient«, stieß Jamie durch die zusammengebissenen Zähne hervor.

»Bitte!« Sie trat einen Schritt näher, und ihr süßer, blumiger Duft verdrängte den primitiven Geruch des Kampfes. Sie sah aus, als würde sie gleich anfangen zu weinen. Tränen schimmerten in ihren Augen, und ihre Lippen zitterten. »Nicht meinetwegen.«

Wie erstarrt stand Jamie da, jeden Muskel angespannt, und jeder Instinkt in ihm schrie danach, das zu beenden, was er angefangen hatte, doch als er auf ihr Gesicht heruntersah, wirkte die sanfte Bitte ihr linderndes Wunder.

Er trat zurück und fuhr sich mit der Hand durchs Haar. Was zum Teufel war da gerade in ihn gefahren? So hatte er sich noch nie gefühlt. Er hatte sich doch sonst immer unter Kontrolle. *Immer.*

Zu MacNeil gewandt, der es inzwischen geschafft hatte, sich aufzurichten, sagte er: »Verschwindet von hier. Wenn ich Euch noch einmal in ihrer Nähe sehe, dann töte ich Euch.«

MacNeil, der erkannte, wie nahe er diesem Schicksal eben schon gekommen war, raffte sich auf, rannte mit so viel Würde, wie er aufbringen konnte, davon und verschwand zwischen den Bäumen.

Caitrina sank gegen ihn, und die Brust zog sich ihm brennend zusammen. Einen Augenblick lang genoss er das Gefühl ihrer Dankbarkeit, das Gefühl, dass sie ihn brauchte. »Danke.« Sie hob den tränenfeuchten Blick und sah ihm in die Augen. »Ich hatte solche Angst.«

Sein Ärger war verflogen, doch nicht vollständig. Er wollte sie küssen, bis ihr Hören und Sehen verging, als Strafe dafür, dass sie ihn so gequält hatte. Wenn er nur daran dachte, was hätte geschehen können ... Es machte ihn ganz krank.

»Er verdient viel Schlimmeres für das, was er versucht hat. Was, wenn ich nicht rechtzeitig gekommen wäre?«

Die Farbe wich ihr aus dem Gesicht.

Wenigstens erkannte sie, wie knapp sie einer Vergewaltigung entgangen war. Er nahm sie an den Schultern und zwang sie, ihn anzusehen. »Was habt Ihr Euch eigentlich dabei gedacht, so mit ihm zu spielen?«

»Ich wollte doch nicht ...«

»Was wolltet Ihr dann?« Die seltsame Enge in seiner Brust kehrte zurück. »Gott im Himmel, Caitrina, ich habe gesehen, wie Ihr ihn geküsst habt!«

Mit blitzenden Augen reckte sie das Kinn und starrte ihm in die Augen. Nach allem, was gerade geschehen war, musste er einfach ihr Temperament bewundern.

»Das ist alles Eure Schuld!«

Verblüfft fiel ihm das Kinn herunter. »Meine Schuld?«

»Ihr hättet mich niemals küssen dürfen!«

Mit einem Mal verstand er, und er konnte nicht fassen, dass sie so naiv sein konnte. »Also war das Ganze eine Art verdammtes Experiment?« Wenn er daran dachte, was ihr möglicherweise zugestoßen wäre ... »Wisst Ihr denn nicht, was hätte geschehen können?«

Ihr Gesicht brannte vor Scham. »Ich wollte einfach nicht länger Euer Gesicht vor mir sehen.«

Ihre Stimme brach, und etwas geschah mit ihm. Sein Zorn verrauchte. Er konnte ihre Verwirrung verstehen – Teufel, er war selbst verwirrt. Sie war noch unschuldig. Zu jung. Völlig ahnungslos darüber, was zwischen Mann und Frau vor sich ging. Sie konnte nicht erkennen, dass diese Leidenschaft und heftige Anziehungskraft zwischen ihnen anders war. Doch er würde es ihr zeigen.

Langsam senkte er den Mund, bis er nur noch wenige Zoll über ihren Lippen schwebte. Er konnte fühlen, wie ihr Atem schneller ging und ein erwartungsvoller Schauer sie durchlief.

Sie wollte das hier genauso sehr wie er. Ihre Lippen öffneten sich leicht ...

Doch er küsste sie nicht auf den Mund. Seine Lippen senkten sich auf ihren Hals und kosteten die honigsüße Haut. Tief vergrub er sich in der warmen, weichen Haut ihres Halses und atmete tief den blumigen Duft ihres seidenweichen Haars. Er verschlang ihre Haut, küssend, saugend, leckend, bis sie erschaudernd gegen ihn sank.

Heiß und hart spürte er ein ziehendes Verlangen in den Lenden.

Doch er würde sie nicht drängen. Er wollte, dass sie sich ihr Verlangen eingestand. Also hob er den Kopf, umfasste sanft ihr Kinn und brachte sie dazu, ihm mit verhangenem Blick in die Augen zu sehen. »Ist es das, was du willst, Caitrina?« Seine Stimme war rau vor Leidenschaft.

Aufreizend langsam strich er ihr mit dem Daumen über die volle Unterlippe. Er konnte es nicht erwarten, sie wieder zu kosten, doch er wollte es aus ihrem eigenen Mund hören.

Sie keuchte leise auf und nickte.

Doch das war noch nicht genug. »Sag es mir.«

»Ja«, hauchte sie. »Ich will es.«

Eine primitive Hitze durchströmte ihn in einem Rausch purer männlicher Genugtuung, und mit einem Stöhnen gab er ihr, was sie wollte – was sie beide wollten –, und nahm ihren Mund in Besitz.

Das also war Verlangen. Diese alles verzehrende Begierde. Die Hitze. Das Gefühl, dass sie sterben würde, wenn er sie nicht sofort küsste. Nichts hätte Caitrina auf diesen Feuersturm der Gefühle vorbereiten können, der durch ihren Körper tobte. Sie stand in Flammen, ihre Haut reagierte heiß und empfindsam auf jede Berührung.

Als sich ihre Lippen schließlich fanden, seufzte sie an seinem Mund auf. Es war so wie beim letzten Mal, nur stärker, intensiver. Wie konnte etwas so Neues und Unbekanntes sich so richtig anfühlen? Ihr war, als hätte sie schon ihr ganzes Leben lang darauf gewartet.

Seine Lippen waren fest und weich, bittend, aber nicht verlangend. Mit der Hand umfasste er ihr Kinn, und die rauen Fingerkuppen liebkosten sie mit solcher Zärtlichkeit, dass sich ihr Herz sehnsüchtig zusammenzog. Es schien unmöglich, dass ein Mann, der für seine Erbarmungslosigkeit bekannt war, so sanft sein konnte.

Alles an diesem Kuss war zärtlich und süß, aber es war nicht genug. Nicht, um diese seltsame Sehnsucht zu stillen, die in ihr aufkeimte.

Als könne er ihr Bedürfnis spüren, küsste er sie wieder und drängte sie diesmal geschickt, die Lippen zu öffnen.

Bei der ersten Berührung seiner Zunge keuchte sie auf, doch der Schock war schnell vergessen bei dem Mahlstrom an neuartigen Gefühlen, die sie durchströmten. Er kostete sie erneut, seine Zunge streichelte sie tiefer und tiefer. Es war köstlich; diese Verbindung, sein dunkler, sinnlicher Geschmack, das Verschmelzen ihrer Lippen und Zungen. Er griff an und parierte mit langen, trägen Stößen, und das sanfte, neckende Spiel weckte ein wildes Kribbeln in ihrem Bauch und machte sie vor Sehnsucht beinahe verrückt.

Sie schien ihm gar nicht nahe genug kommen zu können, deshalb schlang sie ihm die Arme um den Hals und schmiegte sich enger an ihn. Er fühlte sich unglaublich an, so warm und hart, dass sie einfach nur mit ihm verschmelzen wollte. Die Stärke dieses harten Körpers eines Kriegers hatte etwas unbestreitbar Erregendes an sich. Sie streichelte über die kräftigen Schultermuskeln und genoss das Gefühl der geballten Kraft unter ihren Fingerspitzen. Ihre Brustwarzen richteten sich auf und drängten sich gegen seine muskulöse Brust.

Er war atemberaubend. Und er wollte sie, das konnte sie spüren. Doch er hielt seine Leidenschaft straff im Zaum. Ihr war klar, dass er sie in Anbetracht dessen, was gerade geschehen war, nicht ängstigen wollte. Doch Jamie war überhaupt nicht wie Torquil MacNeil. Instinktiv wusste sie, dass er ihr niemals weh tun würde. Seine Beherrschung war bewundernswert, aber widersinnigerweise stachelte sie das an – sie wollte, dass er ebenso die Beherrschung verlor wie sie.

Zögernd kam sie seinen Bewegungen mit ihrer Zunge entgegen, und mit einem Aufstöhnen verstärkte er seinen Griff um ihre Taille und presste ihren Körper noch fester an sich. Noch intimer. Der Beweis seines Verlangens drängte sich hart und mächtig an ihren Bauch, und Hitze sammelte sich zwischen ihren Beinen.

Sein aufgeregter Herzschlag trieb sie an. Sie ergab sich völlig diesem Kuss und begegnete jedem Stoß seiner Zunge mit ihrer eigenen. Die Hitze zwischen ihnen war kurz davor zu explodieren. Ihre Haut fühlte sich straff und empfindsam an und sehnte sich schmerzhaft nach seiner Berührung. Unbewusst rieb sie sich nach Linderung strebend an ihm.

Das hier war Wahnsinn, doch sie konnte einfach nicht genug bekommen. Der Kuss wurde heftiger, tiefer, feuchter, hungriger. Seine Hand hinterließ einen brennenden Abdruck auf ihrer Taille, als er sie über die Rippen hochgleiten ließ und ihre Brust umfasste.

Sie erschauderte, denn niemals hätte sie sich vorstellen können, dass sie sich so sehr nach der Berührung eines Mannes sehnen könnte. Sein Mund wanderte über ihren Kiefer, den Hals und hinunter zu ihrer Brust, und sein kratzendes Kinn zog einen glühenden Pfad über ihre Haut. Der warme Atem und seine feuchte Zunge ließen sie erzittern, und ein erwartungsvolles Prickeln überzog ihre Haut. Doch nichts hätte sie auf die Empfindungen vorbereiten können, die sie überwältigten, als seine Zunge unter den Rand des Mieders glitt. Sie keuchte auf, erst überrascht und dann vor Lust, als sie spürte, wie er feucht und heiß über ihre Brustwarze züngelte. Er hatte die Schnüre des Mieders gelöst und ihre Brüste sanft über das Leibchen gehoben.

Seine Stimme war rau und heiser, als er mit dem Daumen leicht über die aufgerichtete Spitze rieb.

»Gott, du bist wunderschön.«

Einen Moment lang kehrte sie in die Wirklichkeit zurück, und eine schamhafte Röte überzog ihre Haut, doch einen Augenblick später vergaß sie alles um sich herum, als er ihre straffe Knospe in den Mund nahm und sie leicht mit den Zähnen streifte. Sie sank seinen Lippen entgegen, und Pfeile der Lust trafen sie mitten ins Herz.

Jamie wusste, dass er mit dem Feuer spielte. Ihre begeisterte Reaktion strapazierte seine Selbstbeherrschung bis zum Äußersten.

Aus Rücksicht auf ihre Unschuld hatte er sich Zeit gelassen, doch er spürte, dass er durch Caitrina die Grenzen seiner Belastbarkeit kennenlernen würde. Noch nie war er so von Lust erfüllt und so wenig auf Befriedigung aus gewesen.

Er wollte, dass es für sie vollkommen war.

Leicht wog er ihre üppigen Brüste in den Händen und hob sie an seine Lippen, doch vorher hielt er inne, um die weiche, elfenbeinfarbene Haut und die zarten, rosigen Spitzen zu bewundern. Er wollte sein Gesicht in der tiefen Kluft vergraben und in dem süßen, blumigen Duft ihrer Haut ertrinken. Doch zuerst musste er sie kosten. Er schloss die Lippen um eine der zarten Knospen und sog sie tief und genüsslich in den Mund.

Bei ihrem Stöhnen zuckte seine Männlichkeit hart.

Sie reagierte so empfindsam auf seine Berührung, dass er sich nicht zurückhalten konnte. Er begann, fester zu saugen, sie mit der Zunge zu umkreisen und leicht zwischen die Zähne zu nehmen. Ihr honigsüßer Geschmack war köstlicher als Ambrosia. Er konnte spüren, wie sie erbebte, wie ihr Pulsschlag raste und ihr Atem heftiger ging, spürte ihr Drängen und wusste, dass die Rastlosigkeit in ihr zunahm. Wusste, wie dringend sie die Erlösung brauchte. Sie würde heiß und feucht sein, wenn er sie berührte.

Gott, er konnte sie zum Höhepunkt bringen.

Sobald der Gedanke einmal Gestalt angenommen hatte, ließ er sich nicht mehr fortwischen. Es war alles, woran er denken konnte. Der Erste zu sein, der ihr Vergnügen bereitete. Sie an sich zu binden, sie zu der Seinen zu machen.

Er liebkoste ihre Brust mit dem Mund, während er die Hand sachte über ihre Hüften und den Po gleiten ließ – wobei er versuchte, dem Drang zu widerstehen, sie noch enger an sich zu pressen – und an ihrem Bein entlang unter den Saum ihres Rocks glitt.

Als er ihre Haut berührte, versteifte sie sich erschrocken, doch er beruhigte sie mit leisen, auf ihre feuchte Haut gehauchten Worten, während er weiter ihre Brüste küssend und saugend liebkoste. »Hab keine Angst, meine Süße. Ich will dir nur Vergnügen bereiten. Ich höre auf, wann immer du es willst.«

Er gab ihre Brust frei und küsste sie wieder auf den Mund, streichelte sie mit der Zunge, wobei er die Bewegungen nachahmte, die er mit dem Finger machen würde, und ihr Körper entspannte sich wieder.

Sachte ließ er die Hand über die samtweiche Haut ihrer Schenkel nach oben gleiten.

Seine Erektion drängte sich gegen die ledernen Beinkleider, und Lust pulsierte ihm dröhnend in den Ohren, doch er kämpfte sie zurück und konzentrierte sich völlig auf diese wunderschöne Frau, die kurz davor war, in seinen Armen den Gipfel zu erreichen. Seine Finger streichelten die empfindliche Haut an der Innenseite ihrer Schenkel, und der Atem stockte ihr. Er unterbrach den Kuss und hob den Kopf, damit er sie ansehen konnte, wenn er sie berührte. Ihr Blick war von Leidenschaft verhangen, aber auch zögerlich.

Als er ihre intimste Stelle berührte, riss sie erschrocken die Augen auf, und er unterdrückte das Stöhnen, das seinen Körper schüttelte, als er spürte, wie feucht sie war. Nichts hatte ihn je so sehr erregt wie dieser Beweis ihres Verlangens. *Nach mir.*

Er streichelte sie erneut, neckend, quälend nahe der Stelle, von der sie sich so verzweifelt wünschte, dass er sie dort berührte.

Erschauernd sank sie ihm entgegen, als ihr die Knie weich wurden. Wieder und wieder streichelte er sie, bis sie den Rücken durchbog und ihm in unschuldiger Frustration die Hüften entgegenbog. Als er es nicht länger aushalten konnte, saugte er ihre Brust in den Mund und drang gleichzeitig mit dem Finger in sie ein. Der Laut purer Lust, den sie ausstieß, brachte ihn fast um den Verstand. Sie war so feucht, dass er gegen das Erbeben seiner eigenen Lust ankämpfen musste, denn er war so heiß und hart, dass er kurz davor war zu explodieren. Nichts wollte er sehnlicher, als in sie zu gleiten und zu spüren, wie sie sich feucht und eng um ihn schloss und in sich aufnahm.

Aber zuerst war sie an der Reihe.

Saugend und streichelnd bewegte er Hand und Mund in perfektem Einklang, erbarmungslos in seinem Verlangen, ihr mehr Vergnügen zu bereiten, als sie je für möglich gehalten hätte.

Die Heftigkeit der Gefühle, die Caitrina überkamen, war mit nichts vergleichbar, was sie sich jemals hätte träumen lassen. Die Empfindungen bauten sich in ihr auf, bis sie es kaum noch ertragen konnte.

Das Beben zwischen ihren Schenkeln, wo er sie berührte, verdichtete sich zu einem wilden Pulsieren. Sie wusste nicht, was sie tun sollte. Drängend hob sie die Hüften dem köstlichen Druck seiner Hand entgegen. Ihr war, als strebte sie nach etwas, das nur knapp außerhalb ihrer Reichweite schwebte, und frustriert wand sie sich in seinen Armen. »Bitte ... Oh Gott!«

»Lass es einfach geschehen, meine Süße. Kämpf nicht dagegen an.«

Das hätte sie auch nicht gekonnt, selbst wenn sie gewollt hätte. Nicht, wenn er sie auf so magische Weise berührte.

Und dann spürte sie, wie es sie erfasste, ein Gefühl, das völlig anders war als alles, was sie je erlebt hatte. Ein Gefühl, so himmlisch, wie sie es auf Erden nie für möglich gehalten hätte. Sie schrie auf. Ihr ganzer Körper zog sich zusammen. Einen Augenblick lang glaubte sie, das Herz bliebe ihr stehen, dann zerstob alles um sie herum, und zuckend brach die Erlösung über sie herein.

Als es vorbei war, sank sie gegen ihn, kraftlos und voller Verwunderung über das, was gerade geschehen war.

Ihr Herzschlag setzte aus. *Das, was gerade geschehen war!*

Sie riss die Augen auf und sah Jamie Campbell, der sie in den Armen hielt. Sah die angestrengte Zurückhaltung auf seinen gutaussehenden Zügen und dem harten, angespannten Kinn und die leidenschaftliche Eindringlichkeit in seinem Blick. Sie spürte seinen Körper, der sich an sie presste, die harte Männlichkeit, die sich pulsierend an ihre Hüfte drängte, das wilde Pochen seines Herzschlags, der sich erst wieder beruhigen musste. Die nackte Realität dessen, was wenige Augenblicke zuvor noch vom Schleier der Leidenschaft eingehüllt gewesen war, traf sie mit der Wucht eines Donnerschlags.

Gütiger Gott, was habe ich getan? Scham erfasste sie, als sie erkennen musste, welche Intimität sie gerade miteinander geteilt hatten. Sie hatte Jamie Campbell erlaubt, sie an Stellen zu berühren und Dinge mit ihr zu tun, wie es nur einem Ehemann gestattet war.

Mit vor Beschämung brennenden Augen stieß sie ihn von sich und stolperte taumelnd aus seinen Armen.

Er wollte stützend ihren Arm ergreifen, doch sie zuckte zurück.

»Für das, was du gerade erlebt hast, musst du dich nicht

schämen, Caitrina.« Seine Stimme war weich und beruhigend, so verständnisvoll.

Doch sie wollte es nicht hören.

»Wie kannst du das sagen?«, rief sie mit gepresster Stimme aus, denn ein heftiger Kloß schnürte ihr die Kehle zu. Sie blickte auf ihre nackten Brüste über dem gelösten Mieder ihres Kleides hinunter, deren Brustwarzen von seinem sündigen Kuss immer noch rosig und empfindsam waren, und Schamesröte breitete sich auf ihren Wangen aus. Schnell drehte sie sich um, um ihre Kleidung zu richten und den Anschein von Anstand wiederherzustellen.

Doch tiefe Verzweiflung durchdrang sie, als sie die Wahrheit erkannte: Manche Dinge ließen sich niemals wiederherstellen – so wie ihre Unschuld und die trügerische Illusion von Gleichgültigkeit.

Als sie sich wieder zu ihm umdrehte, mied sie seinen Blick, doch sie bemerkte, dass jeder Rest Leidenschaft aus seinem Gesicht verschwunden war. Seine Miene war wieder einmal unergründlich. Wie sie seine Selbstbeherrschung hasste! Dass er so unbeteiligt sein konnte, wohingegen ihre Welt gerade in tausend Scherben zersprungen war, schien nur noch niederschmetternder zu sein. Was mochte wohl nötig sein, damit dieser Mann etwas *fühlte*?

»Alles wird gut, Caitrina.« Er wollte ihre Hand nehmen, doch sie riss sie fort. Es gab nichts, was er tun konnte, um sie zu trösten. »Ich werde mit deinem Vater reden ...«

»Nein!« Voller Panik sah sie ihn an. »Du wirst nichts dergleichen tun!«

Mit stählernem Blick durchbohrte er sie und richtete sich zu voller Größe auf – die wirklich beeindruckend war. »Natürlich werde ich um deine Hand anhalten.«

Sie schüttelte den Kopf. »Das ist nicht nötig ...«

»Doch.« Er packte sie am Arm, und diesmal ließ er sie nicht los. »Das ist es. Ich will dich.«

Das Herz krampfte sich ihr zusammen: *Besitzgier.* »Du willst nicht *mich.* Ich bin nur eine weitere Schlacht, die es zu gewinnen gilt. Etwas, das du gesehen hast und von dem du beschlossen hast, dass du es haben willst. Ein hübsches Beiwerk an deiner Seite. Du *kennst* mich doch nicht einmal!«

Er biss die Zähne zusammen. »Ich weiß alles, was ich wissen muss. Du bist klug, von einer natürlichen Schönheit, stark, und du kümmerst dich fürsorglich um die Menschen, die du liebst. Ich habe gesehen, wie du für deinen Vater und deine Brüder sorgst.«

»Weil ich sie *liebe.* Du kannst doch nicht glauben, dass ich jemals dasselbe für ...«

»Nein«, fiel er ihr schroff ins Wort. »Das würde ich nicht von dir erwarten, aber nach dem, was gerade geschehen ist, kannst du wohl schwerlich behaupten, dass ich dir gleichgültig bin.«

Gott, das war die Wahrheit. Wie konnte ich ihm nur so leicht erliegen? Heiß brannte es ihr in den Augen und der Kehle. Er hatte sie gewarnt, dass sie naiv war ... Caitrina versteifte sich und suchte in seinem Gesicht nach Anzeichen von Falschheit. Hatte er ihre Unschuld ausgenutzt?

Sie fühlte sich wie eine Närrin. »Und was immer der Highland-Henker will, das nimmt er sich, ist es nicht so? Du wusstest, dass ich dich nicht will, also hast du mich überlistet. Du bist durch und durch so grausam, wie man behauptet, und würdest alles tun, um zu bekommen, was du willst.«

Feine weiße Linien zeigten sich um seinen Mund, das einzige Anzeichen dafür, dass sie seine stählerne Rüstung der Selbstbeherrschung durchbrochen hatte. »Sei vorsichtig, Prinzessin«, stieß er rau hervor. »Ich habe dich bereits gewarnt, dass ich keiner deiner schmeichlerischen Verehrer bin, die du um den kleinen Finger wickeln kannst. Du täuscht dich, was meine Beweggründe betrifft. Ich nahm mir nichts, was mir nicht bereitwillig angeboten wurde. Weise mich ab, wenn du willst, aber sei wenigstens ehrlich zu dir selbst.«

Sie wusste, dass er recht hatte, aber sie wollte es nicht hören. »Ich will überhaupt niemanden heiraten!« Ihre Stimme zitterte, wie sie fürchtete, in einem Anflug von Hysterie. »Und ganz besonders will ich dich nicht heiraten. Ich hasse dich dafür, was du getan hast.« *Dafür, was du mich hast fühlen lassen.*

In seinem Blick lag etwas so Eindringliches, dass sie sich abwenden musste.

»Hass mich ruhig, wenn du dich dadurch besser fühlst, aber das ändert nichts an der Tatsache, dass du mich willst. Was wir miteinander haben …« Er brach ab. »Das ist nicht alltäglich.«

Das sagte er nur so. Mit an den Seiten geballten Fäusten kämpfte sie um Beherrschung. »Du magst zwar erfolgreich bewiesen haben, dass ich dich begehre, aber das ändert gar nichts. Du bist immer noch ein Campbell und immer noch Argylls Speichellecker – der Schwertarm eines Despoten.«

»Ich bin mein eigener Herr«, entgegnete er kategorisch. »Ich treffe meine eigenen Entscheidungen. Wenn du dir die Mühe machen würdest, einmal die Welt jenseits der goldenen Tore deines Elfenbeinturms zu sehen, würdest du die Wahrheit deutlich genug erkennen. Ich kämpfe gegen Gesetzlose und Männer, die sich Gesetz und Ordnung in den Weg stellen.«

»Du bist ein Verbrecher und ein Rohling«, schleuderte sie ihm voller Verachtung entgegen. »Und ein Narr, wenn du denkst, dass ich freiwillig einen Mann heirate, den man wie den Teufel fürchtet und verabscheut. Der nichts weiter ist als ein gedungener Mörder.«

Das Schweigen war ohrenbetäubend. Sein Gesicht war wie Stein, doch einen Moment lang konnte sie kalte Wut in seinen Augen erkennen. Caitrina wurde klar, dass sie zu weit gegangen war. Doch es war zu spät, um es zurückzunehmen, selbst wenn sie es gewollt hätte.

Drohend machte er einen Schritt auf sie zu, doch sie wich nicht zurück.

»Du behauptest, dass du meinen Charakter so eindeutig durchschaust, und doch scheinst du dich nicht zu fürchten.«

Er hatte recht. Wenn sie ihn so ansah, sollte sie bei allem, was sie wusste, zu Recht Angst haben. Wie er so vor ihr stand, die gutaussehenden Züge hart und bedrohlich, mehr als sechs Fuß strotzender Muskeln, mit Händen, die sie auf der Stelle zerquetschen konnten. Sie hatte gesehen, welch kalte, gnadenlose Wut er gegen MacNeil gerichtet hatte ... und doch hatte er sie mit äußerster Zärtlichkeit berührt. Herausfordernd reckte sie das Kinn. »Sollte ich das denn?«

Sein Blick traf den ihren, tief und durchdringend, und sah Dinge, von denen sie nicht wollte, dass er sie sah. »Vielleicht solltest du das wirklich.«

Sie *hatte* Angst – nicht vor ihm, sondern vor sich selbst.

Die Brust wurde ihr eng, und die Tränen, die sie so angestrengt zurückgehalten hatte, strömten ihr über die Wangen. »Geh einfach und lass mich allein«, stieß sie erstickt hervor.

Er zuckte zusammen. Oder vielleicht hatte sie es sich auch nur eingebildet, denn als er ihrem Blick begegnete, waren seine Augen kalt wie Eis. »Du sollst deinen Willen haben. Aber deine Verachtung ist fehl am Platz, und du wirst noch bereuen, dass du meinen Antrag abgelehnt hast. Eines Tages, Caitrina, wird die brutale Wirklichkeit dieser Welt dich finden – und ich garantiere dir, sie wird nicht aus hübschen Kleidern und schicken Schuhen bestehen.«

7

Es war noch nicht vorbei. Auf keinen Fall. Jamie drehte sich um und ließ sie im Wald zurück, ohne noch einmal zurückzublicken. Eine heiße Welle der Wut rauschte ihm pulsierend durch die Adern. Caitrina Lamont gehörte ihm. Sie war sich dessen vielleicht noch nicht bewusst, doch das würde sie noch werden.

Aber im Moment war er so wütend, dass er nicht eine Minute länger als unbedingt nötig bleiben wollte. Sobald er zur Burg zurückgekehrt war, versammelte er seine Männer um sich, und mit einem kurzen Wort des Abschieds an den Lamont ließ er Ascog und das Mädchen, das ihn bis zum Wahnsinn reizte, hinter sich zurück.

Nach dem, was sie gerade miteinander geteilt hatten, versetzte ihre verächtliche Zurückweisung ihm einen empfindlichen Stich. Er hatte geglaubt, dass sie sich für ihn erwärmte, geglaubt, dass sie ebenfalls diese leidenschaftliche Verbindung zwischen ihnen spürte. Vielleicht war es falsch von ihm gewesen, sie mit ihrem Verlangen zu konfrontieren, aber nichts hätte sich in diesem Augenblick richtiger anfühlen können. Wie sie in seinen Armen den Gipfel erreicht hatte, war etwas, das er nicht so bald vergessen würde.

Noch nie hatte er bei einer Frau so empfunden. Niemals. Die Heftigkeit seiner Reaktion hatten ihn schockiert. Noch nie war er so nahe daran gewesen, die Kontrolle zu verlieren. Der Drang, sie zu nehmen, in diese köstliche Hitze einzudringen, war unerträglich gewesen. Und als sie den Höhepunkt erreichte, wurde die Glut in seinen Lenden zur reinsten Qual. Der Druck war so heftig, dass es ihn jedes Quäntchen Selbstbeherrschung kostete, ihm nicht nachzugeben.

Kopfschüttelnd rief er sich ihre Anschuldigungen wieder in den Sinn. Sie glaubte, er habe sie überlistet, doch eigentlich war das Gegenteil der Fall. Er wollte sie zur Frau, aber er würde sie nicht zwingen.

Tatsächlich hoffte er, dass sie freiwillig zu ihm kommen würde. Doch es war offensichtlich, dass ihre Vorurteile viel zu tief verwurzelt waren. Sie würde nicht einmal versuchen, irgendetwas anderes in ihm zu sehen als ein Ungeheuer – ein Produkt von Geschichten und Übertreibung. Und Jamie hatte genug von dem Versuch, sich zu rechtfertigen. Er würde vor keiner Frau auf dem Bauch rutschen – am allerwenigsten vor einem verwöhnten Mädchen, das keine Vorstellung von den Gefahren hatte, die sie umgaben.

Seine Gedanken kehrten wieder zu seinem Auftrag zurück – wo sie hingehörten. Obwohl er den größten Teil der Woche damit verbracht hatte, die Umgebung abzusuchen und die Ohren für jede Art von Gesprächen offenzuhalten, hatte Jamie den Beweis, um seinen Verdacht zu bestätigen, nicht gefunden. Doch das brachte ihn nicht von dem Glauben ab, dass die MacGregors von dem tiefen Band der Gastfreundschaft, das sie mit den Lamonts verband, Gebrauch machten.

Jamie verstand, in welcher Zwickmühle der Lamont sich befand – und hatte sogar Mitgefühl mit ihm. Das Band der Gastfreundschaft war in den Highlands heilig, und wenn die MacGregors sich auf diese alte Schuld berufen hatten, würde Caitrinas Vater sich aufgrund seiner Ehre dazu verpflichtet sehen, ihnen Unterschlupf zu geben. Doch Ehre konnte nichts an der Tatsache ändern, dass er Gesetzlose beherbergte und dadurch gegen das Gesetz verstieß und sich dem Zorn des Königs aussetzte. König James wollte, dass die MacGregors ausgelöscht wurden, und würde diejenigen, die ihnen halfen, nicht verschonen. Der Lamont würde dafür bezahlen müssen, doch Jamie beabsichtigte, alles zu tun, was er konnte, um ihm zu helfen.

Jamie und seine Männer verließen Ascog und ritten nach Norden zum Hafen von Rothesay. Wenn der Lamont etwas verbarg, dann würde er sichergehen, dass Jamie und seine Männer weit genug fort waren, bevor er sich zu erkennen gab. Also hatte Jamie Vorkehrungen getroffen, seine Krieger aus der Gegend abzuziehen, doch sie würden später in einem Bogen wieder zurückkehren. Er glaubte nicht, dass sie verfolgt wurden, doch er wollte kein Risiko eingehen.

Sie überquerten den Kyle of Bute und gingen unmittelbar westlich von Toward Point auf der Halbinsel Cowal an Land. In der Ferne konnte man gerade noch Toward Castle erkennen – die Festung von Caitrinas Verwandten, den Lamont of Toward. Bevor Jamie alleine in nördliche Richtung nach Dunoon weiterritt, wies er seine Männer noch an zu warten, bis es dunkel war, und dann nach Bute und Rothesay Castle zurückzukehren. Rothesay war vor über fünfzig Jahren vom Earl of Lennox übernommen worden, doch nach seinem Tod war es wieder an die Krone zurückgefallen. Von Rothesay aus, das weniger als eineinhalb Meilen von Ascog entfernt lag, würden sie die Gegend beobachten und warten. Jamie würde sich seinen Männern wieder anschließen, sobald er seinem Cousin Bericht erstattet hatte.

Die Nacht brach an, und der Nebel, der vom Firth of Clyde hereindrang, verdichtete sich, während er den Hügel zur Burg emporritt. Es hieß, dass schon seit über tausend Jahren an dieser Stelle eine Burg stand. Dunoon, oder *Dun-nain*, was ›grüner Hügel‹ bedeutete, lag strategisch günstig am westlichen Teil des Clyde auf einer kleinen Landzunge und bot einen ausgezeichneten Aussichtspunkt, von dem aus Angreifer abgewehrt werden konnten – außer in trüben Nächten wie dieser, wenn es schwierig war, die eigene Hand vor den Augen zu sehen. Dennoch war Jamies Ankunft nicht unbemerkt geblieben.

Er hatte erwartet, dass Argyll, begierig auf Neuigkeiten

von seiner Suche, ihn umgehend begrüßen würde. Doch es war nicht sein Cousin, der ihn in Empfang nahm. Es war sein Bruder. Argyll war der Verwalter der königlichen Burg Dunoon, aber Jamies Bruder Colin – als Chieftain des Zweigs der Campbell of Auchinbreck – war Hauptmann der Burg. Kaum hatte Jamie sein Pferd in den Stall gebracht, trat sein Bruder ihm in den Weg, als er den Burghof überquerte und zum Wohnturm ging.

Colins plötzliches Auftauchen überraschte ihn. Zu seinem Bedauern hatten sie sich nie nahegestanden. Als Jamie noch jung gewesen war, vor dem Tod ihres Vaters, war es Duncan gewesen, zu dem er immer aufgesehen hatte. *Duncan*. Er versteifte sich. Selbst nach all diesen Jahren war die Bitterkeit über Duncans Verrat noch frisch. Nachdem Duncan aus Schottland geflohen war, hatte Argyll – oder Archie, wie Jamie ihn damals genannt hatte – seinen Platz eingenommen. Jamie stand Argyll so nahe, wie man einem Mann in seiner Position nur nahestehen konnte, doch Macht und Autorität waren einsame Weggefährten. Etwas, das Jamie nur zu gut am eigenen Leib erfahren hatte.

Als Jamies Rolle als Argylls stellvertretender Kommandant wuchs und eine Mauer zwischen ihm und den Freunden seiner Jugendzeit errichtete, wäre es schön gewesen, einen Bruder zu haben, auf den man sich verlassen konnte – dem man vertrauen konnte. Doch er und Colin, so schien es, waren sich stets uneins. Zum Teil aus Missgunst, vermutete Jamie, und zum Teil wegen des Charakters seines Bruders. Colin stand niemandem sehr nahe.

»Ich hörte, dass du angekommen bist«, sagte Colin. »Scheint so, als hätte dich dein Bauchgefühl diesmal getäuscht, kleiner Bruder.«

Zwar bestand eine gewisse Ähnlichkeit in ihren Gesichtszügen und ihrer Haar- und Augenfarbe, aber Jamie war fast vier Zoll größer und hatte erheblich mehr Muskeln als Colin;

trotzdem verzichtete er darauf, darauf hinzuweisen, dass die Bezeichnung ›kleiner Bruder‹ deshalb lächerlich klang. Denn es war unwahrscheinlich, dass der schnell beleidigte Colin diese Ironie verstehen würde.

Jamie war der leicht selbstgefällige Tonfall in der Stimme seines Bruders nicht entgangen. »Ich bin nicht in der Stimmung für deine Ratespiele, Colin. Wenn du mir etwas zu sagen hast, dann tu es. Entweder das oder geh mir aus dem Weg, damit ich den Earl finden kann.«

»Er ist nicht hier. Er wurde auf Inveraray aufgehalten, aber wir erwarten ihn bald.«

Jamie runzelte die Stirn. »Ist etwas nicht in Ordnung?«

Argyll hatte im letzten Jahr seine Frau nach der schweren Geburt seines Erben verloren, und das hatte ihn hart getroffen. Die Schwierigkeiten mit den MacGregors waren ebenfalls nicht gerade hilfreich, denn der König machte ihn für deren fortgesetzten Ungehorsam verantwortlich.

Colin schüttelte den Kopf. »Die Amme, die sich um den jungen Archie kümmern sollte, ist davongelaufen, deshalb musste er eine andere Amme finden.«

Nachdem sie den *barmkin* überquert hatten, stiegen sie die Außentreppe zum Wohnturm hoch. »Also, was ist es, das du mir offensichtlich so dringend erzählen willst?«

Colin lächelte. »Ich bin überrascht, dass du es noch nicht selbst gehört hast«, meinte er lässig. »Wie es scheint, ist Alasdair MacGregor nicht einmal in der Nähe der Isle of Bute. Er wurde in der Nähe von Loch Lomond gesichtet.«

Jamie runzelte die Stirn. »Wie kannst du dir sicher sein, dass er es ist?«

»Der MacLaren-Chief schrieb an Argyll und bat ihn um Hilfe, seine Ländereien gegen wiederholte Überfälle zu verteidigen – er schwört, dass es niemand anderes als Alasdair MacGregor ist, der seine Leute angreift. Es gab zahlreiche Vorfälle auf der Straße nahe Stirling, und es gehen Gerüchte um, dass MacGregor zu den Braes of Balquhidder zurückgekehrt ist.«

Das würde einen Sinn ergeben, dachte Jamie. Es war nicht das erste Mal, dass MacGregor versucht hatte, sich auf dem Land der MacLaren niederzulassen. Doch es schien zu offensichtlich zu sein. Jamie war davon überzeugt gewesen, dass MacGregor nach Bute gegangen war, doch nun erfasste ihn eine Welle der Erleichterung. Um Caitrina und ihrer Familie willen war er froh darüber, sich geirrt zu haben.

Und da war er nicht der Einzige. Colin empfand offensichtliche Freude daran, Jamie bewiesen zu haben, dass er sich geirrt hatte. Jamies Bruder missgönnte ihm den Platz an Argylls Seite, einen Platz, von dem er glaubte, dass er von Geburts wegen ihm gebührte.

»Wie es scheint, war deine Reise nach Ascog also reine Zeitverschwendung«, fügte Colin hinzu und vergaß dabei bequemerweise, dass er selbst es gewesen war, der Argyll dazu gedrängt hatte, Truppen nach Ascog zu senden, ohne auf einen Beweis für die Komplizenschaft des Lamont zu warten. Colin hielt auf dem oberen Absatz der Treppe zum Wohnturm inne und sah seinen Bruder an. »Wie fandest du die Tochter des Lamont? Ist sie so schön, wie man behauptet?«

Jamies Antwort klang bewusst nüchtern, da er wusste, welche Genugtuung es seinem Bruder bereiten würde, wenn er die Wahrheit wüsste – nämlich dass er das Mädchen gebeten hatte, ihn zu heiraten, und schroff abgewiesen worden war. »Hübsch genug«, entgegnete er, dann wechselte er das Thema. »Ich breche morgen früh auf.«

»Willst du nicht warten, bis unser Cousin ankommt?«

Jamie schüttelte den Kopf. »Nicht, solange die Spur noch heiß ist. Ich werde ihm eine Nachricht hinterlassen.«

Als sie den Turm betraten und in den großen Saal kamen, sah Jamie sich um und bemerkte sofort die bedrückende Atmosphäre. Seit Colins Frau vor ein paar Jahren im Kindbett gestorben war, wirkte der Ort wie eine Gruft. Obwohl Jamie den Torf der Kaminfeuer riechen konnte, war die Luft feucht und kühl. Nur ein paar der Kandelaber waren angezündet worden, und es gab kaum Anzeichen für Leben. Er hatte erwartet, dass nach Lizzies Ankunft dank ihrer weiblichen Hand der Platz ein wenig freundlicher gestaltet würde. Mit gerunzelter Stirn bemerkte er noch etwas anderes. Lizzie war normalerweise die erste Person, die ihn begrüßte.

»Wo ist Lizzie?«

Colin runzelte die Stirn. »Auf Castle Campbell. Wo sollte sie denn sonst sein?«

Jamie verspürte einen Anflug von Beunruhigung und schüttelte den Kopf. »Sie schrieb mir ein paar Tage, bevor ich aufbrach, dass sie herkommen würde.« Er begegnete dem Blick seines Bruders, und keiner der beiden wollte seine Befürchtungen aussprechen. »Inzwischen sollte sie eigentlich hier sein.«

Colins Miene wurde starr vor Zorn. »Das würde er nicht wagen!«

»Es gibt nicht viel, was Alasdair MacGregor nicht wagen würde«, entgegnete Jamie grimmig. »Er ist ein Mann, der nichts zu verlieren hat.« Entschlossen machte er auf dem Absatz kehrt und ging mit langen Schritten auf die Tür zu, durch die er eben erst hereingekommen war, denn er wollte keine weitere Minute verlieren.

Fluchend folgte Colin ihm. »Ich komme mit dir.«

»Nein«, lehnte Jamie ab, dessen Gedanken sich bereits auf die Reise konzentrierten, die vor ihm lag. »Du musst hier sein, wenn Argyll ankommt. Ich werde gehen, aber ich brauche Männer. Meine eigenen sind in diesem Augenblick schon wieder auf dem Weg zurück nach Bute.«

Colin sah aus, als wollte er widersprechen, doch dann schien er einzusehen, dass jemand dableiben musste, um Argyll die Sache zu erklären, und dass nichts Jamie von seinem

Vorhaben abbringen konnte. »Nimm dir, wen du brauchst. Ich werde dafür sorgen, dass Dougal alles vorbereitet.«

Jamie war schon halb die Treppe hinuntergestürmt, als sein Bruder ihm noch nachrief. »Und Jamie ...« Er drehte sich um. »Bring mir seinen verdammten Kopf auf einer Lanze.«

Colin war schon immer der blutrünstigere von beiden gewesen, aber diesmal war Jamie mit ihm völlig einer Meinung. »Wenn MacGregor Lizzie auch nur ein Haar gekrümmt hat, dann kannst du dir dessen sicher sein.«

Immer noch aufgewühlt von ihrem Streit mit Jamie und den Geschehnissen, die ihn herbeigeführt hatten, ließ Caitrina sich damit Zeit, zur Burg zurückzukehren. Doch als sie den Saal betrat und den fragenden Blick ihres Vaters auffing, während er mit einigen anderen Chiefs sprach, wusste sie sofort, dass ihr Wunsch in Erfüllung gegangen war: Jamie Campbell war fort.

Einfach so. Als ob das, was zwischen ihnen vorgefallen war, nie geschehen wäre.

Etwas, das sich wie Panik anfühlte, durchzuckte sie, als sie die ungebetene Flut von Gefühlen einzudämmen versuchte. Das war es doch, was sie gewollt hatte. Es lag nur an dem Schock darüber, dass er so schnell aufgebrochen war – unmittelbar nach solch einem alles verändernden Ereignis –, dass sie dieses überwältigende Gefühl von Verlust verspürte.

Ihr graute vor der Erklärung, die sie ihrem Vater geben musste, aber er akzeptierte ihre Entscheidung, Jamie abzuweisen, ohne nachzufragen. Stattdessen nahm er sie in die Arme, drückte ihr einen Kuss auf den Scheitel und sagte ihr, dass sie tun sollte, was sie glücklich machte.

Doch sie war alles andere als glücklich. Die Gäste, die Ascog wegen der Spiele aufgesucht hatten, waren wieder abgereist, doch anstelle des Friedens, den sie erwartet hatte, fühlte sie eine unnatürliche Stille – wie die Ruhe vor einem Sturm.

Irgendetwas schien ihren Vater abzulenken – beinahe zu beunruhigen –, und ihre Brüder waren keinen Deut besser. Sie verheimlichten etwas vor ihr, doch ihr war klar, dass sie es ihr niemals erzählen würden, und sie verabscheute es, im Ungewissen gelassen zu werden.

Doch am meisten störte sie, dass es ihr nach Jamies unvermittelter Abreise nicht zu gelingen schien, ihn – oder ihr leidenschaftliches Intermezzo – aus ihren Gedanken zu verdrängen. In seinen Armen hatte sie sich beschützt und sicher gefühlt, und als er sie küsste, hatte sie eine Verbindung gespürt, die mit nichts vergleichbar war, was sie bisher erlebt hatte.

Schlimmer noch, ihr wurde klar, dass sie sich ungerecht verhalten hatte. Er war ihr nicht bloß einmal, sondern zweimal zu Hilfe gekommen. Ein Zittern durchlief sie. Wenn er nicht vorbeigekommen wäre, wer weiß, was MacNeil ihr möglicherweise angetan hätte?

Sie konnte sich immer noch nicht vorstellen, einen Campbell zu heiraten, aber es stand außer Frage, dass der Kuss ihr gefallen hatte. Und nicht nur der Kuss. Dennoch hatte sie verbal um sich geschlagen und ihm vorgeworfen, sie verführt zu haben, obwohl sie tief in ihrem Herzen wusste, dass er nichts dergleichen getan hatte. Sie war nur wütend auf ihn gewesen, weil er sie dazu gebracht hatte, etwas zu wollen, das sie nicht sollte.

Um Himmels willen, er war der Campbell-Henker! Der bevorzugte Cousin des meistgehassten Feindes ihres Clans. Nur weil er gut aussah und stark war, eindrucksvoll und intelligent und in keiner Weise wie das Ungeheuer, das sie erwartet hatte, änderte das nichts an den Tatsachen – nicht alle Gerüchte konnten falsch sein. Er behauptete, dass er Gerechtigkeit wollte, dass er die Ordnung in den Highlands wiederherstellen wollte, aber war das denn nicht eine bequeme Ausrede, um seine Taten zu rechtfertigen?

Caitrina hatte keinerlei Zweifel daran, dass sie trotz der unbestreitbaren Anziehung, die der Schurke auf sie ausübte, richtig daran getan hatte, ihn abzuweisen. Das heißt, bis zu dem Morgen drei Tage nachdem er fortgegangen war, als sie Mor oben im Dachzimmer des Turms schluchzend am Bett eines jungen Dienstmädchens fand.

»Mor, ich …« Caitrina brach ab. Sie warf nur einen Blick auf das zerschundene Gesicht des armen Mädchens und presste die Hand an den Mund, um einen Aufschrei zu ersticken. Das Gesicht des Mädchens war bis zur Unkenntlichkeit geschwollen und mit Striemen und Platzwunden übersät, wo man sie geschlagen hatte. Dunkle, marmorierte Blutergüsse verfärbten die sommersprossige Haut. Sie hatte ihr Kopftuch verloren, und das lange rote Haar war mit Zweigen und Schlamm verklebt. Der Ärmel des Unterkleids, das sie unter ihrem *arisaidh* trug, war beinahe gänzlich abgerissen.

»Gütiger Gott, was ist passiert?«

Mors Stimme war tränenerstickt. »Sie war auf dem Weg ins Dorf Rothesay, um Stoffe zu kaufen, als sie im Wald angegriffen wurde.«

Caitrina war wie vor den Kopf geschlagen. »Aber wer würde denn so etwas Schreckliches tun?«

Ihre alte Amme schüttelte den Kopf. »Sie hat sie nicht erkannt. Aber der Beschreibung nach scheinen es ausgestoßene Männer gewesen zu sein.«

»Auf Bute?«, fragte Caitrina entsetzt.

Mor sah sie mit einem eigenartigen Ausdruck an. »Gesetzlose gibt es überall, mein Kind. Wir hatten bisher mehr Glück als die meisten, aber kein Ort ist davor gefeit.«

Du bist ein verwöhntes Gör, das in einem Elfenbeinturm lebt. Mit wachsendem Entsetzen fielen ihr Jamies Worte wieder ein.

Mor wischte dem Mädchen mit einem feuchten Tuch über die Stirn, doch die leichte Berührung ließ sie vor Schmerz zusammenzucken. Der Laut, den sie von sich gab, trieb Caitrina die Tränen in die Augen.

Es schien, als habe die Welt, vor der Jamie sie gewarnt hatte, soeben ihr brutales Gesicht gezeigt. Sein Ziel, die Highlands von Gesetzlosen zu säubern, klang plötzlich nicht länger so falsch. Gütiger Gott, worin hatte sie sich möglicherweise noch geirrt?

8

Der teuflische Angriff auf das Dienstmädchen Mary brachte Caitrina das Problem der zügellosen Gesetzlosigkeit in den Highlands mit voller Wucht ins Bewusstsein. Die Unantastbarkeit Ascogs war verletzt worden, und niemals würde sie sich hier wieder völlig sicher fühlen. Ihr war, als wäre innerhalb von nur wenigen Stunden ihre ganze Welt ins Wanken geraten. Gesetzlose waren nicht länger ein gestaltloses Problem; sie waren eine sehr reale Bedrohung.

Noch nie hatte Caitrina ihren Vater so wütend erlebt. Er nahm den Angriff auf ein Mitglied seines Clans als persönliche Beleidigung und schickte sofort eine Gruppe von Kriegern aus, um die Gesetzlosen aufzuspüren, doch seine Männer kehrten am nächsten Tag wieder zurück, ohne eine Spur von ihnen ausfindig gemacht zu haben. Zum ersten Mal verbot er Caitrina, ohne Begleitung in den Wald nahe der Burg zu gehen.

Jamies Warnung verfolgte sie. Dass seine Vorhersage sich so schnell bewahrheitet hatte, zwang sie dazu, sich zu fragen, ob er möglicherweise mehr wusste, als er sich hatte anmerken lassen. Es zwang sie ebenfalls dazu, ihr Urteil über ihn in Frage zu stellen. Er sah sich selbst als eine ausübende Kraft von Recht und Ordnung und behauptete, dass er die Highlands von Gesetzlosen befreien wollte, und zum ersten Mal wurde ihr klar, dass so eine Gewalt möglicherweise auch nötig war.

Argyll war der Teufel und Clan Campbell seine Brut, aber war die Wahrheit vielleicht in Wirklichkeit komplizierter? Hatte sie Jamie Campbell zu hart verurteilt? Hatte sie ihm fälschlicherweise vorgeworfen, brutal zu sein, wenn er nur versuchte, die Ordnung im Land wiederherzustellen? Sie hatte in ihm nur einen Campbell gesehen, die Augen vor dem verschlossen, was vor ihr lag, und es stattdessen vorgezogen, auf Gerüchte zu hören. Er war ein harter Mann und ein erbitterter Krieger, doch nicht ein einziges Mal hatte sie Anzeichen von Grausamkeit oder Ungerechtigkeit an ihm entdeckt.

Aber was machte das schon für einen Unterschied? Nach dem, was sie zu ihm gesagt hatte, bezweifelte sie, dass sie ihn jemals wiedersehen würde. Diese Erkenntnis erfüllte sie mit einem tiefen Gefühl des Bedauerns und einem dumpfen Schmerz in der Brust, der nicht versiegen wollte.

Schließlich, einige Tage nach dem Angriff, wurde Caitrina klar, dass sie etwas unternehmen musste. Ihr Vater hatte sie gedrängt, Jamie Campbells Antrag in Betracht zu ziehen, und sie beabsichtigte herauszufinden, warum. Nicht für ihren Clan, sondern für sich selbst – obwohl sie erkannte, dass es möglicherweise bereits zu spät war.

Gerade hatte sie auf der Suche nach ihrem Vater den Saal betreten, als sie den Ruf hörte, das Fallgitter herunterzulassen. Das Blut gefror ihr in den Adern. Das Gitter am helllichten Tage zu schließen konnte nur eines bedeuten: Schwierigkeiten.

Mit wild klopfendem Herzen hastete sie zum Fenster des Saals, gerade noch rechtzeitig, um zu sehen, wie der Wachmann auf dem Tor taumelnd über die Ringmauer stürzte. Ein Pfeil ragte ihm aus dem Rücken. Sie brauchte nicht erst nach unten zu sehen, um zu wissen, dass die Angreifer bereits in der Burg waren. Eine weitere Wache versuchte, das Fallgitter zu schließen, doch ein Schuss aus einer Hakenbüchse traf ihn in den Bauch und machte sein Vorhaben zunichte.

Chaos herrschte, als ihre Clansmänner verzweifelt versuchten, den Überraschungsangriff unter Kontrolle zu bringen. Wie erstarrt vor Entsetzen musste sie vom Fenster aus hilflos mit ansehen, wie eine beträchtliche Streitmacht an Männern – mindestens ein paar Dutzend an der Zahl – durch das Tor stürmten und den *barmkin* überrannten. Ganz offensichtlich waren sie auf eine Schlacht vorbereitet; der Stahl ihrer Helme und Kettenhemden glänzte in der Sonne. Sie trugen Schwerter, aber eine große Anzahl von ihnen trug auch Schusswaffen. Das war keine zerlumpte Bande marodierender Gesetzloser, erkannte sie. Das waren gut ausgerüstete Soldaten, was möglicherweise erklärte, warum sie praktisch mühelos hatten hereinspazieren können. Sie trugen nicht die Insignien der Wache des Königs, was nur eine einzige Möglichkeit übrigließ – ihr Herz sank – Argyll.

Übelkeit krampfte sich ihr in der Magengrube zusammen, während sie mit den Augen die Menge bewaffneter Männer in den vordersten Reihen absuchte und dabei nach einem ganz bestimmten Ausschau hielt. *Bitte, nicht er!* Sie erkannte den Anführer sofort an der Art, wie er Befehle erteilte, und stieß einen unbehaglichen Seufzer der Erleichterung aus. Der Mann war nicht groß oder breit genug, um Jamie zu sein.

Das Kämpfen war vorbei, bevor es richtig angefangen hatte. Es gab nichts, was die Männer ihres Vaters tun konnten. Sobald die Soldaten einmal das Tor gestürmt hatten, war die Schlacht bereits gewonnen. Zu Caitrinas großer Erleichterung schienen die Eindringlinge nicht darauf aus zu sein anzugreifen, sondern schienen nach etwas zu suchen. Ganz offensichtlich waren sie in einer bestimmten Absicht hier.

Was wollten sie? Und wo waren ihr Vater und ihre Brüder?

Ihr Blick schweifte über den Burghof. Da. Auf der gegenüberliegenden Seite des Hofes kamen ihr Vater und knapp zwei Dutzend seiner Wachmänner, darunter Malcolm und Niall, in Sicht, als sie aus der Waffenkammer stürzten. Sie hatten keine Zeit gehabt, sich vernünftig für die Schlacht zu rüsten, und trugen nur die ledernen Wämser und Plaids, die sie bei ihren Waffenübungen trugen, anstelle von Kettenhemden und *cotuns*, aber wenigstens hatten sie sich die Zeit genommen, stählerne Helme aufzusetzen, um ihre Köpfe zu schützen. Und sie schienen gut bewaffnet zu sein.

Caitrina hörte die wütende Stimme ihres Vaters ertönen, als er dem Anführer der Campbells entgegentrat. Die beiden Männer lieferten sich ein Wortgefecht, doch es war schwer zu verstehen, was sie sagten. Einmal konnte sie deutlich hören, wie der Campbell sagte: »Wir wissen, dass er hier ist. Sagt uns, wo er ist, oder tragt die Konsequenzen.«

Von wem sprachen sie?

Der Campbell deutete zum Turm hoch und sagte etwas, wobei er das Gesicht in ihre Richtung wandte. Sie runzelte die Stirn. Das war seltsam. Er kam ihr irgendwie bekannt vor. Was auch immer er sagte hatte ihren Vater jedenfalls in Wut versetzt, und seine Wachmänner hinter ihm griffen drohend zu ihren Breitschwertern.

Ihr Herzschlag raste, denn die Situation geriet immer schneller außer Kontrolle.

Von dem Tumult aufgeschreckt hatten die Dienstboten in der Burg bemerkt, dass etwas nicht in Ordnung war, und der Saal begann, sich mit Menschen zu füllen. Gott sei Dank schien Mor, wie immer die Stimme der Vernunft, die aufsteigende Panik unter Kontrolle halten zu können.

Wie ein pensionierter General fing die alte Amme an, Befehle zu erteilen. »Beeilt euch«, wies sie ein paar junge Küchenmägde an. »Lauft in die Küche, und bringt das Holz für die Kochstelle und das Öl für die Lampen hoch.« Einer anderen befahl sie: »Bring mir alles Leinen, das du finden kannst.«

Caitrinas Brust krampfte sich zusammen, denn sie wusste genau, was Mor vorhatte. Es war etwas, das ihr Vater ihr unzählige Male eingebläut hatte: Wenn sie jemals angegriffen werden sollten und das Tor gestürmt worden war, dann setzt die Außentreppe in Brand.

Nein! Ihre Reaktion war instinktiv. Vater, Malcolm und Niall waren noch da draußen. Schnell rannte sie zu Mor und ergriff ihren Arm. »Halt! Das können wir nicht tun. Sie haben sonst nichts, wo sie hinkönnen.«

Mor packte sie an den Schultern und schüttelte sie heftig. »Dein Vater und deine Brüder kommen schon allein zurecht. Sie können in die Hügel fliehen und sich in den Höhlen verstecken, wenn es nötig ist. Aber sie werden nicht fliehen, solange du nicht in Sicherheit bist.«

Caitrina schüttelte den Kopf. Das konnte sie nicht tun. »Aber ...«

»Sie erfüllen ihre Aufgabe, Caitrina. Und du musst die deine erfüllen.« Sie senkte die Stimme zu einem Flüstern und deutete mit den Augen bedeutsam zu jemandem auf der anderen Seite des Raumes. »Denk an den Jungen.«

Brian.

Mit angehaltenem Atem blickte sie wild um sich und entdeckte ihn, wie er aus dem Treppenhaus in den Saal stürmte und ein riesiges Schwert in der Hand hielt, das sein Vater in seinem Arbeitszimmer aufbewahrte. Es wäre ein lustiger Anblick gewesen, wenn es nicht so schreckenerregend wäre. Er schoss durch den Saal auf die Tür zu. Da sie ahnte, was er vorhatte, hastete Caitrina ihm nach und erwischte ihn am Arm. »Halt, Brian, du kannst da nicht hinausgehen!«

Er versuchte, sich loszureißen. »Lass mich los, Caiti!«

Er wirkte viel älter als seine zwölf Jahre. Sie sah den störrischen Ausdruck in seinem Gesicht und schaltete schnell, als ihr klar wurde, dass sein junger, männlicher Stolz auf dem Spiel stand. »Wir brauchen dich hier drinnen. Wenn du gehst, dann ist niemand da, der uns beschützt.«

Sein Blick glitt durch den Raum hinter ihr, über das Dutzend verängstigter Frauen und Kinder. Zu dieser Tageszeit waren die meisten Männer draußen beschäftigt und übten sich in ihren Kampfkünsten. Diejenigen, die keine Krieger waren, fischten im Loch, kümmerten sich um das Vieh oder stachen Torf.

»Bitte«, flehte sie.

Er nickte, und voller Dankbarkeit und Erleichterung schlang Caitrina die Arme um ihn und umarmte ihn heftig. Die Dienstmägde waren mit dem Holz, Leinen und Öl zurückgekehrt, und in den nächsten paar Minuten waren sie eifrig damit beschäftigt, die ölgetränkten Lappen wie Fackeln um das Holz zu wickeln.

Brian hatte sich neben dem Eingang platziert und wachte aufmerksam darüber, was draußen vor sich ging. Dabei bereitete er die Außentreppe vor, indem er das Tau und die angenagelten Holzteile löste, die sie in Position hielten. Dazu war es nötig gewesen, die Tür zu öffnen, aber sobald die Treppe losgelöst war, würden sie sie in Brand stecken und die Tür verriegeln. Caitrina konnte sehen, dass er Schwierigkeiten hatte. Im Laufe der Zeit war das Eisen verrostet, wodurch sich die Nägel schwer herausziehen ließen, und die Knoten im Tau waren so straff, dass man sie nicht aufknüpfen konnte. Es war schon lange her, seit solch drastische Maßnahmen nötig gewesen waren, jedenfalls nicht zu ihren Lebzeiten.

Sie eilte gerade zur Tür, um ihm zu helfen, als sie ihn laut aufschreien hörte: »Nein!«

Ein Schuss fiel, und in wildem Tumult brach draußen Chaos los. Brian machte einen Satz aus der Tür, und Caitrina hechtete ihm nach, packte ihn am Arm und hinderte ihn daran, die Treppe hinunterzustürmen.

»Brian …« Die Worte erstarben ihr auf den Lippen, als sie sah, was seine Reaktion verursacht hatte. Ein erstickter Schrei drang ihr aus der Kehle. »Vater!« Wie erstarrt musste sie entsetzt mit ansehen, wie ihr Vater sich an die Brust fasste und Blut seine Hände leuchtend rot färbte. Er taumelte, dann fiel er nach hinten in Malcolms Arme – die Augen blind zum Himmel gerichtet.

Sie konnte nicht mehr atmen. Konnte nicht mehr denken. Schmerz krallte sich in ihre Brust, und heiße Tränen schossen ihr in die Augen. Das konnte nicht geschehen! Doch die Gesichter der Clansmänner sagten ihr, dass es wirklich geschah. Schock hatte sich in blinde Raserei verwandelt. Angeführt von Malcolm und Niall liefen sie Amok und griffen mit einer Wildheit an, die bewies, dass es wahr war, was sie gesehen hatte: Ihr Vater war tot.

Nur der Instinkt, Brian zu beschützen, riss sie aus ihrer Trance. Er kämpfte darum freizukommen, aber sie ließ ihn nicht los. Mor musste gesehen haben, was passiert war, denn plötzlich erschien sie an Caitrinas Seite und half ihr, Brian sicher ins Innere zu ziehen.

»Lasst mich los!«, schrie er. »Ich muss zu ihm!«

Die Qual in seiner Stimme spiegelte ihren eigenen Schmerz wider. Entschlossen nahm sie sein Gesicht in die Hände und zwang ihn, sie anzusehen. »Es gibt nichts, was wir jetzt für ihn tun können, Brian.« In ihrem Innern verkrampfte sich alles. Die Wahrheit war beinahe unerträglich, doch sie musste für Brian stark sein. *Nicht nachdenken.* »Wir brauchen dich. Wir müssen die Treppe in Brand setzen.«

Seine Augen waren wild und glänzend, und sie wusste nicht, ob sie zu ihm durchgedrungen war, bis er schließlich nickte.

Mor hatte die Mädchen bereits unterwiesen, wo sie die entzündeten Fackeln platzieren sollten, denn sie hatten keine Zeit mehr zu verlieren. Eine Ewigkeit schien zu vergehen, obwohl es nur ein paar Augenblicke dauerte, bis sich alles an Ort und Stelle befand und die Fackeln entzündet waren. Beobachtend standen sie an der Tür und beteten, dass das Holz Feuer fing. Die Fackeln brannten, aber die Treppe qualmte und rauchte nur.

Hinter ihr fluchte Mor. »Das kommt von dem feuchten Wetter der letzten paar Tage«, meinte sie. »Das Holz ist noch nicht wieder trocken genug.«

Caitrina konnte die Rufe von unten hören und wusste, dass ihre Anstrengungen nicht unbemerkt geblieben waren. Und sie ebenfalls nicht. Sie fühlte den Blick des Anführers auf sich, doch sie ignorierte das unheilvolle Erschaudern. Ein paar der Angreifer fingen an, sich die Treppe hochzukämpfen, und die Männer ihres Vaters taten, was sie konnten, um sie daran zu hindern. Da sie wusste, dass sie nichts anderes mehr tun konnten, als zu beten, dass die Treppe schnell Feuer fing, schloss sie die Tür und schob den schweren Riegel vor.

Caitrina brauchte nicht erst in die verängstigten Gesichter um sie herum zu blicken, um zu wissen, was sie alle fühlten – es war dasselbe, was sie fühlte: absolutes Entsetzen und Fassungslosigkeit.

Mor packte sie bei den Schultern. »Nimm deinen Bruder mit nach oben, und versteckt euch im Wandschrank. Egal, was ihr vielleicht hört, kommt nicht heraus.«

»Aber was ist mit dir und den anderen?«

»Wir müssen uns trennen.« Sie machte eine kleine Pause. »Es sind nicht die Dienstboten, die sie suchen.«

»Wen suchen sie denn?«, fragte Caitrina, der die Worte des Campbell an ihren Vater wieder einfielen.

Mor gab ihr einen Kuss auf die Stirn. »Ich weiß es nicht, Kind. Nun geh!« Zu Brian gewandt sagte sie: »Pass auf deine Schwester auf.«

Er nickte grimmig, und seine harte und entschlossene Miene ließ ihn älter wirken, als er war. Ihr süßer junger Bruder würde niemals mehr derselbe sein. Keiner von ihnen würde jemals wieder derselbe sein.

Caitrina zögerte, dann warf sie der alten Frau die Arme um den Hals und schmiegte die Wange noch einmal an die vertraute Schulter. Mor drückte sie noch ein letztes Mal, bevor sie sie sanft von sich schob. Caitrina nahm Brian an der Hand, und zusammen rannten sie durch den Saal auf die Treppe zu. Sie musste sich zwingen, nicht aus dem Fenster zu sehen. Sie konnten nichts anderes tun, als dafür zu beten, dass die Männer ihres Vaters siegen würden – dass die Stärke des Herzens über die zahlenmäßige Stärke triumphieren würde.

Als sie ihre Kammer erreichten, hastete Caitrina auf den Wandschrank zu und riss die Türen auf. Sie stöhnte auf.

»Da passen wir niemals beide rein«, gab Brian ihre eigenen Gedanken wieder.

Der Wandschrank war mit Kleidern vollgestopft. Wenn sie sie herausholen, würde das nur noch deutlicher auf ihr Versteck hinweisen – obwohl Caitrina erkannte, dass sie an diesem Punkt nicht mehr viel tun konnten, um ihr Entdecktwerden zu verhindern. Sie kämpfte gegen die wachsende Panik an, doch ihre verzweifelte Lage machte es schwer, einen klaren Gedanken zu fassen. Was konnten sie tun? Ascog Castle war keine besonders große oder verwinkelte Burg. Hier gab es nur wenige Orte, wo man sich verstecken konnte.

Das Geräusch einer Axt, die unten gegen die Tür schlug, ließ ihr die Härchen im Nacken zu Berge stehen. Sie hatten keine Zeit mehr ... und keine andere Möglichkeit.

Brian schob sie auf den Wandschrank zu. »Du versteckst dich da drin, ich krieche unters Bett.«

Sie hatte keine Zeit zu widersprechen – oder eine bessere Wahl –, deshalb nickte sie und kletterte hinein. Wenn die Soldaten bereits dabei waren, die Tür aufzubrechen, dann bedeutete das ...

Nein. Gewaltsam verdrängte sie die Gedanken an die Schlacht, die unten tobte. Sie würde sich nicht erlauben, an Malcolm und Niall zu denken. Fest kniff sie die Augen zu, um die Tränen zurückzuhalten. *Es durfte ihnen einfach nichts passiert sein!*

Die Zeit kroch schleppend dahin. Im Wandschrank, begraben unter all der schweren Wolle und samtenen Gewändern, war es warm und dunkel. All ihre Sinne schienen geschärft zu sein und konzentrierten sich auf die Geräusche, die von unten heraufdrangen. Bei jedem kleinsten Laut machte ihr Herz einen Satz und pochte ihr unnatürlich laut in den Ohren.

Das Warten erschien endlos, obwohl vermutlich nur ein paar Minuten vergangen waren, bevor sie die unverkennbaren Geräusche von Männern hörte, die die Treppe heraufpolterten.

»Findet das Mädchen!«, rief ein Mann.

Mich. Gnädige Mutter Gottes, sie suchen mich!

Die Tür zu ihrer Kammer flog krachend auf, und Caitrina hielt entsetzt den Atem an. Die Hilflosigkeit ihrer Lage, die Zwecklosigkeit ihres Versuchs, sich zu verstecken, brach mit voller Wucht über sie herein. Wie lange würde es dauern, bis sie …

»Lasst mich los!«

Ihr Herz tat einen heftigen Satz. *Brian. Gütiger Gott, sie hatten Brian!*

»Was haben wir denn hier?«, fragte ein Mann. »Den Welpen des Lamont, möcht ich wetten? Jedenfalls was von ihnen übrig ist.«

Caitrina erstickte einen Schrei, und ihre Nägel gruben sich ihr in die Handfläche. *Das kann nicht wahr sein!*

»Das Mädchen muss hier irgendwo in der Nähe sein«, meinte ein anderer Mann.

Das Geräusch von Brians verzweifeltem Kampf, die Männer von ihrem Versteck abzulenken, war mehr, als sie ertragen konnte. Sie schob die erstickenden Haufen aufgehängter Kleider zur Seite und stolperte aus dem Wandschrank. Alles, was sie sehen konnte, waren die breiten Rücken zweier Krieger in Kettenhemden, von denen einer Brian am Genick hielt.

»Lasst ihn los!«, schrie sie, während sie auf seinen Rücken sprang und ihm hart genug gegen die Schläfe schlug, dass er vor Schmerz aufschrie und Brian fallen ließ.

Sie wollte ihm mit dem Arm die Kehle zudrücken, doch sie wurde von ihm fortgerissen und fand sich in der stählernen Umklammerung eines großen, bulligen Mannes wieder. In ihrer Hast, Brian zu erreichen, hatte sie nicht bemerkt, dass noch ein dritter Mann im Zimmer war.

Sein Gesicht war rot, aufgedunsen und verschwitzt unter dem Rand seines Helms. »Ich hab das Mädchen gefunden«, rief er in Richtung der Tür.

»Lasst mich los!« Sie versuchte, sich aus seinem Griff zu winden, doch er schloss die Hand noch fester um ihren Arm, bis sie glaubte, er würde brechen. Mit lüsternem Blick musterte er sie von oben bis unten, dann lächelte er, und der Ausdruck in seinen Augen jagte ihr einen eiskalten Schauer über den Rücken. Es war der Blick eines Mannes, der beabsichtigte, sich seine Siegesbeute zu nehmen. »Noch nicht«, sagte er.

Aus den Augenwinkeln nahm sie eine Bewegung wahr. »Brian, nein!« Doch es war zu spät.

»Nimm deine schmutzigen Hände von meiner Schwester!«

Brian hatte es irgendwie geschafft, das Claymore unter dem Bett hervorzuziehen, und stürzte auf den Mann zu, der sie festhielt. Doch die Waffe war zu schwer für ihn, und er schaffte nur wenige Schritte, bevor einer der anderen Männer ihn einholte. Die Zeit schien stillzustehen. Sie sah das silberne Aufblitzen der Klinge, als sie auf den Kopf ihres Bruders niedersauste. In einem plötzlichen Kraftausbruch sprang sie vor, aber sie konnte sich nicht aus dem Griff des Mannes losreißen.

Brians vor Schock weit aufgerissene Augen fingen ihren Blick auf, als die Wucht des Hiebs ihn vorübergehend lähmte, bevor er wie eine Stoffpuppe zu Boden sank. Der Schrei, der sich ihrer Kehle entriss, konnte sicherlich nicht ihr eigener sein. Sie wurde rasend vor Wut, holte gegen den Mann aus, der sie festhielt, und es gelang ihr, ihm mit den Nägeln übers Gesicht zu fahren, bevor er ihr mit dem Handrücken einen so heftigen Schlag ins Gesicht versetzte, dass sie zu Boden stürzte. Ihr Kiefer explodierte vor Schmerz.

»Was geht hier vor?«

Der Mann, den sie zuvor gesehen hatte, derjenige, von dem sie annahm, dass er ihr Anführer war, stand im Türrahmen.

»Wir haben das Lamont-Mädchen gefunden«, antwortete einer seiner Männer.

Er heftete den Blick auf sie. »Das sehe ich.«

Tränen strömten ihr über die Wangen, während sie wieder auf die Füße kam, und sie hielt sich das verletzte Gesicht, doch in ihren Augen spiegelte sich der Hass für diesen Mann wider, der Tod und Zerstörung über ihr Heim gebracht hatte. »Was für ein *Mann* führt Krieg gegen Frauen und Kinder? Nur ein Campbell könnte so wenig Ehre besitzen!«

»Ebenso stolz wie schön? Ihr habt Temperament, Mädchen, doch gebrauchet es weise. Sagt uns, wo er ist, und niemand wird mehr verletzt.«

Sie blickte zu der regungslosen Gestalt ihres Bruders hinüber, dem Blut aus einer klaffenden Wunde am Kopf über das Gesicht strömte. Als könnte er ihre Gedanken lesen, durchquerte er den Raum und trat zwischen sie und Brian, um zu verhindern, dass sie zu ihm lief. »Wer?«, krächzte sie mit rauer Stimme. »Wer ist es, den Ihr sucht?«

»Alasdair MacGregor.«

Heftig sog sie den Atem ein. *Mein Gott, das war alles ein schrecklicher Irrtum.* Sie schüttelte den Kopf. »Ihr seid am falschen Ort. Alasdair MacGregor ist nicht auf Ascog.«

Die Miene des Mannes wurde hart und unversöhnlich. Einen Augenblick lang erinnerte er sie an Jamie, doch dieser Mann hatte einen grausamen Zug, der Jamie fehlte. »Ihr seid es, die falsch liegt. MacGregor wurde gestern in der Gegend mit Eurem Vater gesehen, und er versteckt sich hier vermutlich schon seit Wochen.«

Das war unmöglich. Ihr Vater wäre nicht so kühn – oder töricht –, den König zu missachten. Wenn man einem MacGregor Unterschlupf gewährte, konnte man ... getötet werden. Doch dann erinnerte sie sich an das Band zwischen den Clans, und das Herz krampfte sich ihr schmerzhaft zusammen. »Ihr lügt!«

Der Zug um seinen Mund verhärtete sich. »Und Ihr stellt meine Geduld auf die Probe. Sagt mir, wo er ist, und ich lasse mich vielleicht dazu überreden, Euch gehen zu lassen.« Langsam musterte er sie von Kopf bis Fuß. »Bevor oder nachdem ich meine Männer mit Euch ihren Spaß haben lasse. Die Wahl liegt bei Euch.«

Sie weigerte sich, ihm ihre Angst zu zeigen, obwohl sie sich ihr wie eine eisige Schlinge um den Hals legte. »Ich kann Euch nichts sagen, was ich nicht weiß.«

Er bedachte sie mit einem langen Blick und zuckte die Schultern. »Dann seid Ihr mir nicht weiter von Nutzen.« Er wandte sich an einen seiner Männer. »Beseitigt den Jungen.«

»Brian!« Sie versuchte, zu ihm zu gelangen, doch der Mann, der sie vorhin geschlagen hatte, hielt sie zurück. Stattdessen musste sie hilflos mit ansehen, wie Brian bewusstlos aus dem Zimmer geschleppt wurde.

Die Augen des Anführers waren auf die Truhe am Fuß des Bettes gerichtet, wo sorgfältig zusammengefaltet das Plaid lag, das Jamie ihr an jenem Tag gegeben hatte, an dem sie von ihm aus dem Baum gerettet worden war – sie hatte es versäumt, es ihm zurückzugeben. Mit berechnendem Blick sah er sie an und schien etwas sagen zu wollen, doch dann trat ein seltsamer Ausdruck auf sein Gesicht. »Findet heraus, was sie weiß«, sagte er stattdessen zu dem Mann, der sie festhielt, »aber beeilt euch. Die Burg steht bereits in Flammen. Wenn MacGregor sich darin aufhält, räuchern wir ihn aus.«

Ihr Vater. Ihre Brüder. Ihr Heim. Das alles war ihr von diesem Mann genommen worden – für nichts! Etwas in ihr rastete aus. Mit geballter Faust zielte sie auf sein Gesicht und traf ihn mit all dem Hass und der Wut, die in ihr tobten. Noch nie zuvor hatte sie jemanden geschlagen, doch ihr Hieb traf ihn mitten auf die Nase und mit Genugtuung hörte sie Knochen knirschen. Sein Kopf ruckte bei dem Schlag zurück. Als er sie wieder ansah, schoss ihm Blut aus der Nase.

Ein Augenblick verstrich in ungläubiger Benommenheit, bevor die Vergeltung schnell und hart kam. Seine Hand traf ihre Schläfe. Ein explodierender Schmerz, dann wurde alles um sie herum schwarz.

Caitrina konnte nicht atmen. Sie träumte, dass ein Mann auf ihr lag und das schwere Gewicht seines Kettenhemds ihr die Brust zerquetschte. Der Gestank von Schweiß und Blut trat ihr in die Nase, und bittere Galle stieg in ihrer Kehle hoch. Sie stöhnte und kämpfte gegen das Gewicht an, das sie niederdrückte. Grobe Hände packten die zarte Haut ihrer Schenkel und versuchten, ihr die Beine zu spreizen.

Das war kein Traum. Flatternd öffneten sich ihre Lider. Ein Mann lag auf ihr, den einen Arm quer über ihrer Brust, um sie niederzudrücken, mit dem anderen hob er ihre Röcke. Sie öffnete den Mund, um zu schreien, doch sie war sich nicht sicher, ob ihr ein Laut über die Lippen gekommen war, bevor sie eine weitere Explosion von Schmerz auf ihrer Wange spürte und ihre Augen wieder zufielen.

Dunkelheit lockte wie das süße Lied einer Sirene. Sie wollte weiterschlafen, in die Sicherheit ihrer Träume flüchten. Doch etwas ließ das nicht zu. Sie musste aufwachen. Sie durfte das nicht zulassen. Sie musste kämpfen.

Also öffnete sie die Augen, und das Gesicht des Mannes verschwamm vor ihrem Blick. Alles war verschwommen.

Plötzlich war das Gewicht auf ihrer Brust verschwunden. Tief sog sie den Atem ein, wollte die Lungen mit frischer Luft füllen, doch stattdessen atmete sie nur erstickenden Rauch. Husten schüttelte ihren Körper.

Sie glaubte, einen Mann fluchen zu hören, doch es war so schwer, überhaupt etwas zu hören, weil es in ihren Ohren so dröhnte. Sie wurde vom Bett hochgehoben und an eine warme, harte Brust gedrückt. Einen Augenblick lang war sie verwirrt. Sie fühlte sich sicher. Doch dann erinnerte sie sich wieder.

Der Mann wollte sie forttragen, und sie schlug um sich, doch er hielt sie fest und beruhigte sie mit sanften Worten. Die Stimme war vertraut, doch sie schwebte gerade außerhalb der Reichweite ihres Bewusstseins.

Es war so heiß. Sie öffnete die Augen, doch sie brannten und füllten sich mit Tränen. Vor dichtem Rauch konnte sie nichts sehen. Sie wollte wissen, wer sie hielt, doch seine Züge waren verschwommen.

Er sah aus wie Jamie Campbell. Ihre Lider flatterten erneut. *Jamie. Es war Jamie. Er war hier.*

Sie entspannte sich in seinen Armen und verspürte einen Augenblick der Freude, bevor der Splitter einer Erinnerung in ihr Bewusstsein drang: Campbells hatten Ascog angegriffen. Und Jamie war ein Campbell. *Nein.* Sie wollte es nicht glauben, aber warum sonst sollte er hier sein?

Du wirst noch bereuen, dass du meinen Antrag abgelehnt hast.

»Du ...« Sie hustete würgend. Ihre Kehle fühlte sich offen und wund an. »Du hast das getan!«, schluchzte sie, wobei es sich anfühlte, als würden ihre Lungen in Stücke gerissen.

»Campbells.« Sie brachte die Worte nicht über die Lippen, sie fühlte sich so schrecklich schwach und müde. »Warum?« Der Schmerz wanderte ihr von der Lunge in die Brust, gefährlich nah zu ihrem Herzen. Seine Antwort hörte sie nicht mehr. Jeder Kampfeswille hatte sie verlassen, und sie ergab sich dem Sog der Dunkelheit.

9

*Toward Castle, auf der Halbinsel Cowal,
drei Monate später*

Ein heftiger Wind fegte über die Moore und wirbelte Caitrina lange Strähnen ihres Haars ins Gesicht, während sie langsam den steilen Pfad von der Burg zu dem kleinen Strandstreifen hinunterging. Selbst das robuste Heidekraut, das die Landschaft mit weichen violetten Blüten bedeckte, war nicht dagegen gefeit und beugte sich tief unter jedem Windstoß. Sie fing die wirbelnden Locken mit der Hand ein und zog den Wollumhang enger um den Kopf, um Wind und Kälte besser zu trotzen. In der Luft lag eindeutig schon eine herbstliche Kühle. Da der Michaelistag bereits hinter ihnen lag und der Winter näher rückte, würden die Tage – wie das Heidekraut – bald dunkler, kürzer und kälter werden.

Sie seufzte. Der Wechsel der Jahreszeiten stimmte sie eigenartig melancholisch. Die Zeit verstrich, ob sie es wollte oder nicht. Ein Teil von ihr wollte sich an der Vergangenheit festhalten, aus Angst davor, die Verbindung zu allem, was sie verloren hatte, zu trennen. Ein anderer Teil, der Teil, der sich an den Verlust ihrer Mutter erinnerte, wusste, dass die Zeit den Schmerz zwar nicht heilen, aber doch zumindest lindern konnte.

Sie hatte nicht geglaubt, dass irgendetwas schlimmer sein konnte, als ihre Mutter zu verlieren – wie sehr sie sich doch geirrt hatte!

Vater, Malcolm, Niall – das Herz zog sich ihr zusammen –, sogar ihr geliebter Brian ... fort. Zusammen mit so vielen anderen. Heftig blinzelte sie die plötzlich aufsteigenden Tränen fort. Der Schmerz war immer noch frisch, obwohl mehr als drei Monate seit jenem schrecklichen Tag vergangen waren, an dem die Campbells Caitrinas Clan ihr besonders bösartiges Brandmal der Zerstörung aufgeprägt hatten.

An nur einem einzigen Nachmittag war ihr Clan beinahe ausgelöscht worden. Zuerst in der Schlacht und dann durch das Feuer, das darauf folgte. Über vierzig Krieger der Lamonts hatten ihr Leben gelassen, als sie Ascog verteidigten. Diejenigen, die überlebten, flohen in die Hügel, um den blutrünstigen Campbells zu entkommen. Alles, was von ihrem Zuhause übrig blieb, war eine ausgebrannte Ruine. Das Leben, die Liebe und das Glück, das sie gekannt hatte, waren nur noch eine verblassende Erinnerung.

Und all das, weil ihr Vater verdächtigt worden war, MacGregors zu beherbergen.

Das Ausmaß dieser Ungerechtigkeit war schwer zu ermessen. An die meisten Geschehnisse dieses Tages konnte sie sich nicht mehr erinnern, sie lagen weggesperrt an einem dunklen Ort, den sie nicht zu öffnen wagte. Aber manchmal, so wie jetzt, tauchten die Erinnerungen in Fetzen wieder vor ihrem inneren Auge auf. Die Ermordung ihres Vaters. Das Gesicht des Campbell-Soldaten, das über ihr schwebte. Die Flammen.

Man sagte, dass ihre Brüder in dem Feuer umgekommen waren. Als Erinnerung an sie war ihr nichts geblieben als das Chieftain-Abzeichen ihres Vaters und ein Fetzen Plaid, den sie um das Handgelenk trug.

Was die andere Sache betraf ... Caitrina glaubte nicht, dass der Campbell sie vergewaltigt hatte, doch sie konnte nicht sicher sein. Ihre Jungfräulichkeit schien lächerlich unwichtig nach allem, was geschehen war.

Doch da war etwas, oder besser *jemand*, an den sie sich deutlich erinnerte. Ein eiskalter Schauer ging ihr durch Mark und Bein, wie jedes Mal, wenn sie an Jamie Campbell dachte.

Du wirst noch bereuen, dass du meinen Antrag abgelehnt hast. Eines Tages, Caitrina, wird die brutale Wirklichkeit dieser Welt dich finden.

Worte, die auf grausame Weise prophetisch waren, oder möglicherweise noch mehr?

Als sie erkannt hatte, dass Campbells Ascog angriffen, hatte sie sich gefragt, ob Jamie daran beteiligt war. Es war eine Erleichterung gewesen festzustellen, dass es nicht so war. Sie hatte nicht glauben wollen, dass er so grausam sein konnte oder dass sie sich auf so intime Weise einem Ungeheuer hatte hingeben können. War sie eine Närrin, weil sie nicht glauben wollte, dass sie sich so hatte irren können?

Doch wie sich herausstellte, hatte sie sich geirrt. Er *war* dort gewesen. Aber warum? Konnte er wirklich ihrem Clan solche Zerstörung angetan haben? Hatte ihre harsche Zurückweisung irgendetwas mit dem Angriff zu tun? Wenn sie die Warnung ihres Vaters beherzigt – ihre Pflicht dem Clan gegenüber erfüllt – und Jamie Campbells Antrag angenommen hätte, wäre ihre Familie dann noch am Leben? Diese Fragen quälten sie mehr als alles andere.

Doch selbst, wenn sie nicht sicher wissen konnte, welche Rolle Jamie bei dem Angriff auf ihre Familie gespielt hatte, war es klar, dass sein Clan dafür verantwortlich war. Wenn sie die Campbells zuvor bereits gehasst hatte, dann war das nichts im Vergleich zu dem, was sie jetzt empfand. Ihr Hass schwärte wie eine offene Wunde, und sie schwor sich, dass sie für den Mord an ihrer Familie bezahlen würden. Es war dieser grimmig entschlossene Wunsch nach Gerechtigkeit, der sie aus dem Sumpf ihres eigenen Kummers riss.

Sie würde bis zum letzten Atemzug dafür kämpfen, dass Ascog ihren Leuten zurückgegeben wurde. Die verbliebenen Mitglieder ihres Clans waren alles, was ihr geblieben war, und sie schwor sich, dass die Campbells aus der Vernichtung ihrer Familie keinen Nutzen haben würden.

Endlich erreichte sie den Strand und bahnte sich ihren Weg über den felsigen Küstenstreifen. Die kleinen Kieselsteine stachen durch die dünnen Ledersohlen ihrer Schuhe. Sie ignorierte die Kälte und trat an die Wasserlinie, so dass die Wellen an ihre Zehenspitzen schwappten. Tief sog sie den salzigen Geruch der Meeresbrise ein, hob das Gesicht der eisigen Gischt entgegen und ließ sie über sich hinwegspülen, wie sie es schon viele Male zuvor getan hatte. Das Meer zog sie an, so als könnte sie in seinen schaumigen, blauen Tiefen Absolution finden. Doch seine reinigende Macht war trügerisch und allzu flüchtig. Sie liebte das Gefühl von Einsamkeit und Abgeschiedenheit, wenn sie an der äußersten Spitze von Cowal stand und auf die blaue See hinaus zur Isle of Bute hinübersah – nach Hause.

Als sie ein Geräusch hinter sich hörte, zuckte sie erschrocken zusammen. Angespannte Nerven waren eine weitere bleibende Erinnerung an den Angriff. Es war nur Bessie, eine alte Wäscherin und eine der Handvoll Bediensteter, die mit Caitrina von Ascog gekommen waren. Sie rannte zu ihr. »Hier, lass mich dir dabei helfen, Bessie«, sagte sie und nahm ihr den Korb mit Kleidung ab. »Das ist zu schwer für dich.«

Die alte Frau schenkte ihr ein breites und zahnloses Lächeln. »Gott segne Euch, Mistress. Auch wenn Mor mir die Haut abziehen wird, wenn sie sieht, dass Ihr mir schon wieder helft.«

Mor konnte nicht verstehen, warum Caitrina es vorzog, ihre Zeit draußen mit den Bediensteten zu verbringen statt mit ihrer Tante und ihren Cousinen in der Burg. Aber Caitrina fühlte sich in Gegenwart ihrer Toward-Verwandten nicht wohl. Ihre Clansleute von Ascog waren alles an Familie, was ihr geblieben war, und ihre einzige Verbindung zur Vergangenheit.

Caitrina lächelte Bessie verschwörerisch zu. »Nun, dann muss das eben unser Geheimnis bleiben.«

Die alte Frau lachte glucksend. »Ach, es ist schön, wieder ein Lächeln auf Eurem hübschen Gesicht zu sehen, Mistress.«

Mit einem Nicken bedankte Caitrina sich für die liebenswürdigen Worte, wenn auch nicht für die unterschwellige Anspielung auf ihr verändertes Naturell. In den langen, dunklen Tagen nach dem Angriff auf Ascog war Caitrina nicht sicher gewesen, ob sie jemals wieder lachen würde. Alles, was sie einmal gekannt hatte – ihr glückliches, sorgloses Leben als geliebte Schwester und Tochter – war fort. Tot.

Beinahe zwei Stunden lang schuftete sie an Bessies Seite und schrubbte und scheuerte das Leinen, bis ihre Hände rot und wund von der Seifenlauge waren. Doch sie bemerkte die Beschwerden kaum, sondern fand Trost in der harten Arbeit. *Arbeit.* Was ihr noch vor wenigen kurzen Monaten fremd gewesen war, wurde nun zu ihrer Erlösung.

Als sie mit der Wäsche fertig waren, legten sie die nasse Kleidung zurück in den Korb, und Caitrina half Bessie, ihn den Pfad zur Burg hochzutragen, wo sie die Wäsche zum Trocknen aufhängen würden.

Mor musste sie beobachtet haben, denn kaum hatte Caitrina den Burghof betreten, war ihre frühere Amme mit einem Rudel Dienstmägden zur Stelle, um ihnen ihre Last abzunehmen. Seit dem Überfall konnte Caitrina nicht einmal blinzeln, ohne dass Mor darüber Bescheid wusste. Vorher hatte Caitrina ihre gluckende Art als erdrückend empfunden, doch nun fand sie sie eigenartig tröstlich.

Sie schuldete ihr so viel.

Es waren Mor und eine Handvoll Bediensteter von Ascog gewesen, die die verletzte Caitrina heimlich in die Höhlen fortgeschafft hatten, während die Campbell-Soldaten immer noch die Hügel nach den übrigen Clansleuten ihres Vaters und den MacGregors durchkämmten. Zusätzlich zu dem Rauch, der ihre Lungen gefüllt hatte und ihr das Atmen erschwerte, hatten die Schläge an den Kopf einigen Schaden angerichtet. Tagelang hatte sie immer wieder das Bewusstsein verloren. Als sie sich so weit erholt hatte, dass sie die kurze Entfernung über den Firth of Clyde zurücklegen konnte, hatte sie auf Toward Castle bei ihrem Onkel, Sir John Lamont of Inveryne, Zuflucht gefunden, der ihre besitzlosen Clansleute in seine Familie aufgenommen hatte, ohne Fragen zu stellen.

Mor wartete, bis die anderen gegangen waren, bevor sie Caitrinas Hände ergriff und sie umdrehte, um die geröteten Handflächen und rauen Fingerspitzen zu enthüllen. Tadelnd zog sie die ergrauten Brauen hoch. »Schau nur, was du mit deinen schönen Händen gemacht hast! Das muss aufhören, Caiti Rose ...«

Caitrina erstarrte, denn der jähe Schmerz war beinahe unerträglich. *Caiti Rose*. So hatte ihr Vater sie immer genannt.

Ohne zu ahnen, welchen unbeabsichtigten Schmerz sie ihr verursacht hatte, fuhr Mor fort. »Es ist nicht richtig, dass du den ganzen Tag mit den Bediensteten arbeitest. Ich erkenne dich ja kaum noch wieder.« Mor musterte sie von Kopf bis Fuß. »Auch wenn du es nicht für angebracht hältst, irgendeines der Kleider zu tragen, die deine Tante dir so großzügig bereitgestellt hat, bist du immer noch die Tochter eines Chiefs. Was würde dein Vater denken, wenn er dich so sehen könnte? Vor einem Jahr hättest du dieses Kleid noch nicht einmal als Lumpen benutzt.«

Seufzend ignorierte Caitrina die Anspielung auf ihren Vater; diese Unterhaltung hatten sie schon öfter geführt. Sie sah auf das verschlissene Plaid herab, das sie über ihrem schlichten Unterkleid und *kirtle* trug, und wusste, dass Mor recht hatte: Sie war kaum noch als das verwöhnte Mädchen zu erkennen, das gerne schöne Kleider und Schuhe getragen hatte. Ein paarmal hatte sie sich dabei ertappt, sehnsüchtig die hübschen Samt- und Brokatstoffe anzusehen, die ihre Tante ihr angeboten hatte, aber Caitrina konnte sich einfach nicht überwinden, wieder schöne Kleider anzulegen und so zu tun, als wäre nichts geschehen. Solcher Zierrat war eine schmerzliche Erinnerung an ein behütetes Leben, das nicht mehr existierte.

»Vor einem Jahr waren noch viele Dinge anders.«

Mor sah sie traurig an. »Ich weiß, Mädchen. Ich würde alles dafür geben, dein Leid lindern zu können. Aber es würde vielleicht helfen, wenn du darüber sprichst.«

Caitrina versteifte sich. *Nein, das würde es nicht.* Ihre Gefühle streng im Zaum zu halten war das Einzige, was sie aufrecht hielt. »Da gibt es nichts zu reden«, sagte sie bestimmt. »Nichts wird sie wieder zurückbringen. Ich will meinem Onkel und meiner Tante einfach nicht zur Last fallen.« Alles, was ihr an Besitz geblieben war, waren ihre Ländereien – Ländereien, die nun in den Händen Argylls lagen. Als ob er ihr nicht bereits alles genommen hatte. Doch das würde sich ändern.

»Sie sehen dich nicht als Belastung.«

»Was es nur noch schlimmer macht. Ich werde ihre Güte nicht ausnutzen. Sie haben doch schon so viel für uns getan.«

Mor machte eine Pause und bedachte sie mit einem langen Blick. »Du wirst dich nicht ewig hier verstecken können, Caiti. Irgendwann muss jemand erfahren, dass du überlebt hast.«

Ihr Herzschlag beschleunigte sich ängstlich. Sie wusste, dass ihr Onkel sie nicht ewig verstecken konnte. Er hatte sie mehr als einmal gefragt, warum es so wichtig war, dass niemand erfuhr, wo sie war. Aber wie konnte sie erklären, dass sie befürchtete, der Mann, der für die Zerstörung ihres Clans verantwortlich war, könne möglicherweise noch nicht genug haben. Obwohl es schwierig gewesen war, mit anderen Überlebenden des Angriffs Verbindung aufzunehmen, hieß es, dass Jamie Campbell nach dem Überfall wie ein Besessener nach ihr gesucht hatte.

Sie blickte hoch zu Toward Castle, das mit den dicken Steinmauern des rechteckigen Wohnturms Ascog so ähnlich war, und fühlte, wie Panik sie erfasste – so als würden die Mauern sich um sie zusammenziehen. Sie konnte nicht mehr atmen. Heftig wirbelte sie herum und eilte wieder aufs Meer zu.

»Wohin gehst du?«, rief Mor ihr mit sorgenvoller Stimme nach.

An den einzigen Ort, wo sie sich sicher fühlte. »Vor dem Mittagsmahl bin ich wieder zurück«, antwortete Caitrina. »Ich muss noch etwas erledigen.«

Er hatte lange genug gewartet.

Als Jamie Campbell sich Toward Castle näherte, wusste er, dass die Monate der Mühen und der Zurückhaltung endlich belohnt werden würden. Er gab sich keinen Illusionen hin, wie Caitrinas Reaktion ausfallen würde; er hatte das Entsetzen auf ihrem Gesicht gesehen, als er sie aus der Feuerhölle getragen hatte, und wusste, was sie glaubte. Er hatte nichts mit dem Angriff auf ihre Familie zu tun – obwohl man von seinem Clan nicht dasselbe behaupten konnte. Zum Teufel mit seinem hitzköpfigen Bruder! Doch sie war verschwunden, bevor er Gelegenheit hatte, es ihr zu erklären.

Wie sich herausstellte, war sein Verdacht letztlich doch gerechtfertigt gewesen. Zwei Tage, nachdem Jamie nach Castle Campbell aufgebrochen war, um nach Lizzie zu sehen, war einer seiner auf Bute stationierten Wachmänner nach Dunoon gekommen, mit dem Beweis, auf den sie gewartet hatten: Alasdair MacGregor und seine Männer waren im Wald nahe Ascog gesichtet worden. Jamies Männer waren ihnen gefolgt, doch sie hatten sie in den Hügeln verloren.

Colin sah darin seine Chance, sich im Ansehen ihres Cousins zu steigern, und entschied, nicht nach Jamie schicken zu lassen, sondern die Angelegenheit selbst in die Hand zu nehmen und die Mission persönlich anzuführen. Wenn Jamie die MacGregors doch nur vorher gefunden hätte, dann wäre all das vermieden worden.

Zum Glück hatten Jamies loyale Wachmänner nach ihm gesucht und ihn bei Castle Campbell nahe Stirling ausfindig gemacht. Lizzie war tatsächlich auf ihrem Weg nach Dunoon angegriffen worden, aber ein paar Murrays hatten sie gerettet. Gerade nachdem Jamie zu Lizzies Schutz befohlen hatte, zusätzliche Wachmänner für Castle Campbell einzustellen, wo sie in Sicherheit sein würde, bis die MacGregors unter Kontrolle gebracht waren, erreichte ihn der Bote. Er ahnte sofort, was passieren würde, da sein hitzköpfiger Bruder darauf brannte, ihren Cousin zu beeindrucken, deshalb ritt Jamie sofort mit halsbrecherischer Geschwindigkeit nach Ascog. Doch leider war die Schlacht bereits in vollem Gange, als er dort ankam.

Er trug Caitrina aus dem brennenden Turm und vergewisserte sich, dass sie in Sicherheit war, bevor er dabei half, die Schlacht und das Feuer unter Kontrolle zu bringen, in dem Versuch, an diesem schwarzen Tag zu retten, was er konnte. Doch als er zurückkehrte, war sie fort – heimlich fortgeschafft von ihren treuen Clansleuten, ohne dass er Gelegenheit gehabt hatte, es ihr zu erklären.

Aye, er hatte Schwierigkeiten vor sich, und die Rolle seines Bruders am Tod ihrer Familie war nicht die geringste davon, aber er war fest entschlossen, es zu Ende zu bringen.

Dennoch war er nervös. Er hatte lange nach ihr gesucht und die Hügel um Ascog herum nach dem Angriff wochenlang durchkämmt, jedoch ohne Erfolg. Es war beinahe so, als wäre sie vom Angesicht der Erde verschwunden. Doch er wusste, dass sie überlebt hatte, und weigerte sich, aufzugeben.

Natürlich hatte er daran gedacht, auf Toward Castle nach ihr zu suchen, aber ihr Onkel hatte felsenfest geleugnet, irgendetwas über ihren Aufenthaltsort zu wissen, bis Jamie ihn dank der Spione, mit denen er den Ort beobachten ließ, mit dem Beweis konfrontierte. Doch die Verhandlungen mit dem Lamont of Toward hatten sich zu lange hingezogen, und Jamies Geduld war am Ende.

Der zehn Meilen kurze Ritt von Dunoon schien nicht enden zu wollen.

Als Pferd und Reiter den Brae of Buachailean, den Hügel direkt nördlich der Burg, erklommen, zügelte Jamie sein Ross und ließ abschätzend den Blick über die Burg und deren Umgebung schweifen, bevor er alleine darauf zureiten würde. Er wurde zwar erwartet, aber es schadete nie, vorsichtig zu sein.

Nichts wirkte ungewöhnlich. Eine Gruppe Fischersleute legte gerade mit einem Boot an der Anlegestelle an, Schafe grasten auf den Hügeln, ein paar Jungen spielten Shinty auf den Moorwiesen, Dorfbewohner gingen unbeachtet durch die Burgtore aus und ein. Eine einsame Dienstmagd wanderte am Strand entlang und sammelte Muscheln.

Sein Blick flog zu der Frau zurück, als er die langen, schwarzen Locken bemerkte, die der Wind ihr ums Gesicht wirbelte, und das Herz hämmerte in seiner Brust. Das helle Sonnenlicht ließ ihn blinzeln, deshalb konnte er ihre Züge auf die Entfernung nicht erkennen, doch tief in seinem Innern wusste er, wer sie war.

Das Mädchen war keine Dienstmagd.

Jamies lange Zeit des Wartens war vorbei. Er hatte Caitrina Lamont gefunden.

Caitrina fasste zwei Zipfel ihres wollenen *arisaidh* zu einem behelfsmäßigen Korb zusammen und legte eine weitere Muschel hinein. Vielleicht würde sie daraus eine Halskette für

Una machen. Das kleine Mädchen liebte es, so zu tun, als wäre sie eine der *Maighdean na Tuinne*. Caitrina hatte schon vor langer Zeit aufgehört, an Meerjungfrauen zu glauben, aber wenn sie Una beobachtete, wurde ihr leichter ums Herz. Sie bewunderte die Fähigkeit des Kindes, zu lachen und zu spielen, selbst wenn es offensichtlich war, dass Una – wie der Rest ihres Clans, der mit ihr nach Toward gekommen war – ihr Zuhause schrecklich vermisste.

Seufzend gestand Caitrina sich ein, dass Mor recht hatte. Sie konnte sich nicht für immer verstecken. Sosehr Toward für sie auch eine Zufluchtsstätte geworden war, es war auch ein Versteck. Sie musste einen Weg finden, damit Ascog ihrem Clan zurückgegeben wurde, und das konnte sie nicht, solange sie bei ihren Verwandten auf Toward Castle blieb.

Für eine mittellose junge Frau gab es nur eine einzige Möglichkeit: Sie musste einen mächtigen Ehemann finden, der ihr helfen würde, ihr Zuhause zurückzugewinnen.

Ein wehmütiges Lächeln spielte um ihre Lippen. Eigenartig, dass sie ohne jede Gefühlsregung an die Ehe denken konnte, wo doch erst vor wenigen Monaten die bloße Erwähnung, einen Ehemann zu finden, eine so heftige Reaktion ausgelöst hatte. Sie hatte die Ehe gemieden, weil sie sich nicht hatte vorstellen können, ihre Familie zu verlassen. Sie hätte nur niemals erwartet, dass ihre Familie sie verlassen könnte. Ihr Herz krampfte sich zusammen, und mit einem tiefen, beruhigenden Atemzug schloss sie kurz die Augen.

Die Kehle wurde ihr eng, während sie sich, die Muscheln auf dem Schoß gebündelt, in den Sand kniete und zu graben begann. Nachdem sie ein kleines Loch von etwa einem Fuß Tiefe gegraben hatte, band sie sorgfältig den Streifen Plaid von ihrem Handgelenk los. Die gedeckten Braun- und Orangetöne waren verblasst und an den Ecken ausgefranst, aber das Plaid war unverkennbar das des *breacan feile* ihres Vaters. Mit schmerzhaft enger Brust strich sie mit den Fingern über den weichen Wollstoff, dann schmiegte sie ihn an die Wange.

Einige Tage nach dem Angriff, während Caitrina noch bewusstlos gewesen war, hatten sich ein paar der Bediensteten zurückgeschlichen, um zu sehen, was von der Burg übriggeblieben war, und um die Toten zu begraben. Das Feuer hatte diese Aufgabe unnötig gemacht. In der Asche hatten sie ein paar Gegenstände gefunden, die den Campbells entgangen waren, darunter das Abzeichen und der Fetzen Plaid.

Nicht länger in der Lage, die Tränen zurückzuhalten, faltete sie das Stück Stoff zu einem ordentlichen Quadrat und legte es auf den Grund der Grube, dann bedeckte sie es mit Sand. Es war das Begräbnis, das ihr durch das Feuer, ihre Verwundung und die Notwendigkeit, sich in Sicherheit zu bringen, verwehrt gewesen war. Zum ersten Mal seit sie sich wieder erholt und erkannt hatte, dass ihre Familie getötet worden war, brachen sich die Gefühle Bahn, und sie ergab sich dem mächtigen Ansturm der Trauer.

Als der Tränenstrom schließlich versiegte, trocknete sie sich die Augen und erhob sich, die Muscheln fest an sich gedrückt, und fühlte sich auf eigenartige Weise stärker. Das Leben, wie sie es gekannt hatte, war für immer vorbei; nun war es an der Zeit, in die Zukunft zu schauen – eine Zukunft, die sie für ihren Clan wiederaufbauen würde. Sie hatte jetzt die Verantwortung. Und sie wollte verdammt sein, wenn sie zuließ, dass die Campbells siegten! Auf die eine oder andere Weise würde für Gerechtigkeit gesorgt werden.

Als sie das gedämpfte Geräusch von Hufen auf dem Sand hörte, blickte sie auf und sah, dass ein Reiter sich näherte. Zuerst dachte sie, es wäre einer der Wachmänner ihres Onkels, und hob die Hand zum Gruß.

Dann neigte sie den Kopf schief. Da war etwas Vertrautes an ...

Das Blut wich aus ihrem Gesicht, und die sorgsam zusammengesuchten Muscheln fielen ihr verstreut und vergessen vor die Füße.

Nein.

Doch er war es. Sie erkannte die breiten Schultern, das dunkelbraune, von rotgoldenen Strähnen durchzogene Haar, das harte, auf grimmige Weise schöne Gesicht und die kühlen, graublauen Augen, die sie mit solcher Eindringlichkeit anstarrten. Den breiten Mund, den sie so hungrig geküsst hatte. Und da war diese Aura von Selbstbewusstsein, die sie noch bei keinem anderen Mann verspürt hatte – von absoluter Macht und Autorität.

Jamie Campbell hatte sie gefunden.

Der Schmerz in ihrer Brust war unerträglich, als die Erinnerungen an den Überfall und die Lust, die sie geteilt hatten, aufeinanderprallten. Ihn zu berühren. Ihn zu kosten. Die Intimität des Augenblicks, als sie in seinen Armen zerborsten war.

Und seine Vergeltung dafür, dass sie ihn abgewiesen hatte.

Sie hatte gewusst, was für eine Sorte Mann er war, doch sie war töricht genug gewesen, seinem männlichen Reiz zu erliegen. Selbst jetzt, wo sie nichts als Abscheu verspüren sollte, fühlte sie eine unverkennbare Anziehungskraft.

Es schmerzte schon, ihn nur anzusehen. Wie konnte etwas so Schönes so schwarz und schlecht sein? Konnte sie wirklich geglaubt haben, er wäre etwas anderes als ein kalter, erbarmungsloser Vollstrecker?

Ihre Blicke trafen sich, und es durchzuckte sie wie eine scharfe Klinge, als sie in die durchbohrenden blauen Augen des Mannes sah, der alles zerstört hatte, was sie liebte.

Die Erinnerungen kamen bruchstückhaft zu ihr zurück. Sein Gesicht. Das Feuer.

Unwillkürlich machte sie einen Schritt zurück, und ihre Stimme zitterte. »Bleib mir vom Leib!«

Der Ausdruck auf Caitrinas Gesicht traf Jamie bis ins Mark. Er hatte sie so dringend sehen wollen, und hier war sie endlich, doch mit Angst in den Augen. Nachdem er monatelang nach ihr gesucht hatte, sich vergewissern wollte, dass sie sicher und wohlauf war, traf ihn der Schlag überraschend heftig. Er hasste es, dass sie das Schlimmste von ihm dachte, doch was hatte er denn anderes erwartet? Es wäre zu viel zu hoffen, dass sie sich an seinen Beitrag an ihrer Rettung und dem Beenden der Schlacht erinnerte.

Er saß vom Pferd ab und näherte sich ihr vorsichtig. »Ich will dir kein Leid zufügen, Mädchen.«

Sie zuckte zurück, und es fühlte sich an, als habe man ihm einen Hieb in den Magen versetzt.

»Gott, wie kannst du das sagen?«, rief sie aus. »Nach allem, was du getan hast?« Abwehrend hob sie die Hand, als wolle sie ihn aufhalten, und trat einen weiteren Schritt zurück. »Bleib mir vom Leib. K-komm ja nicht näher!«

Er blieb stehen, doch er war nahe genug, um die tränenverschmierten Wangen und die anderen Veränderungen zu sehen, die die Tragödie bewirkt hatte. Sie sah blass und müde aus, und viel dünner, als er sie in Erinnerung hatte. Ihre leuchtenden Augen schienen das ganze Gesicht zu beherrschen, aber in ihrem Blick lag eine harte Spur von etwas, das vorher nicht da gewesen war – von argwöhnischer Vorsicht und Misstrauen. Das temperamentvolle, kühne Mädchen, das ihn gedankenlos herausgefordert hatte, war fort, und an ihre Stelle war eine verlorene junge Frau von herzzerreißender Zerbrechlichkeit getreten.

In einem überwältigenden Drang, sie zu beschützen und dafür zu sorgen, dass nichts ihr mehr ein Leid antun konnte, sehnte er sich danach, sie in den Arm zu nehmen und den Schmerz fortzuwischen.

»Ich möchte nur mit dir reden«, sagte er sanft. »Nichts weiter.«

»Wie kannst du nur glauben, dass ich dich jemals wiedersehen, geschweige denn mit dir reden will?«

Er sah ihr tief in die Augen. »Ich hatte nichts damit zu tun, was deinem Clan zugestoßen ist, Caitrina. Deshalb bin ich hergekommen: um es zu erklären.«

»Du warst *dort*.« Sie betonte das letzte Wort mit vernichtender Endgültigkeit. »Ich habe dich gesehen. Willst du das etwa leugnen?«

Er schüttelte den Kopf. »*Nay*. Ich kam so schnell ich konnte, in der Hoffnung, eine Schlacht zu verhindern. Aber ich kam zu spät.«

»Und du erwartest, dass ich das glaube?«, entgegnete sie mit vor Verachtung triefender Stimme.

Ihre Wut war eine Erleichterung. Sie war zwar unbestreitbar zerbrechlich, aber nicht gebrochen. Er hoffte inständig, dass er niemals wieder Angst in ihren Augen sehen musste.

»Nach dem, was du gesagt hast, bevor du fortgingst?«, fügte sie hinzu.

»Soll ich glauben, dass es keine Drohung war, als du mir sagtest, ich würde es noch bereuen, dich abgewiesen zu haben? Du sagtest mir, ich wüsste nichts von der wirklichen Welt und dass sie mich eines Tages finden würde.«

Die Tränen, die ihr über die Wangen kullerten, fraßen sich wie Säure in seine Brust. Sie sah zu ihm hoch, ihre Augen funkelten im Sonnenlicht, und er konnte einen kurzen Blick der Stärke erhaschen, die immer noch in ihr brannte.

»Nun, du hattest recht, ich weiß jetzt, dass die Welt ein grausamer Ort ist. Du hast deinen Standpunkt auf brutale Weise klargemacht, und nun lass mich in Ruhe!«

Ihre Anschuldigungen klangen plausibler, als er sich eingestehen wollte. Er hatte sich gewünscht, dass sie ihre Illusionen verlor, dass sie seine Seite verstand – aber nicht auf diese Weise. »Ich habe im Zorn gesprochen«, sagte er und trat vorsichtig einen Schritt näher. Gott, er konnte sie riechen! Bei dem süßen, blumigen Duft sehnte er sich danach, das Gesicht in ihrem Haar und Nacken zu vergraben. Der Wunsch, sie zu berühren, war überwältigend. Er tat einen tiefen, beherrschten Atemzug. Jetzt in diesem Moment musste er sie dazu bringen, ihn zu verstehen. »Dein Verlust tut mir aufrichtig leid, Mädchen. Du musst mir glauben, dass ich nichts mit dem Überfall auf deinen Clan zu tun hatte.«

Langsam streckte er die Hand aus und legte sie ihr an die Wange, wobei er sich schon gegen ihre Zurückweisung wappnete, doch als sie vor seiner Berührung nicht zurückzuckte, war er erleichterter, als er sich vorstellen konnte. Mit dem Daumen wischte er ihre Tränen fort und genoss das Gefühl ihrer samtweichen Haut. Ihre Lippen zitterten, und er sehnte sich danach, sie zu kosten und ihre Verwirrung mit einem Kuss auszulöschen. Leicht hob er ihr Kinn an und zwang sie, ihm in die Augen zu sehen. »Ich würde dir niemals weh tun.«

Einen Augenblick lang sah es so aus, als ob sie ihm glauben wollte, aber dann wurde ihr Blick hart, und sie drehte das Gesicht fort. »Also war der Zeitpunkt nur ein Zufall? Du hattest nichts mit dem Angriff zu tun? Du wusstest nichts von der Anschuldigung gegen meinen Vater, die MacGregors zu beherbergen?«

Er zögerte. »Ich habe den Überfall auf deinen Clan nicht befohlen.«

»Und was ist mit der anderen Sache? Dass Argyll glaubte, mein Vater gebe den MacGregors Unterschlupf? Damit hattest du auch nichts zu tun?«

Er scheute nicht vor der Wahrheit zurück und hielt ihrem Blick stand.

Sie keuchte auf. »Du wusstest es!« Er konnte sehen, wie ihr die ganze Geschichte klar wurde. »Du bist nicht wegen der Spiele nach Ascog gekommen oder um um mich zu werben. Du kamst, um meinen Vater auszuspionieren.« Anklagend und verletzt starrte sie ihn mit weit aufgerissenen Augen an. »Gott, du hast mich benutzt!«

»Nein«, stieß er rau hervor und verkrampfte die Arme an der Seite. Alle seine Instinkte schrien danach, sie in die Arme zu reißen und sie zu zwingen, ihn zu verstehen, sie zu zwingen einzugestehen, was wie ein unkontrolliertes Feuer zwischen ihnen loderte. Sogar trotz der brausenden Wellen und dem tosenden Wind um sie herum nahm er nichts anderes wahr als sie. »Meine Aufgabe war es, Beweise zu finden, dass sich die MacGregors auf Ascog befanden, doch das, was zwischen uns geschah, hatte nichts mit Alasdair MacGregor zu tun.«

Prüfend musterte sie sein Gesicht. »Warum sollte ich dir glauben? Warum sollte ich dir überhaupt irgendetwas glauben, was du sagst?«

Er hielt ihren Blick fest. »Weil es die Wahrheit ist.« Er betrachtete ihr Gesicht und fragte sich, an wie viel sie sich von dem, was geschehen war, noch erinnern konnte. Als er an den Soldaten dachte, versteifte er sich. Niemals würde er das Gefühl vergessen, als er sie gesehen hatte, bewusstlos, mit geschundenem Gesicht, Blut, das ihr die bleiche Schläfe hinunterlief, und einer der Männer seines Bruders versuchte, sich zwischen ihre Beine zu drängen. Wenn er nur wenige Minuten später gekommen wäre … Die urgewaltige Explosion von Wut war völlig anders als alles, was er bisher erlebt hatte. Er hatte dem Bastard den Arm um den Hals gelegt und ihm mit einem einzigen befriedigenden Ruck das Genick gebrochen. Jamie bereute diesen Verlust menschlichen Lebens nicht, nur, dass der Schurke den Tod so schnell gefunden hatte. Wenn sie sich nicht mehr daran erinnerte, dann wollte er nicht derjenige sein, der es ihr wieder ins Gedächtnis rief. »Du hast immer wieder das Bewusstsein verloren. Erinnerst du dich denn an nichts von dem, was passiert ist?«

Verwirrung trübte ihren Blick. »An wenig.«

Er tastete sich vorsichtig heran, da er ihr nicht noch mehr Schmerz verursachen wollte, indem er die Erinnerung an den Soldaten wieder ans Licht holte. »Ich habe dich aus dem Turm getragen. Er brannte. Überall war Rauch.«

Sie zuckte zusammen – als ob sie sich plötzlich erinnerte.

»Ich war nicht dort, um dir weh zu tun, Caitrina.«

Ihre Blicke trafen sich, und etwas geschah zwischen ihnen – etwas Bedeutsames, das den Herzschlag einen Augenblick aussetzen ließ.

Sie glaubte ihm.

Doch das war nicht genug.

»Auch wenn das, was du sagst, wahr ist, war es immer noch dein Clan, der mein Heim angriff und meine Familie ermordete.«

Jamie fuhr sich mit den Fingern durchs Haar. Er wagte es nicht, ihr zu sagen, dass es noch schlimmer war – dass der Mann, der den Überfall angeführt hatte, sein Bruder war.

Ihm graute vor dieser Unterhaltung, doch es musste sein. »Dein Vater weigerte sich wiederholt, den Aufforderungen Folge zu leisten, MacGregor auszuliefern.«

»Wie konnte er auch, wenn er doch nicht wusste, wo der MacGregor war?«

Jamie holte tief Luft. »Doch, Mädchen, das wusste er.«

Ihre Augen flammten vor Zorn. »Du lügst! Die Soldaten versuchten, dasselbe zu behaupten. Wie kannst du es wagen, Falschheiten über meinen Vater zu verbreiten, um die Taten eines blutrünstigen Tyrannen zu rechtfertigen!«

Jamie biss die Zähne zusammen, denn er hatte keine Lust, das Handeln seines Cousins zu verteidigen – nicht, wenn sie nicht zuhören wollte. Er war den Fehlern seines Cousins gegenüber nicht blind. Argyll konnte skrupellos sein, wenn es galt zu tun, was getan werden musste – andererseits konnte man in etwa dasselbe auch von Jamie behaupten. Aber sein Cousin war die größte Hoffnung für die Highlands gegen einen König, der seine ›barbarischen‹ Untertanen ins Abseits drängen wollte.

Der König wollte der Gesetzlosigkeit in den Highlands ein Ende setzen, und Argyll war einer der wenigen Highlander, der mächtig genug dafür war. Wenn Argyll es nicht tat, dann würden es Lowlander übernehmen. Die althergebrachte Autorität der Clanchiefs war im Schwinden begriffen. Aufrührerische Clans wie die MacGregors verstärkten nur das Bild der barbarischen Highlander und ließen den König nur noch härtere Maßnahmen ergreifen. Eines Tages, hoffte Jamie, würde er sie dazu bringen, das einzusehen.

»Wir fanden Beweise, dass dein Vater Gesetzlose schützte, indem er ihnen Nahrung und Unterschlupf gewährte.«

Alles Blut wich ihr aus dem Gesicht. »Nein! Mein Vater würde das nicht tun. Das hätte er mir gesagt.«

»Hätte er das?« Jamie konnte sehen, wie sie zu begreifen versuchte, was das bedeutete. »Hat er dich denn so ins Vertrauen gezogen?« Sie zuckte zusammen, und Jamie wusste, dass er sie an einem empfindlichen Punkt getroffen hatte. »Du kennst doch sicher das Band zwischen den MacGregors und den Lamonts – die alte Legende der Gastfreundschaft.« Ihr Blick flog zu seinen Augen. *Sie kannte sie.* »Ist dir in den Wochen vor den Spielen nichts Ungewöhnliches aufgefallen?«

Heftig schüttelte sie den Kopf, doch dann ließ Unsicherheit ihre felsenfeste Überzeugung bröckeln. Er hatte sie mit seinen Aussagen erschüttert, doch ihr Stolz war ungebrochen. Sie wollte kein Grau sehen, wo es Schwarz und Weiß gab. »Ich glaube dir nicht. Du würdest alles sagen, um deinen Clan zu verteidigen.«

Er hasste es, ihr weh tun zu müssen, aber er durfte nicht zulassen, dass das hier zwischen ihnen stand. Sein Bruder war übereifrig gewesen, doch die Campbells würden nicht die gesamte Schuld für alles, was geschehen war, auf sich nehmen.

»Ich bedauere ihren Tod, und vielleicht wäre ich in der Lage gewesen, ihn zu verhindern, wenn ich dort gewesen wäre«, sagte er. »Aber dein Vater war nicht schuldlos. Er zog es vor zu kämpfen, statt die Rebellen auszuliefern. Das hier sind die Highlands, Mädchen, er kannte die Konsequenzen seines Widerstands. Er wusste, dass Blut vergossen werden würde.«

In diesem Augenblick hasste sie ihn. Caitrina wollte die Augen schließen und sich die Ohren zuhalten, damit sie die Lügen dieses Campbell nicht hören musste.

Doch tief in ihrem Innern wusste sie, dass er die Wahrheit über die MacGregors sagte. Sie dachte zurück an die Woche vor den Spielen, an das merkwürdige Verhalten ihres Vaters, und es ergab auf schreckliche Weise einen Sinn. Sie kannte ihren Vater – er war durch und durch ehrenhaft. Er hätte sich nicht geweigert, ihnen Unterschlupf zu gewähren. Das hätte er nicht gekonnt. Aber, gütiger Gott, ein solches Risiko einzugehen, wo doch jeder wusste, was Argyll alles tun würde, um die MacGregors zu vernichten!

Doch das machte keinen Unterschied. Sie straffte die Schultern. Es rechtfertigte nicht, was geschehen war. »Dann waren der Tod meines Vaters, meiner Brüder und meiner Clansleute also gerechtfertigt? Nur eine kleine Unannehmlichkeit in Argylls Hexenjagd nach Alasdair MacGregor?«

»Es war ein edles Opfer, das ich zu verhindern hoffte – und versuchte. Ich habe Mitgefühl dafür, in welchem Zwiespalt dein Vater sich befand, aber er hat das Gesetz gebrochen, Caitrina, und er wusste genau, was geschehen würde, wenn er überführt werden würde. Ich habe ihn selbst gewarnt.«

»Und ist es deshalb gerecht? Glaubst du, der Tod von über vierzig Männern ist eine gerechte Strafe dafür, ein paar Gesetzlose zu beherbergen?«

Dünne weiße Linien zeigten sich um seinen Mund, das

erste Anzeichen dafür, dass sie ihm zusetzte. »Die meistgesuchten Gesetzlosen im ganzen Land.«

»Die MacGregors sind unsere Verbündete, und nicht alle von ihnen sind Diebe und Mörder, wie du behauptest.«

»Das ist eine Frage des Standpunktes. Viele meiner Clansleute und der Colquhouns würden da aufs Schärfste widersprechen.«

Sie hatte nur eine schwache Vorstellung davon, was bei der Schlacht von Glenfruin geschehen war, aber sie wusste, dass man den MacGregors – die die Verantwortung dafür abstritten – vorwarf, ein Massaker angerichtet zu haben, unter anderem sollten sie vierzig Männer, die gefangen genommen worden waren, abgeschlachtet haben. Was auch immer die Wahrheit war, den MacGregors wurde dafür die Schuld gegeben. Doch sie wusste, dass eine Geschichte stets zwei Seiten hatte. Ihr Vater war der Meinung gewesen, dass die MacGregors seinen Schutz verdienten, und sie würde seine Entscheidung nicht in Zweifel ziehen. »Du bist ein Highlander – es sei denn, du hast das vergessen.«

Seine Augen wurden schmal. »Was soll das heißen?«

»Ein *Highlander* würde die heilige Pflicht der Gastfreundschaft verstehen. Wenn es wahr ist, was du sagst, dann war mein Vater durch seine Ehre dazu verpflichtet, die MacGregors aufzunehmen.«

Der Zug um sein Kinn verhärtete sich. »Ich verstehe diese Verpflichtung gut genug, aber das ist keine Entschuldigung dafür, das Gesetz zu brechen, Caitrina.«

»Hast du denn gar kein Mitgefühl? Oder erlaubt dir das das Gesetz deines Cousins nicht?« Sein Gesicht war eine steinerne Maske, hart und unnachgiebig. »Gott, hast du denn überhaupt irgendwelche Gefühle?«

Er machte einen Schritt auf sie zu, und sie konnte sehen, dass seine Beherrschung nur noch an einem hauchdünnen Faden hing. »Unglücklicherweise habe ich die«, sagte er, doch seine stählerne Stimme schien seine Behauptung Lügen zu strafen. »Obwohl mir das im Augenblick genauso wenig gefällt wie dir.«

Bei seinem Geständnis durchzuckte sie ein jäher, prickelnder Schauer, und sie wandte sich ab, damit er nicht sah, welche Wirkung er auf sie ausübte. Empfand er etwas für sie?

Das spielte keine Rolle.

Doch warum sehnte sich dann etwas tief in ihr danach, dass es so war?

»Geh einfach!«, stieß sie wütend hervor. »Wenn es Vergebung ist, was du suchst, dann wirst du sie bei mir nicht finden.«

Er packte sie am Arm und wirbelte sie zu sich herum. Sengend spürte sie den warmen Druck der Finger durch den Stoff ihres Kleids wie ein Brandzeichen.

Sie wusste, dass er es hasste, wenn sie ihn abwies, doch nichts konnte sie davon abhalten, ihn zu provozieren – ihn ebenso wütend zu machen, wie sie es war. Doch sie war nicht nur wütend auf ihn. Sie war wütend über die unsichtbare Macht, die sie zu ihm hinzog; die nicht zuließ, dass sie ihn ignorieren oder vergessen konnte, so wie sie es sich wünschte; die sie so seltsam sensibel auf seine Gegenwart reagieren ließ und ihren Körper mit prickelnder Hitze durchflutete: sein warmer, männlicher Duft, der leichte Bartschatten auf seinem kantigen Kinn, der breite, sinnliche Mund, der sie an seinen Kuss denken ließ. Es war so ungerecht. Die letzten Monate hatten ihm ebenfalls zugesetzt, doch dadurch wirkte er auf eine raue Weise nur noch attraktiver.

»Ich bin nicht gekommen, weil ich Vergebung will«, stieß er gepresst hervor.

»Warum bist du dann gekommen?« Und mit einem Schlag traf sie die Erkenntnis. *Meinetwegen. Er ist meinetwegen gekommen.* Sie schnaubte vor Empörung. »Du kannst doch nicht ernsthaft glauben, ich könnte auch nur irgendetwas mit dir zu tun haben wollen?« Bei ihrem Tonfall flammte sein Blick wütend auf, doch sie beachtete die Warnung nicht. »Ich *verachte* dich! Wenn ich dich sehe, dann werde ich immer nur einen Campbell sehen. Den Clan, der für den Tod meiner Familie verantwortlich ist. Nichts, was du sagst, wird das jemals ändern.«

Die harten Linien seines Gesichts waren straff gespannt, und Wut strahlte von ihm aus. Seine viel gepriesene Beherrschung geriet ins Wanken.

»Du *willst* mich hassen.« Er berührte ihren Hals, strich über die Stelle, unter der rasend ihr Herzschlag pulsierte, und sie erstarrte. »Aber du hasst mich nicht, Caitrina.« Er senkte den Kopf, und sie konnte seinen warmen, würzigen Atem riechen, als ihm das Haar nach vorne fiel und seidig und warm von der Sonne ihre Wange streifte. Sie hielt den Atem an. Wild raste ihr Herz in der Brust. »Selbst jetzt willst du mich«, raunte er, ließ den Finger am Hals entlang zu der üppigen Rundung ihrer Brüste gleiten und hinterließ dabei einen sengenden Pfad prickelnder Hitze auf der Haut. Ihre Brustwarzen richteten sich erwartungsvoll auf und pochten sehnend, als er die Hand sinken ließ. »Das Feuer, das jetzt gerade durch deine Adern strömt, brennt für mich«, flüsterte er ihr ins Ohr. »Und nur für mich. Niemand sonst wird dir je dieses Gefühl geben. Versuch nur, es zu leugnen, was zwischen uns ist.«

Sie bebte am ganzen Leib. Schmerzhaft war sie sich jedes Zolls seines mächtigen Körpers so dicht vor ihr bewusst. Leugnend schüttelte sie den Kopf, so sehr um Beherrschung bemüht, dass sie es nicht wagte zu sprechen.

»Sag mir, dass du nicht willst, dass ich dich küsse.« Er senkte die Lippen, bis sie nur noch einen Hauch von ihrem Mund entfernt waren. Der Herzschlag dröhnte ihr in den Ohren. Sie konnte nicht mehr atmen. All ihre Sinne spielten verrückt. Der Wind peitschte ihr ums Gesicht, doch alles, woran sie denken konnte, waren seine weichen Lippen und der Geschmack seines Kusses.

»Ich will nicht, dass du mich küsst«, brachte sie mit wackliger Stimme hervor.

»Lügnerin«, raunte er, dann murmelte er etwas darüber, wie verdammt stur sie doch war, bevor sein Mund sich auf ihre Lippen senkte.

Es war, als explodiere etwas in ihrem Innern. All die Gefühle, gegen die sie so heftig angekämpft hatte, brachen sich Bahn. Sein Kuss war genau so, wie sie ihn in Erinnerung hatte. Heiß, feucht und fordernd ergriff sein Mund von ihr Besitz. Sein Geschmack war wie dunkler, schwerer Wein, der sich ihr in die Seele ergoss, bis sie völlig trunken vor Lust war.

Sie sank ihm entgegen; ihr Atem, ihr Mund, ihr Körper ergaben sich ihm in einem einzigen Augenblick, in dem ihr Herz stillstand. Sie konnte das alles nicht leugnen, selbst wenn sie wollte.

Sein Finger streichelte ihr Kinn in einer sanften Bitte, und sie öffnete sich ihm bereitwillig, nahm ihn tief in sich auf und genoss das sinnliche Gefühl seiner Zunge in ihrem Mund. Er drang tiefer und tiefer, als könnte er nicht genug von ihr bekommen.

Sie erwiderte seinen Kuss, verflocht ihre Zunge mit seiner und parierte jeden seiner Stöße. Er stöhnte auf und zog sie eng an sich, so dass sie jeden harten Zoll seines starken Körpers spüren konnte. Glühende Hitze durchströmte sie, wo sie sich berührten. Gott, er war atemberaubend! Sie wollte seine nackte Haut berühren, die Hände über die kräftigen, gewölbten Muskeln an Armen und Brust gleiten lassen und seine Stärke unter den Fingerspitzen fühlen. Eng schmiegte sie sich an ihn und verschmolz mit seiner Hitze. Sie sehnte sich nach dem Trost, den nur er ihr geben konnte. Um die hungrige Leere in ihrer Seele zu stillen.

Sein Kuss wurde ein wenig rauer und drängender, und er öffnete den Mund noch etwas mehr, um sie noch tiefer kosten zu können. Die rauen Bartstoppeln am Kinn kratzten ihr über die Haut, während seine Zunge sie in einem sündig sinnlichen Rhythmus schneller und schneller streichelte. Es war feucht und heiß und köstlich erotisch. Dieses Züngeln. Dieses Feuer.

Verlangen durchflutete ihren Körper, und die Erinnerung daran, wie er sie berührt hatte, ließ sie vor Erwartung pulsieren. Hitze sammelte sich zwischen ihren Schenkeln, in ihrer Sehnsucht nach Berührung presste sie sich an ihn und spürte, wie sich seine harte Erektion ihr entgegendrängte.

Einen Augenblick lang verkrampfte sie sich. Die Erinnerung an den Soldaten über ihr flackerte vor ihrem inneren Auge auf, doch sie verdrängte sie. *Jamie würde ihr niemals weh tun.* Das wusste sie mit einer Sicherheit, die sie schockierte. Lust würde ihn niemals beherrschen.

Doch würde sie sie beherrschen?

Ihr war, als hätte man ihr einen Eimer mit eisigem Meerwasser über den Kopf gegossen. Am helllichten Tag küsste sie leidenschaftlich einen Mann – und nicht nur irgendeinen Mann, sondern ihren Feind.

Vor Übelkeit krampfte sich ihr Magen zusammen. Wie konnte sie ihre Familie nur so verraten? Für einen Augenblick in seinen Armen hatte sie alles vergessen, was zwischen ihnen stand. Heftig stieß sie ihn gegen die Brust und befreite sich aus seiner Umarmung. Ohne nachzudenken holte sie aus und schlug ihm mit der flachen Hand so hart sie konnte ins Gesicht.

Die Ohrfeige schallte so laut wie ein Schuss aus einer Muskete.

Sein Gesicht zuckte kaum unter dem Schlag, doch der Abdruck ihrer Hand begann, sich leuchtend rot auf seiner Wange abzuzeichnen.

Wie betäubt presste sie die Hand an den Mund, denn sie wusste, die heftige Reaktion hatte sich genauso sehr gegen ihre eigenen Gefühle wie gegen ihn gerichtet.

Welche Macht hatte dieser Mann nur über sie?

Der Atem kam ihr stoßweise über die Lippen, während sie darum kämpfte, die Beherrschung wiederzuerlangen, darum kämpfte, die mächtigen Sehnsüchte zum Schweigen zu bringen, die immer noch in ihr brannten. Sie sah ihm in die Augen, und die Eindringlichkeit, die sie darin las, erschütterte sie bis ins Mark. Sein graublauer Blick durchbohrte sie, als könne er ihr Innerstes sehen – ihre tiefsten Geheimnisse.

»Du hast deinen Standpunkt klargemacht«, sagte sie heiser, und ihr Atem ging rau. »Ich hasse dich, aber mein Körper begehrt dich. Wenn es deine Absicht war, mich zu demütigen, dann ist es dir gelungen.«

Sein Gesicht war eine kalte, unerbittliche Maske. Wenn man ihn so sah, hätte man niemals vermuten können, dass unter seiner stählernen Zurückhaltung solche Leidenschaft existierte – doch sie hatte sie gespürt. Noch vor wenigen Augenblicken hatte er sie mit mehr Gefühl geküsst, als sie je für möglich gehalten hätte. Als wolle er sie mehr als alles andere auf der Welt. Als wäre sie von Bedeutung.

»Ich versichere dir«, sagte er monoton, »dich zu demütigen war das Letzte, was ich im Sinn hatte.«

Die besitzergreifende Art, mit der er sie ansah, sagte ihr deutlich, was er im Sinn gehabt hatte. Er wollte sie, und das Schlimmste war, dass sie ihn ebenfalls wollte.

Einen Augenblick lang ließ sie ihre Verteidigung sinken und sah ihn flehend an. »Bitte, lass mich einfach in Ruhe, damit ich zumindest so viel Frieden finde, wie ich kann.«

Er schüttelte den Kopf. »Wir wissen beide, dass das unmöglich ist.«

Und weil sie fürchtete, dass er recht hatte, fing sie an zu laufen.

10

Sie rannte von ihm fort, als wäre der Teufel hinter ihr her. Auf eine gewisse Weise, vermutete Jamie, traf das wohl auch zu. Doch vor dem, was zwischen ihnen loderte, würde sie nicht davonlaufen können.

Er ließ sie gehen – für dieses Mal.

Er hätte sie nicht küssen sollen. Es war noch zu früh. Monatelang hatte sie ihn für den Tod ihrer Familie verantwortlich gemacht. Er hätte ihr Zeit geben müssen, das zu akzeptieren, was er ihr gesagt hatte.

Nicht in der Lage, sich abzuwenden, starrte er ihr nach. Auch wenn sie sich verändert hatte, war ihre Schönheit immer noch unwiderstehlich. Sie bewegte sich mit natürlicher Anmut und Grazie, während sie den Pfad zur Burg hochhastete und ihr Haar wie ein seidiger schwarzer Schleier hinter ihr her wehte.

Das alte Plaid, das sie trug, hatte sich gelöst, und sie hielt es zusammengeknüllt in den Armen. Bedauern versetzte ihm einen Stich. Das schlichte Unterkleid und der *kirtle* waren ein heftiger Gegensatz zu den feinen Gewändern, in denen er sie bisher stets gesehen hatte. Die Dinge, die ihr einst Vergnügen bereitet hatten, wurden nun kaum noch eines Gedankens gewürdigt.

Prinzessin hatte er sie damals genannt. Nun kam ihm der Vergleich grausam vor.

Sie hatte sich geändert, und nicht nur, was die Wahl ihres Zierrats betraf. Nein, die Veränderungen gingen viel tiefer. Wo einst Naivität und Unschuld gewesen waren, fanden sich nun ängstlicher Argwohn und Leid – aber auch ein hartes Glitzern in den Augen, das früher nicht da gewesen war.

Eines allerdings hatte sich nicht geändert. Sie besaß immer noch die verblüffende Fähigkeit, ihn die Kontrolle verlieren zu lassen. Je härter sie versuchte, ihn von sich zu stoßen, umso mehr wollte er sie dazu zwingen, sich einzugestehen, was zwischen ihnen war. Wie es schien, war das Einzige, das sie nicht leugnen konnte, ihre Leidenschaft.

Sie hielt es für Lust. Doch Lust war nur ein simples Gefühl, und da war nichts Simples an der glühenden Anziehungskraft und stählernen Verbindung zwischen ihnen.

Leise pfiff er nach seinem Reittier, und der mächtige schwarze Hengst trabte schnell an seine Seite. Nachdem er die Zügel aufgenommen hatte, machte er sich auf den Weg zur Burg, immer noch beunruhigt darüber, wie sehr Caitrina sich verändert hatte.

Teufel, er hatte niemals gewollt, dass sie so tief sank; er hatte nur gewünscht, sie würde einsehen, dass die Welt komplizierter war, als sie glaubte. Er hatte nicht gewollt, dass sie so litt oder solche Brutalität mit ansehen musste.

Wenn er nicht so verdammt wütend über ihre Zurückweisung gewesen wäre, hätte er sie vielleicht beschützen können. Doch wegen seines verletzten Stolzes hatte er seine Absichten für sich behalten. Wenn er seinem Cousin oder seinem Bruder Colin davon erzählt hätte, dass er vorhatte, sie zu heiraten, dann wäre ihre Familie vielleicht verschont geblieben. Sie wäre vielleicht verschont geblieben.

Er würde ihr niemals die Familie zurückgeben können, die sie verloren hatte, doch er würde alles dafür tun, um es wiedergutzumachen.

Während er sich der Burg näherte, sah er zum Turm hoch und erinnerte sich an ihre Abschiedsworte. Ein weniger entschlossener Mann hätte möglicherweise getan, worum sie bat. Doch Jamie konnte nicht einfach fortgehen und sie in Ruhe lassen. Caitrina Lamont ging ihm unter die Haut wie noch keine andere Frau zuvor. Sogar, nachdem sie durch die

Hölle gegangen war, war sie immer noch feurig, leidenschaftlich, eigensinnig und stolz. Was er einst als verwöhnten Zug abgetan hatte, spiegelte eine Charakterstärke wider, die viel tiefer ging. Sie war anders als jede andere Frau, die er jemals gekannt hatte.

Sie gehörte ihm, und er würde sie nicht – konnte sie nicht – gehen lassen.

Caitrinas Herz hämmerte immer noch wie wild, als sie das dunkle, steinerne Treppenhaus des alten Turms betrat und die Wendeltreppe zu der kleinen Kammer emporstieg, die für sie im Dachgeschoss hergerichtet worden war.

Es war nicht viel mehr als ein Dienstbotenzimmer, doch für sie war es perfekt. Die niedrige, steile Decke des kleinen Raumes gab ihr ein Gefühl der Sicherheit. Und weil die Kammer sich direkt unter dem Dach des Turms befand, zu hoch, um von außen hinaufzuklettern, besaß sie ein großes Fenster, von dem sie hinaus auf den Clyde blicken konnte. Ihr Onkel hatte ihr ein größeres Zimmer weiter unten angeboten, das sie sich mit ihren zwei jungen Cousinen geteilt hätte, doch Caitrina zog die Einsamkeit und Ruhe vor – die Mädchen waren zwar liebenswert, aber erst zwölf und vierzehn und neigten zu fröhlichem Geplapper. *Wie Brian.* Die Erinnerung war zu schmerzhaft.

Mit wenigen Schritten durchquerte sie den schmalen Gang vor ihrer Kammer, zog die Tür auf und schlug sie schnell wieder hinter sich zu, als könnte er ihr möglicherweise folgen. Doch eine leise Stimme in ihrem Hinterkopf sagte ihr warnend, wenn Jamie Campbell sie wollte, dann würde eine einfache Holztür ihn nicht aufhalten. Ein Zittern durchlief sie. *Nichts* würde ihn aufhalten.

Sie lehnte sich an die Tür, versuchte, wieder zu Atem zu kommen und wartete darauf, dass das heftige Heben und Senken ihrer Brust sich verlangsamte.

Caitrina hatte geglaubt, sie hätte das, was zwischen ihnen geschehen war, und die irrationale Anziehung, die sie für Jamie verspürte, hinter sich gelassen. Seine Beteiligung – oder die seines Clans – an dem Angriff auf ihre Familie hatte eine unüberwindliche Mauer zwischen ihnen errichtet. Oder zumindest sollte es so sein, doch er hatte diese Mauer mit Worten, die sie alles, was sie wusste, in Frage stellen ließ, wieder eingerissen.

Sie begehrte ihn noch immer. Sosehr sie es auch leugnen wollte, ihre leidenschaftliche Reaktion auf seinen Kuss belehrte sie eines Besseren. Sie schämte sich für ihre Schwäche. Er sollte eigentlich der letzte Mann sein, zu dem sie sich hingezogen fühlte. Wenn es doch einfach nur körperliche Anziehung wäre, doch sie fürchtete, dass es komplizierter war. Sie konnte keinen klaren Gedanken fassen, wenn er in der Nähe war.

Nach allem, was er ihr gesagt hatte, waren ihre Gefühle in Aufruhr, doch zwei Dinge schienen wahr zu sein: Er hatte sie aus dem brennenden Gebäude getragen – sie erinnerte sich an das Gefühl von Sicherheit, als er sie in den Armen gehalten hatte –, und ihr Vater hatte den MacGregors Unterschlupf gewährt.

Sie wusste, dass ihr Vater – wie so viele in den Highlands – Mitleid mit ihrer Notlage gehabt hatte, doch Caitrina konnte immer noch nicht glauben, dass er ein solches Risiko eingegangen war. Wenn sie allerdings bedachte, was für ein ehrenhafter und stolzer Chief ihr Vater gewesen war, dann hätte er sich sicher dazu verpflichtet gefühlt, den MacGregors zu helfen, ganz gleichgültig, wie groß das Risiko war. Doch was wirklich schmerzte war die Tatsache, dass sie davon nichts gewusst hatte. Sie war im Dunkeln gelassen worden. Durch Unwissenheit war sie nicht auf Kummer vorbereitet gewesen, und sie schwor sich, dass ihr das niemals wieder passieren würde.

Im Nachhinein erkannte sie, dass es Warnzeichen gegeben hatte, besonders im Hinblick auf Jamie Campbell. Es war offensichtlich, dass ihr Vater sie gedrängt hatte, Jamies Antrag anzunehmen, weil er wusste, dass sie seinen Schutz möglicherweise brauchen würden.

Schuldgefühle stiegen in ihr hoch. Wären die Dinge anders verlaufen, wenn sie seiner Bitte nachgekommen wäre? Hätte Jamie sie beschützt?

Caitrina wusste nicht, was sie glauben sollte, doch eines war sicher: Sie musste ihre Verteidigungsmauern gegen Jamie verstärken, um weiteren Angriffen standzuhalten. Dieses Mal mochte sie ihn zwar losgeworden sein, doch sie wusste, dass er zurückkommen würde.

Sie musste sich ein für alle Mal seiner Reichweite entziehen – was bedeutete, dass sie sich möglichst schnell einen Ehemann suchen musste. Gleich heute, nach dem Mittagsmahl würde sie mit ihrem Onkel sprechen.

Erschrocken riss sie die Augen auf.

Das Mittagsmahl. Sie warf einen Blick aus dem Fenster auf die Sonne am Himmel und stieß eine leise Verwünschung aus.

Sie war spät dran.

Es dauerte nur wenige Minuten, den *kirtle* zu wechseln, sich etwas Wasser ins Gesicht zu spritzen und mit dem Kamm durchs Haar zu fahren, bevor sie bereits wieder die Treppe hinuntereilte. Sie verließ den Turm und hastete über den Burghof auf das freistehende Gebäude zu, das den neuen Saal und die Küche beherbergte. Der Saal mit seinem besonders konstruierten Kamin war vor über vierzig Jahren in aller Eile errichtet worden, als Queen Mary Toward Castle besucht hatte. Bis zum heutigen Tag wurde der Torbogen zwischen der Kapelle und dem Wachhäuschen ›Queen Mary's Gate‹ genannt.

Als sie näher kam, konnte sie die ausgelassenen Geräusche

des Mahles hören und verspürte einen schuldbewussten Stich. Nach allem, was ihr Onkel und ihre Tante für sie getan hatten, sollte sie sich mehr Mühe geben, ihnen ihre Freundlichkeit zu vergelten. Also zwang sie sich zu einem Lächeln, holte tief Luft und betrat den Saal.

Einen Augenblick lang erfüllten die fröhlichen Geräusche und die Klänge der Dudelsackpfeifer, der warme Geruch nach Torf und die lebhafte Farbpalette der bunt gekleideten Clansleute sie mit schmerzvoller Sehnsucht. Es erinnerte sie so sehr an Ascog, dass sie kurz innehalten musste, um sich wieder zu fangen.

Ihr Blick schweifte durch den Saal und glitt über ein Meer an unbekannten Gesichtern. Mit Ausnahme der Estrade, wo ihr Onkel saß, und daneben ihre Tante, Cousinen und …

Sie erstarrte vor Entsetzen.

Nur Jamie Campbell konnte kühn genug sein, nach allem, was auf Ascog geschehen war, die Burg seines Feindes zu betreten. Eigentlich hätte sie mit etwas Derartigem rechnen sollen. Jedenfalls hatte er keine Zeit verschwendet.

Doch was sie nicht verstand, war, warum ihr Onkel ihn empfing. Die Lamonts of Toward hassten die Campbells ebenso wie ihre Verwandten von Ascog – wenn nicht sogar noch mehr. Die Tatsache, dass ihr Onkel nach allem, was geschehen war, mit Argylls Henker an derselben Tafel saß, ließ ihr einen besorgten Schauer über den Rücken laufen.

Etwas hier verhieß nichts Gutes.

Jamie sah ihre Erschütterung, als sie den Saal betrat und ihn an der Tafel neben ihrer Tante sitzen sah.

Als er sah, wie sie zögernd am Eingang stehenblieb, als überlege sie, ob sie eintreten oder umkehren sollte, erstarrte er. Hatte sie sich mehr verändert, als er dachte?

Nur wenige Sekunden verstrichen, bevor sie die Schultern straffte und entschlossen durch den Saal schritt – und ihn keines weiteren Blickes würdigte. Jamie, der nicht bemerkt hatte, wie fest er seinen Kelch umklammert hatte, entspannte seinen Griff wieder. Nein, sie war immer noch das leidenschaftliche Mädchen, das nicht vor einer Herausforderung zurückscheute. Doch als sie näher kam, konnte er das Misstrauen in ihren Augen sehen – ein Misstrauen, das ihn schmerzte.

Er nahm einen langen Zug *cuirm*, denn er wusste, dass sie allen Grund hatte, besorgt zu sein.

Auf der Bank neben ihm war ein Platz frei, doch es überraschte ihn nicht, dass sie am gegenüberliegenden Ende der langen, hölzernen Tafel Platz nahm – so weit entfernt von ihm wie nur möglich.

Ihm blieb nichts anderes übrig, als sich mit ihrer Tante Margaret und Caitrinas Cousin John, dem *tanaiste* des Lamont, rechts von ihm zu unterhalten. Beide waren sich genau bewusst, warum er nach Toward gekommen war. Obwohl Margaret Lamont ihre Pflicht als Gastgeberin tadellos erfüllte, konnte er in ihrem Verhalten eine Spur von Missbilligung entdecken. Ihr Sohn war weniger feinsinnig. John, ein hünenhafter, kampferprobter Krieger von etwa dreißig Jahren, gab sich keine Mühe, seine Feindseligkeit zu verbergen. Seine Unterhaltung bestand aus gelegentlichem Knurren und einsilbigen Worten, und er sah aus, als würde er nichts lieber tun, als Jamie einen Dolch zwischen die Rippen zu stoßen.

Es war nicht das erste Mal, dass Jamie während eines Mahls eine gestelzte und unbehagliche Unterhaltung erleben musste. Allerdings war er möglicherweise ungeduldiger auf das, was danach folgen würde, als er sich eingestehen wollte, denn diese Unterhaltung hier schien kein Ende zu nehmen.

Schließlich erhob sich der Lamont of Toward. Es war so weit. »Nichte«, wandte er sich an Caitrina, »würdest du uns in meinem Arbeitszimmer Gesellschaft leisten?«

Caitrina warf einen Blick in Jamies Richtung, als wolle

sie sich weigern. Er behielt eine unerbittliche Miene bei. Mit einem pflichtbewussten, jedoch gezwungenen Lächeln stand sie auf und folgte dem Laird. »Natürlich, Onkel.«

Jamie, Caitrina, Margaret Lamont und John folgten dem Chief in das kleine Zimmer, das an den Saal grenzte. Unter normalen Umständen hätten sich die *luchd-taighe* Wachmänner des Lamont ihnen ebenfalls angeschlossen, doch Jamie hatte um Privatsphäre gebeten, da er wusste, dass Caitrina sich auch so schon in die Ecke gedrängt fühlen würde.

So würde es das Beste sein. Er scheute nicht davor zurück zu tun, was nötig war, um sein Ziel zu erreichen, doch das konnte den Anflug von Unbehagen nicht unterdrücken.

Der Raum war klein und düster, gerade groß genug für einen Tisch und Bänke und wenig mehr. Auf dem Holzfußboden lag ein blaugrüner Webteppich. Die getäfelten Wände schmückten weder Putz noch Farbe – oder ein Fenster. Tatsächlich war, abgesehen von ein paar Wandleuchtern, ein großes seidenes und mit dem Wappen der Lamont besticktes Banner an der Wand gegenüber der Tür der einzige Schmuck im Raum. Ein einfach gezimmertes Bücherregal enthielt, wie es schien, hauptsächlich die Wirtschaftsbücher. Die Schlichtheit des Raumes stand in merkwürdigem Gegensatz zu dem reich ausgestatteten Saal, der daran angrenzte, doch er schien zu dem Lamont zu passen.

Der Lamont of Toward war groß, hager, mit geröteter Gesichtsfarbe und einem Schopf rötlicher, angegrauter Haare, die es immer schafften, vom Wind zerzaust auszusehen, und ein ruhiger Mann weniger Worte. Was sein Gemüt betraf war Jamie stets der Meinung gewesen, er eigne sich eher für die Kirche als für das Schlachtfeld – ganz im Gegensatz zu seinem kriegstreiberischen Sohn, dachte er mit einem Seitenblick auf den gefährlichen John Lamont.

Jamie nahm den ihm angebotenen Platz neben dem Chief ein und bemerkte, dass John und Margaret Lamont Caitrina in ihre Mitte genommen hatten, als versuchten sie sie zu beschützen. Es würde nichts nützen.

»Zweifellos fragst du dich, warum ich dich hierhergebeten habe«, sagte der Lamont-Chief zu Caitrina.

»Ehrlich gesagt frage ich mich vielmehr, was er hier macht«, entgegnete sie. Sie heftete den Blick auf Jamie. »Ich dachte, ich hätte mich sehr deutlich ausgedrückt. Ich habe dir nichts weiter zu sagen.«

»Ich glaube, du erinnerst dich auch an meine Antwort«, sagte Jamie gelassen und bemerkte, dass plötzliche Zornesröte sich auf ihren Wangen ausbreitete. »Hör dir an, was dein Onkel zu sagen hat, Mädchen«, schloss er leise.

Der Lamont räusperte sich, und Jamie merkte ihm an, dass er sich unwohl fühlte. Teufel, er konnte ihm keinen Vorwurf machen. »Campbell hier und ich stehen seit ein paar Monaten im Briefwechsel.«

Er hörte, wie sie scharf den Atem einsog, und bemerkte ein Gefühl solchen Verrats in ihren Augen, dass es ihn bis ins Mark traf.

Schnell nahm Caitrinas Tante ihre Hand und warf ihrem Ehemann einen ungeduldigen Blick zu. »Du verstehst das falsch, Liebes, dein Onkel hat dich nicht verraten.«

Die Augen des Lamont weiteten sich beunruhigt, als ihm klar wurde, was sie glaubte. »Deine Tante hat recht. Ich habe Campbell nichts über deinen Aufenthaltsort erzählt. Er hat mich wegen einer anderen Sache kontaktiert.«

Caitrina schien sich zu entspannen, doch nur ein wenig, und sie wartete darauf, dass ihr Onkel fortfuhr. Aber der Lamont schien immer noch Schwierigkeiten zu haben, die richtigen Worte zu finden.

Jamie hatte Mitleid mit dem Mann und sprang für ihn ein. »Dein Onkel hat als eine Art Vermittler fungiert.« Er konnte ihre Verwirrung sehen und fuhr erklärend fort. »Während ich nach dem Überfall den Wald nahe Ascog absuchte« – *nach dir*, ließ er ungesagt –, »nahm ich zwei von Alasdair MacGregors Wachmännern gefangen – einer davon war zufällig sein Cousin Iain.«

Ihre Augen weiteten sich ein wenig. »Also war der Tod meines Vaters umsonst«, meinte sie bitter. »Du hast die MacGregors dennoch gefunden und sie Argyll ausgeliefert, oder vielleicht war es ja nicht mehr nötig, sie auszuliefern?«

Jamies Mund verhärtete sich. Sie zu töten war genau das, was er eigentlich hätte tun sollen – und was Iain MacGregor verdiente. Dass er es nicht getan hatte, lag nur an ihr. Wenn sie eine Chance haben wollten, dann durfte der Angriff auf Ascog kein weiteres Leben mehr fordern, das wusste er. Grimmig biss er die Zähne zusammen. Iain MacGregor war einer der Schlimmsten der ganzen Bande – ein mörderischer Schurke, der Jamies Clansleute jahrelang plündernd und brandschatzend heimgesucht hatte. Was andere vielleicht aus Not taten, tat er aus Vergnügen.

Alasdair MacGregor andererseits machte einen anderen Eindruck auf ihn. Obwohl sich ihre Wege in den letzten paar Jahren mehrere Male gekreuzt hatten, hatte Jamie während der Verhandlungen begonnen, ihn als einen Mann zu betrachten, den seine Ehre dazu verpflichtet hatte, der unfreiwillige Anführer einer unkontrollierbaren Bande von Räubern zu werden. Als ihr Chief würde Alasdair für sie verantwortlich gemacht werden. Jamie hatte beinahe Mitleid mit ihm.

Völlig unerwartet sprang der Lamont zu Jamies Verteidigung ein. »Nein, er hat nichts von beidem getan, Caitrina. Um ehrlich zu sein, hat Campbell Argyll davon abgehalten, noch mehr Soldaten in die Gegend zu schicken, bis es bezüglich einer friedlichen Kapitulation von Alasdair MacGregor zu einer Einigung kommen würde. Als Beweis für Campbells ehrliche Absichten hat er den Aufenthaltsort der Gefangenen während der Verhandlungen geheim gehalten.«

Caitrinas Blick traf ihn, und er sah ihre Überraschung. Sie

erkannte die Bedeutsamkeit von Jamies Handeln, Argyll Informationen vorzuenthalten. Teufel, er war selbst überrascht darüber! Noch nie zuvor hatte Jamie sich geweigert, einen Befehl seines Chiefs zu befolgen. Beweis genug dafür, was sie ihm bedeutete. Zuerst war sein Cousin außer sich vor Wut gewesen. Erst als Jamie ihm seine Absicht erklärt hatte, war Argyll besänftigt.

Er wusste, dass sie ihn fragen wollte, warum er das getan hatte, doch stattdessen wandte sie sich wieder an ihren Onkel. »Und wurde eine friedliche Aufgabe ausgehandelt?«

Der Lamont nickte. »MacGregor und seine Männer willigten ein, sich Argyll zu ergeben, und im Gegenzug hat Argyll eingewilligt, ihn für seine vergangenen Verbrechen schadlos zu halten und ihn sicher auf englischem Boden abzusetzen. Alasdair MacGregor glaubt, dass er in England von König James gerecht behandelt wird.« Zweifellos würde Alasdair MacGregor für die Verbrechen seines Clans den Tod finden, doch zumindest klebte dann sein Blut an den Händen des Königs.

Sie nickte, jedoch ohne den Blick von ihrem Onkel abzuwenden. »Das ist mehr, als ich von Argyll erwartet hätte. Aber ich verstehe nicht, was das alles mit mir zu tun hat?«

Der Lamont räusperte sich erneut. »Um den Handel zu besiegeln, hat Campbell um deine Hand gebeten.«

Ihr ganzer Körper versteifte sich, und Jamie konnte sehen, wie ihre Fingerknöchel weiß hervortraten, als sie die im Schoß liegenden Hände in die Falten ihrer Röcke krampfte. Wut und Empörung strahlten von ihr aus, doch ihre Stimme blieb überraschend ruhig. »Ich fürchte, ich habe den *großzügigen* Antrag des Laird bereits abgelehnt. Tatsächlich wollte ich heute Abend eine andere Verbindung mit dir besprechen, Onkel.«

Sofort rauschte Jamie das Blut heftig durch die Adern. »Mit wem?« Er ballte die Fäuste. *Ich werde ihn umbringen.*

Sie presste die Lippen zusammen. »Das geht dich nichts an.«

Der Lamont wirkte völlig verblüfft. »Das ändert natürlich alles. Mir war nicht bewusst, dass dein Vater bereits eine andere Verbindung für dich arrangiert hatte. Ich dachte, du hättest jedes Angebot abgelehnt. Wer ist es, Kind?«

Röte stieg ihr in die Wangen. »Es wurde noch nichts ... Bestimmtes beschlossen.«

Der Blick des Lamont schweifte zwischen den beiden hin und her, und er spürte die Spannung und ahnte vermutlich auch den Grund dafür. »Du solltest dir sein Angebot anhören, bevor du ihn abweist, Nichte.«

»Es gibt nichts, was er sagen könnte, um meine Meinung zu ändern.«

Sei dir da nicht so sicher.

»Ich denke, du wirst alles hören wollen, Caitrina«, sagte ihre Tante leise und gab damit seine eigenen Gedanken wieder.

Er konnte spüren, dass sie langsam in Panik geriet. Sie wandte sich an ihren Cousin John, doch der nickte ebenfalls – obwohl er keineswegs glücklich darüber aussah.

»Nun gut. Wie lautet dieses Angebot also?«, fragte sie ungeduldig.

Jamie sah das Mitleid in den Augen ihres Onkels, als er ihr antwortete. »Wenn du Campbell heiratest, kannst du unter seinem Schutz mit deinen verbliebenen Clansleuten nach Ascog Castle zurückkehren.«

Sie zuckte zusammen, als habe man sie geschlagen, und Jamie wusste, dass er richtig vermutet hatte. Nach dem Tod ihrer Familie waren ihr Heim und ihr Clan das Einzige, was ihr wichtig war. Aber wie viel wäre sie bereit, dafür zu opfern?

Sie war kurz davor, die Fassung zu verlieren, das sah er daran, wie die Hände in ihrem Schoß zitterten. »Ich verstehe. Also bietet er mir das an, was ohnehin rechtmäßig den Lamonts gehört.«

Niemand sprach, doch sie wussten alle, dass Argyll seinen Anspruch auf das Land ihres Vaters erhoben hatte. Um die Auslöschung der MacGregors voranzutreiben, hatte der Geheime Rat Gesetze erlassen, die ein Kopfgeld für jeden toten MacGregor vorsahen, zusätzlich zu allen Besitztümern des Toten. Da der Lamont den Gesetzlosen Unterschlupf gewährt hatte, machte ihn das möglicherweise selbst zu einem Gesetzlosen. Und als solcher wären seine Besitztümer verwirkt. Da es keine männlichen Nachkommen gab, würde Caitrina einen langen, mühsamen Prozess bestreiten müssen, der wenig Aussicht auf Erfolg bot.

»Mein Cousin hat eingewilligt, mir das Land bei unserer Hochzeit zu übergeben.« Dieses Arrangement hatte einige zähe Verhandlungen erfordert und missfiel Colin, der der Meinung war, Ascog sollte ihm gehören. »Letztlich wird es an Euren zweitgeborenen Sohn fallen.«

Bei der Erwähnung eines Kindes erbleichte sie. Er sah die Panik in ihren Augen und wusste, dass sie kurz davor war, endgültig die Fassung zu verlieren.

»Lasst uns allein«, sagte er zu den anderen.

Der Lamont runzelte die Stirn. »Ich werde nicht zulassen, dass Ihr das Mädchen nötigt.«

Jamie wies ihn mit einem wütenden Blick in die Schranken, doch er verzieh ihm die Beleidigung, da er wusste, dass der Chief nur aus Sorge um seine Nichte gesprochen hatte.

»Caitrina?«, meinte Margaret Lamont fragend.

Sie nickte einwilligend.

Der Chief und seine Frau verließen den Raum, und John folgte ihnen, doch an der Tür drehte er sich noch einmal zu ihr um. »Du musst ihn nicht heiraten, Mädchen. Ich will dich nicht mit einem verdammten Campbell verheiratet sehen.« Mit schmalen Augen sah er Jamie drohend an. »Sag nur ein

Wort, und er bekommt die Schärfe meiner Klinge zu spüren.«

Jamie stand auf und legte die Hand an das Heft seines Dolchs. »Nicht, wenn Ihr meine Klinge zuerst spürt«, sagte er ungerührt. Er brannte auf einen Kampf, und seiner Größe und Stärke nach zu urteilen würde John Lamont ihm sogar einen guten liefern.

Doch Jamie erstarrte verblüfft, als Caitrina ihm sanft und beruhigend die Hand auf den Arm legte. »Das wird nicht nötig sein«, meinte sie. »Ich danke dir, John, aber ich komme schon zurecht.«

Ihr Cousin schoss einen weiteren giftigen Blick in Jamies Richtung, dann schloss er die Tür hinter sich.

Caitrina ließ die Hand sinken und wandte sich ihm im Kerzenlicht zu. Gott, sie war wunderschön. Schon alleine ihr so nahe zu sein stellte seine Beherrschung auf eine harte Probe. Ihr köstlicher Duft stieg ihm in die Nase. Er sehnte sich danach, die Finger in den seidenweichen Locken zu vergraben, den weichen, samtigen Schwung ihrer Wange zu berühren und die honigsüßen Lippen zu kosten. Doch sie wollte seinen Trost nicht.

Würde der Tag jemals kommen, an dem sie ihn wollte? Bisher hatte er noch nie eine Frau umworben, es war noch nie nötig gewesen. Was, wenn Caitrina nie ... *Doch*, das würde sie.

»Das ist also dein Plan«, sagte sie mit leiser, emotionsgeladener Stimme. »Du bist durch und durch so skrupellos wie ich dachte. Du würdest mich zwingen, dich zu heiraten, ganz gleich, wie sehr ich dich hasse.«

Seine Muskeln verkrampften sich. Er wusste, dass sie ihn nicht hasste, dennoch gefiel es ihm nicht, es zu hören. »Ich würde dich nie zu etwas zwingen. Es ist deine Entscheidung.«

Sie stieß einen scharfen, spöttischen Laut aus. »Was für

eine Wahl ist das denn, wenn du alles, was ich will, in deinen Händen hältst? Warum tust du mir das an? Ist es wegen dem, was geschehen ist? Ist es eine Art Rache? Ich habe es gewagt, den großen Jamie Campbell abzuweisen, und deshalb willst du mich deinem Willen unterwerfen und mich demütigen.«

»Denkst du das wirklich? Ist es denn so schwer zu glauben, dass ich dich will?«

»Nein, das ist überhaupt nicht schwer zu glauben«, sagte sie ausdruckslos.

»Aber dazu ist keine Ehe nötig. Wenn das alles ist, was du von mir willst, dann nimm ...«

Seine Reaktion war unvermittelt, und er packte sie am Arm. »Nicht!«, sagte er mit gedämpfter Stimme. »Sag es nicht.«

Er stellte sich gerade alles andere als geschickt an. Verwirrt ließ er ihren Arm los und fuhr sich mit der Hand durchs Haar. »Das ist nicht alles, was ich von dir will.« Noch nie hatte er versucht, sich einer Frau gegenüber zu rechtfertigen, und er wusste nicht, wie er beschreiben sollte, was er fühlte. »Du bedeutest mir etwas.«

»Wenn ich dir etwas bedeute, dann tu das nicht.«

»Gerade, weil du mir etwas bedeutest, tue ich das hier.« Um Argylls Zustimmung zu erlangen, hatte er für das Verhalten der Lamonts bürgen müssen, und wenn sie das Gesetz brachen, würde er persönlich dafür verantwortlich gemacht werden. »Ich versuche, dir zu helfen. Kannst du denn nicht einsehen, dass das die beste Möglichkeit ist, dein Heim zurückzubekommen? Und ich kann dich beschützen.«

»Ich brauche deinen Schutz nicht.«

»Wirklich nicht?«

Störrisch schüttelte sie den Kopf. »Nein.«

Nicht in der Lage zu widerstehen streckte er die Hand aus und streichelte ihr sanft über die Wange. »Wäre es denn wirklich so schrecklich, mich zu heiraten?«

Er fühlte, wie sie erbebte, doch sie gab keine Antwort.

Ohne äußere Regung stellte er die Frage, die er am meisten fürchtete. »Gibt es da einen anderen, den du heiraten möchtest?« Der bloße Gedanke schnitt ihm wie ein Dolch in die Brust.

Er spürte ihren Blick, als sie sein Gesicht musterte, als habe sie vielleicht etwas von seiner Qual bemerkt. »Ich ...«, begann sie, dann brach sie zögernd ab. »Nein. Es gibt keinen anderen.«

Er trat einen Schritt auf sie zu und blickte auf die fedrigen schwarzen Wimpern herab, die sich von ihrer blassen Wange abhoben. Eine schwache Spur neuer Sommersprossen sprenkelte ihre kleine, leicht nach oben geschwungene Nase. Tief holte er Luft, aber er berührte sie nicht. »Gib mir eine Chance. Ich werde mein Bestes tun, um dich glücklich zu machen.« Es war einem Flehen so nahe, wie er jemals kommen würde. Ohne nachzudenken, streckte er die Hand aus und strich ihr sanft eine gelöste Haarsträhne hinters Ohr, dabei streiften seine Finger ihre samtige Wange, und die zärtliche Berührung erschreckte sie beide.

Nach einem Augenblick fragte er: »Wirst du über mein Angebot nachdenken?«

Langsam nickte sie.

Sie war unschlüssig, doch es gab noch eine Sache, die sie wissen musste. Er wollte nicht, dass irgendetwas zwischen ihnen stand. »Du solltest noch etwas wissen, bevor du deine Entscheidung triffst.«

Etwas in seiner Stimme ließ sie fragend den Kopf neigen. »Was?«

»Der Mann, der den Angriff gegen deinen Vater anführte« – er sah ihr in die Augen –, »er ist mein Bruder.«

»Nein!« Doch der Schrei blieb ihr in der Kehle stecken. Das Gesicht des Anführers tauchte vor ihrem inneren Auge auf.

Etwas daran hatte sie an Jamie erinnert, und nun wusste sie auch, warum. Ein bitterer Zug verzerrte ihre Lippen. Gütiger Gott, sein Bruder hatte ihren Vater getötet.

Gerade, als sie hatte glauben wollen, dass etwas zwischen ihnen möglich sein konnte ...

»Ich würde dich nicht dazu zwingen, ihn zu akzeptieren, aber ich dachte, du hättest ein Recht, es zu wissen. Er wusste nicht, was du mir bedeutest ...«

Und was bedeute ich dir? Doch das konnte sie nicht fragen. »Und soll das eine Entschuldigung sein?«

Jamie schüttelte den Kopf. »Nein. Aber es hätte vielleicht einen Unterschied gemacht. Ich lasse dich jetzt allein. Lass eine Nachricht nach Dunoon senden, sobald du deine Entscheidung getroffen hast. Wenn du dich entschließt anzunehmen, dann können wir sofort heiraten.«

»Aber das Aufgebot ...«

»Das Aufgebot wurde bereits bestellt.«

Caitrina fühlte, wie sich die Schlinge um ihren Hals zuzog. »Bist du dir bereits so sicher, welche Wahl ich treffen werde, oder soll ich gar keine haben?«

»Ich wollte nur vorbereitet sein. Ich hatte angenommen, du würdest dich danach sehnen, in dein Zuhause zurückzukehren.«

»Es ist fort. Nichts ist davon geblieben.«

»Es kann wieder aufgebaut werden.«

»Nicht alles davon«, entgegnete sie leise.

Er bedachte sie mit einem langen Blick, der ihr Innerstes zu berühren schien. »Es tut mir leid um deinen Verlust, Mädchen.«

Es war die Wahrheit. Sie konnte sein Mitgefühl und Verständnis spüren, und einen Augenblick lang ließ sie sich davon einhüllen und ihr Trost spenden. Er wäre ein Fels, an den sie sich anlehnen könnte, wenn sie wollte.

Sanft hob er ihr Kinn an. »Du hast recht. Nicht alles lässt

sich wiederaufbauen«, gab er zu. »Aber wir können versuchen, etwas Neues aufzubauen.«

Es war so etwas wie ein Ölzweig. Ein Friedensangebot, das zu akzeptieren sie noch nicht bereit war. »Ich will nichts Neues« – *dich* –, »ich will meine Familie zurück.« Ihr schien, als wäre er zusammengezuckt, doch er überspielte es so schnell, dass sie sich fragte, ob sie es sich nur eingebildet hatte. »Verstehst du denn nicht? Ich kann sie niemals ersetzen.«

»Ich schlage auch nicht vor, dass du das versuchen sollst. Aber im Augenblick bin ich alles, was du hast.«

Betäubt sah Caitrina ihm nach, wie sich die Tür hinter ihm schloss. Er war fort. Tränen brannten ihr in der Kehle. Die Entscheidung lag nun in ihren Händen.

Sie wusste nicht, was sie tun sollte. Sie brauchte Zeit zum Nachdenken. Nachdem sie die Tür geöffnet hatte, zwang sie sich, ruhig durch den Saal und nach draußen zu gehen, ohne dass sie es dabei wagte, jemandem in die Augen zu sehen. Erst als sie den Burghof erreicht hatte, fing sie an zu laufen.

Die Sonne versank gerade am Horizont, und eine feuchte Kühle hing in der Luft. Der Wind zerrte an ihren Haaren, und Tränen strömten ihr über die Wangen, während sie den Pfad zum Strand hinunterstolperte. Sie sank im Sand auf die Knie und vergrub das Gesicht in den Händen.

Schwach nahm sie wahr, dass jemand nach ihr rief, doch es klang so weit weg. Augenblicke später fühlte sie, wie Mor die Arme um sie schlang. Der vertraute Geruch und die weiche Brust ließen sie noch heftiger schluchzen – so wie sie es als Kind getan hatte. Was hatte sie damals je für einen Grund zu weinen gehabt?

»Na, na, Mädchen. Was ist es denn, das dich so aufgeregt hat?«

Abgehackt stieß Caitrina die Geschichte in Bruchstücken

hervor, genug für ihre alte Amme, damit sie sich einen Reim darauf machen konnte.

Sie runzelte die Stirn. »Also behauptet er, dass er den Angriff hatte beenden wollen?«

Caitrina nickte.

»Und du glaubst ihm?«

Eigentümlicherweise tat sie das. »Ja. Aber ich war nicht dabei. Erzähl mir, woran du dich erinnerst.«

Es war das erste Mal, dass sie Mor nach diesem Tag fragte.

Die Amme dachte einen Augenblick lang nach. »Es herrschte ein solches Durcheinander, als wir aus dem Wohnturm gezerrt wurden. Ich musste kämpfen, um Una nicht aus den Augen zu verlieren. Überall war Rauch – und die Toten. Überall, wo ich hinsah, waren Tote. Ich hatte solche Angst, dich und den Jungen unter ihnen zu sehen.« Ein Zittern durchlief sie. »Ich war so erleichtert, als ich sah, wie dich der Campbell-Henker aus der Burg trug ...« Mit erstickter Stimme brach sie ab. »Er hat dich gerettet, aber ich wusste nicht, warum. Mir erschien es allerdings merkwürdig, wie er dich in den Armen wiegte, als wärst du ein Kind, und dich auf die Stirn küsste, bevor er dich absetzte.« Sie runzelte die Stirn. »Er hatte den seltsamsten Gesichtsausdruck, und dann sagte er ›Pass für mich auf sie auf, ich bin gleich zurück. Ich muss sehen, was ich tun kann. Es sind immer noch welche drinnen.‹« Mor machte eine Pause. »Ich dachte, er sprach von seinen Männern, aber vielleicht ...« Sie zuckte die Schultern. »Ich weiß nicht. Damals habe ich mir nicht viel dabei gedacht, aber ich sah, wie er mit dem anderen Mann stritt.« Mors Gesicht wurde hart. »Mit dem Mann, der deinen Vater erschoss.«

»Sein Bruder«, sagte Caitrina tonlos.

Heftig sog Mor den Atem ein. »Oh, Mädchen!«

»Ich kann ihn nicht heiraten.«

Verständnisvoll strich Mor ihr übers Haar. »Natürlich kannst du das nicht ... Wenn du es nicht willst.«

»Ich will ihn nicht heiraten. Ich verachte ihn – er ist ein Campbell. Wie kannst du nur glauben ...« Caitrinas Stimme brach ab, als sie den wissenden Blick der älteren Frau auffing.

»Caitrina Lamont, ich kenne dich seit dem Tag, an dem du geboren wurdest. Ich habe gesehen, wie du den Mann ansiehst ... und wie er dich ansieht.«

Eine verräterische Hitze stieg Caitrina in die Wangen, und sie wischte sich mit dem Ärmel über die Augen und hob dann das Kinn. »Ich habe keine Ahnung, was du gesehen haben willst, aber du irrst dich.«

»Tue ich das?« Mor schüttelte den Kopf. »Ach, Caiti, wir haben ebenso wenig Kontrolle darüber, wen wir begehren, wie wir dem Regen befehlen können zu fließen oder dem Wind abzuflauen. Du brauchst dich nicht dafür zu schämen, was du für den Mann empfindest.«

Caitrina verspürte einen Stich in der Brust. Mor irrte sich – dass sie sich von Jamie Campbell angezogen fühlte, war ein Verrat an ihrem Vater und ihren Brüdern. Außerdem änderte es nichts daran, wer er war. »Wie kannst du das sagen? Du weißt, wer er ist und was er getan hat!«

Mor nickte. Sie schien Caitrinas widerstreitende Gefühle zu verstehen. »Die Campbells sind ein übler, Ländereien stehlender Haufen, und wenn man die Männer, die deinen Vater angriffen, hängen, strecken und vierteilen würde, dann brächte mich das nicht um meine selige Nachtruhe. Aber ich glaube nicht, dass Jamie Campbell irgendetwas damit zu tun hatte. Er ist Argylls Mann – das ist natürlich ein Punkt, der gegen ihn spricht –, aber er empfindet etwas für dich. Und das kann dir zu deinem Vorteil gereichen. Das, was der Mann dir anbietet, lässt sich nicht einfach abschlagen. Die Campbells sind ein mächtiger Clan, und vielleicht ist eine Verbindung mit ihnen durch Heirat der beste Weg, die Lamonts zu beschützen. Darüber hinaus hast du ohne diese Ehe vielleicht keine andere Möglichkeit, Ascog zurückzubekommen.«

Sosehr Caitrina es auch hasste, dies so deutlich zu hören, sprach Mor doch nur laut aus, was Caitrina selbst dachte. Er hatte sie in die Ecke gedrängt und ließ ihr keine Fluchtmöglichkeit. Wenn sie ihn zurückwies, wies sie die Pflicht ihrem Clan gegenüber zurück.

Wie sie es schon einmal getan hatte. Ihr Vater hatte sie gedrängt, Jamie Campbells Antrag in Betracht zu ziehen, aber sie war zu selbstsüchtig gewesen – weil sie den schützenden Schoß ihrer Familie nicht verlassen wollte.

Wären die Dinge anders verlaufen, wenn sie seinen Antrag angenommen hätte? Diese Frage schmerzte zu sehr, um überhaupt darüber nachzudenken.

Sie hatte in ihrer Pflicht dem Clan gegenüber schon einmal versagt; das könnte sie nicht erneut tun. Wenn es eine Möglichkeit gab, das zu schützen, was von ihrer Verwandtschaft übrig geblieben war, und Ascog ohne Blutvergießen wiederzuerlangen, dann musste sie diese Möglichkeit ergreifen.

Jamie Campbell wusste das genauso gut wie sie.

Mor, die Caitrinas quälende Gedanken spürte, nahm sie sanft und liebevoll in die Arme, und getröstet schloss sie die Augen und fühlte, wie sich ihre Entschlossenheit stärkte, während der Wind über sie hinwegblies und den würzigen Geruch des Meeres mit sich trug.

Langsam löste sich Caitrina aus der Umarmung und richtete den Blick erneut hinaus auf die wogenden dunkelblauen Wellen und den Schatten der Isle of Bute, die langsam im orangefarbenen Glühen des dunkler werdenden Himmels verschwand.

»Was wirst du tun?«, fragte Mor.

»Was ich tun muss. Was könnte ich denn sonst tun?«, entgegnete Caitrina, und ihre Stimme war hart wie die glänzenden, zerklüfteten Felsen, die die Küste wie poliertes Ebenholz säumten.

Sie würde tun, was ihre Pflicht war, doch eines Tages würde Jamie Campbell es bereuen, sie so gezwungen zu haben. Sie würde ihm ihren Körper geben, aber sie würde ihm niemals gehören.

Alles, was von ihrem Herzen übrig war, lag tief begraben im Sand, zusammen mit dem zerschlissenen Stück Plaid ihres Vaters.

11

Sie heirateten an dem Sonntag vier Tage später – zwei Tage nachdem Alasdair MacGregor und seine Männer, begleitet von Jamie und ihrem Onkel, sich dem Earl of Argyll auf Dunoon ergeben hatten.

Als Bedingung für ihre Einwilligung blieb Caitrina die Gegenwart des Earl und Jamies Bruders bei der Hochzeit erspart. Die anwesenden Campbells bestanden nur aus den etwa zwanzig Wachmännern, die Jamie begleitet hatten. Die Zeremonie wurde in der kleinen Kapelle von Toward Castle abgehalten, die gegenüber dem Wohnturm neben dem neuen Saal lag. In den Kirchenbänken versammelte sich alles, was von ihrer Familie geblieben war – ihre Tante, ihr Onkel, John und die Cousinen, Mor und, obwohl es unüblich war, dass sie bei solch einem Ereignis anwesend waren, die Handvoll Clansleute, die mit ihr nach Ascog gekommen waren.

Ohne den Protesten ihrer Tante Beachtung zu schenken, hatte Caitrina die aufwändigen Samt- und Brokatstoffe zurückgewiesen und sich stattdessen für einen einfachen dunkelblauen *kirtle* aus Wolle und ein schlichtes Unterkleid entschieden. Die einfache Kleidung schien ihr besser zu der ernsten Angelegenheit zu passen.

In dieser Hochzeit lag keine Freude – nur Pflicht.

Caitrina stählte sich gegen das ungebetene Gefühl der nervösen Erregung, die dem Ereignis vorausging, indem sie sich in Erinnerung rief, dass das hier nur eine reine Zweckehe war.

Dennoch verspürte sie ein heftiges Flattern in der Brust, als sie die dunkle, steinerne Kapelle betrat und am Ende des schmalen Mittelganges Jamie neben dem Priester stehen sah.

Das sind nur die Nerven. Schließlich war es ihr Hochzeitstag, egal wie unerwünscht er auch sein mochte.

Aber das erklärte nicht, warum ihr das Herz beinahe stehenzubleiben schien, als sich ihre Blicke trafen. Sie spürte seinen eindringlichen Blick in jeder Faser ihres Körpers. Es war, als hätte er quer durch den Raum die Arme ausgestreckt und sie für sich beansprucht, so vollständig nahm er sie mit diesem langen, durchdringenden Blick in Besitz. Einen Augenblick lang fühlte es sich *richtig* an – als ob das hier so sein sollte. Bis ihr wieder einfiel, wie er sie hierzu genötigt hatte.

Sie konnte allerdings nicht leugnen, dass er atemberaubend aussah. Das Haar fiel ihm in die Stirn und schimmerte goldbraun im warmen Kerzenlicht, und die flackernden Schatten ließen das kantige Kinn und die harten Züge seines gutaussehenden Gesichts golden erscheinen. Im Nacken lockten sich ein paar feuchte Strähnen seines seidigen dunklen Haares.

Stolz und hochaufgerichtet überragte er den Priester und ihren Onkel, der neben ihm wartete. Auch wenn er in dem edlen Wams und den Kniehosen prächtig aussah, konnte das weiche schwarze Leder die raue Männlichkeit seiner breiten Schultern, der muskulösen Brust und kräftigen Schenkel nicht zähmen.

Langsam schritt sie auf ihn zu, bis sie vor ihm stand, nahe genug, um den Hauch von Seife zu riechen, der seiner Haut anhaftete.

Er streckte die Hand nach ihr aus, und einen Augenblick lang stand die Welt still. In seiner offenen Handfläche sah sie sich mit ihrer Zukunft konfrontiert. Seine vom Führen des Schwertes und mit dünnen weißen Kampfnarben übersäte Hand war der eindeutige Beweis seines Metiers.

Er mochte zwar die feinen Manieren eines Höflings besitzen, aber es bestand kein Zweifel daran, dass Jamie Campbell durch das Schwert lebte. Er war ein harter, unbarmherziger

Krieger – Argylls Henker –, und wenn sie ihre Hand in seine legte, dann würde sie seine Frau sein.

Das Herz klopfte ihr heftig in der Brust. Sie versuchte, nicht zu zittern, als sie langsam die Hand hob und sie in seine Handfläche legte, doch eine heftige Wärme durchströmte sie, als er die Finger darum schloss.

Er musste ihr Unbehagen gespürt haben, denn er beugte sich zu ihr hinab und flüsterte: »Atme.« Sein warmer Atem streifte sie am Ohr und jagte ihr einen Schauer durch den Körper. »Alles wird gut.«

Etwas in seiner Stimme, die sie tief im Innern berührte, brachte sie dazu, ihm glauben zu wollen. Also stieß sie mit einem Nicken langsam den angehaltenen Atem aus, wandte sich dem Priester zu und sprach ihm die Worte nach, die sie für immer an Jamie Campbell binden würden – oder bis der Tod sie scheiden würde.

Und dann, bevor sie ihre Meinung ändern konnte, umfasste er ihr Kinn, gab ihr einen keuschen Kuss auf die Lippen und besiegelte so ihr Versprechen. Der Kuss riss sie jäh aus der Benommenheit, die sie während der ganzen Zeremonie umfangen hatte.

Es war vollbracht, und sie war seine Frau – eine Campbell. Sie war zu ihrer eigenen Feindin geworden.

Jamie saß neben seiner frisch angetrauten Braut an der Tafel und sah den lärmenden Clansleuten zu, wie sie sich dem trunkenen Gelage und wilden Treiben des Festmahls hingaben, das schon einige Stunden andauerte. Jede Hochzeit, sogar eine ungewünschte, war ein willkommener Vorwand, ein Fest zu feiern, und die Clansleute betrachteten das als Selbstverständlichkeit. Wenn er sich so umsah, fiel es ihm schwer zu glauben, das hier könnte etwas anderes als ein fröhlicher Anlass sein.

Er winkte einer vorbeieilenden Dienerin zu und bedeutete

ihr, ihm noch ein Glas Wein einzuschenken. Es sah ihm ganz und gar nicht ähnlich, aber es stand außer Frage: Er schindete Zeit. Fragend wandte er sich an seine Braut zu seiner Rechten. »Noch etwas Wein?«

Caitrina schüttelte verneinend den Kopf, was in etwa alles an Kommunikation darstellte, die sie an diesem Abend miteinander geführt hatten.

Er konnte spüren, wie ihre Nervosität wuchs, während der Abend voranschritt und der Zeitpunkt der Hochzeitsnacht näher rückte. Die Anspannung knisterte zwischen ihnen, so intensiv, dass sie beinahe greifbar war. Teufel, er konnte ihr keinen Vorwurf machen. Er hatte so lange darauf gewartet, dass sie seine Frau wurde, dass es sich nun, da es tatsächlich so war, eigenartig anfühlte. Und als der Augenblick näher kam, an dem er sie ganz zu der Seinen machen würde, mischte sich unter Jamies Erwartung ein wachsendes Gefühl der Beklommenheit. Er wollte, dass diese Nacht vollkommen wurde, doch er wusste auch, dass seine Braut widerwillig sein würde ... um es milde auszudrücken.

Den ganzen Tag schon kam er sich vor, als führe er sie zu ihrer eigenen Hinrichtung. Er wusste nicht genau, was er von ihr erwartete, doch die Art, wie dieses stoische Mädchen tapfer seine Pflicht erfüllte, versetzte ihm einen Stich.

Er hatte gehofft, dass sie vielleicht etwas für ihn empfand. Dass sie nach einigem Nachdenken die Ehe mit ihm, wenn schon nicht mit Vergnügen, so doch zumindest mit Zufriedenheit betrachten würde.

Offensichtlich hatte er sich zu viel erhofft. Für einen sonst so pragmatisch veranlagten Mann war das eine untypische Zurschaustellung von Idealismus. Sie heiratete ihn, damit ihr Clan das Zuhause zurückbekam, das war alles.

Er bekam, was er wollte, doch er fragte sich, zu welchem Preis. Würde sie ihm jemals verzeihen? Tat er das Richtige?

Als sie die Kapelle betreten hatte, versetzte ihm der Anblick ihrer großen blauen Augen und der blassen, sahnigen Haut einen Stich der Unsicherheit. Sie sah so nervös aus – zerbrechlicher, als er sie je gesehen hatte. Er hatte versucht, ihr Mut zu machen, und anfangs schien es auch zu helfen, doch es war nicht von Dauer. Was er wirklich wollte, war, sie zu berühren – sie in den Armen zu halten und ihr die Ängste zu nehmen –, doch er wusste, dass jeder Versuch es wahrscheinlich nur noch schlimmer machen würde.

Wie konnte er ihr nur beweisen, dass er kein Ungeheuer war – dass er sie beschützen und nicht verletzen wollte? Es würde Zeit und Geduld erfordern, erkannte er. Plötzlich wurde ihm bewusst, dass er seine Braut umwerben musste. Es entbehrte nicht einer gewissen Ironie: Noch nie hatte er eine Frau umwerben müssen, geschweige denn eine, die bereits seine Ehefrau war. Er konnte nicht verstehen, warum er sich überhaupt diese Mühe machen wollte. Er hätte einfach fortgehen und sie in Ruhe lassen können, so wie sie ihn gebeten hatte. Vielleicht hätte er das auch tun sollen.

Nein. Was auch immer es kostete, er würde sie glücklich machen.

Aufmerksam musterte er sie über den Rand seines Kelches hinweg. Je länger er sie betrachtete, umso stärker berührte ihn ihre Schönheit. Die schlichte Kleidung, die sie gewählt hatte, schien ihre Ausstrahlung nur noch zu betonen, anstatt sie abzuschwächen, wie sie es vermutlich beabsichtigt hatte. Doch sie konnte nichts tun, um ihre makellos helle Haut, die tiefroten Lippen, die dunkelblauen Augen und das rabenschwarze Haar zu verbergen.

Genauso wenig ließ sich die vollkommene Symmetrie ihrer Züge bestreiten. Sogar im Profil konnte er die gerundeten Wangen, die vollen, üppigen Lippen, die fedrig weichen Wimpern und leicht geschwungene Nase erkennen. Doch ihre wahre Schönheit schien aus ihrem Innern zu kommen. Es war ihr feuriges Temperament, das ihn stets angezogen hatte. Das leidenschaftliche, unverfrorene Mädchen mit den blitzenden Augen, das ihn herausforderte wie keine andere. Eine Frau, die aus der Asche der Zerstörung auferstand, um für ihren Clan zu kämpfen.

Sie musste seine eindringliche Musterung gespürt haben, denn er bemerkte den schwachen rosigen Hauch, der ihr in die Wangen stieg.

Sie wandte sich zu ihm um, und ihre Blicke trafen sich zum ersten Mal seit dem Morgen. »Es ist unhöflich, jemanden so anzustarren.«

Jamie musste lächeln, unlogischerweise erfreut darüber, dass sie ihre scharfe Zunge nicht verloren hatte. Die ernste Miene hatte ihn stärker beunruhigt, als ihm bewusst gewesen war. Fragend hob er die Augenbraue. »Habe ich dich denn angestarrt?«

»Ja, das hast du.«

Ohne Reue zuckte er die Schultern. »Du bist sehr schön.«

Das Kompliment prallte von ihr ab. »Und ist es dir wichtig, eine schöne Frau zu haben?«

Er lächelte. »Natürlich schadet es nicht.« Langsam fuhr er mit dem Finger den Rand seines Kelches nach. Er wusste, worauf sie anspielte. »Aber wenn du damit meinst, dass es nur deine Schönheit ist, die mich angezogen hat, dann täuscht du dich. Ich kenne viele schöne Frauen.«

Sie wollte ihm keine Beachtung schenken, doch die Neugier war offensichtlich stärker. »Warum dann?«

Er zögerte und suchte nach den richtigen Worten. »Du faszinierst mich mit deiner Kühnheit und deinem Temperament. Ich habe noch nie eine Frau wie dich getroffen.«

»Du meinst, wenn ich fügsam und zurückhaltend wäre, hättest du dich nicht für mich interessiert?«

Sie sah so angewidert aus, dass er lachen musste. »Wahrscheinlich. Vielleicht solltest du es einmal versuchen.«

Ihre Augen verengten sich. »Ha! Das wird nicht funktionieren. Du kannst versichert sein, dass du dir eine kratzbürstige Ehefrau ausgesucht hast. Du bist ja noch schlimmer als meine Brü ...« Mit weit aufgerissenen Augen brach sie ab, als ihr jäh bewusst wurde, was sie beinahe gesagt hätte.

Er nahm ihre Hand, glücklich darüber, dass sie sie ihm nicht wieder entzog. »Haben deine Brüder dich damit oft aufgezogen?«, fragte er sanft.

Sie nickte, und Tränen des Kummers schwammen in ihren Augen.

Sie tat ihm von ganzem Herzen leid. Er konnte sich nicht vorstellen, wie es sein musste, an einem einzigen Tag die ganze Familie zu verlieren. Dass der Schmerz sie nicht gebrochen hatte, war Beweis genug für ihre Stärke. »Du musst sie sehr vermissen.«

»Das tue ich«, bestätigte sie leise.

Er würde alles dafür geben, wenn er sie ihr zurückbringen könnte, doch das war das Einzige, was er nicht tun konnte. »Ich wünschte, Lizzie hätte heute hier sein können. Ich würde sie dir gerne vorstellen.«

»Deine Schwester?«

Er nickte.

»Wo ist sie?«

»Auf Castle Campbell.« Seine Miene verfinsterte sich. »Ich hielt es für zu früh und glaube, dass sie in den Lowlands sicherer ist.« Auf ihren fragenden Blick hin fügte er eine Erklärung hinzu. »Als ich nach Dunoon zurückkehrte, nachdem ich Ascog verlassen hatte, entdeckte ich, dass Lizzie, die eigentlich vor mir hätte ankommen sollen, noch nicht dort war. Sofort brach ich nach Castle Campbell auf und entdeckte, dass die MacGregors versucht hatten, sie zu entführen – um mich zu erpressen.«

Caitrina verbarg ihre Erschütterung nicht und sog heftig den Atem ein. »Das ist ja schrecklich. Sie muss entsetzliche Angst gehabt haben.«

Jamie runzelte die Stirn. Das hätte sie tatsächlich, doch seltsamerweise hatte sich seine Schwester überraschend ungerührt gezeigt. Es war ihm merkwürdig erschienen, aber er hatte keine Zeit gehabt, darüber nachzudenken, da sein Wachmann mit der Nachricht angekommen war, dass sich die MacGregors bei Ascog aufhielten. »Sie hatte Glück. Eine Gruppe Männer war in der Gegend, die die Gesetzlosen vertrieb und den Angriff vereitelte. Lizzie war verängstigt, blieb aber unversehrt.«

Caitrina schwieg einen Augenblick lang. »Das war die Angelegenheit, um die du dich gekümmert hast, als dein Bruder und seine Männer nach Ascog kamen?«

Er sah ihr in die Augen. »Ja. Nur weil ein Wachmann, der meinem Bruder die Nachricht brachte, beschloss, mir nach Castle Campbell zu folgen, erfuhr ich überhaupt, was geschah. Ich wünschte nur, ich hätte es früher erfahren.«

»Ich auch«, meinte sie leise und senkte den Blick.

Er betrachtete ihren gesenkten Kopf, das seidige Haar, das wie schwarzes Ebenholz im Kerzenlicht schimmerte, und wünschte sich, ihren Kopf an seine Schulter zu ziehen und ihr zu sagen, dass alles gut werden würde, doch er wusste, dass es das für sie nicht mehr sein konnte. Nichts konnte diesen Tag rückgängig machen und ihr ihre Familie zurückgeben. Ebenso wenig konnte er die Rolle ändern, die sein Clan bei ihrem Tod gespielt hatte. Doch er konnte ihr das Zuhause wiedergeben – und wenn sie es ihm erlaubte, eine neue Familie.

In Momenten wie diesem und wie zuvor in der Kapelle spürte er eine gewisse Verbindung, doch diese Augenblicke waren so flüchtig, dass er sich fragte, ob er es sich nur eingebildet hatte. Dennoch gab es ihm Hoffnung, dass da etwas war, worauf er aufbauen konnte.

Natürlich gab es da auch noch eine andere Verbindung, die sie ausbauen mussten, und der Zeitpunkt rückte näher, ihr zu zeigen, welch ein mächtiges Band die Leidenschaft schmieden konnte.

Die sexuelle Anziehung zwischen ihnen war vielleicht die beste Möglichkeit, sich näherzukommen. Auch wenn er es hasste, den Waffenstillstand zu stören, den sie geschlossen hatten, wusste er, dass er es nicht länger aufschieben konnte. Sie waren verheiratet, und er wollte verdammt sein, wenn sie das nur auf dem Papier blieben. Er hatte sie begehrt, seit er sie das erste Mal gesehen hatte, und sein Warten hatte endlich ein Ende.

»Ich werde bald nach Lizzie schicken lassen. Nachdem Alasdair MacGregor sich ergeben hat, sollte es für sie sicher genug sein zu reisen.«

»Glaubst du, die Fehden werden aufhören?«

Jamie zuckte die Schultern. »Zumindest für eine Weile. Ohne ihren Chief und den größten Teil seiner Wachmänner ist der Clan führerlos. Lizzie wird gut beschützt« – er hielt kurz inne – »und du ebenso.«

Er sah ihr Erschrecken. »Glaubst du, ich könnte in Gefahr sein?«

»Du bist meine Frau, und wie du schon viele Male betont hast, habe ich viele Feinde. Jeder, der mir nahesteht, ist ein potenzielles Ziel. Aber das soll dich nicht beunruhigen, ich würde niemals zulassen, dass dir jemand etwas zuleide tut.«

»Und doch reist du nur mit einer Handvoll Männer quer durch die Highlands.«

Machte sie sich etwa Sorgen um ihn? Die bloße Vorstellung wärmte ihm das Herz. »Ich kann gut auf mich allein aufpassen.«

Sie sah aus, als wolle sie widersprechen, doch eine Dienerin kam und brachte mehr Wein. Er winkte sie fort. Es war so weit.

»Dein Onkel hat uns eine Kammer im Turm bereiten lassen. Ich werde dir dorthin in Kürze nachkommen.«

Sie wurde blass, und er konnte sehen, dass Panik in ihren Augen aufflackerte. »Es ist doch sicher noch früh«, meinte sie schnell. »Die Tänze haben doch noch gar nicht begonnen und ...«

»Wenn es dir lieber ist, können wir jetzt gleich gemeinsam nach oben gehen«, unterbrach er sie mit einem Tonfall, der keinen Widerspruch duldete. Ihr mädchenhaftes Zögern hatte er erwartet, doch er würde nicht mit sich handeln lassen. Ihre Ehe würde vollzogen werden. Mit einem langen Blick sah er sie an. »Die Entscheidung liegt bei dir.«

Wenn die Entscheidung bei ihr läge, dann würde sie sich nicht in dieser Lage befinden, dachte Caitrina.

Gütiger Gott, ihre Hochzeitsnacht! Ihr Herz begann in einem Anflug von Panik zu rasen. Tausend verschiedene Gedanken wirbelten ihr in einem wilden Durcheinander durch den Kopf. Der Augenblick, vor dem sie sich gefürchtet hatte, war gekommen. Wie es schien, hatte sie, seit sie zugestimmt hatte, ihn zu heiraten, an nichts anderes mehr denken können. Zu oft drängte sich die Erinnerung daran, was sie am Loch miteinander geteilt hatten, in ihre Gedanken. Sie erinnerte sich daran, welche Gefühle er ihr beschert hatte, und fragte sich, ob er sie wieder so berühren würde – bis ihr Körper zerstob und zu einem schillernden Meer aus Empfindungen zerschmolz.

Schlimmer noch, sie fürchtete, dass dann die Mauer, die sie so sorgfältig um sich errichtet hatte, anfangen würde zu bröckeln.

Würde er sanft sein? Würde es weh tun? Sie hatte seine Hände angesehen und sich vorgestellt, wie er sie berührte und ihre Haut streichelte. Sie hatte seinen Mund betrachtet und sich vorgestellt, wie er sie küsste, mit der Zunge in ihren Mund glitt und ihr vor Verlangen nach ihm die Knie weich werden ließ. Wenn es doch nur Angst wäre, was sie fühlte!

Doch sie konnte nicht leugnen, dass es auch Erwartung war. Und das war das Beunruhigendste an dem Ganzen. Flüssige Hitze durchströmte sie, wann immer er sie berührte.

Sie blickte ihm in die Augen und sah darin Mitgefühl, aber auch Entschlossenheit. Falls nötig, so vermutete sie, würde er sie auf die Arme nehmen und sie eigenhändig die Treppe hochtragen, wie ein marodierender Wikinger aus alten Zeiten. Er war ein erbarmungsloser Mann, das sollte sie besser nicht vergessen.

Sie nahm allen Mut zusammen, nahm die Schultern zurück und stand von der Tafel auf. »Dann werde ich meiner Tante und meinem Onkel eine gute Nacht wünschen.«

Er nickte. »Ich werde bald nachkommen.«

»Lass dir so viel Zeit, wie du brauchst«, bot sie unbekümmert an, obwohl sie alles andere als das war.

Caitrina hielt sich länger damit auf, sich von den Gästen zu verabschieden, doch schließlich wusste sie, dass sie das Unvermeidliche nicht länger aufschieben konnte. Sie machte sich auf den Weg zum alten Wohnturm, und Mor führte sie die Treppen hoch zum Zimmer des Chiefs. Zu Ehren des heutigen Anlasses hatte ihr Onkel ihnen seine Kammer für die Nacht überlassen. Morgen würden sie auf die Isle of Bute zurückkehren und auf Rothesay Castle als Gäste des Königs bleiben, während die Reparaturen an Ascog aufgenommen wurden.

Das Zimmer war groß und spärlich ausgestattet, und nur hier und da deuteten eine Stickereiarbeit oder ein Samtkissen auf die Anwesenheit ihrer Tante im Zimmer hin. Obwohl sie es ganz besonders vermied, in seine Richtung zu blicken, war sie sich des großen Himmelbetts mit den seidenen Vorhängen, das der Tür gegenüberstand, nur zu deutlich bewusst. Schnell verdrängte sie das plötzliche Herzklopfen wieder und kehrte dem unheimlichen Möbelstück den Rücken zu.

Mor huschte geschäftig durchs Zimmer, schwatzte über

die Ereignisse des Tages, erzählte ihr den neuesten Klatsch der Dienstboten – und tat alles, um das Thema der bevorstehenden Hochzeitsnacht zu vermeiden. Die leichtfertige Fröhlichkeit sah ihr so wenig ähnlich, dass Caitrina klar wurde, wie nervös die alte Amme sein musste, und das schürte nur ihre eigene Besorgnis.

Würde es schlimmer werden, als sie dachte?

Als der Zuber für ihr Bad bereitet und – soweit Caitrina es beurteilen konnte – jede einzelne verfügbare Kerze im Zimmer entzündet worden war, half Mor ihr wie jeden Abend dabei, ihr Kleid auszuziehen. Doch diese alltägliche und gewohnte Handlung hatte eine unangenehme Bedeutsamkeit angenommen. Mit jedem Kleidungsstück, das fiel, wuchs Caitrinas Nervosität und Aufregung darüber, was geschehen würde, so dass sie, als Mor ihr das seidene Nachtgewand über den Kopf zog, ihr Zittern kaum noch verbergen konnte.

Mor ging zu der Truhe mit Caitrinas spärlichen Habseligkeiten, die für diese Nacht ins Zimmer ihres Onkels gebracht worden war, und nachdem sie einen dicken, wollenen Umhang aus dem kleinen Haufen Kleidung gezogen hatte, reichte sie ihn Caitrina. »Zieh das an, Liebes. Du siehst aus, als würdest du frieren.«

Caitrina schlüpfte mit den Armen in die weiten Ärmel und band den Umhang fest an der Taille zu. »Danke. Es ist wirklich kalt hier drinnen.« Doch sie wussten beide, dass es nicht die Zimmertemperatur war, die sie zittern ließ.

Nachdem sie die Nadeln aus Caitrinas Haar gezogen hatte, machte Mor das Werk von Stunden in Minuten zunichte, und die langen, schweren Locken fielen ihr locker über den Rücken. Caitrinas Nerven waren so angespannt, dass sie jedes Mal beinahe zusammenzuckte, wenn Mors Finger zufällig ihren Rücken berührten, während sie ihr den Kamm durchs Haar zog. Als könne sie durch ihre Fürsorge das Unvermeidliche aufhalten, kämmte Mor ihr Haar, bis jede Strähne glatt und seidig war und jede Locke in vollkommener Symmetrie lag.

Die gleichförmige Bewegung hatte etwas Beruhigendes an sich, und schließlich entspannte Caitrina sich und das rasende Schlagen ihres Herzens wurde ruhiger.

Sie wäre damit zufrieden gewesen, wenn Mor ihr das Haar ewig so weiterkämmen würde, doch der friedliche Augenblick wurde plötzlich durch das laute Klopfen an der Tür zerstört.

Sie keuchte auf, und Mor versteifte sich hinter ihr.

Die ältere Frau legte den beinernen Kamm auf den Ankleidetisch, fasste Caitrina beruhigend an den Schultern und drückte sie leicht. »Alles wird gut werden. Es wird etwas schmerzhaft sein«, flüsterte sie sanft, »aber nicht lange.«

Schmerzhaft? Caitrina nickte, ohne es zu wagen, Mors Blick zu begegnen, aus Angst, was sie vielleicht darin sehen würde – die Sorge und das Mitleid würden sie sicher die Kontrolle verlieren lassen, mit der sie ihre Gefühle im Zaum hielt. Die Angst, die sie bisher hatte unterdrücken können, traf sie nun mit voller Wucht.

»Der Bursche empfindet etwas für dich«, fuhr Mor fort. »Er wird dir nicht mehr als unbedingt nötig Schmerzen bereiten.«

Caitrina schluckte, doch ein dicker Kloß hatte sich ihr in der Kehle gebildet. »Ich weiß«, presste sie hervor. *Das hoffe ich zumindest.*

Ein weiteres Klopfen an der Tür, diesmal beharrlicher.

»Ich wünschte, deine Mutter wäre hier, um es dir zu erklären«, sagte Mor. »Aber da sie es nicht ist, musst du mit der verblassten Erinnerung einer alten Frau vorliebnehmen. Es ist schon lange her, dass ich eine Braut war – oder eine Ehefrau, was das betrifft. Weißt du, wie es vor sich gehen wird?«

Caitrina biss sich errötend auf die Lippe. »Ja.« Sie war mit

Tieren aufgewachsen. Und alle verbleibende Unwissenheit war vor Jahren ausgemerzt worden, als sie eine der Küchenmägde im Stall mit einem der Wachmänner ihres Vaters entdeckt hatte. Das heftige Stoßen und Stöhnen hatte wenig der Fantasie überlassen. Es war ihr so … geräuschvoll vorgekommen.

Und dann war da noch der Soldat. Ein bitterer Geschmack stieg ihr in die Kehle, als sie daran dachte, wie er ihr die Beine gespreizt und an seiner Hose hantiert hatte, und ein eisiger Angstschauer lief ihr über den Rücken, bevor sie die Bilder schnell wieder verdrängte.

Gütiger Gott, ich glaube nicht, dass ich das tun kann.

Mor drückte sie noch einmal, dann ließ sie ihre Schultern los und ging zur Tür, um ihren Ehemann hereinzulassen.

Caitrina hielt den Atem an. Seine schiere Körperlichkeit wirkte noch einschüchternder als gewöhnlich, als seine große, breitschultrige Gestalt den Türrahmen ausfüllte.

Er ignorierte das unfreundliche Stirnrunzeln der Dienerin, sondern starrte Caitrina an und ließ den Blick über ihren Körper wandern. Obwohl ihr Umhang dick und aus schwerer Wolle war, fühlte sie sich, als könne er geradewegs durch ihn hindurchsehen. Und auch wenn sie weit weniger getragen hatte, als sie sich das erste Mal begegnet waren, war sie sich überdeutlich der plötzlichen aufgeladenen Spannung zwischen ihnen bewusst, ganz zu schweigen von ihrer veränderten Situation.

Sie war nun keine Fremde mehr, sondern seine Frau. Sie gehörte ihm. Er konnte mit ihr tun, was er wollte, und niemand konnte ihn daran hindern.

Außer Mor.

Ihre alte Amme baute sich direkt vor seinen Zehenspitzen auf und hinderte ihn daran, den Raum zu betreten. Da ihr ergrauter Kopf ihm kaum bis zur Mitte seiner Brust reichte, stellte sie schwerlich eine Bedrohung für ihn dar, doch von so etwas Unbedeutendem wie Körpergröße ließ Mor sich nicht aufhalten.

»Es ist mir gleich, wer Ihr seid oder welchen Ruf Ihr habt. Wenn Ihr ihr auch nur in irgendeiner Weise weh tut, bekommt Ihr es mit mir zu tun.« Mor schenkte ihm ein trügerisch liebenswürdiges Lächeln. »Habe ich je erwähnt, dass ich einen sehr *umfangreichen* Kräutergarten habe?«

Caitrina schnappte heftig nach Luft. Hatte ihre liebe Amme gerade damit gedroht, ihn zu vergiften?

Jamie schien die Drohung ernst zu nehmen, denn er musterte die alte Frau sorgfältig. Sie starrten sich einen langen Augenblick lang an, keiner von beiden gab auch nur einen Zollbreit nach. Schließlich nickte er. »Ich werde es mir merken. Aber Eure Sorge ist unbegründet. Ich bin kein unerfahrener Bursche; ich werde auf die Unschuld des Mädchens Rücksicht nehmen.«

Unschuld. War sie noch unschuldig? Würde er wütend sein, wenn sie es nicht mehr war? Ihr Herz klopfte schneller.

»Stellt besser sicher, dass Ihr das tut.« Mor trat einen Schritt zurück und ließ ihn eintreten. An der Tür drehte sie sich noch einmal zu Caitrina um. »Wenn du mich brauchst, musst du nur nach mir rufen.«

Bevor Caitrina antworten konnte, fiel Jamie ihr mit wachsendem Ärger ins Wort. »Zum Teufel, Weib! Ich sagte Euch gerade, dass sie Euch nicht brauchen wird.«

Trotz Jamies Wutausbruch schien Mor immer noch zu zögern. Da sie nicht wollte, dass die Situation zwischen den beiden sich noch mehr verschlechterte, drängte Caitrina ihre alte Amme mit den Blicken zu gehen. »Ich komme schon zurecht, Mor«, versicherte sie ihr, »wir sehen uns morgen früh.«

»Wenn ich nach Euch rufen lasse«, fügte Jamie scharf hinzu.

Mor warf ihm noch einen letzten sengenden Blick zu, dann schloss sie die Tür hinter sich mit einem lauten Knall, der wie eine Alarmglocke hallte.

Caitrina war mit ihrem Ehemann allein.

Die Luft, die sich vor wenigen Augenblicken noch kühl angefühlt hatte, wirkte nun warm und drückend. Das Zimmer, das geräumig und karg gewirkt hatte, erschien ihr nun klein und beengt – ohne Möglichkeit zur Flucht.

Vielleicht spürte Jamie ihr Unbehagen, denn er trat an den Tisch neben dem Kamin und schenkte zwei Gläser Wein ein aus der Flasche, die man ihnen bereitgestellt hatte, und bot ihr eines davon an.

Sie schüttelte ablehnend den Kopf.

»Nimm nur«, beharrte er und drückte es ihr in die Hand. »Das wird deine Nerven beruhigen.«

»Ich bin nicht nervös«, protestierte sie instinktiv, doch sie nahm das Glas trotzdem, verärgert darüber, dass er ihre Schwäche so mühelos bemerkt hatte.

»Dann bin ich wohl der Einzige von uns beiden«, meinte er, starrte ins Feuer und kippte den Inhalt seines Glases hinunter.

Das Geständnis brachte sie aus der Fassung. Er wirkte stets so beherrscht und unbeteiligt. Die Vorstellung, dass er möglicherweise nicht so ungerührt war, wie sie geglaubt hatte, war seltsam tröstlich. Sie musterte ihn vorsichtig. »Wirklich?«

Er zuckte die Schultern.

»Aber warum?«, ließ sie nicht locker. »Weshalb solltest du nervös sein? Sicher hast du das doch schon einmal getan.«

Ein kurzes, heftiges Lachen entfuhr ihm. »Ein- oder zweimal«, antwortete er dann ernst, doch sie konnte die leichte Belustigung in seiner Stimme hören.

Der Gedanke an seine vorherigen Erfahrungen irritierte sie irgendwie, und ein schrecklicher Gedanke legte sich ihr wie ein Stein auf die Seele: Hatte er eine Mätresse? Falls ja, dann nicht mehr lange. Dennoch erklärte das nicht, warum er diesbezüglich nervös sein sollte.

Sie runzelte die Augenbrauen. »Dann verstehe ich es nicht.«

Doch er schien nicht geneigt zu sein, es ihr zu erklären. Stattdessen zog er sein Wams aus und hängte es über die Stuhllehne, bevor er sich an den Kamin setzte. Sie konnte sehen, wie sich seine kräftigen Brustmuskeln unter dem feinen Leinenhemd abzeichneten, und verspürte ein ziehendes Prickeln tief in ihrem Bauch.

Dennoch stieß Caitrina einen Seufzer der Erleichterung aus, da er es nicht eilig zu haben schien, sich ihr aufzudrängen. Offensichtlich hatte er beschlossen, ihr Zeit zu geben, sich an seine Gegenwart zu gewöhnen. Sie nahm ihm gegenüber Platz, und die sanfte Wärme des schwelenden Feuers gab ihr ein eigenartiges Gefühl von Frieden. Alleine mit ihm in ihrem Schlafzimmer zu sitzen war nicht so unangenehm, wie sie erwartet hatte. Tatsächlich fühlte es sich sogar verstörend natürlich an.

»Willst du mir nicht erzählen, was du gemeint hast?«, fragte sie.

Sein Blick traf den ihren. »Du bist noch unschuldig, und ich möchte dir keine Schmerzen bereiten.« Seine Augen verdunkelten sich eindringlich. »Ich will dir Vergnügen bereiten.«

Der sinnliche Unterton in seiner Stimme jagte ihr ein Prickeln durch den Körper. »Und mein Vergnügen ist dir wichtig?«

Sein Blick wurde hart. »Ist es denn so schwer zu glauben, dass mir dein Glück wichtig sein könnte?«

Obwohl sie wusste, dass sie ihn unabsichtlich verärgert hatte, antwortete sie wahrheitsgemäß. »Ja, das ist es, da du mich zu dieser Ehe gezwungen hast.«

Er verkrampfte sich sichtlich, jeden Muskel seines Körpers straff gespannt. »Du hattest eine Wahl.«

»Hatte ich das?«, fragte sie leise.

Mit unergründlicher Miene hielt er ihrem Blick stand. Doch da lag etwas in seinen Augen, das sie dazu brachte, sich zu fragen, ob es vielleicht falsch gewesen war, seine Absichten in Frage zu stellen. Eine Eindringlichkeit, die sie vermuten ließ, dass er diese Ehe – und sie – mehr wollte, als ihr klar gewesen war.

Er antwortete nicht sofort, sondern richtete den Blick wieder zurück ins Feuer. Schließlich, nach ein paar Minuten, wandte er sich ihr wieder zu. »Vielleicht war es falsch von mir zu glauben, dass du das hier je akzeptieren würdest. Ich hatte gehofft, dass diese Nacht möglicherweise einen Neuanfang darstellen könnte. Ich habe mich noch nie einer Frau aufgezwungen, und ich werde auch jetzt nicht damit anfangen.« Seine Stimme war schroff und rau. »Wenn du diese Ehe nicht willst, dann geh.«

Ihr Herzschlag setzte aus. Er bot ihr einen Ausweg, und das war doch, was sie wollte … oder etwa nicht? Die Sekunden verstrichen. Dennoch konnte sie sich nicht dazu durchringen zu gehen.

Er wartete, ohne den Blick von ihrem Gesicht abzuwenden. Als sie von ihrem Stuhl aufstand, traf sie die herbe Enttäuschung in seinen Augen bis ins Mark.

Er glaubte, dass sie ihn verließ. Doch Caitrina wusste nicht, was sie tun sollte. Sie sollte zur Tür gehen und ihn hinter sich lassen, diesen Mann, der ihr so viel Schmerz verursacht hatte. Doch stattdessen ging sie auf ihn zu, bis sie direkt vor ihm stand, in dem Bewusstsein, dass sie gerade dabei war, die wichtigste Entscheidung ihres Lebens zu treffen.

Eine Entscheidung, die darauf gründete, was sie über ihn wusste, nicht darauf, was ihr über ihn erzählt worden war. Vielleicht hatte er sie dazu genötigt, ihn zu heiraten, aber ihr wurde langsam bewusst, dass seine Absichten stets ehrenhaft gewesen waren. Tatsächlich hatte Jamie Campbell einen ehrenhaften Zug an sich, der seinen üblen Ruf Lügen strafte. War es möglich, dass er wirklich etwas für sie empfand und versuchte, es wiedergutzumachen?

Sie waren von einer starken Macht zusammengeführt worden, und Caitrina hatte nicht länger die Kraft – oder den Willen –, ihr zu widerstehen.

Sie holte tief Luft. »Ich habe dir mein Wort gegeben. Ich werde es nicht zurücknehmen.«

Er erhob sich von seinem Stuhl und ragte über ihr auf, so dass nur wenige Zoll sie voneinander trennten. Hitze umgab sie – vom glimmenden Torffeuer und dem Feuer, das von seinem starken Körper ausstrahlte. Sie wollte ihm die Hände auf die Brust legen, fühlen, wie sich die Muskeln, hart wie Felsen, unter ihren Handflächen spannten. Die Wange an seine warme Haut schmiegen und den dunklen, würzigen Duft atmen, der ihre Sinne einhüllte. Sicherheit in seiner Stärke finden.

Er streckte die Hand aus und streichelte mit einer so sanften Berührung ihre Wange, dass ein Beben sie durchlief. »Weißt du, was du da sagst?«

Sie nickte. Das tat sie. Sie wollte ihn, und es gab kein Zurück.

Als wolle er ihre Entschlossenheit unter Beweis stellen, begann er langsam, den Gürtel ihres wollenen Umhangs zu lösen – ohne dabei die Augen von ihrem Gesicht zu wenden.

Gefangen in der Hitze seines Blickes hielt sie den Atem an.

Caitrina war es gewohnt, dass Dienerinnen sie entkleideten, doch Jamie Campbell war kein Diener und die Intimität der Handlung jagte ihr einen Schauer sinnlicher Erwartung durch den Körper.

Langsam legte er ihr die Hände auf die Schultern, ließ sie unter den Stoff gleiten und schob ihn zurück, bis ihr der Umhang vom Leib glitt und in einem schweren Knäuel zu ihren Füßen landete. Seine großen Hände bedeckten ihren Körper.

Er hielt den Atem an und verschlang mit den Blicken jede Kurve und Kontur ihrer Figur, die sich deutlich unter der hauchzarten, elfenbeinfarbenen Seide ihres Nachthemds abzeichnete. Das heftige Verlangen in seinen Augen drohte sie zu überwältigen, doch sie hielt der sengenden Hitze stand. Noch nie hatte ein Mann sie so angesehen, voller Besitzgier, Lust und etwas weit Gefährlicherem und Verlockenderem.

Mit dem Finger zog er die Kontur ihrer Brustwarze nach, bis sie sich unter dem dünnen Stoff aufrichtete, und bei der Berührung sammelte sich Hitze zwischen ihren Schenkeln.

»Gott, du bist wunderschön«, sagte er mit rauer Stimme. Er kniff sie leicht zwischen Daumen und Zeigefinger, und etwas in ihr tat einen Satz.

Sie erinnerte sich daran, wie sein Mund sich auf ihr angefühlt hatte, und wusste, dass er ebenfalls daran dachte. Sie wollte die Augen schließen und sich den aufkeimenden Gefühlen ergeben, die sie heiß durchströmten.

Sanft liebkoste er mit dem Daumen ihre Brustwarze, rieb den seidigen Stoff sündig über die empfindsame Spitze, bis sie schwankte – mit Knien weich wie Butter.

Sie glaubte, dass er sie küssen würde, doch er überraschte sie, indem er sie mühelos auf die Arme nahm, als wöge sie nicht mehr als ein Kind, und sie zum Bett trug. Sanft legte er sie darauf ab, und sie sank in die weiche Daunenmatratze.

Dann setzte er sich an den Bettrand, so dass die Matratze unter seinem Gewicht leicht einsank, und zog schnell die Stiefel aus. Nachdem er sein Hemd aus der Hose und es sich in einer geschmeidigen Bewegung über den Kopf gezogen hatte, warf er es auf den Stuhl, wo er sein Wams abgelegt hatte.

Wie hypnotisiert von dem Anblick hielt Caitrina den

Atem an. Er war wunderschön. Die harten Konturen seiner Brust und Arme sahen aus, als wären sie aus Stein gemeißelt. Jeder Muskel zeichnete sich straff unter der goldenen Haut ab, deren glatte Oberfläche nur gelegentlich von einer gezackten Narbe unterbrochen wurde, die ihn als Krieger auszeichnete.

Seine Arme waren wie Felsen, die Schultern breit, die Brust ein stählerner Schild. Schmale Muskelbänder wölbten sich an seinem Bauch. Er stand auf und löste die Schnürung seiner Hose, bis sie ihm tief auf den Hüften saß. Sie konnte sehen, wie sich seine mächtige Männlichkeit als unleugbarer Beweis seines Verlangens gegen den Stoff drängte.

Er musste ihre intensive Musterung bemerkt haben, doch er interpretierte ihre erschrockene Reaktion falsch. »Es gibt nichts, wovor du dich fürchten müsstest«, versprach er beruhigend.

Sie schüttelte den Kopf. »Du machst mir keine Angst.«

Er lachte leise auf und setzte sich neben sie auf den Rand des Bettes. »Lass das besser niemanden hören, sonst ruinierst du noch meinen Ruf.«

Caitrina konnte es nicht glauben: Er scherzte mit ihr. Es war so liebenswert und unerwartet. Sie erwiderte sein Lächeln. »Das würde mir nicht im Traum einfallen.« Erneut ließ sie den Blick über ihn wandern, und ihr Körper reagierte mit sinnlicher Wärme. Er war so nahe. Sie könnte die Hand ausstrecken und ihn berühren. »Es ist nur so, ich musste einfach bewundern ... wie schön du bist.« Die Worte purzelten ihr über die Lippen, bevor sie sie zurückhalten konnte.

Er runzelte die Stirn, denn offensichtlich wusste er nicht, was er von ihrer Erklärung halten sollte. »Ich bin ein Krieger. Krieger sind nicht schön.«

Da irrte er sich. In der Stärke und Kraft seines Körpers lag unbestreitbare Schönheit. Langsam streckte sie die Hände nach ihm aus und spürte, wie er zusammenzuckte, als sie mit den Handflächen über seine breite Brust strich. Sie konnte sehen, wie die Ader an seinem Hals zu zucken begann, und wusste, dass ihre Berührung ihm gefiel. Seine Haut fühlte sich warm und überraschend weich über den stahlharten Muskeln an. Sie hielt seinen Blick fest und strich ihm über die Schultern und die gewölbten Armmuskeln hinunter, die sich unter ihren Fingerspitzen instinktiv anspannten. *Atemberaubend.* »Für mich bist du das«, sagte sie sanft.

Etwas flackerte in seinen Augen auf, und er senkte den Kopf und bedeckte ihren Mund mit einem zärtlichen Kuss, der lauter als Worte sprach. Mit seinen Lippen berührte er ihre Seele, nahm einen Teil von ihr in Besitz, der noch nie enthüllt worden war.

Er neckte sie mit dem geschickten Spiel seiner Zunge – langsam und bedächtig, als hätte er alle Zeit der Welt. Er küsste ihr Kinn, glitt langsam mit den Lippen zu der empfindsamen Kuhle an ihrem Hals und hauchte über die feuchte Haut, bis sie vor Verlangen erbebte. Die Stoppeln an seinem Kinn hinterließen eine feurige Spur.

Er trieb sie vor Sehnsucht in den Wahnsinn, dehnte den Kuss aus, bis sie sich so fest an ihn klammerte, dass ihre Nägel sich ihm in die Schultern gruben.

Er beugte sich immer noch über sie, ohne dass ihre Körper sich berührten. Sie drängte sich ihm entgegen, wollte sein Gewicht auf sich spüren, die Brüste gegen die steinharten Muskeln pressen, die sie eben noch mit den Händen bewundernd berührt hatte.

Wieder küsste er sie auf den Mund, diesmal härter. Sie öffnete sich ihm und zwang ihn so, den Kuss zu vertiefen, als sich ihre Zungen trafen.

Unfähig, die auflodernde Lust zu zügeln, stöhnte sie auf, während der Kuss wilder wurde. Heißer.

Er schmeckte nach Sünde, dunkel und würzig mit einem Hauch nach Wein. Süß und berauschend. Sie hätte ihn ewig so küssen können, wo nichts zwischen ihnen stand außer dem Hunger ihrer Lippen und Zungen.

Doch etwas geschah mit ihrem Körper. Diese Rastlosigkeit, an die sie sich noch erinnern konnte, befiel sie erneut. Jeder Zoll ihrer Haut stand in Flammen, ihre Brustwarzen schmerzten, die empfindsame Stelle zwischen ihren Schenkeln pulsierte.

Als er endlich ihre Brust umfasste, zuckte sie zusammen. Er rieb die Brustwarze, bis sie sich ihm stumm flehend entgegenwölbte.

Nun löste er die Bänder an ihrem Hals, dann öffnete er das Nachtkleid und enthüllte ihre Brüste. Sie hatte jegliche Scham abgelegt, ihr Verlangen überlagerte alles außer der Lust und der Erwartung, die durch ihren Körper strömten. Als er die rosige Spitze an die Lippen hob und zu saugen begann, durchzuckte sie ein Pfeil der Lust. Sein warmer, feuchter Mund auf ihrem empfindsamen Körper sandte ihr sündige Schauer durch den Leib. Die Leidenschaft, die er in ihr hervorrief, stand kurz davor zu bersten.

Sein tiefes, lustvolles Grollen, während er ihre Brüste knetete und mit diesem unglaublichen Mund an ihr saugte, tauchte sie in flüssige Hitze. Das drängende Sehnen zwischen ihren Beinen wurde unerträglich, und sie hob ihm die Hüften entgegen.

Ihr offensichtliches Verlangen nach ihm schien seine Beherrschung zu erschüttern, denn er saugte fordernder, ließ die Zunge kreisen und knabberte leicht an der prallen Spitze, bis sie sich ihm entgegenbäumte.

Endlich, als sie schon glaubte, es nicht länger ertragen zu können, gab er ihre Brust frei, schob sich über sie und ließ sie sein Gewicht spüren. Warme Luft traf ihre Haut, als er das Nachthemd hochschob und die Hand zwischen ihre Beine gleiten ließ.

Mit einem Schlag erstarrte sie.

Sein Gewicht schien sie plötzlich zu ersticken, als quälende Bilder vor ihrem inneren Auge auftauchten. Seine sanfte Berührung fühlte sich grob und bedrohlich an. Galle stieg ihr in die Kehle. Der Rauch. Der Soldat, der versuchte, ihr die Beine zu spreizen.

Sie versuchte, ihn wegzudrücken, mit stechenden Tränen in den Augen, als die Schönheit des Augenblicks von den Erinnerungen an die Vergangenheit zerschmettert wurde. »Hör auf!«, schrie sie. »Bitte hör auf! Ich kann das nicht!«

12

Verlangen schloss sich um Jamie wie ein stählerner Schraubstock. Er holte einen tiefen, rauen Atemzug, denn jeder Zoll seines Körpers brannte vor Leidenschaft. Noch nie hatte er sich so danach gesehnt, in eine Frau einzudringen und den quälenden Druck in seinen Lenden zu lindern. Seine Erektion pochte pulsierend vor Lust. Alle seine Instinkte schrien danach zu nehmen: ihren Kuss. Ihr Stöhnen. Die süßen Bewegungen ihres Körpers. Die Empfindsamkeit, mit der sie auf ihn reagierte, trieb ihn an seine Grenzen. Unter äußerster Anspannung kämpfte er um Beherrschung, bis ihm der Schweiß auf die Stirn trat.

Er wusste, was er zu tun hatte, auch wenn es ihn beinahe umbrachte. Langsam stützte er sich auf und nahm sein Gewicht von ihr. »Du hast von mir nichts zu befürchten, Caitrina. Ich würde dir niemals weh tun.«

Sie sah aus, als würde sie jeden Augenblick in Tränen ausbrechen. »Es ist nur, dass ich mich daran erinnere ...«

Stumm verfluchte Jamie den Wachmann seines Bruders. Wenn der niederträchtige Hund nicht bereits tot wäre, dann wäre er es jetzt.

»Du verstehst nicht.« Wild sah sie ihn an, während ihr Tränen über die Wangen strömten. »Ich glaube, er hat mich ... geschändet.«

Sanft wischte er eine heiße Träne fort. Sie konnte sich an mehr erinnern, als er gedacht hatte, jedoch nicht an alles. »Er hat dich nicht vergewaltigt, Caitrina.«

»Wie kannst du dir da so sicher sein?«

»Weil ich ihn daran gehindert habe.«

Sie riss die Augen auf. »Ist das wahr?«

Er nickte. »Du warst bewusstlos, und ich war mir nicht sicher, an wie viel du dich erinnern konntest. Ich hätte schon früher etwas gesagt, wenn ich gewusst hätte, was du glaubtest.« Seine Miene wurde grimmig. »Aber ich kann dir versichern, dass der Schurke für das, was er versuchte, bezahlt hat.«

Er konnte sehen, dass sie verstanden hatte – der Soldat war tot.

»Danke«, sagte sie leise und hob den Blick.

Obwohl er wusste, dass sie erleichtert darüber war, nicht vergewaltigt worden zu sein, wusste er auch, dass sie ihre Ängste nicht so schnell würde vergessen können. Doch er wusste ebenfalls, dass der Liebesakt sie einander näherbringen würde. Wie konnte er ihr zeigen ...

Und plötzlich wusste er es.

Zärtlich nahm er ihre Hand und hauchte ihr einen sanften Kuss auf die Handfläche. »Du zeigst mir, was du willst.« Er konnte sehen, dass sie unsicher war.

»Wie meinst du das?«

»Ich schwöre, dass ich dich nicht berühren werde, es sei denn, du bittest mich darum.« *Der Himmel stehe mir bei!* »Wenn du aufhören willst, dann sagst du es einfach.« Sie würde die Kontrolle haben.

Unsicher sah sie ihn an. »Das würdest du für mich tun?«

»*Aye.*« Er hob ihre Hand an die Lippen. »Ich sagte dir doch, ich will dir Vergnügen bereiten.«

Sie errötete. »Das hast du auch, bis ...«

Er dachte einen Augenblick lang nach. Bis er sich über sie gelegt und die Hand zwischen ihre Beine geschoben hatte. Ersteres ließ sich leicht genug vermeiden; und Letzteres, nun, wenn er seinen Teil dazu beitrug, würde sie ihn anflehen, sie zu berühren.

Er legte sich neben sie und rollte sie über sich, wobei er sich jedes Zolls ihres unglaublichen Körpers, der sich an ihn presste, quälend bewusst war. Ihre langen, schlanken Beine waren mit den seinen verschlungen, die Rundung ihrer Hüfte schmiegte sich an seine Männlichkeit, und die zarten, rosigen Spitzen der üppigen, runden Brüste bohrten sich ihm sinnlich in die Brust. Das Gefühl dieser köstlichen Frau, die wie hingegossen auf ihm lag, war so außergewöhnlich und so anders als alles, was er je erlebt hatte, dass er sich fragte, ob es nicht etwas voreilig von ihm gewesen war, ihr zu schwören, dass er sie nicht berühren würde.

Mit einem Stoßgebet bat er um Kraft und versuchte, nicht darüber nachzudenken – was leichter gesagt als getan war, wenn sie sich so an ihn schmiegte.

Als er ihr in die Augen blickte, sah er darin Überraschung – aber, wie er erleichtert feststellte, keine Angst.

»Äh ... bist du sicher, dass es geht ...« Sie biss sich auf die Lippe. »Ist es natürlich so?«

Gott, ja. Er versuchte, nicht aufzustöhnen bei dem Gedanken, wie natürlich diese Stellung sein konnte. Er wollte nicht daran denken, wie er sie um die Taille fasste und ihre wippenden Brüste seine Hände streiften, während sie auf und ab auf seinem pulsierenden ...

Hölle!

Heftig verdrängte er die lüsternen Bilder aus seinem Kopf und antwortete: »Es gibt mehr als nur eine Möglichkeit, sich zu lieben, Caitrina. Und ich verspreche dir, sie dir alle zu zeigen.«

Die schüchterne Röte, die ihr in die Wangen stieg, war mit das Sinnlichste, das er je gesehen hatte, denn er konnte die begierige Neugier in ihren Augen lesen.

Er behielt die Hände fest an der Seite und widerstand dem Drang, über den sanft geschwungenen Rücken zu streichen und die üppige Rundung ihres Pos zu umfassen.

»Ich fürchte, ich weiß nicht, was ich tun soll«, sagte sie eindeutig beschämt.

»Was immer du willst«, antwortete er. »Ich gehorche ganz deinem Befehl.«

Sie dachte einen Augenblick lang darüber nach, und das unartige Lächeln, das um ihre Lippen spielte, jagte ihm einen ahnungsvollen Schauer durch den Körper. Dieses fremdartige Gefühl konnte man nur als Angst beschreiben. Er, ein Mann, der auf dem Schlachtfeld hartgesottene Krieger dazu gebracht hatte, die Flucht zu ergreifen, fürchtete sich vor einem kleinen Mädchen.

Was zum Teufel hatte er sich da nur eingebrockt?

Sie betrachtete seinen Mund und fuhr sich dabei unbewusst mit der Zunge über die Unterlippe. Hitze durchströmte ihn. »Du meinst, wenn ich dich küsse ...« Sie senkte die Lippen, bis sie nur noch ein Hauch voneinander trennte und ihr honigsüßer Atem ihm das Wasser im Mund zusammenlaufen ließ. »Dann wirst du mich nicht zurückküssen?«

Sein ganzer Körper versteifte sich, als sie ihm einen zarten Kuss auf den Mund gab, und er musste sich an den Bettlaken festkrallen, um das anschwellende Drängen in ihm zu bekämpfen, das eine Erwiderung verlangte. Er wollte sie hart und leidenschaftlich küssen, ihr die Zunge tief in den Mund drängen und sie verschlingen, bis sie die Besinnung verlor.

»Nicht, wenn du es nicht willst«, antwortete er gepresst.

Er konnte fühlen, wie sie sich entspannte und ihr Körper ihm entgegenschmolz. Es war die reinste Folter.

Sie küsste ihn erneut und ließ die Zungenspitze zwischen seine Lippen gleiten. Sein Herz pochte, und seine Erektion zuckte ihr heftig entgegen. *Wo zur Hölle hatte sie das nur gelernt?*

Wenn es Instinkt war, wie er vermutete, dann war er in Schwierigkeiten – gewaltigen Schwierigkeiten.

Doch er hatte keine Zeit, über die Zukunft nachzudenken, denn sie küsste ihn wieder. Presste die weichen Lippen auf seine und drängte ihm mit einem langen, zarten Seufzen die Zunge in den Mund.

Sie hatte ihm die Hand an die Wange gelegt und streichelte ihn mit der Zunge, wie er es ihr so törichterweise gezeigt hatte. Es kostete ihn alles an Beherrschung, sie nicht auf den Rücken zu werfen und so tief zu küssen, wie sie es erflehte.

»Küss mich«, murmelte sie.

Mit einem Grollen der Erleichterung umkreiste er ihre Zunge, parierte, tauchte in sie ein, kostete sie ebenso tief wie sie ihn. Sie war so süß und heiß, dass er nicht genug bekommen konnte.

Das Blut rauschte ihm durch den Körper. Seine Erektion war so hart, dass sie ihn ebenfalls fühlen musste. Als hätte sie seine Gedanken gelesen, bewegte sie die Hüften über ihn, so dass er fest zwischen ihren Beinen eingekeilt war.

Er konnte nicht mehr atmen.

Ohne zu ahnen, was sie mit ihm anstellte, unterbrach sie den Kuss und ließ die Lippen an seinem Kinn und Hals entlangwandern und hinterließ einen sengenden Pfad auf seiner Haut. Mit flach ausgebreiteten Händen strich sie erkundend über jede Wölbung seiner Muskeln an Brust und Armen, mit beinahe kindlicher Freude, als wäre sie ein Kind, das ein Weihnachtsgeschenk auspackt.

Sein Herz pochte, seine Männlichkeit pochte, alle seine Sinne schrien danach, sie zu berühren, doch er hielt unter ihrer unschuldigen Erkundung still.

Stumm zählte er bis zehn, in dem Versuch, alles zu tun, um sich davon abzulenken, was sie mit seinem Körper machte.

Was war nur in ihn gefahren, dass er das hier tat? Sie stützte sich ein wenig auf, damit sie die Hand zwischen ihre Körper und über seinen Bauch gleiten lassen konnte, während ihre Zunge an seinem Hals entlangleckte. Jeder Muskel seines Körpers verkrampfte sich. Sie zeichnete die harten Bauchmuskeln nach, und die federleichte Berührung so nah an seiner Männlichkeit war beinahe mehr, als er ertragen konnte. Er musste die Zähne zusammenbeißen, um nicht noch einmal aufzustöhnen.

Ihre Hand glitt tiefer, zum Bund seiner Hose, und als sie mit der Handfläche unabsichtlich über die pulsierende Spitze seiner Erektion streifte, krampften sich ihm die Gesäßmuskeln zusammen, während er gegen den Drang zu stoßen ankämpfte.

Er musste einen Laut von sich gegeben haben, denn sie hob den Kopf, und er sah die Unsicherheit in ihrem Blick. »Habe ich dir weh getan?«

Er schüttelte den Kopf und stieß gepresst hervor: »Das ist nur, weil ich dich so sehr begehre.«

Sie ließ den Blick an ihm hinabgleiten und sah, wie er sich gegen das Leder seiner Hose drängte. Wenn es überhaupt möglich war, machte ihn das nur noch härter. »Würde es helfen, wenn ich dich berühre?«

»Ja«, log er, obwohl er wusste, dass es dadurch nur noch unendlich schlimmer werden würde. Doch was sie ihm anbot, war so verlockend, dass er ihr nicht die Wahrheit sagen konnte. Ihre kleine Hand, die sich um ihn schloss ...

Er schüttelte den Gedanken ab und wappnete sich gegen ihre Berührung.

»Was soll ich tun?«

»Die Schnürung lösen.« Sie tat wie geheißen. Er wusste, dass er es nicht tun sollte, aber er musste sie einfach dabei beobachten. Ihre Augen weiteten sich, als sie ihn sah – alles von ihm –, und er fragte sich, ob sie ihre Meinung ändern würde, doch nach einer langen Pause hob sie fragend den Blick. »Umschließ mich mit der Hand«, sagte er leise.

»Ich werde es versuchen.«

Mit einem Stöhnen schloss er die Augen. *Oh Gott, das fühlte sich so gut an.* Ihre Hand war weich und kühl, und er war so heiß. Er zuckte ein wenig in ihrer Hand, und ein

Tröpfchen Flüssigkeit trat an der Spitze aus. Ihr Griff war zögerlich, aber süß ... quälend süß.

Weil er nicht glaubte, dass er in der Lage war zu sprechen, bedeckte er ihre Hand mit seiner und zeigte ihr, wie sie ihn streicheln musste.

Lodernd rauschte es ihm in den Ohren, als er sich dem Feuer ergab, das sie in seinem Blut entfachte. Eine Lust, wie er sie noch nie zuvor erlebt hatte, erfasste ihn.

Sie massierte ihn schneller, fester, bis der Druck sich immer mehr steigerte, sein Körper sich verkrampfte und er wusste, dass er gleich explodieren würde.

Er packte sie am Handgelenk. »Hör auf«, stieß er zwischen zusammengebissenen Zähnen hervor. »Du bringst mich um den Verstand.«

Sein Herz pochte heftig, während er um Beherrschung rang. Fragend sah sie ihn an. »Ich hatte zu lange schon keine Frau mehr«, erklärte er, obwohl er wusste, dass es nichts damit zu tun hatte – er war ein Mann, der sich stets unter äußerster Kontrolle hatte, selbst was Sex betraf –, sondern einzig und allein mit *dieser* Frau.

Seine Erklärung schien ihr zu gefallen. Sie beugte sich vor und küsste ihn erneut. »Wie lange?«, murmelte sie an seinem Mund.

Er dachte eine Minute lang darüber nach und beschloss, ihr die Wahrheit zu sagen. »Seit ich dich das erste Mal sah.«

Caitrina wusste nicht, warum, aber seine Erklärung erfreute sie über die Maßen. Sie war nicht ganz sicher, was sein Bedürfnis aufzuhören mit anderen Frauen zu tun hatte, doch das war nicht wichtig. Er hatte bei keiner anderen gelegen, seit er sie getroffen hatte. Das musste etwas bedeuten. Vielleicht empfand er wirklich etwas für sie.

Seine Anspannung sagte ihr, dass das, was sie getan hatte, ihm Vergnügen bereitete. Und wenn sie ihm Vergnügen bereitete, so erkannte sie, bereitete ihr das ebenfalls Vergnügen.

Sie fühlte sich entspannt, selbstbewusst, und was am Wichtigsten war, begierig darauf weiterzumachen.

Sie küsste ihn erneut und rieb sich dabei fast unmerklich an ihm. Überall, wo sie sich berührten, verspürte sie ein sinnliches Prickeln. Doch das war nicht genug; sie sehnte sich nach dem Gewicht und dem Druck seiner Hände.

Also küsste sie ihn fester und versuchte, ihm ihre Wünsche mit den Lippen zu vermitteln. Sie konnte spüren, wie die Leidenschaft in ihm loderte, doch ihr war auch klar, dass er sein Versprechen halten würde, ganz gleich, wie sehr sie ihn reizte.

Sie würde es ihm sagen müssen.

Sanft wanderte ihr Mund über das raue, stoppelige Kinn zu seinem Ohr. »Berühr mich«, hauchte sie. »Bitte, berühr mich.«

»Wo?«, fragte er.

Der dunkle Ton seiner Stimme schien so schwer und dunkel wie flüssige Lava und drang ihr durch und durch. Kein Mann sollte eine solche Stimme haben – eine, die mit einem einzigen Wort verführen konnte. »Überall«, antwortete sie.

Er stöhnte auf, umfasste liebevoll ihre Brüste und kniff die Brustwarzen, so dass sie sich straff aufrichteten. »Etwa so, meine Süße?«

Sie warf den Kopf in den Nacken und ergab sich den köstlichen Gefühlen, die seine kräftigen Hände auf ihrem Körper in ihr auslösten. Hände, die ein Claymore mit tödlicher Kraft schwingen und doch auch mit äußerster Zärtlichkeit streicheln und liebkosen konnten.

Er schloss die Lippen um eine Brustwarze, sog sie tief in den Mund und zog leicht mit den Zähnen daran, bis ihr Körper sich ihm – völlig eigenständig – entgegendrängte. Seine

Erektion pulsierte heiß an ihrem Bauch. Er war groß, wie alles an ihm. Obwohl sie ihn an ihrem Körper gespürt hatte, war ihr nicht ganz bewusst gewesen, wie groß er war, bis sie ihn aus dem Gefängnis seiner Hosen befreit hatte. Einen Augenblick lang war alles, was sie fühlen konnte, Erschrecken und nicht nur geringe Angst gewesen – bis sie ihn in die Hand genommen hatte. Sie erinnerte sich daran, wie er sich angefühlt hatte – wie Samt auf Stahl. Doch am allermeisten erinnerte sie sich daran, wie es sich angefühlt hatte, all diese rohe, männliche Kraft mit ihrer kleinen Hand zu beherrschen. *Sie* hatte die Macht, ihn schwach vor Lust werden zu lassen, und dieses Wissen war sowohl erregend als auch ermutigend und gab ihr ein Selbstvertrauen, das sie für unmöglich gehalten hatte.

»Ich will dich nackt«, sagte er, und seine Augen durchbohrten sie mit einer so intensiven Leidenschaft, dass es beinahe beängstigend war. Es war nicht nur bloße Lust, sondern etwas weit Tieferes. Etwas, das sie einhüllte wie ein warmes, flauschiges Plaid. Etwas, von dem sie nicht geglaubt hatte, dass sie es je wieder fühlen würde: Sicherheit.

Sie nickte, und geschickt zog er ihr das Nachthemd über den Kopf und ließ es auf den Boden neben dem Bett fallen. Sie lag nun nicht länger auf ihm, sondern neben ihm ausgestreckt, doch sie hatte keine Zeit, sich ihrer Nacktheit zu schämen, denn er saugte wieder an ihren Brüsten und vergrub das Gesicht zwischen ihnen. Das Kratzen seines Bartes fühlte sich angenehm rau auf ihrer fieberheißen Haut an.

Noch nie hatte sie sich so verehrt gefühlt. Er huldigte ihr mit Mund und Zunge und streichelte erkundend über ihren Körper und ließ keine Stelle unberührt, als wolle er sich jeden Zoll von ihr einprägen. Das lange, langsame Streicheln seiner schwieligen Handflächen auf ihrer glühenden Haut jagte ihr sinnliche Schauer durch den Körper. Es war köstliche, wunderschönste Folter. Jede Berührung, jede Bewegung von ihm war dazu bestimmt, ihr Vergnügen zu bereiten. Heißes Verlangen sammelte sich zwischen ihren Beinen, warm und weich und voll verzweifeltem Sehnen nach seiner Berührung.

Er bedeckte ihre Lippen mit einem feuchten, hungrigen Kuss von dunkler Sinnlichkeit, während er mit den Fingerspitzen leicht an der Innenseite ihres Oberschenkels entlangglitt. Der Atem stockte ihr vor Erwartung.

»Sag es mir«, flüsterte er. Sie drängte sich seiner Hand entgegen, doch er streifte sie nur sanft mit der Fingerspitze. »Willst du, dass ich dich dort berühre, Caitrina?« Sie sehnte sich so sehr danach, dass die federleichte Berührung ihren ganzen Körper erbeben ließ.

»Bitte«, flehte sie und presste sich noch fester an ihn.

Sie stöhnte auf, als er endlich mit dem Finger in sie glitt und sie mit geschickten Bewegungen bis an den höchsten Punkt der Lust brachte. Er zog sie in einen langen, dunklen Tunnel sinnlicher Empfindungen, wo alles, woran sie denken konnte, der köstliche Druck war, der sich zwischen ihren Schenkeln aufbaute.

Leise raunte er ihr sündige, anregende Worte ins Ohr, die sie um den Verstand brachten. Sie war so kurz davor ...

Doch sie wollte mehr. Sie wollte ihr Vergnügen mit ihm teilen. Instinktiv streckte sie die Hand aus und schloss die Finger um seine heiße, samtige Haut. »Zeig es mir«, sagte sie.

Seine Hand hielt inne, und er suchte ihren Blick. »Bist du sicher?« Sie nickte.

Er umfasste sie an den Hüften und hob sie sanft rittlings über sich. Das Gefühl seiner mächtigen Männlichkeit zwischen ihren Schenkeln ließ sie einen Augenblick zögern, doch dann vergaß sie alles um sich herum, als er sie langsam auf sich herabsenkte. Sie begann am ganzen Körper zu beben, als die glatte, runde Spitze sanft an ihre intimste Stelle stieß, spreizte die Beine weiter und senkte langsam den Körper auf ihn herab.

Er gab einen Laut von sich, der beinahe gequält klang, als sie tiefer sank und den schweren Kopf in sich aufnahm. Als sie einen leichten Widerstand spürte, hielt sie inne und erlaubte ihrem Körper, sich an das Gefühl, um ihn herum gedehnt zu sein, zu gewöhnen.

Während sie versuchte festzustellen, ob es schmerzte, verharrte er vollkommen still und bewegungslos, obwohl sie wusste, dass seine Selbstbeherrschung nur noch an einem hauchdünnen Faden hing. Sie konnte die grimmige Entschlossenheit auf seinem Gesicht sehen, und seine Muskeln an Hals und Schultern waren straff gespannt wie eine Bogensehne.

»Es tut eigentlich gar nicht so weh«, meinte sie.

Er gab ein Geräusch von sich, das wie ein ersticktes Lachen klang. »Ich fürchte, es ist noch nicht ganz vollbracht, meine Liebe.«

Liebe. Sie wusste, dass es nur eine Floskel war, ein Kosewort, das in der Hitze des Augenblicks ausgesprochen worden war, aber das konnte das sehnsüchtige Ziehen in ihrer Brust nicht verhindern. »Noch nicht?«, fragte sie.

Er schüttelte den Kopf.

Sie versuchte, noch ein wenig tiefer zu sinken, doch dann hielt sie inne. »Ich fürchte, weiter geht es nicht, du bist einfach zu groß.«

Diesmal brachte er ein Lächeln zustande. »Worte, die das Herz eines jeden Mannes erwärmen, meine Süße, aber ich kann dir versichern, dass es funktionieren wird. Ich muss deine jungfräuliche Barriere durchbrechen. Ich kann es schnell machen, aber ich werde dich nicht anlügen, es wird schmerzhaft sein.«

Sie nickte. Bevor sie es sich noch einmal überlegen konnte, umfasste er sie an der Taille, sah ihr tief in die Augen und stieß in einer einzigen, geschmeidigen Bewegung in sie. Tief in sie. Sie verspürte einen scharfen Schmerz und schrie auf.

»Es tut mir leid«, stieß er mit vor Zurückhaltung angespannter Stimme hervor.

Ihr Körper wehrte sich gegen das Eindringen, und ihr erster Reflex war, sich ihm zu entziehen, doch er hielt sie fest.

»Gib dir eine Minute Zeit«, drängte er. »Versuch, dich zu entspannen. Gott, du fühlst dich unglaublich an!«

Er fing an, mit dem Daumen die empfindsame Stelle über ihrer Öffnung zu massieren, und langsam entspannte sie sich. Das süße, träge Gefühl breitete sich wieder in ihr aus.

»So ist es gut«, stöhnte er und rieb ein wenig fester. Er hatte recht: Es fühlte sich unglaublich an, völlig anders als alles, was sie sich je hätte träumen lassen. Sie hätte nie geglaubt, dass sie sich jemals jemandem so nahe fühlen könnte. Er schien sie völlig auszufüllen, seine Männlichkeit gab ihr allen Druck, nach dem sie sich sehnte – und mehr.

Langsam begann sie sich zu bewegen, hob sich ein wenig an und sank dann wieder auf ihn herab. Sie fiel in einen natürlichen Rhythmus. Noch nie hatte sie sich so frei gefühlt.

Der entrückte Ausdruck auf seinem Gesicht sagte ihr, dass sie wohl etwas richtig machen musste.

Als ihr Herzschlag wild zu rasen begann, packte er ihre Hüften und half ihr, sich schneller auf ihm zu bewegen. Reibend, stoßend, härter und härter. Schneller und schneller. Bis ...

Ihr Körper zog sich in dem festen Griff der Lust zusammen und begann zu pulsieren. Das war wohl alles, worauf er gewartet hatte, denn nun fühlte sie, wie er sich entspannte und jede Zurückhaltung aufgab.

»Ich komme«, stieß er gepresst hervor, mit einem letzten, tiefen Stoß, der bis in ihr Innerstes drang. Ihre Blicke trafen sich, und bei dem, was sie sah, zog sich ihr das Herz zusammen. Das zärtliche Gefühl war ein scharfer Kontrast zu seiner sonst so kalten Unerbittlichkeit. Sie wusste, dass er einen Teil von sich enthüllt hatte, den sie noch nie zuvor gesehen hatte – den möglicherweise noch niemand je zuvor gesehen hatte.

Er stöhnte laut auf, als sein Körper sich verkrampfte und sich sein heißer Samen in ihr verströmte.

Und sie kam ihm entgegen, wölbte den Rücken und schrie auf, als ihre eigene Erlösung über sie hinwegbrandete. Es war so wie beim letzten Mal, nur viel intensiver. Das langsame Zerbersten, der schwindelnde Gipfel des Empfindens, der kurze Augenblick, an dem ihr Herz stehenblieb und ihre Seele den Himmel zu berühren schien. Doch dieses Mal war sie nicht allein.

Ich bin nicht allein.

Sie wollte, dass es ewig anhielt, und klammerte sich an diese Empfindungen, solange sie konnte, ritt jede Welle ab, bis das letzte sinnliche Prickeln verebbt war.

Schwer atmend sank sie auf ihn herab und schmiegte die Wange an seine Brust, die ebenso wie ihre Haut von einem angenehm kühlen, verschwitzten Schimmer überzogen war. Wohlig lauschte sie, wie das wilde Schlagen seines Herzens langsamer wurde, und schloss die Augen.

Jamie hörte ihre sanften, gleichmäßigen Atemzüge und wusste, dass sie eingeschlafen war. Erleichtert stieß er einen Seufzer aus. Ihm fehlten die Worte, um das zu beschreiben, was er fühlte, und er war froh, dass er Zeit hatte, um sich wieder zu fassen.

Was zum Teufel war da gerade geschehen?

Es war anders als alles, was er je erlebt hatte. Er hatte gewusst, dass ihre gegenseitige Anziehung stark war, aber das erklärte nicht die Verbindung, die er gespürt hatte, als er tief in ihr war. Eine Verbindung, die viel mehr damit zu tun hatte, den Hunger seiner Seele statt seiner Lust zu stillen. Nie hatte eine Frau so vollständig seine aus Eisen geschmiedete Kontrolle durchbrochen. Sie hatte einen Teil von ihm ans Licht gebracht, von dem er nicht einmal gewusst hatte, dass er existierte.

Er streichelte ihr übers Haar, während er über das seltsame Gefühl der Enge in seiner Brust nachdachte. Das überwältigende Gefühl von Zärtlichkeit für die zierliche Frau in seinen Armen. Seine Ehefrau. Er hatte gedacht, das würde genügen, doch das tat es nicht. Er wollte mehr, viel mehr. Er wollte ihre Liebe, ihr Vertrauen und ihren Respekt. Denn ohne die letzten beiden war Ersteres unmöglich.

Aber was, wenn sie ihm das niemals geben konnte?

Er war untrennbar an seinen Cousin gebunden – einen Mann, den sie verabscheute –, und sein eigener Bruder hatte ihren Clan vernichtet.

Wie lange würde es dauern, bis sie ihn bat, zwischen ihr und seiner Familie – seiner Pflicht – zu wählen?

Er fürchtete diesen Tag, doch er wusste, dass er kommen würde. Denn es gab gewisse Dinge, die er nicht tun konnte – nicht tun würde. Sanft zog er sie enger an sich. Nicht einmal für sie.

13

Ein Klopfen an der Tür weckte Caitrina, und es dauerte ein paar Augenblicke, bis ihr bewusst wurde, wo sie sich befand und dass sie allein war. Sie wusste nicht, ob sie enttäuscht oder erleichtert sein sollte – vermutlich ein wenig von beidem. Im hellen Tageslicht nahmen die Erinnerungen daran, was sie letzte Nacht miteinander geteilt hatten, ein neue Bedeutung an, und sie schämte sich mehr als nur ein wenig dafür, wie leidenschaftlich sie auf ihr Liebesspiel reagiert hatte.

Sie brauchte nur an sich herunter auf ihre nackten Glieder zu blicken, die mit den zerwühlten Laken verschlungen waren, um sich daran zu erinnern, wie kühn sie gewesen war. Ihre Wangen röteten sich. Schnell beugte sie sich aus dem Bett, um ihr Nachthemd vom Boden aufzuheben, dann zog sie es sich über den Kopf, schnürte die Bänder am Hals zu und bat die Person an der Tür einzutreten.

Es war Mor. Geschäftig kam sie ins Zimmer, mit einem Stapel Handtücher unter der Nase. »Der Laird hat mich gebeten, dich aufzuwecken, damit du Zeit hast, vor dem Frühstück zu baden.« Sie legte die Leinentücher auf Caitrinas Truhe ab und begann, das Feuer zu schüren. »Er möchte in einer Stunde aufbrechen.«

Caitrina streckte sich träge. Es widerstrebte ihr, das gemütlich warme Bett zu verlassen. »Wie spät ist es?«

Die alte Amme ging zum Fenster und stieß die Läden auf. Blendende Sonnenstrahlen ergossen sich auf den polierten Holzdielenboden. »Beinahe später Vormittag.«

»Schon!«, rief Caitrina mit einem Schlag hellwach aus. »Wir sollten doch schon bei Tagesanbruch nach Ascog aufbrechen. Warum hat mich denn niemand geweckt?«

»Der Laird hat mich angewiesen, dich schlafen zu lassen.« Mor schien auch an diesem Morgen nicht glücklicher darüber zu sein, Befehle von ihm entgegenzunehmen, als sie es am Vorabend gewesen war. Sie warf Caitrina einen bedeutsamen Blick zu. »Er sagte, dass du deinen Schlaf brauchst.«

Caitrina wandte sich ab, damit Mor die verräterische Röte nicht sah, die ihr heiß in die Wangen stieg.

»Geht es dir gut?«, fragte Mor zögerlich. »Er war nicht zu grob ...«

»Es geht mir gut«, beruhigte Caitrina sie hastig. Besser als gut. Sie hatte sich noch nie so ... gut gefühlt. Mor runzelte immer noch die Stirn, deshalb ergriff Caitrina die Hände der Amme und sah ihr in die besorgten Augen. »Wirklich, Mor, es geht mir gut. Er war ... sanft.« Überraschenderweise. Völlig im Widerspruch zu dem grimmigen, unerbittlichen Krieger, für den sie ihn gehalten hatte. Letzte Nacht hatte sie eine Seite von ihm gesehen, die sie nicht erwartet hatte, und sie wusste nicht, was sie mit ihrem Wissen anfangen sollte.

Sie konnte immer noch nicht glauben, was geschehen war. Er hatte sie in so vielerlei Hinsicht überrascht. Zuerst durch seine Einfühlsamkeit im Hinblick darauf, dass sie nach dem Angriff des Soldaten immer noch Ängste hatte, und dann dadurch, dass er ihr die absolute Kontrolle über ihr Liebesspiel überlassen hatte. Nie hätte sie sich vorstellen können, dass er ihr ein derartiges Geschenk machen könnte, da doch seine schiere Körperkraft, die natürliche Autorität und Beherrschung und die sexuelle Potenz, die er ausstrahlte, von dominanter Männlichkeit zeugten. Und ihr Vertrauen darauf, dass er jederzeit aufhören würde, hatte ihr mehr als alles andere die Ängste genommen – er hatte gewusst, was sie brauchte, sogar schon, bevor sie selbst es wusste. Hatte sie ihn wirklich einmal für kalt und rücksichtslos gehalten? Vielleicht seinen Feinden gegenüber, aber zu ihr war er verständnisvoll, zärtlich ... beinahe liebevoll.

Von ihrer Antwort beruhigt nickte die alte Amme, und eine weitere Unterhaltung blieb Caitrina erspart, da der hölzerne Badezuber hereingebracht wurde.

Während sie sich in dem warmen Wasser entspannte, schweiften ihre Gedanken mehr als nur ein- oder zweimal zu ihrem Ehemann ab. Instinktiv wusste sie, dass sich etwas zwischen ihnen verändert hatte, aber was? Würde es unbehaglich sein, ihn wiederzusehen? Würde er so tun, als wäre nichts geschehen? *War* denn etwas geschehen? Halb erwartete sie, dass er jeden Augenblick die Tür öffnen würde, doch erst nachdem sie gefrühstückt hatte, sah sie ihn wieder.

Er betrat mit ihrem Onkel den Saal, und ihr Herz tat einen Satz. Angespannt wartete sie auf seine Reaktion. Sein Blick fand ihren, und vielleicht spürte er ihre Unsicherheit, denn er lächelte.

Er raubte ihr den Atem. Und mit dieser einen kleinen Geste vielleicht auch ein kleines Stück ihres Herzens.

Es sollte eine Sünde sein, so gut auszusehen. So wie seine Augen funkelten, wie ihm das dunkle, mahagonifarbene Haar in die Stirn fiel und sich sein sinnlicher Mund zu einem breiten Lächeln verzog, gab es niemanden, der sich mit ihm vergleichen konnte. Er sah entspannter aus, als sie ihn je gesehen hatte. Ihr war vorher nie aufgefallen, wie sehr er stets auf der Hut war.

Doch da war noch etwas anderes ...

Caitrina hielt den Atem an. Seine Kleidung. Zum ersten Mal, seit sie ihn getroffen hatte, trug er das traditionelle *breacan feile* eines Highlanders – das Plaid war über einem feinen Leinenhemd gegürtet und an der Schulter mit seiner Chieftainsnadel festgesteckt. Wenn überhaupt möglich, dann ließ ihn dieses Gewand nur noch eindrucksvoller aussehen. Sie erkannte das Muster des Plaids; es war dasselbe wie das des Plaids, das er ihr an dem Tag, an dem sie sich das erste Mal begegnet waren, geborgt hatte. Sie war es gewohnt, ihn in höfischer Kleidung zu sehen, doch nun wurde sie daran erinnert, dass er trotz seiner weltgewandten Lowlandsitten tatsächlich ein Highlander war.

Sie konnte nicht umhin, sich zu fragen, ob das etwas zu bedeuten hatte.

Er kam auf sie zu, nahm ihre Hand und führte sie an seine Lippen. »Ich nehme an, du hast gut geschlafen?«

Sich deutlich dessen bewusst, dass alle Augen auf sie gerichtet waren, konnte sie dennoch nicht verhindern, dass ihr das Blut in die Wangen schoss. »Ja, vielen Dank.«

»War mir ein Vergnügen«, meinte er neckend.

Voller Scham stotterte sie: »Ich wollte damit nicht ...«, doch als sie das Lachen in seinen Augen bemerkte, brach sie ab. »Schuft!«, murmelte sie.

Er lachte und legte ihre Hand in seine Armbeuge. »Wenn du bereit bist, dann können wir uns von allen verabschieden.«

Es war seltsam. Wie sie so neben ihm stand und ihre Hand auf den harten Muskeln seines Arms ruhte, fühlte sie sich mit ihm verbunden. Sie waren tatsächlich miteinander verbunden, erkannte sie. Als Mann und Frau. Ihr altes Leben konnte sie niemals wiederbekommen, aber vielleicht, nur vielleicht, könnte sie ein neues Leben aufbauen – nicht besser oder schlechter, sondern anders.

Ihren Verwandten Lebewohl zu sagen war schwerer, als sie erwartet hatte. Sie schuldete ihnen so viel und wusste, dass sie ihnen ihre Güte niemals würde zurückzahlen können.

Erst als ihr Cousin John sie beiseitenahm, während Jamie unter vier Augen mit ihrem Onkel in dessen Arbeitszimmer sprach, durchdrang die Wirklichkeit den traumähnlichen Zauber, den ihre leidenschaftliche Hochzeitsnacht um sie gewoben hatte.

»Es wird nicht einfach für dich werden, Mädchen, mit einem Campbell verheiratet zu sein. Du hast ein großes Opfer für deinen Clan erbracht, aber wenn du feststellen solltest, dass du es nicht mehr ertragen kannst, dann lass nach mir schicken.«

Caitrina senkte den Blick. *Opfer*. Es war nicht halb so ein großes Opfer, wie es das eigentlich sein sollte. Dennoch rührte sie die Sorge ihres Cousins – auch wenn sie unangebracht war. Sie verspürte einen schmerzhaften Stich in der Brust. Malcolm oder Niall hätten ebenso reagiert. »Danke, John, aber das wird nicht nötig sein. Ich werde schon gut genug zurechtkommen.«

Mit hartem Blick starrte er sie an. »Lass dich nicht von dem Vergnügen des Ehebetts täuschen, Mädchen.« Johns unverblümte – und nur zu treffende – Einschätzung der Situation brachte sie aus der Fassung. »Er will dich, aber Jamie Campbell ist durch und durch so gefährlich und skrupellos, wie man behauptet. Ich habe ihn in Aktion gesehen. Er wird sich niemals von einer Frau beeinflussen lassen. Seine Loyalität wird an allererster Stelle immer seinem Cousin gehören. Lass dich von der Tracht nicht täuschen«, warnte er, wobei er sich auf Jamies Wahl der Kleidung bezog. Offensichtlich war sie nicht die Einzige, die die Veränderung bemerkt hatte. »Er ist durch und durch ein Campbell – und als solcher wird er nie ein Freund von uns sein.«

Caitrina bemühte sich, ihre Beschämung zu verbergen. War sie so leicht zu durchschauen? War die Faszination für ihren Ehemann so offensichtlich? Sie dachte an ihren Schwur, unbeteiligt zu bleiben, an den Schwur, sich an den Campbells zu rächen, und schämte sich für ihre Schwäche. Dafür, wie schnell sie erlegen war. Doch sie hätte niemals für möglich gehalten, dass er so zärtlich sein konnte ... so sanft ... beinahe liebevoll. Ihr Stolz zwang sie, das Kinn zu recken und dem Blick ihres Cousins standzuhalten. »Daran brauchst du mich nicht zu erinnern. Ich weiß sehr wohl, wen ich geheiratet habe.« *Und was ich geworden bin.*

»Es wird Gemurre geben«, warnte er sie.

Ihr Cousin hatte recht. Denjenigen, die von ihrem Clan übrig geblieben waren, würde es nicht gefallen, was sie getan hatte. Sie verspürte einen kurzen Anflug von Unbehagen. Jamie würde mangelnde Loyalität oder fehlenden Respekt niemals tolerieren – wie konnte sie ihre Leute dazu bringen, sich ihm zu fügen? »Sie werden sehen, dass es nur zu ihrem Besten ist.«

Das mussten sie einfach. Sie wollte nicht dasselbe Elend wie ihre Mutter erleiden: von ihrem Clan verstoßen zu werden, weil sie den Feind geheiratet hatte.

Aus den Augenwinkeln bemerkte sie, dass Jamie und ihr Onkel in den Saal zurückkamen. Er schritt mit finsterem Gesichtsausdruck direkt auf sie zu, beinahe, als habe er erraten, wovon sie gesprochen hatten.

John bedachte sie mit einem letzten langen Blick, diesmal beinahe mitfühlend. »Um deinetwillen hoffe ich, kleine Cousine, dass du recht hast.«

Die kurze Reise über den Clyde von Toward nach Rothesay verlief ereignislos, und am Nachmittag befand Caitrina sich bereits in Rothesay Castle, der luxuriösen ehemaligen Festung der Stewarts mit ihren einzigartigen runden Türmen, die ihr als Zuhause dienen würde, bis Ascog wiederhergestellt war. Es war viel prachtvoller als jeder Ort, an dem sie je gelebt hatte, und sie musste sich erst einmal daran gewöhnen – und ebenso daran, einen Ehemann zu haben.

Während der nächsten paar Tage schlossen sie einen unsicheren Waffenstillstand, geschmiedet in der Dunkelheit der Nacht, wenn nichts zwischen ihre Lust und Leidenschaft kommen konnte. Jeden Abend kam er erst spät ins Schlafgemach, zog vor dem schwelenden Kaminfeuer die Kleider aus, schlüpfte nackt zu ihr ins Bett und wartete darauf, dass sie auf ihn zukam. Wie er es in der ersten Nacht getan hatte, ließ er sie nie vergessen, dass es ihre Entscheidung war – *sie* hatte die Kontrolle. Und wie eine Motte dem Licht konnte sie der primitiven Anziehungskraft nicht widerstehen.

In der Dunkelheit, wo niemand ihr Verlangen sehen konnte, streckte sie die Hände nach ihm aus. Streichelte seinen großen, starken Körper, genoss die Kraft unter ihren Fingerspitzen und ließ ihrer Lust freien Lauf. Sie zeigte ihm mit ihrer Leidenschaft, was sie ihm mit Worten nicht sagen konnte – ihren Hunger, ihre Sehnsucht nach ihm. Und mit einer Zärtlichkeit, die sie bei so einem starken Mann nicht für möglich gehalten hätte, stillte er diesen Hunger und bereitete ihr ein Vergnügen, das alles übertraf, was sie sich je hätte träumen lassen.

Doch so zärtlich und liebevoll er im Bett auch war und so gut Caitrina seinen Körper auch kennenlernte, blieb ihr Ehemann in vielerlei Hinsicht ein Fremder für sie. Die unbeschwerten Augenblicke der Intimität, die sie in der ersten Nacht miteinander geteilt hatten, hatten sich nicht wiederholt. Er hielt sie in den Armen, doch er versuchte nie, mit ihr zu reden oder seine Gedanken mit ihr zu teilen. Sie sprachen miteinander mit Seufzen und Stöhnen, mit schnellem Atmen und angespannten Muskeln – der Sprache der Lust – und teilten die Geheimnisse ihrer Körper, aber nicht ihrer Herzen. Sie wusste, wie sie ihn in die Hand nehmen und ihn massieren musste, bis jeder Muskel seines Körpers sich in dem quälenden Bedürfnis nach Erlösung anspannte, wie sie ihn reizen, wie sie ihn berühren musste, doch nichts über seine Gefühle für sie.

Und am Morgen, wenn sie erwachte, wund und gesättigt, war er fort. Es war, als hätte er ihre beinahe unmerkliche Zurückhaltung bemerkt und sich entschieden, sie nicht zu bedrängen.

Beinahe wünschte sie sich, dass er es täte.

Wenn sie ihn dabei beobachtete, wie er seine Männer unterwies, die Reparaturen auf Ascog in Angriff zu nehmen, fragte sie sich, ob sie sich diese kurzen Augenblicke der Unbeschwertheit vielleicht nur eingebildet hatte. Er war mit jedem Zoll Chief – mit jedem Zoll der Befehlshaber. Mit jedem Zoll ein Campbell.

Nur in der Dunkelheit, in seinen Armen, fragte sie sich, ob da noch mehr war.

In unausgesprochenem Einvernehmen vermieden sie gewissenhaft jede Erwähnung seiner Familie – oder ihrer. Doch es stand zwischen ihnen: sein Cousin, der die Highlands mit eiserner Faust regierte, und sein Bruder, der ihren Vater getötet und ihr Heim zerstört hatte – ganz zu schweigen von Jamies eigenem furchteinflößenden Ruf.

Wie ihr Cousin John vermutet hatte, war Caitrinas Einschätzung, dass ihre Verwandten ihre Zwangslage verstehen würden, zu optimistisch gewesen. Sie wusste, dass Mor und die anderen Diener, die mit ihr auf Toward gewesen waren, ihr Bestes gegeben hatten, die Situation allen zu erklären, doch die Lamonts würden niemals einen Campbell in ihrer Mitte willkommen heißen, und die Verachtung, die ihre Clansleute, die nach Rothesay Castle kamen, sobald sie von ihrer Rückkehr erfahren hatten, Jamie und seinen Männern entgegenbrachten, war regelrecht greifbar. Doch sie befolgten seine Befehle, zu eingeschüchtert, um etwas anderes zu tun.

Wie sie schon von Anfang an bemerkt hatte, ließ sich die Macht nicht abstreiten, die ihn zu umgeben schien. Er trat mit der Haltung eines Königs auf. Sie waren sich alle dessen bewusst, dass es nicht viel gab, was er nicht tun konnte: Das Einzige, was ihn einschränkte, war seine eigene Nachsicht. Seine Autorität ließ sich zwar nicht anzweifeln, aber sie wurde zutiefst verabscheut.

Erst am dritten Tag, als es ihr schließlich möglich gewesen war, Ascog einen Besuch abzustatten, erkannte sie, wie gefährlich die Situation sein konnte.

Der Vormittag war bereits zur Hälfte verstrichen, als sie den kurzen Weg, der von Rothesay nach Ascog führte, entlangschlenderte. Die beiden Burgen lagen kaum eine halbe Meile voneinander entfernt. Die Sonne war von einer dicken Wolkenschicht verdeckt, und herbstliche Kühle lag in der Luft. Ihre Schritte wurden langsamer, als sie näher kam. Obwohl sie auf Toward an nichts anderes hatte denken können, als in ihr Zuhause zurückzukehren, erwies es sich als schwerer, als sie erwartet hatte. Schließlich war es der Ort, an dem ihr Vater und ihre Brüder nur wenige Monate zuvor ihr Leben verloren hatten, und sie war sich nicht sicher, ob sie schon bereit war, sich den Gefühlen zu stellen, die der Anblick der zerstörten Burg hervorrufen würde. Jamie schien ihren inneren Aufruhr zu verstehen und hatte sie nicht gedrängt, sondern ihr nur gesagt, sie solle nach ihm schicken lassen, sobald sie dafür bereit wäre.

Doch als sie an diesem Morgen aufgewacht war, endlich bereit, den Ruinen ihres Heims entgegenzutreten, war er bereits fort. Obwohl er nachts neben ihr schlief, hatte er es sich zur Gewohnheit gemacht, sie zu verlassen, bevor sie aufwachte, was einen weiteren Keil zwischen ihre Nähe in der Nacht trieb und die Distanz während des Tages noch vergrößerte. Statt nach ihm schicken zu lassen, hatte sie beschlossen, ohne ihn zu gehen, denn sie wollte alleine sein, wenn sie die Ruinen zum ersten Mal sah.

Ihr Herz klopfte, als sie den Hügel erklomm, der Ascog Castle majestätisch im Norden abgrenzte. Tränen brannten ihr in den Augen, als die verkohlte Ruine Ascogs vor ihr auftauchte. Breite Aschestreifen hatten Teile der grauen Steinmauern schwarz gefärbt. Alles, was innerhalb der Mauern des *barmkin* übrig geblieben war, war der steinerne Wohnturm – seines hölzernen Daches beraubt. Tatsächlich war alles, was aus Holz gemacht war – all die kleineren Außengebäude, die den Burghof umgeben hatten – verschwunden.

Verzweiflung mischte sich mit Erleichterung. Es war zwar nur noch eine gespenstische Hülle des Ortes, den sie geliebt hatte – doch wie sie stand er immer noch aufrecht.

Sie ließ den Blick über den *barmkin* schweifen, sah den Schwarm arbeitender Männer, die den Schutt und die Asche fortschafften, und ihre Augen schwammen in Tränen, als Erinnerungen an eine glücklichere Zeit vorüberzogen. Sie konnte beinahe vor sich sehen, wie Brian hinter einem seiner Hunde herlief oder Niall und Malcolm versuchten, sich gegenseitig eins überzuziehen, während sie mit ihren *claidheamhmórs* übten. Eine einzelne Träne rollte über ihre Wange und fiel auf ihr *arisaidh*. Gott, wie sehr sie sie vermisste!

Das Gewicht von allem, was sie verloren hatte, senkte sich erdrückend auf sie herab, und Einsamkeit und Trauer brachen über sie herein.

Die Mühe, die es kosten würde, um die Burg wieder in ihrem früheren Glanz erstrahlen zu lassen, war beinahe überwältigend. Das Gefühl von Verantwortung, von Pflicht – etwas, das in ihrem alten Leben stets bei jemand anderem gelegen hatte – traf sie mit voller Wucht. Es lag nun bei ihr, und sie konnte sich nicht davon abwenden. Mit dem Handrücken wischte sie sich die Tränen von den Wangen, holte tief Luft und begann, den Hügel hinabzusteigen.

Obwohl einiges von dem Schutt schon fortgeräumt worden war, gab es immer noch viel zu tun, und sie beabsichtigte, bei jedem Schritt des Wiederaufbaus dabei zu sein. So wie sie angenommen hatte, dass auch Jamie es war. Doch als sie durch das Tor in den Burghof ging, stellte sie überrascht fest, dass nichts von ihm zu sehen war.

Die Männer, die meisten von ihnen ehemalige Diener oder Pächter ihres Vaters, hielten kurz in ihrer Arbeit inne und beobachteten sie argwöhnisch. Ihre Zurückhaltung versetzte Caitrina einen Stich, doch sie setzte ein breites Lächeln auf und sprach einen der Männer an, die sie erkannte.

»Es ist schön, dich zu sehen, Callum.«

»Es ist auch schön, Euch zu sehen, Mistress«, antwortete er und erwiderte ihr Lächeln. Doch dann wurde er ernst. »Euer Verlust tut uns leid, Mädchen. Euer Vater war ein großartiger Chief.«

Sie nickte mit einem dicken Kloß in der Kehle. »Danke«, brachte sie hervor. »Ich vermisse sie alle sehr.«

Sie bahnte sich ihren Weg durch die Menge, begrüßte andere mit Namen und erkundigte sich nach ihren Familien. Als sie spürte, wie die Stimmung sich hob, kam sie auf die Reparaturen zu sprechen. Callum meinte, dass sie noch ein paar Tage brauchen würden, um den Schutt wegzuräumen, doch sie erwarteten, dass sie Ende der Woche anfangen konnten, die für den Wiederaufbau nötigen Bäume zu fällen. Da Holz auf den Inseln knapp war, hatten sie Glück, dass es in unmittelbarer Nähe einen Wald mit genügend Vorrat an Bauholz gab.

Ein weiterer Mann trat vor, nicht viel älter als sie, und stellte die Frage, die offenbar alle beschäftigte. »Ist es wahr, Mylady? Hat man Euch gezwungen, den Mann zu heiraten, der Euren Vater getötet hat?«

»Nein«, antwortete sie erschrocken. »Ich meine, ich habe zwar geheiratet, aber mein Ehemann hatte nichts mit dem Überfall zu tun.«

»Aber er ist ein Campbell«, stieß Callum verärgert hervor. »Und Argylls Henker.«

»Ja«, meinte sie ausweichend. »Aber ...« Ihre Stimme brach ab. Aber was? Was konnte sie sagen? Das hier war schlimmer, als sie sich vorgestellt hatte. Lamonts würden einen Campbell niemals als ihren Anführer akzeptieren. Alles, woran sie gedacht hatte, war es gewesen, ihrem Clan das Zuhause wiederzugeben. Doch sie wusste, dass das nur ein Teil der Wahrheit war. Jamie hatte sie zu dieser Ehe genötigt, aber sie hatte sich auch nicht sonderlich dagegen gewehrt. Tief in ihrem Innern, auch wenn sie es nicht erklären konnte, wollte sie an ihn glauben. Sie sah Callum offen ins Gesicht. »Nun ist er auch mein Ehemann.« Sie sah sich um, immer noch überrascht darüber, ihn nirgendwo zu entdecken. »Der Laird«, wagte sie einen Vorstoß. »Ist er in den Wald gegangen, um nach dem Bauholz zu sehen?«

Einer der Männer spuckte auf den Boden. »Der Henker sucht nicht nach Holz, sondern nach Männern.«

Caitrina runzelte die Stirn. Instinktiv empörte sie sich über die Verwendung des Beinamens, allerdings wurde ihr klar, dass sie ihn schon Schlimmeres genannt hatte. Sie verspürte den seltsamen Drang, ihren Ehemann zu verteidigen, aber sie wusste, dass sie das ihrem Clan nur noch stärker entfremden würde. »Was meinst du damit?«

Ein anderer Mann ergriff das Wort. »Er säubert den Wald von den Männern Eures Vaters und verhaftet sie für Argyll.«

Nein. Der Atem stockte ihr. »Das muss ein Irrtum sein.«

Doch es war kein Irrtum, denn genau in diesem Moment wandte sie sich um, als sie das Geräusch von Reitern hörte. Und wer durch das Tor geritten kam und eine Handvoll gefesselter Männer mit sich führte, war niemand anderes als ihr Ehemann. Sie erkannte die Gefangenen nur zu gut. Es waren die ehemaligen Wachmänner ihres Vaters.

Jamie wischte sich Staub und Schweiß von der Stirn und saß ab. Trotz des kühlen Vormittags fühlte er sich verschwitzt und müde, da er seit dem Morgengrauen die Lamonts jagte. Und der letzte Mensch, den er jetzt sehen wollte, war seine wunderschöne Frau.

Seine wunderschöne Frau, die ihn voll stummer Anklage im Blick ansah.

Die letzten paar Tage hatten ihm zugesetzt. Er tat verdammt noch mal sein Bestes, sie nicht zu bedrängen, doch seine Geduld war am Ende. Leidenschaft war nicht genug, zum Teufel. Er wollte alles von ihr.

Nach ihrer Hochzeitsnacht hatte er gehofft, es könnte ein Neuanfang für sie sein. Doch was immer ihr verfluchter Cousin auch an jenem Morgen zu ihr gesagt hatte, hatte ihn eines Besseren belehrt. Er hatte gespürt, dass sie sich verschloss, dass sie sich unmerklich zurückzog.

Ihre Nähe während der Nächte machte es nur noch schlimmer. Es gab ihm einen kleinen Vorgeschmack davon, wie es sein könnte. Wenn sie ihm nur eine Chance geben würde. Doch er fing an, sich zu fragen, ob das jemals geschehen würde. Wie sollte es auch, wenn jeder hasserfüllte Blick ihrer Clansleute die Kluft zwischen ihnen nur noch breiter machte.

»Was tust du da?«, schrie sie und rannte auf ihn zu. »Das sind die Männer meines Vaters.« Sie drehte sich zu einem der gefesselten Männer um und schlang ihm die Arme um den Hals, ohne sich darum zu kümmern, dass er dick mit Schmutz bedeckt war, weil er monatelang im Dreck gelebt hatte. Ihre unverhohlene Zurschaustellung von Zuneigung für den Wachmann ihres Vaters, wohingegen sie es kaum fertigbrachte, Jamie bei Tageslicht anzusehen, fraß sich ihm wie Säure in die Brust. »Seamus«, sagte sie sanft. »Ich dachte, du wärst ...«

»Es ist schön, Euer hübsches Gesicht wiederzusehen, Mädchen«, antwortete der ältere Mann. »Wir hatten dasselbe von Euch befürchtet. Erst als wir die Nachricht von Eurer *Hochzeit*«, er verzog spöttisch das Gesicht, »mit Argylls Henker hörten, wussten wir, dass Ihr überlebt habt.«

»Ich bin so froh, euch alle zu sehen«, sagte sie und berührte das Gesicht eines anderen Mann – der viel jünger war – mit solcher Zärtlichkeit, dass Jamie sich fühlte, als habe sie ihm soeben einen Dolch in die Rippen gestoßen.

Er wünschte sich etwas von ihr so sehr, dass er es beinahe schmecken konnte.

Doch als sie sich zu ihm umwandte, war in ihrem Gesicht nichts von Zuneigung oder Zärtlichkeit zu sehen – nur Verrat und Misstrauen. »Lass diese Männer sofort frei.«

Jamie versteifte sich, doch er ignorierte ihre Forderung. Seine Wut – etwas, was er nicht gekannt hatte, bevor er ihr begegnet war – wuchs. Kühle Vernunft machte heißen Emotionen Platz.

Ein ängstliches Schweigen fiel über die Menge, als sie darauf warteten, wie er reagieren würde. Was würde der meistgefürchtete Mann der Highlands tun, wenn ein Mädchen ihn herumkommandierte?

Seamus stellte sich vor sie. »Ich beschütze dich, Mädchen.«

»Wovor?«, fragte Caitrina völlig ahnungslos.

Das war ein gewisser Trost, dachte Jamie, wenn auch zugegebenermaßen klein. Anders als diese Männer wusste sie, dass er sie niemals verletzen würde. Was nicht bedeutete, dass sie keine ordentliche Zurechtweisung verdient hatte. Doch im Augenblick hatte er selbst nicht genug Vertrauen in sich, um nicht möglicherweise etwas zu sagen, was er nicht mehr zurücknehmen konnte.

»Ich dachte, ich hätte dir gesagt, du sollst nach mir schicken lassen, wenn du zur Burg gehen willst«, sagte er, ohne sich die Mühe zu geben, seine Verärgerung zu kaschieren.

»Es war nicht nötig ...«

»In Zukunft, meine *Gemahlin*«, sagte er betont, »wirst du tun, was ich sage.«

Ihre Wangen brannten vor Entrüstung, doch sie zog es klugerweise vor, nicht zu widersprechen. Er dachte nur an ihre Sicherheit, aber er wollte verdammt sein, wenn er ihr noch einmal etwas erklären musste.

Ihre Clansleute murrten leise, doch er spürte auch ihre widerwillige Bewunderung. Bei allem, was recht war, er hätte viel Schlimmeres tun können. Er war Laird, und sein Wort war Gesetz – und schwerlich den Befehlen eines Mädchens unterworfen. Selbst wenn sie seine Frau war. Ihren Clansleuten mochte es vielleicht nicht gefallen, aber sie würden nicht eingreifen. Stolz war für einen Highlander das höchste Gut. Kein Highlander, der etwas taugte, würde zulassen, dass seine Frau seine Entscheidungen in Gegenwart seiner Männer in Frage stellte.

Vielleicht hatte sie erkannt, dass sie ihre Grenzen übertreten hatte, denn sie mäßigte ihren Tonfall. »Bitte«, sagte sie. »Welchen Grund hast du, diese Männer gefangen zu nehmen?«

»Keinen«, entgegnete Seamus. »Außer, dass er ein verfluchter Campbell-Bastard ist, der die Menschen mit Plündern und Brandschatzen aus ihren Häusern vertreibt, um die Taschen eines Tyrannen zu füllen.«

»Genug!«, donnerte Jamie. Es war nicht seine Schuld, dass die Männer gefesselt waren, doch sie hatten sich geweigert, sich zu den Bedingungen, die er ihnen genannt hatte, zu ergeben. Er wandte sich an den Hauptmann seiner Wachmänner. »Bringt diese Männer nach Rothesay. Vielleicht werden sie nach ein paar Tagen im Kerker ihre Meinung ändern.«

Caitrina keuchte entsetzt auf. »Nein! Du kannst nicht …«

»Doch«, sagte er mit tödlicher Ruhe. »Ich kann.«

»Mach dir keine Sorgen, Mädchen«, beruhigte Seamus sie. »Der Henker macht uns keine Angst.«

Jamie begegnete dem Blick des älteren Mannes mit solcher Eindringlichkeit, dass dieser die Augen niederschlug und seine Behauptung Lügen strafte.

Ihr Ehemann richtete sich nun an den Rest der Männer, die sich versammelt hatten, um zu beobachten, was vor sich ging. »Kehrt an eure Arbeit zurück, ihr alle.« Nachdem er den zwei Männern, die er als Vorarbeiter eingesetzt hatte, weitere Anweisungen gegeben hatte, ließ er den Blick erneut auf seiner Frau ruhen. Es schmerzte beinahe, sie nur anzusehen. »Wenn du nach Rothesay zurückkehren willst, kann ich dich von einem meiner Männer begleiten lassen.«

»Ich brauche keine ...«

Der wütende Ausdruck auf seinem Gesicht ließ sie innehalten.

»Bitte«, sagte sie, stellte sich vor ihn und legte ihm die Hand auf den Arm. Da er ohnehin schon angespannt war, zuckte jeder Nerv seines Körpers bei ihrer Berührung zusammen. »Würdest du mit mir reden? Unter vier Augen.«

Er wagte es nicht, auf ihre Hand zu sehen, und wandte den Blick ab. »Ich bin beschäftigt.«

»Ein paar Minuten sind alles, worum ich dich bitte. Du kannst doch sicher ein paar Minuten erübrigen?«

Obwohl er nicht sicher war, ob er in seiner gegenwärtigen Stimmung diese Unterhaltung führen wollte, nickte er steif und führte sie zum Tor. Schweigend gingen sie den Weg zum Loch hinunter. Als sie das Ufer erreicht hatten, drehte er sich mit ausdruckslosem Gesicht zu ihr um. »Was ist es, was du mir sagen wolltest?« Oder ihm vorwerfen, was es vermutlich eher traf.

»Willst du mir nicht erklären, warum du die Männer meines Vaters gefangengenommen hast?«

Er war es leid, dass sie stets das Schlimmste von ihm dachte, und wollte schon ablehnen, doch das sanfte Flehen in ihrer Stimme rührte den Teil von ihm, der immer noch ihr Verständnis wollte. »Ich glaube, ich sagte dir, als wir heirateten, dass ich für deinen Clan gebürgt habe – was mich für ihre Taten verantwortlich macht. Ich wurde damit beauftragt, Bute von Gesetzlosen zu säubern, und das werde ich verdammt noch mal auch tun.« Er schockierte sie mit seiner Sprache, doch das war ihm egal. Wenn sie ihn schon für einen Unmenschen hielt, dann sollte es auch so sein.

Aufmerksam musterte sie sein Gesicht, als suche sie nach

einem Riss in seiner Maske. »Ich dachte, du wärst hergekommen, um beim Wiederaufbau von Ascog zu helfen.«

»Das tat ich auch. Aber ich habe noch andere Pflichten.« Mit einem langen Blick sah er sie an. »Was genau glaubst du, dass ich tue, Caitrina?«

»Ich …«, stammelte sie mit weit aufgerissenen Augen.

Er packte sie am Ellbogen und zog sie an sich. Sein Körper war zum Zerreißen angespannt. Er konnte ihr nicht so nahe sein, ihren verführerischen Duft atmen und sie nicht in die Arme nehmen und küssen wollen. Ihren Körper in Besitz nehmen, selbst wenn sie fest entschlossen war, ihm sonst nichts zu geben. »Wenn Männer das Gesetz brechen, dann ist es meine Verantwortung, sie ihrer gerechten Strafe zuzuführen.«

Er schämte sich nicht für das, was er tat; ohne Männer wie ihn würden Anarchie und Chaos herrschen.

Er konnte fühlen, wie wild ihr Herz pochte. Ganz gleich, was sonst, seine Berührung ließ sie nicht kalt. »Aber was haben sie getan?«, hauchte sie mit flacher Stimme.

»Du meinst, nachdem sie den MacGregors Unterschlupf gewährt haben? Sie versuchten, meine Männer anzugreifen und ihnen das Silber zu stehlen, das ich ihnen für den Kauf von Material gab, um Ascog wieder aufzubauen.«

Es war offensichtlich, dass er sie erschüttert hatte. »Ich bin sicher, das wussten sie nicht.«

»Dessen bin ich mir auch sicher, aber ist das eine Entschuldigung?«

»Nein, aber könntest du ihnen denn keine zweite Chance geben? Sobald sie wissen, dass du nur versuchst, ihnen zu helfen.«

Mit hartem Blick starrte er sie an. »Das tat ich. Ich bot ihnen eine Begnadigung, wenn sie aufgeben und mir als ihrem Laird Treue schwören würden.«

»Wirklich?« Sie strahlte vor Freude. »Das ist wunderbar.«

»Die Männer deines Vaters weigerten sich.«

Bestürzung machte sich auf ihrem Gesicht breit. »Oh.« Sie schluckte schwer. »Ich verstehe.«

Und er sah ihr an, dass sie tatsächlich verstand. Sie hatte ihn falsch eingeschätzt und wusste es. Er ließ sie los, doch sie trat nicht zurück.

»Was wirst du nun also tun?«, fragte sie.

»Wenn sie ihre Meinung nicht ändern, werde ich sie nach Dunoon schicken.«

»Nein!« Entsetzt suchte sie seinen Blick. »Das kannst du nicht tun!«

Er biss die Zähne zusammen, weil sie ihm schon wieder sagte, was er tun konnte und was nicht. »Die Männer deines Vaters sind es, die mir keine Wahl lassen.«

»Bitte«, flehte sie und berührte ihn erneut – diesmal seine Brust. Ihre Hand brannte wie Feuer über seinem Herzen. Sie musste den Kopf in den Nacken legen, um ihn ansehen zu können. »Bitte. Das kannst du nicht. Sie werden sie hängen.«

Das Blut rauschte ihm durch den Körper. Er war sich quälend bewusst, welche unmerkliche Überzeugungskraft ihr Körper ausübte. Er wusste genau, was sie da tat; doch verdammt sollte sie sein, es funktionierte. Etwas regte sich in seiner Brust. Er wollte unbeteiligt bleiben, doch gegen ihr Flehen war er nicht immun. Würde er das jemals sein? Und das verärgerte ihn möglicherweise mehr als alles andere.

»Lass mich mit ihnen reden«, bat sie. »Ich kann sie zur Vernunft bringen.«

Das war es, was er die ganze Zeit hatte erreichen wollen. Er wollte die Männer ihres Vaters genauso wenig wie sie in den Tod schicken. Also nickte er. »Dann tu das.« Seine eigene Schwäche, wann immer es sie betraf, ließ seine Stimme schroffer klingen, als er beabsichtigt hatte. »Aber, Caitrina, das ist das letzte Mal. Versuch nie mehr, dich meiner Pflicht in den Weg zu stellen.«

Er fragte sich, für wen er das eigentlich sagte. Ihre Interessen hatten in diesem Fall übereingestimmt. Aber er wusste, dass es nicht immer so sein würde. Diese Frau würde seine Pflichterfüllung auf die Zerreißprobe stellen, weil er beinahe alles tun würde, um sie glücklich zu machen.

Völlig unvermittelt ließ sie die Hand sinken, da ihr anscheinend bewusst zu werden schien, was sie da tat – nämlich ihn berühren, ihn mit ihrem Körper um etwas zu bitten.

Caitrina hatte ihn noch nie zuvor so gesehen. Er war wütend auf sie. Und schlimmer noch, sie wusste, dass es gerechtfertigt war. Wieder einmal hatte sie voreilig die falschen Schlüsse gezogen.

Doch als sie die Männer ihres Vaters in Fesseln gesehen und dann seinen Befehl, sie in den Kerker zu werfen, gehört hatte, war jedes Taktgefühl verflogen und sie konnte an nichts anderes mehr denken als an seinen furchterregenden Ruf.

Wenn man bedachte, dass die Männer seinen Wachmännern aufgelauert hatten, war Jamie mehr als fair gewesen. Und sie hatte nicht einmal versucht, ihm gute Absicht zu unterstellen.

Stattdessen hatte sie Forderungen gestellt, ihm befohlen, sie freizulassen, ohne sich zuerst einmal seine Erklärung anzuhören – und so seine Autorität vor ihrem Clan in Frage gestellt. Und als das nicht funktionierte, hatte sie, um zu ihm durchzudringen, unbewusst auf die eine Sache zurückgegriffen, die keiner von ihnen leugnen konnte: ihre gegenseitige Anziehungskraft.

Er war nicht so unempfänglich für sie, wie er es wollte, und das Wissen, dass sie Macht über diesen wilden Krieger besaß, hatte etwas Berauschendes.

Doch ganz offensichtlich war er nicht glücklich darüber. Es hatte funktioniert, doch zu welchem Preis?

Als er sich umdrehte, um den Hügel hinauf zur Burg zurückzugehen, versetzte ihr das einen Stich, aus Angst, es könne zu spät sein, wenn sie ihn jetzt gehen ließ. »Warte!« Sie eilte ihm nach. Langsam drehte er sich um und sah sie an. Seine graublauen Augen verrieten nichts von seinen Gedanken. »Es tut mir leid. Ich wollte mich nicht einmischen. Es ist nur, dass diese Männer ... Du kannst nicht verstehen, was es für mich bedeutet, sie nach all diesen Monaten wiederzusehen, in denen ich nicht wusste, ob sie lebten oder tot waren. Manche von ihnen kenne ich schon mein ganzes Leben. Seamus schaukelte mich als Kind vor dem Kaminfeuer auf den Knien und ließ mich mit seinem Bart spielen, während er mir unzählige Geschichten von unseren Vorfahren erzählte. Ich wollte dich nicht beschämen, indem ich dein Handeln vor meinen Clansleuten in Frage stellte, aber es ist doch nur natürlich, dass ich Loyalität für sie empfinde.«

»Deine Loyalität sollte an erster Stelle mir gelten.«

Sie spürte einen schuldbewussten Stich. Er hatte recht, aber so einfach war es nicht. »Du bittest mich, viele Jahre Hass und Misstrauen zwischen unseren Clans zu vergessen.« *Und das, was ich von dir weiß.*

»Nein, das tue ich nicht. Ich bitte dich, mir zu vertrauen.«

Doch konnte sie das? Manchmal wünschte sie es sich. Doch die Unsicherheit musste sich in ihrem Gesicht gezeigt haben.

»Welchen Grund habe ich dir gegeben, mir nicht zu vertrauen?«, fragte er herausfordernd. »Habe ich dir weh getan? Dich angelogen? Irgendetwas getan, was dein Misstrauen verdient hätte?«

Sie schüttelte den Kopf. Im Gegenteil, er hatte sie immer wieder überrascht. Und dann waren da diese kurzen Augenblicke der Zärtlichkeit, die Seite an ihm, die er verborgen hielt, doch die sich ihr manchmal enthüllte. »Ich möchte dir vertrauen, aber ...«

»Aber was?«

Nervös knetete sie ihre Finger, da sie nicht wusste, wie sie es erklären sollte. Wie sollte sie ihm erklären, dass sie befürchtete, wenn sie ihm vertraute, würde sie dadurch einen Teil ihrer Vergangenheit für immer verlieren? Dass es sich anfühlen würde, als schnitte sie sich selbst von ihrem Clan ab. »Das kann sich nicht über Nacht ändern. Alles ist so schnell geschehen. Ich weiß nicht, was ich glauben soll.« Stumm um Verständnis flehend sah sie ihm in die Augen. »Ich bin verwirrt.«

»Und doch scheinst du nachts nicht verwirrt zu sein. Du gibst mir deinen Körper bereitwillig genug.«

Die Brust zog sich ihr zusammen, und ihre Wangen brannten. »Das ist etwas anderes.«

»Ist es das?« Er zog eine Augenbraue hoch. »Inwiefern? Du vertraust mir mit deinem Körper, aber nicht mit deinem Herzen.«

Sie erstarrte. War es das, was er von ihr wollte? Es war unmöglich.

Das Blut rauschte ihr in den Ohren. Wie konnte sie ihm erklären, dass es nachts nur sie beide gab? Dass die Probleme des Tages die Dunkelheit nicht durchdringen konnten? Warum bedrängte er sie so? Er bat sie um etwas, das zu geben sie noch nicht bereit war. »Es ist meine Pflicht, dir meinen Körper zu geben«, platzte sie hilflos heraus.

Sein Gesicht war eine steinerne Maske, und dennoch wusste sie irgendwie, dass sie ihn verletzt hatte. Vielleicht war es das plötzliche Zucken an seinem Kinn oder die kleinen, weißen Linien, die sich um seinen Mund zeigten. Sein Blick durchbohrte sie. »Es fühlt sich nicht nach Pflicht an, wenn du stöhnst und mich tief in dir aufnimmst. Immer und immer wieder.« Furchteinflößend trat er einen Schritt näher, und sie konnte den Zorn fühlen, der von ihm ausstrahlte. »Wenn du mich reitest, bis du kommst.«

Bei der brutalen Ehrlichkeit seiner Worte zuckte sie zusammen. »Wie kannst du es wagen!« Heiße Scham stieg ihr in die Wangen. Ihre Leidenschaft – ihr Hunger – nach ihm beschämte sie. Sie war alles verzehrend, wild und hemmungslos.

»Es gibt nichts, wofür du dich schämen müsstest«, sagte er sanfter. »Ich liebe deine Leidenschaft.«

Aber was fühlst du für mich? Sie wünschte, sie könnte seine Gedanken lesen. Es war deutlich, dass er wütend auf sie war, weil sie ihm nicht blind vertraute. Aber was wusste sie denn wirklich über ihn, außer dem, was sie im Bett von ihm wusste? Sie sah ihn doch tagsüber kaum. Er hielt sich so auf Distanz zu ihr – abgesehen von jenem Morgen nach ihrer Hochzeit. Damals hätte sie beinahe glauben können … Sie wandte sich ab, und ein heftiger Kloß erstickte ihre Stimme. »Was willst du von mir? Ich habe dich geheiratet, ich komme bereitwillig in dein Bett, genügt das denn nicht?«

Er zuckte zurück, als habe sie ihn geschlagen. »Nein. Ich denke nicht, dass das genügt.«

Das hier lief alles falsch. Wie konnte sie ihm erklären, dass sie ihm vertraute, nur eben nicht so vollständig, wie er es wollte?

»Was du verlangst, geschieht nicht über Nacht. Es braucht Zeit.«

»Natürlich.« Die Kälte in seiner Stimme hätte einen Loch im Hochsommer gefrieren lassen können. »Vielleicht brauchen wir beide mehr Zeit.«

Was meinte er damit? Sie sah ihm nach, wie er, den breiten, muskulösen Rücken gestrafft, den Hügel hochging, und wusste nicht, was sie tun sollte. Sie wollte ihn zurückrufen, aber sie wusste nicht, was sie sagen konnte, um es wiedergutzumachen.

Nach ein paar Minuten folgte sie ihm und verbrachte den Rest des Tages damit, den Aufräumarbeiten zu folgen und ihrem Ehemann sorgsam aus dem Weg zu gehen. Als es Zeit für sie wurde, zur Burg zurückzukehren, wurde sie von ein paar seiner Männer begleitet.

Beim Abendmahl war er höflich, aber distanzierter als gewöhnlich. Erst später erkannte sie, wie distanziert er wirklich war.

In dieser Nacht, zum ersten Mal, seit sie verheiratet waren, kam Jamie nicht in ihr Bett.

Sie krampfte die Finger in das leere Kissen an ihrer Seite und sagte sich, dass es nicht von Bedeutung war, dass sie dankbar war für die Gelegenheit nachzudenken; doch der dumpfe Schmerz in ihrer Brust sprach eine andere Sprache.

Hatte sie ihn diesmal endgültig von sich gestoßen? Oder gab er ihr einfach nur die Zeit, von der sie behauptet hatte, dass sie sie brauchte, und von der sie nun nicht mehr sicher war, dass sie sie wollte?

14

Ein paar Tage später kniete Caitrina auf dem Fußboden des Saals und versuchte den Blick auf den rußbefleckten Stein zu konzentrieren anstatt darauf, was über ihr vorging, während die Männer die riesigen Balken, die das neue Dach stützen sollten, nach oben hievten. Lange Holzbretter waren auf die steinernen Balkenträger gelegt worden und würden später die Böden der oberen Stockwerke stützen, doch im Moment dienten sie als behelfsmäßiges Baugerüst. Mithilfe von mehreren Leitern und Seilen wurden die Balken ungefähr dreißig Fuß hoch zur Spitze des offenen Turms hinaufgezogen.

Sie konnte nicht anders, als besorgt zu sein – obwohl sie sich auf festem Boden befand. Zum Glück hatte der Steinfußboden des Saals – der über den Küchengewölben erbaut war – keinen nennenswerten Schaden genommen. Nicht einmal der angenehme Geruch von frisch geschnittenem Holz konnte ihre Unruhe besänftigen. Es war eine gefährliche Arbeit, und sie konnte den Gedanken nicht ertragen, dass jemand verletzt werden könnte. Nachdem sie in den letzten Tagen mit ihren Clansleuten Seite an Seite gearbeitet hatte, kannte sie so viele von ihnen, und der Gedanke, dass etwas passieren könnte … Sie wollte gar nicht erst darüber nachdenken, was alles schiefgehen konnte.

Denn da der Winter schnell näher rückte, mussten sie zügig arbeiten. Durch die kurzen Tage, gepaart mit dem immer wieder einsetzenden Nieselregen, waren die Arbeitsbedingungen nicht gerade ideal.

Im Hinterkopf wusste sie, dass Jamie das für sie tat. Normalerweise wäre der Wiederaufbau bis zum Frühjahr verschoben worden, aber er wusste, wie sehr sie es sich wünschte – *nay*, es brauchte –, Ascog wieder in altem Glanz erstrahlen zu sehen. Wenn sie das Dach fertigstellten und die Burg wetterfest war, dann würden sie die Arbeit im Inneren auch während des Winters fortsetzen können.

Sie wandte sich wieder ihrer Arbeit zu und tauchte die Hände in den Eimer mit Seifenlauge neben sich, um den Lappen auszuwringen. Doch das Leinen sah danach nicht sauberer aus, da das Wasser schon völlig schwarz geworden war. Mit etwas Mühe stand sie auf. Sie fühlte sich wie eine alte Frau, denn ihre Knie waren steif und schmerzten, da sie fast den ganzen Tag auf dem eiskalten Stein gekniet hatte. Den Ruß von den Böden und Wänden zu schrubben schien ein schier endloses Unterfangen zu sein. Sie war seit zwei ganzen Tagen damit beschäftigt, und immer noch war kein Ende in Sicht.

»Hier, lasst mich das machen, Mistress«, sagte eine der jungen Dienstmägde und kam auf sie zu.

»Ist schon gut, Beth, ich muss mir ein wenig die Beine vertreten.« Nachdem sie den Eimer mit Schmutzwasser aufgehoben hatte, ging Caitrina zum Fenster – nicht mehr als ein Loch in der Wand ohne die Fensterläden und das Glas –, um ihn auszuschütten, bevor sie zum Brunnen im Burghof hinunterging, um frisches Wasser zu holen.

Sie warf einen Blick nach unten, um sicherzugehen, dass niemand unten stand, und gefror mitten in der Bewegung. Was paradox war, denn plötzliche Hitze durchströmte ihren Körper. Man musste einfach zweimal hinsehen, wenn ein großer, starker Mann eine Axt schwang, und man konnte den Blick nicht mehr abwenden, wenn dieser Mann Jamie war. Trotz der Kälte hatte er sein Plaid abgelegt, und das Hemd klebte ihm am Körper und betonte das Spiel seiner Rückenmuskeln, während er die Axt in hohem Bogen über den Kopf schwang und mit einem widerhallenden Schlag niedersausen ließ.

Caitrina hielt den Atem an. Als spüre er ihre Augen auf sich, sah er über die Schulter, und ihre Blicke trafen sich für einen Augenblick, der das Herz stehenbleiben ließ – und in dem sich ihre Trennung endlos zwischen ihnen auszudehnen schien –, bevor sie sich schnell außer Sicht duckte. Mit dem Rücken an die Steinmauer gepresst versuchte sie, ihren Atem wieder zu beruhigen, und fühlte sich wie eine Närrin. Sowohl deswegen, weil er sie dabei ertappt hatte, dass sie ihn anstarrte, als auch wegen ihrer Reaktion. Wie konnte er nur eine solche Wirkung auf sie haben? Es war schließlich nicht so, als habe sie noch nie einen Mann mit einer Axt gesehen – allerdings zugegebenermaßen keinen, der eine so schiere Körperlichkeit ausstrahlte. Eine Körperlichkeit, mit der sie aufs Intimste vertraut war.

Das war das Problem. Sie hatte ihn nackt gesehen, wusste, wie es sich anfühlte, über all diese warmen, harten Muskeln zu streichen. Wusste, wie es sich anfühlte, all diese Hitze und Stärke in sich zu spüren. Sie vermisste diese Verbindung. Sie vermisste ihn.

Gerade wollte sie schon vom Fenster weggehen, als sie einen lauten Schrei hörte, gefolgt von Jamies tiefer Stimme: »Achtung!«

Ihr Pulsschlag schoss panisch in die Höhe, und sie lief, das Schlimmste befürchtend, zurück zum Fenster. Doch als ihr Blick in die Richtung des Zwischenfalls flog, sah sie, dass die Situation bereits wieder unter Kontrolle war. Wie es schien, hatten zwei der jüngeren Clansmänner einen riesigen Stapel Holzbretter nach oben balanciert, doch als sie versuchten, die neue Treppe hochzugehen, hatte sich das Gewicht des Stapels zu dem hinteren Mann verlagert.

Was hatten sie sich nur dabei gedacht? Das war viel zu viel Holz, als dass zwei Männer es tragen konnten. Der Junge hätte stürzen, oder noch schlimmer, von den schweren Balken zerquetscht werden können, doch Jamie war dazugeeilt und hatte mit starkem Arm geholfen. Einem sehr starken Arm. Seine Muskeln wölbten sich, als er sich dem Gewicht des rutschenden Holzes entgegenstemmte. Ihr Blick glitt von seinen Armen über den kräftigen Oberkörper und den flachen Bauch zu seinen muskulösen Beinen, die in staubbedeckten Lederhosen steckten.

Sie tat es schon wieder. Ihn anstarren.

Doch es war nicht nur körperliche Anziehung, die sie in den Bann schlug. Seit ihrer Auseinandersetzung vor ein paar Tagen ertappte sie sich immer wieder dabei, wie sie ihn beobachtete – *nay*, studierte. Er war wie ein Rätsel, das sie zu lösen versuchte ... wenn auch im Dunkeln. Er verriet nichts von seinen Gedanken und behandelte sie wie immer, mit Rücksicht und Aufmerksamkeit. Er hielt sein Wort und gab ihr Zeit; er verbrachte sogar mehr Zeit während des Tages mit ihr. Doch etwas fehlte: er in ihrem Bett. Sie sehnte sich nach diesen Augenblicken der Intimität, die sie nachts miteinander geteilt hatten – was er zweifellos durch seine Abwesenheit beabsichtigte.

Wie konnte sie sich nach etwas sehnen, das sie erst seit so kurzer Zeit kannte?

Das ergab keinen Sinn.

Oder vielleicht doch. Vielleicht empfand sie mehr für ihn, als ihr bewusst gewesen war. Und nachdem sie ihn in diesen letzten paar Tagen beobachtet hatte, fing sie an, sich zu fragen, ob das möglicherweise gar nicht so falsch war.

Sie hätte nicht einmal ihrem eigenen Vater zugetraut, so viel in so kurzer Zeit zu bewerkstelligen. Unter Jamies Anleitung und Leitung schritten die Reparaturen der Burg geradezu aufsehenerregend schnell voran.

Seine Autorität hatte sie nie angezweifelt, doch nun begann sie, seine Führungsqualitäten zu bewundern. Er führte durch Vorbildfunktion, nicht durch Vorschriften, und verlangte nichts von seinen Männern, wozu er nicht selbst bereit war. Wie im Kampf war er in vorderster Reihe, der Erste, der dem Gegner entgegentrat. Er trieb sie hart an, doch er arbeitete selbst noch härter und war stets der Erste, der ankam, und der Letzte, der die Burg verließ.

Es war deutlich, dass Jamie und seine Männer Erfahrung im Bauen hatten – was nicht überraschte, wenn man die große Zahl von Burgen berücksichtigte, die den Campbells unterstanden –, doch die Tiefe seines Wissens beeindruckte sie. Sein Verstand arbeitete schnell mit Zahlen, Maßen und Plänen, was ihr einen kleinen Eindruck von der Intelligenz und Schläue dieses gepriesenen Kriegers gab. Tatsächlich zeigten sich seine Fähigkeiten als Befehlshaber in der verblüffenden Art und Weise, wie er es immer zu wissen schien, wo seine Männer sich gerade befanden und was um ihn herum geschah. Wie ihr Vater gesagt hatte, war an Jamie Campbell weit mehr als nur Körperkraft, und sie sah den Beweis dafür mit eigenen Augen.

Ihre Clansleute hatten im Gegensatz zu den Campbells noch nie Bauarbeiten in diesem Ausmaß erledigt, und Jamie hatte erstaunliche Geduld gezeigt – sogar wenn, wie gerade eben, der Fehler schwerwiegende Folgen hätte haben können.

Mit der Hilfe ihres Ehemannes gelang es den beiden jungen Männern, das Holz die Treppe hochzutragen und es auf der gegenüberliegenden Seite des Saales zu stapeln. Da sie nicht wollte, dass er sie dabei ertappte, wie sie ihn beobachtete, wandte Caitrina sich wieder ihrem Eimer zu und schüttete den schmutzigen Inhalt aus dem Fenster. Beth und die anderen beiden Dienstmägde, die angeboten hatten, ihr zu helfen, beobachteten den Vorfall mit mehr als nur beiläufigem Interesse, und mit einem Schlag wurde Caitrina klar, warum die Burschen so viel Holz getragen hatten – sie waren sich ihres Publikums sehr wohl bewusst und wollten die jungen Mädchen beeindrucken.

Jamie hatte die Situation ebenfalls erkannt und schien ihnen auf der anderen Seite des Saals gerade eine ernste Strafpredigt zu halten. Was immer er zu ihnen gesagt hatte, zeigte Wirkung, denn die beiden Burschen nickten mit beschämten, ernsten Gesichtern und eilten die Treppe hinunter, ohne sich noch einmal umzublicken.

Jamie dagegen sah in ihre Richtung, und seinem Gesichtsausdruck zu schließen war er nicht glücklich darüber, sie zu sehen. Er durchbohrte sie mit einem finsteren Blick, und sie sah ihm deutlich an, dass er gleich zu ihr herüberstürmen und seinem Missfallen Luft machen würde. Sie lächelte süß, was ihn nur noch mehr zu erzürnen schien. Doch glücklicherweise (da sie eine Ahnung hatte, was hinter dem finsteren Blick stecken könnte) wurde er davon abgehalten, zu ihr zu kommen, weil ihn eine Stimme von draußen rief.

»Mylaird!«

Er sah über die Schulter hinunter zu den Männern im *barmkin*, und nach einem kurzen Wortwechsel eilte er mit einem weiteren verärgerten Blick in Caitrinas Richtung die Treppe zum Burghof hinab.

Es erstaunte sie, wie schnell ihre Clansleute angefangen hatten, sich auf ihn zu verlassen. Sie bezweifelte, dass ihnen das überhaupt selbst bewusst war, und wahrscheinlich wären sie entsetzt, wenn man sie darauf aufmerksam machen würde. Alte Vorurteile hielten sich hartnäckig.

Sie erkannte, dass Jamie sich in einer sehr schwierigen Position befand. Er balancierte mit einem Bein auf jeder Seite der Highlandgrenze – ein Highlander, der mit der Lowland-Regierung sympathisierte. Keine Seite akzeptierte ihn völlig, und beide misstrauten ihm. Die Highlander waren nicht geneigt, ihre uneingeschränkte Autorität und die Lebensart, die sie seit Hunderten von Jahren genossen, aufzugeben. Der König auf der anderen Seite wurde durch die zusätzliche Rückenstärkung durch England immer mächtiger. In dem Versuch, die beiden Seiten zusammenzubringen, musste Jamie sich von beiden distanzieren. Es war ein schwieriger – und einsamer – Weg, den er gewählt hatte. Doch ein unerlässlicher, wie Caitrina erkannte. Ohne Männer wie Jamie, die den tückischen Weg der Veränderung ebneten, würden sie alle wie die MacGregors enden. Das war ein ernüchternder Gedanke.

Beth und die anderen Dienerinnen hatten sich um sie versammelt und sahen deutlich erleichtert aus, als Jamie den Saal verließ.

Caitrina sah ihren Gesichtern an, dass sie etwas sagen wollten. »Was ist los, Beth?«

Das Mädchen zögerte und errötete ein wenig, als wüsste es nicht genau, wie es es formulieren sollte. »Wir wollten nur sagen, dass ... äh ... Wir bewundern Euch dafür, was Ihr getan habt, Mistress. Und für Euren, ähm, Mut.«

Mut? »Wofür?«

Beth senkte die Stimme, und ihr Blick flog zur Tür, durch die Jamie gerade verschwunden war. »Ihr wisst schon, dafür, den Henker zu heiraten. Habt Ihr gesehen, wie er Robby und Thomas angebrüllt hat? Die Armen wollten doch nur helfen.«

»Er hatte recht, so mit ihnen zu sprechen. Die Jungen hätten sich verletzen können.« Sie wollte sie nicht darauf aufmerksam machen, dass die jungen Männer sie in erster Linie hatten beeindrucken wollen. Doch es war offensichtlich, dass die Mädchen es nicht so wie sie sahen.

Wenn sie Jamie doch nur eine Chance geben würden!

Sie hielt inne, verblüfft darüber, welche Richtung ihre Gedanken eingeschlagen hatten und wie eng sie sich bereits mit ihrem Ehemann verbündet hatte. Er hatte so viel für sie getan; warum erkannte sie das erst jetzt? Nicht einfach nur, indem er Ascog wiederaufbaute, sondern dadurch, dass er es ihrem Clan überhaupt zurückgegeben hatte. Sie wusste, dass sein Bruder Ascog sie für sich hatte haben wollen, und doch hatte Jamie es riskiert, Auchinbrecks Unmut zu erregen. *Für sie.* Und das war nicht das erste Mal gewesen. Als er von dem Angriff auf Ascog gehört hatte, war er sofort zurückgeritten und hatte versucht, ihn zu verhindern. Später hatte er Argylls Missfallen in Kauf genommen, indem er den Aufenthaltsort des MacGregor geheim hielt, bis er dessen Kapitulation aushandeln konnte, da er wusste, was dessen Sicherheit ihren Vater gekostet hatte. Er hätte den MacGregor, den Mann, den er gejagt hatte, töten können, doch er hatte es nicht getan. Er hatte das alles für sie getan, als Zeichen guten Willens, und was hatte sie ihm dafür gezeigt? Argwohn und Misstrauen.

Die Wahrheit traf sie hart. Wenn sie wollte, dass ihre Leute Jamie akzeptierten – ihm eine Chance gaben –, dann würde sie damit anfangen müssen.

Er war ihr Ehemann. Es war ihre Pflicht …

Nein. Es hatte nichts mit Pflicht zu tun, sondern allein mit dem verwirrenden Durcheinander ihrer Gefühle für ihn. Gefühle, von denen sie fürchtete, dass sie sie nicht so leicht wieder fortwischen konnte.

»Und wie er Euch angesehen hat. Mir wurde angst und bange.« Beth schüttelte sich. »Wenn er mich so angesehen hätte, ich wäre auf der Stelle vor Angst davongelaufen.«

Die anderen Mädchen nickten so heftig, dass Caitrina lächeln musste. »Oh, so schlimm ist er gar nicht.«

Alle drei Mädchen sahen sie an, als wäre sie nicht bei Verstand.

»Nein, er ist schlimmer«, warf ein Mann ein. »Und das solltet Ihr besser nicht vergessen, Mädchen.«

Als Caitrina die Stimme erkannte, drehte sie sich um und sah, wie Seamus vorsichtig eine Leiter herunterkletterte. Als einer der wenigen Männer, die Erfahrung mit Bauarbeiten hatten, hatte Jamie ihm die verantwortungsvolle Aufgabe übertragen, die Beschaffung des nötigen Bauholzes zu beaufsichtigen. Nicht, dass Seamus diese Ehre mit seiner Verachtung zu würdigen wusste.

Wie versprochen hatte Caitrina die Männer ihres Vaters überzeugt, sich Jamie zu fügen, obwohl sie beinahe wünschte, sie hätte es nicht getan. Seamus zettelte Schwierigkeiten an.

»Ich habe es nicht vergessen, Seamus«, entgegnete sie ruhig. »Aber du kannst nicht von der Hand weisen, was er hier Gutes bewirkt hat. Er hat mir keinen Grund gegeben, ihm zu misstrauen.« Sie wandte sich wieder an Beth und die anderen Mädchen. »Und er ist auch nicht der Unhold, für den die Leute ihn halten. Wir müssen ihm eine Chance geben.« Als sie nicht überzeugt aussahen, betonte sie: »Er ist jetzt unser Laird.«

»Nicht lange, so Gott will«, bemerkte Seamus mit einen gewissen Gesichtsausdruck, der ihr einen unheilvollen Schauer über den Rücken jagte. Stirnrunzelnd hoffte sie, dass sie falsch verstanden hatte, was er damit meinte. »Es wird noch eine ganze Weile dauern, bis wir einen Sohn haben, der alt genug ist, um Laird zu werden, Seamus.«

So wie es zurzeit lief, wäre ein Kind ein Wunder.

Jamie hatte gerade erneut den Saal betreten und ging geradewegs auf Caitrina zu, als er hörte, wie sie ihn unerwartet verteidigte. Hoffnung flammte in ihm auf.

Es war das erste Anzeichen in beinahe einer Woche, seit sie auf Ascog waren, dass sie möglicherweise nachgiebiger wurde. Er hatte schon angefangen, sich zu fragen, ob es richtig von ihm gewesen war, nicht mehr in ihr Bett zu kommen. Er wollte ihr Zeit geben, damit sie erkannte, dass das, was sie hatten, etwas Besonderes war. Damit sie nicht nur ihr Liebesspiel vermisste, sondern ihn. Allerdings begannen die langen, kalten Nächte ihm zuzusetzen. Jeden Tag arbeitete er beinahe bis zur völligen Erschöpfung, um nicht an seine bezaubernde

Braut zu denken, aber ihre ständige Gegenwart reizte ihn wie eine Klette unter seinem Sattel.

Er war sich ihrer Anwesenheit überdeutlich bewusst und ertappte sich zu den unpassendsten Gelegenheiten dabei, dass er sie beobachtete. Sein einziger Trost war es zu wissen, dass sie ihn ebenfalls beobachtete. Es fühlte sich weniger so an, als wären sie Mann und Frau, sondern eher wie zwei Löwen, die sich argwöhnisch umkreisten.

Manchmal schien es ihm, als beobachte er eine völlig andere Person als die, die er beim ersten Mal getroffen hatte. Das verwöhnte, in Seide und Spitze gehüllte Mädchen war verschwunden, und an seine Stelle war eine entschlossene junge Frau getreten, die in einem Kleid, das nicht einmal einer Dienerin würdig war, den ganzen Tag Fußböden schrubbte.

Für ein Mädchen, das sich einst wie eine Prinzessin gekleidet hatte, war die Veränderung erstaunlich. Obwohl er ihr immer wieder neue Kleider und Schmuck angeboten hatte, zeigte nichts von dem, was sie trug, irgendwelche Anzeichen von Reichtum. Ihr Haar, das sie einst zu kunstvollen Frisuren gesteckt getragen hatte, war nun schlicht mit einem dünnen, ausgefransten, schwarzen Band im Nacken zusammengebunden und hatte seinen Glanz verloren.

Doch die Veränderungen gingen weit tiefer als nur die äußere Erscheinung. Er hatte einmal geglaubt, dass sie nicht wahrnahm, was um sie herum vorging, doch nichts konnte der Wahrheit ferner sein. Es überraschte ihn, wie aufmerksam sie auf die Bedürfnisse ihrer Leute reagierte. Ob es darum ging, die Männer einzuteilen, damit sie den Frauen, die bei dem Angriff ihre Ehemänner verloren hatten, bei der Feldarbeit oder dem Vieh halfen, oder jemandem tröstend einen Händedruck oder eine Umarmung zu schenken – Caitrina war zur Stelle.

Die Liebe und Zuneigung, die sie einst offen ihrer Familie gezeigt hatte, war nun auf ihren Clan übergegangen.

Doch ob zu recht oder nicht, Jamie wollte sie für sich selbst.

Die Zerstörung ihres Heims und ihrer Familie hatte sie gezwungen, erwachsen zu werden und mehr Verantwortung zu übernehmen. Er konnte die Frau, die sie geworden war, bewundern, aber nicht alle diese Veränderungen waren begrüßenswert. Ihr waren die Illusionen geraubt worden, und es gab nichts, was er tun konnte, um ihr ihre jugendliche Unschuld zurückzugeben. Er würde alles dafür tun, ihre Augen vor Freude strahlen zu sehen, ohne dass Trauer und Verlust sie trübten.

Doch seine unmittelbarere Sorge galt ihrer Gesundheit. Zeichen der Erschöpfung zeigten sich in ihrem blassen Gesicht, und er wusste, dass sie wahrscheinlich ebenso wenig Schlaf bekam wie er. Sie arbeitete so verdammt hart, und er würde nicht tatenlos zusehen, wie sie sich völlig verausgabte.

Sie hatte einmal behauptet, dass er sie als ein Besitzstück wollte, als hübsche Zierde an seiner Seite. Wenn an dieser Behauptung jemals ein Körnchen Wahrheit gewesen war, dann traf das nun nicht mehr zu.

Er wäre stolz darauf, sie an seiner Seite zu haben, nicht wegen ihrer Schönheit, sondern wegen ihrer Stärke und Widerstandskraft. Wegen ihres Temperaments und ihrer Leidenschaft. Wegen ihres inneren Antriebs, der dem seinen in nichts nachstand. Und wegen des Mitgefühls, das sie in dieser Woche unzählige Male gegenüber ihrem Clan gezeigt hatte. Sie war es, die Trost spendete, obwohl sie mehr als alle anderen verloren hatte.

Sein Verlangen nach ihr hatte nichts mit Besitz zu tun, sondern einzig und allein mit dem Gefühl, das sie ihm gab – sie hatte einen Teil von ihm berührt, von dem er nicht einmal gewusst hatte, dass er existierte. Gefühl. Emotion. Empfindung. All diese Dinge waren ihm fremd gewesen, bis er Caitrina getroffen hatte.

Ihm war nie aufgefallen, wie allein er gewesen war.

Schon beim allerersten Mal, als sie sich liebten, wusste er, dass sie anders war. Er hatte viele Frauen begehrt, doch keine von ihnen hatte ihn dazu gebracht, sie für immer in den Armen halten zu wollen. Nie hatten Leidenschaft und Gefühl sich miteinander verflochten. Als er in ihr den Höhepunkt erreichte, fühlte er nicht nur körperliche Erfüllung, sondern eine Erfüllung, die jeden Teil seiner Seele berührte.

Zumindest war es für ihn so gewesen.

Ihre Behauptung, dass es nur Pflicht war, die sie zu ihm kommen ließ, schmerzte immer noch.

Pflicht. Wie konnte ein einziges Wort einen so mächtigen Schlag versetzen?

Die Ironie daran war natürlich, dass Pflicht für ihn das oberste Prinzip war. Pflicht gegenüber seinem Chief, seinem Clan, seiner Familie. Seiner Frau.

Nie hätte er erwartet, dass dieses Prinzip einmal mit so verheerender Wirkung gegen ihn verwendet werden würde.

Er wollte nicht ihre Pflicht, er wollte ihre Liebe und ihr Verlangen. Er wollte sie aus eigenen freien Stücken – weil sie es wollte, nicht weil sie es musste.

Vor ein paar Tagen war er wütend auf sie gewesen, ungeduldig, weil sie ihn nicht so sah, wie er war. Doch sie brauchte Zeit. Nachdem sie so viel verloren hatte, würde sie natürlich Angst davor haben, wieder zu lieben.

Er hatte sich geschworen, so lange zu warten, bis sie zu ihm kam, aber mit jedem Tag, der verstrich, wurde seine Laune immer angespannter – bis er jeden Augenblick explodieren konnte. Er fühlte sich wie ein Bär, den man mitten im Winter aus dem Schlaf gerissen hatte. Hungrig.

Er kam näher, doch sie hatten ihn noch nicht bemerkt.

Seamus antwortete ihr mit gesenkter Stimme. »Ein Kind ist n ...« Mitten im Satz brach er ab, als er Jamies Anwesenheit bemerkte, und drehte sich zu ihm um.

Jamie hob eine Augenbraue. »Lasst Euch von mir nicht unterbrechen. Ihr sagtet gerade?«

Seamus lächelte. »Ich meinte gerade, dass wir uns alle auf den Tag freuen, an dem wieder ein Lamont über Ascog herrscht.«

Das war nicht im Geringsten, was er hatte sagen wollen, aber Jamie war bereits auf der Hut, was den verbitterten Wachmann des Lamont betraf. »Ein Tag, der noch lange auf sich warten lassen wird«, konterte Jamie. »Und der vielleicht niemals kommen wird, wenn wir dieses Dach nicht fertigstellen.«

Seamus verstand den Hinweis. »*Aye*, Mylord«, antwortete er und kletterte wieder die Leiter hoch, um die Männer zu beaufsichtigen, die das Holz den Turm hochtransportierten.

Jamie entging die subtile Anspielung nicht – das englische ›Mylord‹ statt des schottischen ›Mylaird‹ –, und Caitrina ebenso wenig. Sie sah ihn an, als wolle sie etwas sagen, aber Jamie nahm sie beim Arm. »Nicht. Ich kann schon mit ihm umgehen.«

»Aber ...«

»Das ist es doch, was er will. Seine Sticheleien verärgern mich nicht. Ich bin ebenso sehr ein Highlander wie er, obwohl er es vorzieht, so zu tun, als wäre es nicht so.«

Die jungen Dienstmägde hatten sich schnell aus dem Staub gemacht, allerdings nicht ohne ihn erst noch anzusehen, als wäre er der leibhaftige Teufel.

Ihre Angst schien Caitrina zu verärgern.

»Macht es dir denn nichts aus?«, fragte sie.

Er zuckte die Schultern.

»Es muss dir doch etwas ausmachen.«

Resigniert seufzte er, denn er hatte in dieser Woche bereits etwas über die Hartnäckigkeit seiner Frau gelernt. Sie würde nicht Ruhe geben, bis er ihr antwortete. »Ich habe schon vor langer Zeit aufgehört, die Meinung der Leute ändern zu wollen. Sie glauben, was sie glauben wollen. Ob ich ein Held oder ein Schurke bin, hängt davon ab, auf welcher Seite man steht.«

Sie zog die Nase kraus. Eine kleine, gar nicht mal so schiefe Nase, die im Augenblick mit Ruß beschmiert war. »So habe ich noch gar nicht darüber nachgedacht.«

»Nicht jeder verachtet mich, Caitrina. Ich habe auch meine Bewunderer«, meinte er trocken.

Ihre Augen verengten sich. »Bewunderer welcher Art?«
Er zuckte unbestimmt die Schultern. »Weiblicher Art möglicherweise?«

Bei ihrem Gesichtsausdruck musste er lächeln. Sie war eifersüchtig. »Oh, alle Arten«, neckte er sie und lachte, als sie die Lippen zu einer dünnen Linie zusammenpresste. Er sehnte sich danach, diesem Mund mit Lippen und Zunge die Härte zu nehmen. »Eines Tages nehme ich dich mit nach Casteswene, um ein paar davon kennenzulernen.«

Gespannt wartete er auf ihre Reaktion. Er hatte von einer Zukunft gesprochen, obwohl es nicht im Geringsten klar war, ob sie eine hatten.

Als sie nickte, stieß er den Atem aus, den er unbewusst angehalten hatte, und tat einen Schritt auf sie zu. »Caitrina, ich …« Er fuhr sich mit den Fingern durchs Haar, weil er nicht wusste, was er sagen wollte.

»Ja?«

Wie konnte er ihr sagen, dass er sie wieder in seinem Bett haben wollte? Er hatte geschworen, ihr Zeit zu geben … Oh, zum Teufel! »Wir müssen miteinander reden«, sagte er stattdessen.

Der Argwohn in ihrem Blick verriet ihm, dass es richtig von ihm gewesen war, sie nicht zu drängen. »Worüber?«

Er ergriff ihre Hände und drehte die Handflächen nach oben. Sie waren rot und rissig und hatten Blasen und böse Kratzer. »Darüber.« Sie versuchte, ihm die Hände zu entziehen, doch er hielt sie fest. »Das muss aufhören«, sagte er sanft. »Du leistest Knochenarbeit. Wenn du dich nicht zurücknimmst und dich etwas ausruhst, wirst du noch zusammenbrechen.«

Sie wandte den Blick ab, und ein verbissener Zug erschien um ihren Mund. »Mir geht es gut.«

»Du bist meine Frau, keine Küchenmagd.«

»Ist es das, worum es dir geht? Den äußeren Anschein? Die Arbeit muss getan werden, ganz gleich, von wem. Das hier ist mein Zuhause. Du wirst mich nicht dazu zwingen, die anderen arbeiten zu lassen und selbst herumzusitzen, zu sticken und die Laute zu spielen.«

Das Bild häuslicher Idylle klang nicht schlecht. Er würde sie liebend gern für ihn spielen hören. Doch er glaubte nicht, dass sie im Augenblick seine Ehrlichkeit zu schätzen wusste, deshalb versuchte er es auf eine andere Weise. »Hier ist es nicht sicher mit all der gefährlichen Arbeit auf dem Dach. Du könntest verletzt werden.«

Sie reckte das Kinn ein wenig höher und hielt seinem Blick stand, ohne auch nur einen Deut nachzugeben. »Wenn es hier für die anderen sicher genug ist, dann ist es auch sicher genug für mich.«

Grimmig presste er die Lippen zusammen. »Aber die anderen ...«

Er brach ab, fassungslos darüber, was ihm beinahe über die Lippen gekommen wäre. *Liebe. Die anderen liebe ich nicht.*

War es das, was er für sie empfand? Es hatte einmal eine Zeit gegeben, da hatte Margaret MacLeod ihm vorgeworfen, dass er nicht wüsste, was das Wort bedeutete. Vielleicht hatte sie recht gehabt, denn noch nie hatte er diese unvernünftig intensiven Gefühle für jemanden empfunden. Er hatte noch nie so heftig darum kämpfen müssen, seine Gefühle im Zaum zu halten, denn Gefühle waren noch nie ein Aspekt in seinem Leben gewesen. Bis er Caitrina getroffen hatte.

Sie musste die Fassungslosigkeit auf seinem Gesicht bemerkt haben, denn sie sah ihn mit einem merkwürdigen Blick an. »Die anderen was?«

Er wusste, dass ihr seine Gefühle nicht angenehm sein würden. Sie würden ihr Angst einjagen, sie wie einen verschreckten Hasen vor ihm die Flucht ergreifen lassen. Also setzte er eine ausdruckslose Miene auf, schüttelte den verstörenden Gedanken ab und sagte: »Die anderen sind nicht meine Frau. Ich will dich nicht nach Rothesay zurückschicken müssen.«

Ihre Augen sprühten Blitze. »Das würdest du nicht wagen!«

»Ach ja?« Sie würde schon bald herausfinden, dass er mindestens ebenso stur sein konnte wie sie.

Der rebellische Ausdruck auf ihrem Gesicht sagte alles, doch sie entschloss sich klugerweise, ihre Gedanken nicht laut auszusprechen.

Mit einem langen Blick musterte er jeden Zoll ihrer zerzausten, müden Erscheinung. »Ich bin bereit, mit mir handeln zu lassen.«

Sie stieß ein undamenhaftes Schnauben aus. »Wie edelmütig von dir. Und wie, wenn ich bitten darf, sieht dein Verhandlungsangebot aus?«

»Du bist die Herrin der Burg und wirst dich entsprechend verhalten. Du kannst die Arbeiten beaufsichtigen, aber das bedeutet nicht, dass du auf allen vieren die Fußböden schrubbst. Und«, fügte er mit einem bedeutsamen Blick auf ihr Kleid hinzu, »du wirst dich so kleiden, wie es sich für deinen Rang als meine Ehefrau geziemt.«

Sie kochte vor Wut. »Also darfst du Holz hacken wie ein einfacher Arbeiter, aber mir gestehst du dasselbe Privileg nicht zu?«

Ein Privileg, Fußböden zu schrubben? Jamie konnte nicht glauben, dass sie sich darüber stritten. Er tat einen Schritt auf sie zu. »Ich habe gesehen, dass du mich beobachtet hast.«

Sie errötete bis unter die Haarwurzeln. »Ich habe dich nicht beobachtet«, schnaubte sie empört. »Aber du hast mir immer noch nicht erklärt, warum es für dich in Ordnung ist und für mich nicht.«

»Für Männer ist es anders.«

Sie trat einen Schritt auf ihn zu, nahe genug, dass die Spitzen ihrer Brustwarzen seine Brust streiften. Hitze durchströmte ihn. Er sehnte sich schmerzlich danach, sie in die Arme zu nehmen, denn er wusste genau, wie sich all diese üppige Weichheit auf seiner Haut anfühlte. Seit Tagen war er ihr nicht mehr so nah gewesen. Ihr zarter, blumiger Duft stieg ihm in die Nase, verführerisch, trotz ihrer offensichtlich wütenden Laune.

»Das ist das Dümmste und Lächerlichste, das ich je gehört habe. Es ergibt doch keinen Sinn!«

»Nichtsdestoweniger sind die Dinge nun einmal so.«

»Und das ist alles, was ich an Erklärung bekomme?«

»Die wichtigste Erklärung habe ich dir bereits gegeben.« Er wischte ihr den Ruß von der Nase und sah ihr in die Augen. »Kannst du denn nicht verstehen, dass ich nur an dich denke? Ich will, dass du in Sicherheit bist.«

Was er ihr dadurch offenbarte, ließ ihren Zorn ein wenig schwinden. »Hast du mir nicht einmal zu viel Sicherheit vorgeworfen? Dass ich verhätschelt und zu behütet von der wirklichen Welt sei? Und nun versuchst du, dasselbe zu tun. Verstehst du denn nicht, dass ich dieses Mädchen nie wieder sein werde?«

Sanft zeichnete er die Linie ihres Kiefers nach, dann hob er ihr Kinn, damit sie ihn ansehen konnte. »Ich wollte nie, dass das geschieht, Caitrina. Das weißt du doch sicher?«

Sie sah ein wenig benommen aus, doch sie nickte.

»Ich weiß, die Dinge werden nie wieder so, wie sie waren, aber ich will nur, dass du in Sicherheit bist. Du kannst so nicht weitermachen.«

»Ich will doch nur helfen.«

»Und das sollst du auch, aber nicht, indem du bis zur Erschöpfung schuftest.«

»Dann wirst du mich nicht von hier verbannen?«

Er konnte den verzweifelten Tonfall in ihrer Stimme hören. »Nein, nicht, wenn du tust, worum ich dich bitte.« Er griff in seinen *sporran* und zog einen kleinen Lederbeutel mit Münzen hervor. »Hier, nimm das. Ich möchte, dass du ins Dorf gehst und Stoffe oder ein Kleid kaufst, wenn es dort etwas Derartiges gibt. Ich werde edlere Kleider aus Edinburgh kommen lassen, aber das hier wird fürs Erste genügen. Heute noch, Caitrina. Du gehst heute noch.«

Sie sah aus, als wolle sie sich weigern, aber sie nahm den Beutel und ließ ihn in die Falten ihrer Röcke gleiten. Dann neigte sie den Kopf und knickste theatralisch. »Wie Ihr wünscht, Mylaird.«

Um seine Mundwinkel zuckte es, als sie sich zum Gehen wandte, doch auf halbem Weg zur Tür wirbelte sie noch einmal herum und kam zu ihm zurück.

»Ich habe meinen Eimer vergessen.«

»Ich hole ihn für dich.« Er trat ein paar Schritte zur Seite und bückte sich, um ihn aufzuheben, während Caitrina an der Stelle stehen blieb, an der er eben noch gestanden hatte. Er hörte ein Krachen, dann einen Schrei.

Als er nach oben sah, reagierte er, ohne nachzudenken. Blitzschnell hechtete er auf sie zu, schlang ihr den Arm um die Taille, riss sie zu Boden und warf sich schützend über sie.

Jamie wappnete sich innerlich, und der fallende Balken prallte auf ihn und entriss seinen Lungen ein schmerzhaftes Stöhnen. Auch wenn er ihn nicht mit voller Wucht erwischte, traf ihn der gezackte Rand des Balkens heftig genug an der Schulter, um ihm eine klaffende Wunde zu reißen. Er konnte fühlen, wie ihm ein warmer Blutschwall über den Arm schoss.

Jamie rollte von ihr herunter und kämpfte gegen den rasenden Schmerz in seiner Schulter, der ihn in einen benommenen Nebel hüllte. Im Saal brach Chaos aus. Er hörte Schreie von oben und das Kreischen der Dienstmägde. Alle hasteten in Panik herum, aber er hatte nur Augen für sie.

Caitrina war in Sicherheit. Gott sei Dank. Seine Feinde behaupteten, dass in seinen Adern Eiswasser statt Blut floss, dass nichts seine tödliche Ruhe durchdringen konnte. Sie sollten ihn in diesem Augenblick sehen! Sein Herz raste wie das eines erschrockenen Hasen. Noch nie in seinem Leben hatte er so verdammte Angst gehabt.

Wenn ihr etwas zugestoßen wäre ... Heiß schnürte sich ihm die Brust zu. Wenn er noch irgendwelche Zweifel gehabt hatte, dann gab es nun keine mehr.

Das hier war Liebe, und er liebte sie mit jeder Faser seines Herzens.

Mit tödlich bleichem Gesicht beugte sie sich über ihn. »Oh mein Gott! Was ist passiert?« Sie sah auf seinen Arm herab. Blut quoll aus der klaffenden Wunde und färbte seinen Ärmel rot. »Du bist verletzt!« Tränen schossen ihr in die Augen und über die verzerrten Wangen.

Sie weint. Um mich. Doch es war der Ausdruck in ihren Augen, der den dunklen Nebel des Schmerzes durchdrang, wie nichts anderes es vermochte. Es war ein Ausdruck, den er noch nie gesehen hatte. Unverstellt. Entblößt. Als könne er geradewegs in ihr Herz sehen.

Seine Schulter schmerzte höllisch, doch es war der schönste Anblick, den er je gesehen hatte. Denn dort in ihren Augen, durch das zarte Fallen einer Träne, hatte sie sich verraten.

Es war nicht nur Pflicht, was sie verband.

15

Unruhig schritt Caitrina in der Kammer des Lairds auf und ab und bemühte sich nach Kräften, ruhig zu bleiben und Mor nicht in die Quere zu kommen, doch das Warten war die reinste Qual.

Blut. Da war so viel Blut gewesen. Der grob behauene Balken, der auf sie herabgestürzt war, war gut zwölf Zoll dick gewesen. Dick genug, um zu töten.

Sie schloss die Augen und holte tief Luft, doch sie konnte das wilde Herzklopfen nicht beruhigen. Panik hatte sie im Griff und ließ sie nicht los.

Gütiger Gott, Jamie hätte getötet werden können! Ihr so schnell genommen werden können wie ihr Vater und ihre Brüder. In dem Sekundenbruchteil, in dem sie erkannt hatte, was geschehen war und was er getan hatte, um sie zu retten, schlug ihr das Herz bis zum Hals und riss den Schleier jeglicher Täuschung von ihrem Bewusstsein.

Feind. Henker. Campbell. Nichts davon zählte.

Sie empfand etwas für ihn. Sehr viel sogar. Sie wollte nicht versuchen, ihre Gefühle in Worte zu fassen – nicht, wenn sie ihr Angst einjagten. Etwas für jemanden zu empfinden machte sie verletzlich. Wenn sie ihn auch verlor ... Angst lag wie ein eiserner Ring um ihr Herz.

Sie konnte es nicht länger ertragen; noch eine weitere Minute der Unwissenheit und sie verlor den Verstand.

Die Hände nervös in die Falten ihrer Röcke gekrampft trat sie ans Bett und versuchte, Mor über die Schulter zu blicken. Jamie lag auf der Seite, das Gesicht von ihr abgewandt, während Mor sich um seine Wunde kümmerte.

»Wie sieht es aus?«

»Genauso, wie es vor fünf Minuten aussah, obwohl ich es schwer sagen kann, wenn du mir im Licht stehst«, blaffte Mor. Schnell wich Caitrina aus dem flackernden Kerzenlicht zurück. Obwohl es kurz nach Mittag war, drang durch die kleinen Fenster nur wenig Tageslicht. »Aber es wird viel schlimmer aussehen, wenn ich nicht bald damit fertig werde, die Wunde zu nähen.«

»Bist du sicher, dass er …«

Diesmal unterbrachen sie gleich zwei Stimmen.

»Es geht ihm gut.«

»Es geht mir gut.«

Jamies Stimme war ruhig und fest, und für einen Augenblick war sie erleichtert. »Brauchst du nicht vielleicht doch meine Hilfe?«, wagte Caitrina einen weiteren Vorstoß, nur um sofort wieder zurückgewiesen zu werden.

»Nein!«

»Nein!«

Wenn sie nicht so nervös wäre, hätte sie Mors und Jamies untypisches Einvernehmen amüsant gefunden. Stattdessen zog sie sich auf die andere Seite des Zimmers zurück, während Mor die Wunde fertig zunähte. Ein paar Bedienstete hasteten unter den Anweisungen der Amme hin und her und brachten frisches Wasser, Leinen und Kräuter.

Noch nie hatte Caitrina sich so nutzlos gefühlt – oder so hilflos. Wie hatte das nur geschehen können? Es war ein schrecklicher Unfall gewesen … oder etwa nicht? Seamus' bleiches Gesicht war ihr nicht entgangen. Sie wollte es nicht glauben, aber im Licht der Geschehnisse betrachtet wirkten seine Worte kurz vor dem Zwischenfall höchst belastend.

Es kam ihr wie Stunden vor, obwohl es nur wenige Minuten waren, doch schließlich schob Mor ihren Stuhl zurück. »Du kannst jetzt zu ihm, Caiti.«

Sie eilte ans Bett zurück und konnte endlich einen richtigen Blick auf ihren Ehemann werfen. Er hatte sich aufgesetzt und lehnte mit dem Rücken am Kopfbrett des Bettes. Seine nackte Brust glänzte, und die festen Bauchmuskeln wölbten sich im sanften Kerzenlicht. Er trug noch seine Hosen und Stiefel, doch sein ruiniertes Hemd und das Plaid waren über den Stuhl neben dem Bett geworfen.

Zum Glück hatte Mor das Blut weggewischt, doch an seiner Schulter war ein dicker, gezackter Riss, den sie genäht hatte, und von seinem Schlüsselbein bis zum Ellbogen bildete sich bereits ein dunkler, marmorierter Bluterguss. Es sah schrecklich aus – und schmerzhaft.

Doch er lebte. Ihr ganzer Körper wurde weich vor Erleichterung.

Sie setzte sich zu ihm an die Bettkante und legte zögerlich ihre Hand auf seine. »Wie fühlst du dich?«

Ein Mundwinkel verzog sich leicht zu einem spitzbübischen, schiefen Lächeln, das sie mitten ins Herz traf. »Ich habe auf dem Schlachtfeld schon viel Schlimmeres erlebt. Ich glaube nicht, dass etwas gebrochen ist.« Er warf Mor einen fragenden Blick zu.

»Nichts gebrochen, obwohl es sich ein paar Tage lang so anfühlen wird«, bestätigte die alte Frau. Als ahne sie bereits, was für eine Art Patient er sein würde – nämlich ein schwieriger –, warnte sie: »Aber Ihr werdet darauf achten müssen, dass die Wunde nicht wieder aufbricht, sonst eitert sie. Ich werde einen Trank gegen die Schmerzen heraufbringen lassen.«

Erwartungsgemäß schüttelte Jamie den Kopf. »Den brauche ich nicht.«

Mit einem stummen Blick sagte Caitrina Mor, dass sie ihn ihm geben würde – und wenn sie ihn ihm in den Hals gießen musste.

Die alte Amme brummte missbilligend und rauschte zur Tür hinaus, wobei sie etwas über törichte Burschen und ihren Stolz murmelte, und ließ Caitrina mit ihrem Ehemann allein.

Sie musste sich ein Lächeln verkneifen und sah Jamie an, dem es ebenso zu ergehen schien. »Ich glaube nicht, dass sie viel für deine Zurschaustellung männlicher Stärke übrig hat.«

Jamie lachte glucksend. »Ich glaube, du hast recht, aber das ist nicht der Grund, warum ich ihre Medizin abgelehnt habe. Ich mag das Gefühl nicht, das ich davon bekomme. Lieber ertrage ich Schmerzen, als dass ich in einen betäubten Dämmerschlaf falle.«

Allzeit wachsam, dachte sie. Und nach dem, was heute geschehen war, konnte sie ihm auch kaum einen Vorwurf machen.

Nun, da sie allein und in Sicherheit waren, traf die Realität sie mit voller Wucht. Die Sorge um ihn hatte ihr geholfen, die Fassung zu bewahren, und jetzt, da sie wusste, dass er wieder gesund werden würde, konnte sie ihre Gefühle nicht länger im Zaum halten. Sie brauchte ihn. Brauchte seine unerschütterliche Stärke. Sie musste sich vergewissern, dass er noch da war. Musste diesen quälenden Augenblick der Angst auslöschen, dass sie ihn auch noch verlieren könnte.

Vorsichtig, um seine Schulter nicht zu berühren, schmiegte sie die Wange an seine nackte Brust, genoss das Gefühl seiner warmen, glatten Haut und suchte Trost im regelmäßigen Schlagen seines Herzens. Ihre Berührung hatte ihn überrascht, doch nur eine Sekunde lang, dann entspannte er sich unter ihr. »Ich hatte solche Angst«, gestand sie zitternd. »Gott, du hättest getötet werden können!«

Er streichelte ihr übers Haar, und die starken Hände, die eine Waffe mit tödlicher Sicherheit schwingen konnten, waren sanft und tröstend wie die einer Mutter bei ihrem Kind. »Aber das wurde ich nicht. Obwohl ich diesen Preis bereitwillig gezahlt hätte.«

Mit wildem Blick setzte sie sich auf. »Sag so etwas nicht! Sag so etwas niemals! Ich kann das nicht noch einmal durchmachen. Mein Vater, meine Brüder ...« Tränen rannen ihr über die Wangen. Sie hatte ihre Familie so sehr geliebt, und alle waren ihr genommen worden. Wie konnte sie noch einmal solch schrecklichen Schmerz riskieren? Sie wusste, was er tat, und dass er sich ständig in Gefahr befand. Es erfüllte sie mit eisigem Entsetzen. »Ich kann dich nicht auch noch verlieren. Versprich mir ...«

»Das wirst du nicht«, beruhigte er sie und zog sie wieder an sich.

Sie schwiegen einen Augenblick, und nur das Geräusch ihres ungleichmäßigen Atems und ein gelegentliches Schniefen, während die Tränen versiegten, erfüllte die Stille. Es war ein Versprechen, von dem sie beide wussten, dass er es nicht halten konnte. Sie lebten in einer Welt, wo der Tod an der Tagesordnung war – besonders für einen Krieger.

»Bedeutet sie dir etwas?«, fragte er nach einer Minute. »Meine Sicherheit?«

Sie erstarrte, da sie nicht wusste, was er von ihr hören wollte. »Ich ...« Sie hatte Angst. Angst davor, dass es ihn irgendwie gefährden könnte, wenn sie ihre zerbrechlichen Gefühle in Worte fasste.

Empfand er etwas für sie? Seine Stimme verriet nichts von seinen Gedanken. »Ja«, sagte sie stattdessen. »Mehr als alles andere.«

Es war genug. Ihre Antwort schien ihn zufriedenzustellen, denn er drückte sie ein wenig fester an sich. Ihr rasender Herzschlag hatte sich beruhigt, doch der Unfall spielte sich immer und immer wieder vor ihrem inneren Auge ab. »Alles geschah so schnell.«

»*Aye*, wenn ich nicht das Geräusch gehört und nach oben gesehen hätte ...« Noch nie hatte sie so viel Gefühl in seiner Stimme gehört. Jamie Campbell, der meistgefürchtete Mann in den Highlands, hatte Angst gehabt – um sie. Er räusperte sich. »Wenn ich herausfinde, wer dafür verantwortlich war ...«

Bei dem düsteren Tonfall seiner Stimme wurde ihr eiskalt. »Ich bin sicher, es war nur ein Unfall.«

Er hielt ihren Blick fest, und sie wusste, dass er ihren Verdacht teilte. »Ich bin sicher, dass niemand die Absicht hatte, *dich* zu verletzen.«

Er hatte seine Worte mit Bedacht gewählt, was ihr keinen Zweifel daran ließ, dass er vermutete, jemand habe versucht, ihn zu töten. Sie betete, dass Seamus nicht dahintersteckte, doch ihre Loyalität gegenüber ihren Clansleuten war nur begrenzt belastbar und endete bei versuchtem Mord. Wenn Seamus dafür verantwortlich war, dann würde er dafür bezahlen.

»Ich habe dir noch nicht gedankt«, erkannte sie und sah zu ihm auf. »Dafür, dass du mir das Leben gerettet hast.«

»Du brauchst mir nicht zu danken. Ich sagte dir doch, dass ich mich immer um dich kümmern werde, und das habe ich ernst gemeint.« Er zog sie unter seinen unverletzten Arm, legte ihn ihr um die Taille und hielt sie fest an sich gedrückt. Sie schmiegte den Kopf unter sein Kinn, legte ihm die Hand auf die Brust und spürte die harten Muskeln beruhigend unter ihren Fingerspitzen. Langsam streichelte sie über die breiten, vertrauten Konturen. Sie wollte diesen Augenblick für immer festhalten. Nach allem, was in den letzten Monaten geschehen war, hätte sie nicht geglaubt, dass sie sich jemals wieder so fühlen würde – sicher und zufrieden.

Sie brauchte nichts zu sagen. Sie spürte, dass er wusste, was sie dachte, weil er dasselbe fühlte. Ein herabstürzender Balken hatte vollbracht, wozu keiner von ihnen in der Lage gewesen war, nämlich alle Vorwände und jede Verstellung fortzuwischen und die Wahrheit zu enthüllen. Erst als sie mit der schrecklichen Angst, ihn zu verlieren, konfrontiert worden war, hatte sie sich eingestanden, was er ihr inzwischen bedeutete.

»Ich habe dich vermisst«, sprach sie ihre Gedanken laut aus. Und dennoch hatte sie nicht den Wunsch, ihre Worte zurückzunehmen.

Er verharrte regungslos. »Ich dich auch.«

»Ich hätte diese Dinge niemals sagen sollen. Du hast mir nie einen Grund gegeben, dir nicht zu vertrauen. Ich vertraue dir, es ist nur ...«, sie suchte nach dem richtigen Wort, doch alles, was ihr einfiel, war: »kompliziert.«

Aber irgendwie schien er sie zu verstehen. »*Aye*. Ich kann dir nicht versprechen, dass es keine Probleme geben wird.«

»Ich weiß.« Doch welche Probleme sie mit der Akzeptanz ihres Clans auch haben würden, sie würde nicht länger zulassen, dass sie ihn aus ihrem Bett fernhielten.

Geistesabwesend glitt ihre Hand tiefer zu seinem Bauch und zeichnete die straffen Muskelstränge nach. Seine Erregung drängte sich hart gegen seine Hosen. Einen Augenblick lang wollte sie ihn schon umfassen und den harten Stahl unter ihren Fingern spüren, doch dann erinnerte sie sich wieder daran, dass er verletzt war.

Schnell zog sie ihre Hand zurück. »Es tut mir leid.« Ihre Wangen glühten. »Ich habe nicht nachgedacht.« Sie setzte sich auf und wollte vom Bett aufstehen. »Ich sollte gehen, damit du dich ausruhen ...«

Erschrocken keuchte sie auf, als er ihren Arm packte und sich zu sich zurückzog. »Nein.« Seine Stimme war dunkel und eindringlich. Er umfasste ihr Kinn und küsste sie zart auf die Lippen. »Bleib. Ich brauche dich.«

»Aber deine Schulter ...«

»Ich versichere dir, das Vergnügen, das du mir bereitest, ist das beste Mittel gegen die Schmerzen.« Tief sah er ihr in die Augen, mit sanftem, weichem Blick, und strich ihr eine Haarlocke aus der Stirn. »Nimm mir den Schmerz, Caitrina.«

Sie warf einen Blick auf den Verband an seinem Arm, doch er drehte ihr Gesicht wieder zu sich. »Lass mich vergessen«, flüsterte er und küsste sie erneut.

Sie vernahm sein Flehen tief in ihrem Herzen. Sie wollte ebenfalls vergessen. Sie wollte den Unfall vergessen, der ihn ihr beinahe für immer genommen hätte, und sie wollte die törichten Tage vergessen, die sie voneinander getrennt gewesen waren. Er teilte ihre Lippen und ließ in einem langen, sinnlichen Kuss die Zunge in ihren Mund gleiten, bevor er sie wieder freigab.

Ihr Atem kam schnell und stoßweise. »Du kämpfst unfair.«

Er grinste. »Es ist schon zu lange her.«

Sie schüttelte den Kopf. »Erst drei Tage.«

»Fast vier.«

Sie lachte. »Du bist unverbesserlich.«

Er küsste sie erneut, ließ die Hand an ihrem Rücken entlang zum Po hinuntergleiten und presste sie an seine mächtige Erektion. »Nein, ich bin ein verzweifelter Mann. Hab Erbarmen mit mir, Mädchen.«

Er wirkte so aufrichtig, dass sie lachen musste. »Wie soll ich mich gegen eine so von Herzen kommende Bitte wehren?«

Er grinste schelmisch und zog sie in die Arme. »Das sollst du auch nicht.«

In Wahrheit war es genau das, was sie ebenfalls verzweifelt brauchte. Erst wenn sie wieder in seinen Armen lag, würde sie sich wieder vollkommen sicher fühlen.

Sie täuschte Strenge vor. »Also gut, aber nur unter ein paar Bedingungen.«

Er zog eine Braue hoch. »Ich höre.«

»Du musst still liegen bleiben.«

Ein sehr freches Grinsen spielte um seine Lippen. »Ich werde mein Bestes geben. Was noch?«

»Du wirst mir sagen, wenn es weh tut.«

»Wenn was weh tut?«, fragte er unschuldig.

Sie gab ihm einen spielerischen Klaps auf die Brust. »Deine Schulter, du Schuft.«

Sein Versuch, zerknirscht auszusehen, wurde von dem jungenhaften Funkeln in seinen Augen zunichtegemacht. »Ich verspreche es.«

Manchmal vergaß sie, wie jung er noch war. Seine Autorität und die kampfgestählte Erscheinung ließen ihn viel älter als seine siebenundzwanzig Jahre wirken.

Gott, er ist wunderschön. Die Verspieltheit erhellte seine harten, männlichen Züge, und kleine Lachfältchen kräuselten seine Augenwinkel, wenn er lächelte. Die Wirkung war absolut umwerfend.

Er raubte ihr den Atem.

Sie stand auf und ging zur Tür, um den Metallriegel vorzuschieben, damit sie nicht gestört wurden. Bei jedem Schritt konnte sie seine Augen auf sich spüren.

»Da gibt es allerdings noch ein paar Probleme«, sagte er.

Diesmal war sie an der Reihe, ihn fragend anzusehen. »Zum Beispiel?«

»Unsere Kleider.« Er lehnte sich mit einem breiten Lächeln auf dem gutaussehenden Gesicht in die Kissen zurück. »Ich fürchte, mein Arm schmerzt zu sehr, als dass ich dir beim Ausziehen eine große Hilfe sein könnte.«

Ihre Augen verengten sich. »Ach wirklich?«

Er nickte ernst. »Ich schätze, das wirst du alleine tun müssen.«

»Und was wirst du tun?«

»Na, zusehen, natürlich!«

»Natürlich«, wiederholte sie trocken. Mit dem Rücken zu ihm legte sie ihr *arisaidh* ab und legte es sorgfältig zusammengefaltet auf dem Stuhl ab.

Sie sah über die Schulter und ertappte ihn dabei, wie er ihren Hintern anstarrte. »Ich nehme nicht an, dass ich dich damit behelligen kann, meine Bänder zu lösen.«

»Das könnte ich vielleicht noch zustande bringen.«

Sie ging zum Bett zurück und stellte sich mit dem Rücken zu ihm, während er erst die Schnürung ihres *kirtle* und dann die des Schnürleibchens löste. Seine Finger schienen ihre Haut zu liebkosen, während er die Bänder aufknüpfte, und verweilten auf der empfindlichen Stelle tief an ihrem Rücken, so dass ihr ein prickelnder Schauer durch den Körper jagte.

Als er fertig war, ließ sie das Gewand von den Schultern gleiten und zu Boden fallen. Das Mieder war locker genug, dass sie es über den Kopf ziehen konnte.

Obwohl sie nur noch ihr Unterkleid trug, schien der Raum wärmer zu werden, und sie spürte, wie sich leichte Röte auf ihrer Haut ausbreitete.

Sie hörte, wie er mit jedem Kleidungsstück, das zu Boden fiel, den Atem einsog, und wusste, dass es ihn erregte, sie zu beobachten – selbst von hinten. Sie begann, an den Bändern im Nacken zu nesteln, doch er ergriff ihr Handgelenk.

»Lass mich dich sehen, Mädchen«, sagte er, und alles Spielerische war aus seiner Stimme verschwunden.

Mit brennenden Wangen drehte sie sich zu ihm um. Sie schämte sich zwar, aber sie konnte nicht behaupten, dass es sie nicht erregte. Es hatte etwas zutiefst Sinnliches, sich vor einem Mann auszuziehen, wenn man wusste, dass er jede kleinste Bewegung beobachtete.

Langsam löste sie die Bänder im Nacken, dann bückte sie sich, um die Pantoffeln abzustreifen, wobei sie ihm durch den geöffneten Ausschnitt des Unterkleids einen tiefen Einblick auf ihre Brüste gewährte.

Er stieß einen leisen Fluch aus, und sie musste sich ein Lächeln verbeißen, während sie diesen Augenblick weiblicher Macht auskostete.

Er hielt den Atem an, als sie das Unterhemd an ihrem

Schenkel hochschob, den Fuß auf die Bettkante stellte und sich dabei Zeit ließ, die Strümpfe abzustreifen.

Ihr Körper wurde feucht, weil sie wusste, was er dachte, weil sie wusste, wie sehr er sich wünschte, sie dort anzusehen.

Ihre Blicke begegneten sich. Seine Augen brannten heiß vor Eindringlichkeit. »Zieh es aus«, raunte er.

Sie schob den Saum des Hemds höher, immer noch ohne ihm etwas anderes als ihren Schenkel zu zeigen, dann noch höher und enthüllte die Rundung ihres Pos. Sie hob den Stoff an den Seiten an und über ihre Brüste, dann zog sie sich das Hemd über den Kopf und ließ es in einem kleinen Haufen neben ihrem nackten Fuß zu Boden fallen.

Unter gesenkten Wimpern sah sie zu ihm hoch und beobachtete, wie sein Blick über ihre Brüste, den Bauch, den Po und ihre Beine entlangwanderte.

»Gott, du bist wunderschön.«

»Bis auf meine schiefe Nase«, neckte sie.

Er lachte. »*Ganz besonders* wegen dieser schiefen Nase.«

Und unter seinem bewundernden Blick fühlte sie sich auch so. Sie hob den Blick und stellte den Fuß zurück auf den Boden. Seine Augen wanderten zwischen ihre Beine, und sie konnte schwören, dass es prickelte, als habe er sie dort berührt.

Ihr Verlangen nach ihm war wie eine Urgewalt. Sie streckte die Hand nach ihm aus und streichelte über den flachen Bauch, dann löste sie die Bänder seiner Breeches und befreite seine drängende Erektion aus dem engen Gefängnis aus Stoff. Rittlings kniete sie sich über ihn, ließ die Hände unter seine festen Pobacken gleiten und zog ihm die Hose über die Beine, während sie sich verzweifelt danach sehnte, ihn in sich zu spüren.

Seine Hände lagen auf ihren Brüsten, kneteten und kniffen die festen Spitzen, während sie ihm die Hose auszog. Drängend rieb sie ihren Schoß über seinen mächtigen Schaft, weil sie ihn zwischen ihren Beinen fühlen wollte.

Sie war so feucht und heiß und sehnte sich pochend nach ihm, doch sie wollte die Gefühle, die durch ihren Körper pulsierten, so lange wie möglich auskosten.

»Oh Gott, du bringst mich um den Verstand! Ich muss in dir sein!«

Er bedeckte ihre Brust mit dem Mund, sog die Brustwarze zwischen die Zähne und saugte heftig. Fordernd. Sie warf den Kopf in den Nacken, wölbte sich ihm entgegen und rieb ein wenig fester, glitt über ihn, bis die Stelle, wo sie sich berührten, feucht von ihrem Verlangen war.

Er liebkoste mit dem Daumen ihre empfindsamste Stelle, und sie explodierte pulsierend und schrie ihre Lust laut hinaus.

Während die Zuckungen immer noch ihren Körper schüttelten, umfasste er ihre Hüften und stieß in sie, nahm sie so tief, dass sie erneut aufschrie. Nichts übertraf dieses Gefühl völliger Verbundenheit, ein Gefühl, das, wie sie nun erkannte, auf etwas viel Tieferem beruhte.

Sie konnte fühlen, wie es erneut anstieg, sie ausfüllte, dieses verzweifelte Sehnen … Er zog sie hart auf sich herab, so dass ihre Körper sich berührten und wiegten, und die Reibung, der köstliche Druck trieben sie erneut zum Gipfel, während die süßen Zuckungen durch ihren Körper pulsierten.

Sie war so wunderschön, wie ihr nackter rosiger Körper unter der Heftigkeit ihrer Erlösung erbebte und ihr Gesicht in verzückter Ekstase glühte. Er könnte sie ewig dabei beobachten, wie sie den Gipfel erreichte. Es löste etwas Tiefes und Wildes in ihm aus. Ein Gefühl, so elementar und ursprünglich, dass er es nicht beschreiben konnte. Außer, dass sie zu ihm gehörte. Mit Herz, Leib und Seele.

Das letzte Beben verebbte, und er spürte, wie sie zusammensank, schwach wie ein neugeborenes Lamm von der Heftigkeit ihres Höhepunkts.

Vorsichtig rollte er sie unter sich und stützte sich dabei auf seinen unverletzten Arm, um sie nicht zu erdrücken.

Er war immer noch in ihr und sehnte sich quälend danach, sich zu bewegen. Den wilden Sturm der Leidenschaft zu entfesseln, den er gewaltsam zurückhielt. Doch aus Rücksicht auf ihre Ängste musterte er aufmerksam ihr Gesicht. »Geht es dir gut?«

Ein träges Lächeln umspielte ihren sinnlichen Mund. Unfähig zu widerstehen nahm er ihre volle Unterlippe zwischen die Zähne und knabberte sanft daran.

Mit verschleiertem Blick sah sie ihn an. »Besser als gut.«

»Mein Gewicht macht dir nichts aus?«

Die plötzliche Erkenntnis ließ ihre Augen klar werden. »Du hast versprochen, still liegen zu bleiben.«

Erneut zog er leicht an ihrer Lippe und murmelte an ihrem Mund: »Ich habe gelogen.«

»Aber deine Schulter!«

»Der geht es gut.« Tatsächlich war es anstrengender, als er gedacht hatte, sich mit einem Arm über ihr abzustützen, doch er hatte eine Idee.

Er küsste sie wieder, ließ die Zunge in ihrem Mund kreisen, bis sie sich ihm entgegendrängte. Widerstrebend entzog er sich ihrer feuchten Hitze und spürte die unangenehm kalte Luft auf seiner Haut.

»Aber …«

Er legte ihr den Finger über die Lippen. »Vertrau mir.«

Er stellte sich neben das Bett und zog sie zu sich, so dass ihr Po am Rand der Matratze zum Liegen kam – auf perfekter Höhe.

Pulsierend vor Erwartung drängte es ihn, wieder in diese feuchte Hitze einzutauchen.

Er sah ihr tief in die Augen, hob ihre Beine an den Kniekehlen an und hielt sie links und rechts von seinen Hüften. Sanft streichelte er die warme, samtige Haut ihrer Schenkel. Ihre Beine waren wundervoll – lang, schlank und sahnig weiß. Er konnte es kaum erwarten, bis sie sich ihm um die Hüften schlangen.

Langsam führte er die Spitze seiner Männlichkeit an ihre weibliche Öffnung. Sie war so feucht und weich und rosig ... und sie wartete auf ihn. Er stieß leicht mit dem empfindsamen runden Kopf gegen sie, und sie stöhnte und hob ihm die Hüften ein reizend winziges Stück entgegen. Doch er wollte sie willenlos vor Lust. Mit dem Mund befeuchtete er einen Finger, dann zeichnete er damit ihre Spalte nach und die Hitze ließ sie zusammenzucken. Er lächelte teuflisch. Sein Vergnügen konnte warten.

Er beugte sich über sie und küsste die kleinen rosigen Brustwarzen, die sich zur Decke emporreckten, dann fuhr er mit der Zunge langsam über die weiche, cremig weiße Haut zu ihrem Bauch hinunter.

Er hörte, wie sie den Atem einsog, und musste sich ein leises Lachen verbeißen.

Sein Mund glitt tiefer, zu der zarten Haut ihrer Schenkel. Sie schmeckte süß wie Honig, und er wollte jeden Zoll von ihr kosten.

»Was machst du ...?«

»Vertrau mir«, flüsterte er mit vor Lust rauer Stimme. Leicht pustete er auf ihre Haut, und sie erbebte. Als er ihren zarten, weiblichen Duft, diesen mächtigsten aller Liebeszauber, einatmete, schoss ihm das Blut heftig pulsierend in seine Männlichkeit und ihm war, als könnte er auf der Stelle kommen. Sein Mund berührte leicht die höchste Stelle an der Innenseite ihrer Schenkel, und sie spannte sich erwartungsvoll an.

Willenlos, hatte er sich geschworen.

Er hielt ihren von halb gesenkten Lidern verschleierten

Blick gefangen und hauchte einen Kuss auf ihre intimste Stelle.

Ihre Hüften zuckten heftig, und sie schrie auf. Er schob ihr die Hände unter die weiche Rundung ihres Pos, hob sie an seine Lippen und kostete sie ganz. Mit einem langen, sinnlichen Kuss purer Lust. Er umkreiste sie mit der Zunge und drang leckend und saugend leicht in sie ein, bis sie köstlich feucht und heiß war. Bis sie pulsierte.

Sie wand sich auf dem Bett, hob ihm kreisend die Hüften entgegen, und er nahm sie härter, trieb sie an ihrer empfindsamsten Stelle züngelnd höher und höher dem Gipfel entgegen. Sie war kurz davor. Er unterbrach den intimen Kuss, stand auf, hob ihre Beine erneut an und drang in sie ein. Sah zu, wie seine Männlichkeit köstlich Zoll um Zoll in ihr versank.

Als er sie völlig ausfüllte und ihre Körper vereint waren, schloss er die Augen, legte den Kopf in den Nacken und genoss die intensiven Gefühle, die wellenartig seinen Körper durchzuckten.

Er war wie elektrisiert, erfüllter als je zuvor in seinem Leben. So fühlte sich der Himmel an. So fühlte es sich an, wenn ein Mann seine Gefährtin traf, die Frau, die für ihn bestimmt war.

Fordernd hob sie die Hüften, und er gab jede Zurückhaltung auf. Mit jedem Stoß tauchte er tiefer und tiefer in sie ein, sein ganzer Körper straff und angespannt vor Verlangen nach ihr. Er liebte das Gefühl, in ihr zu sein, sie auszufüllen, sie zu der Seinen zu machen.

Sie umklammerte ihn mit ihren weiblichen Muskeln, massierte ihn mit ihrem Körper, und er verlor jede Beherrschung. Noch nie hatte er sich so gefühlt. Verzehrt. Außer Kontrolle. Wild vor Leidenschaft. Völlig frei.

Seine Hüften hämmerten in urgewaltigem Rhythmus, und sie kam ihm Stoß um Stoß entgegen. Ihre wunderschönen üppigen Brüste wippten bei jeder Bewegung, und er wollte sie mit den Händen kneten, über die rosigen Knospen fahren und zusehen, wie sich ihre Haut vor Leidenschaft prickelnd zusammenzog.

Doch er konnte nicht denken. Er stand in Flammen. Jeder Zoll seines Körpers konzentrierte sich darauf, sich zurückzuhalten, bis … Er hörte sie stöhnen. Hörte die leisen Lustschreie, als sie den Höhepunkt erreichte, und ließ endlich seiner Leidenschaft freien Lauf. Mit einem kehligen Schrei, der aus seinem tiefsten Innern drang, verströmte er sich tief in ihr.

Er hielt sie fest, bis das letzte Beben verebbt war, bis der letzte Tropfen Lust seinen Körper verlassen hatte. Als es vorbei war, konnte er nichts anderes tun, als neben ihr aufs Bett zu fallen, sie in den Arm zu nehmen und darauf zu warten, dass sich sein Atem so weit beruhigte, dass er wieder sprechen konnte.

Doch was gab es zu sagen? Was blieb zwischen ihnen denn noch zu sagen? Worte erschienen ihm unzulänglich und nichtig nach solch einer alles verändernden Erfahrung. Er liebte sie mit jeder Faser seines Körpers und seiner Seele. Bis an sein Lebensende.

Er konnte ihr die Familie nicht zurückgeben, aber er würde alles dafür tun, sie glücklich zu machen. Und vielleicht wäre er eines Tages dafür genug. Er schwor sich, dass nichts sie jemals wieder trennen würde.

Vielleicht lag es an seiner Verletzung, oder vielleicht war es das Ergebnis ihres Liebesspiels, doch obwohl es erst Nachmittag war, schloss Jamie die Augen und schlief ein.

16

»Aber es ist doch sicher noch zu früh, nicht wahr?« Caitrina zog sich das Laken über die Brüste und starrte ihren Ehemann an. Sie konnte nicht vermeiden, dass ihre Stimme besorgt klang.

Er wehrte ihre Frage mit einem lässigen Lächeln ab, und ihr Herz tat wie immer einen Satz. Er lächelte so ungezwungen in letzter Zeit.

»Ich glaube nicht, dass das nötig ist«, meinte er, wobei er auf ihren Versuch, sich zu bedecken, deutete. »Es gibt keine Stelle an deinem Körper, die ich nicht bis ins intimste Detail erkundet und für immer in mein Gedächtnis eingebrannt habe.«

Sie errötete. Obwohl sie sich in den letzten Tagen höchst ausgiebig geliebt hatten, hielten sich alte Gewohnheiten – wie Schamhaftigkeit – hartnäckig.

Dasselbe konnte man von Jamie nicht behaupten. Er besaß nicht eine einzige schamhafte Faser in seinem Körper – seinem unglaublich atemberaubenden Körper. Er war stets so selbstbewusst; das war eines der Dinge, die sie an ihm am meisten bewunderte. Er strahlte eine Lässigkeit und Selbstsicherheit aus, die von Rang, Vermögen und Macht herrührten. Das war ihr an ihm von Anfang an aufgefallen. Seine natürliche Befehlsgewalt und Autorität hatten ihn stets von allen anderen abgehoben.

Er hatte gerade gebadet, und das feuchte Handtuch hing ihm tief um die Hüften und klebte an den straffen Muskeln seines Hinterns. Als das Leinentuch zu Boden fiel, hielt sie den Atem an. Er griff nach seinem Hemd und zog es sich über den Kopf, wobei er die Muskeln an Brust und Rücken im sanften Morgenlicht spielen ließ.

Schuft. Er versuchte, sie abzulenken, und es funktionierte.

Nun, was er konnte, konnte sie schon lange. Caitrina ließ das Laken herunterrutschen, glitt aus dem Bett und fing an, sich ihren eigenen morgendlichen Vorbereitungen zu widmen. Sie hatte kaum das Unterkleid über den Kopf gestreift, als sie aufkeuchte, weil sie seinen harten Körper hinter sich fühlte. Er schlang ihr die Arme von hinten um die Taille, und sie sank gegen ihn. Sein warmer Atem kitzelte sie am Hals, als er die Stelle unter ihrem Ohr küsste, wo ihr Herzschlag pulsierte.

Sie nahm an, das war auch eine Möglichkeit, dafür zu sorgen, dass er im Bett blieb.

»Das wird nicht funktionieren, weißt du?«, murmelte er an ihrem Ohr.

Sie rieb die Hüften an seiner wachsenden Erektion. »Wirklich nicht?«

»Nein.« Seine Hände glitten über ihre Brüste und Hüften. Es war die besitzergreifende, wohltuende Berührung eines Liebhabers. Flüssige Hitze erfasste ihren Körper. Das Gefühl, wie seine großen, starken Hände ihren Körper bedeckten, hörte nie auf, sie zu erregen, und als er sie freigab, verspürte sie heftige Enttäuschung.

Seufzend drehte sie sich zu ihm um. »Aber es ist zu früh für dich, deine Pflichten wieder aufzunehmen. Deine Schulter ...«

»Meiner Schulter geht es gut«, schnitt er ihr mit dieser gebieterischen, keinen Widerspruch duldenden Stimme das Wort ab, die er seinen Männern gegenüber gebrauchte, aber selten bei ihr anwendete.

»Aber ...«

»Genug, Caitrina.« Er sah sie fest an. »Ich habe deinen verdammten Trank getrunken, oder etwa nicht?«

Um ihre Mundwinkel zuckte es, als sie an ihren kleinen

Kampf zurückdachte. Ihn dazu zu bringen, Mors Medizin zu nehmen, hatte tatsächlich einiges an Überzeugungsarbeit erfordert. Es war schon erstaunlich, was sie alles mit ihren Händen bewirken konnte.

Und dennoch, es waren erst wenige Tage seit seiner Verletzung vergangen. »Ja, aber ...«

Er machte ihrem Protest mit einem Kopfschütteln ein Ende. »Ich verspreche dir, dass ich vorsichtig sein werde, aber ich werde heute zu meinen Pflichten zurückkehren.« Sanft liebkoste er ihre Wange. »Wir können nicht für immer hier drinnen bleiben, Caitrina.«

Und uns verstecken. Als sie die unausgesprochene Ermahnung hörte, hob sie den Blick und sah ihm in die Augen. »Ich weiß.« Er hatte recht. Es war nicht einfach nur seine Wunde, die ihr Sorgen machte; es war das Eindringen der Realität in die Oase, die sie sich in diesem Zimmer geschaffen hatten. Was sie hier hatten, wurde nicht durch Clan-Loyalitäten und Pflicht erschwert und verkompliziert. Hier gab es nichts, das zwischen sie kommen konnte. Es war feige von ihr, aber sie wollte ihn noch ein kleines bisschen länger für sich haben.

Resignierend setzte sie sich zurück aufs Bett und sah ihm zu, wie er sich fertig anzog und das *breacan feile* an der Schulter mit der Nadel feststeckte, die ihn als Chieftain auszeichnete. Als *Campbell*-Chieftain, wurde ihr bewusst, als sie den Eberkopf erkannte, der die Wildheit der Campbells in der Schlacht symbolisierte.

Als er fertig war, zog er sie auf die Füße und hob sanft ihr Kinn, so dass sie ihn ansehen musste.

»Du vertraust mir doch, oder, Caitrina?«

»Du weißt, dass ich das tue.« Wie schon so oft in diesen letzten paar Tagen versuchte sie, ihre Gefühle auszusprechen, doch die Worte wollten ihr nicht über die Lippen kommen. Ihre Gefühle waren noch zu stark mit Ängsten belastet. Die Wunden der Vergangenheit waren noch nicht verheilt. Und obwohl es offensichtlich war, dass er sehr viel für sie empfand, war sie sich immer noch nicht sicher, wie stark seine Gefühle waren. Sie wollte das zarte Gefühl der Ausgeglichenheit, das sie in den letzten Tagen erreicht hatten, nicht zerstören.

Es war noch zu früh.

»Dann werden wir das beide gemeinsam durchstehen.«

Sie wollte ihm so sehr glauben, doch sie gab sich auch nicht der Illusion hin, dass es einfach werden würde. Sie betete, dass dieses neue Band zwischen ihnen stark genug war, um jedem Sturm zu widerstehen, den das Leben für sie bereit hielt, denn sie fürchtete, dass dieser Sturm ein heftiger werden würde.

Der Regen setzte nicht einmal eine Stunde später ein.

Caitrina hatte gerade beim Frühstück den letzten Bissen Haferkuchen in den Mund geschoben, als sie den Ruf hörte, dass ein Bote angekommen war. Das war nichts Ungewöhnliches, deshalb schenkte sie der Sache keine besondere Beachtung, doch sie war umso überraschter, als Jamie den Saal wenige Minuten später wieder betrat, nachdem er sich eigentlich schon auf dem Weg nach Ascog befinden sollte. An seinem grimmigen Gesichtsausdruck erkannte sie, dass etwas nicht in Ordnung war. Ganz und gar nicht in Ordnung.

Sie stand von der Tafel auf und eilte zu ihm, ohne auf die missbilligenden Blicke von Seamus und seinen Männern zu achten, deren Verachtung beinahe greifbar war. Ihre neugefundene Intimität mit ihrem Ehemann war nicht unbemerkt geblieben.

Sie ergriff seinen Arm und fühlte die Anspannung unter ihren Fingerspitzen. »Was ist geschehen?«

Sein Gesicht war hart und unnachgiebig, eine Maske grimmiger Beherrschtheit. Es war der erbitterte Ausdruck eines Mannes, der in die Schlacht zieht. Er sah von Kopf bis Fuß wie ein Anführer, wie der gefürchtete Vollstrecker eines Königs aus.

»Ich muss fort«, sagte er ohne Umschweife. »Unverzüglich.«

Das Herz wurde ihr schwer. »Aber warum? Wohin gehst du? Wer hat nach dir geschickt?« Urplötzlich kam ihr ein schrecklicher Gedanke, einer, der seine Reaktion erklären konnte. »Geht es um deine Schwester? Ist Elizabeth etwas zugestoßen?«

Er schüttelte den Kopf. »Es geht nicht um Lizzie. Die Botschaft war von meinem Cousin.«

Argyll. Das Herz wurde ihr noch ein wenig schwerer. »Oh.«

»Ich fürchte, es duldet keinen Aufschub. Ich muss sofort aufbrechen.«

»Aber du bist noch nicht wieder völlig genesen.«

»Es geht mir gut genug. Das hier kann nicht warten.« Er sah sie nicht einmal an. Seine Gedanken waren bereits bei dem, was immer ihn auch von ihr fortholte. Noch nie hatte sie ihn so gesehen – abwesend, ungeduldig ... unerreichbar. Sie hasste Argyll in diesem Augenblick mehr als je zuvor. Sie hasste es, dass er Jamie von einer Sekunde auf die andere von ihr fortrufen konnte, um seine Befehle auszuführen.

»Willst du mir denn nicht sagen, was ...«

»Wenn ich zurückkomme.«

Seine Ungeduld versetzte ihr einen Stich. Die Intimität, die sie miteinander geteilt hatten, schien vergessen.

Sie trat einen Schritt zurück. »Dann will ich dich nicht länger aufhalten.«

Vielleicht spürte er, dass seine knappe Zurückweisung sie verletzt hatte, denn er beugte sich zu ihr und küsste sie auf die Stirn – so wie ihr Vater es immer getan hatte. Noch nie hatte sie das so verabscheut. »Ich komme bald zurück, und dann werde ich dir alles erklären.«

Doch Caitrina war nicht so leicht zu beschwichtigen. Sie wollte sich nicht länger damit begnügen, im Unwissenden gelassen zu werden. Gefahr und Tod lauerten in der Unwissenheit. Er hatte sich bereits abgewendet, doch sie ergriff seinen Arm.

»Wirst du in Gefahr sein?«

Einer seiner Mundwinkel verzog sich zu einem rätselhaften Lächeln. »Ich reite nach Dunoon, Caitrina. Das ist alles.«

Erst nachdem er den Saal verlassen hatte, wurde ihr bewusst, dass er ihre Frage nicht beantwortet hatte.

Nachdem sie sich erst einmal von dem Schock über Jamies plötzliche Abreise erholt hatte, übernahm Wut das Feld. Schmutz und Schlamm bespritzten ihre Röcke, während sie wütend den Pfad nach Ascog entlangstapfte, doch sie beachtete es gar nicht. Geschah ihm recht, wenn sie in schlammverkrusteten ›Lumpen‹ herumlief!

Als ob seine Abreise ohne Erklärung nicht schon genug gewesen wäre, hatte man sie an diesem Morgen auch noch über seine Anweisung informiert, dass sie während der Dauer seiner Abwesenheit die Burg nicht verlassen durfte. Es war ihr nicht einmal gestattet, den kurzen Weg nach Ascog zu gehen, um den Fortschritt der Bauarbeiten zu begutachten.

Sie hatte genau eine Viertelstunde gebraucht, um sich seinem Befehl zu widersetzen – lange genug, um ein Plaid zu finden, mit dem sie ihren Kopf verhüllte, und eine Gruppe Dienstboten, der sie sich anschloss, als sie das Burgtor passierten. Sie hatte sich einen Eimer geschnappt und so getan, als wäre sie eine der Frauen auf ihrem Weg zur Arbeit auf Ascog. Offensichtlich war es ihm nie in den Sinn gekommen, dass sie sich seinen Anweisungen widersetzen könnte, denn niemand achtete auf die Dienstmägde, die die Burg verließen.

Da sie befürchtete, aus Wut über ihren Ehemann die Beherrschung zu verlieren, hatte sie sich auf dem Weg hinter den anderen Dienern zurückfallen lassen.

Sie würde Jamie Campbell gehörig die Meinung sagen, sobald er zurück war. Wenn er glaubte, sie sei ein gehorsames Eheweib, das widerspruchslos den Befehlen ihres ›Herrn und Gebieters‹ Folge leistete, eine Frau, die ihrem Gemahl mit dem Taschentuch in der Hand Lebewohl winkte und ihn mit offenen Armen und einem Lächeln wieder empfing, dann stand ihm ein böses Erwachen bevor. Wenn sie ihm etwas bedeutete, dann würde er ihr den Respekt erweisen, der ihr als seine Ehefrau, als seine Partnerin zustand. *Seine Partnerin.* Ja, das hörte sich gut an. Sie wollte alles wissen und weigerte sich, jemals wieder im Dunkeln gelassen zu werden. Wenn sie nur daran dachte, wie er sie auf die Stirn geküsst hatte ... Dieser überhebliche, bevormundende, flegelhafte ...

»Es tut gut zu hören, dass du endlich wieder zur Vernunft kommst, Mädchen.«

Die Stimme hinter ihr ließ sie erschrocken zusammenzucken. Es dauerte einen Augenblick, bis Caitrina erkannte, dass es Seamus war.

Offensichtlich hatte sie ihre Gedanken laut ausgesprochen. Nicht gerade erfreut über die Unterbrechung meinte sie scharf: »Vernunft? Was meinst du damit?«

»Wir hatten schon befürchtet, wir hätten Euch verloren.«

»Ich verstehe dich nicht.«

»An Argylls Henker.«

Sie versteifte sich bei dem Beinamen, doch da sie gerade nicht in der Stimmung war, über die Vorzüge ihres Gatten zu diskutieren, sagte sie nichts zu seiner Verteidigung – was bei dem alten Wachmann ihres Vaters ohnehin ein zweckloses Unterfangen wäre. Stattdessen fragte sie: »Wolltest du etwas mit mir besprechen, Seamus?«

»*Aye*. Das will ich tatsächlich, Mistress. Ich versuche schon seit einer Weile, es Euch zu sagen, aber der Henker lässt Euch nie aus den Augen.« Er sah sich um, als könnte jeden Augenblick jemand hinter einem Baum hervorspringen. »Sogar die Burg hat Ohren.«

Caitrina bedachte den alten Wachmann ihres Vaters mit einem wohlbemessenen Blick. »Es ist die Pflicht des Laird, darüber Bescheid zu wissen, was in seiner Burg vor sich geht. Vielleicht ist seine Vorsicht auch angebracht, wenn man den Unfall bedenkt, der uns beinahe beide das Leben gekostet hätte.«

Sie hatte mit Seamus noch nicht darüber gesprochen, doch Jamie hatte ihn gleich als Erstes an diesem Morgen über den Vorfall befragt. Der alte Wachmann behauptete, dass sich ein Seil gelöst hatte, während er einen der großen Balken in Position hievte. Das Seil hatte ein anderes Stück Holz von der Plattform gestoßen, und dieses Geräusch war es gewesen, das Jamie auf die Gefahr aufmerksam gemacht und ihnen das Leben gerettet hatte. Jeder einzelne ihrer Clansmänner schwor, dass es ein Unfall gewesen war. Unglücklicherweise war keiner von Jamies Männern in der Nähe gewesen, um das Gegenteil zu beweisen.

Und ohne Beweis widerstrebte es Jamie, den Hass der Lamonts noch weiter zu schüren, indem er Seamus bestrafte. Deshalb hatte er den älteren Mann nur gewarnt: Wenn es noch weitere ›Unfälle‹ geben sollte, dann würde er sich – ›Beweis‹ hin oder her – mit einer Schlinge um den Hals wiederfinden.

»*Aye*, das war ein schrecklicher Fehler«, meinte Seamus mit unerschrockener Aufrichtigkeit. Caitrina konnte nicht sagen, ob es ein Geständnis war und er damit versuchte, eine Art Entschuldigung vorzubringen.

Sie sah ihm fest in die Augen. »Seamus, versprich mir, dass so etwas nicht noch einmal geschieht. Ich weiß, die Situation ist schwierig, aber wir müssen versuchen, uns damit zu arrang ...«

»Nein!« Der heftige Nachdruck in seiner Stimme bestürzte sie. »Wir werden niemals einen Campbell als unseren Laird akzeptieren. Es schmerzt mich, dass Ihr so etwas sagen könnt, Mädchen.«

Wie sollte sie ihm erklären, dass sie nur getan hatte, was sie unter diesen Umständen für das Beste gehalten hatte?

»Wenn du irgendetwas damit zu tun hattest, was geschehen ...«

»Nicht jetzt, Mädchen. Es wird alles bald genug einen Sinn ergeben. Aber beeilt Euch, wir haben nicht viel Zeit. Folgt mir.«

Er versuchte, ihre Hand zu nehmen und sie zwischen die Bäume in Richtung der Berge zu ziehen, doch sie stemmte die Füße in den Boden und weigerte sich nachzugeben. »Wohin willst du mich bringen? Was soll diese ganze Geheimniskrämerei bedeuten?«

Seamus sah sich noch einmal um und senkte die Stimme. »Ich kann es jetzt nicht erklären, es ist zu gefährlich – jeden Augenblick könnte einer der Wachmänner des Campbell vorbeikommen – Ihr werdet mitkommen und es mit eigenen Augen sehen müssen. Aber vertraut mir, Mädchen, das ist etwas, das Ihr Euch nicht entgehen lassen wollt.«

Caitrina zögerte, denn ihr war nicht wohl dabei, Seamus in die Wildnis hinterherzustolpern. Nach allem, was geschehen war ... rief sie etwas in ihr mahnend zur Vorsicht. Und dann war da noch Jamies Anweisung, dass sie in der Burg bleiben sollte. Nervös biss sie sich auf die Lippe. Sie hatte nicht großartig über den Zweck der Anweisung nachgedacht, sondern sich nur gegen die Anmaßung aufgelehnt. Was, wenn er dafür einen Grund hatte, der über sein allgemeines Beschützerverhalten hinausging? Ein Schauer durchlief sie. »Ich glaube nicht, dass das eine gute Idee ist. Vielleicht morgen ...«

Eine körperlose Stimme, die hinter einem der Bäume tiefer im Wald vor ihnen hervorkam, fiel ihr ins Wort. »Grundgütiger, Caitrina, musst du denn immer widersprechen? Habe ich dir nicht immer wieder gesagt, dass Männer fügsame Frauen bevorzugen?«

Die Härchen auf ihren Unterarmen stellten sich elektrisiert auf, als der Schock jeden Knochen, jeden Muskel, jede Faser ihres Körpers erstarren ließ.

Sie fuhr sich mit der Hand an die Kehle und starrte mit wildem Blick in die Richtung, aus der die schmerzhaft vertraute Stimme kam. Ungläubig schüttelte sie den Kopf. *Gütiger Gott, das konnte nicht sein!* »Nein ...«

Ein Mann trat hinter einem Baum hervor, und seine hochgewachsene, breitschultrige Gestalt war nur eine Silhouette im schwachen Licht zwischen den Bäumen.

»Ich fürchte doch, kleine Schwester.«

Alles Blut wich ihr aus dem Körper. *Niall.*

Sie sah einen Geist. Es war zu viel, um es glauben zu können. Die heftige Welle der Gefühle in ihrer Brust war mehr, als sie ertragen konnte.

»Fang sie auf«, sagte er und tat einen Schritt vorwärts. »Ich glaube, sie wird ...«

Doch Caitrina konnte den Rest nicht mehr hören, denn Dunkelheit verschlang sie.

Autsch. Jemand schlug sie auf die Wange. Caitrina drehte den Kopf zur Seite und schlug die Hand fort. »Aufhören!«

Ein Mann lachte. »Ich würde sagen, es geht ihr gut. Sieht so aus, als wäre ihr Temperament durch den Schlag auf den Kopf nicht sanfter geworden.«

Caitrina öffnete die Augen und blickte in vertraute blaue Tiefen. Begierig nahm sie jeden Zoll seines gutaussehenden Gesichts in sich auf. Es war wettergegerbt und hager und trug ein paar neue Narben, doch es bestand kein Zweifel.

Tränen stiegen ihr in die Augen, als sie ihm die Hand an die bärtige Wange legte. »Du bist es wirklich!«

Sein Mund kräuselte sich zu dem schelmischen Grinsen, das er vor so vielen Jahren perfektioniert hatte – lange bevor es sich als so verheerend auf die Mädchen aus dem Dorf ausgewirkt hatte. »*Aye*, Liebes. In Fleisch und Blut.«

Sie warf ihm die Arme um den Hals und schluchzte in das staubige Leder seines schweren, wattierten *cotun*. Niall. Gütiger Gott, er war es wirklich! Ihre Freude darüber, dass ihr Bruder von den Toten zurückgekehrt war, ließ sich nicht ermessen. Ihr war, als hätte soeben ein Lichtstrahl den dunklen Winkel in ihrem Herzen erhellt, den sie für immer verschlossen geglaubt hatte.

Und nun war er hier. Ihr nerviger, immer zu Neckereien aufgelegter, schwer von sich überzeugter Bruder war am Leben und allem Anschein nach wohlauf. Doch sie konnte sehen, dass auch er sich, wie sie, verändert hatte. Er war härter, trauriger, wütender.

Der heiße Kloß in ihrer Brust explodierte zu einem Sturzbach erstickter Tränen. Niall hielt sie fest und strich ihr übers Haar, während er beruhigende Worte murmelte. »Schhh, Caiti, alles ist gut, ich bin ja da.«

Sie löste sich von ihm und blinzelte die Tränen fort. Ihr war, als wäre sie gerade aus einem schrecklichen Traum erwacht. »Aber wie?« Ihre Augen wurden schmal, als die plötzliche Erkenntnis sie traf. »Warum hast du es mir nicht gesagt?« Sie versetzte ihm einen Schlag auf den Arm. »Wie konntest du mich so lange in dem Glauben lassen, du seist tot?«

Er lachte leise. »Da ist ja meine Schwester wieder. Ich hatte schon befürchtet, das süße, schluchzende Geschöpf in meinen Armen wäre jemand anderes.« Bedeutsam ließ er den Blick über sie schweifen. »Du siehst verändert aus, Caiti. Ich hätte dich beinahe nicht erkannt.« Er musterte das schmutzige Kleid und das abgetragene *arisaidh*. »Was ist mit dir geschehen, Mädchen?«

Ein trockenes Lächeln spielte um ihre Lippen. »Ich habe mich verändert.«

»Das sehe ich. Die verdammten Campbells haben Bettler aus uns allen gemacht.«

Bei Nialls Wut wünschte sie sich, sie hätte den neuen Stoff gekauft, wie Jamie es verlangt hatte, doch jetzt war vermutlich nicht der richtige Zeitpunkt, um darauf hinzuweisen, dass Niall und Jamie in Bezug auf ihre Kleidung einer Meinung waren. Stattdessen fragte sie: »Wo bist du gewesen, Niall?«

»Ich werde dir alles erklären, aber zuerst musst du mit mir kommen.« Er stand auf und streckte ihr die Hand hin, um ihr aufzuhelfen.

Sie sah sich um und stellte zum ersten Mal fest, dass sie sich nicht mehr im Wald, sondern in einer Höhle befanden. Der Tunnel aus Stein war dunkel und modrig, die Luft kühl und feucht. »Wo sind wir? Wie bin ich hierhergekommen?«

»Wir sind in einer Höhle in der Nähe von Ascog, und was das betrifft, wie du hierhergekommen bist, ich habe dich getragen.« Niall rieb sich den Rücken. »Für so ein winziges Mädchen wiegst du jedenfalls eine Menge.« Sie versetzte ihm erneut einen Klaps, und er lachte. »Nachdem du in Ohnmacht gefallen warst ...«

Also *das* verlangte umgehend eine Antwort! Brüskiert straffte sie die Schultern. »Ich falle nicht in Ohnmacht.«

»Doch, jetzt tust du das.« Niall grinste wieder, und wenn sie nicht so glücklich darüber gewesen wäre, ihn wiederzusehen, hätte sie ihn erschießen können.

Sie öffnete schon den Mund, um ihm ein paar wohlgesetzte Worte zu diesem Thema angedeihen zu lassen, doch er unterbrach sie.

»Ich glaube, unter diesen Umständen ist das verständlich.«
»Ist es nicht so, Seamus?«, rief er zu einem der Männer hinüber, die den Eingang der Höhle bewachten.

»*Aye*, Chief, absolut verständlich.«

Chief. Caitrina fing Seamus' Blick auf und langsam dämmerte es ihr. Natürlich. Niall war Chief der Lamont – oder wäre es, wenn bekannt wäre, dass er noch lebte. Seamus' Verhalten ergab plötzlich einen Sinn.

»Komm ...« Niall nahm sie bei der Hand und führte sie tiefer in die Höhle. »Komm und sieh, warum ich dich hergebracht habe.«

Sie gingen im Halbdunkel etwa fünfzehn Fuß weit in die Höhle hinein und erreichten eine Gabelung.

»Sei vorsichtig«, warnte er. »Es ist leicht, sich hier drinnen zu verlaufen.«

Caitrina umfasste seine Hand ein wenig fester und duckte sich, als sie eine kleine Kammer betraten. Ein paar Fackeln waren an den Wänden befestigt, und auf dem Erdboden befand sich ein behelfsmäßiges Lager, vor dessen Fußende ein riesiger Hirschhund ausgestreckt lag. Er sah beinahe aus wie Boru. Einer der Wachmänner ihres Vaters beugte sich über ...

Und dort im flackernden Schein der Fackeln bekam Caitrina den zweitgrößten Schock ihres Lebens.

»Brian!« Sie rannte vorwärts, fiel vor ihm auf die Knie und nahm seinen schlaffen Körper in die Arme.

»Caiti!« Er hustete schwach. »Ich wusste, dass du kommen würdest. Genau wie Boru. Er hat auf mich gewartet, als ich zurückkam.«

Als sie erkannte, wie krank er war, gab sie ihn sanft frei. Sie ließ den Blick über ihn wandern und nahm jede Einzelheit des verwahrlosten Zustands ihres Bruders in sich auf: das schmale, schmutzige Gesicht, den Arm in der Schlinge, den blutbefleckten Verband um seinen Kopf.

Sie wandte sich zu Niall um. »Was ist passiert? Was fehlt ihm? Wir müssen Hilfe für ihn holen.«

Niall schüttelte den Kopf und bedeutete ihr, dass er vor dem Jungen nichts sagen wollte.

Caitrina sah wieder zu Brian, doch er hatte die Augen geschlossen. Sie verspürte einen heftigen Stich in der Brust. Es musste all seine Kraft aufgezehrt haben, sie zu sehen. Sie zog das Plaid um seine Schultern zurecht, damit er es warm hatte, dann beugte sie sich vor und gab ihm einen Kuss auf die Stirn.

Erneut schimmerten Tränen in ihren Augen, und ein Kloß saß ihr in der Kehle vor Glück. Es war unglaublich. Niall und Brian waren beide am Leben. Sie sah sich um, denn halb erwartete sie ...

Sie traf Nialls Blick. Er musste ihre stumme Frage erraten haben, denn er schüttelte traurig den Kopf. »Es tut mir leid, Caiti. Malcolm fiel nicht lange nach Vater.« Sein Gesicht verhärtete sich so, dass sie ihn kaum wiedererkannte. »Durch die Hand von Campbell of Auchinbreck: dem Bruder deines Ehemanns.«

Ein eiskalter Schauer durchlief sie. Das Glück, das sie mit Jamie gefunden hatte, fühlte sich plötzlich falsch an. Er durchbohrte sie mit seinem Blick, als wolle er sie dazu herausfordern, es zu leugnen, und sie zuckte unter der stummen Anklage zusammen. »Niall, ich kann es erklären ...«

»Das wirst du auch, aber nicht hier.«

Sie verbrachte noch ein paar Minuten bei Brian und genoss einfach nur seinen Anblick. Auch wenn er schwach und offensichtlich ernsthaft krank war, so war er doch am Leben. Sanft strich sie ihm über die warme, feuchte Stirn. Gott, wie sehr sie sie vermisst hatte!

Da sie wusste, dass es im Augenblick nichts gab, was sie für ihn tun konnte, gab sie Brian noch einen Kuss auf die Stirn und folgte Niall zurück in die größere Kammer in der Nähe des Höhleneingangs.

Niall zog einen vertrockneten Baumstamm herbei, den sie als Stuhl benutzten. »Setz dich.«

Sie tat wie geheißen, und er setzte sich neben sie.

»Ich weiß, du hast viele Fragen, und ich werde mein Bestes tun, um sie zu beantworten. Aber dann wirst du auch ein paar Fragen von mir beantworten.«

Caitrina schluckte, denn sein Tonfall gefiel ihr nicht. Dann reckte sie das Kinn. Er hatte selbst einiges, wofür er ihr Rede und Antwort stehen musste. Monatelang hatte sie gelitten, weil sie glaubte, sie wären tot. Wie konnte er ihr nur keine Nachricht schicken? »Also gut.«

Niall räusperte sich und begann, seine Version der Geschehnisse vom Tag des Überfalls zu erzählen. »Nach der ersten Angriffswelle brach die Hölle los. Die Campbells hatten die Burg eingenommen, und Frauen und Kinder strömten aus dem Turm. Vater und Malcolm waren gefallen, und ich versuchte zu organisieren, was von den Männern übrig war. Er machte eine kurze Pause. Es war deutlich, dass die Erinnerung daran, was an jenem schwarzen Tag geschehen war, ihm sehr zusetzte. »Zu dem Zeitpunkt wusste ich, dass wir keine Chance hatten, die Burg wieder zurückzuerobern. Meine Hauptsorge war es, so viele von unseren Leuten zu retten wie möglich, indem ich sie in die Hügel führte, um sie neu zu sammeln und an einem anderen Tag wieder anzugreifen. Doch bevor ich Gelegenheit hatte, dich zu holen, wurden wir erneut angegriffen, und ich verlor noch mehr Männer. Inzwischen hatten sie bereits die Feuer gelegt.« Er sah ihr in die Augen. »Ich kann dir gar nicht sagen, welche Qual ich fühlte, als mir klar wurde, dass du und Brian noch im Turm wart.«

Caitrina brannten Tränen in den Augen, als sie ebenfalls daran dachte.

»Es war die Hölle auf Erden«, fuhr Niall fort. »Noch nie habe ich so viel Blut gesehen. Meine Männer wurden auf allen Seiten niedergemetzelt. Auchinbreck kannte keine Gnade; er hatte nicht vor, Gefangene zu machen. Da ich wusste, dass wir sonst alle sterben würden, befahl ich dem Rest meiner Männer, sich in die Hügel zurückzuziehen, und beschloss, alleine zurückzugehen, um dich und Brian zu holen. Ich gab mein Bestes, unbemerkt zu bleiben, doch dann sah ich, wie ein paar Soldaten Brian auf einen Haufen Leichen warfen, die sie im *barmkin* zusammentrugen, um sie zu verbrennen. Sie lachten und witzelten, und ich hörte deinen Namen. Sie sagten, es wäre eine Schande, dass sie nicht mehr die Gelegenheit gehabt hatten, dich zu ...«, er unterbrach sich, »schänden, bevor du starbst.«

Ein gequälter Laut drang ihr aus der Kehle.

Nialls Blick wurde härter, als sie es je bei ihm gesehen hatte. »Es war das Letzte, was sie jemals sagten.«

Verstehend nickte Caitrina. Nach einer Minute sagte sie: »Also dachtest du, ich sei tot?«

»Ansonsten hätte nichts mich dazu bringen können, dich zurückzulassen. Der Turm stand in Flammen, ich hätte nicht für möglich gehalten, dass noch jemand lebend herauskommen könnte.«

Und doch hatte Jamie es irgendwie geschafft.

»Brian war in sehr schlechtem Zustand. Er atmete kaum noch, als ich ihn dort herausholte. Der Hieb auf den Kopf hatte ihn beinahe getötet.«

»Hast du dich in den Hügeln mit den MacGregors versteckt?«

Er schüttelte den Kopf. »*Nay*. Ich wusste, dass der Campbell-Henker uns jagen würde – und ich hatte gesehen, dass er in die Burg geritten war, als wir flüchteten. Wenn wir sie zu den Höhlen geführt hätten, dann hätten wir sie geradewegs zu den MacGregors geführt. Was von meinen Wachmännern noch übrig war, segelte in *birlinns* nach Irland. Wir dachten, es wäre sicherer für die, die zurückgeblieben waren, wenn sie uns nicht verstecken mussten.«

Sie konnte ihr Erstaunen nicht verbergen. »Ihr seid alle nach Irland gegangen?«

»Zumindest für eine Weile. Bis Brian und die anderen Verletzten sich so weit erholt hatten, dass wir zurückkehren konnten. Meine Männer brannten darauf, von ihren Familien zu hören. Manche waren gezwungen gewesen zu fliehen, bevor sie erfahren konnten, ob ihre Lieben in Sicherheit waren.«

»Wann bist du zurückgekommen?«

»Vor ein paar Wochen, als die Nachricht kam, dass Alasdair MacGregor sich ergeben würde, wussten wir, dass es sicher war zurückzukommen. Wir suchten Zuflucht in den Hügeln nahe Loch Lomond.«

MacGregor-Gebiet. »Warum bist du nicht heim nach Bute gekommen?«

»Ich war mir nicht sicher, was ich dort vorfinden würde. Ich vermutete, dass Campbells den Ort übernommen hatten.« Er sah sie grimmig an. »Ich hatte recht. Was ich nicht erwartet hatte, war, dass meine Schwester sie hereinlassen würde. Wie konntest du ihn nur heiraten, Caiti? Wie konntest du den Mann heiraten, der unseren Vater und unseren Bruder getötet hat?«

Das Gefühl von Verrat in seinen Augen durchbohrte sie wie eine Klinge. Sie bemühte sich, unter seinem eisigen Blick nicht zusammenzuzucken. »Jamie hatte mit dem Angriff nichts zu tun.«

Er sah sie an, als wäre sie eine Närrin. »Und das glaubst du? Der einzige Grund, warum er vor all diesen Monaten nach Ascog kam, war es, die MacGregors zu jagen.«

»Eine Tatsache, die ich niemals erfahren hätte, da es niemand für nötig hielt, mir zu erzählen, dass wir Gesetzlose beherbergten«, tadelte sie ihn. »Vater kannte doch sicher die Gefahr. Er musste doch wissen, was geschehen würde, wenn man es entdeckte.«

Niall biss die Zähne zusammen. »Er hatte keine Wahl. Die Pflicht zur Gastfreundschaft ist unabdingbar. Du kennst unsere Schuld den MacGregors gegenüber – die Geschichte, die uns verbindet. Die Ehre erforderte es, dass wir ihnen Unterschlupf gewährten. Und Vater hatte Mitgefühl mit ihrer Notlage.«

Caitrina seufzte. »Ich weiß.« Obwohl seine Beweggründe edel gewesen waren, fiel es ihr immer noch schwer zu akzeptieren, wie sinnlos der Tod ihres Vaters gewesen war. »Aber du irrst dich, was Jamies Anteil an dem Überfall betrifft. Er wusste nicht, dass sein Bruder nach Ascog kam. Tatsächlich kam Jamie sofort, als er es erfahren hatte, um zu helfen. Es war Jamie, der mich aus dem Feuer rettete und mich davor bewahrte, von einem der Männer seines Bruders vergewaltigt zu werden.«

Er musterte ihr Gesicht. »Bist du dir da sicher?«

Sie nickte. »Ich erinnere mich daran, wie er mich hinaustrug.«

Niall wandte den Blick ab und starrte zurück in die Dunkelheit der Höhle. »Nun, dann bin ich ihm dafür dankbar, aber du hättest ihn nicht zu heiraten brauchen. Zum Teufel, Caiti, er ist nicht einfach nur ein Campbell, er ist Argylls verdammter Henker!«

Wie konnte sie es ihm nur erklären? Nervös knetete sie die Falten ihrer Röcke und versuchte, die richtigen Worte zu finden. »So ist er nicht. Ich wusste nicht, was ich sonst hätte tun sollen.« Sie berichtete von den Ereignissen, die zu seinem Antrag geführt hatten, einschließlich ihrer Flucht nach Toward und dem Versuch, mit dem Rest ihres Clans auf Ascog in Kontakt zu treten. »Ich dachte, dass es das Beste wäre. Er und unser Onkel hatten die friedliche Kapitulation von Alasdair MacGregor ausgehandelt, und Jamie bot mir die Ehe als eine Möglichkeit an, unser Zuhause für die Lamonts zurückzubekommen. Unser Onkel unterstützte diese Verbindung nicht nur, er vermittelte sie. Ich hatte keine Ahnung, dass du und Brian überlebt hattet. So viele Wochen waren seitdem vergangen. Warum hast du mir keine Nachricht geschickt?«

»Das hätte ich ja, aber ich erfuhr erst, dass du noch lebst, als die Nachricht von eurem Aufgebot mich in der Nähe von Balquhidder erreichte. Da war es bereits zu spät, um die Hochzeit zu verhindern. Seamus hat versucht, es dir zu sagen, seit du auf Rothesay angekommen warst, aber du warst kaum jemals allein, und es ist zu gefährlich, unser Überleben bekannt werden zu lassen.«

»Wie konntest du es vermeiden, zusammen mit Seamus und den anderen gefangen genommen zu werden?«

»Damit hatte ich nichts zu tun. Brian und ich kamen erst gestern an. Der Rest meiner Männer ist noch in den Lomond Hills, aber Seamus kam nach Bute, um dir von unserem Überleben zu berichten. Brians Verletzung ist der einzige Grund, warum ich es riskiert habe, ihn hierherzubringen.«

»Was ist ihm zugestoßen?«

»Der dumme Junge wollte nicht hören. Ich sagte ihm, er solle sich aus den Kämpfen heraushalten und dass er noch nicht alt genug ist, aber er ist so stur und stolz wie Malcolm und wollte nicht hören. Er wurde im Kampf erneut am Kopf verletzt.«

»In welchem Kampf?« Sie hatte beinahe zu viel Angst zu fragen. Wenn ihre Brüder auf den Ländereien der MacGregor gekämpft hatten, dann konnte das nur bedeuten, dass sie sich erneut mit den Geächteten verbündet hatten.

Niall sah sie zweifelnd an. »Das weißt du nicht?«

Verneinend schüttelte sie den Kopf.

»Alasdair MacGregor wurde vor ein paar Tagen am Market Cross in Edinburgh mit elf seiner Männer gehängt und geviertelt – darunter sechs Männer, die sich als Geiseln ergeben hatten und denen kein Prozess gemacht worden war. Weitere Hinrichtungen sind für nächste Woche angesetzt.«

Wie betäubt schüttelte Caitrina den Kopf. »Nein. Du irrst dich. Jamie hat die Kapitulation des MacGregor unter der ausdrücklichen Bedingung ausgehandelt, dass er nach England gebracht werden würde. Das war einer der Gründe für unsere Ehe – ein Zeichen des guten Willens, wenn du so willst. Argyll versprach, ihn nach England zu bringen.«

Niall verzog die Lippen. »Das tat er auch. Argyll brachte den MacGregor zur Grenze, setzte ihn außerhalb der Kutsche ab, so dass seine Füße englischen Boden berührten, und dann brachte er ihn nach Edinburgh zurück, um ihn zu verurteilen. Argyll hat sein Versprechen gehalten – indem er zwar den Wortlaut der Vereinbarung erfüllte, aber nicht die Bedeutung dahinter. Dank der gerissenen Verhandlungskunst deines Ehemanns ist Alasdair MacGregor tot.«

Nein! Das ist nicht möglich! Jamie hätte sie nicht so getäuscht. Er hätte sie nicht mit einer List dazu gebracht, ihn zu heiraten, während er die ganze Zeit vorhatte, dass der MacGregor sterben sollte ... Oder doch? Hatte er mit dieser Sache etwas zu tun? Sie verspürte einen Anflug von Unsicherheit, den sie schnell wieder unterdrückte. Nein. Nicht der Mann, den sie kannte. Er war nicht einfach nur Argylls Schwertarm, er war ein guter Mensch. »Wenn das, was du da sagst, wahr ist, dann wusste mein Ehemann nichts davon.«

»Ich kann dir versichern, dass es wahr ist. Es hat Aufstände gegeben, von Callander über Glenorchy bis Rannoch Moor, als Vergeltung für Argylls Verrat. Dein Gemahl ist ein gejagter Mann.«

Ein Schauer durchlief sie.

Niall sah sie an, als sähe er sie zum ersten Mal und erkenne sie nicht. Er stieß einen Fluch aus. »Du empfindest etwas für ihn!«

Ihre Wangen brannten in stummer Bestätigung.

»Gott, Caiti, weißt du denn nicht, was für ein Mann er ist?«

Ihr Blick schoss zu ihm. »Doch, das tue ich. Er ist überhaupt nicht so, wie man behauptet.«

»Eher könnte man einen Stein erweichen«, meinte Niall rundheraus. »Der Henker ist erbarmungslos, wenn es darum geht, Argylls Streben nach der Vorherrschaft der Campbells zu unterstützen.«

Caitrina reckte trotzig das Kinn. »Du kennst ihn nicht so wie ich.«

Niall lachte, und es war kein angenehmes Lachen. »Du bist eine Närrin, Caiti Rose.«

Caitrina versteifte sich bei der Beleidigung. So sollte es nicht sein. Ihre Brüder waren nicht von den Toten zurückgekehrt, um mit ihr zu streiten. »Was kann ich tun, um Brian zu helfen?«

Es war deutlich, dass ihre Unterhaltung Niall ebenfalls aufgewühlt hatte, und er war dankbar für den vorübergehenden Themenwechsel. »Er braucht mehr Pflege, als ich ihm geben kann. Er braucht eine Heilerin. Kannst du eine herbringen?«

»Hierher?«, rief sie bestürzt aus. »Du kannst doch nicht wollen, dass er hierbleibt?« Er sollte bei ihr auf Rothesay sein.

Niall presste die Lippen zu einer harten Linie zusammen. »Was soll ich denn deiner Meinung nach sonst tun? Eine weitere Reise nach Irland würde er nicht überstehen. Er ist nirgendwo sonst sicher.«

Sie sind Gesetzlose. Genauso wie die zum Untergang verurteilten MacGregors, die sie zu schützen versucht hatten. Aber es musste nicht so sein. »Lass es mich Jamie erzählen, wenn er zurückkommt. Er kann helfen. Ihr seid meine Brüder. Du bist rechtmäßiger Chief. Vielleicht kann er eine Begnadigung …«

»Du musst verrückt sein. Glaubst du denn allen Ernstes, dass er uns nicht sofort in den Kerker werfen würde?«

»Er hat Seamus und die anderen freigelassen, oder etwa nicht?«

»Weil sie keinen Anspruch auf das Land haben. Er ist ein Campbell. Er wird Ascog nicht freiwillig hergeben. Und er braucht auch nicht nach einem Vorwand zu suchen. Ich bin ein Gesetzloser, Caiti.«

»Das brauchst du nicht zu sein. Was mit Vater passiert ist, der Angriff auf Ascog ... Jamie wollte nie, dass das geschieht. Ich glaube, wenn er die Wahrheit wüsste, könnten wir darauf vertrauen, dass er fair handeln würde.«

»Würdest du ihm denn mein Leben anvertrauen? Brians Leben?«

Caitrina biss sich auf die Lippe, beschämt über den Schatten des Zweifels, der sich in ihr Bewusstsein stahl. Nialls Nachricht vom Tod des MacGregor hatte sie zwar erschüttert, aber den Glauben an ihren Ehemann nicht zerstört. Sie vertraute ihm. »Das tue ich.«

Niall schwieg und musterte sie nachdenklich. »Was ist, wenn du dich irrst?«

Caitrina hielt seinem Blick stand und schluckte hart. »Ich irre mich nicht.«

»Nun, ich kann ihm nicht vertrauen. Zumindest jetzt noch nicht. Du musst mir versprechen, dass du unsere Anwesenheit geheim hältst, Caiti.«

»Aber ...«

»Sonst breche ich sofort von hier auf«, drohte er.

»Nein! Brian darf nicht bewegt werden.«

»*Aye*, es ist gefährlich, aber auch nicht gefährlicher, als sich auf den Gerechtigkeitssinn des Henkers zu verlassen.«

Caitrina war hin- und hergerissen. Die Loyalität für ihren Ehemann lag im Widerstreit mit der Loyalität ihren Brüdern gegenüber – Brüdern, die sie für immer verloren geglaubt hatte. Sie durfte sie nicht gleich wieder verlieren. Und sie konnte nicht leugnen, dass die Nachricht vom Tod des

MacGregor sie vor den Kopf geschlagen hatte. Was, wenn Niall recht hatte? Hatten ihre Gefühle sie gegenüber Jamies dunkler Seite blind gemacht? Nein. Aber sie würde ihrem Bruder geben, was er wollte – einstweilen. »Nun gut. Aber wenn Jamie zurückkommt, wirst du sehen, dass er nicht für Argylls Verrat verantwortlich ist. Du wirst sehen, dass er ein gerechter Mann ist.« Wenn sie irgendetwas wusste, dann das. Jamie war eine Stimme der Vernunft in den allzu aufsässigen und Zwietracht zwischen den Clans säenden Highlandern.

Niall sah sie an, als wäre sie eine arme Irre, doch er willigte ein. Sie wandten ihre Aufmerksamkeit wieder Brian zu und beschlossen, dass sie so schnell wie möglich eine Heilerin zu ihm bringen würden. Caitrina würde ihn besuchen, wenn sie konnte, doch sie wusste, dass sie vorsichtig sein musste. Wenn ihr Verschwinden bemerkt wurde, würde sie Jamie direkt zu ihrem Bruder führen. Sobald Jamie zurück war, würde es noch schwieriger werden.

Für den Moment würde sie sie besuchen, so oft sie konnte, zufrieden in dem Wissen, dass ein Teil ihrer Familie zu ihr zurückgekehrt war. Doch tief in ihrem Bewusstsein war ihr klar, dass Jamie, sollte er jemals von ihrem Betrug erfahren, rasend vor Wut sein würde und sie dadurch das zerbrechliche Leben aufs Spiel setzte, dass sie sich aus Schutt und Asche wiederaufgebaut hatte.

17

Der Inhalt von Argylls Botschaft verfolgte Jamie während des gesamten Wegs von Rothesay nach Dunoon:
»Es ist vollbracht. Der Pfeil von Glen Lyon wurde vor drei Tagen in Edinburgh für seine Verbrechen gehängt.«

Alasdair MacGregor tot *in Edinburgh*? Was zum Teufel war da geschehen?

Der Chief der MacGregor sollte doch in London sein. Jamie hatte darauf sein Wort gegeben. Er konnte sich nur eine einzige Erklärung dafür vorstellen: Argyll hatte sein Versprechen nicht gehalten, Alasdair MacGregor nach England bringen zu lassen. Und wenn es tatsächlich so war, dann hatte er dadurch Jamies Namen in den Schmutz gezogen und einen Sturm der Gewalt entfesselt, indem er den Gesetzlosen einen Märtyrer bescherte und ihnen noch mehr Grund dazu gab, eine Rebellion anzuzetteln. Jamie wollte nicht glauben, dass sein Cousin so unüberlegt handeln würde, aber wenn es die MacGregors betraf ...

Verdammt.

Wütend stürmte er die Treppe zum Wohnturm hoch. Müde und schmutzig von dem langen Tag im Sattel, und von den beträchtlichen Schmerzen in seiner Schulter ganz zu schweigen, hielt Jamie sich dennoch nicht lange damit auf, sich erst zu waschen oder auszuruhen, sondern schritt direkt aufs Arbeitszimmer des Laird zu. Ohne anzuklopfen oder sich ankündigen zu lassen, riss er die Tür auf und stürmte hinein.

Der mächtigste Mann der Highlands saß umgeben von einem Gefolge aus etwa einem Dutzend Wachmännern an einem großen Holztisch, und alle waren über Dokumente und Landkarten gebeugt. Der Earl of Argyll sah hoch, und ein Stirnrunzeln über die Störung überzog seine scharfen, gallischen Züge. Als er jedoch Jamies finsteren Blick bemerkte, winkte er die anderen Männer umgehend hinaus und befahl ihnen, die Stapel an Pergamenten mitzunehmen.

»Ich hoffe, du hast eine gute Entschuldigung für die Manier …«, von oben herab warf er einen Blick auf Jamies Highland-Tracht, »und das Äußere deines Erscheinens.« Argyll hielt viel von höflichen Umgangsformen und distanzierte sich von den ›Highland-Barbaren‹, indem er sich stets nach höfischer Mode kleidete.

Die subtile Zurechtweisung war Jamie nicht entgangen, aber im Augenblick war ihm das verdammt egal. Er kannte Argyll schon zu lange, um sich von dieser Ermahnung und seiner Autorität abschrecken zu lassen. Obwohl Argyll nur wenige Jahre älter als Jamie war, hatte er, nachdem Jamies Vater gestorben und sein Bruder Duncan in Ungnade gefallen war, die Rolle des Mannes eingenommen, der im Kampf sein Leben für ihn gelassen hatte, und war eher wie ein Vater für Jamie. Es waren nicht nur Familienbande, die sie verbanden, sondern etwas weit Stärkeres – Ehre, Pflicht und Aufopferung.

Sein Vater hatte fest genug an Argyll geglaubt, um sein Leben für ihn zu geben, und Jamie nahm das sehr ernst. Bisher war Argyll den Erwartungen seines Vaters gerecht geworden und hatte die Campbells zum mächtigsten Clan der Highlands gemacht. Diese Macht durfte allerdings keine absolute Macht sein, denn sonst wäre er nichts anderes als ein Despot. Jamie glaubte an die Gerechtigkeit, sogar noch mehr, als er an seinen Cousin glaubte.

»Du weißt verdammt gut, dass ich die habe«, gab Jamie zurück. »Wenn das hier«, er knallte die Botschaft auf den polierten Holztisch, »wahr ist.«

Argylls Blick zuckte über das zerknitterte Stück Pergament, dann lehnte er sich völlig entspannt zurück und legte die Fingerspitzen aneinander. »Natürlich ist es die Wahrheit.« Seine Augen leuchteten triumphierend. »Alasdair MacGregor wurde ausgelöscht. Der König wird höchst erfreut darüber sein.«

Jamie wusste, unter welchem Druck sein Cousin stand, die Highlands zur Raison zu rufen – und den Chief der MacGregor auszulöschen, ganz besonders –, doch das war keine Entschuldigung. Er kämpfte darum, seinen Zorn in Zaum zu halten, und sah seinem Cousin fest in die Augen. »Wie kann es sein, dass der MacGregor in Edinburgh getötet wurde, wenn er doch eigentlich in England sein sollte?«

Argyll verzog den Mund zu etwas, das den Anschein eines schiefen Lächelns hatte. »Aber er ging doch nach England.«

Diese Antwort brachte Jamie einen Augenblick lang aus dem Konzept, und er musterte seinen Cousin skeptisch. »Dann erklär mir, wie das möglich ist.«

»Meine Männer brachten ihn über die Grenze, setzten ihn auf englischem Boden ab und kehrten mit ihm umgehend wieder nach Edinburgh zurück.«

Jamie erstarrte, und Ungläubigkeit mischte sich mit einem heftigen Gefühl des Verrats. Der Mann, für den er kämpfte, den er unterstützte und an den er glaubte, war ihm in den Rücken gefallen. Wenn er an all die Male dachte, an denen er seinen Cousin verteidigt hatte ... Jamie wusste besser als jeder andere, dass Argyll seine Fehler hatte – darunter seine berüchtigte Gerissenheit. Doch noch nie hatte sein Cousin sich so unehrenhaft verhalten. Er durchbohrte den Earl mit seinem Blick. »Verdammt noch mal, Archie! Wie konntest du das nur tun? Damit werde ich dich nicht davonkommen lassen. Du hast unsere Abmachung und mich zum Gespött gemacht!« Eine heiße Welle des Zorns rauschte ihm durch die Adern. Er dachte an die langen Verhandlungen mit dem MacGregor und die Versprechen, die er ihm gegeben hatte, und seine Stimme bebte vor Zorn. »Ich habe mein Wort gegeben.«

Argyll zeigte sich von seiner Wut unbeeindruckt, doch an der Art, wie er seine Sitzhaltung leicht veränderte, konnte Jamie erkennen, dass er sich unwohl fühlte. »Dein Wort wurde auch gehalten. Der Wortlaut der Abmachung wurde erfüllt.«

Jamie stützte die Hände auf dem Tisch auf und beugte sich vor. Er konnte sich nicht erinnern, wann er je so wütend auf seinen Cousin gewesen war – und sie hatten in der Vergangenheit schon viele Meinungsverschiedenheiten gehabt. »Aber nicht deren Bedeutung. Solche Betrügereien sind deiner nicht würdig. Du bist Lord Oberrichter des Königs, du repräsentierst das Gesetz. Wenn die Menschen deinetwegen nicht mehr auf das Gesetz vertrauen – auf die Gerechtigkeit –, dann bist du nichts weiter als ein Tyrann.« Mit hartem Blick starrte er ihn an. »Und einen verdammten Despoten werde ich nicht unterstützen.«

Zum ersten Mal flackerte Unsicherheit im Gesicht seines Cousins auf. »Was meinst du damit?«

»Was zum Teufel glaubst du wohl, dass ich damit meine?«, schäumte Jamie. »Wenn das die Art und Weise ist, wie du die Highlands zur Raison bringen willst, dann will ich nichts damit zu tun haben. Du wirst dir jemand anderes suchen müssen, der für dich deine Schlachten schlägt.«

Argylls Augen wurden schmal. »Ich bin dein Chief. Du wirst tun, was ich sage.«

Jamie lachte ihm ins Gesicht. Wenn sein Cousin etwas war, dann opportunistisch – er berief sich auf sein Highlandererbe, wenn es ihm von Nutzen war. Jamie beugte sich vor und sah seinem Cousin fest in die Augen. »Versuch nicht diesen Mist mit mir, das wird nicht funktionieren. Andere kannst du damit vielleicht einschüchtern, aber ich kenne dich verdammt noch mal zu gut. Ich werde nicht für einen Mann kämpfen, an den ich nicht glaube, und ich werde einem Chief auch nicht eher dienen als einem Earl, wenn er keine Ehre hat.«

Argylls Züge verhärteten sich. »Sieh dich vor, Bursche. Du erdreistest dich.«

Jamie verlor die Beherrschung, die er so angestrengt aufrechterhalten hatte, und sein Zorn entlud sich in einer heftigen Explosion. »Nein, Cousin, du bist es, der sich erdreistet! Ich habe dir in all diesen Jahren gegen die Anfeindungen zur Seite gestanden, weil ich glaubte, dass du die beste Wahl für die Highlands bist. Bis jetzt dachte ich, dass wir dasselbe wollen: Recht und Ordnung in dem durch Fehden und Gesetzlose entstandenen Chaos wiederherzustellen, Wachstum und Wohlstand unseres Clans zu sichern und die Highlands vor einem König zu schützen, der unser Land stehlen, unser Volk vernichten und unsere Lebensart zerstören will.« Er holte tief Luft und sprach jedes Wort deutlich aus, damit er ihn nicht missverstehen konnte. »Aber ich will verdammt sein, wenn ich dich in deinen persönlichen Rachefeldzügen unterstütze.«

»Ich tat, was getan werden musste, um einen Verbrecher seiner gerechten Strafe zuzuführen«, verteidigte Argyll sich.

Heftig hieb Jamie mit der Faust auf den Tisch. »Alasdair MacGregor bekam keine Gerechtigkeit, er bekam Betrug und Verrat. Genauso gut könnten wir wieder zum Fehdewesen zurückkehren als Mittel, um unsere Probleme zu lösen, und dem barbarischen Namen, den uns der König gibt, alle Ehre machen. Wir sind die Männer, die die Verantwortung tragen. Wir müssen Führungsverhalten zeigen. Fehden sind genau das, wogegen ich kämpfe. Wenn das deine Lösung ist, um Ruhe und Ordnung in die Highlands zu bringen, dann will ich nichts damit zu tun haben.«

»Das alles wäre überhaupt nicht nötig gewesen, wenn *du* mir den Gesetzlosen von vornherein ausgeliefert hättest.«

Argyll presste die Lippen zu einer schmalen Linie zusammen. »So, wie es deine Pflicht war.«

Ging es ihm etwa darum? Jamie wusste, dass sein Cousin wütend gewesen war, aber er hatte geglaubt, Argyll hätte ihn verstanden. »Ich hatte dir erklärt, warum ich glaubte, dass es notwendig war, mit dem MacGregor zu verhandeln – nach dem Desaster mit den Lamonts.«

Argyll tat die Zerstörung von Caitrinas Clan mit einer kurzen Handbewegung ab, und Jamie biss die Zähne zusammen. Manchmal machte die Gefühlskälte seines Cousins ihn rasend.

»Dein Bruder hat voreilig gehandelt«, gab Argyll zu.

Eine Untertreibung, wie sie größer nicht sein konnte. »Und das tat er in deinem Namen«, machte ihn Jamie aufmerksam. »Du hättest die Unterstützung einiger anderer Chiefs verloren, wenn keine Wiedergutmachung geleistet worden wäre. Wenn du den MacGregor an den König übergeben hättest, wärst du von jeder Schuld an seinem Tod befreit gewesen. Alasdair MacGregors Blut würde an den Händen des Königs kleben. Doch stattdessen hast du es nur noch schlimmer gemacht. Gott, Archie, ist dir denn nicht klar, was du getan hast?«

»Ich habe einen berüchtigten Gesetzlosen, Mörder und Rebellen beseitigt.«

»*Aye*«, stieß Jamie durch zusammengebissene Zähne hervor. »Und durch deinen Betrug und Verrat hast du ihn zu einem Märtyrer gemacht. Das wird die Gesetzlosen mehr als alles andere vereinen. Es wird neue Kämpfe geben.«

»Blutvergießen ist zu erwarten. Dein Bruder ist aufgebrochen, um unserem Verwandten, dem Campbell of Glenorchy, zu helfen, die Aufstände niederzuschlagen.«

Nun, das war eine gewisse Erleichterung. Wenigstens würde Jamie Colin nicht gegenübertreten müssen, solange er auf Dunoon war. Bei ihrem letzten Zusammentreffen hatten sie eine heftige Auseinandersetzung wegen seines Angriffs auf die Lamonts gehabt.

In Argylls Blick lag ein befriedigtes Funkeln. »Jeder einzelne dieses diebischen, mörderischen Ungeziefers wird ausgemerzt werden.«

Argylls irrationaler Eifer und blinde, unbeirrbare Entschlossenheit, die MacGregors zu zerstören, gefährdeten Jamies Hoffnung, in den Highlands eine Gesellschaft entstehen zu sehen, die die Gesetze respektierte. Nicht zum ersten Mal fragte er sich, was hinter dem Hass seines Cousins steckte – er schien beinahe persönlicher Natur zu sein. »Dein Hass auf die MacGregors hat dich für alles andere blind gemacht. Mit dieser einen unüberlegten Handlung könntest du leicht die Unterstützung verlieren, die wir in den letzten Jahren so sorgfältig aufgebaut haben. Nicht nur die MacGregors werden sich rächen; auch andere Chiefs werden das als Beispiel dafür sehen, was sie von dir – und von mir – zu erwarten haben.«

Jamie sah seinem Cousin an, dass er etwas aus der Fassung geraten war. Vielleicht hatte er die Wahrheit seiner Worte erkannt. »Ich weiß nicht, warum du dich so aufregst. Es ist ja nicht gerade so, als würdest du in den Highlands einen guten Ruf genießen. Dein Name wurde schon öfter in Misskredit gebracht.«

»*Aye*, um deiner Mission willen war ich bereit, als dein rücksichtsloser Schwertarm bekannt zu werden, aber ich bin nicht bereit, als unehrenhaft und hinterlistig zu gelten. Bis zu diesem Zeitpunkt habe ich mich nie für etwas geschämt, das ich getan habe. Aber durch dein gerissenes Spiel mit Worten hast du meine Ehre und mein Wort herabgewürdigt.« Jamie schüttelte den Kopf. »Ich hatte Besseres von dir erwartet.«

Die Enttäuschung in Jamies Stimme durchbrach endlich Argylls Verteidigungslinien. Er sackte ein wenig auf seinem Stuhl zusammen. »Alasdair MacGregor war mir schon lange ein Dorn im Auge.« Er hielt Jamies Blick stand. »Und in meinem Eifer, ihn zu beseitigen, habe ich vielleicht übereilt gehandelt. Ich kann nicht sagen, dass sein Tod mir leidtut, aber ich bedaure, dass ich dadurch möglicherweise ein schlechtes Licht auf dich warf. Das war nicht meine Absicht. Das ist dir doch sicher klar?«

Überrascht runzelte Jamie die Stirn. Sein Cousin entschuldigte sich selten. Das heftige Gefühl des Verrats wurde durch die Worte seines Cousins ein wenig besänftigt. Er glaubte ihm. »Vielleicht war es nicht deine Absicht«, hob er hervor. »Aber es erzielte diese Wirkung.«

»Du hattest schon immer einen schrecklich ausgeprägten Sinn für Integrität.«

Obwohl Argyll das sagte, als wäre es etwas, wofür man sich schämen musste, wusste Jamie, dass seine Integrität und Loyalität die Eigenschaften waren, die Argyll an ihm am meisten bewunderte. Entgegen der öffentlichen Meinung hatte sein Cousin – bekannt als ›Archibald, der Grimmige‹ – sehr wohl Sinn für Humor. »Der dir bisher stets von Nutzen war«, erinnerte Jamie ihn.

»*Aye*, das ist wahr«, seufzte Argyll. »Wir haben schon eine Menge zusammen durchgestanden.« Seine Miene verhärtete sich. »Als dein Bruder uns ...« Auf der Suche nach dem richtigen Wort hielt er inne.

»Verließ«, ergänzte Jamie anstelle des ›verriet‹, das sie beide dachten. Wenn jemand noch verletzter als Jamie über Duncans Verrat gewesen war, dann Argyll.

»... verließ«, fuhr Argyll fort, »habe ich niemals dich oder deine Geschwister dafür verantwortlich gemacht, obwohl mich viele dazu gedrängt hatten.«

Jamie nickte. Er wusste, dass es die Wahrheit war. Viele der Berater des jungen Earl hatten darauf gebrannt, die Campbells of Auchinbreck in Ungnade fallen zu sehen. Doch stattdessen hatte Archie sie aufgenommen, sich schützend vor sie gestellt und ihnen die Loyalität gezeigt, die Jamies Vater Argyll gezeigt hatte. »Ich bin dir immer dankbar dafür gewesen, was du für uns getan hast«, antwortete Jamie. »Und ich habe es dir durch jahrelange treue Dienste und Loyalität zurückgezahlt – aber trotz meiner Loyalität bin ich nicht blind.«

»Du kannst nicht wirklich vorhaben zu gehen«, sagte sein Cousin. »Nicht nach alledem.«

Obwohl Argyll es nicht als Frage formulierte, spürte Jamie seine Besorgnis. Wenn Jamie mit ihm brach und sein Schwert niederlegte, dann würden die anderen Chiefs das nicht gut aufnehmen, das wusste Argyll. Viele von ihnen sahen Jamie nicht nur als Argylls Schwertarm, sondern auch als eine regulierende Instanz seinem mächtigen Cousin gegenüber. »Gib mir einen einzigen Grund, warum ich das nicht tun sollte.«

Argyll sah ihm in die Augen und sagte rundheraus: »Weil ich dich brauche.«

Er sagte es mit solcher Ehrlichkeit, dass Jamie nicht anders konnte, als etwas von seinem Ärger verrauchen zu lassen. »Keine weiteren Tricks, Archie. Keine Rachefeldzüge mehr. Wenn du je ...«

»Nichts davon mehr«, unterbrach sein Cousin ihn. »Du hast mein Wort darauf.« Der Earl stand auf und ging zu einer Anrichte, goss zwei Gläser Rotwein ein und bot Jamie eines davon an. Dann musterte er ihn abschätzend. »Ich habe dich noch nie zuvor so wütend gesehen. Das hat nicht zufällig etwas mit deiner frisch angetrauten Braut zu tun?«

Jamie ließ die dunkle Flüssigkeit in seinem Glas kreisen. »Natürlich hat es etwas mit meiner Braut zu tun. Dass sie meinen Antrag annahm, basierte darauf, dass eine friedliche Aufgabe von Alasdair MacGregor ausgehandelt worden war.«

Argyll zwirbelte die Spitze seines Bartes und betrachtete

ihn nachdenklich. »Also hat dich das Mädchen anfangs abgewiesen, nicht wahr?« Jamie biss die Zähne zusammen, was seinem ernsten Cousin ein lautes Lachen entlockte. Argyll, der nicht gerade ein gutaussehender Mann war, hatte Jamie und seine Brüder stets um ihren Erfolg bei den Mädchen beneidet. »Ich würde sie gerne kennenlernen.«

»Der Wunsch beruht nicht auf Gegenseitigkeit. Sie hat keine große Sympathien für die Campbells übrig und gibt dir mindestens ebenso viel Schuld am Tod ihrer Familie wie Colin.«

Argyll zuckte die Schultern. »Vielleicht sollte sie ihrem Vater ebenfalls die Schuld geben. Das Kämpfen auf Ascog war bedauerlich, aber nicht ungerechtfertigt.«

Jamie sah Argyll an, dass es da noch etwas gab, das er unausgesprochen ließ. »Was gibt es?«

Mit trügerischer Gelassenheit fuhr Argyll mit dem Finger den Rand seines Glases entlang. »Gerüchte.«

»Was für Gerüchte?«

Argyll zuckte die Schultern. »Dass nicht alle Welpen des Lamont in der Schlacht umkamen.«

Jamie blieb die Luft weg. »Was?«

»Es geht das Gerücht um, dass wenigstens einer der Burschen überlebt hat.«

Jamie musterte eindringlich das Gesicht seines Cousins, doch er schien aufrichtig zu sein. *Gott, wenn das wirklich wahr ist!* Aufregung breitete sich in ihm aus. Wenn er ihr einen Teil ihrer Familie zurückgeben konnte …

»Wurde jemand von ihnen gesehen?«

Argyll nickte.

»Wer?«

»Ich weiß es nicht.«

»Wo?«

»Wenn man den Gerüchten glauben schenken kann, dann irgendwo in der Nähe der Lomond Hills.«

Die Aufregung, die Jamie noch vor einem Augenblick bei der Aussicht, sich die ewige Dankbarkeit seiner Frau zu verdienen, verspürt hatte, schwand. »Bei einem Kampf?«

»Das darf man annehmen.«

Verdammt. Wenn Lamonts zusammen mit den MacGregors kämpften, dann waren sie Geächtete. Obwohl er darauf brannte, zu Caitrina zurückzukehren, um ihr alles zu erklären, bevor die Nachricht seines angeblichen, niederträchtigen Anteils am Tod des MacGregor die Isle of Bute erreichte, wusste er, dass das warten musste. Jamie sah seinen Cousin an. »Ich reite nach Lomond.«

Sein Cousin wirkte nicht allzu überrascht. »Bedeutet dir das Mädchen so viel?«

Jamie gab Argylls kühnen Blick mit gleicher Münze zurück. »Das tut sie.«

»Wie ist sie?«

Jamie dachte einen Augenblick lang nach. Wie konnte er diese komplizierte Frau, die seine Ehefrau war, mit Worten beschreiben? Wie konnte er es erklären, dass er beinahe schon vom ersten Moment an erkannt hatte, dass sie anders als alle anderen war? »Stark. Loyal. Fürsorglich. Temperamentvoll.« Eine heiße Gefühlswallung ließ ihm die Brust eng werden. »Schöner als jede Frau, die ich je gesehen habe.« Leidenschaftlich.

Argyll musste seine Gedanken gelesen haben. »Hätte nie geglaubt, dass ich den Tag noch erleben würde, an dem dich eine Frau in ihren Bann schlägt. Sogar als du mich vor einigen Jahren darum gebeten hast, mich für Alex MacLeod einzusetzen, hatte ich das Gefühl, dass es dabei weniger um Meg Mackinnon als vielmehr um dich ging. Aber das hier ist etwas anderes, nicht wahr?«

Jamie nickte. »Das ist es.«

»Und was wirst du tun, wenn du ihren Bruder findest?«

Wohl wissend, welche Bedeutung diese Frage hatte, sah er

seinen Cousin an. Es war Argylls nicht gerade direkte Art zu fragen, ob er noch seine Loyalität besaß.

Und Jamie wurde klar, dass es so war. Er hatte seinem Cousin noch nicht vergeben, dass er ihn für die Farce mit dem MacGregor benutzt hatte, aber obwohl seine Loyalität bis an ihre Grenzen strapaziert worden war, war sie nicht zerstört. Trotz seiner Fehler glaubte Jamie letztlich immer noch, dass Argyll besser als die Alternativen war und die größte Hoffnung für die Zukunft der Highlands darstellte. Wenn Jamie sich von ihm abwandte, würde Argyll leiden, aber Mackenzie oder Huntly würden davon profitieren. Außerdem waren da noch Jamies und Caitrinas Clans, die es zu bedenken gab. Ohne Argyll wäre Jamie nicht so gut in der Lage, ihnen zu helfen. Er brauchte den Einfluss seines Cousins ebenso sehr, wie Argyll ihn brauchte.

Schließlich antwortete er: »Was immer meine Pflicht erfordert.«

»Und wenn er zusammen mit den Gesetzlosen kämpft?«

»Dann werde ich ihn gefangen nehmen.«

Argyll lächelte zufrieden.

»Schließlich …«, Jamie hielt kurz inne und erwiderte sein Lächeln, »habe ich gehört, dass du dazu neigst, nachsichtig zu sein, was die Lamonts betrifft. Äußerst nachsichtig.«

Argylls Lächeln gefror. Er wusste, dass er soeben die Bedingung gehört hatte, unter der er sein übereiltes Handeln wiedergutmachen konnte, durch das alles, wonach sie strebten, gefährdet und Jamie in Verruf gebracht worden war. Mürrisch verzog er das Gesicht, dann meinte er trocken: »Oh ja, ich werde oft wegen meiner Nachsicht gerühmt.«

Jamie grinste und schüttelte den Kopf. »Und da behaupten die Leute, du hättest keinen Humor.«

Um Argylls Mundwinkel zuckte es. Er wusste sehr wohl um seinen Ruf als grimmiger Earl. »Und was, wenn du nichts findest?«

»Wenn einer der Brüder meiner Frau noch lebt, dann finde ich ihn.«

Sie wussten beide, dass es nur die Frage war wann und nicht ob.

»Sorge einfach dafür, dass du ihn bald findest, bevor er etwas tut, was ich nicht mehr ungeschehen machen kann. Meine ›Nachsicht‹ ist nicht grenzenlos. Denk daran, dass es deine Aufgabe ist, Bute von Gesetzlosen zu säubern, und dass du für die Lamonts bürgst. Letztlich wirst du für ihre Taten verantwortlich gemacht werden.«

Jamie nickte. Je eher er irgendwelche Überlebenden fand, desto besser – bevor noch einer der Brüder seiner Frau sie alle in Gefahr brachte. Wie bereits gesagt, Argylls ›Nachsicht‹ hatte Grenzen.

18

Eine Woche später ritt Jamie durch das Tor von Rothesay Castle, erschöpft und enttäuscht. Er hatte das bergige Gebiet nördlich von Loch Lomond durchkämmt, doch ohne Erfolg. Wenn einer oder mehrere der Söhne des Lamont noch lebten, dann hatten sie sich zu weit in die tückischen Berge zurückgezogen, als dass Jamie sie jetzt noch finden konnte. Da der Winter kurz bevorstand, würde er bis zum Frühjahr warten und es dann erneut versuchen müssen. Vorausgesetzt, er jagte keinen Geist. Es bestand immer noch die Möglichkeit, dass die Gerüchte unbegründet waren.

Während der gesamten Reise zurück zur Isle of Bute hatte er hin und her überlegt, was er Caitrina sagen sollte. Sollte er warten, bis er Beweise hatte – oder sollte er ihr sagen, was er gehört hatte, selbst wenn es sich später herausstellte, dass es nur Gerüchte waren? Konnte er es wagen, ihre Hoffnung mit so wenig zu schüren? Sie war immer noch so verletzlich und fing gerade erst an, sich mit dem Tod ihrer Familie abzufinden. Würde eine weitere Enttäuschung sie wieder in den dunklen Abgrund der Trauer stürzen?

Teufel, er wusste immer noch nicht, was er tun sollte – eine ungewöhnliche Situation für einen Mann, der sonst so stolz auf seine Entschlossenheit war. Vielleicht würde ihm die Antwort kommen, sobald er sie sah. Er freute sich außerdem nicht gerade darauf, ihr vom Tod des MacGregor zu berichten, einmal angenommen, dass die Nachricht nicht schon vor ihm angekommen war. Nach einer Woche der Trennung erschien ihm die Nähe, die sie miteinander geteilt hatten, bevor er aufgebrochen war, zart und zerbrechlich.

Halb erwartend, sie zu sehen, ließ er den Blick über den *barmkin* schweifen. Je näher er Rothesay gekommen war, desto unruhiger war er geworden. Er vermisste sie mehr, als er für möglich gehalten hatte.

Doch es war keine Spur von ihr zu sehen. Jamie runzelte die Stirn. Er hatte gehofft, dass sie ihn ebenfalls vermisste, doch offensichtlich wartete sie nicht sehnsüchtig auf seine Heimkehr.

Er sprang vom Pferd und warf einem wartenden Stallburschen die Zügel zu, während seine Männer sich hinter ihm aufreihten. »Wo ist die Lady?«

Der Junge schüttelte den Kopf, wobei er seinem Blick auswich. »I-ich w-weiß nicht, Mylaird.«

Die Furcht des Jungen versetzte ihm einen Stich. Jamie mochte es nicht gerade, Kindern Angst einzujagen. Wie es schien, hatte die Hochzeit seinen furchteinflößenden Ruf nicht gemildert. Er zügelte seine Ungeduld und fragte ruhig: »Hat der Bote meine Ankunft nicht angekündigt?«

»D-d-doch, Mylaird. Vor ungefähr einer Stunde.«

Da er sah, wie der Junge darauf brannte zu verschwinden, schickte Jamie ihn fort und wies seine Wachmänner an, sich um die Pferde zu kümmern und sich dann etwas zu essen und zu trinken zu genehmigen. Es war schon eine Weile her, dass sie eine anständige Mahlzeit bekommen hatten. Er beabsichtigte, dasselbe zu tun, nachdem er mit Will gesprochen hatte, dem Wachmann, dem er während seiner Abwesenheit die Verantwortung übertragen hatte – doch zuerst wollte er seine Frau finden.

Zielstrebig betrat er den Turm, schritt durch den verlassenen Saal und eilte die Treppen hoch in ihr Zimmer. Er öffnete die Tür und sah sich um, doch keine Spur von ihr. Ein Schauer der Beunruhigung durchlief ihn.

Wo zum Teufel war sie?

Caitrina rannte so schnell die Treppe hoch, dass ihre Lungen beinahe zu bersten schienen. Sie wischte sich den Schweißfilm von der Stirn und rang mit harten, unregelmäßigen Atemzügen nach Luft. Nachdem Mor in der Höhle erschienen war und ihr von Jamies drohender Ankunft berichtet hatte, war sie den ganzen Weg zur Burg zurückgelaufen, ohne anzuhalten. Seine plötzliche Rückkehr traf sie völlig unvorbereitet. Er war schon so lange fort, dass Caitrina angefangen hatte, sich zu fragen, ob er jemals zurückkommen würde. Und zu ihrem Pech hatte er sich entschlossen, gerade dann zurückzukommen, als sie ihre Brüder in der Höhle besuchte.

Brian zeigte leichte Anzeichen einer Besserung, doch Caitrina wünschte sich immer noch dringend, ihn nach Rothesay zu bringen. Niall allerdings blieb stur. Egal wie sehr sie auch argumentierte, sie konnte ihn nicht davon überzeugen, dass Jamie sie nicht in den Kerker werfen lassen, oder noch schlimmer, sie Argyll ausliefern würde.

Ihre Pantoffeln hallten auf dem kalten, grauen Kalkstein wider, während sie die schmale Treppe hinaufeilte. Nachdem sie den obersten Absatz erreicht hatte, überquerte sie den Korridor zu ihrer Kammer, hielt einen Augenblick lang inne, um wieder zu Atem zu kommen, und murmelte ein Stoßgebet, dass er noch nicht lange genug hier war, um den Turm durchsucht zu haben.

Ihre Schritte wurden unsicher, als sie durch die Tür trat. Eine Welle der Emotionen spülte über sie hinweg, als sie die vertraute, große, muskulöse Gestalt erblickte. Obwohl sie seine Fragen fürchtete, konnte sie nicht abstreiten, wie erleichtert sie war, ihn sicher und wohlbehalten wiederzusehen. Die Gefährlichkeit seiner Aufgabe ging ihr nie völlig aus dem Sinn. Ebenso wenig wie der ungezügelte Hass auf die Campbells, der ihn zu einer ständigen – und begehrten – Zielscheibe machte.

»Du bist zurück!«, rief sie erleichtert aus.

Er drehte sich um und nahm mit einem einzigen Blick jeden Zoll ihrer schmutzigen Erscheinung auf, einschließlich der frischen Schlammspritzer am Saum. Ihr Pulsschlag schoss in die Höhe, als sie seinen Argwohn bemerkte.

Obwohl er erschöpft aussah und sein gutaussehendes Gesicht vom Regen und der Kälte gezeichnet war, hatte er nie atemberaubender ausgesehen. Sie hatte ihn schrecklich vermisst. Und doch war etwas anders ...

Der Bart. Ein dunkler, stoppeliger Schatten umrahmte sein hartes, kantiges Kinn. Sie vermutete, dass er sich nicht mehr rasiert hatte, seit er aufgebrochen war. Auch wenn sie nicht gerade begeistert von Bärten war, ließ sich die primitive Anziehungskraft bei Jamie nicht bestreiten. Der Bart verlieh ihm etwas Gefährliches, das zu seinem erbarmungslosen Ruf passte. Wenn er damals vor all diesen Monaten so ausgesehen hätte, dann hätte sie nicht so sehr darauf vertraut, dass er ein Ehrenmann war.

Bei der Erinnerung an ihre erste Begegnung erfasste sie eine Welle der Wehmut. Dieser Tag schien ein ganzes Leben her zu sein.

Sie trat einen Schritt auf ihn zu, aber sein abweisender, schroffer Tonfall ließ sie innehalten. »Wo bist du gewesen?«

Sie setzte ein breites Willkommenslächeln auf. »In der Küche. Ich habe die Vorbereitungen für deine Ankunft überwacht.« Die Leichtigkeit, mit der ihr die Lüge über die Lippen kam, versetzte ihr einen schuldbewussten Stich. Im Stillen verfluchte sie Niall dafür, dass er sie in diese Lage gebracht hatte, und ging auf ihn zu. Sie hasste es, ihn anlügen zu müssen. »Ich dachte, du und deine Männer seid vielleicht hungrig.«

Er ließ sich nicht so leicht abspeisen. Prüfend glitt sein Blick über ihr Gesicht. »Deine Wangen sind gerötet.«

Ihr Lächeln wurde steif. »Das Feuer in der Küche war heiß.«

»Du bist außer Atem.«

Sie lachte arglos und schlang ihm die Arme um den Hals, da sie wusste, dass sie etwas tun musste, um sein Verhör zu beenden. »Ich bin gerade vier Treppenabsätze hochgerannt.« Bevor er noch weiterfragen konnte, klimperte sie spielerisch mit den Wimpern und schmiegte sich an ihn. »Ist das also deine Art, mich zu begrüßen? Willst du mich den ganzen Tag lang ausfragen, oder wirst du mich anständig willkommen heißen?«

Sie hob ihm die Lippen entgegen, und er ignorierte ihre nicht gerade subtile Bitte nicht. Das Herz zog sich ihr zusammen, als sie die zärtliche Sehnsucht in seinem Blick sah, mit dem er ihr Gesicht streifte, bevor sein Mund heiß und hungrig von ihr Besitz ergriff. Die Entbehrung einer Woche forderte Erfüllung.

Sie seufzte an seinen Lippen auf. Gott, wie sehr sie ihn vermisst hatte! Der würzige, männliche Geschmack berauschte ihre Sinne wie ein mächtiger Liebestrank. Sie öffnete sich ihm und nahm ihn tief in ihren Mund auf. Seine Zunge umkreiste sie, streichelte sie tiefer und tiefer mit langsamen, wohligen Stößen, die jede Faser ihres Körpers zu durchdringen schienen.

Hitze durchströmte sie, heiß und schwer wie flüssige Lava. Sie sank ihm entgegen. Ihre Brüste pressten sich an seinen Brustkorb, und sie war sich quälend deutlich der harten Erregung bewusst, die sich an ihren Bauch drängte. Es war schon zu lange her, dass sie ihn in sich gespürt, dass er sie ausgefüllt hatte.

Ihn abzulenken war nebensächlich geworden im Vergleich zum Stillen der Feuersbrunst, die zwischen ihnen auflodderte, kaum dass sich ihre Lippen berührten. Mit jedem Stoß seiner Zunge wurde das bebende Verlangen, das ihren Körper durchströmte, intensiver.

Es war Wahnsinn. Er brauchte nichts weiter zu tun, als sie

zu küssen, und schon sehnte sie sich nach Erfüllung. Wie vertraut er ihr geworden war ... wie lebenswichtig.

Die dunklen Bartstoppeln an seinem Kinn kratzten die empfindsame Haut an ihrem Mund, während er ihr über den Rücken und die Hüften streichelte, ihren Po umfasste und sie enger an sich zog. Die leichte Reibung ließ sie vor Ungeduld prickelnd erbeben. Hitze durchdrang jede Faser ihres Körpers, und sie wurde feucht vor Erwartung.

Köstlich weich und warm schmolz sie dem harten Stahl seiner muskulösen Brust und Beine entgegen. Nie würde sie sich an die Kraft und Stärke seines Körpers gewöhnen. Sie strich über die harte Wölbung seiner Armmuskeln und genoss die rohe Männlichkeit, durch die sie sich ihrer eigenen Weiblichkeit überdeutlich bewusst wurde. Zu einem früheren Zeitpunkt hätte sich seine Stärke vielleicht bedrohlich angefühlt, doch nun gab sie ihr ein Gefühl der Sicherheit und Zufriedenheit, das sie nie für möglich gehalten hätte.

Doch es war mehr als das. Da war dieses Gefühl, dass sie ihn berühren musste, dass sie den Verstand verlieren würde, wenn sie es nicht tat. Sie sehnte sich schmerzhaft danach, seine heiße Haut und das Spiel seiner Muskeln unter den Fingerspitzen zu fühlen. Nie hätte sie geglaubt, dass der bloße Anblick und das Berühren des Körpers eines Mannes solch sündige Triebe in ihr auslösen könnten, doch seine Anziehungskraft war elementar – und nahm jeden Teil von ihr in Besitz.

Widerstrebend zog er sich zurück und unterbrach den Kuss. Sein Atem kam ebenso heftig und unregelmäßig wie ihrer. Sanft streichelte er ihr über die Wange. »Ich habe dich vermisst.«

»Ich dich auch.« Sie legte ihm die Hand ans Kinn und meinte neckend: »Ich hätte dich beinahe nicht erkannt.«

Er sah beschämt aus. »Ich werde mich rasieren, sobald ich später Gelegenheit hatte zu baden.«

Verneinend schüttelte sie den Kopf. »Lass es eine Weile so. Es passt zu dir.« Sie mochte diese gefährliche Seite an ihm. Er sah überhaupt nicht mehr wie der elegante Höfling aus, sondern durch und durch wie ein mächtiger Highland-Krieger. Und diese dunkle, sinnliche Anziehungskraft ließ sich nicht leugnen.

Als könne er ihre Gedanken lesen, wurden seine Augen dunkel vor Hitze. »Eine anständige Begrüßung wird noch warten müssen. Ich muss mich um ein paar Angelegenheiten kümmern, und dann muss ich nach meinen Männern sehen.« Sein Blick wurde angespannt. »Aber ich war begierig darauf, dich zu sehen, und als du nicht im Burghof warst, wurde ich besorgt.«

Caitrina fluchte innerlich. Sie hätte wissen sollen, dass er sich nicht so leicht ablenken ließ. »Es tut mir leid. Wie ich dir schon erklärt habe, war ich in der Küche und habe nicht gehört, dass du angekommen bist.«

Sein unnachgiebiger Blick forderte sie heraus. »Das sagtest du jedenfalls.«

Es gefiel ihr nicht, in der Defensive zu sein, doch dann kam ihr eine Idee, wie sie den Spieß umdrehen konnte. Schließlich hatte sie ihm trotz ihrer leidenschaftlichen Umarmung noch nicht verziehen, auf welche Art und Weise er sie verlassen hatte – und welche ›Anweisungen‹ er für sie hinterlassen hatte.

»Wo sollte ich denn sonst sein?« Sie lächelte süß – zu süß. »Hattest du denn nicht angeordnet, dass ich die Burg nicht verlassen darf?«

Er gab sich nicht einmal den Anschein, dass er es bedauerte, sondern zuckte nur ungerührt mit den Schultern. »Eine notwendige Vorsichtsmaßnahme zu deiner Sicherheit.«

Caitrina bemühte sich, ihren wachsenden Ärger im Zaum zu halten. »Und kam dir dabei nicht der Gedanke, mich in dieser Angelegenheit nach meiner Meinung zu fragen?«

»Warum sollte ich das tun?«, fragte er aufrichtig verblüfft.

»Du bist meine Verantwortung.«

Ihre Wangen glühten, und das nicht vom Laufen. Gott behüte sie vor der Begriffsstutzigkeit der Männer! Es schien ihm gar nicht in den Sinn zu kommen, dass sie sich über seine Selbstherrlichkeit ärgern könnte. »Ich bin deine Frau.«

Nun sah er einfach nur verwirrt und ein wenig argwöhnisch aus – anscheinend hatte er genug Verstand, um zu erkennen, dass er etwas Falsches gesagt hatte, aber er wusste nicht, was es war. »*Aye*.«

»Kein Stück Vieh, das man herumkommandieren kann. Wenn du eine lammfromme, fügsame Frau wolltest, dann fürchte ich, wirst du enttäuscht werden.« Sie sah ihm in die Augen. »Sehr enttäuscht.«

Belustigung umspielte seine Mundwinkel. Wenn er lachte, das schwor sie sich, dann würde er es bereuen.

»Glaub mir«, entgegnete er trocken, »in dieser Hinsicht gebe ich mich keinen Illusionen hin.«

Sie entschied, sich davon nicht beleidigt zu fühlen, und nickte knapp.

»Gut.«

Er rieb sich das Kinn und betrachtete sie nachdenklich. »Und das hat dich wirklich verärgert?«

»Ja, das hat es.«

»Aber warum? Ich wollte nur für deine Sicherheit sorgen.«

»Es lag an der Art und Weise, wie du dich verhalten hast. Da es meine Freiheit war, um die es ging, denkst du denn nicht, du hättest es vorher mit mir besprechen sollen, bevor du deine Befehle erteiltest?«

Jamie runzelte die Stirn. »Das ist es doch, was ich tue – Befehle erteilen. Ich berate mich nicht.«

Caitrina schürzte die Lippen und bemühte sich um Geduld. »Vielleicht nicht mit deinen Männern, aber was ist mit deinem Cousin oder deinem Bruder?«

Er sah nachdenklich aus. »Gelegentlich«, gab er zu.

»Und gebührt deiner Frau denn nicht dieselbe Höflichkeit?«

Der Gedanke schien ihn zu verblüffen, aber nicht völlig abwegig zu sein. »Vielleicht.«

»Das nächste Mal wirst du mich freundlicherweise von deinen Wünschen unterrichten, *bevor* du fortgehst.« Sie lächelte. »Und ich werde mein Bestes tun, um deine Meinung zu ändern, wenn sie mir nicht gefallen.«

Darüber musste er lachen. »Auf diese Herausforderung freue ich mich schon, werte Gemahlin, aber ich bin nicht leicht umzustimmen – ganz besonders dann nicht, wenn es darum geht, etwas zu beschützen, das mir sehr am Herzen liegt.«

Diese zärtliche Erklärung verursachte ihr ein Ziehen in der Brust, doch auch wenn seine Beweggründe ihr das Herz erwärmten, würde sie nicht wieder in die Unwissenheit ihres früheren Lebens zurückfallen. Sie war nicht länger damit zufrieden, behütet und im Dunklen gelassen zu werden und anderen zu erlauben, Entscheidungen für sie zu treffen. »Ich kann eine sehr überzeugende Frau sein.«

»Das bezweifle ich nicht«, meinte er trocken. »Hast du noch etwas auf dem Herzen, bevor ich mich um meine Männer kümmere?«

»Ehrlich gesagt, ja.«

»Warum wundert mich das nicht?«

Sie ignorierte den leicht gequälten Sarkasmus. »Die Art und Weise deiner Abreise, sie war so plötzlich.«

»Es tut mir leid, dass ich es dir nicht erklären konnte, aber in diesem Fall war es notwendig.«

»Aber sicher hättest du doch fünf Minuten erübrigen können?«

»Was zu sagen gewesen wäre, hätte länger als fünf Minuten gedauert.«

»Wie dem auch sein mag, das nächste Mal, wenn du versuchst, mich ohne ein anständiges Lebewohl zu verlassen, werde ich nicht so verständnisvoll reagieren.«

Er zog eine Augenbraue hoch, als wolle er ihre Behauptung, verständnisvoll zu sein, in Zweifel ziehen. »Ich werde es mir merken.«

»Was war denn so wichtig, dass du so überstürzt von hier fort musstest?«

Seufzend fuhr er sich mit den Fingern durchs Haar, dann schenkte er ihr ein schiefes Lächeln. »Wie es scheint, werden meine Verpflichtungen wohl warten müssen.« Er ging zum Kamin, zog einen Stuhl heran und bot ihn ihr an. Sie nahm Platz, und er setzte sich ihr gegenüber.

Sein ernster Gesichtsausdruck sagte ihr, dass es um eine schwerwiegende Angelegenheit ging.

»Was ich dir zu sagen habe, wird dir nicht gefallen. Aber bitte, bevor du irgendetwas sagst, hör mich an.«

Caitrinas Herz pochte heftig, da sie ahnte, was er gleich sagen würde.

»Alasdair MacGregor ist tot.«

Sie zuckte zusammen. Gütiger Gott, Niall hatte recht gehabt! Sie hatte ihm nicht glauben wollen, aber hier hörte sie es direkt aus Jamies Mund.

Wie versteinert hörte sie zu, während er die Geschichte von Argylls Verrat genau so erzählte, wie sie sie von ihrem Bruder gehört hatte.

Bitte, betete sie. *Lass es nicht noch schlimmer sein!* »Und was war Euer Beitrag dabei, Mylaird?«, fragte sie zögernd. »Abgesehen davon, dass du den MacGregor dazu überredet hast, sich zu ergeben?«

Er nahm ihre Hand und sah ihr tief in die Augen. »Ich schwöre dir, Caitrina, ich wusste nichts von den Plänen meines Cousins. Ich dachte, er hätte die felsenfeste Absicht, den MacGregor an König James zu übergeben. Als ich Argylls Botschaft erhielt, dass der MacGregor in Edinburgh getötet worden war, wusste ich, dass etwas schrecklich schiefgelaufen war. Und ich ahnte auch den Grund. Deshalb brach ich ohne eine Erklärung auf – ich konnte dir keine geben, bevor ich nicht mit meinem Cousin gesprochen hatte.« Seine Miene verfinsterte sich. »Ich war rasend vor Wut, als mir klar wurde, was er getan hatte.«

Suchend musterte Caitrina sein Gesicht. Er wirkte so aufrichtig, und sie wollte ihm so verzweifelt glauben. Aber konnte sie es riskieren? Jamie hatte nie einen Hehl daraus gemacht, dass er Argylls Mann war. Sein Vollstrecker. Konnte er ihr jemals gehören, wenn seine Loyalität Argyll gehörte? Hatte Niall recht? War sie eine Närrin, ihm zu vertrauen?

Ihr Schweigen schien ihn zu beunruhigen. »Sag mir, dass du mir glaubst.«

Seine Stimme war drängend, aber nicht flehend. Sie verstand, warum. Er war ein stolzer, ehrenhafter Mann. Als er ihr geantwortet hatte, hatte er die Wahrheit gesagt, und er würde nicht darum betteln, dass sie ihm glaubte. Das war nicht seine Art.

Die Wahrheit. Es war die Wahrheit, erkannte sie. »Ich glaube dir, aber es ist nicht von Bedeutung, was du wusstest. Du hast die Kapitulation ausgehandelt, und man wird dir die Schuld an dem geben, was passiert ist. Man wird annehmen, dass du wusstest, was dein Cousin vorhatte.«

Er verzog das Gesicht. »*Aye*. Genau das habe ich meinem Cousin auch gesagt.«

Seine Wut auf Argyll schien echt zu sein. Vielleicht hatte die ganze Sache ja doch noch etwas Gutes – wenn Jamie sich mit seinem Cousin überwarf. »Und wie hat er sich dafür gerechtfertigt, dich so hintergangen zu haben?«

Jamie seufzte. »Ich glaube nicht, dass er überhaupt darüber nachdachte, wie sich das auf mich auswirken könnte. Der König hat ihn sehr stark unter Druck gesetzt, die Highlands und Alasdair MacGregor insbesondere zur Raison zu bringen. In den letzten Monaten hat er kaum an etwas anderes gedacht. Aber ganz gleich, wie gerechtfertigt der Tod des MacGregor auch war, diese List war seiner nicht würdig.«

Sie konnte es nicht glauben. »Dann besitzt er immer noch deine Loyalität?«

Bei dieser indirekten Kritik trat ein harter Zug um seinen Mund. »Ja, das tut er. Im ersten Moment wollte ich spontan mein Schwert niederlegen, aber dann erkannte ich, dass das kurzsichtig von mir gewesen wäre. Ich bin mir sehr wohl bewusst, welche Fehler mein Cousin hat. Argyll ist nicht vollkommen, aber ich glaube immer noch, dass er letztendlich die größte Hoffnung für die Highlands darstellt. Keine von beiden Seiten hat zu einhundert Prozent recht, Caitrina, aber am Ende müssen wir uns alle für eine davon entscheiden.«

Diese Erkenntnis traf sie – er hatte recht. Es war nicht einfach nur die Frage, wer recht und wer unrecht hatte. Ganz gleich, wie sehr sie sich auch wünschte, es wäre einfach, letztendlich würde sie sich entscheiden müssen. Das bedeutete es also, erwachsen zu werden. Die Unwissenheit ihrer Jugend war trügerisch einfach gewesen.

»Ich für meinen Teil«, fuhr er fort, »tendiere immer noch stark zu Gunsten meines Cousins. Er hat die Macht, Veränderungen zu bewirken, und er will dieselben Dinge wie ich.«

»Und die wären?«

»Frieden. Sicherheit. Land für unser Volk. Argyll hat einen wunden Punkt, was die MacGregors betrifft, aber er ist unerschütterlich loyal seinen Freunden gegenüber, und er ist ein fairer Chief.«

»Fair? Wie kannst du das sagen, nach dem, was er dir angetan hat?«

»Darum geht es ja, er hat es gar nicht mir angetan.« Einer seiner Mundwinkel verzog sich zu einem schiefen Lächeln. »Du kennst ihn nicht so, wie ich.«

Das wollte sie auch gar nicht. »Was ist das für eine Verbindung zwischen euch?«

Er schwieg ein paar Minuten, dann entschloss er sich endlich, ihr zu antworten. »Wie viel weißt du über meinen Vater?«

»Sehr wenig.« Nur was ihr von Meg anvertraut worden war und was sie hier und dort aufgeschnappt hatte.

»Er fiel in der Schlacht von Glenlivet, weil er eine Musketenkugel abfing, die für Argyll bestimmt war. Das war kaum ein Jahr, nachdem meine Mutter gestorben war. Elizabeth und ich verbrachten den größten Teil unserer Zeit bei unserem Cousin und der ehemaligen Countess auf Inveraray. Argyll war wie ein Vater für mich. Mein eigener Vater glaubte fest genug an ihn, um sein Leben für ihn zu geben, und das nehme ich nicht auf die leichte Schulter.«

Caitrina wusste, dass es noch vieles gab, das er ungesagt ließ – ganz besonders über seinen älteren Bruder –, aber das Wesentliche war klar. Zwischen Jamie und Argyll bestand eine persönliche Verbindung, die weit tiefer ging, als ihr bewusst gewesen war. Sie waren nicht einfach nur Chief und Captain, sie waren Familie, verbunden durch Blut und Aufopferung.

»Und was meinen Cousin betrifft«, fuhr er fort, »er hat sich stets um Elizabeth und mich gekümmert. Ich war kaum achtzehn Jahre alt, als er mich zum Hauptmann machte, und nur wenig älter, als er anfing, sich durch mich beim Geheimen Rat vertreten zu lassen. Für meinen Rang und mein Vermögen habe ich ihm sehr viel zu verdanken – er hat mir Möglichkeiten eröffnet, die sich einem drittgeborenen Sohn üblicherweise nicht bieten.«

Es klang, als hätte Argyll seine Schuld Jamies Vater gegenüber auf den Sohn übertragen. Aber es war auch deutlich, dass die Verbindung zwischen Argyll und Jamie auf Gegenseitigkeit beruhte.

»Sein Handeln hat meine Loyalität bis an ihre Grenzen strapaziert, aber sie besteht immer noch. Er hat mir unrecht getan«, gab Jamie zu. »Sehr sogar. Und das weiß er auch. Aber es wird nicht wieder vorkommen.«

»Wie kannst du dir da so sicher sein?«

»Ich bin es einfach. Das ist alles. Du wirst mir einfach vertrauen müssen. Mein Cousin ist nicht perfekt, aber ich glaube an ihn und an das, was er tut.«

Konnte sie das auch? Wie konnte sie den Mann, für den sie etwas empfand, mit dem loyalen Captain eines Mannes, den sie verabscheute, in Einklang bringen?

»Das ist es also? Du vergibst ihm einfach so?«

»Nein.« Er zögerte, als wolle er noch etwas sagen. »So einfach ist es nicht. Wenn es so weit ist, wird mein Cousin Wiedergutmachung leisten.«

»Und wie? Wird er deinen Namen reinwaschen und dich öffentlich von der Mittäterschaft bei seinem Verrat am MacGregor freisprechen?«

Jamie schüttelte den Kopf, und ein trockenes Lächeln kräuselte seine Lippen. »Das würde ihm doch ohnehin niemand glauben.«

Die Diskussion mit Caitrina war besser gelaufen, als er erwartet hatte. Jamie war versucht gewesen, ihr von seinem Handel mit Argyll zu gestehen, aber wenn er das getan hätte, hätte er ihr von den Gerüchten über ihren Bruder erzählen müssen, und er war sich immer noch nicht sicher, ob er das tun wollte.

Die Nachricht vom Tod des MacGregor hatte sie aufgewühlt, aber nicht schockiert, was ihn dazu veranlasste, sich zu fragen, ob sie bereits davon gehört hatte. Das würde er bald herausfinden.

Jamie ging die Treppe hinunter und durch den Saal in sein Arbeitszimmer, da er wusste, dass seine Männer auf ihn warteten.

Was er wirklich wollte, waren ein heißes Bad und eine warme Mahlzeit, aber beides würde noch warten müssen – ebenso wie eine angemessene Vereinigung mit seiner Frau.

Er wurde hart bei der Erinnerung an ihren leidenschaftlichen Kuss und daran, wie gut es sich angefühlt hatte, sie wieder in den Armen zu halten. Zu gut.

Wäre er nicht in so einem bedauernswerten Zustand gewesen, hätte er ihr vielleicht gezeigt, wie sehr er sie vermisst hatte – nicht, dass ihr sein raubeiniges Äußeres etwas auszumachen schien. Um seine Mundwinkel zuckte es. Seine kleine Prinzessin hatte offensichtlich eine wilde Seite an sich.

Prinzessin. Eigenartig, dass ihm der alte Spitzname plötzlich wieder in den Sinn gekommen war. Er fragte sich, warum. Sie hatte keine neuen Kleider gekauft, wie sie es eigentlich versprochen hatte; daran konnte es also nicht liegen, erkannte er mit einem Stirnrunzeln. Seine Verletzung und dann seine Anweisung, dass sie die Burg nicht verlassen durfte, hatten sie daran gehindert, doch nun, da er wieder zurück war, würde er sofort dafür sorgen, dass das nachgeholt wurde.

Nay, da war etwas anderes. Eine kaum merkliche Veränderung, die er nicht genau beschreiben konnte.

Er erinnerte sich wieder an ihr plötzliches Auftauchen und daran, wie sich seine Erleichterung darüber, sie zu sehen, in Argwohn verwandelte. Er hätte schwören können, dass er den Wind in ihren Haaren roch und die Kälte auf ihren geröteten Wangen fühlte. Und dann waren da die frischen Schlammspritzer auf ihren Röcken. Er war sich beinahe sicher, dass sie von draußen gekommen war und nicht aus der

Küche. Doch ihre Erklärung hatte so überzeugend gewirkt. Vielleicht hatte er sich getäuscht.

Sie hatte jedenfalls aufrichtig glücklich und leidenschaftlich darauf reagiert, ihn zu sehen.

Das war die Veränderung: Sie wirkte glücklich. Der Schatten des Kummers, der seit dem Tod ihrer Familie über ihr zu schweben schien, hatte sich gehoben. Obwohl er sich den Verdienst für diese Verwandlung gerne selbst zuschreiben würde, musste er sich einfach fragen, ob es dafür nicht einen anderen Grund gab.

Er öffnete die Tür zu seinem Arbeitszimmer und sah Will, den Hauptmann seiner Männer, mit ein paar weiteren Wachmännern, die auf der Burg geblieben waren.

Sie standen auf, als er eintrat. »Mylaird«, begrüßte Will ihn und trat auf ihn zu. »Es ist schön zu sehen, dass Ihr heil zurückgekehrt seid.«

Jamie bedeutete seinen Männern, sich zu setzen, und nahm seinen Platz an der Stirnseite des Tisches ein. »Habt ihr meine Botschaft erhalten?« Er hatte eine Nachricht vom Tod des MacGregor geschickt und seine Männer angewiesen, ihre Wachsamkeit zu erhöhen – aber den Lamonts gegenüber nichts davon zu erwähnen.

Will nickte. »Ja, Mylaird. Wir haben unsere Erkundungsstreifzüge durch die Gegend verstärkt, aber keine Anzeichen von etwas Ungewöhnlichem oder irgendwelchen Gesetzlosen bemerkt.«

»Und hat sich die Nachricht vom Tod des MacGregor bereits herumgesprochen?«

Der Wachmann schüttelte den Kopf. »Soweit ich weiß, nicht; obwohl die Lamonts nicht gerade begierig darauf sind, uns ins Vertrauen zu ziehen. Die Unterhaltungen neigen dazu, sehr plötzlich abzubrechen, wenn wir in die Nähe kommen.«

Das war wenig überraschend, wenn man die Spannungen

zwischen den Clans berücksichtigte. Dennoch, auch wenn die Kommunikation auf den westlichen Inseln schlecht war und es viele Tage dauern konnte, bis Neuigkeiten aus Edinburgh hier ankamen, verwunderte es Jamie, dass die Nachricht vom Tod des MacGregor sie noch nicht erreicht hatte.

»Sind euch irgendwelche Anzeichen von Unruhe oder Missstimmung aufgefallen?«

»Nicht mehr als gewöhnlich.«

Die Unterhaltung wandte sich nun dem Stand der Reparaturarbeiten auf Ascog zu, bevor sie erneut zu den Lamonts zurückkehrte.

»Habt ihr Seamus und seine Männer gut im Auge behalten?«

»*Aye*«, antwortete Will. »Er war auffallend ruhig.«

Jamie runzelte die Stirn, denn das hörte sich nicht gut an. Schlangen waren am gefährlichsten, wenn man sie nicht hören konnte.

»Er verbringt die meiste Zeit des Tages auf Ascog und arbeitet am Dach«, fuhr Will fort. »Und er übernimmt einen großen Teil der Baumfällarbeiten selbst.«

Jamies Augen wurden schmal. »Im Wald?«

Will nickte. »Wir hatten dieselben Bedenken, aber er wurde beschattet und es schien nie etwas Ungewöhnliches zu geschehen. Er war nie länger als ein paar Stunden fort.«

»Ich verstehe.«

»Habe ich Eure Anweisungen falsch verstanden? Die ehemaligen Wachmänner des Lamont sind doch keine Gefangenen?«

Jamie schüttelte den Kopf. »Nein, sie sind keine Gefangenen. Sie können kommen und gehen, wie es ihnen beliebt – solange sie unter Beobachtung stehen.«

Doch er hatte den nagenden Verdacht, dass der alte Mann etwas im Schilde führte, und er beabsichtigte herauszufinden, was das war.

19

Caitrina hielt den Atem an, als der letzte Balken an seinen Platz gehievt wurde. Die Arbeiten auf Ascog Castle waren zügig vorangeschritten, während Jamie abwesend und sie aus seinen Hallen verbannt gewesen war. In den zwei Tagen seit seiner Rückkehr waren sogar noch größere Fortschritte gemacht worden. Das Dach war noch nicht wetterfest, aber wenn alles gut lief, würde es das bald sein.

Die schweren Regenfälle, die vom Festland herübergezogen waren, hatten beim Überqueren des Kyle of Bute an Heftigkeit verloren und sich in dichten Nebel und Nieselregen verwandelt, was aber zum Glück die Arbeit nicht behinderte.

Caitrina erinnerte sich an ihre Vereinbarung und bemühte sich, den Männern bei der Arbeit nicht im Weg zu stehen, da sie die Geduld ihres Ehemannes nicht überstrapazieren wollte. Es gefiel ihm nicht, sie auf Ascog zu sehen, das wusste sie, doch da sie sich von gefährlichen Situationen fernhielt, indem sie die meiste Zeit in der Küche blieb und die Arbeiten überwachte, anstatt selbst bei der Arbeit der Dienstmägde mit anzupacken, konnte er wenig dagegen sagen. Zu viele Entscheidungen erforderten ihre Aufmerksamkeit, von der Frage, was an Töpfen und Geschirr gerettet werden konnte, welche Möbel gekauft und welche selbst hergestellt werden sollten, bis zur Wahl der neuen Standorte für die Vorratsräume.

Sie war nach oben in den großen Saal gekommen, um mit Seamus über das Zimmern der Arbeitstische und Regale für die Kellerräume zu sprechen, und war geblieben, um dabei zuzusehen, wie der letzte Balken eingefügt wurde. Als er sicher an seinem Platz war, brach lauter Jubel aus, und sie stimmte begeistert mit ein.

Instinktiv suchte sie den Raum nach Jamie ab, und ihr Herz tat wie immer einen Satz, als sie ihn erblickte. Durch seine Körpergröße war es leicht, ihn unter den anderen Männern auszumachen, aber es war das entspannte Lächeln und das Funkeln in seinen blauen Augen, das ihren Puls schneller schlagen ließ.

Als er ihre Augen auf sich spürte, drehte er sich um, und ihre Blicke trafen sich. Für einen Moment verband sie das innige Gefühl, gemeinsam etwas erreicht zu haben, und beschwingt erwiderte sie sein Lächeln und genoss den Augenblick – bis einer seiner Wachmänner ihn etwas fragte und seine Aufmerksam von ihr ablenkte.

Voll Bedauern über den Verlust seufzte sie. Einen Augenblick lang hatte es sich wieder so angefühlt wie in diesen wenigen kostbaren Tagen, bevor er fortgegangen war. Auch wenn sie nicht genau sagen konnte, was es war, hatte sich etwas verändert, seit er von Dunoon zurück war. Oberflächlich betrachtet war alles wie zuvor: Nachts hielt er sie in den Armen und liebte sie mit all der Leidenschaft, die sie kannte, und während des Tages war er besorgter und aufmerksamer, als sie sich erinnern konnte.

Aber er beobachtete sie.

Ahnte er etwas? Hatte sie etwas getan, das ihn Verdacht schöpfen ließ?

Sie biss sich auf die Lippe, denn das mulmige Gefühl, das sie hatte, strafte diesen Gedanken Lügen. Vielleicht war es nur ihr schlechtes Gewissen, das da sprach?

Etwas so Wichtiges wie die Tatsache, dass ihre Brüder überlebt hatten, vor ihrem Ehemann geheim zu halten, zerriss sie innerlich. Caitrina wollte ihre Freude mit ihm teilen; stattdessen fühlte es sich an, als würde sie ihn anlügen. *Ich lüge ihn an.*

Und was alles nur noch schlimmer machte, seit Jamies Rückkehr hatte sie es nicht mehr gewagt, zu den Höhlen zu gehen, um Niall und Brian zu sehen – es war einfach zu riskant. Aber die Berichte von Mor waren nicht genug. Sie vermisste sie schrecklich und sorgte sich um ihre Sicherheit.

Jamies Auftrag war es, die Gegend von Gesetzlosen zu säubern – was würde geschehen, wenn er sie entdeckte oder herausfand, dass sie sie vor ihm geheim gehalten hatte?

Sie konnte Seamus nirgends finden, deshalb wollte sie gerade wieder in die Küche zurückkehren, als sie Mor erblickte, die von der anderen Seite des Raums versuchte, ihre Aufmerksamkeit zu erregen. An ihrem besorgten Gesichtsausdruck sah sie, dass etwas nicht in Ordnung war, und Angst erfasste sie. Ihr erster Gedanke galt Brian. Nein, das konnte es nicht sein; ihm ging es langsam besser.

Caitrina eilte so schnell sie konnte zu Mor und gab sich größte Mühe, sich nichts von dem Aufruhr anmerken zu lassen, der in ihr tobte. Sie wollte Jamie keinen Grund zur Beunruhigung geben.

Aufgeregt ergriff sie die eiskalte Hand ihrer alten Amme. »Was ist geschehen?«

Mors Blick huschte verstohlen hin und her, und mit gedämpfter Stimme raunte sie: »Nicht hier.«

Caitrinas Brust wurde eng, und ihr Herz klopfte noch heftiger, denn ihre Ängste hatten sich bestätigt: Etwas war auf schreckliche Weise nicht in Ordnung. Da sie wusste, dass Jamie sie vielleicht beobachtete, zwang sie sich ein Lächeln auf die Lippen und führte Mor aus dem Saal und die Treppe in den Keller hinunter. In der Küche befanden sich zu viele Menschen, deshalb durchquerten sie den Korridor und gingen in die Vorratskammer. Die kühle und feuchte Luft in den Kellerräumen drang in alle Knochen, und Caitrina zog ihr *arisaidh* ein wenig enger um sich, ob gegen die Kälte oder gegen den kalten Schauer der Vorahnung, wusste sie nicht.

Angespannt wartete sie auf die niederschmetternde Nachricht. »Geht es um Brian? Ist mit Brian etwas geschehen?«

Mor schüttelte den Kopf. »Nein, mein armes kleines Lämmchen, ich wollte dir keine Angst machen. Deinem Bruder geht es so gut, wie man es unter den Umständen erwarten kann.« Der Tadel in ihrer Stimme entging Caitrina nicht. Wie sie war auch Mor der Überzeugung, dass Brian nach Rothesay gebracht werden sollte. Erleichterung durchströmte jede Faser ihres Körpers – bis sie die nächsten Worte hörte.

»Es ist dein sturer, törichter Bruder Niall, der sich noch umbringen lassen wird.«

»Niall? Das verstehe ich nicht.«

»Ich habe ihm gesagt, er soll nicht gehen.«

Angst packte sie wie mit eisigen Fingern im Genick. »Gehen?« Sie ergriff Mors Arm, während Furcht sie durchzuckte. »Wo ist Niall hingegangen?«

Mors Gesicht sank in sich zusammen, und die kleinen Fältchen um ihre Augen schienen sich vor Sorge tiefer einzugraben. »Ich weiß es nicht. Er brach mit Seamus und den anderen auf, und du kannst dir sicher sein, dass sie nichts Gutes im Schilde führen.« Sie machte eine kleine Pause. »Ein fremder Mann war dort, als ich heute Morgen hinkam. Und der Ausdruck auf seinem Gesicht ...« Sie erschauderte. »Er war wild und so hasserfüllt, wie ich es noch nie erlebt habe.«

»Dieser Mann ... haben sie seinen Namen erwähnt?«

Mor schüttelte den Kopf. »Aber ich habe keine Zweifel, dass er ein Geächteter ist. Wenn ich raten müsste, würde ich sagen, ein MacGregor.«

Nein. Niall würde nicht so tollkühn sein ...

Doch, erkannte sie, *das würde er.* Es war leicht zu verstehen, warum er sich mit den MacGregors identifizieren konnte – er hatte mit ansehen müssen, wie sein Heim zerstört und sein Vater und sein Bruder ermordet worden waren, und er war ein Gesetzloser geworden.

Niall hatte sich geändert. Unter der Oberfläche war er immer noch der neckende Schelm, doch nun hatte er etwas Kaltes, Stählernes an sich, das früher nicht da gewesen war. Sie spürte die Bitterkeit und den Hass, die gefährlich dicht unter der Oberfläche lauerten. Doch da war noch etwas anderes. Sie hatte ihn mehr als einmal mit einem seltsamen Ausdruck auf dem Gesicht ertappt – als wäre er viele hundert Meilen weit entfernt – beinahe, als sehne er sich nach etwas ... oder jemandem.

Oh, Niall! Was hast du getan? »Du sagtest, Seamus und die anderen Wachmänner sind ebenfalls fort?«

Mor nickte. »*Aye*, und der Laird wird ihre Abwesenheit sicher bemerken.«

Sie hatte recht. Jamie würde nach ihnen suchen. Urplötzlich wurde Caitrina noch etwas anderes klar. »Aber was ist mit Brian? Wer wird sich um Brian kümmern?«

»Niall sagte, sie würden in ein oder zwei Tagen wieder zurück sein. Bis dahin ist Brian in der Höhle sicher. Ein Mädchen aus dem Dorf kümmert sich um ihn.« Mor ahnte ihre nächste Frage bereits. »Man kann ihr vertrauen.«

Caitrina versuchte, einen klaren Gedanken zu fassen. Gütiger Gott, wohin konnten sie gegangen sein? Wer war dieser Mann, und was hatte er gesagt, das Niall dazu veranlassen konnte, Brian allein zu lassen – wenn auch nur für kurze Zeit?

Doch da war noch etwas anderes, das sie mit noch größerer Sorge erfüllte: Was würde Jamie tun, wenn er herausfand, dass Seamus und die anderen Wachmänner sich davongestohlen hatten?

Das Tageslicht war beinahe verschwunden. Nebel senkte sich wie eine schwere Decke herab und hüllte alles in dichten, eisigen Dunst. Jamie stand draußen im Burghof, mit einem grimmigen Ausdruck auf dem Gesicht, der zu dem trostlosen Tag passte. Seamus und die anderen Wachmänner des Lamont waren seit dem Morgen verschwunden, und die Männer, die er nach ihnen ausgesandt hatte, waren gerade zurückgekehrt – allein.

»Es tut mir leid, Mylaird«, sagte Will. »Wir haben keine Spur von ihnen gefunden.«

Jamie stieß einen Fluch aus. »Warum wurden sie nicht beschattet?«

»Das wurden sie. Mein Mann sah nichts Ungewöhnliches. Er hat sie heute Morgen beim Holzhacken im Wald zurückgelassen.«

»Und ihr Fehlen wurde erst beim Mittagsmahl bemerkt?«

»Sie kommen normalerweise nicht vorher zurück. Es tut mir leid, Mylaird, wir hätten sie schärfer im Auge behalten sollen. Aber der alte Mann hatte aufgehört zu murren. Er war der Lady eindeutig treu ergeben und schien die veränderten Umstände akzeptiert zu haben.«

Jamie schüttelte den Kopf. »Es ist nicht eure Schuld.« Wenn jemand die Schuld daran trug, dann war er es. Er hatte vermutet, dass Seamus' Fügsamkeit zu schön war, um wahr zu sein. »Ich nahm den Mann beim Wort.« Und vertraute darauf wie Will, dass er Caitrina gegenüber loyal war.

»Wohin könnten sie gegangen sein?«, fragte Will.

Er konnte sich ein paar Orte denken, keiner davon war gut. »Mit den Aufständen nach dem Tod des MacGregor wäre meine erste Vermutung zu den Lomond Hills.« Aber was hätte die Wachmänner des Lamont dazu bewegen können, ihr Leben aufs Spiel zu setzen? Würden sie für die MacGregors wirklich so viel riskieren? Möglicherweise, doch es konnte auch noch eine andere Erklärung geben. Er erstarrte. Sie würden viel für einen Lamont riskieren.

Will runzelte die Stirn. »Aber warum jetzt?«

Jamie biss die Zähne zusammen. »Ich weiß es nicht. Aber

ich habe vor, es herauszufinden.« Hart und entschlossen drehte er sich auf dem Absatz um und stürmte in den Wohnturm zurück.

Er betete, dass sein Verdacht sich als falsch herausstellte. Jamie wollte nicht glauben, dass Caitrina irgendetwas damit zu tun hatte, aber sie verbarg etwas vor ihm, da war er sich sicher. Er kämpfte seinen Zorn nieder, denn er wollte kein vorschnelles Urteil fällen.

Da noch einige Zeit bis zum Abendmahl war, begann er seine Suche nach ihr in ihrer Kammer. Sie war heute früher als gewöhnlich mit ihrer Amme von Ascog zurückgekommen. Er erinnerte sich daran, dass die alte Frau über irgendetwas besorgt zu sein schien, aber da Caitrina guter Dinge war, hatte er nicht weiter darüber nachgedacht. Bis jetzt.

Dass er so lange überlebt hatte, lag zum Teil auch daran, dass er nicht an Zufälle glaubte.

Ohne anzuklopfen, öffnete er die Tür und erstarrte, als er sah, dass seine Frau gerade ihr Bad beendet hatte.

Bei dem Geräusch zuckte sie erschrocken zusammen. Sie riss den Kopf herum, und er konnte schwören, dass er etwas in ihren unergründlichen blauen Augen aufflackern sah – beinahe, als ahne sie den Grund für seinen Besuch. *Ahnte* sie den Grund für seinen Besuch?

Die Luft war feucht und schwül und duftete schwer nach Lavendel. Sie saß in einen Umhang gehüllt auf einem Hocker vor dem Feuer, und eine Dienerin kämmte die langen, feuchten Flechten ihres üppigen ebenholzschwarzen Haars – dicht und seidig weich wie Zobel. Die alte Frau stand schützend neben ihr, standhaft wie ein Wachmann.

Seine Instinkte schlugen Alarm.

Schroff winkte er die beiden Dienerinnen aus dem Zimmer. »Lasst uns allein. Ich wünsche, mit eurer Herrin zu sprechen.«

Mor tat einen Schritt auf ihn zu, so dass sie Caitrina vor

seinem Blick abschirmte. »Wie Ihr sehen könnt, sind wir noch nicht ganz fertig …«

»Sofort«, befahl er mit einer Stimme, die keinen Widerspruch duldete, und starrte der alten Frau fest in die Augen.

Mor blieb standhaft, aber die junge Dienerin ließ den Hornkamm fallen, dass er unnatürlich laut klappernd zu Boden fiel.

Caitrina stand auf und stellte sich vor Mor, wodurch sich ihre vollen, sinnlichen Kurven in üppiger Vollkommenheit unter dem dünnen, feuchten Seidenstoff ihres Ankleidemantels zeigten. Hitze breitete sich in ihm aus. Die Macht, die ihre lieblichen, weiblichen Reize auf ihn ausübten, war gewaltig und ließ sich nicht leugnen.

Er ließ den Blick über sie schweifen und verweilte auf ihren Brüsten, dort, wo sich der Mantel schloss und das tiefe Dekolleté zwischen den sanften, weichen Rundungen enthüllte. Ihre Brustwarzen waren hart und fest und zeichneten sich deutlich durch die dünne Seide ab.

Seine Männlichkeit regte sich, schwer von einer Lust, die nun noch mächtiger war, da er ihre Leidenschaft gekostet hatte. Eine Leidenschaft, die offen und ehrlich war – oder zumindest wirkte sie so. Er wollte glauben, dass das zwischen ihnen nicht nur Lust war, sondern etwas Tieferes. Dass er nicht alleine diese mächtigen Gefühle verspürte.

Von dem Augenblick an, als er sie das erste Mal gesehen hatte, wusste er, dass sie etwas Besonderes war und dass er sie begehrte. Er wünschte sich, dass es immer noch so einfach wäre. Doch sie hatte sich verändert, ebenso wie die Komplexität seines Verlangens. Zu einem früheren Zeitpunkt hätte ihr Körper ihm vielleicht genügt, doch jetzt nicht mehr.

Er hatte alles dafür getan, um ihr Vertrauen zu gewinnen, um ihr zu zeigen, dass er mehr war als nur ein Name. Aber vielleicht war er ein Narr, wenn er glaubte, dass eine Lamont jemals einem Campbell vertrauen könnte.

Doch sie war seine Frau, verdammt!

Das Lächeln, mit dem sie ihn willkommen hieß, reichte nicht bis zu ihren Augen. Enttäuschung bildete einen harten Kloß in seiner Brust.

»Dir ist kalt«, sagte Caitrina und kam auf ihn zu. »Komm und setz dich ans Feuer.« Sie sah zu Mor und dem verängstigten Dienstmädchen hinüber, das den Blick anscheinend nicht vom Fußboden lösen konnte. »Ich komme schon alleine zurecht«, versicherte sie ihnen ruhig.

Das Mädchen huschte hinaus, so schnell sie konnte, doch Mor bedachte sie mit einem langen Blick, als wolle sie widersprechen. Auf Caitrinas bittenden Blick hin jedoch gab sie einen missbilligenden Laut von sich und ließ sie allein, indem sie die Tür mit einem unverschämten Knall hinter sich zuschlug.

»Diese alte Frau muss lernen, wo ihr Platz ist«, grollte Jamie. Seit er ein junger Bursche gewesen war, hatte sich ihm niemand so oft entgegengestellt.

»Ihr Platz ist an meiner Seite«, sagte sie. »Du musst verstehen … Als meine Mutter starb, war Mor für mich da. Sie meint es nicht böse, es ist nur so, dass sie glaubt, sie müsse mich beschützen.«

»Vor wem?«

Sie hielt seinem Blick unbeirrt stand. »Vor dir.«

Jamie presste den Mund zu einer harten Linie zusammen. Das Gefühl unerwiderter Liebe brannte schmerzhaft in seiner Brust. »Ich würde dir niemals weh tun.«

»Ich weiß, aber wenn du wütend bist …«

»Habe ich denn Grund, wütend zu sein?«

»Sag du es mir. Du bist derjenige, der hier hereingestürmt kam und alle hinauskommandiert hat.«

»Darf ein Mann denn nicht ein wenig Zeit allein mit seiner Frau verbringen?«

Sie zog eine geschwungene, schwarze Braue hoch. »Aber

es ist etwas anderes, nicht wahr?« Sie kam auf ihn zu, und das verführerische Wiegen ihrer Hüften wirkte umso verlockender, da es unbewusst war. Sie legte ihm die Hände um den Nacken und strich über die angespannten Muskeln, die sich an seinen Schultern wölbten.

Sie war so verdammt warm und weich. Ihr zarter, weiblicher, mit Lavendel vermischter Duft hüllte ihn in seine sinnliche, umstrickende Umarmung. Er sehnte sich danach, sie an sich zu ziehen, ihren Mund in Besitz zu nehmen und jeden Gedanken an irgendetwas anderes als sie beide zu vertreiben. Sie beide. Allein. Wo nichts zwischen sie kommen konnte.

Er konnte nicht klar denken, wenn sie ihm so nahe war, deshalb trat er einen Schritt zurück. Sie ließ die Hände sinken, und der verletzte Ausdruck auf ihrem Gesicht brachte ihn beinahe dazu, es sich anders zu überlegen. Beinahe.

»Die Wachmänner deines Vaters sind verschwunden«, sagte er.

Etwas flackerte in ihren Augen auf. »Verschwunden? Was meinst du damit, verschwunden?« Sie klang überrascht. Aber war ihre Stimme nicht einen Hauch zu schrill?

»Ich meine damit, dass sie nicht aus dem Wald zurückgekehrt sind, wo sie Bäume fällen sollten.«

Caitrina knetete nervös die glatte Seide ihres Gewands. »Es ist kalt, und die Sicht ist schlecht. Vielleicht haben sie nur vor dem Wetter Schutz gesucht.«

Jamie schüttelte den Kopf. »Sie sind fort. Meine Männer haben die Gegend gründlich durchsucht.«

Die Ader an ihrem Hals pulsierte ein wenig schneller. »Und was habt ihr gefunden?«

Sie sagte es mit einer Gelassenheit, von der er wusste, dass sie gespielt war. Caitrina war so nervös, dass er es beinahe schmecken konnte. »Sie haben ihre Spuren gut verwischt, aber meine Männer glauben, dass sie den Kyle überquert und aufs Festland übergesetzt haben. Sie haben mir als ihrem Laird Treue geschworen und ihren Schwur gebrochen. Ich will wissen, warum.«

»Wenn sie das, was du sagst, wirklich getan haben, was ich nicht hoffe, dann habe ich keine Ahnung.«

Aufmerksam musterte er ihr Gesicht. Sie sah aus wie ein Engel mit ihrer sahnigen Haut, den großen, blauen Augen und roten Lippen. Ihre unschuldige Schönheit schien ihn zu verhöhnen. Er packte sie am Arm, und seine Finger gruben sich in ihre Haut. »Du weißt es nicht?«

»Natürlich nicht.« Sie versuchte, den Arm loszureißen, aber er hielt sie fest. »Seamus und die anderen haben sich mir nicht anvertraut.«

Ihre Stimme klang so fest, dass er einfach glauben musste, dass es stimmte. Erleichtert ließ er ihren Arm los. »Ich bin froh darüber. Ich würde nur ungern glauben, dass du etwas vor mir verheimlichst.« Mit hartem Blick starrte er sie an. »Verheimlichst du mir etwas, Caitrina?«

Ihr Blick veränderte sich kaum wahrnehmbar. *Verdammt!* Da war er wieder, dieser Ausdruck des Unbehagens. »Was sollte ich denn vor dir verheimlichen?«

Das war keine Antwort.

»Warum fragst du mich?«, verlangte sie zu wissen. »Ich habe dir doch schon gesagt, dass ich nichts von Seamus' Plänen wusste. Was glaubst du denn, dass ich wissen könnte?«

Jamie wusste, was er tun musste. Er hasste die Vorstellung, dass er ihr noch mehr Schmerz zufügen musste, aber sie hatte ein Recht darauf, es zu wissen. Wenn sie es nicht von ihm erfuhr, dann würde sie es vielleicht von jemand anderem hören. Er nahm sie bei der Hand und führte sie zu einem Stuhl. »Setz dich.«

Sie schien seine Ernsthaftigkeit zu spüren und tat wie geheißen. Jamie trat vor sie, so dass er mit dem Rücken zum

Feuer stand. Er hasste sich dafür, dass er es für notwendig hielt, ihr Gesicht zu beobachten. »Ich muss dir etwas sagen. Etwas, dass dir vielleicht Schmerz bereiten wird, aber ich denke, du solltest es wissen.«

Er konnte sehen, wie sie sich verspannte. Ihre Augen weiteten sich ein wenig, und sie schluckte. »Was ist los?«

Jamie war es gewohnt, direkt zu sein, deshalb fiel es ihm schwer, seine Worte schonend zu formulieren. Vermutlich war es besser, wenn er es gar nicht erst versuchte. Er räusperte sich. »Es gibt Gerüchte.« Sie hob den Blick und sah ihn an. Ihre tiefschwarzen, dichten Wimpern hoben sich fedrig weich wie Rabenflügel von ihrer blassen Haut ab. »Gerüchte, dass einer oder mehrere deiner Brüder vielleicht noch am Leben sind.«

Sie erstarrte, und ihr Gesicht war völlig emotionslos. Es war der Ausdruck von jemandem, der gerade einen Schock erlitten hatte – oder etwa nicht? Oder war es der Ausdruck von jemandem, der Angst hatte?

Sie krallte die Finger in die geschnitzten Armlehnen des Stuhls, bis die Knöchel weiß hervortraten, und er schwor, dass er sehen konnte, wie sich ihr die winzigen Härchen im Nacken sträubten. Alles an ihr wirkte entsetzlich zerbrechlich – als wäre sie aus Glas, das jeden Augenblick zerspringen konnte.

Sie starrte ihn an und wartete auf Antworten. »Glaubst du ihnen? Ist an diesen Gerüchten etwas Wahres dran?«

»Ich weiß es nicht.«

»Sag mir genau, was du gehört hast.«

Sie war zu ruhig. Zu vernünftig. Er hatte erwartet, dass sie zur Tür hinaus und die Treppe hinunter in den Burghof stürmen und ein Pferd verlangen würde. Er hatte Tränen erwartet. Heftige Emotionen. Er wusste, wie sehr sie ihre Familie geliebt hatte. Wie ihr Tod sie am Boden zerstört hatte.

Sie wusste es.

Er wiederholte, was er von seinem Cousin erfahren hatte, und erzählte ihr von seiner Reise nach Lomond, um nach ihnen zu suchen, und dass er nichts gefunden hatte.

Anstatt ihm weitere Fragen zu stellen, starrte sie ihn nur an, mit vorwurfsvoll schmalen Augen. »Du weißt das seit über einer Woche und hast bis eben nicht daran gedacht, es mir gegenüber zu erwähnen?«

»Ich wollte deine Hoffnungen nicht schüren, solange ich nicht mehr wusste.«

»Du hältst mich für ein Kind.«

»Nein, für jemanden, den ich vor weiterem Leid beschützen möchte. Kannst du mir denn vorwerfen, dass ich nicht möchte, dass du noch mehr Schmerz erleidest? Du fängst doch gerade erst an, dich davon zu erholen.«

»Nicht erholen«, sagte sie versteinert. »Mich damit abzufinden.«

»Ich weiß, es war schwer für dich, aber du kannst nicht bestreiten, dass du in den letzten Wochen glücklicher warst.«

»Nein«, sagte sie und wandte sich ab. »Das bestreite ich nicht.«

»Dann kannst du ja vielleicht mein Zögern verstehen.«

Doch es war offensichtlich, dass sie das nicht tat. »Und du hast nur deshalb beschlossen, mir etwas davon zu sagen, weil Seamus verschwunden ist.«

Er nickte.

»Ich verstehe.« Sie stand auf, ging zum Kamin und starrte steif in die glimmende Glut des brennenden Torffeuers.

War sie nur wütend, oder versuchte sie, seinem Blick auszuweichen?

Er hasste das Gefühl des Misstrauens, das ihn durchströmte, aber jede Faser seines Körpers schrie, dass sie mehr wusste, als sie ihm sagte.

Sie verkrampfte sich, als er näher trat. Sanft umfasste er ihr Kinn und zwang sie, ihm in die Augen zu sehen. Die zarte Haut war wie weicher Samt unter seinen Fingerspitzen. »Wusstest du es, Caitrina?«, fragte er leise. »Hast du von einem deiner Brüder Nachricht erhalten?«

Der Pulsschlag der Ader an ihrem Hals flatterte wie die Flügel eines gefangenen Vogels. Mit einem einzigen weichen Druck seines Daumen könnte er ihn zum Stillstand bringen. Sein Griff verhärtete sich.

Der Atem stockte ihr in der Kehle. Sie zögerte. Ihr Kinn zitterte unter seinen Fingerspitzen. »Nein«, sagte sie schließlich. »Ich wusste nichts von diesen Gerüchten.«

Ihr Leugnen fühlte sich an wie ein eiskalter Schlag ins Gesicht. Die blauen Teiche ihrer Augen waren aufgewühlt wie die stürmische See, voll wirbelnder Gefühle und Emotionen. Wenn sie ihn anlog, und alle seine Instinkte sagten ihm, dass sie es tat, dann nicht ohne Schuldgefühle – ein geringer Trost für diesen Verrat. Er hatte geglaubt, dass sie ihn liebte. *Narr*.

Ihre Augen baten ihn flehend um Verständnis, selbst während ihr die Lüge über die Lippen kam. Diese vollen, roten Lippen mit ihrem sinnlichen Schwung, die ihm so viel Vergnügen bereitet hatten. Ihr Haar begann, in der Wärme des Zimmers zu trocknen, und kleine weiche Löckchen ringelten sich an den Schläfen und streiften die rosig gerundeten Wangen.

Gott, sie war wunderschön. Und er wünschte sich mit herzzerreißender Heftigkeit, dass sie sein wäre. Doch zum ersten Mal kam er nicht einmal in Versuchung, sie in die Arme zu nehmen und sie zu trösten. Sie hatte sich entschieden, ihre Loyalität ihrer Familie zu schenken und nicht ihm. Vielleicht hätte er das erwarten sollen. Aber was er nicht erwartet hatte, war der hohle, brennende Schmerz in seiner Brust. Wenn es nicht so weh täte, könnte er ihre geteilte Loyalität vielleicht sogar verstehen. Doch das tat es. Er konnte das nicht länger.

Langsam ließ er die Hand sinken. Vielleicht hatte er auf etwas gehofft, das unmöglich war.

Mit zusammengebissenen Zähnen stählte er sich gegen die Wahrheit und wandte sich zum Gehen.

»Warte! Wohin gehst du?«

Mit einem langen, abschätzenden Blick sah er sie an. »Deine Clansmänner suchen.«

»Was wird mit ihnen geschehen?«

Er hörte die Angst in ihrer Stimme, doch er hatte keine Lust, ihr Versprechen zu geben, von denen er nicht sicher war, ob er sie halten konnte. »Ich weiß es nicht.« Die Zukunft ihres Bruders war ebenso unsicher wie ihrer beider Zukunft.

Jamie war bereits zwei Tage fort, und immer noch hatte sie keine Nachricht von Niall. Caitrina hatte kaum geschlafen, seit er aufgebrochen war. Immer wieder spielte sie in ihrem Kopf die Szene in ihrem Schlafzimmer durch und wusste, dass sie einen Fehler begangen hatte. Sie hatte sich ihm so verzweifelt anvertrauen wollen, doch das Versprechen ihrem Bruder gegenüber hatte ihre Instinkte erstickt.

Sie hätte auf ihr Herz vertrauen sollen.

Die Wahrheit stand schon seit einiger Zeit vor ihr, doch sie hatte zu viel Angst gehabt, sie zu sehen: Sie liebte ihn. Liebte seine Stärke, seine ruhige Autorität, seine Ehre, das gelegentliche flüchtige Aufblitzen des sorglosen Lächelns, das er nur ihr zeigte, die zärtliche Art, wie er sie in den Armen hielt und sie liebte … und diese nicht ganz so zärtlichen Augenblicke, wenn er wild vor Leidenschaft für sie war. Sie liebte die Art, wie er sie dazu herausforderte, mehr als nur die Oberfläche zu sehen. Die Art, wie er sie so akzeptierte, wie sie war.

Sie hatte geglaubt, dass ihr Herz fort sei, begraben im Sand mit einem Fetzen Plaid. Doch es hatte sich nur hinter einem

Schleier der Angst versteckt. Angst davor, dass lieben verlieren bedeutete. Es schien ihr, als habe sie sich ihr ganzes Leben lang versteckt. Zuerst davor, was um sie herum vorging, und dann vor ihrem eigenen Herzen. Doch von Anfang an hatte er nie davor zurückgeschreckt, ihr die Wahrheit zu sagen – egal, wie bitter oder unangenehm sie war. Seine Unerschütterlichkeit, sein Verständnis, die unauslöschliche Stärke gaben ihr den Mut, die Augen zu öffnen, und halfen ihr, die Wunden der Vergangenheit heilen zu lassen.

Sie wünschte nur, sie hätte es früher erkannt. Sie musste ihm sagen, was sie fühlte. Musste ihm sagen, wie sehr sie ihn liebte, bevor er die Wahrheit herausfand. Hatte er ihr geglaubt, dass sie nicht wusste, wo Niall war, oder wusste er, dass sie log?

Früh am Morgen des dritten Tages hörte sie das Geräusch, auf das sie gewartet hatte. Ein Ruf erschallte. Reiter näherten sich.

Sie sah aus dem Fenster, doch in dem dichten, grauen Nebel konnte sie nichts erkennen. Das Wetter hatte sich verschlechtert, um zu ihrer Ahnung drohenden Unheils zu passen.

Mit wild pochendem Herzen und zittrigen Händen versuchte sie, ihr *arisaidh* um sich zu schlingen, doch dann gab sie auf, warf es sich einfach um die Schultern und rannte die Treppe in den Saal hinunter.

Die Männer betraten gerade den Saal, als sie hereinkam.

Angeführt wurden sie von einem großen, breitschultrigen Mann in voller Kampfrüstung. Er ging auf sie zu, doch sie wusste, wer er war und eilte zu ihm. »Jamie, es tut mir so …«

Die Entschuldigung blieb ihr in der Kehle stecken, als er den stählernen Helm vom Kopf zog.

Alles Blut wich ihr aus dem Gesicht. Es war nicht Jamie.

Es war sein Bruder.

20

Colin Campbell of Auchinbreck, der Mann, der für den Angriff auf Ascog und den Tod ihres Vaters und ihres Bruders verantwortlich war, stand so dreist, wie man nur sein konnte, keine fünf Fuß von ihr entfernt im Saal.

Abscheu brannte ihr in der Kehle, doch schnell wurde er von flammendem Hass erstickt. Sie erinnerte sich so deutlich an das letzte Mal, als sie ihn gesehen hatte: in ihrem Zimmer während des Angriffs, wie er Brian verletzt und sie seinen Männern überlassen hatte, um sie zu vergewaltigen. Er trug immer noch den kalten, rücksichtslosen Ausdruck zur Schau wie an jenem schrecklichen Tag.

Bei seinem Anblick vermischten sich widerstreitende Gefühle in ihrer Brust: reiner Hass gemischt mit dem Wissen, dass er der Bruder des Mannes war, den sie liebte. Nun, da sie wusste, wer er war, fiel ihr die Ähnlichkeit mit Jamie nur noch deutlicher auf – besonders um Mund und Augen. Sein Haar war dunkler, und obwohl er nicht ganz so groß wie Jamie war, besaß er eine ähnliche Statur und dieselbe Aura königlicher Autorität. Doch was bei Jamie Selbstvertrauen war, wirkte bei seinem Bruder wie Arroganz.

Unbewusst ballte sie die Hände an den Seiten zu Fäusten und krampfte sie in den Wollstoff ihrer Röcke anstatt um den Dolch, nach dem ihre Finger sich sehnten. Noch nie hatte sie so sehr den Drang verspürt, jemanden zu töten. Colin Campbell hatte Glück, dass sie keine Waffe trug.

Obwohl er allem Anschein nach aussah, als wäre er erst kürzlich in einen Kampf verwickelt gewesen. Sein Gesicht und die Hände waren mit Dreck und Blut verschmiert. An seiner Stirn hatte er eine verkrustete Schnittwunde und eine größere am rechten Handgelenk. Doch es waren seine Augen, wild vor Zorn, die ihr einen eiskalten Angstschauer über den Rücken jagten.

Die Vorsicht drängte sie, einen Schritt zurückzuweichen, aber sie zwang sich, sich nicht von ihm einschüchtern zu lassen. Das Wissen, dass sie die Ehefrau seines Bruders war und dass Jamie ihn töten würde, wenn er ihr etwas antat, verlieh ihr Mut.

Er suchte den Saal mit Blicken ab, dann fragte er ohne lange Vorrede: »Wo ist mein Bruder?«

Die flache Stimme hallte in ihrem Bewusstsein wider und setzte einen Schauer schrecklicher Erinnerungen frei, doch sie zwang sich, seinem Blick standzuhalten. Mit Genugtuung dachte sie an den Schlag, den sie ihm ins Gesicht versetzt hatte, und konnte sehen, dass er es ebenfalls nicht vergessen hatte.

»Wie Ihr sehen könnt, ist er nicht hier.«

Bei ihrem unverschämten Tonfall wurden seine Augen schmal. »Wann kommt er zurück?«

»Ich weiß es nicht.«

»Wohin ist er gegangen?«

Caitrina fühlte etwas von ihrem alten Temperament in sich aufsteigen. Wie konnte er es wagen, derartig in ihr Heim zu platzen und sie zu verhören, als wäre sie einer seiner Lakaien? Wütend brauste sie auf. »Mein Ehemann hat mir die Einzelheiten seiner Reisepläne nicht anvertraut.«

Mit kaltem Blick musterte er sie. »Hütet Eure Zunge, Mädchen. Im Gegensatz zu meinem Bruder toleriere ich Respektlosigkeit von Frauen nicht. Nicht einmal, wenn sie zur Familie gehören.«

»Ihr seid nicht meine Familie«, zischte sie, obwohl ihr bewusst wurde, dass es die schreckliche Wahrheit war. Sein Lächeln machte sie nur noch wütender, und jedes Taktgefühl verließ sie. »Ich bin Herrin dieser Burg, und ich wäre Euch dankbar, wenn Ihr das nicht vergesst. Schätzt Euch glücklich, dass ich Euch nicht hinauswerfen lasse, nach allem, was Ihr getan habt.«

Wenn er irgendwelche Schuldgefühle hatte, dann ließ er es sich nicht anmerken, doch er mäßigte seinen Ton. »Euer Vater beherbergte Gesetzlose. Er wusste um die Konsequenzen seines Handelns.« Dann verstummte er und musterte sie mit nachdenklichem Blick. »Aber mir war nicht bewusst, was Ihr meinem Bruder bedeutet.«

Dieses Zugeständnis überraschte sie. »Hätte das denn einen Unterschied gemacht?«

Gleichgültig zuckte er die Schultern. »Ich weiß es nicht. Was geschehen ist, ist geschehen. Ich kann die Vergangenheit nicht ungeschehen machen.«

Und so sehr sie es sich auch wünschte, sie konnte es ebenfalls nicht. Wenn sie und Jamie eine gemeinsame Zukunft haben wollten, dann musste sie irgendwie einen Weg finden, mit diesem Mann leben zu können. Obwohl sie hoffte, dass sie seine Gesellschaft nicht lange würde ertragen müssen. »Warum seid Ihr hier? Was wollt Ihr?«

Zuerst dachte sie nicht, dass er die Absicht hatte, ihr zu antworten, doch nach wenigen Augenblicken erklärte er: »Meine Männer und ich wurden letzte Nacht angegriffen, als wir nach Dunoon ritten. Wenn nicht einige der Männer meines Cousins zufällig hinzugekommen wären, hätte man uns überwältigt.«

Caitrina konnte das Gefühl der Enttäuschung nicht unterdrücken, das sie erfüllte. Sie würde Colin Campbells Tod nicht bedauern. Doch schnell verwandelte sich die Enttäuschung in Sorge, als ihr klar wurde, welche Bedeutung der Zeitpunkt des Angriffs hatte. »Was hat das mit Jamie zu tun?«

»Ich habe Grund zu der Vermutung, dass er vielleicht weiß, wer die Männer waren, die mich angriffen.«

Das Blut gefror ihr in den Adern zu Eis, doch sie ließ sich nicht anmerken, welche Wirkung seine Worte auf sie hatten. »Warum denkt Ihr das?«

»Weil wir einigen der Gesetzlosen nach Bute gefolgt sind.«

Es schien, dass sich ihre Ängste bestätigten: Niall musste dafür verantwortlich sein. Sie wagte es nicht, die Frage zu stellen, deren Antwort sie am dringendsten wissen musste: wie viele Tote es unter den Angreifern gegeben hatte.

»Und warum sollte mein Ehemann darüber Bescheid wissen?«

»Bute ist sein verdammter Verantwortungsbereich. Er wurde damit beauftragt, die Insel von Gesetzlosen zu säubern, und wenn er damit überfordert ist, dann werde ich das verdammt noch mal für ihn übernehmen!«

Gütiger Gott, nein!

»Ich bin sicher, Ihr irrt Euch«, sagte sie ruhig, wobei sie versuchte, ihre aufsteigende Panik niederzukämpfen. »Es gibt keine Gesetzlosen auf Bute.«

»Ach wirklich?«

Seine Stimme verursachte ihr vor Beunruhigung eine Gänsehaut. »Natürlich; das ist die Wahrheit.«

»Das ist eigenartig, da ich doch schwören konnte, dass ich in einem der Männer Euren Bruder wiedererkannte. Euren Bruder, der angeblich tot sein sollte.«

Sie erstarrte und bemühte sich krampfhaft, ihre Reaktion unter Kontrolle zu halten, obwohl jede Faser ihres Körpers vor Panik erzittern wollte. »Meine Brüder sind tot«, sagte sie ausdruckslos. »Ihr solltet das wissen, schließlich seid Ihr derjenige, der sie getötet hat.«

Er presste die Lippen zu einer harten, schmalen Linie zusammen, und seine Augen glühten erwartungsvoll. »Ich fürchte, nicht gründlich genug, *Schwester*. Aber das ist ein Fehler, den ich bald zu korrigieren gedenke.«

Zu aufgewühlt, um noch länger die Fassung zu bewahren, ließ Caitrina Colin im Saal stehen und zog sich auf ihr Zimmer zurück, um auf Jamies Rückkehr zu warten. Sie vermutete, dass Colin seine Männer darauf vorbereitete, die Hügel und Höhlen abzusuchen, und sie betete, dass Jamie rechtzeitig vorher zurückkam. Wenn Colin sie vor ihm fand, dann hätten ihre Brüder und die Männer ihres Vaters keine Chance.

Was für eine verfahrene Sache. Sie hätte Jamie vertrauen sollen. Dann hätte das hier vielleicht verhindert werden können. Ob gerechtfertigt oder nicht, Niall hatte versucht, einen der mächtigsten Männer in den Highlands zu ermorden. Nach dem, was Colin ihrer Familie angetan hatte, konnte sie ihrem Bruder keinen Vorwurf machen, aber sie fragte sich, ob noch etwas anderes diesen plötzlichen Angriff provoziert hatte. Etwas, das mit dem fremden Mann zusammenhing, den Mor erwähnt hatte. Doch nichts davon war wirklich von Bedeutung – Niall würde sterben, wenn Auchinbreck ihn fand, ganz gleich, was der Grund für den Angriff gewesen war.

Zur Mittagsstunde wurden ihre Gebete erhört. Als der Ruf ertönte, eilte sie gerade im richtigen Augenblick zum Fenster ihrer Kammer, um Jamie durch das Tor in den *barmkin* reiten zu sehen. Da sie eine weitere Begegnung mit Colin vermeiden wollte, wartete sie – ungeduldig – darauf, dass er zu ihr kam.

Die Minuten zogen sich quälend langsam dahin. Schließlich, etwa eine halbe Stunde später, hörte sie die schweren Schritte die Treppe heraufkommen und den Gang durchqueren. Einen Augenblick später öffnete sich die Tür.

Obwohl das Feuer im Kamin niedergebrannt war, heizte seine Gegenwart den Raum auf. Sie konnte regelrecht fühlen, wie Wut von ihm ausstrahlte. Nervös flog ihr Blick zu seinem Gesicht.

Er hatte den Mund zu einer harten Linie zusammengepresst, und in seinen Zügen zeigten sich die Spuren der Reise. Sie fragte sich, ob er überhaupt mehr als nur ein paar Stunden geschlafen hatte, seit er aufgebrochen war. Seine Lippen waren rau und rissig von der Kälte, und tiefe Linien hatten sich um die Augen eingegraben, als hätte er lange angestrengt durch den eisigen Regen geblinzelt. Er war bis auf die Haut durchnässt und sah aus, als habe er sich tagelang durch schlechtes Wetter gequält – was er vermutlich auch getan hatte.

Sie wollte zu ihm eilen, doch der abweisende Ausdruck auf seinem Gesicht hielt sie zurück. »Jamie, ich …«

»Du weißt, was geschehen ist.« Seine Stimme war hart und ausdruckslos.

Gott, noch nie hatte er sie so kalt angesehen. In dem Moment wurde ihr klar, dass er wusste, dass sie ihn angelogen hatte. Angst durchzuckte sie. Er würde es doch sicher verstehen, oder nicht? Sie hatte sich in einer unmöglichen Situation befunden, hin- und hergerissen zwischen zwei Loyalitäten.

Und du hast dich nicht für ihn entschieden, rief ihr eine Stimme in ihrem Kopf in Erinnerung.

Sie hatte ihn immer für furchteinflößend gehalten, doch noch nie hatte er so unerreichbar gewirkt. Nie war er so distanziert gewesen. Sie hatte ihn verletzt. *Indem ich ihm nicht mein Vertrauen schenkte, habe ich ihn glauben lassen, dass ich nichts für ihn empfinde.* Wie konnte sie es ihm nur erklären?

Schweigend wartete er auf ihre Antwort. »Ja, dein Bruder hat mir gesagt, aus welchem Grund er hier ist.«

Die Erwähnung seines Bruders schien etwas in seinem Gewissen auszulösen. »Es tut mir leid, dass du allein hier warst, als Colin ankam. Ich bin sicher, es war schwer für dich.«

Sie reckte das Kinn und hielt seinem Blick stand. »Das war es.«

»Er erwähnte, dass du ihm gedroht hast, ihn hinauswerfen

zu lassen.« Ihre Wangen brannten, da sie nicht sicher war, wie Jamie darauf reagieren würde. Colin mochte zwar der Teufel in Person sein, aber er war auch Jamies Bruder. »Das habe ich«, gab sie zu.

»Das hätte ich gerne gesehen.«

Einen Augenblick lang glaubte sie, den Hauch eines Lächelns zu entdecken, doch dann wurde sein Blick wieder hart. »Du weißt, was das bedeutet, nicht wahr? Wenn deine Clansmänner für den Angriff auf meinen Bruder verantwortlich sein sollten, dann haben sie nicht nur den Waffenstillstand gebrochen, sondern man wird sie auch des Mordes anklagen. Mein Bruder will Blut sehen, und ihr Handeln hat uns alle in Gefahr gebracht.«

»Was meinst du damit?«

»Als wir heirateten, übernahm ich die Bürgschaft für die Lamonts. Ich bin für ihr Verhalten verantwortlich, und mein Bruder will, dass ich dafür bezahle. Colin war rasend vor Wut, dass Argyll mir Ascog übergab, denn er dachte, dass es rechtmäßig ihm zustünde.«

Alles Blut wich ihr aus dem Gesicht. Nialls unüberlegtes Handeln hatte Ascog in Gefahr gebracht. Ihr Traum, den Lamonts ihr Land wieder zurückzugeben, rann ihr durch die Finger. Und was würde aus Niall und Brian und den anderen werden? Ihr Blick schoss zu ihrem Ehemann. »Du musst etwas dagegen unternehmen!«

»Es ist ein bisschen spät, mich jetzt um Hilfe zu bitten, Caitrina.«

Ihr blieb fast das Herz stehen, als sie den Tadel in seiner Stimme hörte. *Spät.* Wollte er damit sagen, dass es zu spät für sie war? »Es tut mir leid«, sagte sie. »Du musst mir glauben, dass ich nie wollte, dass das passiert.«

Seine Augen durchbohrten sie anklagend. »Ist das, was mein Bruder sagt, wahr? War dein Bruder Niall bei den Männern?«

Hast du mich angelogen? Sie hörte die unausgesprochene Frage. Mit brennenden Augen hielt sie seinem Blick entschlossen stand und nickte.

Er stieß einen so üblen Fluch aus, dass sie zusammenzuckte – der uncharakteristische Verlust seiner Beherrschung bewies, wie maßlos wütend er war. »Seit wann?«, verlangte er zu wissen.

»Noch nicht lange. Ich fand erst heraus, dass sie noch lebten, als du nach Dunoon gerufen wurdest.«

»Sie?«

Sie lächelte leicht. Sogar diese Umstände konnten die Freude darüber, dass ihre Brüder noch lebten, nicht dämpfen. »Außer Niall hat auch Brian überlebt.«

Sie erzählte, wie sie entkommen waren und was sich nach der Schlacht ereignet hatte – wie sie nach Irland geflohen waren und erst wieder zurückkamen, als sie die Nachricht erreichte, dass der MacGregor sich ergeben hatte. Den Teil, dass sie zusammen mit den MacGregors gekämpft hatten, ließ sie aus, doch als sie ihm von Brians kürzlicher Verletzung erzählte, war ihm zweifellos klar, wie er sie sich zugezogen hatte.

Die ganze Zeit, während sie sprach, musterte er aufmerksam ihr Gesicht. »Ich freue mich für dich, Mädchen.« Sie hörte an seiner Stimme, dass es die Wahrheit war. »Ich weiß, wie viel sie dir bedeuten. Du musst überglücklich gewesen sein.«

Sie blinzelte die aufsteigenden Tränen fort. »Das war ich. Das bin ich noch. Ich kann es immer noch kaum glauben.«

»Wenn du mir die Wahrheit gesagt hättest, wäre ich vielleicht in der Lage gewesen, sie davor zu schützen, dass ihnen etwas zustößt.«

»Ich wollte es dir erzählen, aber ich musste Niall versprechen, nichts zu verraten.«

»Davon bin ich überzeugt, aber du hättest dich niemals

darauf einlassen sollen. Du musstest doch wissen, dass du dadurch gezwungen sein würdest, so etwas Wichtiges vor mir zu verheimlichen.«

»So einfach ist das nicht. Niall schwor, dass er fortgehen würde, wenn ich mich nicht darauf einlassen sollte – und Brian war so krank, dass ich fürchtete, es würde ihn umbringen. Er sagte, dass du sie in den Kerker werfen würdest.«

»Und hast du ihm geglaubt?« Seine Stimme war trügerisch ruhig.

»Nein.«

Mit kühlem, abschätzendem Blick sah er sie an, als zweifle er ihre Behauptung an.

»Wenigstens hoffte ich, dass du das nicht tun würdest«, gestand sie. »Aber ich weiß, wie du über Gesetzlose und deine Verpflichtung gegenüber dem Gesetz denkst.«

»Du bist meine Frau«, erinnerte er sie mit steinerner Stimme, die ihr verriet, dass ihr Mangel an Vertrauen ihn verletzt hatte.

»Das weiß ich. Aber da ist auch noch dein Cousin zu bedenken. Ich hatte Angst davor, was er tun würde, wenn er herausfinden sollte, dass sie noch lebten.«

»Wie sich herausstellt, war deine Angst unbegründet.«

»Was meinst du damit?«

»Argyll versprach, nachsichtig zu sein, wenn sich zeigen sollte, dass deine Brüder noch leben.«

»Aber warum sollte er so etwas versprechen?«

»Er hatte viel wiedergutzumachen.«

Mit einem Mal wurde ihr klar, was sich zugetragen haben musste. Jamie hatte als Entschädigung für das Unrecht, das Argyll ihm angetan hatte, verlangt, dass er ihre Brüder begnadigte. »Das hast du für mich getan?«

Er nickte.

»Das hast du mir nie gesagt.«

»Du hast mir nie die Gelegenheit dazu gegeben.«

Weil ich ihm nicht die Wahrheit gesagt habe.
»Wo sind sie, Caitrina?«
Sie zögerte eine Sekunde zu lange.
»Zum Teufel noch mal!«, explodierte er. »Du willst meine Hilfe, aber du vertraust mir immer noch nicht.«
»Ich vertraue dir, wirklich, das tue ich!« Sie konnte spüren, dass er sich von ihr zurückzog, und packte ihn am Arm. Sie musste einfach etwas unternehmen. Langsam hob sie den Kopf, sah ihm tief in die Augen, und irgendwie fand sie die Worte, die sie nicht hatte aussprechen können, die sie aber schon die ganze Zeit in ihrem Herzen trug. »Ich ...« Ihre Stimme wurde zu einem Flüstern. »Ich liebe dich.«
Etwas flackerte in seinen Augen auf, und die Muskeln unter ihren Fingerspitzen versteiften sich. »Wenn ich dir das nur glauben könnte.«
»Es ist die Wahrheit.«
»Warum jetzt, Caitrina? Ich weiß, wie viel dir deine Brüder bedeuten und dass du alles sagen würdest, um ihnen zu helfen. Aber es ist nicht nötig. Ich werde ihnen so oder so helfen.«
Caitrina konnte es nicht glauben. Endlich hatte sie den Mut gefunden, ihre Gefühle in Worte zu fassen, und er weigerte sich, sie zu hören. »Du glaubst mir nicht?«
»Lieben heißt vertrauen. Du kannst das eine nicht ohne das andere haben.«
»Du verstehst nicht. Ich hatte versprochen ...«
»Zum Teufel mit deinem Versprechen.« Er packte sie am Ellbogen und schüttelte sie wütend. »Sag mir, wo ich sie finden kann. Wenn du mir nicht sagst, was du weißt, dann werde ich ihnen nicht helfen können.«
»Aber was ist mit Colin?«
Sein grimmiger Gesichtsausdruck ließ keinen Zweifel an der Wahrheit. »Du solltest besser hoffen, dass ich sie vor ihm finde.«

Das Blut gefror ihr in den Adern. Er hatte recht. In spätestens einer Stunde würde es in den Hügeln vor Campbells nur so wimmeln. Wenn Colin ihre Brüder fand, würde er keine Gnade kennen. Natürlich bestand eine Chance, dass sie es schafften, unentdeckt zu bleiben, doch das war ein Risiko, das sie nicht eingehen wollte.

Sie rang mit sich, doch ihr war klar, dass sie keine andere Wahl hatte. Sie musste darauf vertrauen, dass Jamie ihnen helfen würde. Und dennoch behagte es ihr nicht, das Versprechen, das sie ihrem Bruder gegeben hatte, zu brechen. Niall würde rasend vor Wut sein. Aber was konnte sie denn sonst tun? Es war ihr lieber, sie waren wütend anstatt tot.

Jamie schien ihren inneren Kampf zu spüren. »Ich kann sie beschützen, Caitrina«, sagte er sanft.

Sie sah ihm tief in die Augen und las darin nichts als Aufrichtigkeit. »Versprich mir, dass du nicht zulassen wirst, dass Colin ihnen etwas antut.«

»Ich werde alles tun, was in meiner Macht steht, damit sie nicht zu Schaden kommen, aber das kann ich nur, wenn du mir sagst, wo sie sind.«

Es blieb keine Zeit mehr für Unentschlossenheit. Mit tränenüberströmten Wangen nickte sie. *Wenn ich mich täusche ...*

Nein. Sie vertraute Jamie mit ihrem Leben. Und nun vertraute sie ihm auch das Leben ihrer Brüder an. »Also gut. Ich bringe dich hin.«

»Nein«, sagte er energisch. »Das ist zu gefährlich.«

Diesen übertriebenen Beschützerinstinkt hatte sie erwartet, aber sie wollte davon nichts hören – nicht, wenn es um so etwas Wichtiges ging. »Es gibt keine andere Möglichkeit. Ich kann dir den Weg nicht beschreiben, und mein Bruder und seine Männer werden auf der Lauer liegen. Wenn sie dich kommen sehen, jagen sie dir mit Sicherheit einen Pfeil in die Brust. Ich werde vorgehen und es ihnen erklären.« *Gott al-*

lein weiß, was ich ihnen sagen soll. »Ich war schon viele Male dort, ohne dass es einen Zwischenfall gab.«

Sein Mund verhärtete sich bei dieser Erwähnung ihres Geheimnisses. »Aber nicht, wenn mein Bruder und seine Männer in den Hügeln herumschwärmen. Jemand anders muss doch auch wissen, wo sie sind. Was ist mit der alten Frau?«

Doch Caitrina ließ sich nicht abbringen; Mor wäre nicht in der Lage, ihren Clansmännern die Situation zu erklären. »Ich werde gehen. Ich muss diejenige sein, die es ihnen erklärt.« Er sah aus, als wolle er ihr widersprechen, doch sie hielt ihn davon ab. »Bitte, Jamie, ich muss es tun. Ich verspreche, mich vorzusehen, und du wirst ja bei mir sein.«

Er schüttelte den Kopf. »Ich will nicht, dass du in etwas hineingerätst.«

»Ich stecke doch schon mittendrin«, entgegnete sie sanft.

Schweigend musterte er einen Augenblick lang ihr Gesicht. »Bitte«, flehte sie noch einmal.

Sie konnte seinen Zügen ansehen, wie er mit sich kämpfte. Schließlich stieß er einen Fluch aus. »Also gut, aber du musst mir versprechen, dass du genau tust, was ich sage.«

»Du meinst, deine Befehle befolgen?«, bemerkte sie trocken, doch der Humor prallte an ihm ab. »Genau das meine ich«, schnauzte er. »Wenn ich auch nur in deine Richtung blinzle, dann wirst du auf mich hören. Wenn ich sage, spring, dann springst du.« Seine Stimme wurde noch eindringlicher. »Ich meine es ernst, Caitrina. Keine Widerrede. Keine Fragen. Verstanden?«

Da sie wusste, dass er ihr sonst nicht erlauben würde zu gehen, willigte sie ein – wenn auch widerwillig. »Was ist mit deinem Bruder?«, fragte sie.

»Er ist vor einer kleinen Weile losgeritten. Hoffen wir, in die falsche Richtung.«

»Dann sollten wir besser keine Zeit mehr vergeuden.« Zielstrebig eilte sie zum Wandschrank und zog einen schweren Wollumhang heraus, den sie sich über ihrem *arisaidh* über die Schultern warf, dann hastete sie zur Tür, die Jamie für sie aufhielt.

Sie standen so nahe beieinander, und doch hatte die Distanz zwischen ihnen sich nie größer angefühlt. Einen Augenblick lang schien die Zeit stillzustehen. Stumm trafen sich ihre Blicke, gefangen in einem inneren Kampf. Sie wollte sich auf die Zehenspitzen stellen und ihn küssen, sich in seine Arme werfen und einen Augenblick des Trostes spüren – wissen, dass alles gut werden würde. Dass sie das hier zusammen durchstehen würden.

Wenn sie doch nur sicher sein könnte!

Für Jamie gab es Recht und Unrecht, und indem sie ihn anlog, hatte sie ihn verraten – zumindest glaubte er das. Er konnte nicht verstehen, dass sie keine andere Wahl gehabt hatte. Ebenso wenig hatte er ihre Liebeserklärung geglaubt. Sobald ihre Brüder in Sicherheit waren, schwor sie sich, dass sie alles tun würde, was nötig war, um ihn davon zu überzeugen, dass sie es ehrlich gemeint hatte.

Schließlich wandte er den Blick ab und trat durch die Tür, damit sie ihm folgen konnte. Unbeschreiblich enttäuscht ging sie den Korridor entlang.

»Caitrina.«

Seine Stimme ließ sie mitten in der Bewegung innehalten. Sie drehte sich um und sah, dass er immer noch vor ihrer Kammer stand und sie beobachtete. »Ja?«

Sein harter und unnachgiebiger Blick durchbohrte sie. »Lüg mich nie wieder an.«

Obwohl es erst später Nachmittag war, senkte sich Dämmerlicht wie ein schwarzer Vorhang herab. Der Winter näherte sich mit schnellen Schritten, und die Tage waren beträchtlich kürzer geworden. Doch in dem dichten Wald drang das

Licht auch unter den besten Umständen nur spärlich durch die Bäume, und ein gespenstisches, beunruhigendes Gefühl trieb durch den geisterhaften Nebel. Viele Highlander mieden die Wälder und Hügel, da sie sie für das geheimnisvolle Reich des Feenvolks hielten.

Doch es war nicht das Feenvolk, worüber Jamie sich Sorgen machte, sondern seine Frau.

Caitrina hatte sie zu einer von Bäumen gesäumten Erhöhung geführt, die der Höhle gegenüberlag. Von hier hatten sie einen guten Ausblick auf den umgebenden Hang, waren aber dennoch weit genug entfernt, um von den Lamonts nicht entdeckt zu werden. Jamie spähte durch die Bäume und entdeckte die letzten zwei Wachen der Lamonts, die am Eingang der Höhle postiert waren. Sie hatten bereits einen Mann gefangen genommen, der als äußerer Wachposten gedient hatte, und Jamies Männer hatten die beiden anderen Wachen eingekreist, um sie zu überwältigen. Sie warteten nur noch auf sein Signal.

Er hatte versprochen, ihr ein paar Minuten allein mit ihren Brüdern zu geben, damit sie es ihnen erklären konnte, doch irgendwie hatte er ein komisches Gefühl. Er hätte ihr nie erlauben sollen mitzukommen, aber er hatte die Entschlossenheit auf ihrem Gesicht gesehen und verstanden, worin diese Entschlossenheit ihren Ursprung hatte. Teufel, er bewunderte sie dafür. Es würde nicht einfach für sie sein, sich dem Zorn ihrer Brüder zu stellen.

So wie es ebenfalls nicht einfach für sie gewesen war, sich dem seinen zu stellen. Er hatte sich wütend und enttäuscht gefühlt, doch am allermeisten verraten. Zwei Tage lang war er ohne Unterbrechung durch Cowal und Argyll geritten, auf der Suche nach irgendeiner Spur von ihren Clansmännern, in der Hoffnung, die Katastrophe zu verhindern. Die Nachricht von dem Angriff auf seinen Bruder hatte ihn in Dumbarton westlich von Loch Lomond erreicht, und da er ahnte, wer dafür verantwortlich war, war er wie der Teufel nach Rothesay zurückgeritten. Dass er Colin dort vorgefunden hatte, machte alles nur noch schlimmer. Sein Bruder würde Vergeltung fordern und wäre nicht erfreut darüber, wenn die Lamonts verschont wurden. Aber Jamie zweifelte nicht daran, dass sein Cousin Wort halten würde – was immer Colin auch verlangen mochte.

Und die ganze Zeit über, während er auf der Suche war, um genau diese Situation hier zu verhindern, hatte seine Frau ihn angelogen.

Es war nicht einfach nur die Tatsache, dass sie etwas vor ihm verheimlicht hatte, was ihn schmerzte, sondern dass sie etwas vor ihm verheimlichen konnte, das sie so glücklich machte. Er hatte gehofft, dass sie ihm eines Tages diese Art von Loyalität entgegenbringen würde, doch diese Chance schien immer schneller zu schwinden.

Er wollte es verstehen, doch er konnte einfach nicht vergessen, dass sie ihm letzten Endes nicht genug vertraut hatte. Ein Teil von ihr hatte geglaubt, was ihre Brüder von ihm behaupteten. Jamie mochte Niall Lamont und die anderen Wachmänner vielleicht in den Kerker werfen, um sie aus Schwierigkeiten herauszuhalten, aber er würde niemals etwas tun, das Caitrina verletzen würde. Er hatte geglaubt, dass sie das verstand. Und wie konnte sie nur jemals denken, dass er einem Kind etwas antun würde? Brian war kaum alt genug, ein Schwert zu halten, geschweige denn, dadurch zu sterben.

Bei ihrer Hochzeit hatte er einen Schwur geleistet – er war für die Lamonts verantwortlich –, sie waren ebenso sehr seine Familie wie ihre. Doch sie betrachtete ihn immer noch als einen Außenseiter. Nun, da sie ihre Brüder wiederhatte, würde sie ihn vielleicht nicht länger brauchen – oder wollen.

Trotz seiner Wut hatte sein Herz sich schmerzhaft zusammengezogen, als sie ihm sagte, dass sie ihn liebte. Er wollte ihr glauben. Einen Augenblick lang bekam etwas in seiner Brust einen Riss, und es fühlte sich an, als fiele Licht durch den Spalt. Doch er wusste, dass sie so gut wie alles sagen würde, um ihre Brüder zu retten, und er konnte einfach nicht anders, als an ihrer Aufrichtigkeit zu zweifeln. Liebe bedeutete Vertrauen, und ihr Handeln sprach eine andere Sprache.

Die Härchen in seinem Nacken sträubten sich, und ein Prickeln überzog seine Haut. Er hatte das sichere Gefühl, dass er beobachtet wurde. Da er nicht riskieren wollte, dass die Wachmänner der Lamont auf ihre Anwesenheit aufmerksam wurden, bedeutete er seinen Männern, die verbleibenden, im Wald positionierten Wachen zu überwältigen. Er spähte in die Dunkelheit und konnte schwach die seltsam geformten Schatten hinter den Bäumen links von ihm erkennen.

»Ich weiß, dass du da bist, Colin«, sagte er leise. »Du kannst dich genauso gut zeigen.«

Sein Bruder trat hinter einem Baum keine zehn Schritte von ihm entfernt hervor. »Du hattest schon immer die höchst verblüffende Fähigkeit, Gefahr zu spüren.«

Jamie entging die Wortwahl seines Bruders nicht, und er zog eine Braue hoch. »Bin ich denn in Gefahr, Bruder?«

Colins Augen verengten sich drohend. »Nicht, solange du deine verdammte Pflicht tust.«

Der Versuch seines Bruders, ihn einzuschüchtern, mochte vielleicht funktioniert haben, als sie noch Kinder waren, aber diese Zeiten waren schon lange vorbei. »Maße dir nicht an, mir zu sagen, was meine Pflicht ist. Ich bin ein eigenständiger Chieftain. Ich bin dir keine Rechenschaft schuldig.«

Das Gesicht seines Bruders verzerrte sich vor Wut. »Aber als sein Hauptmann bist du Argyll Rechenschaft schuldig, und ich will, dass man diese Männer dafür, was sie sich erdreistet haben, hängt, streckt und viertelt.«

»Vielleicht, aber nicht hier. Das hier ist mein Land, und

ich bin für die Menschen darauf verantwortlich. Wenn du ein Problem damit hast, dann geh damit zu unserem Cousin.«

»Das werde ich.«

»Und bis dahin will ich, dass du von meinem Land verschwindest. Sofort.«

Colin blieb der Mund offen stehen. »Das kann doch nicht dein Ernst sein.«

»Find es heraus«, sagte Jamie tödlich ruhig.

Kampfbereit standen sich die beiden Brüder herausfordernd in der Dunkelheit gegenüber, ihre Männer hinter ihnen versammelt. Obwohl Colins Männer in der Überzahl waren, wussten beide, dass im Falle eines Kampfes Jamie und seine Krieger durch ihre überlegenen Fähigkeiten gewinnen würden. Und Colin würde diese Demütigung nicht erleiden wollen, deshalb gab Jamie seinem Bruder die Gelegenheit, seinen Stolz zu wahren.

»Aber du weißt hoffentlich, dass du ihnen sehr wahrscheinlich die Flucht ermöglichst, wenn ich gegen dich kämpfen muss.«

»Bist du sicher, dass das ohnehin nicht genau das ist, was du willst? Wie kann ich sicher sein, dass du diese Männer nicht laufen lässt?«

»Das kannst du nicht«, sagte Jamie schlicht. »Wie ich bereits sagte, das hier ist mein Land, und die Menschen darauf unterstehen meiner Verantwortung.«

Der Hass in den Augen seines Bruders bestürzte ihn. Jamie wusste, dass Colin diese vermeintliche Loyalitätsverletzung nicht so schnell vergessen würde.

Colin befahl seinen Männern, zu den Pferden zurückzukehren, die sie vermutlich in einiger Entfernung angebunden hatten, damit sie nicht auf ihre Anwesenheit aufmerksam machten. Er wandte sich den Hügel hinunter, doch dann drehte er sich noch einmal um und schoss eine letzte Spitze ab. »Ich hätte nie gedacht, dass ich einmal den Tag erleben würde, an dem mein ach so ehrenhafter Bruder das Gesetz in die eigenen Hände nehmen und gegen sein eigen Fleisch und Blut richten würde. Du wirst unserem Bruder, dem Bastard, von Tag zu Tag ähnlicher. Deine hübsche kleine Frau hat dich kastriert.«

Jamie ballte und öffnete die Fäuste. Er hatte geglaubt, dass er gegen die Sticheleien seines Bruders immun sei, doch diese Spitze traf ihn. »Zweifelst du an meiner Loyalität, Bruder?«

»Deiner Loyalität für wen? Deine Frau oder deinen Clan?«, spottete Colin. »Du kannst nicht beiden gegenüber loyal sein.«

Doch, verdammt, das kann ich. Aber die Worte seines Bruders verfehlten nicht ihre Wirkung. Die Liebe zu seiner Frau strapazierte sein Pflichtgefühl bis an die Grenzen – und stellte seinen tiefen Sinn für Gerechtigkeit in Frage. Seit dem Verrat seines Bruders Duncan hatte Jamie das Gesetz stets als etwas Absolutes betrachtet – es gab nur Recht und Unrecht. Doch zum ersten Mal ließ sich die Frage, was recht und was unrecht war, nicht so einfach beantworten.

Er wartete, bis er das Geräusch von Hufschlag in der Ferne hörte und der Mann, den er hinter Colin und seinen Männern hergeschickt hatte, zurückgekehrt war, dann befahl er seinen Männern vorzudringen. Sie krochen durch die Dunkelheit auf die Höhle zu, und nur das Geräusch der Stille folgte ihnen. Wenn alles nach Plan lief, dann würde es vorbei sein, noch bevor es überhaupt angefangen hatte.

Caitrina war ein einziges Nervenbündel, als sie endlich die Höhle betrat. Obwohl sie davon überzeugt war, dass das, was sie tat, richtig war, machte es das nicht einfacher. Und ebenso wenig machte es das Schuldgefühl leichter.

Es war feucht und dunkel, und eine eisige Kälte drang ihr durch die schweren Lagen Wolle bis auf die Haut. Wenigstens hatte die ganze Sache ein Gutes: Brian würde an einen warmen und sicheren Ort kommen.

Es dauerte eine Weile, bis ihre Augen sich an das Dämmerlicht gewöhnt hatten, denn nur eine einzige Fackel flackerte an der hinteren Wand der Höhle. Ohne Zweifel waren sie vorsichtig, weil sie fürchteten, dass zu viel Licht ihr Versteck verraten könnte.

Niall kam auf sie zu, um sie zu begrüßen. Er sah schrecklich aus – schmutzig und heruntergekommen, wie der Gesetzlose, der er geworden war. Er sah aus, als wäre er um zehn Jahre gealtert, seit sie ihn das letzte Mal gesehen hatte. Doch da war noch etwas anderes. Sein Gesichtsausdruck war so hart und wütend wie zuvor, doch nun mischte sich auch noch eine unverkennbare Aura der Traurigkeit darunter.

»Was machst du hier draußen, Caiti Rose?«, fragte er scharf. »Das ist gefährlich.«

»Ich weiß, aber ich musste kommen.«

Trotz seines Ärgers umfing er sie in einer warmen, brüderlichen Umarmung. »Ich bin froh, dich zu sehen, Mädchen, aber du hättest nicht herkommen dürfen. Hier sind überall Campbells in den Hügeln.«

Sie schob ihn von sich und sah ihm in die Augen. »Aus gutem Grund. Oh Gott, was hast du nur getan, Niall?«

Seine Augen wurden dunkel vor Schmerz, der so heftig war, dass es beinahe weh tat, ihn anzusehen. »Was getan werden musste. Aber ich habe versagt.«

»Warum? Warum hast du alles derart aufs Spiel gesetzt? Du hast unser aller Leben in Gefahr gebracht. Auchinbreck wird dich töten, wenn er dich findet.«

»Er wird mich nicht finden.«

»Also wirst du ein Geächteter sein, wenn du doch stattdessen deinen rechtmäßigen Platz als Chief hättest einnehmen können? Deine Männer hätten frei sein können. Nun wirst du mit ihnen in der Wildnis leben müssen wie ausgestoßene

Männer. Und was ist mit dem Rest unseres Clans? Du bist nicht der Einzige, der für das, was du getan hast, leiden muss. Du hast alles gefährdet, was ich getan habe, um Ascog unserem Clan zurückzugeben.«

Sein Gesicht war wie ein Stein, der jeden Augenblick zersplittern konnte. »Es tut mir leid. Aber ich hatte keine Wahl.« Er sah ihr in die Augen, und sein Blick war so trostlos, wie sie es noch nie zuvor gesehen hatte. »Ich musste es tun, Caiti.« Seine Stimme brach. »Gott, sie haben sie vergewaltigt.«

Geschockt über seine Aussage war das Einzige, was Caitrina fragen konnte: »Wen?«

»Annie MacGregor.«

Eindringlich suchte sie in seinem Gesicht nach dem Zeichen, von dem sie wusste, dass es da war. »Und wer ist Annie MacGregor, Niall?«, fragte sie sanft.

Die Eindringlichkeit, die in seinem Blick brannte, sagte ihr bereits alles, bevor er antwortete. »Die Frau, die ich liebe. Aber ich war zu stolz, um es zuzugeben.«

»Oh Niall, es tut mir so leid.« Sie schlang die Arme um ihn. Er stand völlig steif da, und doch konnte sie die heftigen Gefühle – den Schmerz und die Hilflosigkeit – spüren, die ihn aufwühlten, und sie fühlte von ganzem Herzen mit ihm. Für einen Mann wie Niall, einen Mann, der dafür lebte zu beschützen, musste es sich anfühlen, als habe er das arme Mädchen im Stich gelassen.

»Es waren Auchinbreck und seine Männer«, sagte Niall. »Sie haben sie halbtot liegenlassen.« Seine Stimme war kaum noch hörbar. »Sie war wie ein verletzter Vogel.« Ihre Blicke trafen sich, und der heftige Schmerz, den sie sah, ließ ihr die Brust eng werden. »Gott, sie hatte sogar Angst vor mir, Caiti.«

Caitrina fühlte sich ganz elend vor Mitleid mit Annie, denn sie wusste, wie kurz sie selbst davor gewesen war, dasselbe Schicksal zu erleiden. Obwohl es in Zeiten alter Fehden nicht unüblich war, die Ehre eines Clans zu beleidigen, indem man ihre Frauen schändete, würde ein ehrenhafter Mann niemals eine Frau dazu benutzen, seine Schlachten zu schlagen.

Sie konnte verstehen, warum Niall Auchinbreck angegriffen hatte, aber dadurch wurde ihre Situation nicht weniger heikel. »Gib ihr Zeit, Niall. Sie wird sehen, dass du sie niemals auf diese Weise verletzen würdest, aber du wirst ihr nicht helfen können, wenn du ins Gefängnis gehst.« *Oder stirbst.* Aber diese schrecklichen Worte konnte sie nicht einmal aussprechen. »Ich werde nicht zulassen, dass sie dir etwas antun.«

»Dann solltest du besser hoffen, dass dein Ehemann und sein Bruder mich nicht finden.«

Ihr schuldbewusster Gesichtsausdruck musste sie verraten haben. »Was ist los, Caiti? Du siehst so bleich aus.«

»Niall, ich ...«

Ein Geräusch vom Eingang der Höhle zog seine Aufmerksamkeit auf sich. Sie hörte die überraschten Rufe, als Jamie und seine Männer durch den Eingang stürmten. Nialls Blick schoss zu ihr zurück, und der Ausdruck von schierer Ungläubigkeit und Verrat traf sie bis ins Mark.

Er packte sie an den Schultern und riss sie zu sich herum, damit sie ihn ansehen musste. »Was hast du getan?«

Panik stieg in ihr hoch; sie hatte schreckliche Angst, dass sie es ihm nicht begreiflich machen konnte. »Du verstehst nicht! Jamie wird dir helfen.«

»Er wird mich noch vor Morgengrauen zur Hölle schicken!«

Wild schüttelte sie den Kopf. »Nein. Er hat versprochen, dich zu beschützen.«

»Und wie? Indem er mich seinem Cousin übergibt, damit mir etwas von seiner Highland-Gerechtigkeit widerfährt?«

Eine jähe Welle des Unbehagens erfasste sie. »Das würde er nicht tun.«

Niall stieß sie zur Seite, als Jamies Männer in den kleinen Raum strömten, und zog seinen Dolch aus der Scheide an seinem Gürtel. »Du bist eine Närrin, Caiti Rose!«

»Ich versuche nur, dir zu helfen.« Doch er war taub für ihr Flehen, völlig gefangen in der Anstrengung, die Eindringlinge zurückzuschlagen. Sie würde nicht zulassen, dass Nialls Überzeugung ihr Vertrauen untergrub. Jamie hatte geschworen, sie zu schützen, und er hatte ihr niemals einen Grund gegeben, an ihm zu zweifeln. Doch das Ausmaß des Vertrauens, das sie in ihn setzte, überwältigte sie. *Argyll*. Sie erschauderte. Nein, Jamie würde sie nicht so hintergehen.

Ihre Brüder waren vor Kurzem erst zu ihr zurückgekommen, sie durfte sie nicht schon wieder verlieren.

Chaos brach um sie herum aus, und sie drängte sich an die Wand aus Stein hinter ihr. Es war schwer zu erkennen, was geschah – praktisch kein Licht erhellte den kleinen Raum, der mit großen Körpern in Kettenhemden vollgestopft war. Wohin sie auch sah, kämpften Männer miteinander. Es gab kaum Platz, um sich zu bewegen, deshalb war der Einsatz von Bogen und Claymores nicht möglich; sie kämpften mit Fäusten und Dolchen. Letztere waren es, die sie fürchtete.

Jamie und seine Männer überwältigten die paar Wachmänner, die den Eingang der Höhle bewacht hatten, mit Leichtigkeit und arbeiteten sich zu der Stelle vor, an der Niall, Seamus und die anderen Lamonts ihre Stellung bezogen hatten. Sie wollte die Augen fest zukneifen und die schrecklichen Laute ausblenden – das schmerzvolle Ächzen, das dumpfe Geräusch von Fäusten, die auf Fleisch trafen, das Ringen. Sie wollte einfach nur, dass es schnell vorbei war und so wenig Blutvergießen wie möglich gab.

Gott sei Dank war Brian sicher in der hinteren Höhle, und Boru hielt bei ihm Wache.

Obwohl Niall und ihre Lamont-Clansmänner stark in der Unterzahl waren, war die Enge in der Höhle zu ihrem

Vorteil – zumindest für eine Weile. Sie konnten nirgendwohin zurückweichen; sie waren mit dem Rücken zur Höhlenwand gefangen, und letzten Endes würden sie überwältigt werden.

Jamie tat, was er konnte, um die Männer ihres Bruders nicht zu töten, doch sie fürchtete, wenn Niall sich wehrte, könnte Jamie nicht verhindern, dass etwas Schreckliches passierte.

Niall hatte nur ungefähr ein halbes Dutzend Wachmänner an seiner Seite, als er und Jamie aufeinandertrafen, Krieger gegen Krieger, jeder von ihnen mit einem Dolch bewaffnet.

Sie hielt den Atem an. Ihr schlimmster Albtraum war dabei, Wirklichkeit zu werden.

Niall machte nicht den Anschein, als wolle er aufgeben. Sie trat aus den Schatten, lief auf ihren Bruder zu und packte ihn am Arm, doch er sah sie nicht an, sondern fixierte Jamie.

»Bitte, Niall, tu es nicht!«, flehte sie.

»Raus hier, Caiti«, sagte er zeitgleich mit Jamie.

Tränen strömten ihr über die Wangen. »Aber ...«

»Du hast mir dein Wort gegeben, Caitrina«, fügte Jamie hinzu. »Ich will, dass du gehst ... Sofort!«

Ich kann nicht! wollte sie schreien. Ihre Beine wollten sich nicht bewegen. Sie hatte das schreckliche Gefühl, nur wenn sie blieb, konnte sie eine Katastrophe verhindern. Flehend sah sie Jamie in die Augen, doch es war zwecklos – er ließ sich nicht erweichen. Jede Faser ihres Körpers schrie auf, um zu widersprechen, doch sie hatte ihr Wort gegeben, also ließ sie die Hand sinken und zog sich zurück, den Blick auf Niall geheftet, der sich immer noch weigerte, sie anzusehen. Ihre Kehle war wie zugeschnürt. Schnell warf sie Jamie einen flehenden Blick zu. »Bitte, tu ihnen nichts.«

»Ich will ihnen nichts ...« Urplötzlich riss er entsetzt die Augen auf. »Caitrina, pass auf!« Er machte eine Bewegung auf sie zu, doch es war zu spät.

21

Caitrina wurde hochgerissen, als sich ihr ein schwerer Arm um die Taille schlang und die lange, scharfe Klinge eines Dolchs an die Kehle presste.

»Noch einen Schritt und sie ist tot!«

Gütiger Gott, es war Seamus! Die Spitze der Klinge bohrte sich in die zarte Haut unter ihrem Kinn, und sie schrie auf, eher vor Schreck als vor Schmerz. Jamie erstarrte mitten in der Bewegung.

Nialls Blick schoss zwischen Jamie und dem alten Wachmann hin und her. »Was zur Hölle machst du da, Seamus?«

»Ich versuche, uns hier rauszubekommen«, antwortete der alte Krieger ungeduldig.

»Indem du meine Schwester benutzt?«

»Die uns verraten hat! Sie war es, die den Henker hierhergeführt hat.«

»Ich wollte nur helfen …«, warf Caitrina ein.

»Halt den Mund!«, befahl Seamus und presste die Klinge härter an ihre Kehle. Entsetzt keuchte sie auf, als sie ein scharfes Stechen fühlte, gefolgt von einem feuchten Rinnsal Blut, das ihr den Hals hinunterlief. Jede Hoffnung, dass Seamus vielleicht nur bluffte, zerschlug sich.

Jamie gab einen Laut von so animalischer Wut von sich, dass er ihr durch und durch ging. Offensichtlich hatte er Seamus ebenfalls aus der Fassung gebracht, denn seine Hand begann gefährlich zu zittern.

»Lass sie los«, befahl Niall mit tödlicher Ruhe, obwohl Caitrina ihm ansah, dass er alles andere als ruhig war.

»Nein«, widersprach Seamus noch aufgeregter. »Er wird uns laufen lassen, solange wir das Mädchen haben.«

Niall ließ die Waffe fallen, kickte sie mit dem Fuß zu Jamie und hob kapitulierend die Hände. Traurig schüttelte er den Kopf. »Es ist vorbei, Seamus. Lass sie los.«

»Nein!«

Caitrina konnte spüren, wie das Herz des alten Mannes an ihrem Rücken raste, und wusste, dass er in Panik geriet – sein unüberlegter Plan lief nicht so, wie er erwartet hatte. Sein Griff um ihre Taille verstärkte sich. Sie spürte, was er vorhatte, doch sie konnte nichts tun, um es zu verhindern. Bis zu diesem Moment hatte alles beinahe unwirklich gewirkt, aber nun verspürte sie zum ersten Mal Angst. Seine Hand zitterte, als er begann, ihr die Klinge über den Hals zu ziehen.

Sie hörte die wilde Verzweiflung, als er sich an Niall wandte, mit einer Stimme voller Rechtfertigung. »Das Mädchen ist eine Verräterin. Es ist alles ihre Schul …«

Das Zischen einer Klinge durch die Dunkelheit, gefolgt von einem dumpfen Geräusch, hielten Seamus mitten in der Bewegung auf. Er versteifte sich und gab ihren Körper frei, als er nach hinten fiel. Das Messer, das er ihr an den Hals gepresst hatte, landete zu ihren Füßen auf der Erde. Sie sah nach unten und sprang entsetzt zurück. Der alte Krieger ihres Vaters lag mit glasigen Augen auf dem Boden, und Jamies Dolch steckte tief in seiner Kehle.

Es war totenstill, während sie verarbeitete, was geschehen war. Wenn Jamie nicht so unglaublich geschickt im Umgang mit einer Klinge wäre, dann läge sie jetzt an Seamus' Stelle dort auf der Erde.

Bedauern überwältigte sie. Jamie hatte Seamus getötet, aber es waren ihre Hände, an denen sein Blut klebte.

Ihr Ehemann riss sie in die Arme. »Gott, geht es dir gut?«

Sie nickte stumm, und er zog ihren Kopf an seine Brust. Tief atmete sie den männlichen Duft ein – genoss die Wärme und Sicherheit seiner Umarmung. Er hatte gerade noch so ruhig ausgesehen, aber sie konnte spüren, wie rasend sein Herz gegen ihre Brust schlug. Er drückte sie noch enger an sich, küsste ihr Haar und hielt sie einen langen Augenblick lang fest, so als wolle er sie nie mehr loslassen. Sie wollte ihm dafür danken, dass er ihr das Leben gerettet hatte, aber sie war zu geschockt darüber, dass jemand anderes das seine an ihrer Stelle verloren hatte.

Etwas widerstrebend ließ er sie los und streichelte ihr mit schmerzlicher Zärtlichkeit über die Wange. Einen Moment lang konnte sie in seinen Augen die Gefühle sehen, die er normalerweise gut verborgen hielt. Er hob ihr Kinn und untersuchte ihren Hals. »Bringt mir etwas Licht, verdammt noch mal!« Ein Mann trat mit einer Fackel vor.

»Geht es ihr gut?«, fragte Niall.

»*Aye*, Gott sei dank ist es nicht tief.« Sie konnte den Zorn in seiner Stimme hören und wusste, dass er sich selbst Vorwürfe machte, weil er ihr erlaubt hatte mitzukommen. Jamie nahm den Saum ihres Umhangs und presste ihn auf die Schnittwunde, um die Blutung zu stillen. »Halte das hier so fest, ja?«, wies er sie an.

Sie nickte wieder, und er befahl einem seiner Männer vorzutreten. »Bring sie zurück zur Burg und sorg dafür, dass sich sofort jemand um die Wunde kümmert. Lass sie nicht aus den Augen.« Er sah ihr tief in die Augen. »Ich bin bald zurück.« Er beugte sich vor und küsste sie erneut auf die Stirn.

»Ja«, brachte sie heraus, dann sah sie zögernd zu Niall.

»Geh, Caitrina«, stieß ihr Bruder rau hervor. »Lass deine Wunde versorgen.«

Wie betäubt ließ sie sich von Jamies Wachmann aus der Höhle und zurück nach Rothesay bringen, denn sie wollte nicht sehen, wie ihr Bruder gezwungen war, sich ihrem Ehemann zu ergeben.

Es gab hier nichts mehr für sie zu tun. Caitrina befürchtete, sie hatte bereits genug getan.

Jamie sah Caitrina nach, wie Will sie in Sicherheit brachte, und er verspürte einen dicken Kloß in der Kehle. Erst jetzt, nachdem die Gefahr vorbei war, setzte die Angst ein, und er erkannte, wie kurz er davor gewesen war, sie zu verlieren. Es war alles so verdammt schnell gegangen – er hatte keine Zeit gehabt nachzudenken. Die vielen Jahre des Kämpfens, die seine Reflexe trainiert hatten, hatten sich bezahlt gemacht. Als der alte Krieger sich umgewandt hatte, war das die Gelegenheit gewesen, die er brauchte. Er hatte nicht gezögert; als er sein Ziel sah, schleuderte er den Dolch mit einer Präzision, die aus lebenslanger Praxis hervorging.

»Ihr empfindet wirklich etwas für sie?«

Jamie drehte sich um. Ihm war nicht bewusst gewesen, dass Niall Lamont ihn beobachtete. Die Hände waren ihm auf den Rücken gefesselt worden, während Jamies Männer die Tunnel nach den Gesetzlosen absuchten.

»Das überrascht Euch? Zweifelt Ihr an den Reizen Eurer Schwester?«

Niall schnaubte verächtlich. »Nicht im Geringsten. Ich habe gesehen, wie sie selbst die härtesten Herzen erweicht hat. Ich hatte nur nicht gedacht, dass Ihr eines besitzt.«

Um Jamies Mund zuckte es. Eindringlich musterte er den anderen Mann. »Sie hat Euch die Wahrheit gesagt. Ich will wirklich tun, was ich kann, um Euch zu helfen.«

»Warum?«

»Müsst Ihr das wirklich fragen?«

»Aber Auchinbreck ist Euer Bruder.«

»*Aye.* Wenn sie sich mir früher anvertraut hätte, dann hätte ich das vielleicht verhindern können. Ich wollte nicht, dass Euer Vater stirbt. Ich kann Euren Zorn verstehen, aber mein Bruder hatte Grund, Eure Burg anzugreifen.« Als er den wütenden Ausdruck auf Nialls Gesicht sah, fügte Jamie hinzu: »Ich sage nicht, dass ich gutheiße, was geschehen ist, aber es war nicht allein die Schuld meines Bruders. Wenn ich dort gewesen wäre, hätte ich vielleicht verhindern können, dass es zum Kampf kommt, aber Ihr wisst so gut wie ich, dass Dispute in den Highlands nun einmal durch Kämpfen geregelt werden.«

»*Aye*«, stimmte Niall widerwillig zu. »Mein Vater wich nie einem Kampf aus. Aber es waren nicht nur der Tod meines Vaters und meines Bruders, die ich rächen wollte.« Ein Gefühl, das man nur als reinste Seelenqual beschreiben konnte, verzerrte sein Gesicht. »Auchinbreck hat die Vergewaltigung eines unschuldigen Mädchens befohlen.« Niall suchte seinen Blick, und seine Augen glühten vor Wut. »Meines Mädchens.«

Jamie stieß einen Fluch aus. Er wollte nicht glauben, dass sein Bruder zu einer solch verabscheuungswürdigen Tat fähig war, doch er zweifelte nicht an Nialls Worten. »Das tut mir leid.«

Die Entschuldigung schien den anderen Mann zu überraschen, und er nahm sie mit einem Nicken an. Nach einem Augenblick fragte er: »Was habt Ihr jetzt mit uns vor?«

»Ich werde tun, was ich kann«, antwortete Jamie. »Wir verbringen die Nacht auf Rothesay und brechen morgen nach Dunoon auf.«

Nialls Miene verhärtete sich. »Dann ist es also so, wie ich dachte. Wir sterben nicht durch Eure Hand, sondern durch die von Argyll.«

»Ihr sterbt durch niemandes Hand. Mein Cousin hat versprochen, Euch gegenüber Nachsicht walten zu lassen.«

»Das kann ich mir vorstellen«, meinte Niall trocken. »Gestreckt, aber nicht geviertteilt?«

»Ich hoffe, dass ich mehr als das bewirken kann«, konterte Jamie mit einem schiefen Lächeln. In diesem Moment kamen seine Männer aus der Dunkelheit und trugen eine behelfsmäßige Trage, hinter der ein riesiger Hund her trottete.

Nialls Verhalten veränderte sich augenblicklich. »Vorsichtig! Er ist verletzt.«

»Niall, was ist passiert?«, fragte Brian mit schwacher und verwirrter Stimme.

»Schhh«, antwortete Niall. »Wir bringen dich in die Burg.«

»Aber der Vollstrecker«, protestierte Brian. Er versuchte, den Kopf zu heben, doch Jamie wusste, dass er ihn nicht sehen konnte.

Die Angst in der Stimme des Jungen verursachte ihm ein Gefühl der Übelkeit.

»Mach dir keine Sorgen, Brian. Caiti wird dafür sorgen, dass du sicher bist.« Niall sah Jamie in die Augen, während er sprach, und Jamie nickte.

Daraufhin schien sich der Junge zu entspannen und sank zurück auf die Bahre, während die Männer ihn nach draußen trugen.

»Ich hoffe, Ihr macht keinen Lügner aus mir«, meinte Niall.

»Dem Jungen wird nichts geschehen. Er war nicht an dem Angriff auf meinen Bruder beteiligt, allerdings wird er sich, wenn er wieder gesund genug ist zu reisen, dafür verantworten müssen, dass er zusammen mit den MacGregors gekämpft hat. Ich werde jede Geldstrafe übernehmen, die nötig ist, um ihn auszulösen.«

Niall nickte. Nachdem alle Lamonts aus der Höhle gebracht worden waren, führte Jamie seinen Gefangenen hinaus in den Wald, überließ ihn seinen Männern und machte sich auf dem Weg zu der Stelle, wo er sein Pferd zurückgelassen hatte.

»Campbell.«

Jamie warf einen Blick zurück über die Schulter.

»Ich weiß, ich habe kein Recht, darum zu bitten ...«

Jamie bedeutete ihm mit einem Kopfnicken fortzufahren.

»Wenn mir etwas zustoßen sollte, würdet Ihr dafür sorgen, dass Brian seinen Platz als Chief einnimmt, wenn er alt genug ist?«

Die eigenartige Bitte verblüffte Jamie. »Dieser Platz gebührt rechtmäßig Euch. Wollt Ihr ihn nicht für Euch selbst erbitten?«

»Ihr denkt wirklich, Ihr könnt Euren Cousin überzeugen?«

»Das tue ich«, sagte er zuversichtlich.

Nachdenklich schwieg Niall. »Trotzdem hätte ich gerne Euer Versprechen, wenn Ihr es mir geben wollt.«

Jamie verbeugte sich. »Dann habt Ihr es.«

Zum ersten Mal, seit Jamie in die Höhle gestürmt war, vielleicht sogar zum ersten Mal seit Monaten, flackerte Hoffnung in Niall Lamonts Gesicht auf.

Ergeben ließ Caitrina die hektische Pflege ihrer ehemaligen Amme über sich ergehen, während sie sich die ganze Zeit darüber Sorgen machte, was mit ihren Brüdern geschah. Sie hatte gehört, wie die Männer kurz nach ihr durchs Burgtor geritten waren, und von den zahlreichen Dienern, die hin und her eilten und Mors Anweisungen befolgten, Kräuter, Salben, Wasser und sauberes Leinen zu bringen, hatte sie erfahren, dass ihr Bruder und seine Männer in den alten, unbenutzten Südturm gebracht worden waren. Sie musste sich eine gewisse Erleichterung darüber eingestehen, dass Niall sich geirrt hatte und sie nicht in den Kerker geworfen wurden. Es war richtig gewesen, Jamie zu vertrauen.

Mor wollte gerade ein Mädchen um eine weitere Besorgung losschicken – diesmal um mehr Kissen –, als Caitrina sich aufsetzte. Sie hatte genug ertragen. »Es ist nichts weiter als ein Kratzer, Mor. Wirklich, es geht mir gut.« Die Klinge hatte einen etwa zwei Zoll langen Schnitt an ihrem Kiefer hinterlassen.

Die alte Amme stemmte die Hände in die Hüften und schürzte missbilligend die Lippen. »Tief genug, um eine Narbe zu hinterlassen.«

»Du hast deine Salbe auf die Wunde getan und sie verbunden. Wenn eine Narbe bleibt, dann wird sie nicht zu sehen sein.«

»Ich werde wissen, dass sie da ist«, beharrte Mor stur.

Aye, und ich auch. Eine bleibende Erinnerung daran, dass ich meinen Clan verraten habe. Aber sie würde dieses Abzeichen in Ehren tragen, wenn ihre Brüder verschont wurden.

Die Tür öffnete sich wieder, und eine weitere junge Dienerin hastete herein.

»Wird aber auch Zeit«, grollte Mor ärgerlich. »Warum hast du so lange gebraucht? Ich habe dich schon vor Stunden um diese Kräuter geschickt.«

Wohl eher ein paar Minuten, dachte Caitrina ironisch.

»Es tut mir leid, Mistress. In der Küche sind alle in Aufruhr über die Anweisung des Laird, alles für morgen vorzubereiten.« Caitrina erstarrte, und alle ihre Sinne schlugen Alarm. »Morgen? Was geschieht morgen?«

Das Mädchen warf ihr einen verstohlenen Blick zu, dann starrte es zu Boden. »Ich dachte, Ihr wüsstet das, Mylady. Der Laird bringt die Gefangenen nach Dunoon.«

Caitrina spürte, wie ihr das Blut aus dem Gesicht wich. *Nein!*

Das muss ein Irrtum sein!

Nur wenig später saß Caitrina steif vor dem Kamin und starrte in die sterbende Glut und die flockige Asche des Torffeuers. Der Vorfall, der sie beinahe das Leben gekostet hatte, schien in ihren Gedanken meilenweit entfernt, während sie auf einen weit schmerzhafteren Schlag wartete. Sie hatte Mor und die anderen aus dem Zimmer geschickt, da sie wusste, dass er bald zu ihr kommen würde – und wenn auch nur, um nach ihrer Verletzung zu sehen.

Energisch kämpfte sie das bittere Gefühl des Verrats nieder. Zuerst würde sie sich seine Erklärung anhören.

Endlich vernahm sie die vertrauten schweren Schritte, und ihr Herz klopfte wild. Die Tür öffnete und schloss sich. Langsam hob sie den Blick und sah ihn an.

Er sprach als Erster. »Deine Wunde ...«

»Sag mir, dass es nicht wahr ist«, schnitt sie ihm das Wort ab. Ihre Wunde war unbedeutend angesichts dessen, was sie soeben erfahren hatte.

Ihr Tonfall schien ihn zu überrumpeln. »Was soll nicht wahr sein?«

Fest umklammerte sie die hölzerne Armlehne des Stuhls. »Sag mir, dass du meinen Bruder und seine Männer nicht verhaftet hast. Sag mir, dass du sie nicht zu deinem Cousin bringst.«

Offensichtlich aus der Fassung gebracht straffte er die Schultern. »Ich dachte, du verstehst das. Es ist meine Pflicht ...«

»Pflicht?« Sengender Schmerz durchzuckte sie. Am liebsten hätte Caitrina aufgeheult wie ein verletztes Tier. Die Bestätigung seines Verrats traf sie tiefer, als sie es für möglich gehalten hätte. Sie hatte ihm anvertraut, was ihr am kostbarsten war, und er hatte sie verraten. »Deine Pflicht interessiert mich nicht! Ich hätte dir niemals gesagt, wo sie sind, wenn ich gewusst hätte, was du vorhast. Du hast geschworen, dass du ihnen helfen würdest!«

Er presste die Lippen zu einer harten Linie zusammen – wie immer, wenn er versuchte, seinen Zorn im Zaum zu halten. Einen Zorn, den er nur in ihrer Gegenwart zu verspüren schien. »Ich werde ihnen helfen. Brian wird hierbleiben, bis er wieder gesund ist, aber Niall und der Rest der Männer müssen nach Dunoon und sich der Anklage stellen, die gegen sie erhoben wird.«

Das durfte nicht wahr sein. Die Brust schnürte sich ihr so eng zu, dass sie nicht mehr atmen konnte. »Du willst ihnen helfen, indem du sie in die Hände eines Henkers auslieferst? Gütiger Gott, Jamie, sie werden sterben für das, was sie getan haben!«

Ruhig sah er ihr in die Augen. »Ich sagte dir bereits, dass mein Cousin versprochen hat, ihnen gegenüber fair – und nachsichtig – zu handeln.«

»Ich kenne Argylls Versprechen«, stieß sie verächtlich hervor. »Wird er sie genauso fair behandeln, wie er es mit Alasdair MacGregor getan hat? Hast du mich deshalb überredet, dir dabei zu helfen, sie gefangen zu nehmen, damit Argyll sie ebenfalls töten kann?«

Er packte sie am Arm, zog sie von ihrem Stuhl hoch und riss sie hart an sich. Sie konnte spüren, wie straff seine Muskeln waren und welche Hitze von seinem Körper ausstrahlte. Sein Gesicht verfinsterte sich vor kaum gezügelter Wut. »Verdammt, Caitrina, du weißt, dass ich damit nichts zu tun hatte!«

»Tue ich das?« Heftig drehte sie den Kopf weg und weigerte sich, ihn anzusehen. »Ich bin mir bei gar nichts mehr sicher.«

Er schwieg, doch das unheilvolle Zucken an seinem Kinn sagte ihr, dass er rasend vor Wut war. Doch das war ihr egal. Sie wollte, dass er sich genauso verletzt und verraten fühlte wie sie.

Seine Stimme war leise und bedrohlich. »Ich habe dich schon einmal gewarnt, dich meiner Pflicht nicht in den Weg zu stellen.«

Sie erinnerte sich: als er die Wachmänner ihres Vaters gefangen genommen hatte. »Das war etwas anderes.«

»War es das? Du sagtest, du vertraust mir. Ich glaube, vor noch gar nicht so vielen Stunden hast du sogar behauptet, dass du mich liebst.«

Wie konnte er es wagen, ihr ihre eigenen Gefühle vorzuwerfen, bei dem, was er vorhatte! »So einfach ist das nicht.«

»Ehrlich gesagt ist es das.« Er umfasste ihr Kinn und zwang sie, ihm in die Augen zu sehen. »Lieben kann man nicht halbherzig. Es bedeutet alles oder nichts. Entweder vertraust du mir – und meinem Urteilsvermögen – oder du tust es nicht.«

Er verlangte zu viel. Heiße Tränen traten ihr in die Augen. »Woher willst du das wissen? Du, der du so distanziert bist. Du, der niemanden braucht. Was weißt du schon von Liebe?«

»Genug.« Seine Stimme war scharf wie das Knallen einer Peitsche. »Obwohl ich mir gerade wünsche, es wäre nicht so.«

Ihr Herz setzte einen Schlag lang aus und pochte dann umso heftiger. Eindringlich musterte sie sein Gesicht auf der Suche nach einem Riss in dieser unerbittlichen Fassade. »Was willst du damit sagen?«

»Verdammt, Caitrina, weißt du denn nicht, wie sehr ich dich liebe? So sehr, dass es beinahe nichts gibt, was ich nicht für dich tun würde. Aber ich kann nicht ändern, wer ich bin.«

Einen Augenblick lang schwelgte sie in dem überschäumenden Glücksgefühl. *Er liebt mich.* Die Worte, nach denen sie sich so gesehnt hatte ...

Doch so sollte es nicht sein. Wenn sie sich ihre Liebe gestanden, dann sollte es vollkommen sein – ein Augenblick unvergleichlicher Nähe und Intimität –, es sollte sie nicht noch unsicherer machen. Ebenso wenig sollte es in Wut und Frustration ausgesprochen werden.

Stattdessen fühlte es sich an wie ein letztes Angebot. Sie

blinzelte die Tränen fort und wandte das Gesicht aus seinem Griff. »Ich wünschte, ich könnte das glauben.«

»Das kannst du.« Sanft hob er ihr Kinn an und untersuchte den Verband an ihrem Hals, um sicherzugehen, dass die Wunde nicht mehr blutete. »Weißt du denn nicht, wie ich mich gefühlt habe, als ich dich mit einem Messer an der Kehle sah? Noch nie in meinem Leben hatte ich solche Angst. Ich hätte dich verlieren können.«

»Es ist nichts«, meinte sie gleichgültig. »Nichts weiter als ein Kratzer.«

Seine Miene verhärtete sich. »Ich hätte dich niemals gehen lassen sollen, es war zu gefährlich.«

»Ich musste dort sein. Ich musste es erklären.«

»Deine Brüder werden es verstehen.«

»Wie kannst du das sagen?«

»Weil ich darauf vertraue, dass sich alles zum Besten wenden wird.«

Sie reckte das Kinn. »Ich teile dein Vertrauen nicht. Es ist das Leben meiner Brüder, das auf dem Spiel steht.« Die heftigen Gefühle erstickten ihre Stimme. »Ich habe sie doch gerade erst wiederbekommen. Bitte nimm sie mir nicht wieder fort!«

»Ich nehme sie dir nicht fort«, sagte er übertrieben geduldig, indem er jedes Wort mit äußerster Deutlichkeit aussprach. Es war offensichtlich, dass er kurz davor war, die Beherrschung zu verlieren. »Ich versuche, sie zu beschützen.«

»Und wie?«, fragte sie skeptisch. »Indem du sie verhaftest?«

»Solange sie sich in meinem Gewahrsam befinden, kann Colin nichts gegen sie unternehmen. Wenn es mir gelingt, ihre Namen reinzuwaschen, dann kann er ihnen endgültig nichts mehr anhaben. Wäre es dir lieber, wenn ich warten würde, bis mein Cousin gezwungen ist, seine Männer nach ihnen auszuschicken? Dein Bruder und seine Männer sind Gesetzlose –

sie können nicht ewig hierbleiben. Letzten Endes müssen sie sich dafür verantworten, was sie getan haben.«

Caitrina kam sich vor, als renne sie mit dem Kopf gegen eine Wand. Das Gesetz. Pflicht. Es war immer das Gleiche. »Ist das alles, was für dich zählt? Das Gesetz?« Sie hielt seinen Blick gefangen, denn sie wusste, woher sein starres Festhalten an Recht und Ordnung herrührte. »Du bist nicht dein Bruder, Jamie. Schade nicht meinen Brüdern, um die Erinnerung an deinen zu begraben.«

Bei der Anspielung auf Duncan zuckte er zusammen. In seinen Augen glühte es, und sie fragte sich, ob sie zu weit gegangen war. »Du weißt überhaupt nichts darüber, was mit Duncan geschehen ist. Das hat nichts mit meinem Bruder zu tun, nur mit den deinen. Ich dachte, du wolltest, dass Niall Ascog zurückbekommt.«

»Das tue ich.«

»Die einzige Möglichkeit, das zu erreichen, ist mit Hilfe meines Cousins.«

Sie wollte keine Rechtfertigung hören – selbst wenn ein Körnchen Wahrheit darin stecken könnte. »Es ist zu früh«, meinte sie stur.

Er durchbohrte sie mit seinem Blick. »Ich bitte dich, mir zu vertrauen.«

Wenn es doch nur so einfach wäre. »Das tue ich. Dein Cousin ist es, dem ich nicht vertraue. Nach dem, was er dir angetan hat, kann ich nicht glauben, dass du ihm noch vertraust. Gütiger Gott, was ist, wenn du dich irrst?«

»Das tue ich nicht.«

Sie hörte das unerschütterliche Vertrauen in seiner Stimme, doch es reichte ihr nicht. »Nun, es ist ein Risiko, das ich nicht eingehen will.«

Hart und unnachgiebig starrte er sie an, mit diesen graublauen Augen. »Ich fürchte, diese Entscheidung liegt nicht bei dir.«

Jamie wusste, dass seine Worte hart waren, aber sie musste ihn einfach verstehen. Caitrina war blind, was seinen Cousin betraf – vielleicht verständlicherweise, aber wenn sie seine Frau war, musste sie seine Loyalität für Argyll akzeptieren. Wie konnte sie behaupten, dass sie ihn liebte und ihm vertraute, wenn sie gleichzeitig den Mann, dem er seine Loyalität schenkte, für ein Ungeheuer hielt? Er hatte gedacht, dass sie anfing, an ihn zu glauben.

Ihr Vorwurf in Bezug auf seinen Bruder Duncan war unangebracht, aber er schmerzte dennoch.

Teufel nochmal, er musste hier raus! Niemand durchbrach seine Verteidigungsmauern so wie sie. Caitrina besaß die unheimliche Fähigkeit, ihn dazu zu bringen, sich entblößt und verwundbar zu fühlen. Ihn die Beherrschung verlieren zu lassen. Sie schürte seinen Zorn mit ihren Anschuldigungen und ihrem beständigen Mangel an Vertrauen. Was konnte er denn noch tun, um sich ihr zu beweisen? Er hatte ihr gesagt, dass er sie liebte, und doch war es scheinbar kaum zu ihr durchgedrungen.

Er vertraute darauf, dass er das Richtige tat, allerdings war er deshalb noch lange nicht taub gegenüber ihrem von Herzen kommenden Bitten. Er wusste einfach nicht mehr, wie er es ihr noch erklären konnte.

»Bitte«, flehte sie, und ihr Blick war weich und beschwörend. »Wenn du auch nur das Geringste für mich empfindest, dann tu das nicht.«

Jamie sah sie an, und sein Inneres krampfte sich zusammen. Der Wunsch, sie glücklich zu machen, war beinahe überwältigend. Er sehnte sich danach, sie in die Arme zu nehmen und sie zu lieben, bis sie ihn wieder anlächelte, bis ihre Augen weich vor Zärtlichkeit wurden.

Sie beugte sich näher zu ihm, und die Art, wie ihre Brüste unschuldig seine Brust streiften, schürte seinen ohnehin schon brennenden Hunger – sein Blut war bereits erhitzt von ihrem Streit und der Angst, sie in der Höhle beinahe verloren zu haben. Sein Verlangen nach ihr erfasste ihn wie ein Waldbrand und entflammte ihn mit flüssiger Hitze. Er kämpfte den Drang nieder, ihren Streit auf die elementarste Art und Weise zu beenden, weil er wusste, dass sich die Probleme dadurch nicht lösen ließen. Aber verdammt, er war in Versuchung!

Was machte sie nur mit ihm? Musste es sich so anfühlen, wenn man liebte? Musste es sich so anfühlen, als habe er völlig die Beherrschung verloren? Musste es ihn in Stücke reißen und in zwei entgegengesetzte Richtungen zugleich zerren? Musste er sich am liebsten die Haare raufen wollen aus Frustration und Verzweiflung? Wenn ja, dann brauchte er das nicht.

»Etwas für dich empfinden? Hast du denn überhaupt nichts von dem gehört, was ich sage? Ich liebe dich! Glaubst du denn wirklich, dass ich dich verletzen will?«

Ungeweinte Tränen schimmerten in ihren Augen. »Ich glaube nicht, dass es dich überhaupt interessiert, wen du verletzt. Vielleicht stimmt es, was man über dich sagt, dass du ein rücksichtsloser Henker bist, der kein Herz hat.«

Ihr Stachel traf. Er verlor die Beherrschung, und sein sorgsam gezügelter Zorn schlug wild um sich wie ein Banner im Sturm. Er riss sie an sich, ohne genau zu wissen, was er vorhatte. »Nach all diesen Monaten ... Ist es wirklich das, was du glaubst?«

Sie schien zu erkennen, dass sie zu weit gegangen war. »Ich will es nicht, aber was sollte ich denn sonst glauben, wenn du nicht auf die Vernunft hörst?«

»Ich höre, aber meine Pflicht und meine Verantwortung kann ich nicht ignorieren.«

»Und was ist mit deiner Pflicht und deiner Verantwortung mir gegenüber? Zähle ich denn nicht?«

Für sie war alles immer noch so verdammt einfach – so war

es von Anfang an gewesen. Sie versuchte nie zu sehen, was unter der Oberfläche lag. »Natürlich tust du das.« Er ließ sie los und trat einen Schritt zurück. Das hier führte zu nichts. Er fragte sich, ob sie je in der Lage sein würden, die Kluft zwischen ihnen zu überbrücken. Er wollte glauben, dass Liebe dafür ausreiche, aber langsam fürchtete er, dass dem nicht so war. »Du sagtest, du willst nicht, dass ich dich wie ein Kind behandle, Caitrina. Du willst die wirkliche Welt in all ihrer bunten Vielschichtigkeit sehen, in der Entscheidungen nicht immer so einfach sind und in der man seine Loyalität aufteilen kann. Nun, das hier ist sie. Ich weiß, du verstehst das jetzt noch nicht, aber ich tue das hier für dich.«

Ihr Kinn zitterte, und sie schüttelte den Kopf. »Für mich? Du irrst dich, wenn du versuchst, dich selbst davon zu überzeugen, dass du das hier für irgendjemand anderes als für dich selbst und deine kostbare Pflicht gegenüber deinem Cousin tust. Kein Wunder, dass du immer so alleine bist. Nichts kann dir zu nahe kommen. Ich werde nie verstehen, wie du das hier tun und gleichzeitig behaupten kannst, dass du mich liebst.«

Er biss die Zähne zusammen und rang um Beherrschung, doch es war ein aussichtsloser Kampf. »Das eine hat mit dem anderen nichts zu tun.«

»Natürlich hat es das. Du ziehst deine Pflicht deinem Cousin gegenüber der Liebe zu mir vor.«

»Gütiger Himmel, was willst du von mir?«, fragte er rau.

»Alles von dir.« Sie sah ihm in die Augen. »Was wäre, wenn ich dich bitten würde, zwischen uns zu wählen? Würdest du dich für mich entscheiden, Jamie?«

Mit einem langen, durchdringenden Blick starrte er sie an, wütend über ihr Spiel. »Ziehst du denn nicht deine gesetzlosen Brüder mir vor? Was wäre, wenn ich dich vor dieselbe Wahl stellen würde: deine Brüder oder ich?«

Wie er erwartet hatte, folgte auf sein Ultimatum Schweigen. Es war eine unmögliche Wahl für sie beide. Das Leben – und die Liebe – waren nicht so einfach.

Und wenn sie das nicht verstehen konnte, dann zur Hölle damit. Er hatte gehofft, dass es nicht so weit kommen würde. Dass sie nichts von ihm verlangen würde, das er ihr nicht geben konnte. Dass sie ihn genug liebte, um darauf zu vertrauen, dass er das Richtige für ihre Brüder tat. Er hatte genug davon, sie zu bitten, an ihn zu glauben, und er war sich nicht sicher, was das für sie zu bedeuten hatte.

Jamie fühlte sich angespannt wie eine Bogensehne, die jeden Augenblick einen Pfeil abschnellen konnte. Da er nicht wagte, noch eine Minute länger zu bleiben, sagte er: »Wie es scheint, meine werte Gemahlin, befinden wir uns in einer Sackgasse.« Und nach einem letzten langen Blick drehte er sich auf dem Absatz um und ging zur Tür.

22

In plötzlicher Panik begann Caitrinas Herzschlag wild zu rasen. Er verließ sie. Verzweiflung stieg in ihr hoch. Sie musste etwas tun, um ihn aufzuhalten.

»Jamie!«

Er blieb an der Tür stehen, doch er drehte sich nicht um, den Rücken steif vor Entschlossenheit.

Mit einem Mal fühlte Caitrina sich schrecklich hilflos und knetete nervös die Falten ihrer Röcke, bevor sie sich wieder fing. Sie war nicht hilflos.

Sie hatte nicht die letzten Monate überlebt, nur um nun alles auseinanderbrechen zu lassen. So weit würde sie es nicht kommen lassen. Sie wollte Jamie ebenso wenig verlieren, wie sie ihre Brüder verlieren wollte. Sicher würden sie doch irgendeine gemeinsame Basis finden?

»Bitte«, sagte sie. »Geh nicht. Nicht so.«

Langsam drehte er sich zu ihr um. »Ich bin es leid, mit dir zu streiten, Caitrina. Lass es gut sein, bevor wir beide noch etwas sagen, das wir bereuen würden.«

Sie ging auf ihn zu und blieb erst dicht vor ihm stehen – nahe genug, um die Hitze zu spüren, die von ihm ausstrahlte wie ein loderndes Feuer, das sie in seinen sinnlichen Bann ziehen wollte. Ein Prickeln durchlief sie, wie immer, wenn sie so nahe bei ihm stand, und sie sehnte sich nach seiner lindernden Berührung. Sie wollte die Hände über seine breite Brust gleiten lassen, die warme, samtige Haut über den harten, wie gemeißelten Muskeln spüren.

Er hatte sich ihr in Leib und Seele eingeprägt, und jede Faser ihres Körpers schrie danach, diese Intimität wieder zu spüren, in dieser tiefen Verbindung Zuflucht zu suchen.

»Ich will auch nicht mit dir streiten.« *Ich will, dass du mich festhältst. Ich will, dass du mir sagst, dass alles wieder gut werden wird.* Caitrina lehnte sich näher zu ihm, und sein sinnlicher, männlicher Duft betörte ihre Sinne. Sie stellte sich auf die Zehenspitzen und schlang ihm die Arme um den Hals. »So muss es nicht sein.«

Steif stand er vor ihr, doch sie konnte spüren, dass sein Körper auf ihre Berührung reagierte. Leidenschaft, Zurückhaltung und schwelender Zorn knisterten zwischen ihnen.

»Nicht?«

Verneinend schüttelte sie den Kopf. »Ich liebe dich, und wenn du mich auch liebst …«

»Das tue ich, gottverdammt«, knurrte er. »Wenn du nur wüsstest, wie sehr.«

Jeder Muskel seines starken Körpers war vor Zurückhaltung straff gespannt, und sie merkte ihm an, dass seine Selbstbeherrschung nur noch an einem dünnen Faden hing. Seine Nasenflügel bebten, als sie die Lippen nur bis auf wenige Zoll seinem Mund entgegenhob. Sie hasste es, wenn er so war wie jetzt: der kalte, unbarmherzige Krieger. Der Mann, der niemanden brauchte.

Sie wollte, dass er sie ebenso verzweifelt brauchte wie sie ihn.

Sie wollte den Mund an seinem harten, stoppeligen Kinn entlangwandern lassen, bis Begehren seine Anspannung löste. Wollte über die festen Muskelstränge an seinem Bauch streichen, bis sie die mächtige Säule seiner Männlichkeit erreichte und er vor Verlangen nach ihr aufstöhnte. Stattdessen strich sie leicht über die weiche Wolle seines *breacan feile* an seiner Schulter, wobei ihr auffiel, wie gut die gedeckten Blau- und Grautöne des Plaids zu seinen Augen passten. Wieder einmal wurde ihr Blick von der Chieftainsnadel der Campbells angezogen, mit der er es festgesteckt hatte – der Eberkopf erinnerte sie deutlich an alles, was zwischen ihnen stand.

Warum musste es nur so kompliziert sein?

Doch vielleicht musste es das gar nicht. Vielleicht würde in seinen Armen alles klar werden – er würde erkennen, dass nichts zwischen sie kommen konnte. Vielleicht, wenn er wusste, wie sehr sie ihn liebte ...

Manchmal waren Worte einfach nicht genug.

»Dann zeig es mir«, flüsterte sie. »Bitte.«

Sie schmolz ihm entgegen, ihre Brüste pressten sich an ihn, und er stöhnte auf. Heftig nahm sein Mund von ihr Besitz, und Leidenschaft explodierte zwischen ihnen, so heiß und jäh wie ein zuckender Blitz. Es war zu lange her. Ihre Bewegungen hatten eine verzweifelte, animalische Dringlichkeit an sich, als kämpften sie beide darum, etwas festzuhalten, das Gefahr lief, ihnen durch die Finger zu gleiten.

Sie erwiderte seinen Kuss mit gleichem Eifer und öffnete sich ihm, um ihn tief in ihren Mund aufzunehmen. Sein warmer, köstlicher Geschmack erfüllte sie mit Hitze – und Hunger. Die Qual und der Zorn, den sie noch wenige Augenblicke zuvor verspürt hatte, verflogen, als der heftige Sog der Leidenschaft alles andere aus ihren Gedanken verdrängte.

Er ließ die Hand ihren Rücken hinabgleiten, umfasste sanft ihren Hintern und zog sie hart an sich, während er tiefer und tiefer in ihren Mund drang. Hitze strömte zwischen ihre Schenkel, als sie seine mächtige, stählerne Männlichkeit spürte, die sich an sie drängte.

Die Knie wurden ihr weich. Sie klammerte sich an seine Schultern und spürte die drängende Leidenschaft unter ihren Fingerspitzen.

Sein Kuss war wild, während seine Hände sie in Besitz nahmen. Er umfasste ihre Brust, und unter dem warmen Druck seiner Handfläche richtete sich die Brustwarze auf. Seine Zunge umschlang die ihre, hart und fordernd, und sie erwiderte Stoß um Stoß und hielt nichts zurück.

Ihr Atem kam hart und unregelmäßig, während ihr Verlangen sich ins Unermessliche steigerte. Er stöhnte an ihren Lippen mit jedem hungrigen Stoß ihrer Zunge.

Jamie hob ihr Bein und schlang es um seine Hüfte, so dass sich seine Erektion fester an sie drängte. Gott, er fühlte sich so gut an! So hart und voll. Hitze sammelte sich zwischen ihren Beinen. Sie pulsierte, wo sie sich berührten. Der Druck war beinahe mehr, als sie ertragen konnte. Sie wollte sich an ihm reiben, bis das quälende Verlangen Erlösung fand.

Sein Mund glitt vorsichtig an dem Verband vorbei ihren Hals entlang und hinterließ einen sengenden Pfad auf der heißen Haut. Seine feuchten Lippen, der warme Atem, das Flattern seiner Zunge ließen ihre Haut prickeln und jagten ihr einen heftigen Schauer durch den Körper. Alle ihre Sinne waren so überreizt, dass sie jede Berührung, jeden Zungenschlag noch intensiver spürte.

Und als seine Zunge unter den Rand ihres Unterkleids glitt und die pralle Spitze ihrer Brustwarze mit feuchter Hitze umkreiste, glaubte sie, den Verstand zu verlieren.

Selbstvergessen ließ sie den Kopf in den Nacken sinken, während er die Brustwarze tiefer in den Mund saugte und liebevoll ihre Brust massierte. Sie schrie auf, als ein glühend heißer Pfeil der Lust sie durchzuckte, und völlig haltlos sank sie ihm entgegen.

Ihre Beine gaben nach, und er hob sie auf seine Arme und trug sie hinüber zum Bett. Sie verschlang die Finger hinter seinem Nacken und schmiegte die Wange an sein Plaid, während sie versuchte, wieder zu Atem zu kommen.

Vorsichtig legte er sie ab, und sie versank in der weichen Daunenmatratze. Jamie beugte sich über sie und sah ihr tief in die Augen – seine eigenen waren dunkel und von angestauter Leidenschaft verschleiert. »Bist du dir sicher?«, fragte er.

Wie konnte er nur so etwas fragen? Sie nahm sein Gesicht in die Hände und küsste ihn sanft auf den Mund, wobei sie seinen intensiven dunklen Geschmack kostete. »Ich will, dass du nie daran zweifelst, wie sehr ich dich liebe. Ich will, dass nichts zwischen uns kommt.«

Seine Lippen kräuselten sich zu einem Lächeln, das seine Augen zum Strahlen brachte. »Das wird es nicht, mein Liebes.«

Eine schimmernde Welle des Glücks brach über sie herein, als sie genau das hörte, was sie sich gewünscht hatte: Einverständnis. *Ich wusste, er würde es sich anders überlegen.*

Nun, da nichts mehr zwischen ihnen stand, entledigte er sich schnell seiner Kleider, dann zog er sie aus. Als sie beide nackt waren, ließ sie ihm nicht die Gelegenheit, sie zu betrachten, wie er es wollte, sondern zog ihn über sich.

Automatisch wollte er zur Seite rollen, doch sie hinderte ihn daran. »Nein. Ich will dich spüren. Ganz und gar.« Versteckte Ängste hatten keinen Platz in ihrem Bett.

Er umfasste ihr Kinn und hauchte ihr einen zarten Kuss auf die Lippen, dann musterte er eindringlich ihr Gesicht. »Bist du sicher?«

Statt zu antworten streichelte sie über die breite Brust, fasste seine starken Schultern und zog ihn zu sich herunter – Haut auf Haut. Das Gefühl seines Gewichts auf ihr war unglaublich, der Druck köstlich. Er war so schwer und heiß, dass es ihre Haut entflammte, wo sie sich berührten. Sie verschmolzen in einem See aus flüssigem Feuer.

Er küsste sie mit einem tiefen Stöhnen, das sie mitten ins Herz traf. Es war ein Laut reinster Lust und tiefer Emotionen, der sie auf elementarste Weise rief.

Sein Mund fand ihre Lippen in einem langen, sinnlichen Kuss, der jede Faser ihres Körpers zu berühren schien. Seine Lippen waren weich und lockend, während seine Zunge die Tiefen ihres Mundes erkundete.

Ihre Körper glitten übereinander, und die Reibung entfachte ihre Leidenschaft zu einem wilden Mahlstrom. Sie wurde feucht; intensiv war sie sich seiner harten, mächtigen Erektion bewusst, die heiß und pulsierend an ihrem Bauch pochte.

Unfähig, sich zurückzuhalten, umklammerte sie seinen Rücken, die Schultern, die harten Muskeln seines Pos, denn sie wollte ihn noch näher spüren. Wollte ihn in sich spüren.

Jamie wollte nichts sehnlicher, als tief in sie zu gleiten und sie von ihrer Rastlosigkeit zu erlösen, doch er wollte nichts überstürzen. Er wollte jeden Augenblick ihrer Vereinigung völlig auskosten.

Welche Bedenken er auch immer gehabt haben mochte, sie waren durch ihre verständnisvollen Worte weggewischt worden. Ihre Liebe war das Einzige, was wichtig war; alles andere zählte nicht. Ihr Vertrauen wärmte sein Herz, und er war erleichtert, dass sie die Wahrheit erkannt hatte, bevor es zu spät war.

Seine Lippen wanderten über ihren Mund, das Kinn, den Hals, und er streichelte die samtweiche Haut ihrer Brüste und Hüften. Er liebte es, sie unter sich zu spüren, wie ihm die prallen Brustwarzen über die Brust streiften und sie ihren flaumig weichen Schoß nahe der Spitze seiner Männlichkeit rieb.

Welche Ironie – sie hatten sich schon unzählige Male geliebt, aber noch nie in dieser häufigsten aller Stellungen. Es erschien ihm wie die endgültige Hingabe, das Zeichen vollkommenen Vertrauens.

Er war sich intensiv bewusst, wie klein und verletzlich sie war. Als wolle sie diesen Gedanken vertreiben, hob sie ihm sanft drängend die Hüften entgegen. Blut schoss in seine ohnehin schon pulsierende Erektion, während er aufreizend ihre feuchte Öffnung mit der schweren Spitze seiner Männlichkeit umkreiste.

Er senkte den Kopf, nahm eine rosige Brustwarze in den

Mund und knabberte und saugte daran, bis sie sich unter ihm wand. Ihre Haut schmeckte nach Honig und Hitze.

Seine Hände glitten über ihren Bauch und die Beine hinunter und an der weichen Innenseite ihrer Schenkel empor.

Als er sie mit dem Finger streifte, erbebte sie.

Sie war so warm und weich und verzehrte sich nach seiner Berührung. Voller Erwartung spannte sie sich an. Er streichelte die feuchte Öffnung entlang, bis sie sich für ihn öffnete.

Mit einem Blick in ihr Gesicht gab er ihre Brust frei und zog eine Spur aus Küssen über den sanften Schwung ihres Bauches. Mit glühenden und vor Lust verhangenen Augen sah sie ihn an, und ihr Atem kam stoßweise, als sie erkannte, was er vorhatte.

Er konnte es nicht erwarten, ihren heißen Duft zu atmen und sie tief mit der Zunge zu kosten. Mit beiden Händen hielt er sie unter den Hüften fest und hob sie an seine Lippen. Dann, ohne den Blick von ihr zu lösen, presste er den Mund auf ihr weibliches Innerstes.

Sie schrie auf vor Lust, als seine Lippen die empfindsame rosige Haut zwischen ihren Schenkeln liebkosten. Als sein Mund ihren Nektar kostete. Und seine Zunge tief in sie eindrang.

Er liebte es, sie zu beobachten, wie die Ekstase sie erfasste. Wie ihr Kopf in den Nacken fiel, sie den Rücken wölbte und sich ihre üppigen, roten Lippen teilten, als sie den Atem anhielt.

Sie drängte die Hüften seinem Mund entgegen, fand den vollkommenen Punkt der Lust, und Welle um Welle pulsierender Erfüllung brachen über sie herein.

Es war zu viel.

Er löste die Lippen von ihr, glitt über sie und sah an ihren Körpern herab, der seine hart und steif, ihrer weich und nachgiebig, während er sanft in sie glitt und begann, langsam und tief in sie zu stoßen.

Sie schlang die Beine um ihn und hob die Hüften, um ihn noch tiefer in sich aufzunehmen, während ihr Rhythmus sich zu einem wilden Wirbel steigerte, der dem Schlag ihrer Herzen gleichkam.

Er ergab sich dem urgewaltigen Ruf. Hitze spülte über ihn hinweg, und das Blut rauschte ihm durch den Körper.

Sie umschloss ihn so heiß und eng und massierte ihn mit ihrem Körper. Zog ihn in sich zurück, sogar wenn er aus ihr glitt.

Er schloss die Augen, als die gewaltige Leidenschaft in ihm anstieg, und hörte ihre Lustschreie, während die Eruption seiner eigenen Erfüllung tief aus ihm herausbrach. Während die Liebe, die er für sie verspürte, sich aus seinem Körper in einer mächtigen Explosion verströmte, die aus der Tiefe seiner Seele aufwallte.

Als das letzte Beben verebbt war, konnte er nichts anderes tun, als neben ihr zusammenzubrechen, zu versuchen, wieder zu Atem zu kommen und die Worte zu finden, um das Glück zu beschreiben, das er fühlte.

Er rollte sich auf die Seite, damit er sie ansehen konnte, und das Herz zog sich ihm vor Liebe zusammen. Ihr Atem ging unregelmäßig, ihre Wangen waren tief gerötet und die Lippen rot und prall von seinen Küssen. Zärtlich strich er ihr eine Haarsträhne aus dem Gesicht, die sich in den dichten, samtig schwarzen Wimpern verfangen hatte. Ein leichtes Lächeln spielte um ihre Lippen, und flatternd öffneten sich ihre Lider für einen Augenblick.

»Ich bin so glücklich, dass du dich entschlossen hast, es doch nicht zu tun«, murmelte sie, während der Schlaf ihr die Lider schwer werden ließ.

Ohne zu bemerken, dass er sich an ihrer Seite versteifte, dass sie ihm gerade einen Dolch ins Herz gestoßen hatte, sank sie in einen glücklichen, zufriedenen Schlummer.

23

Caitrina schreckte aus dem Schlaf hoch, als sie Bewegung unter ihrem Fenster hörte.

Gott, wie spät ist es? Sie rollte sich ein paarmal von Seite zu Seite und zog sich das Kissen über den Kopf, um den Lärm auszublenden. Die sanfte Stille des Schlafes lockte sie, doch etwas schwebte am Rande ihres Bewusstseins und zwang sie dazu aufzuwachen.

Also öffnete sie die Augen. Der Raum war immer noch in Dunkelheit gehüllt, aber sie brauchte kein Licht, um zu wissen, dass sie alleine war. Manchmal kam es ihr so vor, als könne sie seine Gegenwart so deutlich spüren, als wäre er ein Teil von ihr geworden, so lebenswichtig wie Nahrung und Atemluft. Und wenn er fort war, fühlte sie seine Abwesenheit so schmerzhaft wie ein fehlendes Glied.

Mit einem Stirnrunzeln fragte sie sich, was ihn schon so früh aus ihrem Bett geholt haben mochte. Träge reckte sie die Arme über den Kopf und riss sie wieder zurück und unter die gemütlich warme Decke, denn die morgendliche Kälte hatte die dicken Steinmauern fest im Griff und würde nicht so einfach weichen. Als sie zum Kamin hinüberblickte, erkannte sie, dass das Feuer schon vor einer ganzen Weile ausgegangen war.

Er musste schon länger fort sein.

Ein wohliges, zufriedenes Lächeln breitete sich auf ihrem Gesicht aus, als sie daran zurückdachte, was letzte Nacht geschehen war. Jamie war normalerweise so unerbittlich. Sie hatte schreckliche Angst gehabt, dass sie ihn nicht würde davon überzeugen können, Niall nicht nach Dunoon zu bringen. Doch die Liebe hatte letzten Endes doch noch gesiegt.

Das Geräusch von Pferden und lauten Stimmen lenkte ihre Aufmerksamkeit wieder auf das, was ihren Schlaf gestört hatte. Etwas ging unten im *barmkin* vor sich.

Sie lehnte sich zurück und betrachtete einen Augenblick lang die holzvertäfelte Decke, doch dann gewann die Neugier schließlich doch die Oberhand über die Gemütlichkeit. Mit einem tiefen Atemzug warf sie die warme Bettdecke zurück, schwang die nackten Beine über den Rand des Bettes und machte sich auf den Kälteschock gefasst.

Es nützte nichts.

Sie zuckte zusammen und stieß einen kleinen Schrei aus, dann griff sie nach ihrem Hemd und huschte über die Holzdielen, die ungefähr so warm und einladend wie ein zugefrorener Loch waren, zu ihren Pantoffeln.

Frierend bis auf die Knochen zog sie sich an, so schnell es ihre steifen, kalten Finger erlaubten. Als sie fertig war, schnappte sie sich eine Decke vom Bett, schlang sie sich um die Schultern und eilte zum Fenster. Sie öffnete die Fensterläden, rieb mit der Kante ihrer Faust über eine der beschlagenen Glasscheiben und spähte hinunter in den *barmkin*.

Die ersten Strahlen der Morgendämmerung durchbrachen gerade den Horizont, und ein kalter, nebliger Regen verhüllte den morgendlichen Himmel.

Einen Augenblick lang fühlte sie sich selbst in diesen Nebel gehüllt, als sie die Szene unter sich in sich aufnahm. Für den Kampf gerüstete Männer versammelten sich im Burghof und bereiteten sich darauf vor loszureiten. An der Spitze der Prozession befand sich ihr Ehemann. Er saß auf seinem großen, schwarzen Hengst, und sein Brustpanzer schimmerte über dem gelben Kriegsrock. Der juwelenbesetzte Griff des Claymore, das er auf den Rücken geschnallt hatte, leuchtete wie ein Leuchtfeuer im schwachen Licht.

Ihr Herzschlag setzte aus, als das Verständnis dämmerte. Eine Minute später bestätigte sich ihre Befürchtung, als Niall und der Rest der Wachmänner ihres Vaters aus dem Turm geführt wurden.

Sie wollte es nicht glauben. Einen Moment lang stand sie vor kalter Ungläubigkeit wie versteinert. Jamie hatte sie verraten. Er führte sein Vorhaben durch. Aber nach allem, was sie miteinander geteilt hatten ... Er hatte es doch versprochen ... Oder etwa nicht?

Ohne eine weitere Sekunde zu vergeuden rannte sie aus dem Schlafzimmer, die Treppe hinunter, durch den Saal und aus dem Turm, gerade, als die Männer begannen, paarweise in einer langen Reihe durch das Tor zu reiten.

»Warte!«, schrie sie.

Jamie hielt beim Klang ihrer Stimme an, doch er befahl seinen Männern, weiterzureiten. Regentropfen trafen ihr Gesicht wie feine Nadeln, als sie auf ihn zurannte. Sie erreichte das Tor genau in dem Moment, als Niall hindurchritt. Ohne sich darum zu kümmern, dass man sie beobachtete, packte sie den Fuß ihres Bruders und zwang so den Mann, der sein Pferd führte, anzuhalten, um sie nicht zu zerquetschen.

»Niall ...« Mit tränenüberströmten Wangen sah sie zu ihrem Bruder hoch, und der Kloß in ihrer Kehle machte es ihr schwer, zu sprechen. »Es tut mir so leid! Du musst mir glauben, ich wollte nie, dass das geschieht.«

»Lass ihn los, Caitrina«, befahl Jamie mit völlig emotionsloser Stimme.

»Alles wird gut, Caiti«, sagte Niall und löste vorsichtig ihre Finger von seinem Bein und dem Steigbügel. Er nahm ihre Hand und drückte sie, doch dann musste er sie loslassen, als er fortgeführt wurde. »Kümmere dich gut um Brian.«

Tränen strömten ihr über die Wangen, als sie sich zu ihrem Ehemann umwandte, der sein Ross neben ihr zum Stehen gebracht hatte. Sein Kiefer war hart und angespannt, und sein Gesichtsausdruck unnachgiebig und unerbittlich. Mit jedem Zoll der Campbell-Vollstrecker.

»Wie kannst du das nur tun?«, schrie sie. »Ich dachte, wir wären uns einig.« Heftige Emotionen machten es ihr fast unmöglich weiterzusprechen. »Wir haben uns geliebt.« Sie blickte ihm in die Augen, doch sie sah nur den stählernen Vorhang der Pflicht. »Du hast gesagt, du liebst mich.«

Er hielt ihren Blick fest. »Ich dachte ebenfalls, dass wir uns einig wären. Wie es scheint, haben wir uns beide geirrt. Du hast meine Liebe für dich damit verwechselt, mich nach deinem Willen manipulieren zu können, und ich habe deine Methode der Überzeugung mit wahren Gefühlen verwechselt.«

Es dauerte einen Augenblick, bis ihr klar wurde, was er damit meinte. Entsetzt riss sie die Augen auf. »Du irrst dich!« So hatte sie es nicht geplant. Sie hatte ihn nicht verführt, um ihn zu überreden. »Das würde ich nicht tun.« Doch schon während sie die Anschuldigung vehement von sich wies, fragte sie sich, ob vielleicht doch ein Körnchen Wahrheit darin steckte. Sie war verzweifelt gewesen und hatte nach jedem Strohhalm gegriffen. Hatte sie unbewusst auf sein Verlangen nach ihr vertraut? *Nein.*

»Würdest du das wirklich nicht?« Er starrte sie noch einen Augenblick länger an. »Das spielt keine Rolle. Wie du siehst, hat es nicht funktioniert.«

Sie sah durch das Tor auf den Zug aus Männern und Pferden, die eine Wolke aus Schlamm und Blättern hinter sich aufwirbelten, während sie aufs Meer zugaloppierten. Dann flog ihr Blick wieder zu Jamie zurück. Entschlossenheit stand ihm ins Gesicht geschrieben. Unerbittlich.

Ihre schlimmste Angst war Wirklichkeit geworden. Das Glück, das sie so vorsichtig aufgebaut hatte, stürzte um sie herum zusammen. Und nun verlor sie ihren Bruder vielleicht noch einmal.

Sie hatte ihm vertraut, und er hatte sie im Stich gelassen.

Hilflose Wut erfasste sie. Sie konnte nicht mehr klar denken. Alles was sie wollte, war, das hier zu verhindern. »Das werde ich dir nie verzeihen!«, schwor sie, und ihre Stimme zitterte vor heftigen Gefühlen. Es gab nur noch eine einzige Sache, die sie tun konnte – einen weiteren Fehdehandschuh, den sie zwischen sie werfen konnte. »Wenn du jetzt gehst, wenn du meinen Bruder von hier fortbringst, dann will ich dich nie wiedersehen.«

Beinahe sofort, nachdem ihr die Worte über die Lippen gekommen waren, wünschte sie sie wieder zurück.

Der unbarmherzige Ausdruck seiner Augen brannte ihr ein Loch ins Herz, während das rücksichtslose Ultimatum in der Luft zwischen ihnen hing. Sie wollte glauben, dass er dazu nicht in der Lage wäre.

Doch tief in ihrem Herzen wusste sie, dass er es war. Er hatte sie gewarnt, sich nicht noch einmal zwischen ihn und seine Pflicht zu stellen, doch genau das hatte sie getan.

Sein Blick hielt sie gefangen, ließ sie nicht los; doch sie nahm es nicht zurück. Schließlich neigte er den Kopf. »Wie du wünschst.« Und ohne ein weiteres Wort riss er sein Streitross herum und galoppierte durchs Tor. Ohne sich noch einmal umzublicken.

Vielleicht schmerzte das am meisten. Dass er sie nach allem, was sie miteinander geteilt hatten, einfach so verlassen konnte, ohne auch nur einen Augenblick des Zögerns oder der Reue, wo ihre ganze Welt doch gerade zerstört worden war.

Er würde nicht zurückkommen. Um ihre Brüder zu retten, hatte sie ihr Herz aufs Spiel gesetzt und verloren.

Sie konnte nichts mehr tun. Es war zu spät. Niall war fort. Ebenso wie der einzige Mann, den sie jemals lieben würde.

Verzweiflung schnitt ihr in die Seele wie ein stumpfes Messer; die Qual war unerträglich. Es fühlte sich an, als würde ihr Herz entzweigerissen. Sie wollte ihrem Kummer in einer Sturmflut von Tränen freien Lauf lassen, doch selbst Weinen konnte ihr keinen Trost mehr spenden. Mit trockenen Augen sah sie ihn fortreiten, sah ihm nach, bis sein stolzer, breiter Rücken in der Ferne verschwand.

Fort.

Ein trockenes, ersticktes Schluchzen stieg ihr in die Kehle. Nicht noch einmal. Sie konnte es nicht ertragen. Nie hätte sie geglaubt, dass sie noch einmal solchen Schmerz fühlen würde. Nie hätte sie geglaubt, dass sie sich so alleine fühlen würde.

Die Liebe hatte sie verraten.

Kraftlos fiel sie in dem Schmutz und Schlamm auf die Knie und ließ den Kopf sinken. Dann durchdrang ein unangenehmer Gedanke ihren Kummer. Oder hatte sie die Liebe verraten?

Jamie zwang sich, den Blick streng nach vorne zu richten, während er von Rothesay fortritt, da er wusste, dass es eine Weile dauern würde, bevor er wieder zurückkehrte.

Es hatte ihn alles an Kraft gekostet fortzureiten, und er wusste nicht, wann er es wieder wagen konnte, seine Frau wiederzusehen. In ihrer Nähe zu sein war unmöglich, die Sehnsucht war zu stark. Es wäre besser, jede Verbindung zu ihr abzubrechen.

Als ob es so einfach wäre, sich das Herz aus dem Leib zu schneiden. Er verspürte ein dumpfes Gefühl der Leere in der Brust, das mehr schmerzte als jede Wunde, die er bisher in einer Schlacht erlitten hatte.

Fest biss er die Zähne zusammen und stählte sich gegen die heftige Welle aus Schmerz und Verlust.

Welch feine Ironie, dass ein Mann, der auf dem Schlachtfeld praktisch unbesiegbar war, von so etwas Gewöhnlichem wie Gefühlen zu Fall gebracht wurde. Er hätte sich gar nicht erst auf diese Verbindung einlassen sollen, genauso wie er eine Freundschaft gemieden hatte. Ein Mann in seiner Position war alleine besser dran. Er war das Risiko mit Caitrina eingegangen, weil er gehofft hatte, dass es anders sein würde, doch das war ein Fehler gewesen.

Enttäuschung fraß sich durch seinen Bauch wie Säure. Er hatte so sehr glauben wollen, dass sie sich einig werden konnten, doch er hatte Sex mit Vertrauen und Liebe verwechselt. Sie hatte es vielleicht nicht bewusst getan, so wie er es anfangs geglaubt hatte – der Schock auf ihrem Gesicht hatte echt genug gewirkt –, doch sie hatte eindeutig nicht als Zeichen ihres Vertrauens mit ihm geschlafen, so wie er vermutet hatte.

Offensichtlich hatte sie ebenfalls Vermutungen angestellt. Erst ihr Ultimatum an ihn hatte ihn endlich erkennen lassen, dass er sie niemals würde überzeugen können, ihm völlig zu vertrauen, ganz gleich, wie sehr er es auch versuchte. Er hatte gehofft, dass sie, sobald sie ihn einmal besser kannte ...

Nein. Ihre Familie und dass er ein Campbell war, würden stets zwischen ihnen stehen. Sie würde nie den Mann hinter dem Namen und dem Ruf sehen. Alleine war er besser dran. Das hätte er von Anfang an bleiben sollen.

Liebe, so schien es, war einfach nicht genug.

Für einen Mann, der eine Niederlage nicht zuließ, war Versagen schwer zu verdauen – besonders wenn er so hart für etwas gekämpft hatte.

»Meine Schwester kann ziemlich stur sein.«

Jamie wandte sich zu Niall Lamont um, der im *birlinn* neben ihm saß und ihn beobachtete, und seinem nachdenklichen Gesichtsausdruck nach zu schließen, hatte er vermutlich mehr gesehen, als es Jamie lieb war. Er tauchte das Paddel ins Wasser und ruderte. »*Aye.*«

Da Nialls Hände gefesselt waren und er nicht rudern konnte, hatte er es sich bequem gemacht, die Füße ausgestreckt und sich an die hölzerne Bootswand hinter sich zurückgelehnt. Die entspannte Haltung war nicht gerade die eines Gefangenen. »Sie hat Angst. Ich bin sicher, sie hat nicht alles so gemeint, was sie sagte.«

»Ich bin sicher, sie hat jedes Wort so gemeint.« Er sah dem anderen Mann in die Augen. »Sie glaubt, ich habe sie verraten, indem ich Euch nach Dunoon bringe, um Euch für Eure Verbrechen zu verantworten.«

Niall zog eine Augenbraue hoch. »Könnt Ihr ihr da einen Vorwurf machen? Euer Cousin ist nicht gerade für sein Mitgefühl für Gesetzlose bekannt. Und Ihr ebenso wenig, was das betrifft.«

Das konnte Jamie nicht leugnen. Aber schon allein die Tatsache, dass er seinen Cousin bitten würde, sich für Niall einzusetzen, sollte ihr doch sagen, wie viel sie ihm bedeutete. Er wollte glauben, dass sie ihn besser kannte. Dass er, auch wenn er nicht für sein Mitgefühl bekannt war, doch dazu fähig war. Colin würde Argyll unter Druck setzen, aber Jamie war zuversichtlich, dass am Ende Niall Lamont und seinen Männern die Schlinge des Henkers erspart bleiben würde. Es würde seinem Cousin nicht gefallen, aber er würde sein Wort halten. »Mein Cousin ist nicht derjenige, dem zu vertrauen ich sie gebeten habe.«

»Nicht?«

Jamie dachte einen Augenblick lang über die rhetorische Frage nach. »Ihr scheint mein Versprechen der Nachsicht zu glauben.«

Niall zuckte die Schultern. »Was habe ich denn für eine Wahl? Wenn es das Leben meines Bruders oder meiner Schwester wäre, das auf dem Spiel steht, dann kann ich Euch versichern, würde ich anders empfinden.«

Widerwillig musste Jamie sich eingestehen, dass er damit möglicherweise nicht ganz unrecht hatte. Caitrina kannte Argyll nicht so gut wie er – und das, was sie von ihm wusste, trug möglicherweise nicht gerade dazu bei, Vertrauen in seine Nachsicht zu erzeugen.

Aber etwas, das Niall gesagt hatte, beschäftigte ihn. Aufmerksam musterte Jamie das Gesicht des anderen Mannes. Seine Stimme klang wie die eines Mannes, dem es egal war, ob er lebte oder starb. Eines Mannes, der den Glauben an die Welt verloren hatte. Jamie erinnerte sich daran, was Niall ihm über die Schändung seines Mädchens erzählt hatte.

Er konnte sich gar nicht vorstellen, wie Niall Lamont sich fühlen musste. Wenn jemand Caitrina so etwas angetan hätte … Glühend heißer Zorn erfüllte seinen ganzen Körper.

Er betrachtete Nialls stoischen Gesichtsausdruck und wusste, dass unter der Oberfläche rasende Wut kochte. Wut, die einen Mann in die Gesetzlosigkeit treiben konnte. Zum ersten Mal erkannte Jamie, was einen Mann dazu bringen konnte, selbst nach Gerechtigkeit zu streben – jenseits der Grenzen des Gesetzes. Und es war Jamies eigener Bruder gewesen, der ihn dazu getrieben hatte. Zweimal.

Er hasste den Gedanken, dass Colin zu so einer Brutalität gegen eine Frau fähig war, aber er wusste auch, dass Colin nicht so darüber denken würde. Er würde es als Kriegsbeute betrachten, als eine Möglichkeit, den Feind zu beschämen. Viele Männer wären mit ihm einer Meinung.

Angewidert biss Jamie die Zähne zusammen. *Er nicht.* »Ich kann Euren Zorn verstehen, aber warum die MacGregors? Warum sich mit ihnen verbünden? Sicher wisst Ihr doch, dass sie dem Untergang geweiht sind. Der König wird ihnen das Massaker von Glenfruin nicht vergeben.«

»Die Frau, von der ich gesprochen habe …«

Jamie bedeutete ihm mit einem ernsten Nicken fortzufahren.

»Ihr Name ist Annie MacGregor.«

Jamie fluchte.

»Ich bin mir bewusst, dass manche MacGregors zuweilen …«, Niall räusperte sich, »nicht gerade gesetzestreu waren. Aber was hatten sie denn für eine Wahl, nachdem sie von ihrem Land verjagt wurden und nichts haben, wohin sie gehen können? Auch ich habe die Härte eines Campbell-Schwerts zu spüren bekommen.«

Jamies Miene verhärtete sich. Seit Hunderten von Jahren war der Streit um Land das Herzstück der immer wieder aufflammenden Fehde zwischen den Campbells und den MacGregors – seit König Robert Bruce die Baronie von Lochawe einschließlich eines Großteils der Ländereien der MacGregors an die Campbells verliehen hatte. »Die MacGregors halten immer noch an einem Besitzanspruch fest, der fast dreihundert Jahre zurückliegt. Irgendwann müssen sie akzeptieren, dass sie dieses Land nicht wieder zurückbekommen. Ich habe Mitgefühl mit ihrer Notlage, aber Fehden, Plündern und Brandschatzen sind keine Lösung.«

»Was hatten sie denn für eine Wahl? Wenn Ihr eine Schlange reizt, dann müsst Ihr auch erwarten, dass sie zubeißt.«

Niall hatte nicht ganz unrecht, aber das bedeutete nicht, dass es den MacGregors viel nützte. Selbst das Gesetz konnte ihnen nun nicht mehr helfen. »Das wird ihr Schicksal nicht ändern. Sie werden immer noch dafür bezahlen müssen, was bei Glenfruin geschehen ist.«

»So wie meine Männer und ich dafür bezahlen werden, dass wir Euren Bruder angegriffen haben.«

»Ich werde dafür sorgen, dass Euch Gerechtigkeit widerfährt.« Angesichts von Colins Anteil am Leid des Mädchens war es vielleicht passend, dass die Gerechtigkeit durch Jamie kam.

Gerechtigkeit. Was war in diesem Fall gerecht? Er hatte Gerechtigkeit stets mit dem Gesetz gleichgesetzt, aber dieses Mal war die Antwort nicht so eindeutig. Niall Lamont hatte es nicht leicht gehabt – die Entscheidungen, die er unter diesen Umständen getroffen hatte, erschienen verständlich. Caitrinas Vorwurf kam ihm wieder in den Sinn. Wurde er unbewusst von Duncans Verrat getrieben, und hatte das seine Sicht von Recht und Unrecht starr und unbeugsam gemacht?

Er hatte Duncans Schuld nie in Frage gestellt, doch nun fragte er sich, ob er das möglicherweise hätte tun sollen. Hatte er seinen ältesten Bruder zu hart verurteilt? Das war ein ernüchternder Gedanke. Einer, der Auswirkungen hatte, die weit tiefer reichten, als Jamie in Erwägung ziehen wollte.

Niall beobachtete ihn aufmerksam. »Wisst Ihr, beinahe glaube ich Euch.« Jamie ruderte eine Weile weiter, bevor Niall das Schweigen brach. »Gebt ihr Zeit.«

Jamies Blick war scharf und abschätzend, während er sich fragte, was Nialls Absicht war. »Warum interessiert Euch das? Ich würde meinen, dass Ihr glücklich darüber wärt, wenn Eure Schwester mich los ist.«

»Ihr habt recht. Ihr seid so ziemlich der letzte Mann, mit dem ich meine Schwester verheiratet sehen möchte. Aber ich bin nicht blind. Ich sehe, was sie für Euch empfindet, und ich will, dass sie glücklich ist.«

Jamie nickte. *Das will ich auch*. Er wusste einfach nur nicht, ob er derjenige war, der sie glücklich machen konnte. Denn ganz gleich, was ihr Bruder sagte, Caitrina war es, die an ihn glauben musste.

24

Caitrina brauchte weniger als eine Stunde, um sich zu entscheiden. Sie würde nicht tatenlos herumsitzen und zulassen, dass ihr Bruder ihr genommen wurde – nicht noch einmal. Nicht, solange es in ihrer Macht stand, etwas zu unternehmen. Wenn Jamie nicht auf sie hören wollte, dann blieb nur noch eine einzige Person übrig, an die sie sich wenden konnte.

Sie biss die Zähne zusammen und kämpfte die Welle des Abscheus nieder.

»Bist du dir sicher, dass du das tun willst, Caiti?« Mor begegnete ihrem Blick im Spiegel, während sie ihrer Frisur den letzten Schliff gab.

Caitrina erblickte ihr Spiegelbild und erschrak, geschockt über die Veränderung, die ein neues Kleid und ein paar Haarnadeln bewirkt hatten. Einen Augenblick lang war ihr, als werfe sie einen Blick in die Vergangenheit. Doch das Mädchen, das ihr aus dem vergoldeten Spiegel entgegensah, war nicht im Geringsten wie das Mädchen an jenem Tag im letzten Frühling, das ein schönes Gewand angezogen und einen gutaussehenden Ritter in einem verzauberten Königreich getroffen hatte. Dieses Königreich war für immer verschwunden – falls es überhaupt je existiert hatte. Wenn man genauer hinsah, konnte man die Veränderungen erkennen. Das Mädchen war nun eine Frau, die wusste, wie es war, alles zu verlieren und dennoch die Kraft zu finden, weiterzuleben – und wieder zu lieben.

Sie würde alles dafür geben, ihren Vater und ihren Bruder wiederzuhaben, aber das naive, behütete Mädchen, das sie gewesen war, wollte sie nie wieder sein. Jamie hatte ihr nie die Wahrheit vorenthalten, sondern sie als gleichberechtigt behandelt. Nun, da sie nicht länger blind dafür war, was um sie herum geschah, erkannte sie, dass das Leben komplizierter war, aber auch reicher und bedeutungsvoller. Das war eine eigenartige Erkenntnis.

Sie strich über den weichen, silbrig blauen Samt ihres Mieders und verzog die Lippen zu einem kleinen Lächeln. Eine Sache hatte sich nicht geändert: Sie wusste ein schönes Kleid immer noch zu schätzen. Sie hatte Mor mit dem Beutel Münzen ins Dorf geschickt, den Jamie ihr gegeben hatte, um ein neues Kleid zu kaufen, wenn sich eines auftreiben lassen sollte. Sehr zu ihrem Erstaunen war Mor mit diesem feinen Gewand zurückgekommen, das nach höfischer Mode geschnitten war, mit elfenbeinfarbenem Unterkleid und aufwändig besticktem Samtmieder – nur um zu entdecken, dass Jamie es schon vor einiger Zeit angefordert hatte. Das Herz zog sich ihr schmerzhaft zusammen, als ihr klar wurde, dass er sie damit hatte überraschen wollen.

Ihr Haar war zu einer kunstvollen Frisur hochgesteckt und mit einem Kranz aus winzigen Saatperlen geschmückt, den Jamie ihr an ihrem Hochzeitstag geschenkt hatte, zusammen mit passenden Ohrringen und einer Halskette. Es war das erste Mal, dass sie sie trug. Was nicht der Ironie entbehrte, wenn man den Zustand ihrer Ehe bedachte.

Doch daran konnte sie jetzt nicht denken. Der Schmerz, ihn zu verlieren, war zu lähmend; sie musste sich auf das konzentrieren, was sie tun musste.

Deshalb stand sie auf und antwortete Mor. »Ja, völlig sicher.« Sie war fest entschlossen, alles zu tun, was nötig war, um ihre Familie und ihr Heim zu schützen. Sie würde sogar mit dem Teufel selbst feilschen oder betteln, wenn sie dadurch ihrem Bruder das Leben rettete. In diesem Fall war der Teufel der Earl of Argyll.

Zum Glück hatte Jamie diesmal keine Anweisung gegeben, dass sie die Burg nicht verlassen durfte, doch der Hauptmann seiner Wachmänner hatte darauf bestanden, sie persönlich mit einem guten Dutzend Männer zu begleiten. »Ich breche auf, sobald meine Eskorte bereit ist und ich Gelegenheit hatte, nach Brian zu sehen.«

»Dem Jungen geht es schon viel besser«, sagte Mor.

Es war eine Erleichterung, das zu hören, aber Caitrina musste sich mit eigenen Augen vergewissern. Wenige Minuten später öffnete sie die Tür zu seiner Kammer und sah erfreut, dass ihr Bruder aufrecht in seinem Bett saß. Er war frisch gewaschen, ein sauberer Verband – zum Glück ohne Blutflecken – zierte seinen Kopf, und seine Wangen hatten wieder eine gesunde Röte angenommen.

»Ich hatte genug Brühe«, sagte er und winkte die Schüssel fort. »Ich bin am Verhungern. Kannst du denn nicht vielleicht ein klitzekleines Stückchen Fleisch für mich auftreiben?«, versuchte er mit leidendem Gesichtsausdruck die hübsche Dienerin an seinem Bett einzuwickeln.

Gott, er sieht aus wie Malcolm. Doch dem schelmischen Ausdruck nach zu schließen hatte er sich ein bisschen zu lange in Nialls Gesellschaft aufgehalten. Sie spürte ein leichtes Ziehen im Herzen, als ihr klar wurde, wie viel älter Brian in den Monaten ihrer Trennung geworden war. Er war nun dreizehn Jahre alt, doch die Tatsache, dass er einen weiteren Geburtstag gefeiert hatte, war nicht der Grund dafür. Wie sie hatte er Tod und die Zerstörung ihres Clans mit angesehen, ganz zu schweigen davon, dass er monatelang als ein Geächteter gelebt hatte.

Er sah sie im Türrahmen stehen, und ein breites Lächeln überzog sein jungenhaftes Gesicht. »Caiti!« Sofort konzentrierte er seine Anstrengungen auf sie. »Ich bin so froh, dass du da bist. Würdest du Mairi bitte sagen, dass ich Fleisch brauche, wenn ich wieder zu Kräften kommen soll?«

»Mor hat es so angeordnet, Mylady. Sie sagte, der Junge

sei noch zu schwach, um etwas anderes als Brühe zu bekommen.«

»Schwach!«, protestierte Brian entrüstet. »Pah! Das werde ich noch, wenn ich nichts anderes als Wasser und gekochtes Mark bekomme.«

Bei seinem wütenden Gesichtsausdruck verkniff Caitrina sich ein Lächeln. Ein junger Krieger ließ sich nicht gern als schwach bezeichnen, ganz gleich in welchem Zusammenhang. Sie setzte sich an den Rand des Bettes und bedeutete der Dienerin, sie allein zu lassen. »Ich werde mit Mor sprechen und sehen, was ich tun kann, damit du etwas Nahrhafteres zu essen bekommst, wenn *du* mir versprichst, im Bett zu bleiben und dich auszuruhen, bis ich wieder zurück bin.«

Mit einem Schlag wurde Brians Miene besorgt. »Zurück? Wo gehst du hin? Und wo ist Niall? Warum ist er nicht gekommen, um nach mir zu sehen? Niemand hier erzählt mir irgendwas.«

Caitrina rang mit sich, ob sie ihm die Wahrheit sagen sollte. Obwohl es vielleicht schwer für ihn sein würde, es zu erfahren, wusste sie aus eigener Erfahrung, dass es ihn nicht vor der Wahrheit schützen würde, wenn sie ihm nur über den Kopf streichelte und ihn im Unwissen ließ. Und nach allem, was er in den letzten paar Monaten durchgemacht hatte, hatte er ein Recht darauf, es zu wissen. »Niall wurde nach Dunoon gebracht. Ich werde ihm nachreisen.«

Bei dieser Enthüllung wurde er bleich, zeigte jedoch keine weitere Reaktion. Wieder spürte sie ein Ziehen im Herzen bei diesem Beweis dafür, wie sehr ihn die vergangenen Monate verändert hatten. Ihr junger Bruder war reif für sein Alter. Doch seine beherrschte Reaktion zeigte ihr auch, dass es richtig gewesen war, es ihm zu sagen. Sie wollte ihm beruhigend über die Stirn streichen und ihm versichern, dass es nichts gab, worüber er sich Sorgen machen musste, aber Brian war kein kleiner Junge mehr – und sie wollte ihm keine falschen Hoffnungen machen.

Also fügte sie hinzu: »Ich werde zurückkommen, so schnell ich kann.«

»Ich verstehe nicht, wie das passieren konnte. Niall war so sicher, dass man uns nicht entdecken würde.«

Caitrina biss sich auf die Lippe. »Das wurdet ihr auch nicht«, gestand sie. »Ich war es, der Jamie verriet, wo er euch finden konnte.«

Ungläubig riss er die Augen auf. »Du hast Argylls Henker verraten, wo wir waren? Aber er ist ein verdammter Campbell! Unser Feind!«

»Das ist er nicht.« Der Impuls, ihn zu verteidigen, kam automatisch. Sie hasste den Beinamen Henker. Jamie war kein kaltblütiger Mörder oder ein Mann, der gedankenlos auf Befehl seines Chiefs tötete. Er tat, was er für das Richtige hielt. »Er ist einer der ehrenhaftesten Männer, die ich kenne. Er hat unserem Clan das Heim wiedergegeben und unsere Leute so behandelt, als wären es seine eigenen, obwohl sie ihn nicht gerade willkommen geheißen haben.«

Brian schien nicht geneigt, ihr zu glauben, doch das hatte sie auch nicht erwartet. Schließlich hatte er wegen der Campbells die letzten paar Monate als Gesetzloser verbracht. »Aber warum jetzt? Warum hast du es für nötig gehalten, ihm zu sagen, wo wir waren?« Er wurde blass. »Es war doch nicht meinetwegen?«

»Nein, nein«, versicherte sie ihm schnell und erklärte ihm, wie erst Auchinbreck und seine Männer und dann Jamie auf Rothesay angekommen waren. »Ich konnte nicht riskieren, dass sein Bruder euch zuerst fand. Ich dachte, dass mein Ehemann euch beschützen würde.«

»Aber jetzt bist du anderer Meinung?«

»Nein, ich …« Sie brach ab, als sie erkannte, was sie gerade gesagt hatte. *Nein.*

Sie hatte ihre Meinung nicht geändert. Sogar nach allem, was zwischen ihnen passiert war, glaubte sie noch immer, dass Jamie versuchen würde, ihrem Bruder und seinen Männern zu helfen. Es war die unberechenbare Skrupellosigkeit seines Cousins, die sie fürchtete. Wie konnte sie es ihm nur erklären? »Es ist kompliziert«, meinte sie ausweichend.

Brian musterte sie nachdenklich. »Glaubst du, er hat genug Einfluss auf seinen Cousin?«

Seine scharfsinnige Einschätzung der Situation erstaunte sie. In diesem Moment erinnerte er sie so sehr an ihren Vater.

Caitrina dachte über seine Frage nach. Jamie behauptete, dass Argyll versprochen hatte, Nachsicht walten zu lassen. Obwohl sich alles in ihr dagegen wehrte, Argyll zu vertrauen, war es offensichtlich, dass Jamie immer noch an ihn glaubte – trotz seines Betrugs an Alasdair MacGregor.

Wenn sie Jamie vertraute, bedeutete das, dass sie Argyll ebenfalls vertrauen musste? Schon allein die Vorstellung war abstoßend, aber auch auf unangenehme Weise zutreffend. Sie wusste, was für ein Mann Jamie war: War es möglich, dass sich seine Loyalität und sein Pflichtgefühl auch auf einen Despoten erstreckten? Jamie hatte recht. An einem gewissen Punkt musste sie sich für eine Seite entscheiden. Sie war entweder für Jamie und seinen Cousin oder gegen sie. Es war nicht einfach nur eine Frage von Schwarz oder Weiß, sondern einer komplizierten Schattierung Grau. Wem vertraute sie mehr?

Tief im Herzen wusste sie die Antwort, doch sie hatte zu viel Angst, sie sich einzugestehen, da das zugleich bedeutete, dass sie einen tragischen Fehler gemacht hatte. »Jamie hat Einfluss, und er hat versprochen, sich für Niall und die anderen einzusetzen. Aber ich bin nicht sicher, ob das ausreichen wird. Zu viel steht auf dem Spiel. Ich hätte ihm niemals gesagt, wo ihr zu finden wart, wenn ich gewusst hätte, was er plante.«

»Ich hätte es mir denken können«, sagte Brian angewidert. »Er hat dich also dazu überlistet, es zu verraten, nicht wahr?«

»Nein, natürlich nicht«, verteidigte sie ihn automatisch. »Das würde er nie tun. Er nahm einfach nur an, dass mir klar wäre, was er vorhatte.«

»Hast du versucht, ihn umzustimmen?«

Sie nickte. »Er wollte nicht auf mich hören.« Selbst dann nicht, als sie den letzten Fehdehandschuh geworfen hatte. Ihre panische Angst in dem Moment hatte sie nach jedem Strohhalm greifen lassen. »Er sagte, es sei seine Pflicht.«

»Was hast du auch von ihm erwartet, Caiti? Er ist Argylls verdammter Henker. Sogar ein Campbell muss seinem Laird gehorchen.«

Gott, es war sogar ihrem dreizehn Jahre alten Bruder klar! Unbehagen durchdrang den Schleier des Verrats, der sie für alles andere blind gemacht hatte.

Sie hatte Jamie gebeten, seine Pflicht gegenüber ihr über die Pflicht gegenüber Argyll zu stellen, und er hatte sich geweigert. Es war ihr so einfach erschienen, aber als er sie vor dieselbe Wahl gestellt hatte, war ihr klar geworden, dass es alles andere als das war. Liebe war keine Frage von Entweder-oder, aber sie hatte sie dazu gemacht, indem sie Drohungen und Ultimaten ausgesprochen hatte.

Seine Pflicht und Loyalität gegenüber Argyll waren genau die Dinge, die ihn auch an sie banden; er konnte sie nicht einfach nach Belieben ablegen.

So wie sie es getan hatte.

Ein hohles Gefühl der Verzweiflung bildete sich in ihrer Magengrube, als ihr die Erkenntnis langsam dämmerte. Sie hatte ihn von sich fortgetrieben und ihm keine andere Wahl gelassen, obwohl er so viel für sie getan hatte.

Je mehr sie über die vergangenen Monate nachdachte, umso schlimmer fühlte sie sich. Er war einer der mächtigsten Männer der Highlands, und doch hatte er sie geheiratet, als sie nichts besaß. Ohne ihn wäre ihr Clan zugrunde gegangen. Er hatte ihr nicht nur geholfen, ihr Land wiederzubekommen, sondern hatte auch noch sein eigenes Vermögen in den Wiederaufbau von Ascog gesteckt – der unglaubliche Fortschritte machte. Ohne ihn hätten sie das niemals zustande gebracht. Sie besaß weder seine Erfahrung noch seine Führungskraft. Die Lamonts mochten ihn vielleicht nicht, aber sie verließen sich auf ihn. Und sie brauchten ihn immer noch, wenn Niall seine Ländereien wiederbekommen wollte.

Aber es war nicht nur ihr Clan, der ihn brauchte. *Sie* brauchte ihn. So wie eine Frau einen Mann braucht; wie eine Seele ihren Gefährten braucht. Er war ein Teil von ihr. Er hatte die Liebe zurück in ihr Leben gebracht und ihr das Gefühl von Glück und Sicherheit gegeben, als sie nicht mehr geglaubt hatte, dass sie das jemals wieder fühlen würde.

Voller Schuldbewusstsein kam ihr Brians Frage wieder in den Sinn. Was hatte sie von ihm erwartet? »Ich weiß es nicht. Ich hoffte, dass mir noch Zeit blieb, aber er sagte, dass Niall und die anderen sich irgendwann dafür verantworten müssten, was sie getan hatten, und das besser jetzt als später.«

Brians Frustration war ihm anzusehen. Ihm gefiel die Vorstellung von Niall und den anderen in Argylls Klauen genauso wenig wie ihr.

»Wir haben keine andere Wahl, als es hinzunehmen. Solange Argyll das Gesetz ist, hat dein Ehemann recht.« Nachdenklich sah er sie an. »Ich schätze, er muss dich wirklich sehr gern haben, wenn er deinen Bruder über seinen eigenen stellt.«

Caitrina erschrak. So hatte sie das noch gar nicht gesehen, aber Brian hatte recht. Auchinbreck würde Blut sehen wollen, und Jamie wollte sich ihm ihretwegen in den Weg stellen.

»Und er muss sich seines Einflusses sehr sicher sein, wenn er deine Bitte abgelehnt hat.«

»*Aye*«, erkannte sie. Das musste er.

Hart schluckte sie den Kloß hinunter, der in ihrer Kehle saß, und Scham versetzte ihr einen Stich, als sie die Sache mit etwas mehr Einsicht betrachtete. Einsicht, die ihr vor wenigen Stunden leider noch gefehlt hatte. War es falsch gewesen, ihm nicht zu vertrauen? Sie fürchtete, dass sie die Antwort bereits kannte und dass es möglicherweise schon zu spät war.

»Was glaubst du, erreichen zu können, wenn du ihnen nachreitest?«

Sie sah ihrem Bruder in die Augen. »Ich weiß es nicht. Aber etwas muss ich tun.« Sowohl für Niall als auch für sich selbst.

Caitrina fühlte sich, als renne sie mit einem wachsenden Gefühl von Verhängnis um die Wette. Jede Sekunde ihrer Reise schien sich gegen sie zu wenden, als die Überzeugung, dass sie einen Fehler gemacht hatte, wuchs.

Sie hatte Jamie im Stich gelassen. Sie hatte ihn um Hilfe gebeten und ihn in die unmögliche Situation gebracht, zwischen zwei sich widersprechenden Pflichten zu wählen. Sie hatte etwas von ihm gefordert, das er ihr nicht geben konnte, und sich dann geweigert, ihm zu vertrauen. Sie hatte Niall einmal gesagt, dass sie Jamie ihrer aller Leben anvertrauen würde, doch als es dann so weit war, hatte sie es nicht getan. Sie hatte das Recht, wütend zu sein, aber sie hatte versucht, ihre Liebe als Pfand für seine Pflicht zu benutzen, und sie bedauerte ihre harten Worte zutiefst.

Ein Leben ohne ihn konnte sie sich nicht vorstellen. Sie konnte nicht vergessen, dass er ein Campbell war, aber ebenso wenig konnte sie vergessen, was er für sie und ihren Clan getan hatte. Campbells und Lamonts mochten sich vielleicht nicht, aber ihre Liebe für ihn war stark genug, den Hass ihres Clans zu überwinden. War seine Liebe das ebenfalls?

Nicht in der Lage, die Angst abzuschütteln, dass er sie möglicherweise beim Wort genommen hatte und sie nicht wiedersehen wollte, beugte sie sich im Sattel weiter vor und trieb ihr Reittier ein wenig stärker an.

»Wie lange noch?«, fragte sie den mürrischen Captain.

Trotz der hereinbrechenden Dunkelheit konnte sie William Campbells Stirnrunzeln erkennen. Es war offensichtlich, dass er ihre überstürzte Reise durch Cowal missbilligte, doch er hatte es nicht riskieren wollen, den Unmut der Gemahlin seines Lairds zu erregen. Sie waren kurz nach Mittag aufgebrochen und über den Firth of Clyde nach Toward übergesetzt, wo sie das *birlinn* gegen Pferde eingetauscht hatten und nun etwa acht Meilen an der Küste Cowals entlang nach Dunoon ritten.

»Nur noch etwa eine Achtelmeile. Wir sollten vor Einbruch der Nacht dort sein.«

Ihre Nerven lagen blank. Nicht nur Jamies mögliche Reaktion verursachte ihr Magenschmerzen. Es machte sie ebenfalls nervös, Argyll von Angesicht zu Angesicht zu begegnen.

Auch wenn sie ihn nicht mochte, war es eine unbestreitbare Tatsache, dass Archibald Campbell der mächtigste Mann in den Highlands war. Es war leicht, ihn zu hassen; aber was, wenn die Wahrheit komplizierter war? Würde er ihre Ängste bestätigen oder sie mildern?

Das würde sie bald herausfinden.

Ihr Herzschlag beschleunigte sich, als der Weg sich nach Norden wandte und der Schatten einer gewaltigen Burg in Sicht kam. Die monumentale, steinerne Festung auf der hügeligen Landzunge, die auf den Firth hinausragte, jagte ihr einen Schauer der Angst über den Rücken. Angst, die nur noch größer wurde, je näher sie kamen. Jenseits der Ringmauer ragten die dicken Steinmauern der Burg empor. Der jahrhundertealte, grob gemauerte Wohnturm beherrschte die Silhouette und wirkte aus der Nähe nur noch furchteinflößender.

Wie sein Burgherr.

Der Anblick der Burg stellte ihre Entschlossenheit auf eine harte Probe, und sie verspürte einen Anflug von Unsicherheit. Was sollte sie tun, sein Erbarmen erflehen? Vorausgesetzt, er hatte welches.

Doch das spielte keine Rolle. Sie würde tun, was auch immer nötig war.

Entschlossen nahm sie die Schultern zurück, saß ab und wandte sich an den nächsten Wachposten, bevor sie es sich noch einmal anders überlegen konnte.

»Bringt mich zum Earl.«

Ein anderer Mann, der der Verantwortliche zu sein schien, kam auf sie zumarschiert und hatte ihre Forderung gehört. Er begrüßte sie, stellte sich als Torwächter vor und sagte dann: »Wir wurden von Eurer Ankunft nicht informiert, Mylady. Ich werde Euch eine Kammer bereiten lassen und dann den Earl und Euren Ehemann wissen lassen, dass Ihr hier seid.«

»Ich danke Euch, aber ich brauche keine Kammer. Ich muss den Earl unverzüglich sehen. Was ich zu sagen habe, duldet keinen Aufschub.«

Der Mann wirkte unbehaglich, denn offensichtlich war er es nicht gewohnt, dass eine Lady darauf bestand, seinen Herrn zu sehen, und er war sich nicht sicher, was er diesbezüglich tun sollte. »Ich fürchte, er führt gerade eine Besprechung mit seinen Männern und kann nicht gestört werden.«

Ihr Herz raste, da sie davor Angst hatte, worum es bei dieser Besprechung ging. »Ist mein Gemahl bei ihm?«

»*Aye.*«

Das war alles, was sie wissen musste. Entschlossen hastete sie die Treppe hoch, und der Torwächter folgte ihr dicht auf den Fersen.

»Wartet!«, rief er ihr hinterher. »Ihr könnt da nicht hineingehen.«

Doch Caitrina ließ sich nicht davon abbringen. Sie setzte ihr betörendstes Lächeln auf und sah ihn an. »Oh, ich bin sicher, es macht ihm nichts aus.«

Der arme Mann war völlig überrumpelt. »Aber ...«

Caitrina durchquerte bereits den großen Saal. Gegenüber dem Eingang befanden sich zwei Türen, und sie vermutete, dass eine davon – sie riss die erste Tür auf und lächelte – zum Arbeitszimmer des Lairds führte.

Etwa ein Dutzend Augenpaare starrten sie an, als wäre sie ein Gespenst. Die Nervosität, die sie auf dem Ritt nach Dunoon verspürt hatte, war nichts im Vergleich zu diesem Moment, aber sie war fest entschlossen, es sich nicht anmerken zu lassen. Also setzte sie ein selbstbewusstes Lächeln auf und schwebte in den Raum, majestätisch wie eine Königin – oder, so dachte sie in einem Anflug bittersüßer Wehmut, wie eine Prinzessin.

»Was hat das zu bedeuten?«, wandte sich ein Mann mit scharf geschnittenen Gesichtszügen, der in der Mitte des Tisches saß, an den Torwächter, der hinter ihr hereinhastete. Schnell überflog Caitrina den Raum und stellte enttäuscht fest, dass sie Jamie nirgends entdeckte. Trotz des gegenwärtigen Zustandes ihrer Beziehung hätte seine Anwesenheit ihr im Augenblick dringend benötigte Unterstützung gegeben, doch wie es schien, musste sie dem Teufel alleine gegenübertreten.

Der Earl of Argyll war nicht ganz so, wie sie erwartet hatte. Obwohl er wie ein König gekleidet war – sein Gewand und die Juwelen waren so erlesen, wie sie es noch nie zuvor gesehen hatte, und ziemten sich seiner Rolle als enger Vertrauter von König James –, hatte er ein unübersehbares Funkeln in den Augen und eine gewisse Härte in seiner äußeren Erscheinung, die von seinen Highland-Wurzeln zeugten. Seine finsteren Züge waren scharf und kantig, der Mund schmal und sein Gesichtsausdruck mindestens so grimmig, wie sein Beiname, Gillesbuig Grumach, besagte. Doch er sah älter aus als seine etwas über dreißig Jahre, was wahrscheinlich nicht verwunderlich war, wenn man seine schwierige Jugend bedachte. Sein Vater war gestorben, als Argyll noch ein Junge gewesen war, und er hatte sich schon früh gegen Angriffe – sogar versuchten Mord – durch ebenjene Menschen wehren müssen, die sich eigentlich um ihn kümmern sollten.

»Es tut mir leid, Mylord«, entschuldigte sich der Torwächter vielmals. »Die Lady hat darauf bestanden.«

Die Augen des Earls wurden schmal, während er sie wenig schmeichelhaft von oben bis unten musterte. »Und wer ist diese *Lady*?«

Caitrina holte tief Luft und trat vor. »Caitrina Campbell, Mylord. Gemahlin Eures Cousins.«

Wenn ihre Erklärung ihn überraschte, dann ließ er es sich nicht anmerken. »Was wollt Ihr?«

»Einen Augenblick Eurer Zeit, wenn es Euch beliebt, Mylord.« Als es so aussah, als wolle er sie abweisen, fügte sie zwischen zusammengebissenen Zähnen hinzu: »Ich entschuldige mich für die abrupte Art und Weise meines Erscheinens, aber es geht um eine Angelegenheit von höchster Wichtigkeit.«

Mit pochendem Herzen wartete sie, überzeugt davon, dass er sie abweisen würde. Umso mehr überraschte es sie, als er seine Männer fortwinkte.

Ein jähes Gefühl der Freude über diese kleine Errungenschaft erfasste sie, doch ebenso schnell verschwand es wieder, als er ihr bedeutete, näher zu kommen. Vor dem massiven Tisch blieb sie stehen und versuchte, nicht nervös die Finger zu kneten und mit den Füßen zu scharren. Sie kam sich vor wie ein ungezogenes Kind, das auf seine Strafe wartete. Plötzlich beschämt über ihren Mangel an Courage nahm sie die Schultern zurück, reckte das Kinn vor und begegnete seinem Blick.

Argyll musterte sie von oben herab und nahm jede Einzelheit ihrer Erscheinung genau zur Kenntnis, einschließlich der schlammbespritzten Röcke und Pantoffeln. »Wie es scheint, entwickelt es sich in Eurer Familie zu einer Sitte, unangemeldet in mein Arbeitszimmer zu platzen – allerdings seid Ihr wenigstens angemessen gekleidet.«

Sie hatte keine Ahnung, wovon er sprach. »Mylord?«

Wegwerfend wedelte er mit der Hand. »Nicht so wichtig. Was ist es, das Euch mit solcher Dringlichkeit hierherführt?«

»Mein Bruder und seine Männer. Ich weiß, dass sie hier sind. Ich bin gekommen, um in ihrem Namen für sie um Gnade zu bitten. Wenn ihr sie anhört, dann bin ich sicher, werdet Ihr verstehen, warum sie so gehandelt haben. Aber zuerst würde ich sie gerne sehen, wenn Ihr mich zu ihnen bringen wollt.«

Argyll ließ sich Zeit mit seiner Antwort, und seine dunklen Augen musterten sie prüfend, mit unangenehmer Intensität. »Ihr seid Euch bewusst, welcher Verbrechen Euer Bruder und seine Männer anklagt sind und dass Euer Gemahl sie hierhergebracht hat, damit ich über sie mein Urteil fälle?«

Sie biss die Zähne zusammen, doch sie wandte sich nicht ab. »Das bin ich. Jamie schwor, dass Ihr ihnen gegenüber Nachsicht walten lassen würdet.«

Argyll zwirbelte seinen kleinen Spitzbart. »All das hat er Euch gesagt, und dennoch seid Ihr hier?«

Sie nickte, wobei sie sich erneut wie ein ungezogenes Kind fühlte – und ein illoyales noch dazu.

Argyll trommelte mit den Fingern auf die Tischplatte, und das irritierende Geräusch steigerte nur noch ihre Unruhe. »Die Männer Eures Bruders stehen im Turm unter Bewachung und warten auf ihre Strafe.« Mit kalter Berechnung sah er ihr in die Augen. »Aber ich fürchte, Ihr kommt zu spät. Euer Bruder weilt nicht mehr unter uns.«

25

Euer Bruder weilt nicht mehr unter uns. Caitrina fühlte sich, als wäre sie mit voller Wucht gegen eine Wand aus Stein geprallt, und ihr blieb die Luft weg. Sie war zu spät gekommen. Niall war bereits tot.

Einen Augenblick lang war sie wie blind vor Trostlosigkeit und Qual über den unerträglichen Verlust. Es schien, als wären ihre schlimmsten Ängste Wirklichkeit geworden ... Doch nur für einen Augenblick.

Etwas weit Tieferes siegte und drängte die Welle der Verzweiflung beiseite. *Jamie hätte nicht zugelassen, dass das geschieht.* Das wusste sie mit einer Überzeugung, die jede Faser ihres Seins durchdrang.

Sie glaubte an ihn. Uneingeschränkt. Sie wusste, dass die Highlands durch ihn ein besserer Ort waren. Ungeachtet seiner Loyalität zu Argyll würde Jamie tun, was richtig war.

Und Argylls Trick war es gewesen, der ihr das bewiesen hatte. War das etwa seine Absicht gewesen? Mit schmalen Augen musterte sie den mächtigsten – und meistgehassten – Mann in den Highlands. Jamie zu vertrauen bedeutete, dass sie gezwungen war, sich einzugestehen, dass Argyll nicht das Ungeheuer war, für das sie ihn gehalten hatte. Einem solchen Mann würde Jamie keine Loyalität entgegenbringen. Argyll musste also versöhnliche Eigenschaften besitzen – was nicht hieß, dass davon im Augenblick irgendetwas zu bemerken gewesen wäre.

Argyll wollte sie auf die Probe stellen. Glaubte er, dass sie seines geschätzten Cousins nicht würdig war? Vor wenigen Minuten hätte er damit vielleicht noch recht gehabt, aber sie würde ihn eines Besseren belehren. »Was für ein Pech, dass ich ihn verpasst habe«, sagte sie leichthin, als mache ihr Bruder gerade irgendwo einen Höflichkeitsbesuch. »Erwartet Ihr ihn bald zurück?«

Argyll zog eine buschige Augenbraue hoch, und sie glaubte, eine Spur Anerkennung in seinem Blick zu entdecken. »Jamie sollte ihn hierherbringen, damit ich mein Urteil über ihn fälle; wollt Ihr es denn nicht hören?«

Caitrina schenkte ihm ein betörendes, aber zugleich auch eisiges Lächeln. »Ich bin sicher, Jamie wird mir alles darüber erzählen.«

»Dir alles worüber erzählen?«

Caitrinas Herz setzte einen Schlag lang aus, als sie die tiefe Stimme ihres Ehemanns hinter sich hörte. Sie fuhr herum und machte einen Schritt auf ihn zu, wollte sich ihm in die starken Arme werfen und ihn um Verzeihung bitten, dass sie an ihm gezweifelt hatte, doch er hielt sie mitten in der Bewegung auf.

»Was zum Teufel machst du hier, Caitrina?«

Ihr Herz blieb stehen, dann zerbarst es zu ihren Füßen. Die Hoffnung, dass er glücklich wäre, sie zu sehen, wurde durch die barsche Begrüßung und den eiskalten Ausdruck auf seinem Gesicht völlig zunichtegemacht. Er schien regelrecht durch sie hindurchzusehen, so als wäre sie gar nicht da. Als wolle er nie mehr etwas mit ihr zu tun haben.

Jamie konnte es nicht glauben, als Will ihn in den Stallungen fand, wo er sich gerade zum Aufbruch fertig machte, und ihm sagte, dass Caitrina da war.

Einen Augenblick lang hoffte er, dass sie ihm nachgeritten war, um sich bei ihm zu entschuldigen – bis Will ihm sagte, dass sie stattdessen seinen Cousin sehen wollte. Argyll, nicht ihn.

Da Jamie wusste, wie sehr sie seinen Cousin verachtete – sie machte ihn zum Teil für das, was auf Ascog geschehen war, verantwortlich –, erkannte er, welchen Mut es sie kosten musste, ihm gegenüberzutreten. Er musste ihre Entschlossenheit, ihren Bruder zu retten, bewundern, auch wenn ihr Mangel an Vertrauen dadurch nur noch eklatanter zu Tage trat.

Sie so bald wiederzusehen war wie Salz in einer offenen Wunde. Sie war so schön, dass es beinahe schmerzte, sie nur anzusehen. Doch etwas an ihr war anders … Dann traf ihn die Erkenntnis. Das Kleid, die Juwelen, das Haar. Zum ersten Mal seit dem Angriff auf Ascog hatte sie wieder ihre vornehme Kleidung angelegt. Sie sah wieder wie eine Prinzessin aus. Nicht wie eine aus einem Märchen, sondern eine wirkliche Prinzessin. Eine starke, selbstbewusste Frau, die gekämpft und überlebt hatte. War das irgendwie bedeutsam?

»Wie es scheint, ist deine frisch angetraute Ehefrau zu Besuch gekommen, um ihren Bruder zu sehen«, nahm Argyll die ins Stocken geratene Unterhaltung wieder auf.

»Ich verstehe«, stieß Jamie gepresst hervor. Sein Instinkt hatte ihn nicht im Stich gelassen. In seiner Magengrube bildete sich vor lauter Enttäuschung ein harter Kloß. Er wollte nur noch schnell wie der Teufel von dort weg und so weit fort von ihr reiten wie möglich.

»Ich sagte ihr, dass sie zu spät kommt«, fuhr Argyll mit einem bedeutsamen Blick fort. »Dass Niall nicht mehr unter uns weilt.«

Jamie warf seinem Cousin einen schnellen Blick zu. Offensichtlich wollte Argyll Caitrina glauben lassen, dass Niall tot war, doch ihr Gesicht zeigte keinerlei Anzeichen von Kummer. Ohne sich seine Ungeduld anmerken zu lassen, wandte er sich wieder an Argyll. Er kannte seinen Cousin gut genug, um zu wissen, dass er sich nicht drängen ließ. Was spielte er für ein Spiel?

»Natürlich erwartete ich, dass sie annehmen würde, er wäre tot.«

Jamies Blick schoss zu Caitrina, doch sie zeigte keine Reaktion auf Argylls Worte. »Natürlich«, wiederholte Jamie trocken, denn mit einem Mal war ihm klar geworden, was sein Cousin bezweckte. Die Vertrauensbrüche in Argylls Jugend hatten ihre Spuren bei ihm hinterlassen – Loyalität war für ihn von oberster Wichtigkeit. Und offensichtlich hatte Caitrinas plötzliches Auftauchen ihn die ihre in Frage stellen lassen. Jamie wusste das Mitgefühl seines Cousins zu schätzen, aber er konnte seine Schlachten verdammt noch mal alleine schlagen.

Argyll bedachte ihn mit einem Blick, der besagte, dass er haargenau wusste, was Jamie dachte, und dass Jamie seine Sache gerade absolut erbärmlich machte.

Schließlich ergriff Caitrina das Wort. »Aber ich habe ihm nicht geglaubt.«

Jamie fühlte einen schwachen Hoffnungsschimmer und suchte in Argylls Blick nach Bestätigung.

»Sie scheint eine recht hohe Meinung von dir zu haben.« Argylls Gesichtsausdruck wandelte sich zu kaum verhohlener Verärgerung. »Und nimmt an, dass ich diese Meinung teile.«

»Ich verstehe«, wiederholte Jamie. Der plötzliche Vertrauensbeweis wollte etwas heißen, so vermutete er, aber er war nicht genug – und kam zu spät. Jamie stählte sich gegen das sanfte Flehen in ihren Augen und wandte den Blick ab.

»Ich wollte ihr gerade von meiner kürzlichen Enttäuschung erzählen, als du hereinkamst.« Argyll richtete seine Aufmerksamkeit wieder auf Caitrina. »Wie es scheint, ist meinem normalerweise so gewissenhaften Hauptmann auf seinem Weg nach Dunoon ein leichtsinniger Fehler unterlaufen.«

»Ach ja?«, fragte Caitrina mit vorsichtigem Argwohn.

»Ja«, bestätigte sein Cousin. »Scheinbar gelang es Eurem Bruder, sich davonzustehlen, als sie Halt machten, um die

Pferde zu tränken. Jamie und seine Männer nahmen die Verfolgung auf, doch er blieb verschwunden.« Argyll bedachte Jamie mit einem scharfen Blick. Es war ein Blick, der besagte, dass er genau wusste, was Jamie getan hatte, aber dass er seinen Verdacht niemals laut aussprechen würde – nicht, wenn Jamies Handeln ihm die ganze Sache im Endeffekt erleichtert hatte. Argyll würde dafür nicht verantwortlich gemacht werden. Es gab nur eine einzige Person, der Colin dafür die Schuld geben konnte.

»Niall ist entkommen?« Sie drehte sich zu Jamie um, und die Ungläubigkeit stand ihr ins Gesicht geschrieben. Er sah ihr an, wie sich die Fragen bildeten, aber klugerweise behielt sie sie für sich – fürs Erste zumindest. »Und die anderen?«

»Sind frei und können nach Rothesay zurückkehren«, sagte Jamie. »Ich hatte gerade dafür gesorgt, dass sie freigelassen wurden, als du hier ankamst.«

Caitrina wirkte wie betäubt. »Ich weiß nicht, was ich sagen soll.« Ihr Blick fiel auf Argyll. »Ich danke Euch.«

»Dankt ihm«, erwiderte Argyll und deutete auf Jamie. »Sein Gold war es, mit dem ihre Verbrechen abgegolten wurden.«

»Jamie, ich ...«

Bevor sie noch etwas sagen konnte, packte Jamie sie am Arm und bugsierte sie zur Tür. »Wenn du uns nun bitte entschuldigst, ich werde dafür sorgen, dass meine Frau auf ihre Kammer gebracht wird.«

»Wenn du sonst noch etwas brauchst«, schickte Argyll ihm hinterher, »lass es mich einfach wissen.«

Jamie warf ihm einen vernichtenden Blick zu, doch die Belustigung in Argylls Augen machte ihn nur noch wütender. Oh ja, zuweilen war sein grimmiger Cousin ein regelrechter Witzbold. Caitrinas Zurschaustellen von Loyalität mochte zwar Argyll zufriedengestellt haben, doch Jamie war es nicht.

Der Kämmerer hatte die Kammer im zweiten Stock des Südturms herrichten lassen – das Zimmer, das Lizzie benutzte, wenn sie auf Dunoon war. Frisches Wasser war heraufgebracht worden, und die wenigen Habseligkeiten, die Caitrina mitgebracht hatte, waren für die Nacht auf dem Bett zurechtgelegt.

Schnell riss er den Blick vom Bett los und stellte sich steif neben den Kamin, während der Kämmerer die Tür hinter sich schloss.

Sobald der Mann fort war, kam Caitrina zu ihm und stellte sich vor ihn. Ihr sanfter, weiblicher Duft verwirrte seine Sinne. Würde er das immer verspüren – dieses quälende Verlangen nach ihr? Die Unfähigkeit, klar zu denken, wenn sie in der Nähe war? Das Gefühl, dass er mit Sicherheit sterben würde, wenn er sie nicht in die Arme nahm und küsste?

»Jamie, es tut mir so l…«

»Meine Männer werden dafür sorgen, dass du am Morgen zurück nach Rothesay aufbrichst«, schnitt er ihre Entschuldigung ab.

»Kommst du denn nicht mit mir?«

Er hörte das Zittern in ihrer Stimme, doch er hielt den Blick fest auf die Wand hinter ihrem Kopf gerichtet und weigerte sich, ihrem Blick zu begegnen. Das schraubstockartige Gefühl um seine Brust verstärkte sich. »Ich glaube, du hast deine Wünsche recht deutlich gemacht. Ich werde nach Castleswene zurückkehren. Du brauchst nicht zu befürchten, dass ich mich in irgendetwas einmischen werde, was du tun willst.« Es war offensichtlich, was er damit meinte: Sie würden getrennte Leben führen. Sein Magen krampfte sich zusammen. Der Gedanke an sie mit einem anderen Mann …

»Aber …«

»Aber was, Caitrina?«, fragte er schroff und sah sie schließlich doch an. »Ist es nicht das, was du wolltest?«

Der betroffene Ausdruck auf ihrem Gesicht traf ihn mitten in die Brust. Er nahm einen tiefen, heftigen Atemzug und zwang sich, wieder wegzusehen. *Ich muss so schnell wie möglich hier raus!* Es schmerzte verdammt noch mal zu sehr. Es schmerzte zu wissen, wie sehr er sie liebte, doch dass das nicht genug war. Sie war ihm nun dankbar, aber er wollte ihre Dankbarkeit nicht. Er wollte ihre Liebe und ihr Vertrauen – ihr Herz und ihre Seele. Er wollte, dass sie an ihn glaubte. Noch nie war es ihm wichtig gewesen, was jemand von ihm dachte ... bis auf sie. Er wandte sich zum Gehen.

»Bitte, geh nicht!« Sein Herz tat einen Satz, als sie ihm die kleine Hand auf den Ärmel seines Wamses legte. »Das ist nicht, was ich will.«

»Vielleicht nicht in diesem Moment«, stieß er rau hervor. »Aber was ist das nächste Mal, wenn wir uns streiten oder meine Pflicht etwas erfordert, was du missbilligst? Was ist dann, Caitrina?« Er konnte seinen Ärger nicht länger zurückhalten. Ihr Mangel an Vertrauen und die schnelle Zurückweisung seiner Liebe waren bereits nicht leicht zu verzeihen, aber ihr Ultimatum war es gewesen, das ihn wirklich erschüttert hatte. »Wirst du mich dann wieder fortschicken?«

»Gott, es tut mir so leid, Jamie! Ich hätte dir niemals ein solches Ultimatum stellen dürfen. Es war falsch von mir, mit deinen Gefühlen für mich zu feilschen. Das weiß ich. Aber ich hatte solche Angst bei dem Gedanken, meinen Bruder zu verlieren ... Ich wusste nicht, was ich sonst tun sollte. Kannst du das denn nicht verstehen?«

Aye, vermutlich konnte er das. Teufel, er bewunderte ihre Leidenschaft, ihre Offenheit, die bedingungslose Loyalität und Liebe, die sie für ihre Familie empfand. Er wollte sie nur einfach für sich selbst. Ebenso wenig milderte das den Schmerz jenes Augenblicks, in dem sie ihn und seine Liebe verstoßen hatte.

Er hörte einen Laut und sah auf sie herab. Verdammt! Keine Tränen! Er konnte so gut wie alles ertragen, nur keine Tränen. Es juckte ihn in den Händen, sie fortzuwischen; er wollte sie in die Arme nehmen, sie trösten, doch er verharrte unbeweglich.

»Was, wenn es deine Schwester wäre?«, fragte sie leise. »Hättest du auch so viel Verständnis, wenn die Situation umgekehrt gewesen wäre?«

Sein Blick flog zu ihr, und er biss die Zähne zusammen. Er mochte ihr zwar in diesem Punkt recht geben, aber nicht völlig. »Nein, das hätte ich nicht«, gestand er ein. »Aber ich hätte dich nicht gebeten zu wählen.«

»Hast du das denn nicht? Es fühlte sich so an, als würdest du mich bitten, zwischen meinem Bruder und dir zu wählen. Vielleicht wenn du mir von deinen Plänen erzählt hättest, aber ich musste von den Dienstboten erfahren, was du vorhattest.«

Er verzog das Gesicht. Sie hatte recht. Er war es gewohnt, Entscheidungen alleine zu treffen. »Das tut mir leid. Vielleicht hätte ich dir mehr erklären sollen. Aber warum bist du stets bereit, das Schlimmste von mir zu glauben?«

»Jahrelange Übung. Mir war klar, dass es schwierig sein würde, einen Campbell zu heiraten, aber als ich erkannte, dass ich dich liebe, glaubte ich, es wäre genug. Das ist es nicht. Alte Spannungen verschwinden nicht einfach so, nur weil ich es will. Das bedarf der Arbeit.«

Ihre Einsicht überraschte ihn. Er konnte nicht erwarten, dass sie ihre Vorurteile über den Haufen warf, nur weil sie ihn liebte. »Was willst du damit sagen?«

Sie verkrampfte die Hände an ihrer Seite. »Ich will alles über dich wissen, Jamie. Und wenn das bedeutet, dass ich deinen Cousin kennenlernen muss, dann bin ich bereit, es zu versuchen.«

Jamie erstarrte wie vor den Kopf geschlagen. »Das würdest du für mich tun?«

Sie nickte. »Ich vertraue dir. Erst als dein Cousin versuchte, mich hinters Licht zu führen, erkannte ich, wie sehr. Aber ich habe dir immer vertraut.«

Etwas in ihm bekam einen Riss, als er die Verletzlichkeit in ihrer Stimme hörte, und er wünschte sich verzweifelt, dass er ihr glauben konnte.

»Ich habe einen Fehler gemacht«, fuhr sie fort. »Und ich bin sicher, ich werde noch mehr machen. Aber du misst die Menschen um dich herum an einem sehr hohen Maßstab.« Er verkrampfte sich, denn er wusste, dass sie damit auf seinen Bruder anspielte. »Ich muss wissen, dass du in der Lage sein wirst, mir zu verzeihen.«

Ein Lächeln regte sich auf seinem Gesicht. »Willst du damit sagen, dass ich hart und unnachgiebig sein kann?«

Um ihre Mundwinkel zuckte es. »Vielleicht ein klein wenig.« Sie teilten einen Augenblick verständnisvollen Einvernehmens, bevor ihr Ausdruck wieder ernst wurde. »Ich liebe dich, Jamie. Du hast Glück und Liebe zurück in mein Leben gebracht, als ich nicht glaubte, jemals wieder so zu empfinden. Es war falsch von mir zu glauben, dass ich dich jemals zwingen könnte, dich zu bitten, dich für Loyalität und Pflicht deinem Clan gegenüber oder mir gegenüber zu entscheiden, wo doch beides dasselbe ist. Das werde ich nie wieder tun. Zu wissen, dass ich deine Liebe habe, ist genug.« Ihre Stimme senkte sich zu einem zittrigen Flüstern. »Wenn ich sie noch habe.«

Sie hob das Gesicht zu ihm. »Habe ich sie noch, Jamie? Bitte, sag mir, dass es noch nicht zu spät für uns ist.«

Ihre Lippen bebten, und sein Widerstand brach in sich zusammen. Mit dem Daumen wischte er ihr die Tränenspuren von den Wangen, während er ihr tief in die Augen sah. Er hatte sich schon für eine Zukunft ohne sie gewappnet, doch nun war er erleichtert, dass er sich diesem Schicksal nicht stellen musste. »*Aye*. Du hast sie, Mädchen. Du hattest sie immer.«

Ein Lächeln durchbrach ihre Tränen. »Dann ist das alles, was zählt. Du hast meine Liebe und meine Loyalität für immer. Ich schwöre, dass ich nie mehr an dir zweifeln werde.«

Jamie hob eine Augenbraue. »Nie mehr?«

Sie biss sich auf die Lippe. »Nun ja, so gut wie nie mehr. Und nicht bei irgendetwas Wichtigem.«

Lachend zog er sie in die Arme. Das war gut genug.

Caitrina lag im Bett und genoss die Wärme und Sicherheit in den Armen ihres Mannes. Sie kuschelte sich mit dem Rücken enger an ihn, während er leicht ihre Brust knetete, die er umfasst hielt.

»Du bist ein unersättliches Frauenzimmer«, murmelte er an ihrem Ohr, und sein warmer Atem jagte ihr einen Schauer des Verlangens durch den Körper, was sie angesichts des wilden Liebesakts vor nur wenigen Augenblicken nicht schon wieder für möglich gehalten hätte. »Ich brauche meine Erholung.«

Seine harte Männlichkeit an ihrem Po strafte seine Worte Lügen. Kreisend rieb sie die Hüften an ihm. »Lügner.« Mit einem Stöhnen ließ er die Hand den Bauch entlang und zwischen ihre Beine gleiten. »Ich frage mich ...«, sagte sie, während sie die Hüften an seine Hand presste.

»Das kann ich mir denken.«

»Nicht das, du Schuft.« Spielerisch gab sie ihm einen Klaps auf den Arm, doch sie musste sich eine gewisse Neugier, was ihre gegenwärtige Stellung betraf, eingestehen.

Sein Mund zog einen Pfad aus heißen Küssen an ihrem Hals entlang, der ihren Körper dahinschmelzen ließ und mit einem prickelnden Schauer der Lust überzog. Er küsste sie fester, während er leicht ihre Brustwarze kniff. »Was fragst du dich?«

Sie öffnete die Augen. »Du versuchst, mich abzulenken.«

»Hmm.« Er küsste sie erneut auf die Schulter. »Funktioniert es?«

Gott, ja. Sie spürte, wie sich die runde Spitze seiner Männlichkeit von hinten zwischen ihre Beine drängte, während sein Finger in sie glitt. Sie ließ den Kopf nach hinten an seine Schulter sinken, während sein geschicktes Streicheln sie an den Rand eines weiteren heftigen Sturms der Lust brachte.

Hitze strömte durch ihre Adern, heiß und sinnlich, während er ihre Hüften zu sich zog, so dass sich ihr Rücken leicht durchbog und sich an ihre feuchte Öffnung drängte. Sie reizte ihn erbarmungslos und rieb sich an ihm, jedoch ohne ihn in sich aufzunehmen. Das Gefühl seiner Erektion so groß und mächtig zwischen ihren Schenkeln war unglaublich. Sein heftiger Atem sagte ihr, dass ihr verlockendes Spiel ihn um den Verstand brachte.

Schließlich packte er ihre Hüften und stieß sanft in sie, weitete sie, füllte sie aus. Das Gefühl ließ sie aufstöhnen. Gott, wie sündig! Seine Hände waren auf ihren Brüsten und zwischen ihren Beinen, liebkosten sie, während er sich mit langen, langsamen Stößen in ihr bewegte und sie jeden Zoll von sich spüren ließ. Die Lust, die sie erfasste, war unbeschreiblich.

Er zog sie heftig an seinen Körper, stieß tief in sie und verharrte. Das unglaubliche Gefühl ließ sie heftig aufkeuchen, und ihr Körper prickelte, während sich die bebende Erlösung langsam aufbaute. Gerade, als sie schon glaubte, es nicht länger ertragen zu können, glitt er noch ein wenig tiefer und hielt sie fest an sich gepresst, bis sie in einem langsamen, intensiven Bersten, das nicht enden zu wollen schien, den Gipfel erreichte. Heftig zog er ihre Hüften an sich und stieß schnell und hart in sie, während er seine eigene Erfüllung hinausschrie.

Lange nachdem das letzte Zittern verklungen war, erinnerte sie sich daran, was sie hatte sagen wollen, bevor er sie so wirkungsvoll abgelenkt hatte. »Du hast ihn entkommen lassen, nicht wahr?«

Einen Augenblick lang erstarrte er hinter ihr, doch das war Bestätigung genug. »Warum sagst du das?«

»Du würdest niemals zulassen, dass ein Gefangener sich davonstiehlt.«

»Dein Vertrauen in meine Fähigkeiten ist schmeichelhaft, aber ich kann dir versichern, dass ich nicht unfehlbar bin.«

Sie schnaubte. »Sag mir die Wahrheit.«

Zustimmend zuckte er die Schultern.

»Aber warum? Hattest du Zweifel, was dein Cousin tun würde?«

»Nein. Argyll hätte es nicht gern getan, aber er hätte sein Versprechen gehalten. Ich habe es ihm nur einfacher gemacht, indem ich deinem Bruder eine Wahl ließ.«

Caitrina konnte es nicht glauben. »Du meinst, Niall hat sich dafür entschieden, ein Gesetzloser zu sein, anstatt nach Ascog zurückkehren zu können? Aber warum sollte er das tun?«

»Ich glaube, es gab andere Dinge, die er tun musste«, sagte Jamie sanft.

Caitrina schluckte. Wegen dem, was geschehen war, erkannte sie. Der Kampf war zu einer persönlichen Angelegenheit geworden, und Niall würde erst ruhen, wenn jemand dafür bezahlt hatte, was der Frau, die er liebte, angetan worden war. Schmerzliches Mitgefühl für ihn erfasste sie und übertraf noch den Schmerz, den sie selbst fühlte.

»Er liebt dich, Caitrina. Ich weiß, dass es keine einfache Entscheidung für ihn war.«

Sie lächelte, als sie die Sorge in der Stimme ihres Ehemannes hörte. »Ich weiß, aber danke, dass du es mir gesagt hast.« Sosehr sie sich auch wünschte, Niall hätte sich dafür entschieden, nach Ascog zurückzukehren, sosehr sie sich auch wünschte, ihn festzuhalten und ihn zu beschützen, er musste seine eigenen Entscheidungen treffen. Doch sie wusste auch, was das bedeutete: Niall war ein Geächteter und für sie und ihren Clan wahrscheinlich für immer verloren. »Er wird niemals seinen rechtmäßigen Platz als Chief einnehmen können.«

»*Aye*. Brian wird der nächste Chief werden – wenn er so weit ist. Ich werde Ascog solange für ihn bewahren.«

Sie wusste nicht, was sie sagen sollte. »Das würdest du tun?« Brian hatte das Zeug dazu, ein guter Chief zu werden, und unter Jamies Vormundschaft und Führung würde er ein großartiger Chief werden, das wusste sie.

Er nickte. »Es gebührt rechtmäßig ihm.«

»Und Argyll?«

Er grinste. »Mein Cousin verliert nicht gerne Land, aber in diesem Fall hat er eingewilligt.«

Doch da gab es noch eine Sache, die sie immer noch nicht verstand. »Warum hast du es getan, Jamie? Warum hast du dich entschlossen, Niall laufen zu lassen?«

Er stützte sich auf einen Arm, so dass er ihr in die Augen sehen konnte. »Gerechtigkeit.«

»Und auf Dunoon wäre ihm keine Gerechtigkeit widerfahren?«

»Nicht in diesem Fall. Das Gesetz wird deinem Bruder nicht helfen.«

Überrascht darüber, aus seinem Mund eine solch lästerliche Aussage zu hören, zog sie eine Augenbraue hoch. »Ist denn das Gesetz nicht dasselbe wie Gerechtigkeit?«

»Ich dachte, dass es das wäre.«

»Aber jetzt denkst du das nicht mehr?«

Er lächelte schelmisch und hauchte ihr einen Kuss auf die Lippen, wo er einen Augenblick verweilte, bevor er den Kopf hob. »Ich denke, es gibt da einen gewissen Auslegungsspielraum. Ein kleines Mädchen hat mir einmal vorgeworfen, ich würde von der Vergangenheit getrieben.« *Von Duncan.* »Wie sich herausstellt, steckte in ihrer Behauptung möglicherweise ein Körnchen Wahrheit.«

»Ach wirklich?«

Um seine Mundwinkel zuckte es. »Vielleicht ein kleines bisschen.«

Ihr Herz jubelte, als sie erkannte, was Jamie für sie getan hatte. Er hatte seine Pflicht verletzt, um Niall zu helfen. Sie wusste, was er nach dem Verrat seines Bruders über Gesetzlose dachte – und dennoch hatte er ihrem Bruder geholfen, obwohl er wusste, dass Niall zusammen mit den MacGregors kämpfte.

»Was ist mit den MacGregors?«

Er schüttelte den Kopf. »Du bist genauso unnachgiebig wie dein Bruder. Kein noch so großes Mitgefühl mit ihrer Notlage kann ihre Verbrechen wiedergutmachen, aber ...« Er verstummte kurz. »Ich werde tun, was ich kann, um sicherzugehen, dass sie – wie jeder Mann – gerecht behandelt werden.«

Ein breites Lächeln ließ ihr Gesicht erstrahlen. Wie hatte sie nur je an ihm zweifeln können? Argyll war ein Glückspilz, dass er einen Mann wie Jamie an seiner Seite hatte. Und sie ebenfalls. Und Jamie, so vermutete sie, war ein wichtiger mäßigender Einfluss auf seinen Cousin. Wenn Argyll den Bogen überspannte, dann würde Jamie zur Stelle sein, um etwas dagegen zu unternehmen. Caitrina biss sich auf die Lippen, um nicht loszulachen. Denn wenn Jamie das vergessen sollte, dann würde sie zur Stelle sein, um ihn daran zu erinnern.

Sie hatte ihre Wahl getroffen und sich ihren Ehemann gewählt. Sie konnte darauf vertrauen, dass er das Richtige für die Zukunft der Highlands tat. Die Probleme, denen sie sich gegenübersahen, würden nicht einfach werden. Jamie wandelte auf einem gefährlich schmalen Pfad auf der Grenze der Highlands, und sie liebte ihn als den starken, gerechten Mann, der er war.

Caitrina lachte, denn in diesem Augenblick war sie glücklicher, als sie je in ihrem Leben gewesen war. Alles, was sie sich je gewünscht hatte, lag vor ihr. Ein Zuhause. Sicherheit. Liebe. Sie würde die Vergangenheit niemals vergessen, aber sie konnte eine neue Zukunft aufbauen. Und sie war bereit dazu.

Tief sah sie ihm in die Augen. »Ich liebe dich, Jamie Campbell.«

Er hauchte ihr einen zarten Kuss auf die weichen Lippen. »Und ich liebe dich. Obwohl ich nie gedacht hätte, dass ich diese beiden Worte je zusammen hören würde.«

»Was meinst du?«

»Liebe und Campbell.«

Sie lächelte verschmitzt. »Gewöhn dich lieber daran. Du wirst sie bis in alle Ewigkeit hören.«

Anmerkung der Autorin

Jamie Campbell basiert auf einer Kombination aus mehreren historischen Persönlichkeiten. Die wichtigsten: Sir Dugald Campbell of Auchinbreck (Hauptmann von Castleswene und der Mann, von dem es heißt, er habe den MacGregor überredet, sich Argyll zu ergeben, obwohl manche Quellen dem Campbell of Ardkinglas die Schuld dafür geben; Auchinbrecks Vater starb im Kampf für Argyll in der Schlacht von Glenlivet); James Campbell of Lawers (bekannt als einer der erbarmungslosesten Jäger der MacGregors); und Donald Campbell of Barbreck-Lochow (der leibliche Sohn des Campbell of Calder sowie der Schwertarm Argylls und Verwalter von Mingarry Castle). Eine interessante Nebenanmerkung für die Leser meiner ersten Trilogie: Eine von Auchinbrecks Töchtern, Florence, heiratete John Garve Maclean, den Sohn von Lachlan of Coll und Flora MacLeod (aus *Highlander meiner Sehnsucht*).

Caitrina und ihre unmittelbare Familie sind ebenfalls fiktionale Charaktere. Allerdings basiert der Angriff und die Zerstörung von Ascog Castle sehr frei auf einem tatsächlichen Ereignis – weit schrecklicher, als von mir beschrieben –, das sich etwa vierzig Jahre später im Jahre 1646 während des englischen Bürgerkriegs ereignete. Damals unterstützten die Lamonts die Royalisten und den Marquis of Montrose, was sie in direkten Konflikt mit dem Marquis of Argyll brachte (dem Sohn Archibalds des Grimmigen).

Nach der Niederlage der Campbells bei der Schlacht von Inverlochy im Jahre 1645 durch James Graham, den ersten Marquis of Montrose, plünderten die Lamonts die Ländereien der Campbells. Ein Jahr später, als Montrose besiegt worden war, sann Argyll auf Rache und griff die Lamonts auf Toward und Ascog mit ›Feuer und Schwert‹ an. Die Lamonts ergaben sich unter der Bedingung von sicherem Geleit. Stattdessen wurden über einhundert (vermutlich sogar zweihundert) Clansleute nach Dunoon gebracht und hingerichtet. Sechsunddreißig Männer wurden auf dem Kirchhof gehängt. Es gab sogar Berichte, dass Menschen lebendig begraben wurden. Heute erinnert ein Denkmal auf Dunoon an die Lamonts, die an jenem Tag getötet wurden.

Sowohl Ascog Castle als auch Toward Castle wurden zerstört und sind nur noch als Ruinen vorhanden.

Das Massaker von Toward (und Ascog) sollte sich noch für den Marquis of Argyll rächen. Isobel, der Schwester des Lamont of Toward, gelang es offenbar, eine unterschriebene Kopie der ›Kapitulationsurkunde‹, die sicheres Geleit versprach, (in ihrem Haar versteckt) aus der Burg zu schmuggeln. Sechzehn Jahre später war diese Urkunde eines der Beweisstücke, die zur Verurteilung des Marquis of Argyll führten, woraufhin er mit dem Tode bestraft wurde.

Auch wenn der englische Bürgerkrieg der unmittelbare Grund für den Streit zwischen den Campbells und Lamonts war, könnte die Verbindung der Lamonts mit den MacGregors ebenfalls ein Faktor gewesen sein. Die Geschichte vom Highlandbrauch der Gastfreundschaft zwischen den Lamonts und den MacGregors ereignete sich irgendwann Anfang des siebzehnten Jahrhunderts. Bezeichnenderweise heißt es, dass die Lamonts den MacGregors ihre Gastfreundschaft zurückzahlten, indem sie den MacGregors in der Zeit ihrer Ächtung Unterschlupf gewährten – ein Vergehen, auf das die Todesstrafe stand.

Die Geschichte vom ›Highland-Versprechen‹ Archibalds des Grimmigen, dem siebten Earl of Argyll, in Bezug auf den Tod des MacGregor trug sich in etwa so zu, wie ich es beschrieben habe – wenn auch ein paar Jahre früher. Alexander MacGregor of Glenstrae, bekannt als ›der Pfeil von Glen Lyon‹, wurde mit zehn seiner Männer am 20. Januar 1604 in Edinburgh gehängt und geviertelt. Insgesamt wurden fünfundzwanzig MacGregors in den darauffolgenden Wochen hingerichtet. Wie ich im Buch bereits anmerkte, kam es nach seiner Hinrichtung zu einem Wiederaufflackern der Gewalt seitens der MacGregors. Einer der Clans, gegen die sich die Wut der MacGregors richtete, war der – in der Geschichte erwähnte – Clan MacLaren, ein benachbarter Clan, der Balquhidder bewohnte, bis er von den MacGregors vertrieben wurde.

Ich habe die Verfolgung und viele der Verfügungen gegen die MacGregors zu einer kurzen Zeitspanne verdichtet, aber der Feldzug gegen Clan Gregor umspannte viele Jahre. Der größte Schlag ereignete sich 1604 (im Jahr nach der Schlacht von Glenfruin – dem Massaker an den Colquhouns durch die MacGregors), gefolgt von einem erneuten Angriff im Jahre 1611. Jedoch gibt es Beweise dafür, dass sich der Clan in den Jahren dazwischen nicht gerade unterworfen hat. In einem Brief aus dem Jahre 1609 beschwert sich Sir Alexander Colquhoun of Luss beim König in London über den mangelnden Fortschritt in der Kampagne gegen Clan Gregor.

Die Verfolgung des unglückseligen Clan Gregor, der legendenumwobenen ›Kinder des Nebels‹, durch den Earl of Argyll ist allgemein bekannt. Ob seine Beweggründe schlichte Gier nach Land oder eher persönlicher Natur waren, werden wir nie erfahren. Obwohl die Rolle des ›Schurken‹ von der Geschichte Argyll zugeschrieben wurde, ist klar, dass auf beiden Seiten Gräueltaten begangen wurden.

Der Duke of Argyll ist immer noch Erbverwalter der königlichen Burg von Dunoon und bezahlt die symbolische Pacht in Form einer roten Rose – die zuletzt Königin Elizabeth II. bei ihrem Besuch der Burg überreicht wurde.

Die Lomond Hills (so bezeichnet auf John Speeds Landkarte von 1610), die in der Geschichte erwähnt werden, sind heute besser bekannt als die weitere Umgebung der Trossachs.

Mehr Informationen über den Earl of Argyll und die MacGregors finden Sie unter der Rubrik ›Special Features‹ auf meiner Website www.monicamccarty.com.

Danksagung

Vom ersten Funken einer Idee bis zu dem Moment, an dem ich die endgültigen Korrekturabzüge der Seiten aus den Händen gebe, stehen mir viele Menschen mit unschätzbarem Rat und Unterstützung zur Seite. Ein besonderer Dank an meine Lektorin Kate Collins, deren Rückkehr zu Ballantine mit dem Abgabetermin dieses Romans zeitlich zusammenfiel und die es, obwohl sie mit Arbeit geradezu überschwemmt wurde, dennoch schaffte, das Buch in Rekordzeit zu lesen. Es geht doch nichts darüber, gleich richtig loszulegen, nicht wahr, Kate? Danke auch an Charlotte für ihre frühe Unterstützung bei diesem Projekt und an Kelli Fillingim dafür, dass sie alles am Laufen hält. Wie immer gilt mein Dank meinen Agentinnen Kelly Harms und Andrea Cirillo, meinen Kritikpartnerinnen Nyree und Jami, den Fog City Divas und Brainstorming-Kolleginnen, dem Produktionsteam bei Ballantine und dem Webdesignteam von Wax Creative – Leute, ihr seid die Besten!

Meinem Schwager Sean für das Beantworten meiner medizinischen Fragen (siehst du, ich sagte doch, dass du auch einmal in einem Buch auftauchst!). Hoffentlich habe ich nichts durcheinandergebracht. Falls doch, dann liegt der Fehler bei mir. Wer hätte gedacht, dass ich bei der Hochzeit meiner Schwester nicht nur einen Bruder gewinnen würde, sondern auch noch einen Arzt, der sich für historische Kriegsverletzungen interessiert? Ich sollte wirklich öfter Lotto spielen ...

Danke an Tracy Anne Warren und Allison Brennan – zwei Autorinnen, die das bereits ›durchgemacht‹ haben und mir dabei halfen, mich in dem Irrgarten zurechtzufinden, gleich *zwei* unmittelbar hintereinander erscheinende Trilogien zu schreiben.

Und schließlich meinen Kindern Reid und Maxine. Ihr mögt zwar noch nicht alt genug sein, um diese Bücher zu lesen, aber ich hoffe, dass ihr es eines Tages zu schätzen wissen werdet, dass ihr durch das Hinunterwürgen all der Reste (besonders der geliebten ›Pasta à la Mama‹) Mama dabei geholfen habt, etwas zu tun, das sie liebt.

blanvalet

Die Highlands – ungezähmt und voller Leidenschaft

Roman. 464 Seiten. Übersetzt von Anita Nirschl
ISBN 978-3-442-37061-0

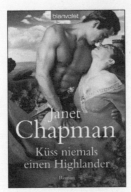

Roman. 400 Seiten.
Übersetzt von Anke Koerten
ISBN 978-3-442-37095-5

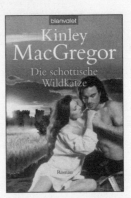

Roman. 380 Seiten.
Übersetzt von Ute-Christine Geiler
ISBN 978-3-442-37164-8

Lesen Sie mehr unter: **www.blanvalet.de**

blanvalet

Abenteuer, Romantik und knisternde Erotik!

Roman. 440 Seiten. Übersetzt von Anke Koerten
ISBN 978-3-442-36983-6

Lesen Sie mehr unter: **www.blanvalet.de**